中央高校基金创新团队项目"中外诗歌发展问题研究"
（SWU2009110）

跨学科诗学论丛

中国新诗研究所 编

西方现代文论与哲学（修订版）

陈本益　向天渊　唐健君　著

中国社会科学出版社

图书在版编目(CIP)数据

西方现代文论与哲学/陈本益,向天渊,唐健君著.—修订版.
—北京：中国社会科学出版社,2021.8
（跨学科诗学论丛）
ISBN 978-7-5203-7908-3

Ⅰ.①西… Ⅱ.①陈…②向…③唐… Ⅲ.①文学理论—文化哲学—研究—西方国家 Ⅳ.①I0-02

中国版本图书馆 CIP 数据核字（2021）第 027702 号

出 版 人	赵剑英
责任编辑	郭晓鸿
特约编辑	杜若佳
责任校对	师敏革
责任印制	戴 宽

出　版	中国社会科学出版社
社　址	北京鼓楼西大街甲 158 号
邮　编	100720
网　址	http://www.csspw.cn
发 行 部	010-84083685
门 市 部	010-84029450
经　销	新华书店及其他书店

印　刷	北京明恒达印务有限公司
装　订	廊坊市广阳区广增装订厂
版　次	2021 年 8 月第 1 版
印　次	2021 年 8 月第 1 次印刷

开　本	710×1000　1/16
印　张	26.75
插　页	2
字　数	399 千字
定　价	158.00 元

凡购买中国社会科学出版社图书，如有质量问题请与本社营销中心联系调换
电话：010-84083683
版权所有　侵权必究

目 录

导论　西方文论与哲学的关系鸟瞰 …………………………（1）

第一章　多种哲学思想映射下的纯粹形式论
　　　　——俄国形式主义文论与康德哲学、经验主义哲学和
　　　　实证主义哲学 …………………………………………（47）

第二章　文本的独立自足与哲学基础的多样统一
　　　　——新批评文论与康德哲学、经验主义哲学、逻辑实证
　　　　主义哲学及对立调和的哲学思想 ……………………（71）

第三章　同源共根，相互促进
　　　　——结构主义文论与结构主义哲学 …………………（104）

第四章　文学理论对哲学的依赖和印证
　　　　——解构主义文论与解构主义哲学 …………………（143）

第五章　文学的意向性建构和现象学还原
　　　　——现象学文论与现象学哲学 ………………………（185）

第六章　从传统到现代：哲学引起的变革
　　　　——解释学文论与解释学哲学、存在主义哲学和
　　　　现象学哲学 ……………………………………………（227）

第七章　共生与裂变
　　　　——精神分析文论与弗洛伊德主义 …………………（271）

第八章　透过历史与哲学的多棱镜
　　　　——新历史主义文论与哲学 …………………………（301）

第九章　哲学与经验的融合
　　——西方女性主义文论与哲学 ……………………（325）

第十章　批判理论上的文学批判
　　——西方马克思主义文论与哲学 ………………（377）

参考文献 ………………………………………………（411）

后记 ……………………………………………………（422）

导论　西方文论与哲学的关系鸟瞰

　　西方文论的产生和发展变化，在很大程度上受制于西方哲学的产生和发展变化。大体而言，西方古代哲学侧重本体论，西方古代文论就侧重本质论，两者的共同特点是客体性；西方近代哲学侧重认识论，西方近代文论就侧重创作论，两者的共同特点是主体性；西方现代哲学侧重方法论，西方现代文论就侧重批评论，两者的共同特点是中介性——主客体之间的中介性，如语言性、文本性等。这正是西方哲学的主客二分核心观念的合逻辑的发展。

　　西方古代文论主要是哲学家的文论，它与相应哲学的关系较直接、较明确。西方近代文论主要是文学家的文论，它与相应哲学的关系较间接，不那么明确。西方现代文论有的是哲学家的，从其哲学体系推出；有的是文学家的，从继承和革新传统文论而来，或者从文学实践中总结出来，同时也受相关哲学的影响；有的是科学家的，从其科学方法发展出来，同时也受相关哲学的影响。相对来说，西方现代文论与哲学的关系较为错综复杂。

一　古代：哲学本体论与文艺本质论

1

　　西方古代哲学着重研究客体对象的本源，这就表现为侧重本体论。西方古代哲学本体论决定着西方古代文学本质论乃至整个西方古代文论。这种决定关系应主要考察古希腊柏拉图和亚里士多德两人的哲学与文论的关系，因为他们的哲学和文论统治了随后的整个古代时期，并对近代和现代产生了重大影响。比较而言，柏拉图在哲学上的影响尤为深巨，亚里士多德在文论上的影响最为广远。

2

早期的古希腊哲学家曾分别提出"水""气""火""种子""原子"等具体事物或者设想的物质微粒，来作为世界万物的本源。这是自发的、朴素的唯物主义本体论。基于这样的哲学本体论，文艺便被认为是对由这些本体所构成的自然事物的模仿。比如，赫拉克利特认为，艺术之所以是和谐的是由于模仿了自然，德谟克利特认为，人们从鸟的歌唱学会了唱歌。这种模仿论是古希腊最早的文艺本质观，它是直观的、朴素的，也是片面的，因为它仅仅从文艺的外在源泉看问题。

3

古希腊的哲学和文论发展到柏拉图时期发生了划时代的变化。柏拉图在毕达哥拉斯学派数的理论和巴门尼德抽象存在论的影响下，在苏格拉底伦理学一般概念的影响下，提出由多种多样的理念组成的理念世界是真实的本体的观点，现实世界的万事万物是虚幻的，是对真实的理念世界的模仿和分享，是后者的"影子"和"模本"。柏拉图的理念实际上是关于事物和世界的概念，但是被绝对化、神秘化而作为先于现实世界而独立存在的精神客体。这是客观唯心主义的本体论。柏拉图的这种本体论在西方哲学发展史上具有重要意义，产生了深远影响，它完全摆脱了感性直观的束缚和局限而建立起真正的哲学形而上学。从此，思索和探求隐藏在所谓虚幻的感性世界后面的真实本质或者说存在本体——无论是精神的还是物质的——便成为西方哲学本体论的主流。

柏拉图的文论是在继承前代文艺模仿论的基础上，从上述他的理念论直接推出的，也可以说是他的理念本体论对前代模仿论的改造。他在《理想国》等对话中承认文艺是对现实世界的模仿，而现实世界又是对理念世界的模仿，文艺因而是"模仿的模仿""影子的影子""和真理隔着三层"，它"培养发育人性中低劣的部分，摧残理性的部分"。尽管如此，文艺模仿论却因此不再是直观的、朴素的了，而是辩证地触及了文艺的本质：文艺在模仿现实事物的同时，应当体现隐藏在事物表象后的本质（依据柏拉图，本质即真理，亦即理念）。柏拉图还据此把诗分成两类，一类是单纯模仿性的诗，即只是模仿事物的表象以满足人的情欲从而毒害人的理性的诗；另一类则是分享了理念的诗，是颂神和赞美好人的诗。在文艺本质观上，我们与柏拉图的主要不同之处是：依据柏拉图的观点，文艺所体现的本质是先于现实事物而存在并作为后者来源的理念本体；而我们则认为，那本质其实是根源于现实事物的，是对后者深入认识的结果。可知我们对柏拉图文艺本质论的肯定是在颠倒的意义上进行的。

4

亚里士多德的哲学本体论可以说是对以往不同性质的本体论的综合或者说调和，因而有不一致之处。在《范畴篇》中，他提出个别事物是"第一实体"即本体，"一般"即事物的"种"和"属"，是"第二实体"，两者并不割裂，因为个别事物之外并不存在"一般"。但在《形而上学》中他却认为，在构成事物的质料和形式两个因素中，形式先于质料，形式决定某物之为某物，是更为本质的东西，它才是作为本体的实体。这样，亚里士多德的实体本体论最后变成了形式本体论，与柏拉图的理念本体论相似了。

亚里士多德的文论也是对以往文论的综合和改造。在《诗学》中，他认为文艺的本质是模仿现实，这是对古希腊早期模仿论的继承。但亚里士多德所说的模仿，已从古希腊早期思想家所说的对自然事物的模仿转到着重对现实中人的行为的模仿，更重要的是，他认为在这种模仿中"诗人的职责不在于描述已发生的事，而在于描述可能发生的事，即按照可然律或必然律可能发生的事"。可见他强调的是在模仿中体现事物的本质和理想，这显然又是对柏拉图的文艺模仿论的一种继承。不过，他抛弃了柏拉图的"理念—现实—文艺"这种由上而下的体系，认为具有普遍性、必然性的本质和理想并不存在于个别事物之外。这大约是他哲学中的实体本体论思想所发生的作用。这样，亚里士多德的文艺本质论既保留了柏拉图文艺本质论中文艺应当表现（模仿）本质和理想这一深刻思想，又把它合理地置于现实基础上了。至此，西方文艺模仿论臻于成熟，并"雄霸"文论史两千余年。至近代它才受到表现论强有力的冲击，但是它并未被完全取而代之，而仍然以"模仿""再现""反映"等名称存活下来，直至今天。

5

从上述可见，西方古代哲学本体论和文艺本质论都有一个合理的发展过程。就哲学本体论看，其本体从单纯的个别事物的概念（古希腊早期某些思想家的本体概念），发展到一般本质的概念（柏拉图的理念本体概念），再发展到包含一般本质于其中的个别事物的概念（亚里士多德的实体本体概念）。与此相应，古希腊的文艺本质论也从模仿单纯的个别事物，发展到模仿根源于一般本质（理念）的个别事物，再发展到模仿包含一般本质于其中的个别的人和事物。

从上述还可发现，西方古代无论是哲学本体论还是文艺本质论，研究的对象都是独立于人之外的客体：或者是物质的客体，或者是精神的客体（在古希腊哲学中，主体和客体的分化刚开始萌芽，直到近代哲学中这对概念的分别才充分明确起来）。所以，我们说西方古代哲学本体论和文艺本质论的特点是客体性。

西方哲学的历史发展从侧重客体开始，自有其必然性和合理性。当人类因主客体分化而开始具有自觉意识时，他首先最惊讶和最意欲征服的应当是客体对象，而不是主体自身。西方的这种"客体起点"也是其自身重视发展科学技术的文化基础。就哲学自身来说，有此古代客体性本体论的起点，才可能有近代主体性认识论的充分发展，进而也才有现代中介性方法论的充分发展。假若不是这样的起点，上述西方哲学三方面的充分发展也许是不可能的。

西方古代哲学的客体性本体论还有相当的深刻性。这种深刻性，主要不体现在亚里士多德关于包含一般本质于个别实体中的理论上（个别中包含一般是认识论上的某种深刻性），而体现在柏拉图的理念论上。柏拉图设定此超验的"理念"，从而建立起超验形而上学（亚里士多德的形式本体论也有一定的超验形而上学性）。超验形而上学是科学永远不可能达到和取代的领域，因而是哲学真正能够安身立命之处。它是人类智慧对哲学家的独特馈赠：人类智慧对经验事物的追本溯源，总会超越经验事物本身而达其先验和超验的根源。只是形而上地推论起来，柏拉图那超验的精神本体——理念——是不大合理的，后来受他的理念论启发和影响而产生的其他超验的精神本体，如上帝、绝对精神等，也不更高明。唯有近代康德为作为其感性现象界外在来源而设定的超验的物质本体——自在之物，则较为合理（康德的自在之物又指三个最高的统一体，即"灵魂"、"世界"和"上帝"，其中也包括精神本体。在这种意义上，康德的本体论是二元论性质的）。这是从超验的精神本体向超验的物质本体的发展。这种发展，可以在一定程度上看成是哲学超验形而上学本体论的完成。

西方古代客体性文艺本质论也有其历史发展的必然性和合理性。也可以认为，正因为有此古代客体性文艺本质论作基础，才可能有近代主体性文学创作论的充分发展，进而也才有现代着重中介性（主要是语言性）的文学批评论的充分发展。设若西方文论不是肇始于客体性文艺本质论，它在以上三方面的充分发展大约也是不可能的。

6

柏拉图和亚里士多德的哲学除本体论以外，还有相应的认识论和方法论。柏拉图的认识论可以叫"回忆"论，认为人的灵魂生前已经认识理念，因而已经具有了知识，人出生后通过感知事物而回忆起那些知识。亚里士多德则认为认识起源于感觉，而作为更高的、具有理性认识功能的灵魂有如蜡块，能留下外界事物的痕迹，这是带有反映论性质的认识论。可见两人的认识论都基于各自的客体性本体论，因而都具有被动性的特点，柏拉图的认识论尤其突出。这不像西方近代认识论，后者具有主体性能动创造的特点，并构成近代哲学的主要内容。

至于哲学方法论，柏拉图运用的主要是先验的理性辩证法，他认为靠它可以不通过感觉而辩证地认识那理念体系。亚里士多德则主要运用逻辑的归纳推理尤其是演绎推理的方法，这是与他的实体本体论和相应的认识论相统一的。柏拉图和亚里士多德的哲学方法论由于都基于并服从于其客体性本体论和认识论，缺乏独立自主性，不像现代哲学方法论那样，不但是该哲学的主体内容，而且还具有自主性，有的还被赋予本体论和认识论的性质，前者如解释学哲学的方法论，后者如分析哲学的语言分析方法论。

7

　　柏拉图和亚里士多德的文论除客体性本体论外，也有相应的创作论和批评论。柏拉图的创作论主要是灵感论，指模仿和分享理念的诗人是在"迷狂"状态下创作的，即依靠"神力凭附"而"代神说话"，那神就是最高的理念。亚里士多德的创作论更丰富，主要体现在戏剧理论中，包括对情节、性格、典型、有机统一性及虚构等的论述。两人的文学创作论都是根基于相应的客体性文艺本质论和哲学本体论的，所以都显出被动性，柏拉图的创作论尤其如此（他的灵感论与近代浪漫主义灵感论就有很大的不同）。这不像近代文学创作论那样，后者基于当时的主体性认识论，因而显出很强的主观创造精神，并构成近代文论的主体内容。

　　柏拉图的文学批评论很少，亚里士多德的也不多。柏拉图的文学批评主要是哲学和伦理的，这两者是一致的，因为哲学上最高的理念就是善。亚里士多德的文学批评也主要是哲学和伦理的，只是由于其哲学本体论和文艺本质论与柏拉图有所不同，其文学批评的标准也有所不同。在柏拉图看来，那些描写情欲、亵渎神明的模仿性诗人如荷马，应当被逐出他的理想国，只有那些颂扬神明（最高的理念）和赞美善的诗人才能留在他的国度里。亚里士多德则赞扬荷马，肯定模仿现实的诗，因为他的哲学本体论中有重视现实事物的一面，他的文艺本质论更强调模仿现实。可知两人的文学批评论都是严格遵循各自的哲学本体论和文艺本质论的，不像西方现代文学批评论那样，其哲学基础主要是相应的哲学方法论，而由于现代哲学方法论的独立自足性得到充分发展，相应于它的现代文学批评论也显出很大的独立自足性，并构成现代文论的主要内容。

8

　　古希腊哲学之后的古罗马哲学没有多少创新，中世纪基督教经院哲学也基本上沿袭了柏拉图和亚里士多德两人的哲学体系，只不过用神学的内容和宗教的非理性因素把柏拉图的"理念"和亚里士多德的"形式"改造成了"天国""上帝"。文论的情况也类似。古罗马时代的贺拉斯的诗论就遵循了亚里士多德的模仿说，只是把诗对现实的模仿变成主要对希腊古典作品的模仿。其"寓教于乐"的文学批评主张也主要是伦理道德的。中世纪奥古斯丁的经院哲学体系中的文艺思想，认定文艺起源于对上帝的模仿，文艺应当颂扬上帝，这显然是柏拉图的文艺模仿理念论的变种。

二 近代：哲学认识论与文学创作论

1

西方近代哲学不再着重研究客体的本源是什么，而是着重研究主体能否认识客体以及如何认识客体，这就出现了哲学从本体论向认识论的转向。这种转向研究所关注的已不再是客体，而是主体，所以这一转向也可以说是由客体论向主体论的转向。西方近代哲学的主要特点便是主体性。

这一转向的原因，从社会历史看，是文艺复兴运动中人性的觉醒为它准备了条件。此外，近代理论科学（尤其是数学）和实验科学分别对人的理论思维力和感性观察力的肯定，是对它的直接推动。从哲学自身的发展看，这一转向也有其必然性，本体论的研究已较充分，认识论的广大领域却有待开拓。

2

西方近代哲学的开创者是笛卡儿。他主要是一个理性主义者，认为可靠的知识来自理性直觉所获得的天赋观念以及对这种观念所作的逻辑推演。笛卡儿哲学的"第一原理"是"我思故我在"，其中便是以无可怀疑的"我思"（我的怀疑、感觉、想象、理解、意愿等）这种肯定和高扬自我主体性的理性主义认识作为起点和基础的，其本体存在"我在"（指作为心灵的精神实体或者说意识存在）也由之推出。但笛卡儿并不一概否认感性认识，他承认有来自外界的知觉观念，只是它是不可靠的。这对后来的经验主义认识论有重要的启发和影响作用。此外，笛卡儿因受物理等学科的影响而对物质界所采取的严格的决定论和机械论的立场，为18世纪的唯物主义所继承。由于笛卡儿对推动后代哲学发展所起到的多方面作用，他被认为是西方近代哲学的奠基者。

理性主义哲学家除笛卡儿外，主要还有斯宾诺莎和莱布尼茨。尽管两人有不同的本体观，却都坚持理性主义的认识论，有共同的基本观点，即都贬低感性经验，认为它不可靠，认为可靠的知识来自理性直觉和逻辑推理。这种理性主义可以追溯到中世纪的唯实论，像古希腊的柏拉图乃至更早的毕达哥拉斯和巴门德尼。在认识论上，斯宾诺莎的特点是不那么看重天赋观念，而更强调理性证明和对必然的认识。莱布尼茨的特点则是尤其看重天赋观念，强调心灵的潜能，声称"心灵原来就包含一些概念和学说的原则，外在对象只是靠机缘把这些原则唤醒"。这显然是后来康德先验认识论的一个来源：在康德那里，这种潜在的先天概念和原则变成了明确的先天直观形式和知性范畴。

经验主义哲学的奠基者被认为是洛克，其后的代表人物为贝克莱和休谟。他们的本体观也各不相同，但其认识论都是经验主义的，有着普遍的共同性，即都认为观念和知识的来源是感觉经验，都忽视或否认理性认识，反对天赋观念。这正与理性主义认识论相反。这种观点自然也有历史来源：培根和霍布斯是先驱，再往前则应追溯到中世纪的唯名论、古希腊亚里士多德的认识论乃至更早的德谟克利特的学说。

以上经验主义者在认识论上也有不同的地方。洛克不完全是经验主义者，他受笛卡儿理性主义的影响，也承认理性直觉和推理能力。此外，他承认感觉经验之外还有作为其来源的物质世界，这一点使他成为唯物主义的经验论者，与贝克莱和休谟不同。贝克莱则是纯感觉经验论者，他否认理性认识，并且以"对象和感觉是一种东西"而否认感觉经验之外还有客观世界存在。休谟也是纯粹的知觉经验论者（他称"知觉经验"而不称感觉经验），他否认理性的作用，认为思想中的一切观念，包括靠推理获得的知识，都不外是外部和内部感觉经验的"混合和配列"，因果关系这一重要的理性思维原理也不过是感觉经验的习惯作用和观念联想的结果。休谟的这种极端的经验论导致了彻底的怀疑论和不可知论：他不但否认和怀疑理性的因果关系，否认洛克关于外界是感觉经验的来源的思想，而且也否认贝克莱关于自我和上帝是感觉经验的来源的说法。在休谟那里只剩下纯粹的知觉经验，并且不知其从何而来。休谟的怀疑论一方面使康德体悟到理性主义的独断性，另一方面也使他看到，缺乏理性的普遍必然性的经验论最终必然走向不可知论。

理性主义和经验主义主要是认识论，两者着重研究的都是认识的来源、动力，认识主体的内在机制，观念和知识的真假及其分类等，这显然比古代认识论丰富、深入得多。两者的不同主要在于，理性主义强调理性认识而否认或贬抑感性认识，而经验主义则相反。就认识的主体性看，两者都是重视的，只是理性主义重视的是理智的直觉和推理等先天的理性主体性，而经验主义则重视对经验的感觉、观察和联想等感性的主体性。两者的片面性显而易见。随后康德的先验认识论则是对两者的综合。

3

康德的策略是用先验的（先天固有的，也是普遍、必然的）感性直观形式和知性范畴，去整理由作为本体的自在之物刺激人的感官而产生的感性材料，从而构成感性现象界和相应的知性知识。即是说，现象界和相关的知识虽然有外在来源，但在根本上是由主体先天的直观能力和知性能力所构成的，这即是哲学认识论上的所谓"哥白尼式的革命"。康德的这一思想，对后世产生了最深广的影响，其后的德国古典哲学以及现代不同派别的大多数哲学都在不同程度上以不同的形式重复着康德的这一认识论思想。

在康德的先验认识论中，主体在感性和理性上都有能动的构造作用。比较起以往理性主义和经验主义的认识论来，康德认识论中的主体性被丰富了，也被大大加强了。在这种意义上，主体性是康德认识论的一大特点。康德认识论的另一大特点是其形式性。主体先天的直观形式（时间和空间形式）和十二知性范畴本身都只是形式，需要来自外在的感性材料去充实，由此才能构成现象界和真理知识。没有外在材料的充实，先天的形式只是空洞的。康德认识论的先验的主体性和形式性决定了他的美学的先验的主体性和形式性，康德哲学正是通过其美学而对近代和现代文论产生巨大作用的（下文还要论说他的美学）。

4

对西方近代哲学的本体论和方法论也概说几句。西方近代哲学本体论的发展，一方面是继承传统的本体论，另一方面则是从认识论推导出的新本体论。源自古希腊的唯物主义本体论主要在培根和洛克等人的经验主义和18世纪法国唯物主义那里得到继承和发扬，后来又体现在德国费尔巴哈的人本主义的唯物主义中，并通过它而影响到马克思主义唯物论。古希腊客观唯心主义则主要对莱布尼茨和黑格尔等人的哲学发生作用，对康德哲学也有影响。

从认识论推导出本体论在笛卡儿那里就突出：从主体性认识论的"我思"推导出本体论的"我在"，并进而推导出本体论的物质世界和上帝的存在。"我思"这种主观意识的存在和上帝这种客观精神的存在属于精神世界，它们与物质世界同在，这是二元论。洛克从其经验主义的认识论出发，认为感觉经验之外还有物质实体这种本原存在。大约正是由于从感觉经验出发，他才发觉只能感知到事物的各种感性性质，包括"第一性质"和"第二性质"（其中第二性质仅为感知主体所有），而不能感知那作为这些属性的依托的物质实体。所以洛克的唯物论已不像传统唯物论那么单纯，它可以被看作康德的不可知的自在之物论的先声。贝克莱从纯感觉经验出发，推出"存在就是被感知"，而这感知就是作为主体心灵的自我，这是主观唯心主义的本体观，随后又推出始终保证着对事物感知的上帝的存在，于是最终又落入来自古希腊和中世纪的客观唯心主义本体观。休谟固守于纯粹知觉，宣称不知它从何而来，于是似乎人的知觉意识本身便成了世界的本体。康德的本体论也是二元论。在认识论中他设定自在之物这种物质本体，作为其先验感性认识的外在来源，但在伦理学中他又设定灵魂、上帝为自在之物，这却是精神本体。康德之后的德国古典哲学家抛弃了康德的作为感性认识外在来源的自在之物本体，他们更提倡理性思维能力，或者将它主观化为能产生"非我"的"自我"这种主观精神本体（费希特），或者将它客观化为"绝对精神"这种客观精神本体（谢林、黑格尔）。

从上述可见，近代哲学本体论在整体上并未超出古希腊哲学家开拓的精神本体（柏拉图的"理念"本体）和物质本体（德谟克利特等的物质本体和亚里士多德的"实体"本体）两大领域。但在此领域内却增加了如下的新内容：其一是发展出主观的精神本体论；其二是提出二元论的本体论；其三是提出"自在之物"这种超验的物质本体论（但在康德以前已有人使用"自在之物"这一概念）。这些新的本体论可以说都是相应的认识论深入发展的产物。概略来说，主观精神本体论是不可信的，它实际上也是不可能彻底的，如若将它彻底化，便往往走向客观精神本体论或者二元论，自近代以来的不少哲学已经证明了这一点。二元论本体论应当最富于形而上学思辨意义，因为它要解决人的意识的本原和物质世界的本原这两大问题。超验的物质本体论在西方哲学界信之者少，弃之者多，它其实是合理的。这种合理性也许将来会被进一步阐发出来。

西方近代哲学方法论主要是基于相应的哲学认识论。理性主义的方法主要是理性直觉方法和演绎推理方法。在笛卡儿那里，还有他独特的怀疑批判方法，但其目的也是获得推理的可靠起点。经验主义的方法主要是观察和归纳的方法（但休谟的经验主义怀疑论甚至否认归纳法）。康德等德国古典哲学家基本上也是理性主义的，所以理性的直觉法和演绎法也是其基本的哲学方法，但不同的哲学家又结合自己独特的方法，如康德的先验方法、黑格尔的辩证方法等。

5

西方近代文论一方面继承了古代传统文论，另一方面又紧贴近代哲学走着革新的路。与哲学上的"认识论转向"相对应，文论上也发生了"创作论转向"，即不像古代那样以本质论为重点，而是以创作论为重点的转向。这种转向的一个重要原因，便是近代哲学认识论的主体性特点对文论的巨大影响。因为创作主要关涉作家的主体性，而不像古代本质论那样主要关涉文学所模仿的客体性。此外，文艺复兴以来文学创作中主体意识的迅速增强也促进了这种转化。加之近代文论大多数是文学家的论说，自然容易偏于创作论。从文论自身的历史发展看，这一转化也是文论自身研究领域的必然拓展和深化。

6

西方近代文学创作论的发展可以分为两路，一路是在继承传统文学本质论的基础上发展起来的；另一路则是新的文学创作论，还可以从这种新的文学创作论中推导出相应的新的文学本质论。前一路是新古典主义和现实主义，后一路是浪漫主义和唯美主义。

新古典主义文论继承了古代的模仿论文艺本质论，所以它所包含的文艺本质论也是模仿论。但它已经主要不是文艺本质论，而是文学创作论了。其实，处在亚里士多德与新古典主义之间的罗马古典主义，可以说就已经转向创作论了。罗马古典主义的代表贺拉斯不是哲学家而是诗人，他的《诗艺》就主要是创作经验之谈。其中虽然也强调模仿，但主要是模仿作为典范的古希腊作品，所以可以说模仿论已经变成了一种创作的原则和方法，而不再主要是体现文学与现实的关系或者文学与理想的关系的本质论了。新古典主义的代表作是布瓦洛的《论诗艺》，它一方面是对亚里士多德的《诗学》的继承，另一方面在很大程度上又是对贺拉斯的《诗艺》的仿效和发挥。《论诗艺》中最著名的论点就是关于创作论的，如"三一律"和"类型说"等。"三一律"可以溯源到亚里士多德的"有机整体"概念和贺拉斯的"合式"原则，布瓦洛则对它们加以具体化和明确化，作为作家必须遵守的创作法则。布瓦洛的"类型说"认为艺术虚构的人物的性格应当始终不变，一定年龄和德行的人物具有一定类型的性格，等等。这些在贺拉斯的《诗艺》中已有类似的说法，并且也可以追溯到亚里士多德《诗学》中关于诗的描述，其带有普遍性的论述。此外，《论诗艺》中还有关于作品的语言、音律、结构及作家修养等的论述，这些是对古典主义作家的创作经验的总结，显然主要是文学创作论。

新古典主义文论表现出强烈的理性色彩。这从对传统的继承方向看，是对亚里士多德《诗学》中偏于理性方面的文艺思想的片面发展所致；从与哲学的横向关系看，则主要是受笛卡儿理性主义认识论的影响而形成的。其实，新古典主义的模仿论与亚里士多德的模仿论已有了很大不同。后者主要指对现实事物尤其是现实中的人的行动的模仿，而前者指对"自然"的模仿，而这"自然"在新古典主义那里是指事物的常理常情和普遍人性。这就是受理性主义哲学强调人的理性这种影响的结果。顺便指出，新古典主义的这种"自然说"与罗马古典主义的对希腊古典作品的模仿的主张倒是一致的，因为在新古典主义看来，古典作品正体现了"自然"。所以新古典主义也提倡仿效古典作品。新古典主义的"类型说"也基于人的性格有普遍性这种理性主义认识。"三一律"则体现了理性主义的法规、秩序、条理、明晰等精神。"首先你须爱理性，愿你的一切文章永远只凭着理性获得价值和光芒。"布瓦洛《论诗艺》中的这句话道出了新古典主义文论的真谛。

新古典主义重视理性，忽视情感，轻视个别和特殊，这些正是前述理性主义认识论的特色。然而，这些在很大程度上是违背艺术创作的规律和特点的，所以新古典主义有很大的局限性。它不但与浪漫主义相对立，与同样基于传统模仿论的现实主义也有很大不同。

7

现实主义是在传统模仿论基础上发展起来的，并对新古典主义有所继承。所以它也包含了模仿论的文艺本质论。但它的"模仿"与新古典主义又很不相同：它又返回到对现实本身的模仿，并着重对日常生活中的人和事物做真实而细致的描绘。在后来的现实主义那里，"模仿"两字逐渐为"再现""反映"等概念所代替。现实主义文论同样主要不是本质论，而是创作论。现实主义文学创作论的一个主要贡献在其典型论上。现实主义认为艺术典型是个性与共性的结合，并且重在个性，这是对新古典主义重在共性的"类型说"的颠倒。现实主义还提出塑造典型的两种基本方式，一种是歌德倡导的"从特殊中看到一般"的方式，为众多的现实主义大师所遵循；另一种为席勒所实行，后来仍为柏林斯基所主张的"为一般而寻求特殊"的方式。此外，现实主义文论中还有关于形式、体裁、创作技巧、语言风格诸方面的丰富多彩的论述，往往见解独到、深刻。这些都是文学创作论。产生于19世纪下半叶的自然主义，是现实主义衰落时期的变种。它主要也是创作论，主张以自然科学（如生理学）的纯客观态度，用实验的方法，去观察和描绘生活中的事件和人物。西方学者一般把它也归入现实主义之中。

现实主义之所以不同于新古典主义，是因其哲学基础有所不同。现实主义的哲学基础较复杂。从纵向的传统方面看，它坚持古希腊唯物主义的传统。从横向看，近代哲学中对它发生重要作用的，应是英国经验主义和法国唯物主义乃至德国费尔巴哈的唯物主义。经验主义重感觉经验，重观察具体事物，法国唯物主义一般也有这样的特点，并强调认识对现实的反映性，这就促使现实主义文论家在文艺本质论和创作论上发生了上述革新和变化。19世纪上半叶兴起的孔德的实证主义哲学及其后丹纳的实证主义文学批评，对现实主义文论也有影响，它们更是自然主义文论的哲学和美学基础。此外，黑格尔的哲学和美学对现实主义的典型论也有重要影响，上述柏林斯基在哲学上的观点就是从黑格尔美学出发，坚持"为一般而寻找特殊"这一典型观的。

新古典主义和现实主义作为创作论都体现了某种主体性，不同的是前者偏于理性主体性，后者则偏于感性主体性，这种不同主要体现在各自塑造人物的"类型说"和"典型说"上。

8

另一路文学创作论是浪漫主义和唯美主义，两者有着共同的哲学和美学基础，只是侧重不相同。浪漫主义的源头主要在柏拉图的文艺思想中；在亚里士多德的诗论中也有，如他说过诗可以描写合理可信却并不可能发生的事情。浪漫主义发轫于德国，在英法两国发展到高潮。浪漫主义关于文学的情感、想象和天才的论述最突出。关于情感的论说以华兹华斯的"诗是强烈情感的自然流露"最为著名。这一论断实际上已达到文艺本质论的高度，可以看成浪漫主义关于诗的本质的代表性论断。但这种文艺本质论实际上是从文学创作论的角度去定义的，也可以说是从文学创作论推导出来的，我们只须多引用几句即可见出："我曾经说过，诗是强烈情感的自然流露。它起源于在平静中回忆起来的情感。诗人沉思这种情感直到一种反应使平静逐渐消逝，就有一种与诗人沉思的情感相似的情感逐渐发生，确实存在于诗人的心中。一篇成功的诗作一般都从这种情形开始，而且在相似的情形下向前展开。"（《〈抒情歌谣集〉1800年版序言》）这里说的是创作过程中情感的产生及发展变化（这一点包含着颇为深刻的美学原理，下文将谈及），我们从中可以见出情感既是创作的动力，也是创作的目的。开首一句"诗是强烈情感的自然流露"可以看作是对这一创作过程的概括，并提高到文艺本质论的高度。正因为这种本质论只是从主体的创作方面去看的，它必然有其固有的局限性：它只与创作主体相关联，而未顾及社会现实、读者和作品本身。它只是关于文学本质的一种表现论，即情感表现论。

浪漫主义对想象的论说也很多。想象力是作家基本的创作能力，想象活动是作家基本的创作活动，它在一定思想、情感的作用下把感性材料组合、改造或者变形为艺术形象。所以关于想象的论述显然属于文学创作论。但从艺术想象的角度也可以给文学尤其是诗歌下定义，形成相应的文艺本质论。如雪莱说："诗可以解作想象的表现。"浪漫主义还鼓吹天才的独创和灵感的作用，这显然也属创作论。浪漫主义在创作手法上也独具特色，如雨果在《〈克伦威尔〉序》中针对新古典主义创作原则而提出的对照原则。

浪漫主义高扬创作的主体性，这种主体性与新古典主义的创作主体性有所不同。如前所述，新古典主义主要具有理性的主体性，而浪漫主义具有的则是情感、想象、天才等感性的主体性，后者具有更强的主观性。这种不同使浪漫主义表现出强烈的反新古典主义的色彩。但两者究竟具有创作主体性这一共同特点，由此亦可知浪漫主义在对新古典主义的反叛中也有一定的继承关系。由于情感、想象、天才等感性主体性更接近文艺创造的本质，浪漫主义比新古典主义具有更大的合理性。浪漫主义的创作主体性与现实主义创作主体性也有所不同。现实主义的创作主体性虽然也主要是感性的，但远没有浪漫主义那么强烈，更重要的是，浪漫主义的感性主体性偏于感性情感的表现，而现实主义则偏于对诸多感性经验的描写。

9

唯美主义认为美是纯粹的，与真理和道德都无关，文艺就是这种纯粹的美。文艺既然与真理和道德功利都无关，那么它也就是纯形式的。唯美主义者正是这样认识的，王尔德的话最典型，他在《批评家就是艺术家》中说"形式是一切"。"首先得拜倒在形式的脚下，这样艺术的任何奥秘才不会对你保持秘密。"文艺是纯美的，是形式，这显然是一种新的文艺本质观，它既不同于自古希腊以来的模仿论，也不同于浪漫主义的表现论。有人把这种文艺本质观叫"唯美论"或者"审美论"，这当然不错。但我们宁愿把它叫作"形式论"，理由有三：第一，说文学的本质是形式的，比说它是纯美的更具体、切实。因为美是一个很抽象的概念，而且有多种不同的内涵，如柏拉图说"美是理念"，济慈说"美即真"。其实，各种文艺本质论在自身的意义上几乎可以说体现着一种美的观念。而唯美主义所认为的文艺是纯美中的"美"，偏重指"美"是艺术形式。第二，唯美主义的这一文艺本质观主要来自康德。康德的哲学和美学都有主体性和形式性两大特点。康德对"美"有两个界定，一是"美称作审美的观念的表现"，二是"美只应涉及形式"，前者主要体现主体性特点，后者主要体现形式性特点。在康德那里，这两者是统一的（详见下文）。但浪漫主义片面发展前者而忽略后者，这体现在其文学表现论中；唯美主义则片面发展后者而忽略前者，这体现在其文学形式论中。第三，以唯美主义为起点而至现代，西方文论发展出包括后来的俄国形式主义、新批评、结构主义等一股强大的形式主义思潮，它们的文艺本质论可以通称为形式论，虽然它们主要不是文艺本质论而是文学批评论。可知形式论是一大类文艺本质论，它包括不同的文学形式论，正如有不同的文学模仿论和文学表现论一样。

但唯美主义主要不是文艺本质论，而是文学创作论。唯美主义者受康德形式主义美学的影响，并吸收了浪漫主义文论中已有的唯美因素（如济慈的"消极能力说"等已有明显的唯美倾向。详见本书第二章第一节），而形成上述文学本质观。由于唯美主义者大多是文学艺术家，他们的目的便主要不在于提出这样一种文学本质观,而在于将它贯彻到创作实践中。戈蒂叶提出"为艺术而艺术",爱伦·坡提出"为诗而诗",都可以看成是创作原则,即文艺创作要排除真理知识和道德功利而创作出纯美的作品。他们十分重视作品的结构、技巧和音律等,其中爱伦·坡尤其着重对诗歌语言音乐性这种纯美形式的追求,他成了后来波德莱尔和马拉美等象征主义者的"导师"和榜样。唯美主义者的论说也结合了自己的创作经验,如爱伦·坡的论文《创作的哲学》就是对自己创作经验的总结和阐发。此外,唯美主义者提倡刹那间的审美直觉和感性的审美享受,爱伦·坡和佩特对此论说较多。这也可以看成是关于艺术创作的方式和效果的论述。

与浪漫主义创作论比较,唯美主义创作论已经不集中在创作的动力、过程及思维方式等创作主体性方面,而是逐渐转到作品的审美特征、审美效果上,这是从作家的主体性向作品的客体性的转变,虽然后者实际上是前者的投射和客观化。这一点可以看成是西方现代文论中文本具有客观独立性这一特点的先兆。

10

浪漫主义文论和唯美主义文论的哲学基础主要是康德哲学,只是前者侧重于其主体性,后者则侧重于其形式性。康德哲学对两者的影响又是通过其美学而发生作用的。

康德美学是其哲学的重要组成部分。我们知道,康德的《纯粹理性批判》是关于认识论的,讲认识必然即真的问题;他的《实践理性批判》是关于伦理学的,讲实现意志自由即善的问题。然而这两者之间是不能沟通的。他的《判断力批判》是关于审美论和目的论的(我们只论前者),被用来沟通前两者以完成其哲学体系。由此可知,康德美学一方面是以知性的真为基础的,另一方面又指向意志的善,或者说它关联着知性的必然和意志的自由,因而具有双重性质。这是须首先明白的大要。

如前所述,康德认识论是先验的,先天的感性直观形式和知性范畴便是其先验原理。这个先验原理具有主体性特点:主体以感性直观形式

17

和知性范畴构造了现象界和相关的知识，康德自称这具有哥白尼式革命的意义。这个先验原理又具有形式性特点：感性直观和知性范畴本身只是空洞的形式，需要感性材料去充实。康德认识论是其整个哲学的基础部分。康德的伦理学也是先验的，其先验原理是：按照你同时认为也能成为普遍规律的准则去行动，把人当作目的而不是工具，每个理性者都是颁布普遍规律的意志这样三条"道德律令"或者"绝对命令"。这种先验原理也是主体性的，因为它宣称道德行为仅由主体的实践理性（自由意志）自行决定，并不受制于经验界的客观条件。这也有哥白尼式革命的意味。它也是形式性的，因为它只是自由意志的抽象表现，并无通常行为的动机、利益等经验性的实在内容，显得相当空洞，需要具体行动去体现。可知伦理学的先验原理也具有主体性和形式性的特点。

　　联结康德的认识论和伦理学的美学也是先验的，也具有先验的原理。康德在《判断力批判·导论》中就说："判断力同样地在自身包含着一个先验原理。"那先验原理是什么？康德称之为"主观合目的性"（与关于对象的实用性和自身完满性的"客观合目的性"相对），它具体表现为主体的想象力与知性的自由活动。这一先验原理也具有主体性的特点：对象之为美，是由于它符合了主体的主观目的，即引起了主体的想象力与知性的自由活动，而与对象自身的客观性质和实用价值无关。这就是说，对象之为美，实际上是由主体决定的，而不在于它本身就是美的，主体仅仅反映它。这对于美在对象本身（如柏拉图认为"美是理念"，亚里士多德认为"美在对象的体积大小和秩序"）的传统观念来说，也有类似认识论上的哥白尼式革命的意义。

　　这种审美先验原理也有形式性的特点：主观合目的性也叫"形式合目的性"。其意思是说，从主体方面看，康德认为想象力与知性的自由活动是无知性概念的活动，也不关涉善恶利害，所以审美判断是"形式判断"；从对象方面看，仅仅是对象的形式引起主体的想象力与知性的自由活动，于是对象作为美并不具有关于对象的概念知识和实用功利等通常意义上的内容，因而只是形式（但它蕴含着"普遍传达的心意状态"或者称"情调"，详见下文）。所以康德说"美却实际上只

18

应涉及形式"(《判断力批判》上卷第 13 节。以下引文只标出节数)。康德美学的先验原理的形式性,比他的认识论和伦理学的先验原理的形式性更突出。后两者本身虽然是先天固有的形式,但当它们发生作用时,它们却接纳进感性材料,从而进行着形式与内容相结合的活动,其结果更是偏重于内容的东西,即真理知识和道德行为。而作为审美先验原理的主观合目的性或称形式合目的性,它本身实际上还不是已经存在的先天形式,而仅仅是主体意识中一种先天性形式活动的要求和可能性。它要靠直观把外在对象的表象摄入意识后,才能具体表现为主观合目的性的想象力与知性的自由活动。而这活动本身也是形式的,因为如前所述,这一活动与通常作为内容的概念知识和实用价值无关(这与直观只摄入对象的表象形式而无关其性质和实用价值是统一的),作为这一活动所造成的美也是形式的,即不具有概念知识和功利目的这种通常意义上的内容。

11

浪漫主义文论受康德美学主体性的影响是相当明显的。艾布拉姆斯在其《镜与灯》一书的前言中说:"本书题名相当于对人的头脑作两个相反的比喻,一个把人的头脑比作外在客体的反应器,一个比作光芒闪耀的探照灯,能使其所察见的客体清晰可见。第一个比喻具有从柏拉图到 18 世纪的许多思想特征,第二个比喻代表当前盛行的浪漫派关于诗的见解。"第二个比喻就是指浪漫主义者将其自我主体性加诸客体,使之依照那主体性光照下的形式(而不是客体本来的形式)呈现出来。这与康德关于主体意识建构现象界和创造美是相通的。

浪漫主义文论主要表现在对情感、想象和天才的论述上,康德的哲学和美学能给这些论述以稳固的基础。康德在哲学上第一次划定情感为独立的领域,即审美的领域,与认识论的理智领域和伦理学的意志领域相对应。相应地,他明确指出"是主体的情感而不是客体的概念成为它(按:指审美判断)的规定根据"(第 17 节),"因为美若没有对于主体的情感的关系,它本身就一无所有"(第 9 节)。浪漫主义者曾经强调情感是创作的动力和目的,把它提高到诗的本质的高度,康德的话显然为此提供了美学根据。

但浪漫主义者所说的情感与康德论说的情感也有不同之处，后者是严格意义上的审美情感。在审美判断中，所谓主体的想象力与知性的自由活动，就是知性不以概念形态而以情感形态制约和支配想象的活动。康德认为这种情感蕴含着概念不能完全指明的丰富思想（参看第49节），因而具有普遍意义。他给这种情感许多名称"具有普遍传达性的心意状态""作为概念伴奏的'主观情调'""合目的性的情调""自由情绪"等。这种情感就是审美情感，它不同于作为审美活动结果的审美快感。对审美主体来说，这种审美情感是审美判断的根据（康德在《判断力批判》中对审美快感的论说较多，有时也说它是审美判断的根据）；对于审美对象来说，这种审美情感被主体赋予审美对象，从而作为美的对象的内在意蕴。《判断力批判》中对于审美情感的深刻而精细的分析，为许多关于康德美学的论著所忽略。

浪漫主义文论所论说的情感则有两种情况。一种就是上述严格意义上的审美情感，如华兹华斯所说的在"平静中回忆起来的情感"，济慈在"消极能力"说中所提到的"处于含糊不定、神秘疑问之中"而"不必去追寻事实和道理"的情感状态。这种情感保证了浪漫主义诗歌的美学性质。另一种则不限于这种狭义的审美情感，而是包括感官快感在内的，尤其与善恶利害联系着的情感，往往由诗人直接表现和宣泄出来，形成一种具有突出的"自我意识"的情感。它在诗歌中既有突破纯粹美范围的意义，也有形成滥情的一面。

记住康德的审美情感与浪漫主义所论说的情感的区别很重要。浪漫主义虽然继承了康德的主体创造性，却同时也把主体的普遍意识转变成了诗人、作家的个人的自我意识。这一转变在一定程度上是违背美学规律的，浪漫主义中极端的自我意识的表现就暴露出弊病，这种弊病在浪漫主义者自身中已有所体现，如歌德、济慈等。这一转变在哲学上大约也有费希特的"自我论"（通过谢林）的影响作用。浪漫主义的自我意识这一特点，为从唯美主义到现代认同康德形式论的不少形式主义文论家所抵制和诟病。

康德的《判断力批判》一书充分肯定了想象力的创造功能，认为想象力利用大自然提供的素材创造出完全不同的、优越于大自然的东西。在《判断力批判》一书中，想象力的创造功能被分为两种情况：一种是在审美判断中想象力与知性自由活动，其间知性并不以概念形态而以情感形态制约想象的活动，从而创造出形式美，即康德所谓的"纯粹美"或称"自由美"。这种美中蕴含普遍情感的内容，而并无通常意义上的内容。另一种情况是在审崇高（崇高属广义的美，即壮美）中想象力与理性自由活动，其间理性也不以概念形态而以道德情感的形态提升想象力，从而创造出有明显道德意识的崇高美来（康德的主观合目的性这一先验的审美原理，是以"想象力与知性的自由活动"和"想象力与理性的自由活动"这样两种表现形式出现的，康德美学实际上也是以这两种形式或者说两个步骤来把知性认识的必然与理性伦理的自由联结起来的）。在以上两种情况中，想象都作为创造的基本功能，而情感（包括基于知性的一般情感和基于理性的道德情感）则是创造的动力和内在根据。

前述浪漫主义关于想象是文学创造的基本功能的论述与上述康德的论说是相通的，我们因此可以认为，前者是有合理的美学基础的。浪漫主义者中柯勒律治《文学传记》中的想象论最丰富，也最著名。他认为想象具有"综合神奇"的力量，或者说能够用来调和及平衡理智和意志。它是诗的"灵魂"，能"把一切塑造成一有丰姿、有意义的整体"。这就显现出康德想象论的痕迹，但更显出康德的后继者谢林的影响。谢林认为想象可以统一理论和实践、主体和客体、有意识和无意识、必然和自由，这是对康德想象论的继承和发展。

康德宣称"天才是天赋的才能，它给艺术制定法规"。认为艺术是天才的创造；天才具有独创性和典范性的特征；天才创造出的作品是范本，范本即艺术法规，不可模仿，只给人以启示（参见第46至50节）。因而独创似乎是天才的特权。浪漫主义者论天才与康德颇类似。如柯勒律治说"诗是诗的天才的特产""天才在想象中创造"。卡特尔说"天才有他自己的特权"。雪莱说"诗人是世间公认的立法者"。浪漫主义的天才论较复杂，除受康德的影响外，还因袭了柏拉图神秘主义的天才论和灵感论，这在雪莱的身上较突出。康德天才论的可贵之处在于他不止于提出上述论断，他还根据审美判断的先验原理和审美活动的本质，对艺术天才的机制进行深入的探索和猜想。他认为天才的创造是主体想象力与知性的自由活动中想象与知性两者形成了一种"幸运的关系"，即一种恰当的"比例"关系。他说"天才本质地建立于那幸运的关系里，这关系里是没有科学能讲授，也没有勤劳能学习"。所以天才不存在于科学中而只存在于艺术中。可见康德对天才的解释既不同于强调后天训练的新古典主义天才论，也不同于柏拉图的归于神灵凭附的神秘主义天才论，它闪耀着先验哲学理性的光亮，它因而使浪漫主义的天才论具有较为合理的基础，在西方文论史上达到一个新的高度。

以上所论的情感、想象和天才，都属于主体性的感性方面，浪漫主义正是以这一点与新古典主义尖锐对立的。但浪漫主义的这种主体性总的来说是在理性制约下的，是在肯定主体理性的前提下为适应文艺特征而对创作者诸感性能力的强调和张扬。这种情况的一个重要原因，便是对它发生强大影响的康德哲学和美学以及其他德国古典哲学基本上都是理性主义的。在康德的批判哲学中，其广义的理性就包括由感性直观和知性认识组成的"纯粹理性"和由自由意志和伦理道德组成的"实践理性"。浪漫主义的这种情况不同于20世纪的现代主义，后者有时也很张扬自我意识和情感等主体性因素，但经过叔本华、尼采和柏格森等非理性主义哲学的影响和转化，这种主体性已具有非理性的性质。其实，浪漫主义文论本身也具有一定的非理性因素，并且对康德以后的德国古典哲学在一定程度上的逐渐非理性化发挥了推动作用。从这个意义上讲，浪漫主义是现代主义的一个来源。

12

唯美主义者关于艺术自足，与真理和道德功利无关的思想，与康德的见解很相近。他们强调艺术形式，追求纯粹的美，显然也接近康德的"美只应涉及形式和偏重于纯粹美（自由美）"的思想。唯美主义对康德的这种思想也有发展，那就是把这种思想变成"为艺术而艺术"的创作原则，并付诸实践。可知唯美主义主要基于康德美学中的形式论。

但康德美学的形式论与唯美主义的形式论也存在着深刻分歧。康德宣称美只应涉及形式，是就美独立于真和善（与情感领域独立于理智领域和意志领域相对应）而言的，即美本身并不具有真和善那样的通常意义上的内容。就美的形式自身而言，如前所述，康德说它具有一种普遍情感即审美情感，这种情感中却蕴含了不能用概念完全表达的丰富含义，这种情感就可以说是美自身独特的内容。康德形式美论中的这一深刻思想，却为包括唯美主义者在内的许多形式主义者所忽略，或者说没有为他们所理解。有的唯美主义者把艺术当作单纯的形式美，就不免滑向追求对美的感性形式的感官享受。而康德虽然宣称美只应涉及形式，但同时认为美基于知性认识和理性伦理，因而是合规律的，合目的的，它是道德的象征，可以陶冶人、教育人。两相比较，相去甚远。在这一点上，唯美主义者以及其他形式主义者都比康德浅薄。唯美主义者之所以如此，原因之一大约是受基于英国经验主义哲学的经验主义美学的影响，这种美学中有强调审美感觉经验和感官快乐的一面。

13

唯美主义之后是象征主义，它兴起于 19 世纪 80 年代，鼎盛期却在 20 世纪初。象征主义在文学本质观上属表现论，但它主要也不是文学本质论而是文学创作论。与这种文学创作论相应，它在文学创作上有辉煌的业绩。

象征作为艺术手法古已有之。它在浪漫主义时期已开始运用得较多，如在布莱克、雪莱等人的诗中，加之象征主义的先驱爱伦·坡和波德莱尔等被认为是浪漫主义晚期诗人，因而一般认为象征主义源于浪漫主义。象征主义与唯美主义关系更紧密，可以说象征主义是直接从后者转化而来的。爱伦·坡是唯美主义的代表诗人，波德莱尔和其他象征主义者如马拉美等也是唯美主义者。其中爱伦·坡所追求的诗意的不明确性和暗示性以及对诗的音乐性的强调，对波德莱尔、马拉美直至后期象征主义诗人如艾略特等，都产生了相当大的影响。因此，象征主义在不同程度上兼有前述浪漫主义的主体性和唯美主义的形式性两种色彩。总的来看，它在表现论的文学观上与浪漫主义接近，在形式论的文学观上与唯美主义接近。在这种意义上，象征主义通过浪漫主义和唯美主义而间接具有了康德美学的基础。康德美学在一定程度上也正是经过它的传承而对20世纪的文论，尤其是其中的创作论产生影响的。

象征主义也有独特性，主要是其神秘性。象征主义的奠基者波德莱尔持一种神秘的"对应论"，认为世界万物的后面隐藏着神秘的含义，是"另一个世界"，前者是后者的象征符号，即所谓"象征的森林"，两者是相互对应的。波德莱尔认为，诗人能窥知那神秘的另一世界，于是外在的世界万物与诗人的心灵也是相互感应的。波德莱尔的后继者兰波、魏尔伦、马拉美等人接受和发展了这种神秘论，并因而强调用刹那间的直觉、内心的梦幻、含混的形象以及诗的纯音乐性等，去暗示和象征与外在世界相互感应的内心的"最高真实"。马拉美在《关于文学的发展》一文中就宣称，"象征就是由这种神秘性构成的：一点一点地把对象暗示出来，用以表现一种心灵状态"。这种神秘主义思想在后期象征主义诗人如瓦雷里、里尔克、叶芝、艾略特等人那里也不同程度地存在，但被注入了较多的哲理。由于上述神秘性特质，象征主义诗风必然朦胧、晦涩，但颇能传达诗人微妙的感觉和情绪。

象征主义这种对超验的彼岸世界的玄想和探求，在哲学上应溯源于柏拉图的理念论，这个理论经过中世纪与基督教神学相结合的新柏拉图主义的阐发而更富有神秘主义性质，并流行于世。另一个直接的来源则是受上述思想影响的瑞典神秘主义哲学家斯威登堡的"对应论"，这一理论认为，自然界的万事万物之间存在神秘的相互对应的关系，在可见事物与不可见的精神之间存在相互契合的情况。

象征主义的直觉说也可以远溯到柏拉图的"迷狂"说。但它的更直接的亲缘则是对德国古典哲学加以反拨的叔本华、尼采的非理性主义哲学。而承接叔本华、尼采二人的柏格森，其生命哲学中的直觉说在20世纪初的影响更大。这些直觉说的共同特点是反对理性思维，认为只有通过非理性的直觉，即内心体验、感悟才能把握世界的神秘本质。象征主义的直觉说及其神秘倾向是与此相通的。

这样我们看到，与前面的文论相比较，象征主义的哲学基础有了一个转变，那就是非理性主义的渗入，它与传承下来的康德哲学和美学的主体性和形式性的影响结合到一起，使象征主义的主体性和形式性特征都染上了非理性主义的色彩。这是与唯美主义，尤其是浪漫主义很不相同的。例如，浪漫主义诗人的自我表现一般是在理性光照下的情感、想象和理想的表现，一般具有逻辑性和明晰性。而象征主义诗人表现的则多是瞬间即逝的感觉印象，飘忽的幻觉和内心不可捉摸的隐秘情绪。音乐性等语言形式的创造也从属于此，即往往偏离理性规则而以极端的纯形式来表现那种非理性的情绪。非理性在象征主义那里只是一个开端，它在20世纪其他文学流派的创作中甚至呈现泛滥之势。

象征主义的第二个特征是对诗的音乐性和语言形式的极端强调。象征主义继承了唯美主义注重诗的音乐性的传统，并推向极端。魏尔伦宣称诗的音乐性是第一位的。马拉美也认为诗的美主要就是音乐性，他晚年更着意于诗的语言文字，试图在单纯文字上寻找无含义的美，这可以说开了西方现代诗学中以语言为本体的先河。这种情况一方面固然是由于唯美主义的影响，另一方面也与上述象征主义特有的神秘性有关：象征主义者正是试图以无内容的诗的音乐性来暗示那种神秘性。

还有一个特征是象征手法的大量的、独特的运用。与以往的诗歌相比，象征主义诗歌中运用的象征手法当然普遍得多，但更重要的是这种象征手法有独特性。传统的象征一般是固定的，容易为读者所理解，而象征主义诗歌中的象征由于要表现那神秘的境界和个人独特的主观感觉和情绪，所运用的象征必然是独特的，有主观随意性、个人性，被称为"私立象征"，其象征形象往往离奇、怪诞，这是象征主义诗风晦涩难懂的直接原因。

象征主义跨越19世纪和20世纪。它是19世纪最后一个创作论占主要地位的文论。20世纪以来，这种创作论文论难以为继，相对地让位于新崛起的批评论文论了。

14

对近代文艺本质论和批评论也略述如下。新古典主义文艺本质论主要基于亚里士多德的模仿论，但已有所不同。后者主要模仿人的行为，而新古典主义提倡模仿"自然"，即普遍人性。这一变化主要是受当时的理性主义哲学的影响而造成的。现实主义的文艺本质论也是模仿论，但强调的是"照原样表现世界"，尤其注重对普通人物和事件的细致刻画，所以可以叫"再现论"了。这一思想流转到苏联和东欧而变成社会主义现实主义的"反映论"文艺本质论。

近代文学表现论是笼罩在康德的"美是审美观念的表现"的思想之下的。浪漫主义文学表现论中最流行的是情感表现论，其次是想象表现论。在象征主义文论中，则着重指表现幽微隐秘的情绪和梦幻等所谓心灵的最高真实。表现论发展至现代，则流变为克罗齐的"直觉"表现论、弗洛伊德的无意识表现论，以及其后诸多现代主义文学创作论中所包含的表现论思想。唯美主义的唯美论的实质是形式论，主要来自康德的"美只应涉及形式"的思想，但实际上是对康德形式美思想的片面的接受和发展。形式论文学本质论对现代文论的影响似乎比表现论的影响更广泛。现代文论中的形式论文学本质论的共同特点，是强调文学形式和文本的独立自足性及其美学价值。

近代文学批评论一般也是与相应的文学本质论尤其是创作论相统一的。新古典主义文学批评承袭了古代着重哲学和道德批评的传统，加上理性主义哲学的巨大影响，主要表现为一种遵循理性主义的道德标准和艺术条规的教条式的批评。现实主义文学批评基于现实生活，所以是社会、历史的批评。浪漫主义文学批评重在文学家，主要是传记批评。唯美主义文学批评重在作品的艺术形式，是形式批评——它是现代形式主义文学批评的一个重要来源（另一个重要来源是实证主义批评）。

以上诸文学批评论都是依附于相应的文学本质论和创作论，而不是直接基于某种哲学方法论或者科学方法论。它们的共同特点是印象式批评。但20世纪中后期却产生了一种有独立性的文学批评。所谓有"独立性"，是指它主要不是依赖某种文学本质论或创作论而产生的，相反，它的产生倒促成了一种文学创作实践和相关的文学理论，即自然主义的创作实践和理论。这种文学批评就是丹纳的实证主义批评。这种实证主义批评以近代广阔的现实主义文学为背景，但它主要是在孔德的实证主义哲学的影响下产生的。它包含了相应的文学本质论和创作论，但它主要是批评论。这种批评论的特点，是采用科学实证的原则和方法（与前诸批评论的印象批评方式相对）。不过，它主要是从自然、社会、历史的角度去追求实证（确实、可靠），更准确地说，是对作品中出现的种族、时代、环境诸因素进行实证研究。这一点与现代文学批评中的实证批评不同，后者是对作品的文本进行实证的分析和批评。实证主义批评是第一个以批评论为主的文论，又是直接以现代哲学为基础的文论，但它还不是现代文学批评，因为从文学批评自身来说，还没有摆脱以自然、社会、历史和作家为批评角度这一悠久的传统。20世纪初的俄国形式主义批评虽然在一定程度上仍然具有实证主义的科学精神和原则，却以语言形式和文本为中心，它才是西方现代文学批评的开端。稍后的现象学文论则开始摆脱以作者为中心而趋向读者，形成西方现代文学批评的又一特色。

三　现代：哲学方法论与文学批评论

1

西方现代哲学由古代哲学尤其是近代哲学发展而来，自然包含了对古代本体论和近代认识论的继承和发展。但西方现代哲学的特色不在本体论和认识论，而在方法论。在一定程度上可以说，西方现代哲学发生了从认识论向方法论的转向。西方某些学者的所谓"语言（论）转向"，其实只是这种方法论转向的一部分，是现代哲学方法论发展到一定时期的结果。方法在本质上属于主客体之间的中介，所以从认识论向方法论的转向也可以说是从主体性向中介性的转向。如果说西方古代哲学的特点是客体性，西方近代哲学的特点是主体性，那么西方现代哲学的特点就是中介性。在主客体之间的诸多中介中，最普遍最重要的中介是语言。某些西方现代哲学家因过分看重和夸大中介性而把语言张扬为本体，从而否认它的中介性、工具性，这正类似某些近代哲学家因过分看重和夸大主体性而把主体张扬为本体。如果说后者并不是合理的，那么前者也难有合理性。

从哲学本身的历史发展看，通过古代着重本体论的研究，近代着重认识论的研究，剩下能给哲学（指纯哲学）研究充分发展的地盘，就是方法论了。现代自然科学和人文科学的迅速发展，学科的高度专门化，研究方法的层出不穷，有力地促进了现代哲学方法论的发展。现代哲学中的数理逻辑方法、语言分析方法、符号化方法、结构主义方法、精神分析方法等，都来自物理学、数学、心理学等自然科学和语言学等人文科学。

2

西方现代文论由西方古代文论尤其是近代文论发展变化而来，但其重心已不在文学本质论和创作论，而在批评论。这种文学批评论的转向是与上述哲学方法转向相对应的，因为从外在原因看，前一转向正是由后一转向引起的。西方现代文学批评派别林立，空前繁荣，它们之间的主要差异就在于分析、评价作品的方法不同，而这些不同的方法主要就是由不同的哲学方法论提供的。

西方现代文论中的批评论转向，在一定程度上也可以说是"语言（论）转向"。从外部原因看，就是因为对哲学的语言研究或偏重于语言研究的诸方法，如结构主义、解构主义、符号学、解释学等方法，直接造成了相应的文学批评。此外，现代语言学研究也直接影响过文学批评。从文学理论自身的发展看，20世纪唯美主义就开始重视语言研究，在象征主义那里更突出。至20世纪初的俄国形式主义文论，结合当时苏俄的语言研究，就已明确开始了以语言为中心的文学批评了。当然，这种情况也可以看成逐渐剥离康德美学的形式论中所蕴含的主体性，从而使文学形式客观化、孤立化在语言上和文本上呈现出的结果。

3

西方现代哲学分为科学主义和人文主义两大思潮。科学主义又称实证主义，因为后者是科学主义的主流。实证主义主要不是本体论，而是认识观和思维方式。三代实证主义在划清经验科学和形而上学的界限、拒斥形而上学、力求实证地亦即科学地认识经验事物上是一致的。它们的差别主要在于认识原则和认识方法的不同：第一、第二代实证主义主张用感觉经验去证实科学理论，采用的仍是经验主义的归纳方法。声势浩大的以卡尔纳普为代表的第三代实证主义即逻辑实证主义，主张把经验事实与命题的意义联系起来，提出"经验实证"原则，认为被经验事实证实的命题才是有意义的科学命题，否则就是无意义的形而上学命题，应予以清除。这就从原来以经验事实来证实的原则，发展到以意义的命题来证实的原则，从而引出对人工语言的数理逻辑分析和后来的对日常语言的意义分析。其实证方法也就由经验事实的归纳方法变为语言分析方法。由此也就把哲学问题变成了语言分析问题。其实，在此之前，以罗素和维特根斯坦为代表的逻辑原子主义（它是逻辑实证主义的一个来源，两者同属分析哲学）已经开始运用语言分析方法，并领先宣称"逻辑是哲学的本质""全部哲学是语言批判"。逻辑实证主义之后的波普尔的批判理性主义，又用"经验证伪"原则代替"经验证实"原则。两原则的实质其实相似，但方法却由原来的语言分析改变为直觉、猜想和反驳。他据此原则和方法提出的"P1—TT—EE—P2"知识增长的动态模式，就是一个科学认识的方法论模式。其他科学主义哲学也主要是一种方法论。如与实证主义相近的实用主义，其创始人之一詹姆斯就说它是一种方法。结构主义、解构主义和符号学等哲学的方法论性质更突出。科学主义哲学一般不讲本体论，其方法论主要是与认识论相统一的，但实际上在很大程度上代替了认识论。从科学主义哲学的发展看，其方法论的上述发展变化似乎也体现了某种合理的发展逻辑。

4

人文主义一般又叫非理性主义。其实叫"非理性主义"是不大恰当的，至少有片面性。现代早期的人文主义哲学确实是非理性主义的，它们主要是本体论。在叔本华那里，康德的自在之物被改换为生存意志，继而被又尼采变化为权力意志，后来柏格森又演化其为绵延和生命冲动。这些非理性的本体丰富了西方哲学的本体论。但它们不能靠经验主义所注重的感觉经验去获得，也不能靠理性主义所注重的概念、判断和推理去获得，而只能靠非理性的直觉体验去获得。所以这种内心直觉的方法就至关重要了。这些非理性主义哲学没有明确的认识论，其认识论在很大程度上被直觉主义的方法论所代替。至柏格森，直觉的作用和地位被大大加强，他甚至认为直觉在某种意义上就是生命冲动本身，这是把方法论提升到本体论高度。柏格森的哲学就叫直觉主义，可以说就是以其方法论命名的。

20世纪初胡塞尔现象学哲学的一个重要特征和贡献就是方法论，方法就是著名的现象学方法，即以意向性构造为前提的还原法，包括本质还原法和先验还原法，前者更有普遍性也更有价值。本质还原法又叫悬置法或本质直观法，指排除一切预设和先见而直观（直接地看）事物的本质。与上述非理性主义的直觉法比较，本质直观法已无那种主观随意性和神秘性，而是具有了具体性、客观性和现实性。所以胡塞尔的现象学哲学以及随后的解释学哲学都不能叫非理性主义，胡塞尔在自己的哲学中反倒强调理性，反对非理性，他实际上是要返回到笛卡儿和康德的人文主义的理性哲学。不过，就其本质直观法不用概念、判断和推理，而仅靠直观获得本质而言，它与非理性的直觉法仍有共通之处。胡塞尔的现象学方法是很独特的，但它在人文主义哲学中仍显示出承上启下的作用。所谓承上，指它与非理性的直觉法有共通之处；所谓启下，则更明显，指启迪海德格尔创立存在主义并开启解释学方法。

海德格尔是存在主义哲学的代表，他的存在主义主要是本体论。这种存在本体早期是靠作为此在的人来显现和展示的，而这种展示便具有现象学的方式，即把主体的"烦""畏""死"等非理性的主观情绪意识直接显示出来（已不同于胡塞尔偏重对事物的客观意义的显示）。而这种对主体主观意识的现象学性质的显示，在海德格尔看来就是一种解释和言说。这即是说此在的人是需要解释的，他由此把传统的解释方法（同时也把语言）提升到本体（此在本体）的高度，从而为解释学哲学奠定了基础。后期的海德格尔以哲学的思和诗的语言来体现和解释存在，提出"语言是存在的家园"，更明确地把语言提高到存在本体的地位。伽达默尔是解释学哲学的继承人，也是革新者。他的最重要的革新，是把对作为非理性的此在的人的解释,转变成对历史性存在的人的理解和解释,这种解释也带上了更多的概念和推理等理性因素。这里需要指出的是,海德格尔和伽达默尔虽然把解释和语言提高到本体地位,但我们认为,它们究竟不是那存在本体本身,而是显现那存在本体的方式和方法。

从对非理性本体的简单化的直觉法,到对事物的本质进行直观的现象学还原法,再到对人的存在逐渐理性化的解释法,人文主义哲学的方法论的发展变化似乎也具有了自身的内在逻辑及合理性。

5

从以上科学主义和人文主义两路哲学方法论的概述,可以得出以下几点关于"语言转向"的见解。

第一,西方现代哲学中的所谓"语言转向"或"语言中心",实际上主要指对哲学的语言研究方法。主要有语言分析方法、结构主义方法、解构主义方法、符号学方法、解释学方法等。

第二,西方现代哲学中的语言研究方法只是一类哲学方法,并非全部哲学方法。其他重要的哲学方法还有如科学主义方面的经验证实方法、经验证伪方法等;人文主义方面的还有直觉主义方法、现象学方法、精神分析方法等。

第三,语言研究方法只是哲学方法论发展到一定历史时期的产物。从作为科学主义主流的实证主义看,以孔德、马赫为代表的第一、第二代实证主义都不以语言研究为中心,只是到第三代实证主义即逻辑实证主义时才以语言研究为中心,发生了"语言转向"。它之后的批判理性主义及其他科学哲学又不以语言研究为中心了。第三代实证主义之所以发生了语言转向,一方面是由于数理逻辑方法这一科学方法被引入哲学,另一方面则是由于从第一代实证主义开始就确立的实证主义的方法论原则自身发展和演变的结果,即从用经验事实的证实演变为用有意义的命题(语言)的证实。类似的情况也存在于人文主义哲学中。在叔本华、尼采和柏格森等人的哲学里,语言研究显然不是中心,语言研究只是在现象学哲学和存在主义那里才开始被重视,到伽达默尔的解释学,哲学才真正取得中心地位。这一转变,很容易见出是从现象学方法发展为解释学方法才引起的。在解释学哲学之后，人文主义哲学已开始从语言研究向文化研究转移。

总之，无论是在科学主义哲学中还是人文主义哲学中，都是由哲学方法论的转向及其发展而引起哲学研究的语言论转向的，而不是相反，即由哲学研究的语言论转向而导致哲学方法论的转向。由此我们可以认为，语言这一重要问题，并不是古代和近代哲学家们意识不到，而是它本身并不比客体和主体问题更重要。西方哲学家依次重视本体论、认识论和方法论及相应的客体、主体和语言中介问题，是符合历史发展的逻辑的。

第四，语言之所以引起西方许多现代哲学家的兴趣，部分原因是出于他们反对近代认识论的主客体分离的二元论传统和创立新哲学的需要。语言是联系主体与客体的最重要中介，将语言的功能加以扩张、夸大，使之支配和统辖主体和客体，似乎也就将主客体消融一体了。结果就出现了语言本体论，出现了语言压制和取消客体尤其是主体的情况（这与近代认识论高扬主体的情况相反），这在结构主义、解构主义和符号学哲学中尤为突出。海德格尔的后期存在主义中所宣扬的"语言是存在的家园""语言使人言说"的观点，也属于这种情况。但在我们看来，主体、客体和语言中介三者是客观存在的，企图用夸大语言的作用来消除主客体的对立是不能成功的。倒是那些相应的语言研究方法本身，如语言分析方法、结构主义方法、解释学方法等，将作为有价值的东西而在历史上长存。

西方某些现代哲学家对语言的这种片面和偏激的态度是可以理解的。古代哲学着重客体性本体论，于是就不免夸大了客体性而忽视了主体性，主体在认识上的能动性也被客体取代，这在柏拉图那里尤为明显。某些近代哲学着重主体性认识论，于是就不免夸大了主体性而忽视了客体性，乃至使主体的自我成为本体，客体也从它派生出来。某些现代哲学着重中介性方法论，于是就不免夸大了中介性，尤其是语言中介性，致使语言这一中介支配客体，压制和取消主体，并把它抬高为本体或认识活动本身。

第五，某些西方现代哲学家把语言张扬为本体，这分两种情况。一种是结构主义、解构主义和符号学等依据索绪尔的意义产生于语言符号之间的关系（差异），而与外在事物无关的学说，提出语言的意义乃至仅仅语言的符号把握人，并通过人而把握世界的本体观。另一种是海德格尔和伽达默尔的存在主义和解释学提出此在（人）通过解释和言说而展示存在，因而解释和语言也就有了本体性，晚期的海德格尔提出"语言是存在的家园"，语言在显现存在的意义上就是存在本体。

但我们认为，索绪尔关于意义产生于语言符号之间的关系而与外物无关的观点是错误的，至少是很片面的。以人所创造的语言来作为人和世界的本体是不可信的。在存在主义和解释学中，即便依据两者自身的论说，那语言也不可能是真正的本体，即那存在本身，它至多只是在显现存在的意义上的"代本体"；对存在被遮蔽的一面，它也无能为力。在我们看来，语言究竟只能是展示本体和进行认识的方法和工具，而不可能是那本体和认识活动本身。对于这一点，本书有关章节将进一步论说。我们愿意再次指出，某些现代哲学家把中介性的语言张扬为本体，颇类似某些近代哲学家把主体的经验和意识张扬为本体。所以，对于持语言本体论的哲学家来说，他们的创新就只是一个把主体性经验或意识改变为中介性语言的问题，而就经验尤其意识与语言的关系看，两者是不能分离的，这大约也是对语言本体论的一种促成。不过，如果说以主体的经验和意识作为本体并无合理性，难道以与经验和意识不能分离的语言作为本体就会有更多的合理性吗？

6

西方现代哲学还可以分为现代主义哲学和后现代主义哲学，划分的界限主要是"语言转向"或称"语言中心"。以语言研究为中心的哲学可以说都是语言哲学，但并不是所有的语言哲学都是后现代主义哲学。从现代哲学方法论观点看，早期那些自身还停留在方法论上的语言哲学，仍是现代主义哲学，如作为"语言转向"主要标志的分析哲学，以及结构主义哲学等（结构主义哲学也讲"结构"本体，不过，那结构本体已经是超越语言结构的先天无意识结构）。后期那些以语言自身为目的，甚至认为语言具有本体意义的哲学，才是后现代主义哲学。如海德格尔后期的存在主义哲学、伽达默尔的解释学哲学、维特根斯坦后期的分析哲学等都多少带有后现代主义性质。最典型的则是解构主义哲学，尤其是德里达始终停留在文本和语言符号层面上的解构主义哲学。

德里达的解构主义哲学是从结构主义哲学中生长并反叛出来的，他否定"结构""中心"和传统形而上学，提出"游戏"、"踪迹"、"原初书写"和"延异"等一系列意思相近但逐步深化的概念，体现了典型的后现代主义哲学思想。其中的"延异"概念就具有独特的"不在场的"形而上学本体意味，虽然解构主义哲学声言反对任何形而上学的东西。依据德里达，延异产生差异和踪迹，而差异的运动或者说踪迹的游戏构成在场者，所以延异是在场者（实际上指在场者的不确定意义）的来源。而延异自身是不在场的，它也没有来源，它的后面不再有存在。德里达说："踪迹的游戏，或者说延异，是没有任何意义的，是不。它不属于什么。它没有任何支撑，没有任何深度；它是无底的棋盘，存在就在其上被推入游戏。"（《哲学的边缘》英文版第22页）这种思想，正是包括哲学、文学、艺术、历史和政治等诸多人文科学领域的整个后现代主义思潮的理论根据。

我们认为，解构主义哲学等后现代主义语言哲学作为西方现代哲学的一部分，本质上仍然主要具有方法论的性质和价值。它不是一种单纯的思想，而是一种思想方法。那么，后现代主义语言哲学作为方法论与现代主义语言哲学作为方法论的主要差异是什么呢？简言之，后者是分析和确定语言有无意义（非形而上学意义）的方法论，也是寻找确定意义的方法论，如语言分析方法论、结构主义方法论等；前者则是消解确定意义亦即消解逻各斯中心和稳定结构的方法论。从西方哲学的"本体论—认识论—方法论"的发展模式看，后现代主义哲学是把语言方法夸张为语言本体，相应地，从西方哲学的"客体—主体—中介"的发展模式看，后现代主义哲学是把本来是主客体之间中介的语言，夸大和抬高到先于和高于主客体的地位，使它掌握和压制客体尤其是主体，并试图消融两者于自身之中（语言对主体的压制和消融的观点，典型的如海德格尔提出的不是人说语言,而是语言说人;福柯提出的主体或人已死亡;巴尔特提出的作者已死亡等观点)。我们认为,从哲学的"语言转向"本身看,从用语言代替经验到代替意识和主体甚至消解主体(语言的这一代替和消解过程,又是从先用语言的所指意义去代替,发展到仅仅用语言的能指符号去代替和消解,其间,索绪尔关于意义产生于符号差异的观点起了关键作用),这一过程就是不断抬高语言这一中介,使之逐渐取得本体地位的过程。我们从中可以大致窥见语言哲学尤其是后现代主义语言哲学基本的策略和秘密。

西方哲学循着"本体论—认识论—方法论"和"客体—主体—中介"的发展变化模式似乎已走到了尽头,以后的发展大约还会在方法论上持续一段时间,再往后的发展也许是在一定程度上对这种模式的变相的、在更高阶段上的重复。

7

现代哲学的本体论和认识论如何?科学主义哲学拒斥形而上学,一般不讲本体论,如实证主义即如此,但它也包含一定的本体论。这种本体论基于经验主义,它对经验界之外是否有客观物质存在这一问题加以否认,或者置而不论,所以这种本体论最终只能落实到人的感觉经验上。这并未超越近代经验主义的主观唯心主义的本体论。逻辑实证主义等分析哲学在用有经验意义的命题代替经验事实去证实的意义上,语言也有点本体的意味,如维特根斯坦说"我的语言的界限就意味着我的世界的界限"。实证主义哲学家在唯物与唯心之间有时也表现出摇摆不定,因为经验界终究有客观物质性的一面。又如结构主义宣称一切社会文化现象后面具有共同的深层结构,而它又是人类心灵的先天结构的投射,这种本体论也是唯心的,类似康德的先天形式论。总之,科学主义哲学在本体论上无根本性的创新。

科学主义哲学可以说主要是认识论,这种认识论也主要基于经验主义,因为它归根结底基于感觉经验。以实证主义的认识原则看,无论是用经验事实证实还是用有意义的命题证实,最终都归结于感觉经验。科学主义哲学认识论一般也接受了康德的主体意识构造现象界(感性经验界）的思想，吸收了理性主义的若干合理因素和现代科学方法，这是它不同于近代经验主义认识论的地方。科学主义哲学认识论一般已不着重于认识活动本身，即关于认识的目的、来源、对象、动力和认识主体的先天结构等，而是重在认识方法上，这是与近代哲学认识论不同的。科学主义哲学认识论中也有重在认识活动本身并做出贡献的，如皮亚杰的发生认识论，但这在整体上比较起认识方法论上的贡献来，还是次要的。所以，科学主义哲学认识论的贡献主要在认识方法上，这与我们说科学主义哲学主要是方法论哲学是一致的。

现代人文主义哲学在本体论上颇有新意。先是叔本华、尼采和柏格森提出生存意志、权力意志和生命冲动等新的本体，它们丰富了西方哲学的本体论，但它们的价值是值得怀疑的。我们曾说过，近代哲学用理性的主观意识作为本体是不合理的、不可信的。同样的道理，现代哲学用非理性的主观意识作为本体也不合理，难以令人信服。接下来，胡塞尔通过先验还原而获得先验的自我意识，后者被当作其认识论的根基，在一定程度上也就被看成世界的本体。胡塞尔本人很看重这种先验自我意识，但它作为本体没有多大价值，也未产生重大影响。这东西也不很新鲜，颇类似康德的先验自我意识——这不足怪，胡塞尔就是要返回到笛卡儿和康德。海德格尔终生思考存在本体，试图超越前辈。他宣称以往的本体都不是真正的存在，而只是存在者，所以有"存在的遗忘"之说。只有他提出的存在才是一切存在者之为存在者的根据，那即是存在者之显现或者说在场，这确实有点独特。早期这种存在以作为此在的人的"烦""畏""死"等主观情绪来显现，这种意义上的"此在本体论"与近代各种主观唯心主义本体论并无根本区别。中期尤其晚期的存在逐渐客观化，以诗（艺术）和哲学的思想以及语言来显现，于是诗和语言便具有了本体性。但在我们看来，诗和语言终究不是那存在本身。那存在本身是什么，人们始终不大清楚。就那存在是万物显现的根据，因而具有"有无"和"显隐"二重性而言，它有点类似柏拉图的理念（也有点类似中国老子的"道"）；就那存在本身不可知（海德格尔把它诗意地描述成只可以接近而不可以获得的"奥秘"，应当守护的

"奥秘")而言，它又多少有点类似康德的自在之物。这样分析下来，从纯哲学的观点看，海德格尔的存在本体论也无根本的开拓性（从人生哲学的观点看，海德格尔的存在论尤其是早期存在论的贡献倒更大）。

现代人文主义哲学的认识论在很大程度上依赖于相应的方法论。如果认识的本体对象是非理性的生存意志、生命冲动等，就只能靠非理性的直觉、体验的方法去认识，那认识活动本身就没有多少可以说明的，因为那非理性的直觉不能告诉你如何具体而准确地去认识对象。如果认识对象是现实的或历史的事物，其认识方法就较为现实，较为具体，并结合一定的理性方法，那相应的认识论本身也较为具体，价值也较大。如用现象学还原法去进行的认识，用解释学方法去进行的认识，无论是非理性主义认识论，还是现象学、解释学的认识论，都在不同程度上基于康德的主体构造对象世界这一认识原理。这是与科学主义认识论相同的。总的来说，现代人文主义哲学的认识论在很大程度上也被方法论代替了。与科学主义哲学的认识论比较，它本身的独立性更小，贡献也较少。

8

至此，我们可以对整个西方哲学的发展变化产生了一个更进一步的总体看法。

西方哲学从古希腊到现代这一段历程上，古代哲学所提出的客体性物质本体（实体）论和客体性精神本体（理念）论，不但奠定了整个西方哲学的基础，而且就哲学本体论自身来说已经基本完成。这是因为，此后的各种唯物本体论和客观唯心本体论，包括综合此两者而成的二元论，都是在此两者的基础上的深化和发展，未从根本上超越其范围。真正有所超越的，是产生于近代并在现代仍有发展变化的主观唯心本体论。但我们已论述，它是不合理的，并不是真正的本体。

古代哲学所提出的两种本体论都有各自的合理性。真正的本体是不能被经验证实的，因为如果能够，它就是属于认识论的东西，而不是作为认识的本源和条件的东西。本体是形而上学思辨的产物。客观的物质本体，应是从感性事物入手而超越感性事物的东西（所以近代康德的自在之物论才是这种本体论的真正完成，古代的实体论只是基本完成）。客观的精神本体，是从"我思"出发而超越"我思"的东西。客观的物质本体和客观的精神本体两者相比较，在思辨的深空里似乎更容易走入后者，并使两者达到某种程度的统一：那使世界万物（包括经验形态的和超验形态的）如此这般存在着的东西，本身似乎不可能仍然是物质的东西。

相应地，也可以说近代哲学认识论已经基本完成。近代哲学认识论的主要贡献是：对象世界及其相关的知识是离不开认识主体的，是主体用来自外在的感性材料能动地建构的。这是由笛卡儿开创、由康德综合经验主义和理性主义而成形的认识论的最高成就（黑格尔将主体性客观化而建构起宏伟而精巧的认识论大厦，却是走过了头）。这一成就是认识论已基本完成的主要标志，因为此后的认识论，包括现代哲学中的大多数认识论，都仍然建立在它的基础上，也未能从根本上超越它。

西方现代哲学主要是方法论，尤其是认识论的方法论。它的多样性、新颖性、深入性和精细性是无与伦比的。这已无须赘论。但如前所说，这些方法论大多建基在对象及其相应的知识是主体所建构的这一总体的也是根本的认识观上。为现代西方哲学界多数人所公认的两大现代哲学家是维特根斯坦和胡塞尔，前者是科学主义的，后者基本上是人文主义的。两人的贡献主要不在本体论上，而在认识论上，尤其在认识论的方法论上。维特根斯坦是两种语言分析方法的（逻辑的和日常语言的）奠基者，胡塞尔的现象学方法在人文哲学中影响最大，价值也最大，两人之所以成为西方现代最大的哲学家，与我们关于西方现代哲学主要是方法论的见解是相吻合的。

9

与西方现代哲学以方法论为特色相应，西方现代文论则以批评论为特色。从实际情况看也是如此。偏于科学主义或者说形式主义的俄国形式主义文论、新批评文论、结构主义文论、解构主义文论、符号学文论等，就主要是批评论；偏于人文主义的现象学文论、解释学文论、接受美学、精神分析文论等，也主要是批评论。这些文论组成西方现代文论的主流，影响最大。

西方现代文论中当然也有本质论和创作论，并且颇为多样。本质论有的存在于以自身为主的文论中，如克罗齐的"直觉"表现论、柯林伍德的"想象"表现论、苏联和东欧的"社会主义现实主义"反映论，它们是近代模仿论（再现论）和表现论在现代的延续和发展。有的本质论则存在于以批评论为主的文论中，如"艺术是技巧""艺术是符号自指"等形式本质论，又如"文艺是无意识的升华"等表现本质论。

现代西方创作流派空前众多，原因之一便是有不同的文学创作论。另一个原因则是众多的批评派别与创作派别的相互促成。所以西方现代文论中的创作论也多种多样，除承继 20 世纪的象征主义、现实主义以外，新出现的有意象主义、未来主义、表现主义、超现实主义、具体主义和各种后现代主义等。

10

以下概论几种主要的、以批评论为主的西方现代文论与相应哲学的关系。

俄国形式主义文论一开始就形成了自己的文学本质观，即什克洛夫斯基提出的"艺术是技巧"，它具体指诗歌的音响、节奏、韵、反复等和叙事文学的情节、结构等纯形式的东西。这种文学本质观显然基于康德的形式主义哲学和美学。但它又有独特的一面，即注重感觉经验。俄国形式主义者提出"陌生化"感觉的概念。所谓"陌生化"感觉，指不同于日常感觉的新奇的、受阻的感觉，它不但是纯感性的，并不上升到理性，而且也是纯形式的，并是无心理的和社会的内容。这独特的一面又见出近代英国经验主义美学的影响。

俄国形式主义文论影响后来者的，主要不是上述形式主义文学本质论，而是相应的形式主义文学批评论。对文学作品的诸形式要素尤其是语言要素作分析、评价是俄国形式主义者的主要工作。艾亨鲍姆等形式主义者就自称其批评方法是"形式批评法"，称他们的理论为"形式方法的理论"。

俄国形式主义批评不满意从20世纪传下来的浪漫主义的自传性批评和社会、历史的实证主义批评。然而，俄国形式主义批评的特点正是实证主义的。原来，它所反对的只是实证主义的外部批评，而主张所谓"内部"批评，即对作品内部的音响、韵律、结构等方面的批评。这种批评以主体的感性经验为依据，讲求确实、可靠，讲求科学性，这正是实证主义精神。在俄国形式主义者看来，像实证主义批评那样对作品外部的社会、历史情况进行批评并无科学性，而像他们那样专注于对作品中可感的语言形式等要素的批评才能体现实证原则，使文学批评得以科学化。这样看来，俄国形式主义文论还具有实证主义哲学的基础。这一基础与上文提到的经验主义基础是统一的：实证主义就直接基于经验主义，前者自身的主要特点就在于注重科学的实证原则和方法。实证主义是以科学方法论为特点的哲学，俄国形式主义文论在很大程度上就建立在这种方法论的原则和方法上，所以它主要是文学批评论是不足为怪的。

由于俄国形式主义文论把来自康德的传统形式主义与实证主义结合起来，它便具有了革命的意义，即它既是形式性的，又是科学实证性的。由于前者，它不同于20世纪的实证主义文论；由于后者，它又不同于20世纪唯美主义的形式主义。它对20世纪科学主义的亦即形式主义的文论具有开创作用。

11

新批评文论显然主要是文学批评论。这种批评是力求割断作品与作者和社会关联的所谓"本体"批评，即只限于作品文本的批评。新批评文论认为文本是独立自足的，因为它本身就是一个对立调和的有机整体，具有产生意义的自足性的结构。新批评也讲作品的意义，但不重在那意义，而重在那意义的结构，它是文本的一种内在形式。这种对立统一性的意义结构在文本中具体化为"张力""悖论""反讽"等结构形式。对文本的这类意义结构形式的挖掘、分析和求证是新批评的主要工作。可见新批评也是形式主义批评，只是它不重在作品语言的音响和情节结构等外在形式，而重在构成意义的内在结构形式。新批评也具有康德形式主义美学和哲学的深远背景。就文学传统看，那形式主义是通过浪漫主义、唯美主义和象征主义传承下来的，首先在新批评的先驱艾略特那里发生作用。他把浪漫主义的主体性客观化，从而使文本具有了独立自足性，他的批评论中也有很强的形式主义的一面。新批评形式主义的独特点在于其有机整体论，韦勒克就称新批评为"有机主义的形式主义"。这种有机整体论可远溯到亚里士多德，而经康德尤其是谢林的想象的对立调和作用论而影响柯勒律治，最后在新批评的另一先驱瑞恰慈以及后来的布鲁克斯等新批评主将那里发生作用。

新批评也有实证主义性质，主要受逻辑实证主义的影响。瑞恰慈就是一个实证主义者，他提倡的"细读"法尤其是语义分析法便带有实证主义性质。这些方法通过他而影响布鲁克斯等人。实证主义的影响还表现在对作者意图和读者情感效应的排斥，以及不重视主题思想、反对作品中的形而上学先见等，因为这些都是不能被科学证实的，而作品词语的"张力""悖论""反讽"等意义结构形式，却是在可证实的经验范围之内。新批评文论家对这些形式进行了十分精细的（但往往也是烦琐的）分析。新批评文论正是在对社会历史批评、印象批评和效果批评等非真正的实证批评的反拨中产生的，新批评文论家的努力旨在使文学批评科学化、实证化。

12

结构主义哲学和文论都主要来自索绪尔的结构主义性质的现代语言学。后者关于意义产生于语言符号之间的关系而与外物无关，语言因而是一种独立自足的封闭系统的思想，关于能指与所指、语言与言语、历时研究与共时研究、句段关系与联想关系的二元对立划分，对结构主义哲学和文论的产生都发生过决定性的作用。结构主义文论先于结构主义哲学而产生。布拉格学派的雅各布森等人，把索绪尔语言学的某些原理和方法与俄国形式主义文论相结合而建立起结构主义诗学，包括符号六功能说、隐喻和转喻说以及对等原则说等结构主义诗学原理和方法。但在总体上他把结构主义诗学当作其结构主义语言学的一部分。布拉格结构主义诗学是整个结构主义文论发展的前一阶段，它在一定程度上也促进了后来的结构主义哲学的产生。稍后莱维－斯特劳斯用结构主义语言学的二元对立方法研究了原始亲属关系和古代神话等人类学问题，并吸收了结构主义语言学研究中雅各布森和乔姆斯基的语言能力先天论思想，以及传统哲学中笛卡儿、莱布尼茨的天赋观念和康德的先验论思想，将其结构主义人类学研究的方法和结论加以普遍化，指出人类社会现象后面具有共同的深层结构，并认为它是人类心灵先天的元意识结构的投射。至此，由方法论发展而来的结构主义具有了本体论性质，结构主义哲学就产生了。

结构主义哲学一旦产生，又极大地推动了结构主义文论的发展，并对其他人文科学乃至自然科学产生了广泛影响。但这影响主要不在其先天无意识结构这种本体论上，而在与之统一的二元对立（深层结构与表层结构的对立及其他二元对立）的方法论上。就结构主义文论而言，主要发展出以巴尔特为代表的颇为壮观的结构主义叙事学，其主要内容就是用结构主义方法，尤其是类似莱维-斯特劳斯那样的"结构模型"方法，去寻找某类作品共有的深层结构模式，其中以巴尔特的"命题—序列"结构模式最具有经典性质。结构主义文论主要是文学批评论，但在巴尔特那里，也推导出相应的结构主义的文学本质论乃至创作论。

结构主义（包括结构主义哲学和文论）具有辩证的特点：它在根本上是主观的、先验的，却往往又表现出客观性、无主体性，并总是落实到对经验现象的解释上；它是形式的，却同时又具有深层的普遍性内容；它是理性主义的，却又是科学主义的。

13

解构主义文论依赖解构主义哲学而产生，但又反过来印证后者，对后者起巨大的支撑作用。德里达的解构哲学的目的，是要瓦解结构、中心和形而上学。其基本策略是颠倒文字书写与说话（语音中心）的等级次序，从而提出"原初书写"的概念。其理论核心是"延异"论，即关于符号的无穷差异和无限延迟的理论。"延异"论有两个来源，一是索绪尔的价值差异论（语言意义产生于符号的差异而与外在事物无关），二是海德格尔的本体差异论（存在与存在者的差异，以及相应的在场与在场者的差异）。德里达还提出了"游戏""踪迹""散播"等实质上与"原初书写"和"延异"的意思类似的概念。

巴尔特转而成为解构主义文论的代表。他依据德里达的解构哲学思想，认为文学文本不是一个稳定不变的结构，而是一个无止尽的构成，因而文本的意思是不确定的；提出阅读是游戏，"作者死了"，阅读批评就是创作（就是"构成"）；把作品分为可阅读的和可写作的两类；等等。在批评实践上，他用设定多种不同代码的方法去解读作品，使之呈现多种意义。随后美国耶鲁学派侧重从语言修辞（如隐喻）方面去运用和发展解构理论，并着手解构许多文学作品。

解构主义哲学最大的反响就在文学批评上，后者的影响甚至超过前者。文学作品本身具有意义不确定的美学特点，这是解构主义哲学思潮容易在那里找到市场的重要原因。

由于反对以理性为基本内容的逻各斯中心论，解构主义具有一定的非理性主义性质。它在批评实践上似乎又能给读者和批评家以自由创造的能动性。这些都是非科学主义的。但根据解构主义原理，这种主体的能动性是不应存在的。因为在德里达看来，语言符号先于语言的意义，因而也先于人的意识及这意识所把握的世界。德里达就说过，语言符号本身具有自我批判的功能，即自我解构的功能。这样看来人倒是被动的，是被语言符号决定的。这种语言符号决定论及它所具有的反形而上学性质，却应属于科学主义。

14

现象学文论是对现象学哲学的还原方法及作为其前提条件的意向性建构理论的运用。"面向事物本身"这一现象学还原的基本态度，是使现代人文主义文论也转向文本研究的哲学基础，而其中包含的意向性建构理论，又使文本与读者联系起来（文本的意义是读者意向性建构的结果），从而开辟了读者系统的文论。

现象学还原，指用"悬置"法排除一切预设和先见，从而直观对象的本质即"纯粹现象"，所以又叫"本质直观"法。意象性建构，指主体意识到对象就是给予对象以意义，也就是建构对象。意象性建构是现象学还原的基础，因为那被还原的对象正是意象性建构的结果，其中所还原出（被直观到的）本质，正是主体赋予对象的本质意义。

日内瓦学派的现象学文论认为作品是作家意象性建构的产物。他们遵循现象学还原的原理，以所谓"居中"的态度，用"细察"和直观的方法去分析、发现作品中作家的意识结构，那就是作家的"经验模式"，它是作品的内在统一性的根据。这种批评与近代浪漫主义批评有相近之处，创新性不大，所以没有多大影响。

英伽顿的现象学文论是对现象学原理和方法的创造性运用。他根据现象学还原的原则，悬置作品所反映的外在现实和所表现的作家思想感情等问题，而专注于研究作品本身即文本，并由外入里地将文本划分为四个结构层次，逐一做精细分析。但他不满意胡塞尔意象性建构理论中唯心主义的主观性，认为文本的最初两层次即语音层和意义单元层，对读者有客观独立性，能超越读者的意识行为，只是在第三、四层即再现客体层和图式化观相层上才主要体现主体的意象性建构。他把对作品的意象性建构主要与读者联系起来，开创了阅读现象学，对后来的解释学文论尤其接受美学产生了直接影响。

15

现代解释学哲学和文论奠基于海德格尔，成熟于伽达默尔。解释学文论是对解释学哲学方法论原则的运用。即便伽达默尔在《真理与方法》一书中是从对艺术的解释推向哲学解释学的，我们仍可作如是观。传统解释学只是基于某种哲学认识论的方法论，现代解释学则被海德格尔赋予了哲学本体论意义。海德格尔是存在论者，他认为存在需要作为此在的人去展示，这种对存在的展示就是自我反思性的现象学还原，也就是解释。由这种解释的本体性又引出语言的本体性，因为解释离不开语言，语言是构成此在的基本要素之一。后期海德格尔更用超越此在的语言，即诗性语言去解释存在，提出"语言是存在的家园"的命题。伽达默尔主要继承了早期海德格尔关于此在的解释学，也认为解释、理解就是人（此在）的存在方式，而能被理解的存在是语言的存在。他的特点是着重人的存在的历史性。

然而，无论用解释还是用语言作为哲学本体，都是很勉强的，也是片面的。它们至多只是存在本身的一种"代本体"。现代解释学作为哲学,实际上仍然主要是与其本体论和认识论相统一的方法论。相应地,解释学文论就主要是批评论。它的主要内容和价值都在于运用解释学哲学的方法论诸原则,如伽达默尔的"成见"(来源于海德格尔解释学的"先结构"概念)、"视界融合"、"效果史"等,去分析、理解和评价文学作品。

传统解释学文论认定作品有稳定不变的意义,那就是作者的本意,解释的任务就是重建那本意。现代解释学则引入读者的主观条件,不再把解释看作重建作者的本意,而是一种处于历史发展中的建构或者创造,作品的意义因而是发展变化的。解释学文论影响了后来的接受美学。后者可以看成解释学文论在接受理论上的延伸。两者都把重心移向读者,所不同的是,解释学文论重在研究文本的意义怎样在读者作用下产生,而接受美学则重在研究接受的条件:或者是读者方面的接受条件,如"期待视野"等;或者是文本方面的接受条件,如"召唤结构"等。

16

科学主义哲学思潮中有主要出自现代语言学方法的结构主义哲学和解构主义哲学及相应的文论,人文主义哲学思潮中也有一个主要起源于医疗科学和心理学的哲学及相应的文论,那就是精神分析哲学及其文论。精神分析本来是一种医疗方法,它基于无意识科学(心理学)的假设。弗洛伊德把这种方法和理论假设应用于对梦和过失心理学现象的分析,从而建立了精神分析心理学,其中包括无意识性本能论和人格论等。在此基础上,弗洛伊德逐渐用元意识论和精神分析方法去解释文学、艺术、道德宗教及人类文明,使之具有了哲学的普遍性质。

在精神分析这种哲学思想中,就无意识与意识的关系看,前者具有本体性质:它被作为人类诸多文化现象的本源。然而,这种非理性的、作为意识基础的无意识本体本身是不可知的,只有通过精神分析方法把它变成意识的东西表现出来,于是这精神分析方法就极端重要了,这种哲学思想用精神分析命名即可见出。在这个意义上,精神分析哲学也主要是方法论。

在精神分析文论中，也有关于无意识的文学本质论，即认为文学是作家的被压抑的无意识的变相的表现或者说升华。这种文学本质论属广义的文学表现论本质论。它的独特点在于是非理性的无意识的表现，在这种意义上，它丰富了自近代以来的文学表现论。它对创作手法，如意识流的表现手法等，也有很大的影响。但精神分析文论主要不是本质论和创作论，而是批评论。弗洛伊德本人就对不少文学和艺术的经典作品做过精神分析的批评，它的后继者更以对文学作品的多种多样的精神分析批评为能事。这些文学批评的共同点，在于都是通过对作品的精神分析而发现作者、读者以及作品中人物的无意识尤其是性本能无意识（这与相应的文学本质论是统一的），而将作品的思想意义和审美形式等排除于批评视野之外。

精神分析的哲学和文论产生了相当广泛的影响。它自身也有发展变化：荣格在弗洛伊德的精神分析论和个体无意识论基础上发展出集体无意识论和对文学的原型批评方法；拉康则运用结构主义语言学去改造精神分析批评，树立了将作品的结构分析放在第一位的精神分析批评的榜样。

总之，西方现代在哲学上是方法论的时代，相应地，在文论上就是批评论的时代。西方现代哲学和文论中关于语言的研究，也主要是哲学方法论和文学批评论的研究，其合理性较多，其中也有关于语言的哲学本体论和文学本质论的研究，但不是主要的，也没有多少合理性。西方现代哲学的价值主要不在本体论和认识论上，而在方法论上。相应地，西方现代文论的价值主要不在本质论和创作论上，而在批评论上。这与前述西方古代哲学的价值主要在本体论上，文论的价值主要在本质论上，西方近代哲学的价值主要在认识论上，文论的价值主要在创作论上，是相对应的。当然，我们这样肯定西方现代哲学方法论和文学批评论的价值是就整体而言的。若就诸多单个的哲学方法论和文学批评论看，却往往免不了自身固有的狭隘性和片面性，以及由于好走极端而导致的荒谬性。

第一章 多种哲学思想映射下的纯粹形式论

——俄国形式主义文论与康德哲学、经验主义哲学和实证主义哲学

俄国形式主义者都不是哲学家，而是文学家、文论家或语言学家，所以俄国形式主义文论不可能从某种哲学体系推出。俄国形式主义者甚至"不承认哲学的前提，不承认心理学和美学的解释"，有意识地避免把论说引向抽象的美学和哲学理论，所以俄国形式主义文论的哲学基础是不大明确的。不过，他们自己的论述也曾透露出哲学基础的信息。鲍·艾亨鲍姆（1886—1959）在《"形式方法"的理论》一文中就指出，在运用形式方法的时候，就产生了"标志形式主义者特点的科学实证主义的新夸张"[1]。科学实证主义就是一种现代哲学思想。不过，俄国形式主义文论的哲学基础却不仅是实证主义哲学。

俄国形式主义文论起源于对当时着重历史文化和社会生活的文学研究的不满，认为那样的研究是不科学的。俄国形式主义者要建立研究文学研究的科学。而文学本质论和创作论是不可能科学化的，只有文学批评可以力求成为一门科学。所以，俄国形式主义者所做的努力实际上是建立一种文学批评理论。艾亨鲍姆就说"形式主义的特点是与当代文学紧密联系的，是由批评接近科学的"[2]。从他们的论著看，许多都是用"形式方法"对前代尤其是当代作家和作品的研究。艾亨鲍姆在

---

[1] ［俄］鲍·艾亨鲍姆：《"形式方法"的理论》，见［法］茨维坦·托多罗夫编选《俄苏形式主义文论选》，蔡鸿滨译，中国社会科学出版社1989年版，第23页。

[2] 同上书，第54页。

《"形式方法"的理论》一文中所列举的1922—1924年间的主要著作共25部，全部如此。从对后来的影响看，俄国形式主义文论也主要不是以本质论而是以批评论尤其是批评方法对后来的文论产生巨大影响的。

尽管如此，由于俄国形式主义文论是一个完整的体系，其中包含着明显的本质论，并且这种本质论还出现较早，相应的批评论是基于它而发展起来的。所以，以下先论俄国形式主义文论的本质论及其美学和哲学基础。

一

在俄国形式主义文论的历史发展中，关于文学本质的问题是由于确定文学研究的对象而提出来的，它在代表人物的论著中出现较早。维·什克洛夫斯基（1893—1984）提出的"艺术作为手法"的命题（"手法"或译为"技巧""程序"），罗·雅各布森（1896—1982）提出的"文学性"概念，都是关于文学本质的命题和概念。对文学本质的探讨，什克洛夫斯基等俄国形式主义者不借助思辨的推理，而用经验事实的对比去寻找文学不同于科学和普通事物的差异。他们以区分诗歌语言或者文学语言与实用语言为开端，指出前者的特征是讲究音响、节奏、韵律、重复、比喻、夸张、对称等技巧，其目的不在于表达思想，而在于表达本身。指出实用语言是交流的手段，其表达本身是暂时的、偶然的，而"作品具有独特的艺术表达，特别注重词语的选择和配置。比起日常实用语言来，它更加重视表现本身。……表达在一定程度上具有本体价值"①。所谓"具有本体价值"，是指文学语言的表达本身就是文学，就是艺术。就两者的关系看，实用语言是构成文学语言的材料。他们继而以类比的方式区分散文性叙事文学的情节与本事（事件）的不同。指出"情节的概念指的是一种结构，而本事的概念指的是材料"②。这即

---

① [俄] 鲍里斯·托马舍夫斯基：《艺术语与实用语》，见维·什克洛夫斯基等《俄国形式主义文论选》，方珊等译，生活·读书·新知三联书店1989年版，第83页。
② [俄] 鲍·艾亨鲍姆：《"形式方法"的理论》，见[法] 茨维坦·托多罗夫编选《俄苏形式主义文论选》，蔡鸿滨译，中国社会科学出版社1989年版，第23页。

第一章　多种哲学思想映射下的纯粹形式论

是把情节类比文学语言，本事类比实用语言。两者的关系也类似，即后者是构成前者的材料。上述文学语言不同于实用语言之处，情节结构不同于事件材料之处，便是文学"艺术手法"便是"文学性"。雅各布森说文学性"就是使一部作品成为文学作品的东西"①，指的就是这个意思。

不过，俄国形式主义者关于文学本质的最高概念还是"形式"。他们试图消除传统文论中形式与内容的二元对立，不用形式与内容这一对范畴，而改用手法和材料这样一对范畴。而手法就是形式，只是消除了材料的形式。文学作品中的词语、形象、人物、事件和思想感情等在传统文论中通常属于内容的东西，就是所谓材料；对这些材料的组织、安排则是所谓形式。在传统文论中，形式服务于内容，以便表现内容，于是形式常常被内容吞没，至少被统一于内容。在俄国形式主义那里情况却相反，作为内容的材料被当作手段，须服从于形式即手法的需要，形式才是目的。材料通过艺术家的组织、安排而发生一定的变化即为文学形式，亦即为文学作品。在这种意义上，形式就克服了内容或者说取消了内容。这一点不同于以往的形式主义者，如唯美主义者和某些象征主义者，他们仍囿于形式与内容的对立。也正是在这种意义上，什克洛夫斯基说"文学作品只是纯形式，它不是物，不是材料，而是材料的比"②。"文学作品是纯形式"这一命题，比起"艺术作为手法"和"文学是文学性"两个命题来，更能概括和代表整个俄国形式主义文论的文学本质观。

俄国形式主义者还为自己的形式主义文学本质论提出了美学基础，那就是"反常化"（或译为"陌生化""奇特化"）思想。什克洛夫斯基说："那种被称为艺术的东西的存在，正是为了唤回人对生活的感受，使人感受到事物，使石头更成其为石头。艺术的目的是使你对事物的感觉如同你所见的视像那样，而不是如同你所认知的那样；艺术的手

---

① 转引自［俄］鲍·艾亨鲍姆《"形式方法"的理论》，见《俄苏形式主义文论选》，蔡鸿滨译，中国社会科学出版社1989年版，第24页。
② 转引自［苏］列·谢·维戈茨基《艺术心理学》，周新译，上海文艺出版社1985年版，第63页。

法是事物的'反常化'手法，是复杂化形式的手法，它增加了感受的难度和时延。既然艺术中的领悟过程是以自身为目的的，它就理应延长；艺术是一种体验事物之创造的方式，而被创造物在艺术中已无足轻重。"①（着重号为原文所有，下同）从这段话看，"反常化"指一种独特的感觉，即审美感觉，它的目的不在于认知感觉对象，而在于那感觉（感受、体验）过程本身。因为这感觉是"反常"的，所以"它增加了感受的难度和时延"，这正是为审美所需要的。这反常化感觉既然不认知对象，它就只是感觉本身，就只是形式的。艺术作为手法、形式，目的正在于引起这种单纯的审美感觉，而无其他。什克洛夫斯基还指出，审美的"反常化"感觉是与"惯常化"（或译为"自动化""无意识化"）感觉相对的，后者是非审美的一般感觉。什克洛夫斯基进一步指出，审美的"反常化"感觉在一定条件下又变成非审美的"惯常化"感觉，因而又需要新的艺术手法和形式来产生新的"反常化"感觉。什克洛夫斯基说："新的形式的出现并不是为了表达一种新的内容，而是为了代替已经失去审美特点的旧形式。"② 这即是说以"反常化"的形式去取代已变成"惯常化"的形式。在俄国形式主义者看来，文学史仅仅是文学形式发展变化的历史，其动力并不存在于文学自身之外。这样解释文学史，其片面性是显而易见的。

俄国形式主义的形式本质论与20世纪唯美主义的形式本质论可以说基本上是一脉相承的，是有三点不同。其一，唯美主义者强调纯美，是因为文艺中只有形式才是纯美，所以也就只强调文艺中的形式。俄国形式主义者强调纯形式，是因这种形式才能引起"反常化"审美感觉，所以这种形式也就是唯美的。其二，在唯美主义者那里，形式与内容还是对立的范畴，所以他们主张竭力排除关于真和善的内容，使文艺形式的纯度更高，因而美的纯度也更高。而对俄国形式主义者来说，内容已

---

① ［俄］维克托·什克洛夫斯基：《作为手法的艺术》，见《俄国形式主义文论选》，方珊等译，生活·读书·新知三联书店1989年版，第6页。
② 转引自［俄］鲍·艾亨鲍姆《"形式方法"的理论》，见《俄苏形式主义文论选》，蔡鸿滨译，中国社会科学出版社1989年版，第35页。

变成创造形式的手段，或者说内容已经融入形式，被形式"消灭"了。这样，内容虽然被取消了，但形式的意义实际上被扩大了。不过需要特别指出的是，俄国形式主义者在骨子里仍然是竭力排斥内容的，尤其是思想情感的内容。他们曾倡导写作元意义的语言，认为那是诗和艺术的理想境界（俄国未来派就有过这样的尝试）。在这种意义上，俄国形式主义者是最激进的纯形式论者。其三，唯美主义者把形式本质论主要贯彻于其创作中，是其创作论的基础。

与唯美主义一样，俄国形式主义的形式本质论也基于康德的美学和哲学，只是已不那么直接，后者已退到较远的背景上去了。康德美学可以在以下两点给俄国形式主义的文学本质论提供根据。

第一，康德美学把美与真、善分开，让它取得独立的地位（与之相应的是把情感作为一个不同于理智和意志的领域），这是以后唯美主义和许多形式主义得以成立的根据。俄国形式主义的文学本质论可以说也是关于文艺的独立自主性的理论。早期他们反对俄国文论界的"形象思维"论，目的就是要让文艺从认识论中独立出来；他们区分文学语言与实用语言、故事情节与事件材料的目的，也是为了显示文学与现实事物的不同；他们提出的文学是"文学性"，是"手法"，是"纯形式"，是对文学独立自足性的概括。

第二，康德的"美只应涉及形式"的论点，更是对俄国形式主义者的"文学作品是纯形式"论的直接支持。但我们知道，康德美学是丰富的，它既具有形式性的特点，又具有主体性的特点，美因而既是形式的，又是主观表现性的。而俄国形式主义者关于文学本质的纯形式论只承袭了康德美学形式性的一面，却抛弃了其主体性的一面。所以康德美学中的"形式"与俄国形式主义文论中的"形式"又是有很大不同的（详后）。俄国形式主义文论对康德美学的传承关系大致如下：如果说康德美学的主体性一面主要是通过浪漫主义、部分地也通过象征主义（因为它也有主体性一面）而影响西方现代文学理论尤其是文学创作的话，其形式性一面则主要通过唯美主义和俄国形式主义，部分地也通过象征主义（它也有注重艺术形式一面）而影响西方现代文学创作尤其是文学理论的。

　　康德美学对俄国形式主义者的影响，他们自己也有承认的。如日尔蒙斯基（1891—1971）在评价雅库宾斯基所指的一个诗语特征时说，"此特征在康德的美学体系中被称为'没有目的的代目的性'"[①]。他在《论"形式化方法"问题》一文中说得更明确，"康德的美学公式是众所周知的：'美是那种不依赖于概念而令人愉快的东西。'在这句话中表达了形式主义学说关于艺术的看法"[②]。康德的美学公式在当时既然是"众所周知"的，可见它在当时影响的广泛性。

　　俄国形式主义的文学本质论中也包含着英国经验主义美学的基础。这适宜与上述康德的形式主义美学基础对比着考察，我们从中也可以看出俄国形式主义美学观与康德美学观的不同，比如看两者对美学的不同界定。

　　康德对美的界定是先验的，并且基本上是理性主义的。在他对美的诸多界定中，"美是主观合目的性的形式"这一界定最有代表性，也最深刻，它就是根据康德美学的先验原理规定的。那先验原理即"主观的合目的性"，它在审美主体上具体体现为"想象力与知性的自由活动意思指凡对象的形式（因无关对象的概念知识和善恶利害，所以只是对象的形式），引起（符合）主体意识中想象力与知性的自由活动，那形式便符合了主体的目的，便是美"（参见本书"导论"第二部分第10小节）。这一界定虽然并未脱离感性直观（康德把想象力规定为"诸直观的机能"），但实际上是通过感性直观而为知性所决定的，只是那知性已经不是本身的形态即知性概念的形态，而是一种融会有不确定的知性概念于其中的情感形态（因由想象力与知性的自由活动所引起）。由知性决定即为理性决定。这样界定的美，不但能够直观地感觉到它，而且能说明它为什么美，所以这样的界定是关于美的本质的理性的界定，

　　[①] ［苏］维克托·日尔蒙斯基：《诗学的任务》，见《俄国形式主义文论选》，方珊等译，生活·读书·新知三联书店1989年版，第219页。
　　[②] ［苏］维克托·日尔蒙斯基：《论"形式化方法"问题》，见《俄国形式主义文论选》，方珊等译，生活·读书·新知三联书店1989年版，第365页。

第一章　多种哲学思想映射下的纯粹形式论

也是先验的、形而上学的界定。

俄国形式主义者对美的界定却是经验的。如前所述，什克洛夫斯基等人实际上认为，能引起"反常化"感觉（新奇的、受阻的感觉）的艺术形式即是美；"反常化"感觉即审美感觉，它不同于一般日常的感觉即"无意识化"的、"自动化"的感觉。可见他们对美的界定不涉及理性，甚至不涉及情感、想象等活动，而是纯粹从感觉经验出发并仅由那感觉经验所决定。这种对美的界定只告诉你怎样感觉到美，却不能告诉你它为什么是美的。这是对美的一种感性经验的、非本质的界定，因而是不可靠的。其实，引起"反常化"感觉的东西不一定都是美的，它可以是不美的，甚至是丑的。什克洛夫斯基根据"反常化"审美原则给诗下的定义，即"诗就是受阻的、扭曲的言语"[1]，以及给艺术节奏下的定义，即"艺术节奏就是被违反的散文式节奏"[2]，也是这种情况，"受阻的、扭曲的言语"不一定就是诗；"被违反的散文式节奏"也不一定就是艺术节奏。俄国形式主义的这种理论可以作为某些只追求新奇、怪诞的现代主义和后现代主义艺术创作的一个根据。这样看来，俄国形式主义者虽然力求文学研究的科学化，却难免包含了非理性的东西。这就是因为他们对于美的看法只局限于感觉经验，是经验主义的，而经验主义由于否认或忽视理性，就易于带上非理性的因素。罗素就指出，经验主义是现代非理性主义的一个来源。

以上康德和俄国形式主义者对美的不同界定又是通过不同的方法得出的。康德用的是理论的和逻辑的推演方法。他的美学是用来联结和过渡其认识论和伦理学的，后两者都有各自的先验原理，即先天的感性直观形式和知性范畴的认识论原理和先天的三条"道德律令"的伦理学原理。他因而确信并推论也有先验的审美原理，那就是主观合目的性原理。并且，正如康德的认识论先验原理和伦理学先验原理都具有主体性和形式性的特点，其美学的先验原理也体现出主体性和形式性特点。这

---

[1] ［俄］维克托·什克洛夫斯基：《作为手法的艺术》，见《俄国形式主义文论选》，方珊等译，生活·读书·新知三联书店1989年版，第9页。

[2] 同上书，第10页。

些都反映在康德对美的界定中。同时，由于美联结着知性认识的必然和理性伦理的自由，它就有知性认识作为其潜在基础，并在象征（类比）的意义上指向理性的伦理道德（所谓"美是道德的象征"）。这些也包含在康德对美的界定中。

俄国形式主义者的方法却没有那么思辨，那么复杂。他们运用的是经验现象的对比方法。把诗歌语言与实用语言对比，把叙事的情节与作为其来源的本事对比，由此发现诗歌语言的诸特征和叙事文学的情节结构特征，这些特征就是作为文学本身的"手法"、"文学性"和"纯形式"。把"反常化"感觉与日常感觉对比，由此发现前者就是审美感觉，并由此确定"反常化"感觉与文学形式的关系是："反常化"感觉本身是纯形式的，反过来说，文学的纯形式能引起"反常化"感觉。

从以上比较看出，俄国形式主义者对美的界定及其所用的方法都与康德的先验的、形而上学的美学不同。它带有经验主义美学的性质，因为后者就是把审美的感觉经验作为出发点，或者说从审美感觉经验上去把握美的特征和规律，而这又是基于经验主义哲学的，因为经验主义哲学的基本特点就是注重感觉经验，一切都从感觉经验出发。不过，俄国形式主义的美学观与经验主义美学观也有重要的不同之处。经验主义美学不但重视生理感觉经验，更重视心理的感觉经验，如想象、情感等，所以经验主义美学所确认的美往往并不是单纯的感性形式，而是有想象、情感等心理内容的。例如英国经验主义美学就相当重视情感因素，其代表人物休谟、博克等提出审美"同情"说，它是近代德国的审美"移情"说的基础。而俄国形式主义者不仅排斥理性思想，甚至也排斥审美感觉中的心理内容。他们宣称"情感在形式之外"只承认生理上的感官刺激及其快感或痛感的效应，所以那审美感觉就只是毫无内容的纯形式，因而美也只能是纯形式的。

俄国形式主义的"纯形式"文学本质论既具有康德的形式主义美学性质，又具有经验主义美学的性质，可以说它是经验主义的（或者说具有经验主义特色的）形式主义文学本质论。

由于具有经验主义性质，俄国形式主义者的"形式"概念与康德

第一章　多种哲学思想映射下的纯粹形式论

的"形式"概念就有很大的不同。首先,如前所述,康德的审美形式不只是感性直观的,它还包含着想象、情感等因素,并潜在地蕴含着知性乃至理性等主体意识。而俄国形式主义者的审美形式甚至排斥心理经验,几乎只是单纯的生理感觉经验。就继承康德的形式主义美学而言,他们已经完全剥离了其丰富的主体性意蕴,而只是对其单纯形式性的片面发展。当然,这种对主体性的剥离和对形式性的片面发展早在20世纪的唯美主义者那里就开始了,后经象征主义者们在诗是纯音乐形式等语言问题上的张扬,至俄国形式主义者提倡"无意义的语言"(俄国形式主义者因而对象征主义者重主观表现性一面表示不满和反对),可以说已走向极端。在创作上与之相呼应的是当时俄国未来派诗人对写作无意义语言的实验,以及后来西方各种主要是文字游戏性质的文学创作。所有这些,可以说是康德形式主义美学在现代的恶性发展,已背离康德美学中"形式"概念的本意。

其次,康德把美分为自由美和附庸美。康德说对自由美的判断是"单纯依形式而判断","那鉴赏判断是纯粹的"[①]。所以,可以说自由美是只涉及形式的美,是纯粹的美。但如上文所述,这种只涉及形式的美只是无通常意义上的内容,即关于真理知识和善恶利害等的内容(所以说它"只涉及形式"),它自身其实具有独特的内容,即消融了知性和理性等主体性意识于其中的审美情感的内容。附庸美却不只涉及形式,它依附于有关的知识和功利目的的内容,即通常意义上的内容。康德指明花草等自然美是自由美,艺术中无歌词的音乐也属于自由美,其余包括诗、文学在内的大多数艺术应是附庸美。我们认为,就附庸美即非纯粹美的某一艺术品来说,其中美的因素本身仍然只涉及形式(在这种意义上,康德的"美只应涉及形式"的命题是有普遍意义的),但那整个艺术品却并非只是形式,而是或多或少地具有关于真和善的思想内容。这即是说,艺术一般不只是美,因而也不只是形式,它往往包含有一定程度的真和善的内容。艺术一般是真、善、美的结合体。只是其

[①] [德]康德:《判断力批判》上卷,宗白华译,商务印书馆1985年版,第68页。

中的美应是艺术的特质：艺术正是以美这种特质而区别于属于真的科学和属于善的道德等东西的。俄国形式主义者却把文艺看成是纯形式的，纯美的，这是对康德美学的误解和片面理解。这种误解和片面理解其实是整个现代形式主义的共同特点，这即是说，在现代文艺理论和文艺创作中，往往美与文学、艺术不分，往往把文艺等同纯粹的美、纯粹的形式，从而排斥关于真和善的思想内容。

由于俄国形式主义的"纯形式"文学本质论存在上述片面性、局限性及一定程度上的幼稚性，其意义并不重大。俄国形式主义文论主要不是以文学本质论而是以文学批评论影响后来的诸文论的。顺便提及，大致与俄国形式主义文论同时，英国艺术理论家克莱夫·贝尔（1881—1964）提出的"美是有意味的形式"的著名论断，更接近康德美学中的形式论。贝尔也认为美只是形式，那形式只是线条、色彩的组合，它不应具有关于知识和道德功利的真和善的内容，但蕴含一种"意味"。他所谓的"意味"，实际上指一种表面上超脱了社会生活内容的抽象的普遍情感，这种普遍情感便是真正的审美情感。[1] 这种作为审美情感的"意味"，颇类似康德所说的在审美判断中出现的"具有普遍传达性的心意状态""自由的情绪"，后者指的也是一种不带明确概念和功利目的的普遍情感，即作为美的形式的独特内容的审美情感。所不同的是，康德所说的这种审美情感是基于主体的知性和理性的，而在贝尔那里，它却被神秘化，被说成是一种"神秘的情感"，它来自不可知的所谓"终极实体"[2]。贝尔的这种说法显然不能令人满意。如果说贝尔的这一论断中包含着某种深刻性，那么，当他宣称艺术就是这种有意味的形式，因而应当排除真尤其善这种道德功利等社会内容时，他也犯了上述那种把艺术仅仅等同纯粹美的片面性毛病。康德说过"美只应涉及形式"，但似乎没有说过文学、艺术只应涉及形式之类的话。后人从他的观点扩展出文学只是形式、艺术只是形式之类的理论，大约也是他始料

---

[1] 参见［英］克莱夫·贝尔《艺术》第一章，周金环、马钟元译，中国文艺联合出版公司1984年版。
[2] 同上。

未及的。

二

俄国形式主义的文学本质论既然基于康德的美学和哲学与经验主义的美学和哲学，其文学批评论也应基于这两者，因为在一个文论系统内，批评论又是基于本质论的。确实，俄国形式主义文学批评论的一个基础是康德的美学和哲学，但另一个基础却不直接是经验主义美学和哲学，而是从后者发展出来的实证主义哲学。文学批评与哲学的关系是前者主要受哲学方法论的影响。俄国形式主义批评论就受到以方法论为特点的实证主义哲学的深刻影响。

1

俄国形式主义文论的创新意义主要不在于提出"手法""纯形式""文学性"等这样的文学本质观，而在于在这种观点下着力去研究文学形式的诸现象和规律，这种研究就是他们自称的"形式方法"的研究。这种研究虽然以形式本质观为基础，其结论又往往指向形式本质观，但这种着重从文学形式去进行的研究本身却主要是文学批评论，即形式主义的文学批评。这正如古代文学批评主要从哲学和伦理道德的角度去研究文学，便构成哲学、伦理学的批评；近代着重从诗人、作家去研究就构成传记批评；着重从社会、历史去研究就构成社会、历史批评。

什克洛夫斯基的《作为手法的艺术》一文，就体现了文学本质观与文学批评论的统一，即既谈到了文学是什么这一本质观，又谈到"形式方法"这种属于批评论的东西。日尔蒙斯基就曾指出，"作为程序（手法）的艺术这个公式"可以有两方面的意义。一方面是指"形式主义的世界观表现在这样一种学说中：艺术中的一切都仅仅是艺术程序，在艺术中除了程序的总和，实际上根本不存在别的东西"。[①] 这是关于艺术是什么的本质观。另一方面"它表明研究艺术的方法"，而照

---

① [苏]维克托·日尔蒙斯基：《论"形式化方法"问题》，见《俄国形式主义文论选》，方珊等译，生活·读书·新知三联书店1989年版，第359—360页。

此方法，"我们应该研究作品中审美事实的每一成分"①。他还进一步指出，如若对艺术本质的态度不同，例如不把艺术看作程序，而是看作精神活动的产物，或者社会事实，或者道德宗教的事实以及认识的事实，研究的方法就不同，就会指出不同的研究任务和实施途径。正因为《作为手法的艺术》一文有上述方法论意义，艾亨鲍姆称誉它为"形式方法的宣言，它为具体分析形式开辟了道路"②。

可见"形式方法"的研究是就文学研究对象即文学作品的形式而言的，它几乎指俄国形式主义者的整个文学研究。这一概念的含义未免太宽泛了。那么，在俄国形式主义者的这种宽泛化的"形式方法"的研究中是否还包含着严格意义上的形式方法呢？是的，那就是以寻找差异为目的的对比方法。艾亨鲍姆在《"形式方法"的理论》一文中指出，"科学的特殊性和具体化的原则就是形式方法的组成原则"，而"为了实现并巩固这一特殊性的原则，而又不借助于思辨美学，就必须把文学系列和另一种现象系列进行对比，在现有的多种多样的系列中选择一种与文学系列相互重叠但又具有不同功能的系列。把诗歌的语言和日常语言相互对照就说明了这种方法论的手段"③。

差异对比法可以说是俄国形式主义者研究的基本方法。他们最初就是把诗歌语言与实用语言对比，发现两者的差异是前者具有独特的音响、节奏、韵律、重复等特征，这些差异就体现为诗的手法，就是诗的形式，也就是诗本身。后来研究散文时又用作品的情节与事件材料对比，发现前者的不同是对后者的独特的组织、安排和变更，这种不同就构成了散文的情节结构，也就是散文作品本身。对上述差别的美学基础的研究，用的也是对比方法，即用"反常化"审美感觉与惯常化（元意识化）的日常感觉比较。上述实用语言和本事材料只提供无意识化的日常感觉对象，诗歌的语言特征和散文的情节结构才产生"反常化"

---

① ［苏］维克托·日尔蒙斯基：《论"形式化方法"问题》，见《俄国形式主义文论选》，方珊等译，生活·读书·新知三联书店1989年版，第359—360页。
② ［俄］鲍·文亨鲍姆：《"形式方法"的理论》，见《俄苏形式主义文论选》，蔡鸿滨译，中国社会科学出版社1989年版，第30页。
③ 同上书，第24—25页。

审美感觉。前者是通过"反常化"手法而产生的，是对后者的一系列违反，目的是获得一种新的审美感受。

从上述可见，对比研究的结果是发现差异，那差异就是文学形式，也就是文学本身。于是文学研究的任务就是研究构成文学作品本身的差异，也就是文学本身的形式。这样，社会生活和历史文化背景，文学家的经历、个性和思想情感等都不在文学研究之列。即便是出现于作品中的人物、事件、动机、思想情感等，也被看作是构成特定形式的材料，只研究它们如何被组织、安排、改造而成为文学形式，而并不研究它们如何被形式表现出来以及它们本身有什么意义等。总之，俄国形式主义者通过对比方法寻找文学不同于其他现象的差异，从而认定那差异就是文学的形式，也就是文学本身。可知他们的这种差异对比法是与其文学本质论相统一的批评方法，是他们研究文学的基本方法。

在文学史上，唯美主义在其唯美的也是形式的文学本质论基础上，已开始了自觉的形式主义文学批评，后来的象征主义在诗歌语言方面对这种形式批评有所继承。至俄国形式主义，这种形式批评得到空前发展，并由此开启了西方现代广泛的形式主义性质的批评。与唯美主义的形式批评相比较，俄国形式主义文学批评除在规模上及系统性、深入细致性上远远超过其前辈外，两者之间还有一个重要的不同点：唯美主义由于较直接、较明显地受康德美学影响，其批评带有形而上学性质，具有自上而下的特征，即其批评多少是在"美只应涉及形式"等观念指导下进行的，或者用以印证这类观念。大约部分地由于这个，唯美主义的批评没有俄国形式主义批评那样具体而深入，但也无后者的烦琐。而俄国形式主义批评却竭力避免形而上学性质，其批评在理论上似乎无所依傍，不用任何观念作指导，而仅仅从事经验事实的对比，那对比得出的差异就是结论——它就是文学研究的对象，即文学本身。如果说这种结论也算一种抽象概括，这种批评就具有自下而上的特征。这一点不同绝非偶然，而是由于俄国形式主义批评中包含有不同于康德形式主义的美学和哲学基础，那就是实证主义哲学基础及相应的文学批评。

形式主义文学批评可以远溯到亚里士多德的《诗学》。《诗学》的内容丰富，其中有重视文学形式方面的论述，如提出情节是决定性的，道德教训是次要的。形式主义批评较直接的理论基础还是康德的美学和哲学，这是与形式主义文学本质论的美学和哲学基础相统一的。甚至上述俄国形式主义者的差异对比法与康德在美学和哲学上的割裂性分析方法也有类似的地方：前者把通过对比获得的差异绝对化，实际上也是对两种现象之间的关系的一种割裂；后者的割裂也可以说是基于某种对比和差异。两者的目的都是为了寻求美或文艺自身的特质和独立自足性。但两者又有所不同：康德出于其整个哲学体系的需要，实际上是把割裂性的分析寓于整体性的关联之中，即把美学作为联结认识论和伦理学的中介，所以美本身虽然是独立自足的形式，其中却必然潜存着知性的真，暗中指向伦理的善。而俄国形式主义者的对比方法中却只有差异或者说割裂，而没有相互的沟通，所以作为美的文学形式便是没有理性内涵的感性形式。其次，康德的割裂性分析主要是在理性范围内。在康德那里，与真、善、美对应的知、意、情都属于广义的理性，所以三者是一个联合的整体。其中情感及相关的想象、直观等本身是感性的，但由于以上整体关系和关联关系，总或多或少地具有理智和意志的基础，或者说总或明或暗地受制于理智和意志。而在俄国形式主义那里，对比的现象及显出的差异都局限于感觉经验，并且主要是生理感觉经验，而不是心理感觉经验。他们不但反对思辨理性，而且还竭力排除主观心理。这些不同也显示出俄国形式主义批评中还存在不同于康德美学和哲学的其他哲学基础。

2

实证主义文学批评基于孔德（1798—1857）创立的实证主义哲学。实证主义哲学从英国经验主义哲学发展而来，其中仍包含着注重感觉经验、一切从经验出发这一经验主义的基本原理。但由于实证主义哲学是受科学尤其是实验的自然科学影响而产生的，与经验主义哲学比较，它具有追求科学性和提倡科学方法的特点。实证主义的所谓"实证"就有"实在""确实""精确""实用"等意思，这些意思正是科学精神的体现。实证主义之所以也看重感觉经验，就是因为只有经验事实才可以被证实，因而才可能是实证的。相反，像传统哲学那样，探索经验事实后面的"内在本质"或者"终极实在"等形而上学的东西（洛克、贝克莱等经验主义者也未能避免），则是非实证的、非科学的，为实证主义者所反对。与此相应，实证主义的研究借重科学方法，如生物学、心理学、逻辑学和语言学等学科的方法。顺便指出，孔德实证主义的"实证"是关于经验事实的实证，以马赫（1838—1916）等为代表的第二代实证主义的"实证"也如此。但至第三代实证主义即逻辑实证主义，便从关于经验事实的实证发展到讲求对具有经验意义的命题（语言）的实证，其中包括逻辑性语义分析的实证。前一种方式的实证影响了丹纳（1828—1893）的实证主义文学批评，也影响了俄国形式主义文学批评，后一种则影响了英美新批评的文学批评。

实证主义文学批评为丹纳所开创，它基于实证主义哲学的基本原理和自然科学思想尤其是达尔文的进化论思想，并继承了现实主义文学批评的某些传统。丹纳在《英国文学史》序言和《艺术哲学》中提出从种族、环境、时代的角度研究文学的创作和文学史的发展及其他现象。种族包含生理和遗传的先天因素；环境包含地域、气候等自然因素；时代包含社会文化因素。可知这种批评还具有社会学的性质；它在文学批评标准上更强调作品对集体生存和社会发展的有益作用。因此，这种实证主义批评又被称为社会文化批评。实证主义文学批评采用自然科学方法，包括科学的定量分析方法，运用科学研究中的因果律等来解释文学现象，往往把文学研究与自然科学尤其是生物学研究作类比。它在研究中对生物学的生理因素和遗传因素及其作用的强调，对随后的自然主义文论产生了重大影响。丹纳又是历史学家，他把传统的历史研究方法与实证主义的原则和方法相结合，在文学批评中总是用丰富的历史资料做保证，这对后来带有实证主义性质的某些文学批评也产生了重要影响，对与文学有关乃至无关的社会、历史资料加以收集和进行考证性研究的风气逐渐盛行。这种研究风气在20世纪初期文学批评中仍占主要地位的学院式实证主义批评中最突出。

俄国形式主义批评在很大程度上符合上述实证主义批评的基本原

则，因而也符合实证主义哲学的基本原则，即实证原则。如前所述，俄国形式主义者固守在感觉经验范围内，力避研究作品的抽象的思想内容，而专注于对作品的艺术形式，尤其像诗歌语言的音响等这类可以明显地感知到的外在形式的研究。俄国形式主义者的理论可以说是在感觉经验中绕圈子：通过"反常化"技巧创造的是文学的纯形式，因为只有那样的形式才能引起读者的审美感觉，即所谓"重新唤回人们对生活的感受"，而作品的思想内容属于抽象的理性的东西，不能引起这种审美感觉。反过来说，审美感觉只能是纯形式的，与思想内容无关，因为它仅仅是对日常感觉的"反常化"，而与那感觉对象的性质和社会价值无关。俄国形式主义者所用的差异对比方法，也带有经验归纳的方式和实证的性质，因为它只是不同经验现象系列的比较，而不是理论上的对比，抽象的推论。这些不同的经验现象都是可感的，因而可以是实证的，它们之间显出的差异也是可感的、实证的经验现象，那就是文学本身。

俄国形式主义者的目的是要建立研究文学的科学。他们也如传统的实证主义者一样，认为文学研究也应如自然科学那样是实证的。他们之所以从感觉经验出发而又回到感觉经验，正是因为只有可感觉的经验事实才是确实可靠的，即实证的。艾亨鲍姆就说过："我们主要确定一些具体的原则，并使这些原则保持在材料所能证实的程度内。"[①] 艾亨鲍姆所说的具体原则就是俄国形式主义者在文学批评中的实证性原则。而有关作品的思想内容和历史文化背景等则被认为是形而上学的，不能被感觉经验证实，因而是非实证的、非科学的，应当被排除在文学研究之外。

可见俄国形式主义批评确实具有实证主义性质。俄国形式主义者们自己就曾透露过他们对于实证主义的新热情。当时的和后来的学者也曾指出过这一点。巴赫金（1895—1975）称俄国形式主义者为"幼稚的实证主义者"，因为他们认为只就近观察而不带任何形而上学的世界观是他们在文学批评中的功劳。[②] 波斯彼洛夫认为，俄国形式主义是20

[①] 转引自［俄］巴赫金《文艺学中的形式主义方法》，李辉凡、张捷译，漓江出版社1989年版，第96页。

[②] 同上书，第97页。

62

第一章 多种哲学思想映射下的纯粹形式论

世纪初文艺学中实证主义的最显著的表现。① 韦勒克（1903—1995）则称"他们是一些在文学研究领域中抱有使科学理想化的实证主义者"。②

俄国形式主义文学本质论有基于经验主义的一面，这与作为其文学批评论基础的实证主义是统一的。因为如前所述，实证主义中仍然保持着重感觉经验这一经验主义的内核。而从俄国形式主义文学本质论与批评论的关系看，两者也应当是统一的，即批评论应基于本质论，因而也应基于经验主义。但由于俄国形式主义批评特别注重科学性和科学方法，加之它在俄国形式主义文论中占主导地位，于是就表现为不直接基于经验主义，而基于因强调科学实证性而从经验主义发展而来的实证主义。

俄国形式主义的实证性批评却是独特的。其独特处在于，它的哲学基础除实证主义一面外，还有形式主义一面，它是形式主义的实证性批评。

这种形式主义的实证性批评与传统的实证批评有什么不同？就主要差别看，传统的实证批评是外部的，主要关涉作品思想内容的批评；形式主义的实证性批评则是内部的主要涉及作品艺术形式的批评。丹纳以种族、环境、时代三要素来批评文学，这显然是外部批评。他所采用的有关这三者的自然现象和社会、历史事件，只能主要与作品的思想内容相关，或者与作家的创作动机和文学的发展规律等问题相关，而不可能主要与作品的艺术形式相关。后来的那些学院式实证批评，更是广泛地从社会生活、历史文化、政治、宗教、道德及作家的身世、性格和世界观等事实和史料出发，对文学作品进行考证性研究。这显然是外部的批评，只能与作品的思想内容发生关联。

俄国形式主义者对传统的实证批评不满，认为它混淆了文学与其他学科的界限，因而不可能建立独立的文学研究科学，况且，那些外部材

---

① 参见 [苏] 波斯彼洛夫《文学原理》，王忠琪等译，生活·读书·新知三联书店 1985 年版，第 36—37 页。

② [美] 雷内·韦勒克：《二十世纪文学批评的主要趋势》，见胡经之、张首映编《西方二十世纪文论选》第一卷，中国社会科学出版社 1989 年版，第 6 页。

63

料实际上也不可能决定文学作品本身，有的情况还正好相反。例如，他们认为作家的经历、个性和思想等对作品并无关系，不是作家的生平创造了文学，而是文学创造了作家的生平。

俄国形式主义者对外部批评的不满，也包括了对当时的马克思主义文学批评和象征主义文学批评的不满。马克思主义文学批评在根本上是从社会经济基础及其与上层建筑的关系出发的、从阶级关系出发的，其基点与实证主义不同。但它从外部去批评作品这一点与实证主义相同。此外，大约当时苏俄的马克思主义批评本身多少也沾染了实证主义批评的习气，难怪韦勒克曾说："我认为一般的马克思主义批评家只是再生的实证主义批评家。"① 所以他把俄国形式主义者对当时马克思主义文学批评的不满也算作前者反对实证主义批评的一个内容。象征主义文学批评的起点并不一定在外部，而往往在作品之内，但作品中象征形象的意义往往伸展到作品之外的无穷世界：它探索人生的神秘本质，宇宙中的永恒绝对，等等。在这个意义上，它仍然是外部的、主要关联着作品思想意义的文学批评。

俄国形式主义者对实证主义外部批评的不满和责难，使韦勒克把他们也划归在20世纪初欧洲反实证主义文学批评的潮流之中，作为东欧反实证主义批评的一支主要力量。② 韦勒克的这一说法与前面他称俄国形式主义者为实证主义者显得有矛盾。不过，只要明白俄国形式主义的实证批评是独特的这一点，就可以理解这一矛盾了：就注重感觉经验、追求科学性和强调科学方法而言，他们是实证主义者；就拒不以外部事实来证实文学，而以文学作品自身为研究对象而言，他们又是反对传统的实证主义文学批评的。

这里就有必要进一步指出，俄国形式主义者的反实证主义批评与当时西欧的反实证主义批评有质的不同。西欧反实证主义批评的哲学、文化背景是柏格森（1859—1941）、克罗齐（1866—1952）等新唯心论的

---

① ［美］雷内·韦勒克：《批评的概念》，耶鲁大学出版社1973年版，第278页。
② 参见［美］雷内·韦勒克《近来欧洲文学研究中对实证主义的反抗》，见《批评的概念》，耶鲁大学出版社1973年版。

第一章　多种哲学思想映射下的纯粹形式论

崛起，尤其是狄尔泰（1833—1911）等人强调历史和精神科学（文学属精神科学）与自然科学的不同，强调前者有自身独立的目标和方法。总的来说，西欧批评界是以人文精神去反对传统的实证主义批评的。这种反对是根本性的，是对实证主义的科学实证原则的反对。而俄国形式主义者的反对可以说只是在实证主义批评内部的一种反对，实际上是对传统实证主义的一种革新。它与传统实证主义批评在实证原则和追求文学批评的科学化目标上是一致的，所不同的只是方式：一者从文学外部的自然现象和社会现实着手，一者着眼于文学内部自身的形式。

俄国形式主义者对文学内部研究的强调，以什克洛夫斯基的说法为典型。他说："我的文学理论是研究文学的内部规律。如果用工厂方面的情况来作比喻，那么，我感兴趣的不是世界棉纱市场的行情，不是托拉斯的政策，而只是棉纱的只数和纺织方法。"[①] 俄国形式主义者的研究确实如此。他们研究小说的情节，那全然是作品内部的东西。他们把情节中的人物、事件、场景等本来与外部世界关联的东西，仅当作构成情节的材料，即只关注如何安排、组织它们成为一定的情节结构，如所谓图形结构、梯形结构等，而不管它们自身作为故事的一部分的社会文化意义。诗歌语言本来是有含义的，它也指称事物，指向外部世界，但他们着重研究它的音响、节奏、韵律和修辞手法这些在作品中造成"反常化"感觉的东西，而不关注它们的意义。正是在词语及其构成的形象意义问题上，他们曾激烈地反对象征主义和形象思维论。这样的研究自然割断了文学作品与外部世界的联系而成为纯粹的内部研究，而且，这种内部研究还是纯形式的，它否定作品内部除形式之外还有思想内容。这后一点是俄国形式主义内部批评的特点。随后出现的英美新批评也是内部研究，即所谓"本体批评"，它虽然也割裂了作品与外在社会群体和作家个体的联系，但认为作品内部存在思想内容，因为作品自身有一种能产生意义的对立调和结构，即内在的意义结构。新批评的目的也不在于研究作品思想意义本身，而在于那意义的结构，所以它也是

[①] 转引自《俄国形式主义文论选》，方珊等译，生活·读书·新知三联书店1989年版，"前言"，第14页。

形式性的，不过那意义结构形式是较抽象的，内在于作品的，而不是俄国形式主义者所着重的那种可感知的外在形式。

无论是传统实证主义的外部批评还是俄国形式主义的内部实证性批评，其目标都在于追求文学研究的科学性。那么，两者中究竟谁真正具有科学性？或者说谁的科学性较多一些？在回答这一问题之前，先宜指明这里所说的科学性是狭义的，指的是科学的实证性，即可证实性及相关的客观性、精确性等。就这种实证的科学性而言，我们认为传统实证主义的外部批评的科学性是较少的。这是因为这种批评用外部世界的材料来证实文学，而这些材料并不是文学作品本身，而仅仅是创造文学作品的原料；文学创造这种精神活动极其复杂（它的最深奥之处至今仍是秘密），它要对那些原料作多种多样的改变。仅此一点，批评家要准确地找出作品本来的外在材料来证实作品，几乎已是不可能的了，更何况批评家在发现、选择这种外在材料时难免有主观随意性，在用这些材料印证作品的思想内容时更少不了主观性的联想、推测。所以，这种批评虽然名为实证主义批评，却不可能符合实证主义的实证原则；虽然提倡科学性，其科学性却往往较少，主观性往往较大，从文学批评科学性的特殊性看，它甚至易于走向反科学。

俄国形式主义的内部实证性批评的科学性却较大，因为它研究的对象是已经创造出来了的文学作品本身，尤其是那些可感知、可经验的艺术形式，如词语的音响、韵律和技巧、情节结构等，对这些东西进行实证性研究是可能的，所获得的结论也可以是相当客观、相当准确的。俄国形式主义者在研究小说的情节结构尤其是抒情诗的旋律等方面，就有这样的业绩，空前地体现了文学批评中的客观的科学价值。正是主要由于这一点，俄国形式主义者才对 20 世纪的科学主义或称形式主义的文学批评具有开创的功绩。

然而，文学不是科学，文学批评也不可能是严格意义上的科学。在文学理论自身系统内，文学本质论一般不可能是科学实证的。俄国形式主义者提出的文学是手法，是纯形式的本质观，主要是从感觉经验中通过对比研究得出的（但我们曾指出，他们也曾受到前代形式本质论及

第一章 多种哲学思想映射下的纯粹形式论

其美学基础的影响和启发),但这种文学本质观是片面而肤浅的,不能解释较复杂的文学现象。就形式本质论本身而言,它远没有康德的形而上学形式论深刻,影响也远不如后者。文学创作论中思辨的东西也不比经验实证的东西少。创作的秘密似乎深不可测,那更难于被实证。文学本质论的不确定性和形而上学性,部分地也是由此造成的。我们知道,文学批评一般是基于一定的文学本质论和创作论的,因此它除了有科学实证性的一面外,必然还有思辨形而上学的一面。它应当兼顾这两方面,或者以一方面为主而顾及另一方面,至少不排斥另一方面。俄国形式主义的实证性批评正是在这一点上显示出片面性:它拒绝从社会生活、意识形态和作家生平等方面去研究作品的内容,此其一。它对作品的内部批评也只停留在对作品的可感形式的经验实证性研究上,而不上升到理性思辨和形而上学的高度,此其二。由于这两方面的局限,俄国形式主义批评对作品和其他文学现象的把握是不可能全面的,在整体上也不可能是深入的。

3

俄国形式主义文学批评既有基于形式主义美学的一面,又有受实证主义哲学及其文学批评影响的一面。它实际上是形式主义批评和实证主义批评的结合。日尔蒙斯基在谈到俄国形式主义诗学的任务时说的一句话大致能说明这两方面的结合:"我们在建构诗学时的任务是,从绝无争议的材料出发,不受有关艺术体验的本质问题的牵制,去研究审美对象的结构,具体到本文就是研究艺术语言作品的结构。"[①] 前半句话表明批评的实证性质,后半句话表明的则是批评的形式性质。这种性质的文学批评,照理应称其为形式主义的实证批评,或者实证主义的形式批评,人们却只称它为形式主义批评。这当然是出于简洁的需要。而不简称它为实证主义批评,则是因为前面已有丹纳创立的实证主义批评。不过,"俄国形式主义"这名称大约还暗含这样的意思,即它在形式性方面的影响要比实证性方面的影响更大:其形式性不但影响随后的科学主

[①] [苏] 维克托·日尔蒙斯基:《诗学的任务》,见《俄国形式主义文论选》,方珊等译,生活·读书·新知三联书店1989年版,第219页。

义亦即广义的形式主义文学批评，而且在一定程度上也影响人文主义文学批评，如在重视语言研究、文本研究等方面，而人文主义批评却不追求科学实证性。

上述两方面性质的结合使俄国形式主义批评产生了革命性的后果。比较以往的形式主义批评（唯美主义批评和某些象征主义批评），它具有科学实证性的特点。比较以往的实证主义批评（丹纳的实证主义批评及随后至20世初欧美诸国的实证主义批评），它具有形式性的特点，而文学形式上的实证性才比较接近科学和哲学意义上的实证性。批评的形式性和实证性正是以后各个科学主义文学批评的基本特性。所以我们说俄国形式主义批评开创了西方科学主义文学批评。文学批评的这种形式性和实证性也是与西方现代哲学的形式性和实证性特点相适应的，正是在这种相适应的意义上，我们称俄国形式主义等这一路文学批评为科学主义文学批评。

文学批评的形式性特点不必依赖于科学实证性特点，它可以独立自存，如在唯美主义批评中。这是因为文学本身有形式性的特点。而科学实证性特点却依赖形式性特点才能显示出来，因为文学批评只有在可感的形式上才能在一定程度上做到真正的科学实证。也许这就是为什么只从事外部研究的传统实证主义虽然在20世纪初的欧洲批评界仍占主要地位，却不能开创20世纪的科学主义文学批评，而专注于对作品内部形式进行实证研究的俄国形式主义批评则能充当这一角色。

形式性特点在后来的科学主义文论中有所变化：对语言的研究已不像俄国形式主义文论那样停留在声音和语法层面，而是推及语言符号的自指功能的诸种表现；对结构的研究则从作品表层的情节结构深入内在的意义结构和作品之间共同的深层结构。总的倾向是从作品外在的可感形式走向内在的抽象结构形式。科学实证性特点也有相应的变化，即从俄国形式主义的较严格的感性艺术形式上的经验实证性研究，进展到着重讲究客观性、精细性等实证精神的研究。其间，已有理性思辨和形而上学东西的浸入。

在俄国形式主义文论对其他科学主义文论的影响中，对结构主义文

第一章 多种哲学思想映射下的纯粹形式论

论的影响最为直接。这一影响大约分为两路。一路是从雅各布森转移到布拉格,把俄国形式主义者早期研究诗歌语言的原则和方法等带去,并结合对索绪尔语言学的研究而创立结构主义诗学。另一路是在俄国形式主义文论的后期,弗·普洛普(1890—1970)对俄国民间故事的情节结构的模式化研究,对五六十年代法国结构主义叙事学的建立产生过启发和影响。俄国形式主义文论自身的发展线索是从诗歌语言的研究转变到叙事散文的情节结构的研究。上述两方面的影响正对应了这一发展的不同时期和不同特色。

俄国形式主义文论对西方现代人文主义文论的创立和发展也有一定的启示作用。依据俄国形式主义者的见解,文学作品之为文学作品,一方面作品自身必须是一种形式结构,另一方面批评家或读者必须能够对它产生"反常化"审美感觉。这对着重从读者接受的能动性来研究文学作品的现象学文论、解释学文论和接受美学等,必然会产生启示作用。姚斯和霍拉姆说:"俄国形式主义还大大促进了接受理论的发展而成为接受理论的先驱。"[①]

俄国形式主义文论中的文学本质论基于康德的形式主义和英国经验主义,它的文学批评论则基于康德的形式主义和孔德等的实证主义。由于俄国形式主义文论主要是批评论,形式主义和实证主义这两种哲学和美学的影响就较为突出。这些哲学和美学基础主要通过传统而发生作用,其中包括通过文学传统而起的作用。后者具体表现为俄国形式主义文论对唯美主义、象征主义和实证主义诸文论的批判、继承和革新,以及在一定程度上的结合。

俄国形式主义文论的产生和发展还受到其他理论和实践的推动。概言之,哲学上胡塞尔(1859—1938)现象学所主张的"还原法",即悬置一切假定和前提而仅对观察到的现象进行客观描述的方法,以及他所提出的"回到事物本身"的口号,可能在一定程度上影响和促成俄国形式主义者的研究方法。语言学对俄国形式主义文论的影响分两方面。

[①] [德] H. 罗伯特·姚斯等:《接受美学与接受理论》,周宁、金元浦译,辽宁人民出版社 1987 年版,第 292 页。

一方面是俄国当时自身的形式主义语言研究的影响。俄国形式主义者（他们中许多就是语言学家）基本上是从语言学角度去看待诗歌语言同实用语言的对立，去寻找诗歌语言的特征。语言学家列·雅库宾斯基的《论诗歌语言的声音》一文"成为肯定声音在诗句中的独立价值的语言学基础"[1]。另一方面是索绪尔结构主义语言学的影响。索绪尔的《普通语言学教程》出版于1916年，于俄国形式主义活动的中晚期才渗透进来。在迪尼亚诺夫（1894—1943）和雅各布森写于1928年的《文学和语言学的研究问题》一文中，就运用了索绪尔的"共时性""历时性"和"语言""言语"等相互对立的术语。普洛普著于1928年的《民间故事形态研究》中关于共同的情节结构模式与个别故事的情节结构的区别，已符合索绪尔关于语言和言语的区别。俄国形式主义文论的产生及其活动还直接以当时俄国未来派诗歌创作作为背景。该派诗歌竭力凸显诗歌语言与实用语言的不同，并试验"无意义语言"的诗歌。俄国形式主义者的有关理论可以说是对这些实践的总结。未来派诗歌以新奇怪诞的语言形式惊世骇俗，这大约是俄国形式主义者的"反常化"审美感觉理论的一个现实来源。

---

[1] ［俄］鲍·艾亨鲍姆：《"形式方法"的理论》，见《俄苏形式主义文论选》，蔡鸿滨译，中国社会科学出版社1989年版，第27—28页。

第二章 文本的独立自足与哲学基础的多样统一

——新批评文论与康德哲学、经验主义哲学、逻辑实证主义哲学及对立调和的哲学思想

一

新批评文论显然主要是文学批评论，但它也有一定的文学本质论做批评论的基础，只是那本质论显得不大集中，也不大明确，需要我们去概括出来。新批评的文学本质论可以分为两个层次。第一个层次认为文学是客观的、独立的和自律的客体，那就是作品本身。这是新批评派成员的共识。新批评派主将约翰·克娄·兰色姆（1888—1974）在《新批评》（1941）一书中提出"本体论批评"（此前也提过），其中的"本体"一词的意思就是指"诗歌存在的现实"，即诗歌作品本身。40年代后期维姆萨特（1907—1975）和比尔兹利（1915—1985）合作发表的《意图的谬误》和《感受的谬误》两文，更是明确割断了作品与作者、读者的联系，把作品的独立自足性推向极端，使文学作品成为一种孤立的东西。第二个层次在一定程度上是进一步说明文学何以是一个独立自足的客体：文学作品是一个有机整体，其内在机制是一种对立调和的结构，它能使作品独立自足地产生意义。其意思是说，作品的意思就是词语本身的不同意思对立调和的结果，无须考虑作者的意图和读者的反应效果。这个对立调和的内在意义结构在新批评派成员中有不同的说法。艾伦·泰特（1889—1979）叫它"张力"，"即我们能在诗中发现的所

有外延和内涵构成的那个完整结构"①。"外延"指字面意义,"内涵"指暗示和联想意义,诗的意思就是这两方面的统一体。克林思·布鲁克斯（1906—1994）等又提出"反讽""悖论""戏剧化结构"等概念。依据布鲁克斯的观点,"反讽"是广义的,是诗中普遍存在的现象,是"语境对于一个陈述语的明显的歪曲"②,从而出现所言非所指的情况。"悖论"和"戏剧化结构"的意思也类似,指诗中矛盾冲突的意思得到平衡和调和。总之,新批评派认为,诗歌本身包含一种具有对立调和功能的内在结构。

根据上述两层意思,可以把新批评派的文学本质观概括如下:文学的本质存在于作品本身之中,作品是一个独立自足的、具有对立调和意义结构的有机整体。

这是什么性质的文学本质论？显然不是模仿论和表现论。从第一层意思看,它所主张的文学的独立自足性颇类似唯美主义和俄国形式主义的文学形式论。以兰色姆提出的"诗的本体论"看,他把诗二分为骨架和肌质,骨架指能用散文语言翻译的论点,实际上是内容或者说内容的抽象；肌质则是形式。雷内·韦勒克（1903—1995）说："兰色姆有骨架（structure）与肌质（texture）之分,这就又回到了旧的内容与形式的两分法。"③ 但兰色姆认为骨架只是手段,作为形式的肌质才是目的,才是他所强调的"本体性存在"④。因此,兰色姆在新批评派中是比较看重对诗的外在形式因素的研究的。

泰特、布鲁克斯和罗伯特·潘·沃伦（1905—1989）等不同意兰色姆的"骨架—肌质"两分说,而以上述对立调和的结构来消融内容（骨架）和形式（肌质）的对立。然而,依据布鲁克斯等人的论述,这

---

① [美]艾伦·泰特：《论诗的张力》,见史亮编《新批评》,四川文艺出版社1989年版,第119页。

② [美]克林思·布鲁克斯：《反讽——一种结构原则》,袁可嘉译,见赵毅衡编《"新批评"文集》,中国社会科学出版社1988年版,第335页。

③ [美]雷内·韦勒克：《新批评：是与非》,见史亮编《新批评》,四川文艺出版社1989年版,第339页。

④ 参见赵毅衡《新批评——一种独特的形式主义文论》,中国社会科学出版社1986年版,第41—42页。

种对立调和结构虽然能独立自主地产生诗的意义,因而是内在的意义结构,但它不重在产生什么意义,而重在如何产生意义,即重在那结构本身。他们认为,那结构本身才是诗中带规律性的东西,因而凡是好诗都应有此结构。可知所谓对立调和结构仍是一种形式,只是它不是诗的外在形式,而是诗的内在形式。把这种内在形式论与兰色姆的外在形式论结合起来看,新批评的文学本质观可谓相当完整的文学形式论了。新批评派的晚期成员韦勒克就说新批评是"机体主义的形式主义"[1]。从上面的论说看,他这说法还有点笼统,因为有机主义是多种多样的,而新批评的有机主义是颇为独特的,那就是对立调和的有机整体论。所以新批评的文学本质论的性质适宜更具体地被称作对立调和有机论的形式主义。

与以往讲究作品外在形式的唯美主义、俄国形式主义的形式本质论比较,新批评的形式本质论的特点是尤其着重作品的内在结构形式。这一特点使新批评的形式本质论在西方整个文学形式主义的发展链条上具有过渡的意义。唯美主义和俄国形式主义强调作品的音律、技巧、情节等外在形式,新批评也讲外在形式,但开始把重点转向作品内在的结构形式,只是这种内在形式被单一化为对立调和的结构,并且主要适应于诗歌。与新批评大致同时产生但在稍晚的五六十年代始达高潮的结构主义文论,其重点也是关于作品意义的内在结构,但其重点已转到叙事文学的内在结构上。这种内在结构形态多样,并直接与先验哲学相关,被认为是人类心灵的先天结构能力的反映。新批评文论与早于它的俄国形式主义文论和与它同时产生但晚于它衰退的结构主义文论都并无明显的关联,但我们仍有必要也有可能把它们联结在一个链条上,以便于不但见出新批评的过渡性,而且同时洞见其合理性和局限性。

新批评文学形式本质论的另一个特点是,与其他形式本质论比较,新批评的形式本质论与作为内容的意义有联系,因而不完全是形式主义的。唯美主义尤其是俄国形式主义排斥意义,新批评却不排斥意义,因为它的形式就主要是意义结构形式,意义正由那结构形式产生。结构主

---

[1] [美]雷内·韦勒克:《二十世纪文学批评的主要趋势》,见胡经之、张首映主编《西方二十世纪文论选》第一卷,中国社会科学出版社1989年版,第9页。

义文论的结构形式虽然也与意义关联，但它是通过意义而寻求那普遍的结构，因而那意义往往只是粗枝大叶的线索，十分抽象，缺少审美性。而新批评却从结构形式出发去发掘意义，并常常发掘出精深微妙的意义，因为越是如此才能越显出那结构的对立调和性，而作品也因而显得富有活力和审美情趣。兰色姆不同意对立调和的有机论，然而他的"骨架—肌质"二分说仍然给内容（骨架）留有一席之地。所以新批评派一般承认文学与现实世界有关联。韦勒克曾指出布鲁克斯和兰色姆都持有某种"模仿"说：布鲁克斯断言一首真正的诗就是"现实的一个影像"；兰色姆则认为"诗是现实世界的展示、知识和还原"①。兰色姆的所谓"还原"，是指重新赋予被科学抽象了的世界以感性和具体性，或者说恢复那繁复的原初世界。这即是兰色姆的"诗的本体论"的另一方面的意思。可见新批评给作品留下了一个通向现实的缺口。中外学者都发现这是新批评的"矛盾"或者说"困境"。② 我们认为，这不是新批评文论上的矛盾和困境，而是其哲学上审美观与认识论之间的矛盾或者说混乱。外在素材进入作品中成为艺术经验，对兰色姆的"骨架—肌质"论来说，主要不在于抽象其意义或价值，从而作为散文内容的"骨架"，而在于以其具体的感性作为形式的"肌质"。或者如布鲁克斯和沃伦在其合著的《理解诗歌》中所说，诗的经验是对外在的"反应"，但诗关心的是那"反应方式"③。这里的情况有点类似俄国形式主义者对现实素材的处理，他们把它仅当成构成艺术技巧的"材料"，从而作为作品的形式而不是内容。这样看，就与新批评派所持的艺术的独立自足的形式观不矛盾了。但在另一方面，从认识论角度看，新批评派确实又声称诗的经验是一种认识，并且是一种真正能把握事物本质的"本体"认识，它优越于科学认识，因为后者是抽象的、片面的、机械

---

① 参见［美］雷内·韦勒克《新批评：是与非》，见史亮编《新批评》，四川文艺出版社1989年版，第337页。
② 参见赵毅衡《新批评——一种独特的形式主义文论》，中国社会科学出版社1986年版，第19页。又参见《外国学者论新批评》，见史亮编《新批评》，四川文艺出版社1989年版，第313—314页。
③ 参见史亮《新批评概述》，见《新批评》，四川文艺出版社1989年版，第31—32页。

的，因而是非"本体"的。这就显出美学与认识论的深刻矛盾或混乱。因为根据康德的形式主义美学观，审美不是认识，也不是伦理，因而美不是真，也不是善，它由此获得独立自足性（兰色姆自认师法康德，但他师法的只是康德的艺术自律的形式论，在艺术不是认识这一点上却与康德相违）。新批评派之所以有此种认识观，除了受经验主义哲学影响之外，主要是出于他们的南方保守主义对北方的科学发展和工业化的憎恨，而持艺术认识优于科学认识的思想（新批评派被称为"南方集团"）。

上述新批评文学本质论所受到的相应哲学的影响，间接的比直接的要多。所谓间接的哲学影响，主要是指通过接受某种文论的影响而接受该哲学的影响。这种影响是相当多样而复杂的。但其中有两条较明显的主线，那就是作为新批评的两个先驱人物艾略特和瑞恰慈的文论的影响。他俩的影响恰好倾斜在新批评文学形式本质论的两个不同层面上：艾略特的影响主要在文学的客观独立自足性及其相应的形式性上；瑞恰慈的影响则重在对立调和有机论上。下文将主要依据这两人的文论而追寻新批评文学本质论的哲学基础。

艾略特（1888—1965）的文论很丰富，但零散不成体系；很富于启示性，但缺乏相应的理论阐发。其中以早期的诗的"非个性"（或叫"非个人化"）理论为其核心。该理论出现在写于1919年的《传统与个人才能》一文中，包括两个方面的内容。一方面就一首诗与其他诗的关系看，它不是个人的独创，而是传统的产物。因此，诗人要具有并发展传统意识，主要是历史意识。为此，"他就得不断地放弃当前的自己""不断地消灭自己的个性"。另一方面是就诗与诗人的关系看，诗人只是工具，他把感觉、情绪、词句、意象等东西组合成一首诗而并不带上自己的个性，正像催化剂使两种物质化合成为新的物质而其中并无它的成分一样。结论是"诗不是放纵感情，而是逃避感情，不是表现个性，而是逃避个性"。[①]

[①] 参见［英］T. S. 艾略特《传统与个人才能》，见［英］戴维·洛奇编《二十世纪文学评论》上册，葛林译，上海译文出版社1993年版，第128—138页。

对于艾略特的非个性理论所包含的两方面意思，新批评派拒斥了前一方面，因为传统和历史意识会突破他们的封闭的"本体"论。后一方面的论点则为他们所吸收，成为他们所坚认作品是与作家无关的客观独立自足体的理论依据。

艾略特文论中的另一个重要内容是形式论。艾略特强调诗的形式而贬低内容的作用。他曾把诗的意义比作盗贼手中用以对付看家狗的一片肉，以此说明内容仅仅是手段，形式才是目的。① 这是对内容与形式关系的传统看法的一种颠倒。他在《玄学诗的种类》一文中的一段话说得更具体："我是这样理解文学批评家的。理想的批评家应当既有意图的集中，又有意思的不确定。他不应当主要考虑社会学，或者政治学，或者神学，或者别的什么学说；他应当主要考虑词及其魔力，考虑诗人是否把恰当的词用在恰当的地方这一问题。"② 其实，他早在《传统与个人才能》一文中就已肯定了上述思想。他说"诗之所以有价值，并不在感情的'伟大'与强烈，不是由于这些成分，而是艺术作用的强烈，也可以说是结合时所加压力的强烈"。在该文中，情感、感觉指诗的内容，诗人对它们的结合（组合）就是技巧，是艺术形式，后者才是诗的价值之所在。

艾略特的非个性论和形式论，是新批评关于作品客观性、独立自足性理论和形式论的先声和直接基础。

在艾略特的文论中，非个性论与形式论两者之间的关系似乎并未从理论上加以指明。其实，非个性论中已蕴含深刻的形式美道理，只是那道理要费些笔墨才能说明白。此外，非个性理论本身在字面上也有矛盾，也需要解说。所有这些，本章第三部分将有专论。

艾略特的上述思想有文论和哲学两方面的来源。文论方面主要受浪漫主义诗人济慈的影响。艾略特最推崇济慈的"消极能力"说。依济

---

① 参见赵毅衡《新批评——一种独特的形式主义文论》，中国社会科学出版社 1986 年版，第 41 页。

② 转引自［英］穆德·埃尔曼《非个性诗学：T. S. 艾略特与依日拉·庞德》，哈维斯特尔出版社 1987 年版，第 54 页。

慈的看法，"一种消极能力，也就是能够处于含糊不定、神秘疑问之中，而没有要追寻事实和道理的急躁心情"。结果是，对于具有这种消极能力的大诗人来说，"美感是压倒其他的一切的考虑的，或者进一步说，取消一切的考虑"①。前面所说的那种状态，实际上就是审美的情感状态。而要具有那种神秘的审美情感状态，诗人就必须压倒或者说取消其他一切的考虑，当然也包括属于自我个性的考虑。这里的"压倒""取消"云云，就多少类似艾略特的"消灭自己的个性"等说法，或者更准确地说，它可以启示艾略特的那些说法。济慈在一封信中就说过诗人的性格"是一切，它又什么都不是"②。这简直可以看作是艾略特"非个性"论的深刻阐释。济慈所说的那种美感状态也类似艾略特的非个性情感状态。

值得注意的是，济慈的"消极能力"说是与唯美主义和形式主义的观念结合着的。"美感是压倒其他一切的考虑的"，这说法明显有唯美主义的倾向，同时还暗含着一切内容都无关紧要，形式就是美，形式才重要的思想。济慈在另一封信中就说过，作为美的诗本身就是形式，而不是可以使人惊异震动的内容。③ 济慈的"消极能力说"与形式美的这种关系，能启发我们理解艾略特的非个性论与其形式论的关系。

济慈的上述思想又从何而来？大约主要来自由柯勒律治从德国带来的康德的美学思想。我们知道，康德宣称美只在形式，审美情感是无概念和无利害的。济慈的上述思想与之吻合，他所描述的审美情感状态，就基本上是无概念和无利害的情感状态。

我们曾经指出，康德美学或者说他所说的美具有主体性和形式性两个特点，而且这两个特点是统一的：简言之，美是主体创造的，它是主体审美观念（表象）的表现，但这审美观念只是形式。总之，美是形

---

① 《济慈寄乔治·济慈信》，见伍蠡甫主编《西方文论选》下卷，上海译文出版社1979年版，第61—62页。

② 《济慈致乌德浩斯信》，伍蠡甫主编《西方文论选》下卷，上海译文出版社1979年版，第65页。

③ 参见《济慈致雷诺信》，伍蠡甫主编《西方文论选》下卷，上海译文出版社1979年版，第62页。

式，但它是主体创造的形式，即具有观念性或者说表现性的形式，其中蕴含着主体的一种普遍性的情感意识。但这两个特点在较早受康德美学影响的浪漫主义文论和唯美主义文论中就开始分流：由于浪漫主义的表现性质尤其是作家主观意识的表现性质，它着重吸取康德美学的主体性或称主观表现性的特点，并加以片面地发展，将康德美学中关于主体的普遍性情感意识的表现变成强烈的个人的自我意识的表现。这在多数浪漫主义诗人的理论和创作中是较明显的。康德美学的形式性特点一面，则为唯美主义及其后的俄国形式主义文论所强调，并逐渐剥离其中的主体性情感意识，乃至把它片面地发展成为无主体性的纯形式性。然而，即便在浪漫主义时期，敏锐的诗人如济慈已提出上述唯美的观点，这在当时可以说是对浪漫主义主流文论的一种挑战，而对以后的唯美主义及艾略特等的现代形式主义和唯美主义思想又会是一种启示和影响。济慈对艾略特的这种影响，在浪漫主义范围内看，可以说既是对它的一种反拨，又是对它的一种继承（艾略特对浪漫主义的继承还不止济慈的"消极能力"说）。如果跳出这种范围而就整个西方近代和现代文论看，则可以看成是以片面地发展了的（实际上已是在很大程度上被变形了的）康德美学的形式论，来针对和反对同样被片面地发展了的（也在很大程度上被变形了的）康德美学的主体性。总之，通过清理和追溯济慈的文艺思想，我们把艾略特似乎是相当游离性的"非个性"论和形式论联系于康德的形式主义美学，并把它置于康德之后日渐客观化的形式主义潮流之中。

此外，艾略特还受到爱伦·坡、瓦雷里及叶芝等人的影响。如瓦雷里就认为优秀的诗不带个人感情，艾略特在其《论诗与诗人》一书中就曾指出瓦雷里的诗中有某种程度的非个性化[1]。叶芝认为诗与诗人不同，因为诗人从不直诉[2]，这多少也能启示艾略特的诗的非个性之类的

---

[1] 参见［英］莫布雷·阿兰《T. S. 艾略特的诗歌非个性理论》，布克勒尔大学出版社 1974 年版，第 135 页。

[2] 参见［英］穆德·埃尔曼《非个性诗学：T. S. 艾略特与依日拉·庞德》，哈维斯特尔出版社 1987 年版，第 3 页。

思想。艾略特还自称在文学上是古典主义者，上文曾提到他在"思想与感觉统一"论中强调思想（理性）一面，那可以说明他所受的古典主义影响（在批评实践上他偏爱古典主义作家）。不过，从以上论述看，艾略特的文论主要是形式主义的，是西方现代文论中复杂而重要的一个环节。艾略特在创作上显出的古典主义影响似乎要多一些。

对艾略特发生影响的还有牛津大学的诗学教授 A. C. 布拉德雷（1851—1953）。后者认为诗是独立自存的世界，其主要价值在自身之内，诗人应该为诗而诗。艾略特曾就读牛津大学，布拉德雷的这种思想会对前述他的文论思想的形成发生作用。

新批评文学本质论的第二个层次即对立调和的有机整体论，有自己不同的哲学基础。有机整体论本来是一种科学（生物学）思想，它是在引申和类比意义上运用于哲学和文艺学的。它早在亚里士多德的《诗学》中就出现了。在艾略特的文论中也有这种思想（来自布拉德雷），它直接影响新批评派。但新批评派的有机整体论却是独特的，即它具有对立调和的结构，而对立调和思想却是一种辩证的哲学思想，它有着久远的渊源和若干演变形态。

新批评的对立调和的思想主要来自它的另一个先驱 I. A. 瑞恰慈（1893—1980）。瑞恰慈在其代表作《文学批评原理》（1926）一书中提出："批评理论的两根支柱，是关于价值的说明和关于交流的说明。"[①]对立调和思想出现在价值论中。什么是价值？瑞恰慈说，"凡是能够满足某欲望而又不致使某些同等的或者更重要的欲望落空的东西，就是有价值的"[②]。他又认为诗歌的审美经验很像日常经验，前者"只是主要在自身要素的联结上不同，它只是对日常经验的较好的组织，更进一步的发展，而并不是一种新的、不同的东西"[③]，两种经验都具有价值。

那么，诗歌的审美价值有什么特点呢？瑞恰慈在引用了柯勒律治那段著名的论述"艺术想象能够综合和调和具有对立性质的东西"（见下

---

① [英] I. A. 瑞恰慈：《文学批评原理》，杨自伍译，百花洲文艺出版社 1992 年版，第 25 页。
② 同上书，第 48 页。
③ 同上书，第 16 页。

文）后，指出诗的价值是由诗人在创作中通过想象的组织和综合作用而赋予诗歌的，因而具有平衡、调和对立性冲动的作用，与日常经验的价值不同。瑞恰慈说，与诗人相比，"普通人压抑了十分之九的冲动，因为他不能有条理地组织它们。……然而，诗人通过他超人的组织经验的能力而摆脱这种困境。通常是相互独立、相互冲突和相互排斥、干扰的冲动，被他结合起来而处于一种稳定的平衡状态"①。他又说："可以确信的是，那些最有可能达到事件高潮的想象的综合，是最容易分析的，悲剧便是一个例子。悲剧是显示对立和不协调性质之间能够取得平衡与调和的最明显的例子。同情是接近的冲动，恐惧是退缩的冲动，只有在悲剧中两者才能得到调和，并且通过这两种不同冲动的调和，还可以知道其他那些不协调冲动之间的调和。"②他还进一步指出："通过容他性而不是排它性而达到的这种稳定的平衡态势，并不为悲剧所特有。它是一切具有最高价值经验的艺术的一个普遍特征。"③"有两种组织冲动的方式，一种是排它或者说剔除，另一种是容它或者说综合。"④他据此把诗分成排他性的和容他性的，认为前者虽然有自己的价值和地位，但不是最伟大的诗；后者包容不同冲动的对立与调和，才可能成为最伟大的诗篇。以上就是瑞恰慈价值论中的对立调和思想。

　　新批评派的布鲁克斯等接受了瑞恰慈的对立调和思想并加以改造。改造的关键是把瑞恰慈的心理（主要是情感）上的对立调和改变为语义上的对立调和。"心理"是指作者尤其是读者的心理，"语义"则指作品即文本的语义，所以这种改造也就是从作者尤其是读者向文本的转移，即使之变成了文本中的对立调和的意义结构。除这样的改造之外，新批评派还有新的发展，那就是把这对立调和原则具体化为"张力"、"反讽"、"悖论"和"戏剧化结构"等形态。

---

① ［英］I. A. 瑞恰慈：《文学批评原理》，杨自伍译，百花洲文艺出版社1992年版，第243页。
② 同上书，第245页。
③ 同上书，第248页。
④ 同上书，第249页。

第二章 文本的独立自足与哲学基础的多样统一

顺便指出，瑞恰慈认为艺术家都有交流的愿望，而文本也能将艺术家的经验及相应的对立调和的价值传达给读者，并认为好的作品具有更大的交流力量。① 这种传达虽然有障碍和困难，但通过细致阅读和分析文本是能够克服那困难而得以实现的。他的《实用批评》一书就是探讨这一问题的。因传达而重视研究文本，这一点也为新批评派所接受。但新批评派认为文本并不透明，并不是媒介，它独立于作者和读者。这后一点显然与瑞恰慈不同。

现在回过头来追溯瑞恰慈的对立调和思想又从何而来。它直接来自柯勒律治。柯勒律治在其《文学传记》一书中，把通常所说的想象分为想象和幻想。幻想是在回忆对象的基础上的一种分析性和机械性活动，是为科学和实践服务的。想象又分为第一性的和第二性的。第一性想象实际上指人的有活力的和创造性的知觉活动，第二性想象则"是第一性想象的回声"，"它融化，分散，消耗，为的是重新创造"②。两者都具有艺术创造性，是一种"综合神奇的力量"，"这个力量最初由意志和理解力加以推动，同时也受到它们和缓轻微的约束，结果使以下各种相反或是不协调的品质取得平衡和调解：同一和殊异；一般和具体；概念和形象；个别和类型；清新的感觉和古老习见的对象；异于寻常的感情和异于寻常的克制；清醒的判断、沉着的自持和深刻的感情、激动的热诚"。③

柯勒律治已明确指出，想象有重组各种材料并能将多种对立面加以平衡和协调的功能。瑞恰慈对柯勒律治的论说有所改变。柯勒律治的这一思想来自德国古典哲学，所以他是从艺术创造的美学和哲学高度论说的，内容较全面。瑞恰慈则把它心理学化，并主要限于心理上情感所体现的对立性冲动之间的调和。这一转化并不困难，因为柯勒律治的艺术想象论乃至它所基于的德国古典哲学和美学，可以说在一定程度上也是

---

① 参见《文学批评原理》第四章。
② [英]柯勒律治：《文学传记》第十三章，见《西方文论选》下卷，上海译文出版社1979年版，第33页。
③ [英]柯勒律治：《文学传记》第十四章，见《西方文论选》下卷，上海译文出版社1979年版，第34页。

心理学性质的。另一个变化是，柯勒律治的对立调和论是关于诗人的，属于文学创作论，瑞恰慈的则关涉作者和读者两方，并把重心移向后者。这实际上是从关于作者的创作论移向关于读者的鉴赏论，后者已经属于文学批评论了。这一改变当然有利于新批评派的接受。新批评派也直接用柯勒律治的思想作为他们自己的对立调和意义结构的理论根据，上面柯勒律治的那段话经常被他们引用便是证明。

上述柯勒律治的思想来自康德和谢林。J. 肖·克洛斯在给柯勒律治的《文学传记》写的导言中，说柯勒律治"受惠于康德的东西（正如他自己经常不厌其烦地声称的那样）比受惠于康德的任何其他同胞的东西要多得多"。[1] 对于谢林，柯勒律治不但"接受其关于想象力的解说"，而且"在对想象的推论中大量借用谢林的用语"。想象力在康德哲学中主要被赋予联结和综合的功能：在认识论中它联结和综合感性材料与知性范畴；在审美判断中它联结感性直观，并联结和综合知性与理性，这种联结和综合即所谓想象力与知性和理性诸机能的自由和谐的活动（详见"导论"第二部分第 10 节），所以已具有一定的平衡和调和的功能。康德的想象论是后来谢林的想象论的基础，显然也是上述柯勒律治的想象论的基础。此外，柯勒律治关于想象与幻想的区别以及关于第一、二想象的区别，大约也受康德关于想象力的不同功能论说的启发。

谢林对康德有所继承，也有所发展。他把想象及其所创造的艺术抬高到几乎至高无上的地位，认为它是"哲学器官"，能"直觉"他所谓的"绝对"。由于"绝对"这一精神本体是使一切对立都消失的自身同一，能直觉这"绝对"的想象及其所创造的艺术便具有使精神和自然、主观和客观、有限和无限、自由和必然、有意识和无意识等对立面得以统一和调和的功能。柯勒律治关于想象具有对立调和的功能的说法更接近谢林。韦勒克曾指出柯勒律治《文学传记》中的核心段落，即第十三、十四章等，就是对谢林有关思想的意译和复述。[2] 此外，柯勒律治

---

[1] 参见［英］J. 肖·克洛斯《导言》，见柯勒律治《文学传记》，牛津大学出版社 1979 年版。
[2] 参见［美］雷内·韦勒克《战后美国哲学与文学批评》，见《批评的概念》，耶鲁大学出版社 1973 年版。

也认为想象能达到无限，能认识超验本质，这除了受谢林的影响外，柏拉图的理念论和天才论（诗人凭借神灵赋予的天才可以分享理念）也是其重要来源。

柯勒律治的想象论还有基于自己创作经验和对诗学独立思考的一面，所以，他在选择、吸收康德、谢林关于想象的对立调和（综合）论时能进行一定的转换，即把它从哲学和美学转换到诗人的创作上，变成了文学创作论。

如果从超出想象的范围看，对立调和思想本身是一种普遍的哲学思想，它在古希腊早期的赫拉克利特等人中就存在。这种普遍性的对立调和哲学思想后来在德国古典哲学和美学那里变为关于想象力的对立调和思想（但德国古典哲学中也有普遍意义的对立调和哲学思想，如在康德的二律背反中和黑格尔的辩证法中）；在柯勒律治那里变为关于艺术创作中想象的对立调和思想；在瑞恰慈那里又变为创作和鉴赏中情绪的对立调和思想；最后在新批评派那里演变为文本意义的对立调和思想。后者能否说明文学作品的内在本质？本章第三部分将予以评论。

新批评的对立调和思想是和有机论明确结合起来的，它实际上被用来说明文本作为有机整体为什么是客观的、独立自足的：那就是因为文本具有对立调和的意义结构，能独立自足地产生意义，与作者和读者无关。促使新批评把对立调和思想与有机论结合起来的契机有三。一是上述不同历史时期的对立调和思想本身多少带有有机论的性质，在谢林那里尤其明显，他认为艺术王国就是类似大自然那样的有机整体；二是艾略特和瑞恰慈二人文论中的有机整体论；三是象征主义者马拉美、瓦雷里等提出的诗意出自上下文的自动论（但他们同时又坚持来源于浪漫主义的心灵表现论）的影响。

本章开首谈论新批评派的形式本质论时，曾指出他们给文本留有通往现实的缺口，文本因而并不是完全孤立的，这种本质论因而也不是完全形式主义的。究其原因，是新批评派还具有经验主义的素养。它主要来自美国本土的实在论、实用主义和英国的新黑格尔主义等哲学，是朴素而混杂的。

有的外国学者就认为，新批评"用一种经验主义吃力地对形式主义进行调和——相信诗通过某种方法把现实包括进其自身"①。布鲁克斯和沃伦在《理解诗歌》中就说："诗是我们对客观和喧闹的世界的经验的一种反应与评价，是我们对它的看法。诗所关心的是我们的感觉、情感及理性对这个世界进行反应的方式。"② 布鲁克斯在《意释邪说》一文中还说过："如果一首诗是真正的诗，那么它是现实的一个影子——至少在这种意义上它是一种'模仿'——作为一个经验而不仅仅是任何关于经验的陈述或任何对经验的抽象。"③ 可见新批评派认为诗根源于外在经验，诗本身也是一种经验。但他们又认为后者是感觉、情绪和理性的经验，在性质上已不同于前者，所以并不是对前者的反映。这里就有新实在主义和批判实在主义的思想，即认为外在经验对象是一种中性实在，独立于人的意识。同时也体现了实用主义的影响：它在总体上符合 J. 杜威的"艺术即经验"的思想。但更重要的是，W. 詹姆斯和杜威等实用主义者的"经验"概念是所谓"双义语"即既指客观事物，又指感觉、情绪、思维等，这一点大约对新批评关于外界经验同文本经验的区别有启发。但在实用主义者那里，经验的两方面意义是不可分的，是所谓"经验一元论"（这是自休谟以来至现代的马赫、罗素等经验主义者共同的观点），而新批评派却根据文学特性和自己的需要而把它分成内在的和外在的。由于有这经验主义一面，新批评派认为文学是一种认识，而且是一种优于科学认识的"本体"认识，即最本质性的认识，而科学认识则不能真正把握事物的本质。④

新批评派的经验论还来自艾略特和瑞恰慈。艾略特就说过"诗是许多经验的集中，集中后所发生的新东西"⑤。艾略特的经验论思想又

---

① 《外国学者论新批评》，见史亮编《新批评》，四川文艺出版社1989年版，第303页。
② 转引自史亮《新批评概述》，见史亮编《新批评》，四川文艺出版社1989年版，第31页。
③ [美] 克林思·布鲁克斯：《意释邪说》，见史亮编《新批评》，四川文艺出版社1989年版，第112页。
④ 参见约瑟夫·斯日里《新批评》，见拉若斯·莱依诺编《文学与解释》，莫恩顿出版社1979年版，第127—130页。
⑤ [英] T. S. 艾略特：《传统与个人才能》，见戴维·洛奇编《二十世纪文学评论》上册，上海译文出版社1993年版，第138页。

出自英国新黑格尔主义者F.H.布拉德雷（不是A.C.布拉德雷），后者用英国固有的经验论把黑格尔的"绝对精神"改造成为"绝对经验"，实际上是以无所不包的知觉经验（包括感觉、情绪、思想和意志等）作为实在本体。这显然是前述艾略特的"思想与知觉统一"说或称"知觉统一"说的理论来源，而它又影响了新批评派，尤其是塔特和布鲁克斯。① 瑞恰慈本人就是实证主义者，实证主义认识论的基础也是经验主义，其基本原则是认为知识是经验的产物。瑞恰慈的传达理论尤其是对立调和的价值理论便是经验主义的。

总之，新批评的文学本质论的哲学基础相当复杂。大体而言，它主要受康德形式主义美学和德国古典哲学的对立调和思想的影响，前者使它成为主张文本独立自足的形式论，后者则使它进一步成为具有对立调和的内在结构的形式论。此外它又受到现代哲学中多种经验主义性质的哲学的影响，这一影响使它在文学与现实关系上具有与俄国形式主义、结构主义等文论不相同的特色。

二

新批评有明确的批评对象、批评标准和批评方法，是较完整的批评论。它的批评对象是文学作品本身，用韦勒克的话说，"对新批评家来说，研究的对象应该是完全脱离了作者的思维及社会背景等前因和社会影响之后果的具体艺术品"②。我们还可以更具体地说，其批评的重点是作品中对立调和的意义结构。它的标准主要有两条。一是客观性标准，它基于本质论中的客观独立自足性那一层次。兰色姆提出"文艺批评的第一条准则就是一定要客观"③，他以此反对浪漫主义、印象主义和重读者效果的批评，认为它们都是主观的。二是复杂性和统一性标准，它基于本质论中的对立调和意义结构那一层次。布鲁克斯等就认为

---

① 参见［美］雷内·韦勒克《新批评：是与非》，见史亮编《新批评》，四川文艺出版社1989年版，第334页。
② 同上。
③ ［美］约·克·兰色姆：《批评公司》，见戴维·洛奇编《二十世纪文学评论》上册，上海译文出版社1993年版，第398页。

优秀文学作品应该具有张力、反讽、悖论等对立调和性质，这样的作品的意义必定既是复杂的又是统一的，因而也是合理的。这与韦勒克和奥斯汀·沃伦在《文学原理》一书中所提出的"容他性"标准实际上是一致的，因为所谓作品的容他性，就是指作品不止一种意义，而是多种意义的对立与调和一致。新批评的方法则主要是语义分析的"细读"法。

新批评的批评论基于其本质论。其本质论既然包含客观的独立自足的形式论和对立调和的内在结构形式论两个层次，其批评论也相应地包括这两个层次。上述批评的客观性标准和复杂性、统一性标准也是与这两个层次对应的。先看客观性、独立自足性形式批评。早在《传统与个人才能》一文中，艾略特就基于其"非个性"论和客观论而明确提出："诚实的批评和敏感的鉴赏，并不注意诗人，而注意诗。"[①]这是坚持批评中文本对作者的客观独立性。在稍后写的《批评的功能》一文中，又指出批评的目的主要在于解说作品，这是在一定程度坚持了文本对读者的客观独立性。这种批评的客观性思想对新批评的影响很大。40年代后期维姆萨特和比尔兹利合写的《意图的谬误》和《感受的谬误》两文实际上是对艾略特上述思想的明确化和极端化。

客观性批评在兰色姆那里较典型，这即是他的"本体论"批评。他在《批评公司》（1937）一文中提出"什么是文学批评"的问题。他认为对文学的社会历史的研究、个人印象式研究、文学史的研究、语言研究、道德研究及抽象的散文内容的研究，都不是文学批评，在作了这一系列的排斥之后，剩下的自然只是对作品本身即文本的客观性研究了，这即是他的客观的批评，或称"本体论"批评，或称"纯粹的"批评。这种批评究竟指什么呢？兰色姆最后指出是"研究艺术技巧"，因为艺术技巧才是为艺术所特有而不为其他东西所有的，是"艺术独一无二的形式。大量的研究是属于这种类型的"。如以诗歌看，就是

[①] ［英］T. S. 艾略特：《传统与个人才能》，见戴维·洛奇编《二十世纪文学评论》上册，上海译文出版社1993年版，第133页。

第二章 文本的独立自足与哲学基础的多样统一

"探讨诗的格律；诗句的倒装，不正规的语法，跟散文语言的不同，跟散文的严密的逻辑的不同；诗中所用的比喻形式；诗用来表达'审美距离'并使自己有别于历史的那些虚构和创造"[①] 等等。可知兰色姆的批评主要是关于作品的外在形式的批评。在这一批评层次上可以明显地见出它与俄国形式主义批评的类似之处。由此也可知这一批评层次并不是新批评的独创。新批评派的其他代表人物大多也赞同上述观点，但他们的批评重点则在作品内在的对立调和性的意义结构形式。现在看对立调和性的形式批评，它在新批评派不同的代表人物那里有不同的名称：张力论批评、反讽论批评、悖论批评等。张力论批评是以张力结构去分析、研究作品，也可以说是去寻找作品的张力结构。其特点是，一方面强调诗的外延与内涵的不同，即字面意义与象征、暗示、比喻等意义的不同乃至相反；另一方面又强调两者统一为一个整体，并且使彼此的意思更加丰富。这种张力结构就是对立调和的意义结构。泰特对玄学诗人邓恩的诗的张力论批评被视为范例。[②] 张力论的概括性很大，所以得到了新批评派的普遍赞同。潘·沃伦把它说成是对诗的结构本质的概括，认为它存在于诗歌内部各层次上的许多对抗因素之间。[③] 这实际上是把它当作了批评原则。

反讽论批评和悖论批评由布鲁克斯提出，他的《精制的瓮》一书是关于它们的理论和实践。他把反讽定义为"语境对于一个陈述语的明显的歪曲"。[④] 悖论的本来意思是"表面上荒谬而实际上真实的陈述"。比较这个意思，反讽的意思更广，可以包括悖论。但布鲁克斯把悖论的意义加以扩大，把反讽归属为它的一种情况。在新批评派那里，两者的意义基本相同，都表示对立性意义的调和和统一，都是批评的基

[①] ［美］约·克·兰色姆：《批评公司》，见戴维·洛奇编《二十世纪文学评论》上册，上海译文出版社1993年版，第402页。

[②] 参见［美］艾伦·泰特《论诗的张力》，姚奔译，见赵毅衡编《"新批评"文集》，中国社会科学出版社1988年版。

[③] 参见［美］罗伯特·潘·沃伦《纯诗与非纯诗》，蒋平等译，见赵毅衡编《"新批评"文集》，中国社会科学出版社1988年版。

[④] ［美］克林思·布鲁克斯：《反讽——一种结构原则》，袁可嘉译，见赵毅衡编《"新批评"文集》，中国社会科学出版社1988年版，第335页。

本原则。与张力论批评比较，反讽、悖论从字面意思看较窄，它们要求的是相互矛盾冲突的意义的调和，而不只是不同意义的调和。大约正因为如此，当它们被作为普遍原则而运用于批评时，往往能从那些表面上看去并无反讽、悖论性质的诗中发掘出精微、深奥的含义。如华兹华斯组诗《露西》中的一节："青苔石畔的一朵紫罗兰，／在眼前半遮半掩，／一颗星一样美，孤单单／闪耀在远处天边。"布鲁克斯说后一个比喻"星星"是对前一个比喻"紫罗兰"的反讽（后者"多少是破格的恭维"），两者的意义对立而又能调和："这样，紫罗兰和星星彼此取得了平衡，它们共同规定了露西的处境：从大千世界的观点来看，露西是不被人注意的、羞怯的、谦虚的、在眼前半遮半掩的，但从她情人的观点来看，她是独一无二的星，她不像太阳那样骄横地，而是像星星那么温柔地、谦和地主宰着那个世界。"[①]

悖论批评的例子也可见布鲁克斯对华兹华斯的一首咏夜的十四行诗中的名句的分析："美丽的夜晚，宁静、自由，／这神圣的时辰就像一个女尼／满怀崇敬而屏住呼吸……"布鲁克斯所分析的悖论要点是夜晚的宁静意味着"崇敬"，"但请注意夜晚是像一个满怀崇敬之情而屏住呼吸的女尼"（其服饰也与夜相应），"'屏住呼吸'提示了一种异常的激动"。[②] 这里并无矛盾：静谧和激动两种状态可以同时发生。"因此，它不仅暗指着崇敬，而且在全诗中有一种假作崇高的意味。"[③] 我们觉得，如若不用意义上对立而又能调和的悖论模式作为先入之见去分析，是不易发掘出上述含义的。

新批评的后期已突破囿于文本的批评，包括文本的外在形式和内在意义结构形式的批评。韦勒克和沃伦的《文学原理》一书把文学批评分为内在的和外在的，外在的批评与读者和社会历史关联，但他们着重的仍是文本的内在批评。

[①] ［美］克林思·布鲁克斯：《反讽——一种结构原则》，袁可嘉译，见《"新批评"文集》，中国社会科学出版社1988年版，第342页。
[②] 同上书，第320页。
[③] 同上书，第315—316页。

第二章 文本的独立自足与哲学基础的多样统一

上述新批评派的批评论的哲学基础与相应的本质论的哲学基础是统一的，即客观性形式批评主要基于康德的哲学和美学，对立调和的结构形式批评则基于德国古典哲学中的对立统一的哲学思想。

新批评作为批评论还受到实证主义尤其是逻辑实证主义的影响。这种影响有点矛盾和复杂，需要分析。上文曾谈到作为实证主义基础的经验主义对新批评的文学本质论产生过影响。而实证主义尤其是逻辑实证主义本身的独特点却在于它的科学方法论，它正是以科学方法即逻辑的语义分析方法影响新批评的批评论的。如果说形式主义美学和对立调和的哲学思想决定了新批评派在批评论上的形式主义性质和对立调和的性质，实证主义的影响则促进了它的科学化性质。

说到新批评受实证主义影响和具有科学化性质，首先会使人想到新批评却又是反实证主义批评的和反科学的这两个问题。先约略辨析前一问题。确实，新批评的缘起就是出于对实证主义批评、新人文主义批评、印象批评、马克思主义批评及浪漫主义的传记批评的不满。就不满实证主义批评而言，一方面是由于后者生搬硬套科学方法，企图把文学批评等同自然科学，这与新批评认为文学在本质上与科学不同乃至与之对立的观点是不相容的。另一方面，实证主义批评进行的是关于社会、历史的外在的实证批评，而新批评虽然有反科学的一面，但认为文学批评（不是文学）却应是科学化的，他们要建立以文本为中心的文学批评科学，这与实证主义批评着重外在的社会、历史等现象的研究是不相容的。可见这种情况与俄国形式主义批评有些类似，后者反对实证主义批评的外在实证性研究，而自身则是带有实证主义性质的内在研究。不过，在后一点上新批评与俄国形式主义批评也有不同之处。一是俄国形式主义批评重在文本的外在形式上的实证性研究，而新批评却重在文本内在的意义结构形式的实证性（主要指用实证性的方法）研究。二是俄国形式主义批评讲求的是文本外在形式的可感经验性实证，所以具有较直接、较明确的实证主义色彩，而新批评并不讲求可感经验的实证，甚至也不讲求逻辑实证主义的语言意义（命题）的实证，它仅仅讲求实证主义的科学性（如反形而上学性等）和逻辑实证主义所倡导的语义分析的方法。所以实证主义对它的影响是较间接、较隐蔽的。

实证主义对新批评的一般性影响，主要是反形而上学和对科学性的追求。反形而上学是三代实证主义的共同的基本原则。本身就可以算一个实证主义者的瑞恰慈，在其文论中就坚持反形而上学观点，认为对美和文艺本质的探讨是无意义的。后来新批评派亦持类似观点，反对对文学本质乃至作品的主题思想等作抽象的形而上学的研究，而主张不带先见地对文本的词语作具体分析。新批评反对形而上学的一个目的，是要使文学批评"努力成为一种科学"。兰色姆主张"批评一定要更加科学，或者说要更加精确，更加系统化"①。他说文学批评不会成为一门精密科学，但心理学、社会学等也不会，文学批评追求的只是"科学性"②。经过努力的提倡和实践，新批评确实建立了一套包括批评对象、基本原则和方法在内的批评体系，结果是像其他社会科学一样，成为一种有一定规律和规范的学科，并终于成了大学里的一门课程。布鲁克斯和潘·沃伦写的《理解诗歌》和《理解小说》成为体现这种科学化批评的模式。总的来看，新批评在文学本质论和批评论上所追求的客观性、实在性和精密性都体现了科学精神。

新批评在西方文学批评的科学化进程中是有贡献的。20世纪的实证主义批评实际上只是提出了文学批评的科学化问题，它本身的科学性是很有限的，因为它的外部批评方式在很大程度上是与科学性相违的。俄国形式主义批评集中于文本内的实证研究，是科学化批评的真正开端，至新批评，可以说科学化批评就基本确立了。可知西方形式主义批评的科学化从发生到确立，从哲学基础看主要是受实证主义的影响（实证主义是科学主义哲学的代表）。以后，这一路文学批评因索绪尔语言学方法的介入而有了新的发展。

现在辨析新批评派的反科学问题。新批评派是在诗、文学与科学的关

---

① ［美］约·克·兰色姆：《批评公司》，见戴维·洛奇编《二十世纪文学评论》上册，上海译文出版社1993年版，第387页。
② 同上。

系上，而不是在文学批评与科学的关系上，提出反科学的思想的。泰特说："诗不仅仅是与科学有很大不同，而且在本质上与科学是互相对立的。"①韦勒克说："兰色姆尤其突出，他把诗看作是抵消科学的最佳解药。他把艺术与科学的冲突当作历史的第一主题。"② 他们说的显然都是诗、艺术与科学的关系，而不是文学批评与科学的关系。就后一关系而言，上文已指出，兰色姆说的是文学批评应当更科学，乃至成为一门科学。在新批评的后期，韦勒克写了《新批评：是与非》一文为新批评的思想和方法辩护。其中对"那种关于新批评家想使批评成为一门科学的断言在我看来更是荒谬"的辩解是不成功的，因为他就是把新批评派对诗与科学的关系的认识搬到文学批评与科学关系上，从而认为新批评的批评论也是反科学的。

我们曾经说过，新批评的科学化在哲学上的根源主要是实证主义。那么，上述新批评派在文学与科学关系上的反科学思想（它可以被看成是他们文学本质论中所涉及的一部分，即文学与现实经验关联的那一部分）又从何而来？大约来自两个方面。一方面是他们的南方保守主义对北方工业化的反感，结合他们文艺思想中的古典主义（部分地通过艾略特而获得），使他们贬低乃至憎恶科学，认为它是破坏世界的和谐、使人异化的另一东西。另一方面的来源在他们的认识论上。他们认为科学认识是片面的、抽象的，不能真正把握事物的本质。而文学作为一种具体的"质的经验"虽然是非现实的，却是"本体"性的认识，能够掌握事物的真正本质（这也就是兰色姆的"本体论"的另一方面的意思）。或者如泰特所说："诗的'兴趣'价值是一种认识价值。在诗里面我们得到的是关于一个完整的客体的知识，这便足够了。"③ 诗的认识、文学的认识因而优于科学认识。

上述前一方面的原因显然是很片面的，无须赘言。后一方面的原因

---

① 转引自［美］雷内·韦勒克《新批评：是与非》，见史亮编《新批评》，四川文艺出版社1989年版，第340页。

② 同上。

③ ［美］艾伦·泰特：《作为知识的文学》，见赵毅衡编《"新批评"文集》，中国社会科学出版社1988年版，第156页。

是否有道理？这倒是一个难题。在西方文论史上，认为文艺能认识最高的本质起始于柏拉图，他说诗人靠神灵凭附而创作出能够分享理念的诗。近代谢林和某些浪漫主义诗人也宣称艺术、诗能认识世界的"绝对"本质。象征主义则认为，诗人通过外在世界的"象征的森林"而把握其后的神秘本质。现代又有海德格尔的存在主义文论，声称只有哲学的思想和艺术、诗才能显现（同时又遮蔽）那真正的本质——存在。柏拉图和浪漫主义者、象征主义者的话是颇令人怀疑的，海德格尔诗意性的描述也不能让人信服。比较起来，兰色姆、泰特等新批评派成员更没有说出什么更深的道理。我们觉得，这个问题如用康德的美学思想来理解倒较为妥当。康德把审美从认识论和伦理学独立出来，亦即把美从真和善独立出来，声称审美不是认识。① 但认为审美是联结知性认识和理性伦理的，后两者是前者的潜在基础；美是想象力与知性和理性的自由活动的产物，因而它虽然是无概念和无利害的，却包含着不确定的丰富含义（参见"导论"第二部分中第 10—11 节）。审美的这一特点，似乎也能支持上述关于文学艺术才能真正认识事物的本质因而优越于科学认识的观点。那其实是误解。依据康德美学，审美本身并不是认识，它只是带有认识的基础，或者说融合有认识因素，因而它自身所潜在的认识意义并没有超过知性认识和伦理道德的内容范围。审美意义的不确定性和无限丰富性，是由审美中概念的不确定性和感性表象的诸多可能的关联性所引起的。从这种观点得出的结论应当是：审美（包括文学审美）确实具有意义的不确定性和近乎无限丰富性的特点，但这并不能说明只有审美才能独具慧眼地认识事物的本质，或者说超然卓绝地把握世界的秘密。审美所体现的认识能力并不能超越知性和理性的认识能力，因为它本身潜在地包含的认识能力就是知性和理性。古往今来，似乎也并没有某种最高的本质或秘密是仅仅通过对艺术、诗的审美而知晓的。

逻辑实证主义对新批评的影响主要由瑞恰慈引进。瑞恰慈对新批评

---

① 康德的"认识"概念如同其"理性"概念一样，也有广狭二义之分，所以他有时也广义地说审美是认识，这可以说是还未完全脱尽其前辈鲍姆嘉登的认识论美学。

第二章 文本的独立自足与哲学基础的多样统一

派在批评论上的两个重要影响是意义划分的理论和语境理论,前者运用了逻辑实证主义的经验证实原则和语义分析方法,而语义分析方法与语境理论及相应的诗歌语言的"复义"理论相结合,就是后来新批评的"细读"法的开端。

瑞恰慈在与奥格登合著的《意义的意义》(1923)一书中,把语言分为科学的和情感的两种,前者指代事物,后者激发情感。后者就是文学语言。在《文学批评原理》(1924)中也谈到语言的科学用途和语言的情感用途的区别(在后来的《实用批评》一书中,他进一步指出语言意义的四种功能,文学语言的意义的功能主要是情感功能)。瑞恰慈认为科学语言的意义是可以用经验事实证实的,具有科学的真实性。而文学语言的意义却不能用经验事实证实,它只具有情感的功能;它即便陈述事实,那也是所谓"伪陈述",即不是科学的真实陈述。它的真实也就不是科学的真实,而只是艺术的真实,即合乎情理的真实。[①] 文学语言的情感功能体现了一种主观价值,即相互冲突的情感被条理化而达到平衡和协调这样的价值;这种价值又是可以在作者与读者之间交流的,文学作品(文本)就是这一交流的透明的媒介。然而这种交流是有困难和障碍的,因而需要对体现情感功能价值的作品语言的意义进行分析,瑞恰慈的《实用批评》一书就是对这一问题的探讨和实践。总之,瑞恰慈划分科学语言和情感语言运用了逻辑实证主义的经验证实原则,而文学的价值论和交流论又要求对文学的情感语言进行语义分析,这就在文学批评中引进了语义分析方法。不过我们看到,文学批评中的语义分析方法与哲学的语义分析方法已有性质上的不同了:后者用以证明有意义的命题,从而摒弃无意义的形而上学命题,试图以此澄清和消除哲学上的混乱,而前者则通过它来发掘语言意义的情感功能。

瑞恰慈在其《修辞哲学》(1936)中提出他的"语境"理论。这种语境理论是对传统的"语境"概念的发展。传统的语境概念仅指某个

[①] 参见 [英] I. A. 瑞恰慈《文学批评原理》,杨自伍译,百花洲文艺出版社1992年版,第269—270页。

词语的前后词语，即上下文。它也可以扩大到"整整一本书的范围"，乃至"扩大到包括那个时期有关的一切事情，或者与我们诠释这个词有关的一切事情"。① 瑞恰慈的语境概念却有所不同，他把它理解为可以包括历时性因果关系的一组同时再现的事件："最一般地说，'语境'是用来表示一组同时再现的事件的名称，这组事件包括我们可以选择作为原因和结果的任何事件以及那些所需要的条件。"② 语境可以包括历时性的东西，其含义被极大地扩展了。而词语的意思是由语境决定的，它"表示了语境中没有出现的那些部分"，是没有出现的那些部分的"代替物"，所以词语不可能只有一个实在意义，而是有多种意义即"复义"。瑞恰慈说："意义的语境理论将使我们有充分的思想准备在最大的范围里遇到复义现象；那些精妙复杂的复义现象比比皆是，我们当然可以找到。但是，如果说旧的修辞学把复义看作语言中的一个错误，希望限制或消除这种现象，那么新的修辞学则把它看成是语言能力的必然结果。我们表达思想的大多数重要形式都离不开这种手段，尤其是在诗歌和宗教用语中更离不开这种手段。"③ 瑞恰慈从语境理论推出复义理论，并指出复义是诗歌语言的特色和手段。这一点直接启发和促成了燕卜荪（1906—1984）的"复义"论（又译为"含混"论），它也影响了后来新批评的张力、反讽、悖论诸种理论。

语境论及相应的复义论与上文论说的瑞恰慈的语义分析方法是可以统一的，尤其是在诗歌领域里，因为要发现诗的"精妙复杂的复义"，就应当运用语义分析方法。这又是与瑞恰慈的对立调和的情感价值论是相统一的，因为根据瑞恰慈的意义划分理论，诗的意义功能主要体现为情感价值。从这种统一上更能见出文学批评的语义分析方法与哲学的语义分析方法的不同：后者分析的是科学语言的意义，是能被证实的，而且是确定的；而前者所分析的文学语言的意义不但是不能被证实的，而

---

① ［英］I. A. 瑞恰慈：《论述的目的和语境的种类》，见赵毅衡编《"新批评"文集》，中国社会科学出版社 1988 年版，第 295 页。
② 同上书，第 296 页。
③ 同上书，第 301 页。

且是多样的，不确定的。

上述统一或者说结合就要求语义分析法必须是细致、深入的。这样的语义分析法通过燕卜荪的促进，到新批评那里就成为著名的"细读"法。

在瑞恰慈的语义分析法和新批评派的"细读"法之间，燕卜荪的"复义"论起了承上启下的作用。燕卜荪在《复义七型》一书中，把复义定义为一句话有可能引起不同反应的"任何语义上的差别"[①]。具体说，"'复义'本身可以意味着你的意思不肯定，意味着有意说好几种意义，意味着可能指二者之一或二者皆指，意味着一项陈述有多种意义"[②]。认为"复义的作用是诗歌的基本要素之一"[③]。燕卜荪的功劳是把瑞恰慈的结论集中运用到诗歌语言上，并在理论上加以明确化和系统化。他分析出七种类型的复义（不免牵强附会），这种分析往往是很细致深入的语义分析。所以我们说燕卜荪的复义论为新批评派运用细读法去挖掘诗的精微含义的工作准备了条件。

新批评派把由瑞恰慈引入文学批评并由燕卜荪发展了的语义分析法结合进他们独特的张力论、反讽论和悖论中，去发掘作品中对立调和的含义，这就构成了所谓"细读"方法。这一方法的一般表现是精细地分析文本的语义、语气、语法、格律、隐喻、象征、意象等诸成分，注意词语之间巧妙的选择和搭配，字面意义与暗示、联想意义之间的联系和区别，尤其着重从中发现张力、反讽、悖论等对立调和特性，最终显示出复杂而又统一的意思。在布鲁克斯和潘·沃伦的《理解诗歌》和《理解小说》两书中，细读法已形成一套精密的分析方法，并成为教学方法。布鲁克斯的《精制的瓮》一书中对华兹华斯的诗尤其是邓恩的《圣谥》一诗的分析，被认为是运用细读法的典范。

新批评的细读法与文学研究中一般的精细阅读和分析的方法有共同

---

① ［英］威廉·燕卜荪：《复义七型（选段）》，见赵毅衡编《"新批评"文集》，中国社会科学出版社1988年版，第305页。
② 同上书，第310页。
③ 同上书，第307页。

性的一面，这一面体现了自俄国形式主义批评以来及以后的现代形式主义批评的共同特征——也可以说是一种科学化批评的特征，它不同于20世纪唯美主义（也是一种形式主义）的带有较多自上而下（形而上学）的空谈。新批评细读法的独特处，还在于它是服务于由瑞恰慈开创、由燕卜荪发展而由新批评派完成的独特的意义理论。简言之，在瑞恰慈那里，细读法作为雏形——它是才引入的语义分析方法——着重运用来分析诗歌语言的具有情感性冲突与调和的价值意义，这种意义虽然集中于文本，却也联系着作者和读者两极的心理。燕卜荪的分析则集中于诗歌语言本身所能具有的复杂而多样的含义，无须从作者的心理表现和读者的心理感受着眼。至于新批评派，分析更明确地限定在文本"本体"的范围内，并专注在含义的对立统一性上。作品与外在的自然、社会、历史和作者、读者等的关联及其意义，并不是这种分析方法的对象。

从上述也可以知道，新批评的细读方法虽然在来源上与哲学上的语义分析方法有关（两者在形式上的共同处大约是其精密性和最终都流于烦琐），但经过文学理论自身特性尤其是新批评派独特的批评论的改造，在性质上已发生了变化。总的来说，哲学的语义分析方法是科学的方法（在逻辑实证主义的意义上），其关键在于它遵循经验证实原则。而细读式的批评方法在实证的意义上却不是科学的。但在文学批评自身领域内，由于它的一定的客观性、精密性和模式性，我们可以说它是一种科学化的批评方法。

三

上文的论述遗留了两个问题，现在把它们独立出来论说一下。第一个问题是：作为新批评文学本质论核心（也是相应的批评论的基本原则）的对立调和的意义结构，它究竟有多大的合理性？从新批评派的批评实践看，它确实有一定的可行性，不过是在扩大其含义的情况下，即把它看成是字面意义和暗示、联想意义的相互关联和统一（"张力"论），或者是字面意义与被语境扭曲了的意义的相互关联和统一（"反讽"论）。我们还看到，这种意义结构往往与诗的比喻、象征、暗示等

第二章　文本的独立自足与哲学基础的多样统一

手法结合着，实际上是对这些手法的一种阐释。究其原因，是这些手法本身就涉及字面意义与所比喻、象征、暗示的意义相互关联和统一。正因为如此，我们在一定程度上也可以把比喻、象征等手法扩展和提高为诗的基本原则或者本质特征——西方诗史上确实就有人把比喻或象征看作是诗的本质特征。上述情况甚至与俄国形式主义批评的"反常化"（"陌生化"）原则也有类似性。什克洛夫斯基根据反常化原则把诗定义为"一种困难的、扭曲的话语"[①]。这一定义与布鲁克斯关于反讽是"语境对一个陈述语的明显歪曲"的说法，何其相似。俄国形式主义者很称赞托尔斯泰的表现手法，说他在晚期作品中，"在描写宗教教义和仪式时也使用奇特化（按：即'反常化'）手法，用日常的词语代替宗教常用的词语，结果出现奇特的、不可思议的东西"[②]，如他称"圣餐为一小片白面包"。这实际上也是词语的惯常化意义即日常意义与特殊寓意的关联和统一。

　　上述情况显示了一个共同点，那就是在对真正具有美的特性的文学尤其诗歌的分析、批评中，总会出现两层意义：一层是字面意义，另一层则是各种暗示、联想的意义。前一层意义是表面的、确定的；后一层则往往是深层的、不大确定的，因而可以显出是无限丰富的。我们把这种情况叫作审美批评中"意义的二重性"。这种情况似乎可以推及整个审美领域。如当观赏春花秋月等自然美景时，我们似乎仅凭直观而无须有概念意义。但若加以分析，便会发现有两层意思，一层是关于自然物及相关情景的概念意义；另一层则是不确定的审美意味，它基于前一层意义，又与观赏者当时的主观情趣关联着。分析非语言艺术如音乐、绘画等的情况也相似，所不同的主要是第一层意思不是关于自然物的，而是关于音响、色彩、线条及其所构成的虚构事物的概念意义。在对文学尤其是诗的审美批评中，意义的二重性最突出，因为诗由语言构成，那语言的字面意义便是第一层意义，第二层意义则是由第一层意义在读者

[①] ［俄］维克托·什克洛夫斯基：《艺术作为手法》，《俄苏形式主义文论选》，蔡鸿滨译，中国社会科学出版社1989年版，第77页。

[②] 同上书，第71页。

想象中再造的意象和技巧等感性形式所蕴含的审美意义，即所谓"言外之意"。由于诗歌意象及其他感性形式远没有自然美和非语言艺术的感性形式那样具有较稳定的客观外在性，它所蕴含的审美意义就更不确定，"诗无达诂"就是对这一突出的不确定性的概括。

在对上述情况的美学和哲学解释中，康德美学的见解较为合理。康德把审美活动看成主体的"想象力与知性的自由活动"，这是他的先验审美原理的表现形态。依据这种理论，审美中既然有知性活动，美就必然有合规律性的一面，即有知性认识做基础，这在文学的审美分析中一般就是那语言文字的意思，即上述第一层意思。但在分析自然美和非语言艺术的美中，这一层意思并不自然地存在，而需要分析者加以指明。另一方面，审美中知性又是自由活动着的，即在不确定概念下与想象力的表象和谐地活动着，这些不确定概念组成丰富的含义并消融于审美情感之中。这种由不确定概念组成的审美意义如果被分析出（一般只可能是部分地），便是审美批评中的第二层意义。这一层由不确定概念组成的意义必定是基于或者说关联着第一层确定概念的意义，是后者的引申、暗示或者其他某种相关的意义，其中也包括新批评所认为的与后者相对立而又统一的意义。但从康德的理论看，这两层意义不可能仅仅是对立统一的意义，它们的范围应当更广，从广义上说两者只是相互关联的关系（相互关联的关系大于相互对立统一的关系）。总之，康德的审美论表明，对美的欣赏是无概念和无利害的，但若分析那美，则具有两层意义（第二层的含义是不确定的）。

新批评派所坚认的对立调和的意义结构的基础，是哲学上对立统一的思想。但后者是一种普遍的哲学思想，若用它来解释美会显得大而无当，因为许多具有对立统一规律的东西并不美。从上述康德的审美活动的本质论看，只有当这种对立统一的思想具体化为想象力与知性在自由状态下活动时，即想象力通过联结和调和（这种调和不一定是对立面的调和）知性才具有审美意义。然而这种观点照理不可能为新批评所接受，因为想象力的调和是与作者尤其是与欣赏者（读者）的心理意识联系着的，并且想象的直观形式又与现实相联系，这就会突破新批评

第二章　文本的独立自足与哲学基础的多样统一

的以文本自身的对立调和的意义结构为核心的封闭的批评体系。由此可知，新批评的对立调和的意义结构论本身并无多少合理性，是没有普遍意义的。它的作用主要在于促成了一种"细读"式的批评方法，从而促进了批评的科学化进程。这一点，才是新批评对现代文学批评的真正贡献。

第二个问题是：新批评开始凸显现代文学批评注重批评方法这一基本特征。这个问题适合历史发展地看。西方古代哲学重本体论，文论就重本质论，文学创作论和批评论都次之。就批评论而言，其中相对突出的不是批评方法，也不是批评对象（自然、社会、作者、读者、作品等），而是批评标准或者批评原则，因为它与文学本质论及作为其基础的哲学本体论的关系最紧密。以古希腊文论中较突出的柏拉图的批评论看，由于其哲学本体论和文学本质论都在于理念，其文学批评的标准就主要看作品是否合乎理念及其化身即政治、伦理的善。我们曾称他的批评是哲学的和政治伦理的批评，就是以这种标准命名的。

西方近代哲学重在认识论，文论就重在创作论，批评论乃至本质论都次之。就批评论来看，其中相对突出的已不是批评标准，也不是批评方法，而是批评对象，因为批评对象与文学创作论及作为其基础的哲学认识论的关系最紧密。以浪漫主义和现实主义两种批评看，浪漫主义创作论的重点在于作家的主观思想、情感、个性等自我意识的表现，其批评的对象就主要是作家，这又主要受强调认识主体作用的德国古典哲学认识论的影响。现实主义创作论着重再现现实社会中的人和事件，其批评对象就主要是现实社会和历史，这主要受强调认识对象和认识来源的唯物主义和某些经验主义的认识论的影响。前一种批评叫传记批评，后一种批评叫社会历史批评，两者都是以批评对象命名的。

西方现代哲学重方法论，文论就重批评论，文学本质论和创作论都次之。就文学批评论看，由于在整体上重批评论，其中批评对象和批评标准也是突出的，但最突出最富特色的是批评方法。因为批评标准和批评对象受文学本质论和创作论的制约较大，唯有批评方法最能体现批评本身的独立自主性。这一点，又最能印证西方现代哲学方法论决定文学批评论的结论，因为那些哲学方法往往直接或间接地就转变成为文学批评方法。

俄国形式主义是西方现代文学批评的开端，它仍然重在批评对象和批评标准：批评对象集中在作品的外在形式上，批评标准是客观性、精确性、细致性等科学实证性，这为西方现代科学化批评奠定了基础。它也非常强调"形式主义"的批评方法，但这种方法是与形式主义的文学本质论统一的，所以，这种方法在俄国形式主义者那里虽然是相当重要的，与前此同样提倡科学性批评的实证主义批评比较也可以说是一大特色。但对于以后的各种形式主义批评来说，却是共同的基本方法。俄国形式主义者运用的具体批评方法是寻找差异的对比法，而对比的方法可以说还是一般性的批评方法。俄国形式主义批评的批评方法之所以相对说来不太突出，未形成鲜明的特色，是与直接影响其方法的实证主义哲学有关。实证主义哲学是西方现代科学主义哲学的开端，虽然它已基本上属于方法论哲学，但重点还在于方法论原则，即以经验事实证实的原则，其具体的方法还主要是传统的经验归纳法（我们曾指出俄国形式主义的对比法具有归纳法性质）。在它之后的逻辑实证主义和其他科学主义哲学就不同了，它们往往以鲜明的方法论为自己的标志。

新批评仍重视批评对象尤其是作品的文本这一对象，并将其推向极端，从而完成了现代批评向文本中心的转移。但从前面的论述可知，新批评作为批评论的特色和价值主要在批评方法上，即在语义分析的细读方法上，新批评的形式本质论及批评原则都可以集中地体现在这一方法上。在这种意义上，我们可以说新批评就是语义分析性的细读式批评。新批评之所以能如此，其原因使我们想到影响新批评这一方法的逻辑实证主义已明显地主要是一种方法论哲学。正如可以说新批评基本上是一种批评方法一样，也可以说逻辑实证主义基本上是一种哲学方法，即语言分析方法（包括句法和语义两方面的逻辑分析方法）。

新批评之后的各种形式主义批评的方法论特点更突出了。结构主义、解构主义、符号学诸文论就主要作为文学批评而言，简直可以就称

第二章　文本的独立自足与哲学基础的多样统一

为批评方法，即结构主义方法、解构主义方法、符号学方法等。在这个意义上，可以说这些文学批评及整个文论就是以批评方法命名的。这种情况对于人文主义的现象学、解释学、精神分析诸文论也一样，即它们主要作为文学批评而言，可以说主要就是一种批评方法，它们也就是以批评方法命名的。以上这些文学批评都是西方现代影响较大的文学批评，它们组成了西方现代文论的主流。由此可知，西方现代文论是以文学批评为主的，其中又以批评方法为其基本特征。

新批评的哲学基础是多样的，但在试图说明作品文本的独立自足性上又有统一性。康德美学关于美只涉及形式以及美对真、善的独立性的思想，是西方大多数形式主义文论（不单是新批评）所持的艺术自律论的根据。不过在康德那里，美对真、善的独立实际上是主体的审美活动对认识活动和伦理活动的独立；从主体的意识机能看，是情感对理智和意志的独立。以此为基础的文学、艺术的独立自足性应该是在主体意识领域里的，是主观的独立自足性。然而，在后来的形式主义者那里，美作为形式逐渐被清洗掉主体的意识性而成为客观的、单纯的形式，于是文学、艺术的独立自足性就变成了脱离主体性的、客观的独立自足性，这也就是作品文本的独立自足性。至于新批评，它更以两个"谬误"说明确割断了文本同作者和读者的联系，把文本的独立自足性推向极端。可知康德美学是在被片面化乃至被歪曲的意义上成为新批评及其他现代形式主义文论的理论基础的。

对立统一的哲学思想（主要是康德和谢林关于想象尤其是艺术想象的对立调和的思想）是新批评关于对立调和的意义结构的哲学来源。对立统一思想本身并不能支持艺术的独立自足论，因为它作为一个普遍规律不但存在于事物内部，也存在于事物之间，所以它说明的不是事物的独立自足，反倒是事物之间的相互依存。但这种思想经过柯勒律治和瑞恰慈的变化，尤其是布鲁克斯的改造，变成了孤立于文本内的对立调和结构。这种观点如果是正确的，它当然可以作为文本的客观独立自足论的理想根据，因为根据这种对立调和的结构理论，文本的意义能够独立自足地产生，而无须凭借外在条件。然而前面的论述表明，这一观点在美学上是很片面的，站不住脚的。根据康德美学，审美中不同的（二重性的）意义关联和调和是主体的想象力与知性的调和（自由和谐的活动）的一个结果。如果这一点是正确的，新批评的对立调和性意义结构及其所支撑的艺术自足论就被突破了，因为知性尤其能动的想象必然关联着作者和读者主体。

经验主义——主要是实用主义、逻辑实证主义等现代哲学中的经验主义，而不是原初的英国经验主义——本身当然不能用来说明艺术的客观独立自足性，它说明的只能相反，即艺术与外部世界的经验关联。但新批评派采取一种奇特的经验主义认识观，宣称文学的虚构性经验虽然来源于外在经验，但它是独立自主的，并且它作为能够把握原初世界的本质的一种认识，是优越于科学认识的。这种经验观当然能支持艺术自律论。但新批评派并没有说清楚艺术如何认识事物的本质以及认识什么样的本质。他们的艺术认识优于科学认识的观点也难以令人信服。实际效果是，他们的经验观并不能说明艺术的客观自律，反倒让人觉得他们不得不承认文学与外在现实的联系。这在理论上就出现了矛盾。不过，这一矛盾客观上缓和了他们关于文本独立自足的极端见解。逻辑实证主义以语义分析方法影响新批评。语义分析方法确实可以孤立地运用于文本之内（逻辑实证主义也因此而有了很大的形式主义性质），所以能从方法论的角度支持文本的客观独立自足论。新批评把它与意义的对立调和论相结合，发掘诗的复杂、微妙的意思，构成了独特的细读式批评方法。这种方法显然是有科学性的，因为科学化文学批评就要求对文本的语义作精细的分析。但文学批评的方法是多种多样的，除了限定于文本之内的细读式、实证性科学化批评方法外，还有关联外部诸条件的人文性质的批评方法，并且，这些方法是可以互补的。所以，即便以文本为中心因而以语义分析性细读方法为主的科学化文学研究，也应不同程度地兼顾其他的批评方法。

总的来看，在新批评的体系内，诸哲学基础有倾向于说明文本的客观独立自足性的一面，但那是相当片面的一面，其他方面则可以不同程度地说明相反的结论。所以新批评的诸哲学基础的统一性实际上是不强的，倒显得有些散乱。难怪韦勒克曾对新批评派发出感慨说："他们的基本美学看法往往看来还不具备坚实的哲学基础。"① 新批评的理论体系因而是不牢固的。问题主要不在于这些哲学基础本身，而在于文学作品本身即文本并不是客观的、独立自足的。我们以文本出发甚或以它为中心去研究文学本质未尝不可，对于文学批评来说更有这个必要，如此当然会强调文本的客观性、独立自足性。但这种客观独立自足性只能是相对的，文本还必然地与外部的主、客观诸条件联系着，我们的研究必须顾及它们。

---

① ［美］雷内·韦勒克：《二十世纪文学批评的主要趋势》，见胡经之、张首映编《西方二十世纪文论选》第一卷，中国社会科学出版社1989年版，第14页。

第三章 同源共根,相互促进
——结构主义文论与结构主义哲学

　　结构主义哲学主要不是在传统哲学基础上生长起来的,而是主要来自索绪尔语言学,尤其是其语言学方法。从这一点我们几乎就可以断定,结构主义哲学主要不是本体论哲学,而是方法论哲学。结构主义文论也主要不是来自传统文论,而是来自索绪尔语言学,所以我们现在也大致可以断定它主要不是本质论和创作论,而是批评论。

　　结构主义文论与结构主义哲学的关系也与以往文论与哲学的关系有所不同。以往的情况往往是某种哲学在先,它决定或者影响某种文论的产生和发展。结构主义文论却比结构主义哲学先产生,前者在一定程度上促进了后者的产生;后者一旦产生,则反过来大大促进了前者的发展,使之成为整个结构主义哲学思潮中很重要的一部分。因此,本章将从来源、产生和发展三方面考察两者的关系。

一

　　结构主义文论和结构主义哲学同源于索绪尔语言学,前两者的共同之处在很大程度上能在后者上体现出来,同时,后者的合理性和局限性在根本上制约着前两者的合理性和局限性。此外,索绪尔语言学还与符号学和解构主义的产生有关。所以,我们先着重论述索绪尔语言学。

　　费尔迪南·德·索绪尔(1857—1913)的学说存在于他的《普通语言学教程》(1916)一书中。该书内容丰富,其中最富于创新意义的,也是对结构主义、解构主义和符号学产生重大影响的,有如下几点。

(1) 语言是一个符号系统。

索绪尔反对认为语言"不外乎是一种分类命名集，即一份跟同样多的事物相当的名词术语表"① 这一传统观点，声称语言"是一种符号系统"，在这个系统里，"语言符号联结的不是事物和名称，而是概念和声音形象"②。这样，语言就是与外在事物无关的符号系统。在这个系统中，只存在符号之间的差异，单个符号在其中并无意义，而只能在与其他符号的关系（差异、对立）中去获得意义。索绪尔说，"语言中只有差别。……语言不可能有先于语言系统而存在的观念和声音，而只有由这系统发出的概念差别和声音差别"③。由此可知，索绪尔的这一语言符号系统是一封闭的、独立自足的价值系统。索绪尔多次以下棋作比喻，认为"下棋的状态与语言的状态相当"，因为棋子的价值仅由棋子之间的特定关系决定。语言符号的这一关系系统也是一种结构，虽然索绪尔还未说到"结构"二字（"结构"这一术语，是20年代在索绪尔语言学基础上建立的布拉格结构主义语言学派的成员开始运用的）。

索绪尔上述语言符号作为关系系统即结构的思想，对后来的结构主义文论和哲学产生了最广泛的影响。结构主义文论和各门学科的结构主义，总的来说都是关于研究文学作品或其他事物的结构的思想和方法。

在后来广泛的结构主义运动中，"结构"一词的意思有所发展。莱维-斯特劳斯在《结构人类学》一书中，皮亚杰在《结构主义》一书中，都给"结构"下过定义，其中都保留了索绪尔关于语言是一个符号系统的思想，即结构是一个自足的关系组合的思想。

上述索绪尔关于在语言符号系统中意义决定于符号之间的差异的思想，更具有"革命"性的后果。这种后果主要有两点。一个后果是它给后来的解构主义提供了一个生长点：德里达只需向前推进一步，即指出语言符号之间的差异是无限的，不断转换的，便可以得出语言的意义

---

① [瑞士] 费尔迪南·德·索绪尔：《普通语言学教程》，高名凯译，商务印书馆1980年版，第100页。
② 同上书，第101页。
③ 同上书，第167页。

不可能是确定的结论，从而开始他的解构活动。另一个后果更为重大，或者说更为严重：索绪尔关于语言符号的差异产生意义这一点，被后来的结构主义者、解构主义者和符号学家加以引申和发挥，即认为语言符号产生意义，意义把握人，或者说使人之为人，人又以此意义把握世界，于是得出人和世界是语言乃至仅仅是语言符号的产物的结论。例如拉康宣称，通过语言的差异，"诞生了一个特定语言的意义世界，在这个特定的语言中，世界万物才得到安排……是字词的世界产生了物的世界"①。这样，语言便具有了本体的性质。这是西方现代三种"语言中心"论中最激进的也是表面上最为"科学"的一种语言哲学思想。之所以说它表面上最为科学，是因为它直接来自语言科学，来自对语言符号系统的科学分析（其他两种语言哲学思想是语言分析哲学和存在主义、解释学中的语言哲学思想，后两者也把语言提高到本体的高度）。

（2）能指与所指的分别。

索绪尔说，"我们把概念和音响形象的结合叫作符号"，"用所指和能指分别代替概念和音响形象"②。在索绪尔的语言符号系统里，概念当然是心理的；音响形象也并不是物质的声音，而只是心理印象。这即是说能指和所指都是心理印象。所以索绪尔说"语言符号所包含的两项要素都是心理的"③。

能指和所指是语言符号系统里的两个基本要素，语言符号系统内的关系就主要是能指与所指的关系。这一关系的最基本的也是最重要之点，是两者之间的联系是任意的。索绪尔说："能指和所指的联系是任意的，或者，因为我们所说的符号是指能指和所指相联结所产生的整体，我们可以更简单地说：语言符号是任意的。"④ 所谓任意的，指两者的联系不是特定的，而是约定俗成的。同一概念在不同语言里有不同

---

① 转引自［英］凯瑟琳·贝尔西《批评的实践》，胡亚敏译，中国社会科学出版社1993年版，第168页。
② ［瑞士］费尔迪南·德·索绪尔：《普通语言学教程》，高名凯译，商务印书馆1980年版，第102页。
③ 同上书，第100页。
④ 同上书，第102页。

的音像能指，便是证明。

索绪尔认为能指与所指之间的联系是任意的，"这个原则是头等重要的"。① 确实如此。依据索绪尔的观点，语言的意义产生于符号之间的差异，这一点便是由能指和所指这两个符号之间的联系的任意性原则决定的。因为在语言符号系统内，能指和所指之间的联系既然是任意的，对这一联系的认定就别无依傍，就只能靠与其他的能指和所指的差异来进行。所以索绪尔说："任意和表示差别是两个相关联的素质。"② 不过，我们要指出，这种情况只能是在索绪尔的"能指—所指"关系系统内才如此，如果突破这个系统来看问题，情况就不是这样。

索绪尔关于能指和所指的划分，对结构主义语言学有直接的作用，但对其他结构主义的作用并不是直接的，因为那些结构主义研究的结构，包括用语言构成的文学作品的结构，并不就是用能指和所指符号的关系构成的语言结构，它们有自身独特的结构要素（但其结构要素的划分一般仍仿照能指和所指的划分模式），其结构模式也各不相同。

与索绪尔的能指和所指划分直接关联的是符号学——这就是为索绪尔的划分所开创的二元（能指和所指）符号学（与皮尔士开创的三元符号学不同），后来为雅各布森和巴尔特等所发展。

能指与所指的划分与德里达的解构主义的关系也很大。解构主义的关键就在于语言的能指和所指符号的关系，其中又主要在于能指符号之间的无穷差异和不断滑动。就解构主义的极端性而言，它就是"能指的游戏"。

此外，上文说语言符号的差异决定语言意义，从而发展出结构主义、解构主义和符号学一路的语言本体观。这种观点的核心就是语言的能指和所指之间的关系，尤其是能指符号之间的差异关系。因为在能指的音像与所指的概念意义的对应中，概念意义的不同就是由能指符号之间的不同造成的。在这种意义上，语言把握人和世界，实际上就是语言符号尤其是能指符号对人和世界的支配——这是对语言能指符号的极端张扬和夸大，

---

① ［瑞士］费尔迪南·德·索绪尔：《普通语言学教程》，高名凯译，商务印书馆1980年版，第103页。

② 同上书，第164页。

使之成为第一位的东西。这一点与其他两路语言哲学不同。后两者是在整体上强调语言的作用,尤其是语言的所指意义的作用,在分析哲学那里,甚至仍然坚持语言符号(包括能指和所指)是表达意义的工具的观点。

(3) 语言与言语的分别。

索绪尔把人的言语活动分为语言和言语两部分。语言是"一个潜存在每个人的脑子里,或者说得更明确些,潜存在一群人的脑子里的语法体系"。① "相反,言语却是个人的意志和智能的行为。"② 索绪尔认为语言和言语活动不能混为一谈,它只是言语活动的一个确定部分,而且当然是一个主要的部分③。所以"语言在言语活动的研究中占首要地位"④。上述关于语言符号系统及其中能指、所指关系,以及下文论说的共时和历时研究、句段关系和联想关系等理论,都主要是关于语言的研究,而不是关于个人性言语的研究。

索绪尔关于语言和言语的划分实际上是一种推测。他说,"我们相信,在各种器官的运用上面有一种更一般的机能,指挥各种符号的机能,它恰恰就是语言机能"。⑤ 索绪尔的这一划分及其推测,对结构主义的语言学、文论及整个结构主义哲学思潮的影响都极大。

雅各布森、乔姆斯基等在其音位学和语法学研究中,就确信在表面上不同的、具体的语言现象下面有着深层的共同的东西。莱维-斯特劳斯借鉴了结构主义语言学的观点和方法,提出人类社会不同现象的背后具有共同的深层结构,从而创立了结构主义哲学。就结构主义文论看,它最主要的工作就是探索不同文学作品所共有的某种深层结构,其依据便是类似索绪尔的"语言—言语"二分模式:不同的具体作品类似"言语",它们共同的结构就是"语言"。其他学科的结构主义研究也类似。这就形成了共时性研究中的一种基本的二元对立模式。

---

① [瑞士] 费尔迪南·德·索绪尔:《普通语言学教程》,高名凯译,商务印书馆1980年版,第35页。
② 同上。
③ 同上书,第30页。
④ 同上书,第32页。
⑤ 同上。

还可以看到，索绪尔关于语言机能的推测是对人的先天语言能力的推测。这一推测传到雅各布森、乔姆斯基和莱维-斯特劳斯那里，并得到发挥。乔姆斯基就明确指出，作为语言深层结构的语法是人类的先天能力。莱维-斯特劳斯则认为，人类社会共同的深层结构是人类意识中的先天结构的投射。可知结构主义的先验论在索绪尔那里已埋下了种子。

（4）共时性研究与历时性研究的分别。

索绪尔把语言学分为共时语言学和历时语言学。"共时语言学研究同一集体意识感觉到的各项同时存在并构成系统的要素间的逻辑关系和心理关系。"① "历时语言学，相反地，研究各项不是同一集体意识所感觉到的相连续要素间的关系，这些要素一个代替一个，彼此间不构成系统。"② 与之相应，语言学研究也就分为共时性研究和历时性研究：前者是在一段时间内的静态的、横断面的研究；后者则是随时间变化的即演化性的研究。索绪尔认为语言是一个系统，因此共时性研究更重要。

索绪尔关于共时语言学和历时语言学的划分，是与他对语言和言语的划分相配合的：后一个划分使研究重点放在语言上，前一个划分又进一步把重点放在语言的共时性研究上。由此可知，上述对语言符号系统的研究主要指对语言的共时性研究。索绪尔自己已说得很明白："语言是一个系统，它的任何部分都可以而且应该从它们共时的连带关系方面去加以考虑。"③ 我们现在也就知道，索绪尔的语言符号系统不是一般的系统，而是特定时间的系统，即共时性系统，那也就是语言的结构。

共时性研究作为方法，它给包括结构主义文论在内的整个结构主义思潮以最广泛的影响。上文说的各种结构主义研究，也就是共时性研究。结构主义的其他较具体的方法，如深层结构与表层结构、横组合（句段关系）与纵组合（联想关系）等二元对立的方法，都存在于这共时性总体研究方法之中。值得注意的是，索绪尔虽然说对语言的共时性

---

① ［瑞士］费尔迪南·德·索绪尔：《普通语言学教程》，高名凯译，商务印书馆1980年版，第143页。
② 同上。
③ 同上书，第127页。

研究最重要，但他也重视历时性研究，《普通语言学教程》一书中对历时语言学研究的篇幅其实更大。但后来的许多结构主义者却只强调共时性研究而排斥历时性研究。

（5）句段关系和联想关系的分别。

索绪尔认为语言中"以长度为支柱的结合可以称为句段（syntagmes）";① 一个要素在句段中只是由于它跟前一个或后一个，或前后两个要素相对立才取得它的价值②。可知句段关系是语言在长度上或者说横向上的先后组合关系。联想关系则是词语在纵向上的配合关系，这些配合"不是以长度为支柱的；它们的所在地是在人们的脑子里。它们是属于每个人的语言内部宝藏的一部分。我们管它们叫'联想关系'"③。为什么语言的构成还要有这个看不见的联想关系呢？依据索绪尔的观点，说话者选择一个词就"能表达他所要表达的观念，是不够的。实际上，观念唤起的不是一个形式，而是整个潜在系统，有了这个系统，人们才能获得构成符号所必需的对立"。④ 所以，联想关系可以说是词语在垂直方向上与一些尚未出现的词语的关系。索绪尔指出，联想一般根据类似的原则，即联想那些有一定类似性的能指或者所指。

两种关系的不同是明显的。"句段关系是在现场的（inpraesentia）：它以两个或几个在现实的系统中出现的要素为基础。相反，联想关系即把不在现场的（inahssentia）的要素联合成潜在的记忆系列。"⑤

句段关系和联想关系可以看作是语言符号系统的内在机制，它可以具体地告诉我们意义是怎样在这一系统之内自行产生的，语言符号系统为什么是一个自足的、封闭的系统等问题。

这种理论对结构主义也产生了广泛影响。这一影响在语言学界尤为深刻：它是结构主义语言学乃至整个现代语言学进行共时态研究的基本

---

① ［瑞士］费尔迪南·德·索绪尔：《普通语言学教程》，高名凯译，商务印书馆1980年版，第170页。
② 同上书，第171页。
③ 同上。
④ 同上书，第180页。
⑤ 同上书，第171页。

第三章 同源共根，相互促进

原则。它也启发其他各种结构主义在各自的结构中去发现自身的自足性机制，并运用相应的类似于句段关系和联想关系这种二元对立的研究方法。文学结构主义、人类学结构主义和符号学都有对这两种关系的直接的或创造性的运用。在雅各布森那里，句段关系被称为组合轴，联想关系被称为选择轴，他用这对立的两轴研究诗句结构的对等原则和诗、文学中的隐喻和转喻。莱维－斯特劳斯把这两种关系模式变成古希腊神话结构中的共时和历时的两项对立模式，从该结构的历时方向看，是一个一个的神话，从结构的共时方向看，则见出不同神话的共同的意义单元（神话素）。巴尔特在其符号学研究中，把这两种关系模式推广去研究广泛的社会现象。此外，这种在系统内自足地产生意义的机制，大约也启发了结构主义文论家和符号学家，使他们认为作品的意义产生于文本自身的结构机制或符号机制，而与作者和外在社会无关，所以它也是结构主义和符号学文论的形式性的一个理论来源。

解构主义大约也能从这里得到启示。上文曾说解构主义的要害是把索绪尔的符号差异论推向极端。现在我们看到，在语言的构成中，只因为有联想关系这一向度，符号的差异——由在场的和不在场的符号造成——才可能是无穷尽的，不确定的。

索绪尔是在封闭的语言符号系统中研究语言符号之间的关系的，这种语言学只能是形式的。以其系统中基本的能指和所指两要素看，某所指的概念意义是靠它在符号系统中由于不是其他所指概念来确定的，即从关系中的"不是什么"来确定它"是什么"，而不是研究它所关联的现实事物或思想观念本身的性质，即它们本身是什么（只有如此才能把所指概念封闭在符号系统内）。其能指甚至不是指实在的声音，而是那声音的心理印象（同样也只有如此才能把能指音像封闭在符号系统内），它同样是靠在系统的关系网中因为不是其他能指，才得以确定是与一定的所指概念相联系的能指。索绪尔自己也明白这种语言符号系统的性质。他认为"语言是形式而不是实质"。[①] 在全书结尾处他宣布了

---

① ［瑞士］费尔迪南·德·索绪尔：《普通语言学教程》，高名凯译，商务印书馆1980年版，第169页。

"本教程的基本思想""那就是：语言学的唯一的、真正的对象是就语言和为语言而研究语言"。① 这与"语言是形式而不是实质"的思想是一致的。索绪尔语言学不是哲学，甚至还不是结构主义语言学。但从上述可知，它是包括结构主义语言学、结构主义文论等在内的整个结构主义思潮的源泉，并在许多基本点上与后者紧密相关。于是我们有理由确信（下文也将证实），这源泉上的形式主义性质在很大程度上决定了结构主义哲学和文论等的形式主义性质。

二

20世纪20年代，布拉格语言学派（又称功能语言学派）在索绪尔语言学的影响下建立了结构主义语言学。布拉格派成员诺曼·雅各布森（1896—1982）等坚持俄国形式主义传统，用结构主义方法研究诗歌，创立了结构主义诗学。所以，结构主义诗学的来源除索绪尔语言学外，还有俄国形式主义诗学。在雅各布森的理论中，"诗学"的含义本是广义的，指语言艺术的结构主义理论。但由于他所分析的是诗歌，得出的结论也更适于诗歌研究，一般对他的结构主义诗学作狭义理解，把它与后来发展起来的结构主义叙事学相对。

雅各布森诗学的内容主要有三点。其一是诗的功能说。雅各布森在《结束语：语言学与诗学》（1958）一文中说："诗学研究语言结构问题，正如对绘画的分析关涉形象结构问题。既然语言学是关于语言结构的总体科学，诗学就可以当作语言学的一个不可缺少的部分。"② "语言必须在它的全部功能中来考察。在讨论诗的功能之前，我们必须明确它在语言的其他功能中的地位。"③ 雅各布森从说话者与受话者的语言交际中分析出六个因素，即说话者、受话者、语境、代码、接触手段和信息。信息的焦点集中于不同的因素便形成不同的语言功能：集中于说话

---

① [瑞士]费尔迪南·德·索绪尔：《普通语言学教程》，高名凯译，商务印书馆1980年版，第323页。
② [美]诺曼·雅各布森：《语言学与诗学》，见戴维·洛奇编《现代批评与理论》，纽约郎曼出版公司1988年版，第32页。
③ 同上书，第34页。

者，就形成情感功能；集中于受话者，就形成意动功能；集中于语境，就形成参照功能；集中于代码，就形成元语言功能；集中于接触手段，就形成交际功能；集中于信息自身，就形成诗的功能。这显然是对语言功能的共时性结构研究，所以这些功能叫语言的"结构功能"。而语言的诗的功能只是结构主义语言诸功能中的一个。

所谓语言的信息集中于自身，是指语言不指向外在的人和事物，不起传达作用，而把注意力集中于自身的音响、词汇、句法和审美意义（非实用、非功利的意义）。雅各布森以这种诗的功能来区分文学尤其是诗的语言与非诗的语言，实际上就是以语言的诗的功能来作为诗的本质，这是一种结构主义的诗歌本质观，更是一种符号学的诗歌本质观，即诗的本质是语言符号指向自身，而不指涉外在事物。布拉格学派的另一成员穆卡洛夫斯基也持类似的符号自指说。

这种诗歌本质观与俄国形式主义的诗歌本质观有类似性，都是形式主义的，但两者又有所不同。俄国形式主义重在诗歌语言的音响、韵律、句法等外在形式上，雅各布森当时说的"文学性"也是指这个意思（他曾是俄国形式主义者，1929年移居布拉格，后移居美国）。此时他所说的诗的语言的功能，基本上仍是指诗的音响、韵律、句法等外在形式，但已涉及诗的内在的意义结构形式，更重要的是从诗歌语言的功能结构上去给这些形式特征予以规定，从而给诗的独立自足的形式性以结构主义语言学的理论根据。另一点不同是，当诗的语言具有诗的功能亦即美学功能时，它并不妨碍其他功能的存在。雅各布森说："诗的功能并不是语言艺术的唯一的功能，而是其中主导的、有决定性的功能。相反，在所有其他的语言行为中，诗的功能则作为次要的和辅助的成分。"[1] 雅各布森认为，诗的语言除主要具有审美功能外，还具有其他功能，诗通过这些功能而与诗之外的诸因素相关联，这不同于俄国形式主义完全排斥诗中与社会生活相关的内容。还可以指出一点不同：雅各布森也如索绪尔一样，在注重语言的共时性研究的同时，也承认其历时

---

[1] [美]诺曼·雅各布森：《语言学与诗学》，见戴维·洛奇编《现代批评与理论》，纽约郎曼出版公司1988年版，第37页。

性研究的必要。由于他的诗学是基于其语言学的,他认为诗学研究也应包括这样两个方面:"以诗学为核心的文学研究像语言学一样也包含着两方面的问题:共时性和历时性。"① 这一点不但与俄国形式主义者不同,与后来的许多结构主义者也不同。

其二是诗歌结构的对等原则。雅氏指出,上述诗的功能语言学标准是"对等原则"。为了理解这一原则,有必要引用他的一整段话:"什么是诗的功能的经验语言学标准?尤其是什么是一首诗的不可或缺的、固有的特征?要回答这个问题,我们必须记起语言活动中两种基本的组织方式:选择和组合。如果'孩子'是信息的题目,说话者就从多少有些相似的名词如孩子、儿童、少年、小孩等中选择一个,这些名词在某一方面是对等的。然后,为了说明这一题目,他可以从语义上类同的动词如睡觉、打盹、打瞌睡、小睡等中选择一个。选择出的两个词组合在话语链中。选择是在对等的基础上,即相似和相反、同义和反义的基础上产生的,而组合即句子的构成则是在相邻的基础上产生的。诗的功能把对等原则从选择轴投向组合轴。对等被提升来作为构成语句序列的手段。在诗中,一个音节是与同一系列中的其他音节对等的;词重音假定与词重音对等,正如非重音与非重音对等;韵律上长音与长音对等,短音与短音对等;词的有界与有界对等,无界与无界对等;句法停顿与句法停顿对等,无停顿与无停顿对等。音节被改组成韵律单位,长音和重音也被如法炮制。"② 雅各布森还进一步认为,对等原则不应局限于韵律和语音层面。他指出:"对等原则投射在语句系列上有其更深更广的意义。瓦雷里关于'在声音和含义之间含糊不清'的诗观,比只孤立于语音上的倾向更为现实,更为科学。"③

雅各布森在这里所说的选择轴相当于索绪尔语言学中的联想关系,即语言中不在场的词语与相应的在场的词语(被选择出的词语)之间

---

① [美]诺曼·雅各布森:《语言学与诗学》,见戴维·洛奇编《现代批评与理论》,纽约郎曼出版公司 1988 年版,第 34 页。
② 同上书,第 39 页。
③ 同上书,第 46—47 页。

的关系,雅各布森认为这是一种对等关系。他所说的组合轴相当于索绪尔的句段关系,即在场词语在排列组合中的先后关系。所谓把对等原则从选择轴投向组合轴,是指诗句在横向的组合(构成)中也出现了对等的(相似的或相反的、同义的或反义的)词语。雅各布森在文中对不同民族的诗歌语言在节奏、韵律、词法和句法上的对等关系进行分析,用以证明上述对等原则。他在后来的一篇论文《语法的诗歌和诗歌的语法》(1960)中,又以莎士比亚等欧洲诗人的不同语言的诗歌为例进行分析,在语音、词汇和句法诸方面找出大量的对等关系。不过他的分析过于精细,流于烦琐,只有语言学家才能完全明白,其语言学价值也许大于诗学价值。

依据雅各布森的观点,诗的对等原则是诗的功能(即诗的语言符号的信息指向自身)的具体体现,所以诗的语言的独特之处就是语句具有这种对等的性质和特征,这也就是诗的语言与非诗的语言的原则区别,后者一般不具有这样的性质和特征。中外诗歌,尤其是中国古代诗歌,确实大量存在这样的特征,所以在一定程度上是对雅各布森理论的支持。对等原则可以看成雅各布森诗学中诗句的一种结构模式。

雅各布森诗学中的"对等"说显然是对索绪尔语言学中关于联想关系和句段关系原理的运用和发挥。此外,他还受惠于英国诗人霍普金斯的有关诗论。他在引用了霍普金斯关于"诗的结构是连续的相似的结构"的一段话后说:"简言之,声音上的对等投射于语句系列作为构成原则,不可避免地引起语义上的对等,因此,任何语言层上的这种系列的构成都会促成两种相关经验中的一种,即为霍普金斯简明地规定的'出于相似的比较'和'出于不相似的比较'。"[1]

其三是隐喻和转喻说。雅各布森在1956年出版的《语言的基本原理》(与人合著)一书中提出这一理论,在上文说到的《结束语:语言学与诗学》一文中也涉及了它。这一理论也基于他上述选择轴的相似关系和组合轴上的相邻关系说,所以也源自索绪尔的学说。

---

[1] [美]诺曼·雅各布森:《语言学与诗学》,见戴维·洛奇编《现代批评与理论》,纽约郎曼出版公司1988年版,第48页。

隐喻和转喻理论是从研讨语言学中的失语症问题引出的。雅各布森认为，失语症患者或者是因为选择与代替能力的损害，或者是因为组合能力的损害。前者表现为"相似性混乱"，如把"叉子"说成"刀子"；后者则表现为"相邻性混乱"，不能将词组合成合乎语法规则的句子。

至于隐喻和转喻的区别，雅各布森认为，隐喻基于选择轴上的相似关系，"相似把隐喻的词语同它所替代的词语联系起来"①；而转喻则基于组合轴上的相邻关系或者说接近关系。所以"隐喻与相似性的混乱相悖，转喻与接近性的混乱相左"②。我们且看《现代批评与理论》一书的编者戴维·洛奇为说明这两者的区别所举的一个例子（不是雅各布森的例子）：在"船渡过大海"这个句子中，如果用"犁过"代替"渡过"就创造了一个隐喻，它基于"渡过大海"与"犁过土地"这不同行为的相似性。如果用"龙骨"（船的一部分）代替"船"或者用"深渊"（大海的一种属性）代替"大海"，就创造了一个转喻，它基于替代者与被替代者之间在空间上的（有的是在时间上的）相邻和接近关系。③

雅各布森指出，诗主要用隐喻，散文主要用转喻。他说："相似的原理构成了诗的基础；诗行的韵律对应，或者押韵词语的声音对等，引出了语义相似或相对的问题，……与此相反，散文基本上是由接近性所促进的。因此，对诗来说隐喻是捷径，对散文来说转喻是捷径，所以说，诗的比喻研究主要趋向隐喻。"④ 推而广之，雅各布森认为浪漫主义基于隐喻，现实主义基于转喻。"在浪漫主义和象征主义的文学流派中，隐喻方式的首要地位已一再为人们所承认，但是，人们尚未充分认识到，构成所谓的现实主义倾向和事实上预先就决定了这一倾向的，是居支配地位的转喻，……沿着接近关系的途径，现实主义作家转喻地离

---

① ［美］诺曼·雅各布森：《隐喻和转喻的两极》，见胡经之、张首映编《西方二十世纪文论选》第二卷，中国社会科学出版社1989年版，第71页。
② 同上书，第67页。
③ 参见戴维·洛奇《现代批评与理论》，纽约郎曼出版公司1988年版，第57页。
④ ［美］诺曼·雅各布森：《隐喻和转喻的两极》，见胡经之、张首映编《西方二十世纪文论选》第二卷，中国社会科学出版社1989年版，第72页。

开情节而导向环境，离开人物而导向时空背景。"①

除以上诗学理论外，雅各布森的音位学理论也值得谈谈，因为它是上述对等原则、隐喻和转喻等诗学理论的基础（他的语言功能说则是其诗的功能说的基础），它并且对后来莱维-斯特劳斯所建立的结构主义哲学产生了重大影响。

雅各布森的音位学理论主要是区别性特征理论，它是雅各布森在语言学上的主要贡献。语言学界原来以为音位是从语音上区别意义的最小单位，但雅各布森认为，音位还可以分解成有关的区别性特征。1932年他在捷克百科全书增补本第二卷中给音位下定义时就已表露了区别性特征的思想："音位是音位学的基本概念，我们用这一术语指一套共时发生的语音特征，它们在某一语言中可以用来区别不同意义的词。"② 在1939年的一篇论文中他把音位明确解释为"一束区别性特征"。什么是语音的区别性特征？雅各布森在《语言的基本原理》一书中说："语言分析逐步把复杂的言语单位切分到具有一定意义的最终成分即词素，再把这些微小的意义载体分解到它们的最终成分，可以区分词素。这些成分就叫作区别性特征……每一个区别性特征都是一个对立的两项中的一项，这种对立有特殊的区别特性，和所有其他对立的特性都不相同。"③ 雅各布森在该书中根据区别性特征把音位定义为："区别性特征结合成同时发生的集叫作音位。"④

从上述可知，音位的区别性特征具有二元对立性质。雅各布森在给《音位学概论》一书的作者的一封信中说，他在30年代后期已"更坚信两分对立""是整个音位系统的基础"⑤。在后来的《语言分析初探》（1950）一文和《语言的基本原理》一书（1956）中，他根据声学原理而提出十二种二元对立性区别性特征，它们是"元音性/非元音性"

---

① ［美］诺曼·雅各布森：《隐喻和转喻的两极》，见胡经之、张首映编《西方二十世纪文论选》第二卷，中国社会科学出版社1989年版，第68—69页。
② 转引自［捷］伊·克拉姆斯基《音位学概论》，李振麟等译，上海译文出版社1993年版，第75—76页。
③ 同上书，第83页。
④ 同上。
⑤ 同上书，第75页。

"辅音性/非辅音性""集聚性/离散性""紧张性/松弛性""带音/不带音""鼻音/口音""暂音/久音""粗糙/圆润""停顿/不停顿""钝音/锐音""降音性/平音性""升音性/平音性"。①

关于音位及其区别性特征与表层具体的语音现象的关系，雅各布森有一段话对其加以概括："恪守索绪尔的建议的音位学理论一直坚持这样一个事实：音位系统的主要成分不是音位而是对立，也就是区别性特征。事实越来越清楚地表明，不仅音位的变化同言语中的语音相比要有限得多，而且，与音位相比，区别性特征的数目又更有限得多。这正是音位学对声学感到困惑的问题——人的耳朵是如何毫不费力地辨别出语言里数不胜数而又难以捉摸的辅音——所作的答复。"② 这即是说，言语中具体的语音现象是大量的、变化的，音位的数目则是有限的，而音位的区别性特征的数目则更有限，与语音现象的变化相比，后者是稳固的，是变体中的不变体。换言之，语音的表层是多样的，而其深层基础却是共同的。

雅各布森的音位学因其二元对立性和深层结构性而被认为是结构主义音位学。下文将看到，正是这一学说对莱维-斯特劳斯的结构主义人类学及从中推出的结构主义哲学思想发挥了重要作用。

上述雅各布森的音位学理论，显然受到索绪尔语言学的共时性研究、二元对立以及不同言语背后有着共同的语言等思想和方法的启发。事实上，索绪尔的音位学理论中已初步提出了二元对立思想，上文雅各布森的话中已经提到。他在另一篇论文中指出，他把对立价值从音位上转移到区别性特征上，与索绪尔的《普通语言学教程》中关于"音位归根到底是对立的相关的和否定的实体"的观点并不矛盾。③

雅各布森创立的结构主义诗学是整个结构主义文论的前一阶段。雅各布森身兼语言学家和文论家双重身份，他的诗学的一个特点是与语言学靠得最近，他甚至断言诗学就是语言学的一部分。这也许是结构主义

---

① 参见［捷］伊·克拉姆斯基《音位学概论》，李振麟等译，上海译文出版社1993年版，第84—88页。
② 同上书，第77页。
③ 同上书，第90页。

文论从索绪尔语言学发展出来所必然带上的烙印。雅各布森的音位学理论是后来的结构主义哲学的一个基础,在这种意义上,可以说他的有关理论不但开创了结构主义诗学,而且促进了结构主义哲学的产生。

三

1

结构主义作为一种哲学思想,是由法国人类学家克洛德·莱维-斯特劳斯(1908—)确立的。它的确立,在很大程度上是基于上述索绪尔和布拉格学派所开创的结构主义语言学。莱维-斯特劳斯在其代表作《结构人类学》第一卷(1958)中多次提到索绪尔和布拉格学派的特鲁别兹科依尤其是雅各布森等人的思想,充分肯定他们所创立的结构主义语言学的革命作用,认为它为包括人类学在内的人文科学研究提供了科学的研究方法和模式。莱维-斯特劳斯在《结构人类学》首章中即指出:"结构语言学肯定将对社会科学起到革新作用,正像核物理学对物理科学所起的作用一样。当我们试图估价这一革命的极为广泛的意蕴时,它究竟表现在哪里呢?著名的结构语言学创始人 N. 特鲁别兹科依亲自提供了对这一问题的答案。在一篇纲领性文章中,他把结构方法简化为基本的操作。第一,结构语言学把对有意识语言现象的研究转变为对其无意识底层结构的研究。第二,它不把术语看作是独立的实体,而是把分析术语间的关系看作自己的基础。第三,它引入了系统概念——'现代音位学不仅宣称音位始终是一个系统的一些部分,而且展现出具体的音位系统,并说明它们的结构'。最后,结构语言学以发现一般规律为目标,既通过归纳法,也'通过演绎法,从而使这些规律具有绝对的性质'。"[①] 我们将看到,莱维-斯特劳斯正是运用结构语言学的这些基本原理和方法去研究人类亲属关系和神话等问题,从而创立了结构主义人类学,并发展出更具普遍意义的结构主义哲学思想。

莱维-斯特劳斯不满意传统人类学把亲属称谓当作实体,研究它们

[①] [法]莱维-斯特劳斯:《结构人类学》,谢维扬、俞宣孟译,上海译文出版社1995年版,第35—36页。

本身的性质，而是如上述结构语言学方法那样，不把亲属称谓（术语）当作独立的实体，而是分析它们之间的关系，把它们"引入系统概念"，从而发现那"具有绝对的性质"的一般规律，即亲属关系的深层结构。他的具体做法，是把亲属关系中的父、母、子、女、兄、弟、姐、妹、祖父、祖母、孙子、孙女等称谓当作结构元素，在它们之间找出相应的对立、组合和转换关系。通过这种结构分析，莱维-斯特劳斯发现包含"兄弟、姐妹、父亲和儿子"四个称谓的属于姻缘亲属关系的"舅甥关系"这一结构，是能够存在的最基本的亲属关系形式，恰当地说，是亲属关系的单位[①]（详见该书第二章）。莱维-斯特劳斯进一步指出："亲属关系基本单位的原始的和最简化的特征，如我们所定义的那样，实际上是一种乱伦禁忌普遍存在的一个直接后果。这实际上是说，在人类社会中，一个男子必须从另一个把女儿或姐妹给予他的男子那里获取女人。……确实，母舅的存在是亲属关系结构存在的必要前提。"[②] 最后一句话的意思，莱维-斯特劳斯随后作了阐发："这个产生于含有四个称谓的一些特定亲属关系的基本结构，按照我们的观点来看，是真正的亲属关系的原子。超出这个结构的基本要求之外，不可能再构想或给出任何东西，此外，这是组成更复杂系统的唯一的砖块。因为有更复杂的系统存在，或更准确地说，所有亲属制度都是在这一基本结构的基础上，通过吸收新的元素使其扩大和发展而建立起来的。"[③]这即是说，作为本质上是乱伦禁忌或者说"女人交换"的舅甥关系这种基本结构，是其他一切亲属关系的基础，社会亲属制度就是由此建立起来的。莱维-斯特劳斯在1960年任法兰西学院人类学教授的就职演说中说得更明确："因此，乱伦禁令是人类社会的基础，在某种意义上，它就是社会。"[④] 这就是莱维-斯特劳斯的结构人类学在亲属关系研究

[①] ［法］莱维-斯特劳斯：《结构人类学》，谢维扬、俞宣孟译，上海译文出版社1995年版，第51页。

[②] 同上书，第52页。

[③] 同上书，第54页。

[④] ［法］莱维-斯特劳斯：《乱伦与神话》，见戴维·洛奇编《二十世纪文学评论》下册，上海译文出版社1993年版，第268页。

上所取得的不同于传统人类学的新成果。单纯从结构主义的角度看,上述乱伦禁忌的基本结构(舅甥关系),也就是人类学在亲属关系研究中运用类似结构主义语言学方法所发现的一种深层结构,而那包含血缘关系和世系关系的不同亲属现象,如各种单个的家庭,则是由这种共同的深层结构所决定的不同的表层结构。莱维-斯特劳斯就说不同的亲属制度"是相同深层结构的一系列表现"[①]。

莱维-斯特劳斯在运用结构语言学的原理和方法时,尤其强调运用雅各布森关于音位的结构分析的原理和方法。他指出,雅各布森将音位分析成一些"区分特征",然后把它们组合到一个或一些"对位配对"中。音位因结合成一些系统而获得意义,并由此而凸显音位结构的一般法则。[②] 莱维-斯特劳斯的一段话是对其亲属关系研究中运用结构主义语言学的音位学等原理和方法的较全面的总结:"关于亲属关系的研究(无疑还有对其他一些问题的研究)中,人类学家发现自己处在一种形式上与结构语言学家相似的情形中。如音位一样,亲属关系是意识的元素,亦如音位一样,只有当它们整合到系统中去之后,它们才获得意义。……在亲属关系问题上和在语言学中一样,可观察的现象是由那些一般的但是潜隐的规律的作用造成的。因此问题可以被归纳为:虽然亲属关系现象与语言现象是属于不同种类的实在,但它们是属于相同的类型的。"[③]

当然莱维-斯特劳斯首先是人类学家,他的结构人类学在革新传统人类学时必然也要吸收后者中的有用因素,尤其是其中已经萌芽的结构性分析的因素。此外,它对其他科学如格式塔心理学、弗洛伊德的精神分析学说也有吸收和借鉴。

对古代神话的研究,莱维-斯特劳斯同样采用结构主义语言学的原理和方法。他指出,"神话是语言"或者说"是语言的一部分",但它

---

① [法]莱维-斯特劳斯:《结构人类学》,谢维扬、俞宣孟译,上海译文出版社1995年版,第138页。
② 同上书,第36—38页。
③ 同上书,第36页。

有"特殊之处"。因此，在对神话做结构分析时，其结构单位就不应像结构主义语言学那样停留在音素、词素和义素的层次上，而"应当在句子水平上来寻找它们"。这即是说，神话的结构单位应当是句子。莱维－斯特劳斯称这样的结构单位为"大构成单元"或者"神话素"。[①] 不同神话故事就是由神话素的不同排列、组合而构成的。

莱维－斯特劳斯对古希腊俄狄浦斯神话系列进行了结构分析。他把每个神话故事分解成若干神话素（这些神话素都是句子），并按历时关系和共时关系加以排列和配置而成一表格[②]。我们如果按照表格的横栏（横行）从左至右、从上至下地读，便读出三个神话故事，它们依次是卡德摩斯杀死毒龙和建立忒拜城的故事，他的后代俄狄浦斯杀父娶母的故事，俄狄浦斯的四个子女相互残杀和友爱的故事。莱维－斯特劳斯说，这样历时性的阅读是"讲述神话"。如按竖栏（竖行）从上至下、从左至右地读，就见出一束束的神话素（每一竖行为一束）。莱维－斯特劳斯说，这样共时地读就是"理解神话"，指理解三个神话故事的共同结构。莱维－斯特劳斯的目的在于研究竖栏中神话素的共同性。他说"所有属于同一竖栏的关系都展现出我们正要去发现的共同特点"："第一栏的共同特点是过分看重血缘关系。第二栏很显然是表现了同样的事情，但却是反过来的：过分看低血缘关系"。两栏构成一个二项对立。"第三栏的共同特征是对人的出自地下的起源的否定。""第四栏的共同特征是坚持人的出自地下的起源。"[③] 这两栏也构成了一个二项对立。前一个二项对立是关于人类起源于男女结合的观念，后一个二项对立则是关于人类起源于大地的观念，于是这两者又构成一个二项对立结构，这就是俄狄浦斯神话系列的共同的深层结构（单个神话故事则可以看成是表层结构）。莱维－斯特劳斯认为，尽管这还是神话思想的结构的初步的公式化，但在目前阶段也已经足够了[④]。他根据这一结构来阐发

---

① 参见［法］莱维－斯特劳斯《结构人类学》，谢维扬、俞宣孟译，上海译文出版社1995年版，第226页。
② 同上书，第230页。
③ 同上书，第230—231页。
④ 同上书，第232页。

俄狄浦斯神话的意思，认为关于人类起源于古希腊人具有两种对立的观念，即生于男女的观念和生于大地的观念。这两种观念的矛盾本来不可能解决，但在他们创造的神话中却得到调和和解决（这大约指两者被联系起来，共同处于神话之中）。这也就是对俄狄浦斯神话的结构分析所显示出的人类学意义。这种结构分析，说明了在不同神话故事的后面有着共同的结构，这是结构人类学在神话研究上的最一般的规律。在后来的《神话学》一书中，莱维－斯特劳斯对南美洲的诸多神话进行了类似的结构分析，得出了类似的结论。

莱维－斯特劳斯对亲属关系制度、神话以及图腾等的结构研究及其结论本身还只是人类学的，而不是哲学的。即便把这一研究方法和结论加以普遍化，即认为对所有人类现象都可以进行这种结构分析，并且在这些现象后找出共同的深层结构（莱维－斯特劳斯确实是这样认为的），从哲学的角度看，它们也只可以算是哲学方法论和认识论，还不能构成完整的哲学思想，因为还没有本体论的根基。这即是说，结构主义要真正成为一种哲学，还需要找到本体论的根基。莱维－斯特劳斯是否找到了这种根基呢？他找到了，那就是人类心灵的先天的意识结构。

莱维－斯特劳斯指出，传统人类学"认为生物学意义上的家庭构成了所有社会精心组成其亲属制度的出发点……当然，生物学意义的家庭在人类社会中是普遍存在的。但是赋予亲属关系以社会—文化特征的并不是它从自然中保留下来的东西，而毋宁说是它从自然中分离出来的基本方式。一个亲属关系制度并不在于个人之间的世系的或血缘的客观联系。它只存在于人的意识中；它是一个任意的表象系统，而不是某个真实情形的自然发展"。[①] 这即是说，亲属制度的本质并不是世系和血缘这种生物学意义的，因而不是客观的，而是主观的。它作为人类文化的产物（乱伦禁忌），隐藏在社会现象之后，是一种意识上的关系结构，但它不是自觉意识的结构，而是无意识的结构。莱维－斯特劳斯说："'亲属制度'像'音位体系'一样，是由思维在无意识水平上建

---

① ［法］莱维－斯特劳斯：《结构人类学》，谢维扬、俞宣孟译，上海译文出版社1995年版，第56—57页。

立起来的。"① 推而广之，就可以说，"掌握蕴含在每一种制度和每一项习俗后面的无意识结构就不仅是必需的，而且也是充分的"。② 这种无意识结构，也就是对社会进行结构分析"以便透过杂乱无章的各种规范和风俗，去发现在不同时空的环境中存在和运作的唯一的结构图式"③，即我们所说的事物的深层结构。

莱维－斯特劳斯的无意识结构论有点难懂。依我们的理解，它与人的有意识的行为和现象以及作为其共同基础的深层结构之间的关系可以理顺如下：无意识结构是人的心灵先天具有的，它决定着人的有意识的行为，产生各种社会现象，并由此成为后者的深层结构。各种社会现象是表层结构，它们是有意识的结构，而这些有意识的表层结构所共同基于的深层结构却是无意识的。这里便有一个从心灵的无意识结构转化为有意结构（诸现象各自的表层结构），再转化为或者说"投射"为无意识结构（诸现象共同的深层结构）的逻辑。这一逻辑可以说是由一般转化为特殊，再由特殊转化为一般。莱维－斯特劳斯在谈到雅各布森的音位理论时就说："由有意识向无意识的转化是伴随由特殊向一般的发展的。"④ 这样，心灵的无意识结构就成了一切社会现象的根源，它就可以看成结构主义哲学的本体。

神话的结构显然是意识结构。单个神话故事是有意识的，所以它作为神话的表层结构是有意识结构。不同神话故事所共有的结构即神话的深层结构，却是无意识的。从神话讲述者的角度看，他讲述单个神话故事的活动是有意识的，但他的这种有意识活动却被无意识结构支配着：如果他是原初的讲述者（神话的创造者），他是受自身心灵的无意识结构（也是人类的无意识结构）决定着，并将此无意识结构投射于所讲的故事而成为其深层结构。如果他是神话的复述者，则表现为既定神话的深层结构决定着，而这种深层结构也就是他自身心灵中的无意识结

---

① ［法］莱维－斯特劳斯：《结构人类学》，谢维扬、俞宣孟译，上海译文出版社1995年版，第36页。
② 同上书，第26页。
③ 同上。
④ 同上书，第25页。

构。所以，神话故事的有意识结构与无意识结构的转换也类似上述人类亲属关系制度的情况。

其实，莱维－斯特劳斯用结构语言学的原理和方法来研究亲属关系制度和古代神话，就在很大程度上决定了亲属关系制度和神话两者的深层结构是无意识结构，因为莱维－斯特劳斯认为语言的深层结构就是无意识结构。他说："语言行为大多发生在无意识思想的水平上。当我们说话时，我们并不对句法和词法规则有所意识。并且，我们通常并不感觉到我们所用来表达不同意思的音位的存在，我们也很少（如果有过的话）意识到使每个音位还原成一组特殊含义的语音对位的存在。"[①] 我们的说话（即索绪尔的"言语"）是有意识的，但我们对作为其基础的语法规则（相当于索绪尔的"语言"）却是无意识的，对作为其发音基础的音位系统，也是无意识的。莱维－斯特劳斯的语言无意识结构思想显然来自结构语言学。上文曾指出，索绪尔关于语言与言语的划分中已有先天无意识思想的萌芽。雅各布森的音位理论中的先天无意识思想，更是莱维－斯特劳斯先天无意识思想的直接基础。莱维－斯特劳斯以下的话可以证明："在所有现象中，我们以语言是真正科学分析的对象的那种方式来研究它，也只有语言能使我们理解它的形成过程和预见它的变化模式。这是通过对音位学问题的现代研究得到的结果；它超出了语言现象的表层意识与历史表达的范围，从而获得了作为无意识思想过程结果的、由关系体系组成的基本的与客观的实在。"[②] 在上文莱维－斯特劳斯所援引的布拉格学派另一位代表特鲁别兹科依关于结构语言学的四点纲要中，第一点就是"结构语言学把对有意识语言观念的研究转变为对其无意识的结构的研究"。莱维－斯特劳斯就是把这一结构语言学的原理运用到人类学研究上，即把对有意识的亲属关系和神话等社会文化现象的研究转变为对其无意识深层结构的研究，并进一步指出这种无意识深层结构来自人类心灵中先天的无意识结构。这后一点形而上

---

① ［法］莱维－斯特劳斯：《结构人类学》，谢维扬、俞宣孟译，上海译文出版社1995年版，第60页。

② 同上书，第62页。

学设定，就使结构主义的哲学认识论和方法论最终具有了哲学本体论的基础。

莱维-斯特劳斯关于社会诸现象后有共同的无意识结构的思想，尤其是关于它来自人类心灵中先天的无意识结构的思想，大约也受到美国语言学家乔姆斯基的影响。乔姆斯基在他的转换生成语法理论中，提出人类先天地具有语言能力，提出语言的"深层结构"和"表层结构"的概念。他的先天论思想的来源，从语言方面看，是索绪尔关于语言和言语划分的理论，尤其是雅各布森的音位共相理论，以及更早的笛卡儿语言学观点，即语言建基于人类的共同思想结构的观点；从传统哲学方面看，它又明显受笛卡儿和莱布尼茨的"天赋观念"论和康德的先验论的影响。乔姆斯基的学说于50年代末和60年代提出，与莱维-斯特劳斯的学说大致同时，他的这种先天语言能力的思想显然可以启迪和增强莱维-斯特劳斯及其追随者们关于结构主义的无意识结构本体观的信念。

我们还可以从莱维-斯特劳斯的结构模型论来进一步理解他的无意识结构思想。结构模型论是他的方法论：通过对现象的观察和理智的思考而设定一种结构模型，如果它能够解释有关现象，它也就是那些现象后面的结构——深层的、无意识的结构。莱维-斯特劳斯说，"一个结构的模型可以是有意识的或者是无意识的"。①"'规范'的有意识模型，从定义方面看是一种很勉强的模型——它们不被用作解释现象，却要使这些现象长存不衰。"② 这即是说，有意识模型相应于现象的有意识结构即表层结构，它实际上就是某类现象本身。无意识模型的结构应当是简明的，能解释诸多现象的。莱维-斯特劳斯说这就面临一个悖论："结构的组织越明显，它就越难以得到，因为有一些不精确的意识模型横亘在通向它的道路上。"③ 可知结构分析需要通过意识模型而通达无

---

① ［法］莱维-斯特劳斯：《结构人类学》，谢维扬、俞宣孟译，上海译文出版社1995年版，第302页。
② 同上书，第303页。
③ 同上。

意识模型，这也就是通过现象的有意识结构而通达现象后的无意识结构。这样我们也就看到，作为结构主义方法论的有意识模型和无意识模型，是对应于其认识论和本体论的有意识结构（表层结构）和无意识结构（深层结构）的。

莱维-斯特劳斯的无意识结构论还可能受弗洛伊德精神分析学说中的无意识论的影响。我们现在容易见出两者的同和异了。依据弗洛伊德的观点，无意识是根本，它决定人类的一切意识行为，这与莱维-斯特劳斯的无意识结构论相似。此外，弗洛伊德用精神分析方法使无意识显现为意识，莱维-斯特劳斯则用模型去使那无意识的深层结构显现在意识中，即显现于那"理智的模型"（模型因是通过理智思考而设定的，所以有人叫它"理智的模型"），两者也类似。但两者有本质的不同：弗洛伊德的无意识指本能欲望，尤其是性本能欲望，是非理性的；而莱维-斯特劳斯的无意识却是理性的，指先天的理性能力。

2

结构主义因具有先天无意识结构这一本体而成为一种哲学。这是什么性质的哲学呢？这个问题很重要，值得作一些分析，因为它关涉结构主义究竟是主观的还是客观的这一常常引起混乱的恼人问题。

第一，结构主义是主观的、先验的，但往往又表现出客观性，无主体性，并总是落实到对经验事物的解释上。

莱维-斯特劳斯把心灵无意识作为结构的来源，这就决定了结构主义在根本上必然是主观的，而不是客观的。他在论亲属关系时已说过它"不是客观关系"。但他同时又说，语言和所有社会现象的无意识结构是"由关系体系组成的基本的与客观的实在"。[①] 在落实到具体的人类学结构主义研究时，他强调"人类学的首要目标是要成为客观的"。[②] 这就似乎出现了矛盾。其他学科的结构主义也大多倾向于显出结构的客观性。莱维-斯特劳斯等结构主义者正是以结构主义的客观性和无主体

---

① ［法］莱维-斯特劳斯：《结构人类学》，谢维扬、俞宣孟译，上海译文出版社1995年版，第62页。

② 同上书，第392页。

性去反对存在主义的主观主义和个人主义的。

那么,结构主义究竟是主观的还是客观的?这要从结构主义的无意识结构这个本原的特性上去看。首先,这种本原结构不是自觉意识的,而是无意识的,而依莱维-斯特劳斯,无意识不但是先天的,而且是非个人性的,是为人类共同具有的。他说过"由有意识向无意识的转化是伴随着由特殊向一般的发展的"。① 这就是说,无意识使自我个人性消融于人类共同性中。换言之,无意识结构并不是自我主体性的。如果说它也有一种主体性,那就是人类共同性这种主体性。这种情况具体化到人类社会,就表现为人类所共有的无意识决定个人特有的意识行为;社会结构(人类无意识结构的投射)决定个人,而不是相反(这即是结构中整体决定部分的意思)。莱维-斯特劳斯说:"每个社会只不过是在按其规则和习俗把某一僵固的和非连续性的构架加之于世代相继的连续之流中,这也就是在此连续之流中加上一个结构。"② 因此,对于结构主义者来说,就并无萨特的存在主义所宣扬的那种"绝对自由"和"个人选择",也并无他所假定的那样"在我自己和其他人之间存在的根本对立",在根本上所有的是人类的同一性。在上述意义上,如果说个人自我意识的独特性是主观的,相对于它的人类无意识的共同性就可以说是客观的了。

大约因为上述辩证关系,结构主义被认为是"无主体性的康德哲学"。确实,结构主义在以下两点上与康德哲学相近:一是它的先天无意识结构有些类似康德的先天直观形式和知性范畴;二是它的先天无意识结构通过意识活动而加之于纷乱的世界,使之秩序化而成为可认识的,颇类似康德的先天直观形式和知性范畴加之于感性材料而构造出可认识的现象界的思想,或者说"为自然立法"的思想。莱维-斯特劳斯自己就说过"我在以康德哲学的方法来着手我的工作"。③ 康德哲学

---

① [法]莱维-斯特劳斯:《结构人类学》,谢维扬、俞宣孟译,上海译文出版社1995年版,第25页。
② [法]莱维-斯特劳斯:《野性的思维》,李幼蒸译,商务印书馆1987年版,第226页。
③ 转引自赵宪章主编《西方形式美学》,上海人民出版社1996年版,第330页。

的根本方法就是先验（先天）方法。但两者有一重大的不同点，那就是康德哲学有很鲜明的主体性：它的直观形式和知性范畴等先天功能虽然也是为人类所共有的，但它是具体的、明确的，不依赖经验界而可知地存在着。而结构主义的先天无意识结构本身却是不可知的，也不是确定的，要靠来自客观经验事实的结构模型来印证。更重要的是，康德在实践理性领域里高扬自由意志，个体的主体性相当突出，而结构主义却根本没有这一点。这些大约是所谓结构主义是"无主体性的康德哲学"的意思。

既然心灵的无意识结构本身不可知，要靠来自客观经验事实的结构模型来发现和印证它，那么，从客观的经验事实的角度看，隐蔽于其后并决定其性质的深层结构也应当是客观的，只是当追寻这深层结构的来源时，才把它与心灵的无意识结构联系起来，即设定它来自那心灵的无意识结构。这换成哲学的术语即是说，单从认识论及相应的方法论看，那结构存在于客观对象之中，是客观的；若从形而上学本体论看，那结构则在主体意识（无意识，而非有意识即自觉意识）之中，是主体意识的投射，是主观的。这种情况，在莱维－斯特劳斯的论述中就已如此，其他的结构主义者大多更看重结构的客观性，因为他们的主要目的是用结构主义的方法去认识各自领域中事物的深层结构，以便解释有关现象，而不大理会那结构的无意识的心理来源。

无意识结构既然是先天的，就必然是先验的，即不是从经验中来，而是先于经验而存在。莱维－斯特劳斯说："'社会结构'这个术语与经验实在并无关系，而是与根据经验实在建立的模型有关。"[①] 他的本意，大约是说社会结构本来是人心灵中的无意识结构，它暗中决定我们的有意识的经验活动，从而投射为经验现象的深层结构；我们通过理智思考而从经验现象中建立起结构模型，如果那模型能解释那经验现象，它就是那经验现象后的深层结构，也就是人心灵中那无意识结构。这样看来，那无意识结构究竟是与经验事实有关的。给人的感觉是：那无意

---

① [法] 莱维－斯特劳斯：《结构人类学》，谢维扬、俞宣孟译，上海译文出版社1995年版，第299页。

识结构其实首先是从经验事实中发现的，然后又用来解释经验事实，最后却把它归结为心灵先天具有的。它不像康德的先天感性形式和知性范畴那样，是完全不依赖经验事实而存在的，倒是先天直观形式和知性范畴规整感性材料使后者成为经验事实。在这种意义上，结构主义的先验论是不彻底的，是与经验纠缠着的。

第二，结构主义是形式的，同时又是有深层性内容的。

结构是由事物之间的关系所组成的系统，如果把事物本身看作具体内容，结构显然就是形式的。从结构的基本含义及结构分析方法发展出来的结构主义，必然也是形式的。不过，结构这种形式不同于一般所说的表象与本质这一对范畴中表象所表示的形式，即关于事物的形状、大小、颜色、声音等特征的形式，也不同于康德先验论中那种空洞的、需要感性材料去充实的形式。它是事物内在的、本身具有意义的形式。这是因为结构既然是关系系统，它就包含着构成这种关系的有关事物，所以它虽然不具有单个事物的具体意义，却因这种关系而具有关于这些事物的普遍的、抽象的意义。以莱维-斯特劳斯的结构人类学看，其中亲属关系制度的结构为乱伦禁忌，俄狄浦斯系列神话的结构是关于人类起源的矛盾观念的调和，这些都是社会人类学的某一领域中某种最抽象的观念，具有最普遍的意义。结构的这种普遍意义从何而来？依据莱维-斯特劳斯，它来自人的无意识结构，即归根到底由人的心灵所赋予。这一点，颇近似现象学的意向性构造。现象学认为，经验对象的意义是由主体赋予的。所以有不少论者认为现象学哲学是结构主义的一个来源（文学结构主义的来源，还有英伽顿的现象学文论中的更具体的结构层次分析）。现象学文论中的日内瓦学派的"主题"批评尤其类似上述情况，它探求作品中作家所赋予的意识模式（他们称之为"经验模式"），那其实就是作品的抽象的主题思想。莱维-斯特劳斯关于亲属关系结构的意义和希腊神话结构的意义，可以说就是有关问题的最抽象的"主题"。

第三，结构主义是理性主义的，也是科学主义的。

理性主义是近代欧洲大陆哲学的基本特征，在当时它与英国的经验主义相对立，两者的不同主要在于一则重理性理智，一则重感性经验。它又与现代的非理性主义对立，后者重意志、直觉和无意识等非理性的心理因素。结构主义基本上是理性主义的。上文已指明，作为其本原的无意识结构中的无意识，不是非理性的无意识，而是理性的无意识，即心灵中先天的或者说潜存的理性理智。从与这种无意识对应的结构模型看，莱维－斯特劳斯说后者是通过"观察事实"而"精心制定"出来的，所以有人称它"理智的模型"。莱维－斯特劳斯认为"最佳的模型"或者说"真正的模型"，"是从经过思考的那些事实中抽取出来，同时又使它能说明所有事实的那个最简单的可能的模型"。[①] 对结构主义者来说，从某个或某些事实中抽取出模型来不是最重要的，最重要的是精心思考、设定那模型，并用它来说明类似的事实，这就主要是理性主义而不是经验主义，因为这不是重在从经验事实中归纳出概念的本质认识，而是重在用概念来解释经验事实以证明那设定的本质认识。

不过，结构主义所声称的本原结构究竟是无意识的、不可知的，又有多少是受弗洛伊德的非理性的无意识论的影响而产生的，所以不免有点与非理性的无意识相混淆，难怪有论者说它是非理性主义的。此外，由于它究竟是与经验事实相关联的，又多少含有经验主义成分。它的以结构模型解释经验事实的方法，倒过来也可以看成是以经验事实证实一种观念，这样，它就还具有几分实证主义的经验证实的性质了。它与理性主义还有一点不同。近代理性主义是人文的，即是关于人这种主体的理性，这在笛卡儿和康德那里都很突出。而结构主义则是相对地无主体的，却具有较鲜明的客观性和科学性。可以说理性主义的理性主要是人文的理性，结构主义的理性主要是科学的理性。所以在现代哲学领域内，结构主义属于科学主义，而不是人文主义。

科学主义是实证主义、批判理性主义、历史主义等现代哲学的基本特征。它主要源于近代经验主义，所以在一定程度上与近代理性主义对立。但这种对立是相对的，科学主义主要反对理性主义中形而上学的思

[①] ［法］莱维－斯特劳斯：《结构人类学》，谢维扬、俞宣孟译，上海译文出版社1995年版，第302页。

辨理性，却吸收了其中科学性的理智思考。在现代，科学主义以其客观的、理性的科学精神，与主观的、非理性的人文精神相对立。

结构主义基本上属于科学主义。它起源于现代语言学的结构主义方法，莱维－斯特劳斯曾反复强调后者的科学性。在他自己的结构人类学研究中，也强调客观性和科学性。正如戴维·洛奇所说："基于索绪尔的经典的结构主义，总希望通过发现作为文化产品的各种表现的基础的系统而达到对于文化的'科学的'说明。克劳德·莱维－斯特劳斯的结构主义人类学就是力图这样来对待神话的。"① 其他结构主义者运用结构主义方法的一个重要目的，也在于使各自领域的研究更加科学化，如拉康用结构主义方法改造弗洛伊德的精神分析论。但结构主义把社会现象的共同结构归根于不可知的人类无意识，却又是非科学的。无意识结构作为信念只能是哲学形而上学，而不能是真正的科学。

结构主义哲学中出现某些矛盾的和错综复杂的性质是不足为怪的。从前述可以看出，它的认识论尤其是本体论原理，实际上是对多种哲学和其他科学的某些原理的综合。无论是"结构"还是"无意识"概念，都不是它的创新；把两者结合而为"无意识结构"，却又不大可信。正如库兹韦尔所说："莱维－斯特劳斯原来设想的结构主义名存实亡了。普遍的心理结构并没有出现，虽然没有人更长期地探索它们。"② 随后兴起并取而代之的，正是要消解这种"普遍的心理结构"的解构主义。

结构主义哲学的主要内容和价值在认识论尤其是方法论上，这无论从它的产生过程还是从它的效果和影响看都如此。莱维－斯特劳斯运用结构主义方法的主要目的，还是为了研究人类学。在他的《结构人类学》和《野性的思维》中，对哲学本体论和认识论思想的提炼和推导实际上是很少的，大量的是对结构主义方法的运用。他指出，确实结构模型"不是人类学问题，而是属于一般科学的方法论问题"。他认为有

---

① ［英］戴维·洛奇编：《现代批评与理论》，纽约朗曼出版公司1988年版，第107页。
② ［美］伊·库兹韦尔：《结构主义时代——从莱维－斯特劳斯到福科》"导言"，尹大贻译，上海译文出版社1988年版，第12页。

价值的模型需要以下几个条件。

"首先,结构展示出一个系统的一些特征。它由几个要素构成,其中没有哪一个要素是能够经历一种变化而不在所有其他要素中引起变化的。

其次,对于任何一种给定的模型,应当有一种能安排一系列变形的可能,其结果是导致一组同样类型的模型。

再次,上述性质使得做出下述预言成为可能:如果一个或者一个以上的要素作了某种改变,这个模型将会如何反应。

最后,模型应当这样被构成出来,使得全部观察到的事实成为直接可以理解的东西。"①

这些,既可以看成"结构"的特征,也可以看成结构主义方法论的原理和特征。

追随莱维-斯特劳斯的结构主义者大多数更主要着重于运用结构主义方法来解决各自领域的问题,并取得了积极的成果,而不大理会其本体论原理。

结构主义哲学的价值之所以主要在于方法,显然是因为作为其来源的语言学结构主义方法是有创新意义的、有价值的。虽然结构主义哲学也发展出相应的认识论原理和本体论信念,但其价值却主要保留在方法论中。这在西方现代哲学中是一个普遍现象。这正如古代哲学从本体论发端,虽然也发展出相应的认识论和方法论,但其价值仍主要存在于本体论中;近代哲学主要从新的认识论发展起来,虽然也具有新的方法论,也推导出新的本体论(主观唯心的本体论),但其价值仍主要存在于认识论中。

3

莱维-斯特劳斯的《结构人类学》不但开创了结构主义哲学,在一定程度上可以说也开创了结构主义文论中的叙事学。后者指对希腊神话文学的结构主义分析。结构主义文论在整体上分为两个阶段,前一阶

---

① [法]莱维-斯特劳斯:《结构人类学》,谢维扬、俞宣孟译,上海译文出版社1995年版,第300页。

段是以雅各布森为代表的结构主义诗学,后一阶段是以巴尔特为代表的结构主义叙事学,后一阶段更为重要。如果把结构主义叙事学又分为前后两期,前期就是莱维－斯特劳斯的神话文学的结构主义叙事学,巴尔特等以小说为主的结构主义叙事学则是后期,也是成熟期和高潮期。

但对结构主义叙事学来说,莱维－斯特劳斯的神话分析还不是最早的,俄国形式主义者符拉基米尔·普洛普(1895—1970)才是先驱。他在《民间故事形态学》(1928)一书中,提出故事中最重要的因素不是人物,而是人物的功能,即人物在情节中的一定的行动。他把故事的功能归纳成三十一种,分属"准备""复杂化""转移""斗争""返回""公认"六个阶段,每个阶段包含一定数量的功能。每个故事总是包含这三十一个功能中的某一些功能,并且排列的顺序总是相同的。他又把行动划分为七个范围,并提出相应的七个人物角色,人物是谁是可以变化的,但他的一定的行动所规定的功能却是固定的。这样,单个的民间故事虽然各不相同,但内在的基本结构却是一样的。上述普洛普的研究一方面可以看成俄国形式主义的文学研究从重在诗歌的音响形式转向重在叙事文学的情节结构这一发展变化的一个结果。雅各布森就曾指出,俄国形式主义的"研究内容从句法原则扩大到分析完整的叙述及其对话交流,最后达到俄国诗学中最重要的一个发现,即发现决定民间创作材料布局的规律(普洛普、斯卡夫迪莫夫)"。[1] 另一方面,它又是在索绪尔和布拉格语言学派的结构主义影响下产生的(1928年以前雅各布森的某些研究文章已经传到俄国)。在普洛普的研究中已经可见整体与部分的关系、共时态研究、语言和言语的划分等结构主义语言学的原理和方法。莱维－斯特劳斯对普洛普的书做过精心研究[2],后者对他的神话的结构分析会产生影响。莱维－斯特劳斯提出的"神话素"概念就类似普洛普的"功能"概念。此外,在部分在整体中的位置、共

---

[1] [美]诺曼·雅各布森:《序言:诗学科学的探索》,见[法]茨维坦·托多罗夫编选《俄苏形式主义文论选》,蔡鸿滨译,中国社会科学出版社1989年版,第3页。
[2] 参见[荷兰]佛克马、易布思《二十世纪文学理论》,林书武等译,生活·读书·新知三联书店1988年版,第31、68—69页。

时性研究和探索不同故事的共同结构规律等方面,也与普洛普相近。莱维-斯特劳斯的神话研究既是结构主义叙事学,又是其结构主义哲学思想的重要部分,所以,可以说普洛普的研究对结构主义哲学的产生也有过促进作用,它对后来巴尔特等人的结构主义叙事学更有直接的影响。

四

莱维-斯特劳斯确立了结构主义哲学思想以后,不少学者运用其原理和方法,建立起各自领域的结构主义。米歇尔·福柯先后出版了《词与物》(1966)和《知识考古学》(1969)两书,建立起结构主义历史学,认为欧洲近代不同时期的文化现象后面都有各自的深层结构,即所谓"知识型",它们由先验的无意识结构所决定。知识型之间是不连续的。因此历史的发展是不同结构的变化。知识型支配一个时期的文化,也支配每一个人的思想,因此主体"消失"了。雅克·拉康的《文集》(1966)表明其精神分析的结构主义。主张用结构主义重新解释弗洛伊德的著作,认为人格具有想象("镜像阶段")、象征和现实三个层次的结构;支配人的意识和行为的无意识是语言对愿望加以组织的结果,它本身具有类似语言的结构。无意识结构是人类共同的心理结构,因而并无"独立的主体",主体与"他者"共存:无意识就是主体的"他者"。路易·阿尔都塞的《保卫马克思》(1965)和《读〈资本论〉》(1968)等著作表明他是结构主义的马克思主义者。他提出"症候阅读法",即透过马克思著作的表面意思而读出由作者的无意识所决定的内在结构;反对线性的因果性和目的论的因果性,主张结构的因果性;全局性结构对局部性结构有决定作用,但后者对前者又有相对的自主性;认为马克思坚持的就是这种结构因果性和在此基础上的多元决定论。

罗兰·巴尔特(1915—1980)在莱维-斯特劳斯的结构主义思想的促进下,把结构主义叙事学推向高潮。就切近莱维-斯特劳斯的原理和方法而言,巴尔特是较典型的。一个重要的原因是,巴尔特不但依据莱维-斯特劳斯,而且也注重借鉴作为莱维-斯特劳斯思想来源的索绪尔、雅各布森和普洛普等人的结构主义语言学和叙事学。在巴尔特以成立其结构主义叙事学的《叙事文学结构分析导论》(1966)一文中,就不时提到上述诸人的名字和学说。

巴尔特的《叙事文学结构分析导论》(以下简称《导论》)被认为是结构主义叙事学的经典之作,它较完整而具体地表述了巴尔特的结构主义叙事学思想。文章开首规定了研究的原理和方法,指出不同叙事作品具有"一个共同的模式","这个共同的模式存在于一切语言的最具体、最历史的叙述形式里"。探索这模式不能靠经验归纳的方法,而应当用理性演绎方法;认为想从不可胜数的叙事作品中试图归纳出其总模式,这种看法是"不切实际的"。"叙述的分析迫不得已要用演绎的方法,叙述的方法不得不首先假设一个描述的模式(美国语言学家们称之为'理论'),然后从这个模式出发逐步深入诸种类,诸种类既是模式的一部分又与模式有差别。"①认为语言本身作为叙事作品结构分析模式的基础,看来是合乎情理的,因为"从结构的角度看,叙事作品具有句子的性质","叙事作品是一个大句子,如同凡是陈述句在某种程度上都是小叙事作品的开始一样"。②巴尔特在此运用着莱维－斯特劳斯的结构主义的原理和方法是很明显的。

巴尔特接着提出功能层、行动层和叙述层这样一个三层结构模式。功能层研究作品的结构单元及它们之间的关系。巴尔特把"功能"作为叙述单元亦即结构单元,它可以是一个词,也可以是一个句子乃至一个相对完整的情节片段。他又引入"序列"概念,界定"一个序列是一连串合乎逻辑的、由连带关系结合起来的核心"("核心"是基本功能,与作为补充性质的功能——"催化"相对)。序列是有层次的,较小序列又作为较大序列中的功能。以巴尔特文中所建构的小说《金手指》的第一个插曲(片段)的功能层看,其中的大序列"调查"包含"相遇""请求""立约"三个功能,每个功能作为较小的序列又各自包

---

① 参见[法]罗兰·巴尔特《叙事作品结构分析导论》,见胡经之、张首映编《西方二十世纪文论选》第二卷,中国社会科学出版社1989年版,第275—276页。
② 同上书,第276—277页。

含若干较小的功能，如"相遇"作为序列就包含"走近""询问""致敬""就座"这些功能，同时又作为更小的序列（"微型序列"）而包含更小的功能，如其中的"致敬"作为序列就包含"伸手""握手""松手"三个功能。"就这样，从最小的母句到最大的功能，一整套取代网形成叙事作品的结构。"①

行动层实是人物层。但为什么不叫人物层而叫行动层呢？巴尔特的回答是，"结构主义十分注意不用心理本质这样的词来说明人物的特点"，②而是"用人物参加一个行动范围来说明人物的特征。这些行动范围为数不多，有代表性，可加以分类。所以尽管第二描述层是人物层，我们在这里还是称为行动层"。③行动层的作用，一方面是使功能层与人物的行动联系起来，从而具有意义；另一方面把有独立性的功能层即大序列相互联结起来。这里"行动"一词"不应理解为第一层织物的细小行动"，而是指"大的分节（欲望、交际、斗争）"。④巴尔特说小说《金手指》由三个功能上独立的插曲（大序列）组成，三者之间"没有任何序列关系，但还有行动者的关系，因为人物（从而人物的关系结构）还是原来的"。⑤巴尔特顺便指出史诗的特点，即它的功能层是不连贯的（许多故事的结合），但某个人物或某些人物把这些功能联结为一个整体。巴尔特指出普洛普早就依行动范围来确定人物类型，后来格雷马斯也依据行动而把人物分成六种模式，即主角、反角、客角、施主、受惠角和辅助角，这些人物模式"看来颇经得起大量叙事作品的检验"。但巴氏认为这仍未能理想地解决人物分类问题，而解决这一问题的关键也许将是"人称的语法范畴"，于是又提出叙述层，因为作为行动层单位的人称，只有进入叙述层才能被理解。⑥

---

① ［法］罗兰·巴尔特：《叙事作品结构分析导论》，见胡经之、张首映编《西方二十世纪文论选》第二卷，中国社会科学出版社1989年版，第290页。
② 同上书，第292页。
③ 同上书，第293页。
④ 同上。
⑤ 同上书，第291页。
⑥ 同上书，第293—294页。

叙述层研究叙述者与作者、读者和作品中人物的关系。关于叙述者迄今有三种看法：第一种是作品以外的"我"即作者；第二种叙述者是全知全能式的，既在人物之内，又在人物之外；第三种是最新的看法，规定叙述者必须将其叙述限制在人物所观察到或了解到的范围内，因此叙述者似乎轮流由每个人物担任。巴尔特不满意这些看法把叙述者和人物看作真的、"活的"人，而认为"叙述者和人物主要是'纸头上'的生命"。① 他说："实际上，严格意义上的叙述（或叙述者的代码）同语言一样，只有两个符号体系：人称体系和非人称体系。"② 认为人称和非人称在作品中是交替使用的，在同一句子中常常也有这种情况。

巴尔特说以上三个层次之间的关系是"这三层是按逐步结合的方式互相连接起来的：一种功能只有当它在行动者的全部行动中占有地位才有意义，行动者的全部行动也由于被叙述并成为话语的一部分才获得最后的意义，而话语则有自己的代码"③。这样就形成了一个完整的、自足的结构。

上述巴尔特对叙事作品的结构分析方法和他所建构的结构模式，在当时产生了很大影响，结构主义文论家们纷纷仿效、借鉴。茨威坦·托多罗夫在其《〈十日谈〉的语法》（1969）一书中，对《十日谈》的故事进行了分析，认为单个故事后的抽象的深层结构就是叙述的"语法"：语词构成命题（句子），命题构成序列（大句子）；一个故事就是一个序列即大句子。例如《十日谈》中的四个故事（第一天的故事四、第四天的故事二、第七天的故事一和故事二：前两个是男女修士偷情的故事，后两个是妻子与他人偷情的故事）的共同结构即叙述语法，就是由五个命题（小句子）构成的序列（大句子）：X 犯了错误——Y 应当惩罚 X—X 企图逃避惩罚——Y 犯了错误（或 Y 相信 X 没有犯错误）——Y 没有惩罚 X。这种叙述结构显然见出巴特尔的影响。此外，

---

① ［法］罗兰·巴尔特：《叙事作品结构分析导论》，见胡经之、张首映编《西方二十世纪文论选》第二卷，中国社会科学出版社 1989 年版，第 296 页。
② 同上。
③ 同上书，第 280 页。

热拉尔·热奈特也对叙事作品做过结构层次的分析，其基本思想与巴尔特类似，目的也试图把叙事作品看成一个独立自足的语言结构。

结构主义文论显然主要是批评论，即主要是用结构主义方法去分析作品。这是与结构主义哲学主要是方法论是相应的。莱维－斯特劳斯建立的结构主义哲学除方法论外还有本体论和认识论，巴尔特等的结构主义文论除批评论外是否也有相应的本质论和创作论呢？有。只是显得笼统，不明确，需要分析、指明。巴尔特的《导论》一文偏重于对结构主义的原理和方法的运用，他的另一篇论文《结构主义活动》[1]则是对文学结构主义在理论上的简要而颇为深刻的论说，其中就涉及了结构主义的文学本质论和创作论。

巴尔特在《结构主义活动》（以下简称《活动》）一文中，提出结构主义是一种模仿活动，一种重建客体的活动。所谓重建客体的活动，指把原初客体（第一客体）先行"拆解"，"再把它重新组合"成一个新客体。重建客体的"方式必须要表现出这个客体中起作用的（'各种功能'）规律"，[2]即显示出一种共同性结构。为什么重建客体的活动是模仿活动呢？因为它是"实际构造出的与第一个（客体）相仿的世界，不是为了复制它，而是为了让它能用理智去理解。据此，人们或许可以说，结构主义基本上是一种模仿活动"。[3]不过，巴尔特又告诉我们，这种模仿（重建）不是对原客体的复制，也不是模仿其性质（像现实主义那样），从而人被赋予意义，而是模仿其内部关系，以便构成一种结构，并赋予那模仿客体以意义。"我们重建认识客体，目的是使某些功能得以呈现"，[4]以便使那客体"能用智力去理解"。

巴尔特还进一步用"分解"和"表述"两种工作来说明上述活动。"结构主义活动包括两项典型运作：分解和表述。"[5]"分解"指拆解被

---

[1] ［法］罗兰·巴尔特：《结构主义活动》，见王逢振等编《最新西方文论选》，漓江出版社1991年版，第106页。

[2] 同上。

[3] 同上。

[4] 同上书，第107页。

[5] 同上。

模仿的客体，从中"提炼"出像莱维－斯特劳斯的"神话素"那样的结构单元，并组成某种"范式"即模式（巴尔特在《导论》中说过这种模式应是假设的）；属于这模式中的客体就处于某种既相似又相异的关系中，如在莱维－斯特劳斯的神话研究中，俄狄浦斯神话与系列中的其他神话相比，就是既相似又相异的。这样，所有这类客体都可以被理解了。总之，通过对原客体的分解而获得该客体的结构单元和结构模式。"表述"则为结构单元"确定某种相互联系的原则"，从而使结构模式被赋予意义并显示某种秩序性和规律性，使重建的客体最终得以出现。巴尔特在文中说："正是由于这些单元有规则地复出，以及它们的关联物的有规则地复出，作品才显得出是建构而成的，也就是说被赋予意义。"① 在这种意义上，可以说"艺术作品就是人从偶然中夺回之物"，或者说"艺术是一种对于偶然性的征服"。②

这种活动的主体是谁？巴尔特在《活动》一文中称为"结构的人"，包括作家和批评家两类。他说："事实上我们可以这样设想，世界上有那么一些作家、画家、音乐家，在他们眼中，结构的某种操演（而不仅仅是它的思想）表现了一种独特的经验，而且，我们还可以设想，分析者和创造者都必须置于或可称之为结构的人的共同符号之下，所谓结构的人，不是按他的思想或语言而界定的，而是按他的想象——换句话说，按他的思想上体验结构主义的方式界定的。"③ 所以，上述重建客体的模仿活动就既是批评家的批评活动，也是作家的创作活动，巴尔特并没有对两者加以特别的分别。他似乎也给我们提供了一点分别的线索，他说那最初的客体或者"出自那个已经建构好的世界"（例如对作品做结构分析的情况）；或者"仍然处于散乱状态"或者"来自社会现实"或者"来自想象现实"。依我们的理解，作家的最初的客体应是"仍然处于散乱状态"的社会现实，批评家的最初客体则是"已经

---

① ［法］罗兰·巴尔特：《结构主义活动》，见王逢振等编《最新西方文论选》，漓江出版社1991年版，第108页。
② 同上。
③ 同上书，第106页。

建构好的世界"即作品，它来"自想象现实"。依据这不同的线索，我们不妨推论：作家的创作是先分解现实客体，从而获得结构模式，再通过表述活动而获得意义，显示出必然性，使之成为重建客体即文学作品。批评家则是通过分解文学作品而获得其结构模式，再通过表述而使这模式在头脑中转化为再创造性质的作品客体。这种批评论较可信，它大致就是巴尔特在《导论》中所做的工作。从这样的分析看，巴尔特的结构主义创作论与其批评论是一致的，或者说是相互混淆的。这不奇怪，因为巴尔特的结构主义文论主要是批评论，创作论（如果说确实有的话）是由批评论推导出来的，本质论也由批评论推导出。

关于艺术的本质，巴尔特在《活动》一文中说得较明确。他说，"界定艺术的并不是被模拟客体的性质（虽然这是一切现实主义的一个顽固偏见），而是人在重新建构它时对它有所增补这一事实：技巧才是一切创造的根本。因此，结构主义之所以能以与其他形式的分析截然不同的方式存在，这完全取决于结构主义活动的目的是与一定的技巧牢固地联系在一起的：我们重新建构认识客体，目的是使某些功能得以呈现，这无异于说，是手段方法成就了这项工作，也正因为如此，我们必须谈论结构主义的活动，而不是结构主义的工作"。[①] 其实，根据结构主义观点，对象的意义也是由人通过所建构的结构模式而赋予的（上文说过，结构本身既是形式的，又是有意义的。艺术作品的结构也如此："功能—序列"的演进系统是形式的，功能层、行动层和叙述层三个等级层次也是形式的，但《导论》中就说过"从语言学观点看，功能显然是一个内容单位"，由它与其他层次构成的结构模式，通过表述活动即获得意义），然而艺术的本质却不在于获得那结构和意义，或者说不在于那结构及其意义是什么，而在于怎样获得它们，或者说怎样表现它们。巴尔特在《活动》一文中就说过"在结构主义看来，这种意义的建构比意义本身更重要"。[②] 所以对艺术来说，技巧或者说手段、

[①] ［法］罗兰·巴尔特：《结构主义活动》，见王逢振等编《最新西方文论选》，漓江出版社1991年版，第107页。

[②] 同上书，第109页。

141

方法才是本质，而手段、方法就是"结构主义活动，而不是作为获得意义和显示功能规律（结构）的结构主义工作"。这种艺术本质论显然是形式主义的，它仍然属于自康德以来所形成的一种形式主义文艺思潮，即认为艺术本质不在于表现什么，而在于怎样表现。联系上文巴尔特关于"艺术是一种对偶然性的征服"的说法，我们又知道巴尔特的结构主义艺术本质观又是理性主义的。上述巴尔特的形式主义文艺本质观可在他的另一篇文章《批评作为语言》(1963)中得到印证。他在该文中说："既然文学同时由意义的反复出现和那意义的不断逃避所构成，那么它肯定就是一种语言，即一个符号系统：它的存在不在信息中，而在系统中。正因为如此，批评家没有责任去重构作品的信息，而是去重构它的系统。这正如语言学家的工作不是去解释一句话的意义，而是去确定实现那意义的传达的形式结构。"[1] 我们看到，巴尔特还从文学本质的形式性推导出文学批评的形式性。他在同一篇文章中就明确说过："我们可以说，批评的任务（这是其普遍性的唯一保证）是纯形式的。"[2]

---

[1] ［法］罗兰·巴尔特：《批评作为语言》，见《关键时刻——60年代的文学批评》，麦克格诺-希尔图书公司1964年版，第128页。
[2] 同上书，第127页。

第四章 文学理论对哲学的依赖和印证
——解构主义文论与解构主义哲学

雅克·德里达（1930—2004）的解构主义哲学是从对结构主义哲学的反叛中产生的。解构主义文论虽然也表现出对结构主义文论的反叛，但它不是直接从对后者的反叛中产生的，而是依赖解构主义哲学而产生的，它是解构主义哲学的原理和方法在文学批评领域的运用。不过，解构主义文论一经产生就显示出对解构主义哲学的有力印证，成了解构主义哲学思想最活跃的场所。

一

德里达的解构主义哲学玄怪、晦涩。但其反传统和创新的动机和目的却与现代其他许多哲学流派是相同的，明确了这一点，有助于对它的理解。

解构主义哲学思想的梗概如下：它的目标是否定结构、中心和形而上学，或者说对它们进行解构。实现这一目标的基本策略是颠倒说话对书写的优先地位，从而提出"原初书写"的概念。而这一切的理论基础，则是从索绪尔语言学中的价值差异论和海德格尔哲学中的本体差异论引申和发挥出来的"延异"论。

1

德里达于1966年在约翰·霍普金斯大学宣读的论文《人文科学话语中的结构、符号及游戏》（后收入1967年出版的《书写与差异》一书中），标志着解构主义哲学的诞生。论文提出了解构主义哲学的基本思想，矛头针对结构主义的代表人物莱维－斯特劳斯。德里达首先向"结构"概念发难。他确实选准了目标。我们知道，结构主义最成问题的理论环节就是那先验的、普遍的结构概念，因为它仅仅是一个设定，不能为经验所证实。不过，德里达并不是从经验主义的立场去批判结构概念的，而是结合批判逻各斯中心论和形而上学去批判结构概念的，并将这种批判的依据最终落实到结构主义所信奉的符号差异原理上。就后一点而言，解构主义确实是既基于结构主义，又是对它的突破和反叛。

德里达指出，结构概念与西方科学和哲学一样古老，与认识论一样古老，它"深深扎根在普通语言的泥土中"，认识论把它"结合成为自己的一部分"。结构被给予"一个中心"，从而"使结构与出场点，与一个固定的起源发生关系"。① 这些话说明对结构概念的批判必然与对中心和形而上学的批判联系起来，并且暗示这种批判将是对整个哲学形而上学的彻底颠覆。

德里达接着指出"作为中心，它是那样一点，在这点上，内容、成分及项目的替换都不再是可能的了。……这样，人们一向认为，这从定义来说是唯一的中心构成了一个结构中那特有的东西，它统辖结构，又同时摆脱了结构性。这就是为什么对于传统的结构观念，中心可以矛盾地说成既在结构之内又在结构之外。它在总体的中心，然而，既然中心不属于总体，那么总体的中心就是在别处。中心就不是中心"。② 这是说中心概念是与结构的结构是矛盾的，或者说结构是不稳定的，游移的。这实际上是说结构并无稳定的中心。

德里达认为否定中心的活动早已开始，如在尼采、弗洛伊德和海德格尔等人的批判活动中。这些人对中心的否定是以对形而上学的批判来体现的，我们稍后再具体论说。德里达用他特有的解构主义眼光，在莱维－斯特劳斯的著作中也发现了莱维－斯特劳斯"取消中心的主题"的标志，找出他说过"中心的决定是不可能"的话。德里达还在莱

---

① [法]雅克·德里达：《人文科学话语中的结构、符号及游戏》，见戴维·洛奇编《二十世纪文学评论》下册，上海译文出版社1993年版，第535页。
② 同上书，第535—536页。

第四章　文学理论对哲学的依赖和印证

维-斯特劳斯的文本中找出显示二元对立结构不稳定性的例子,那就是自然/文化的二元对立结构:乱伦禁律使这种二元对立处于尴尬境地,因为乱伦禁律既是自然的,又是文化的。这即是说结构的意义并不是单一的,稳定的,结构也就没有一个中心。德里达宣称这一例子"已显出语言本身就有它自己的批判的必然性"。① 言外之意是说,解构中心并不是他德里达任意所为,而是文本中语言自身的功能。

德里达对上述问题费了不少笔墨,但我们觉得他的论证并不充分,结论不大可信。在我们看来,他所谓的语言自身的批判的必然性,其实是他在文本中竭力发现矛盾、找出破绽来推翻文本原有结论的解构性阅读。

德里达还把对结构和中心的否定提升到否定形而上学的高度。他认为西方形而上学"是一系列中心取代中心的替换,一连串的对中心的确定"给予它不同的形式和名称,如理念、起源、真理、存在、主体、意识、上帝等。这种历史的模式"是把存在确定为各种意义的'在',(按:指在场的或者说显现的'此在')。人们可以指出所有的这些依据、原则或中心的名称,都是万变不离其宗地指一种'在'。"② 这种形而上学的中心,这种作为存在的在场者的"此在",即下文所说的"中心的在"就是德里达在别的文章中所说的"逻各斯中心"。

但是德里达说:"但这中心的'在'从来都不是它自己,它总是已经被逐出到它自己以外的替代者身上去了。这替代者并不取代任何在它以前已经多少存在的东西。从那时起也许就必须开始考虑根本没有中心,中心不能看作是一个正在出席者的形式,中心没有天然的所在处,它不是一个固定的地方而是一种功能,一种无处(non-lieu),在这无处中,符号替换进行着无穷尽的游戏。"③ 德里达在这里是明确声称没有中心,通常被当作中心的出席者(即在场者或称出场者,即"中心的在")不能被看成中心,由于符号替换的无穷运动即游戏把它转换到它

---

① [英]戴维·洛奇编:《二十世纪文学评论》下册,上海译文出版社1993年版,第544页。
② 同上书,第537页。
③ 同上。

的替代者身上，而那替代者又同样被不断地转换，所以也不能代表中心。这里已透露了中心被符号的游戏消解的玄机。接下来的话几乎把解构主义的秘密和盘托出："这时刻，正是中心或起源缺席的情况下，一切都变为话语的时刻——假若同意用这个词的话——就是说一切都变为系统，在这系统中那中心的所指（signifié），那起源的或先验的所指，从来不绝地出现在一个由差异构成的系统之外。这先验的所指的缺席就使表意的领域及表意的游戏无限地扩展了。"① 原来，依德里达，结构、中心及形而上学本质（即逻各斯中心）的问题都应在语言范围内考察，因为这些问题就是一种意义或者说靠意义去把握（表述），而意义总是与语言联系着的。而依据索绪尔语言学，意义是由语言符号系统内的差异决定的，符号系统之外不存在意义。而符号的差异运动又是不断转换以至无止境，即它是无穷尽的符号游戏，因此，符号系统内的意义也是不稳定的，转换蔓延的（这些却是德里达的引申和发挥）。因此，结构、中心和各种名称的形而上学本质在语言符号系统之外并不先验地存在，因为符号系统之外根本就没有意义；它们在符号系统之内也不存在，因为符号系统产生的意义是不稳定的，不断转换和散播的。这样，结构、中心、起源和各种名称的形而上学本质就被彻底否定了，被消解了，所有的只是由符号的差异运动所造成的无穷游戏，那也就是解构活动本身。

德里达指出，历史上解构中心和形而上学的活动早已开始。他说尼采对形而上学进行批判，对存在和真理概念进行批判，用游戏、阐释及符号等取代它们；又说到弗洛伊德对自我意识、主体的批判；说到更为激进的海德格尔对形而上学的批判以及把存在确定为"在"所进行的摧毁。但德里达指出，所有这些批判和摧毁"都被困在一种循环论证中"。② 因为他们用以批判的语言总是与形而上学有关的，即"已经是陷入它所要抨击对象的形象、逻辑及内含的假设中去的句子"。③ 德里

---

① ［英］戴维·洛奇编：《二十世纪文学评论》下册，上海译文出版社1993年版，第537—538页。
② 同上书，第538页。
③ 同上书，第539页。

第四章 文学理论对哲学的依赖和印证

达举"符号"这一概念为例,说人们借助它来撼动"在"的形象,然而它的含义从来都是按照是×××的符号这种先验所指的意义来理解和决定的,而我们在批判中拒绝这种形而上学的意义概念又办不到,因为"要动摇形而上学而不用形而上学的概念是毫无意义的"。[①] 所以德里达指出,正因为尼采、弗洛伊德和海德格尔正是从形而上学继承下来的概念中进行工作的,所以这些形而上学的摧毁者能够"互相摧毁":海德格尔把尼采视为最后的形而上学家和最后的"柏拉图派",别人也可以用同样的做法对待弗洛伊德和海德格尔等人。确实如此,德里达就认为海格德尔仍然是形而上学者。

德里达否定的是结构、中心和形而上学,肯定的则是与之相对的游戏。正如他在文章末尾处总结的那样"有两种对解释的解释,对结构、对符号、对游戏的解释"。一种是寻求去辨认,实际上"梦想着去辨认一个超出了游戏和特号的真理和起源",即梦想去辨认符号游戏之外(也是之前)的形而上学本质。"另一种不再翘望起源,而是肯定游戏",[②] 并努力去超出"人和人道主义"形而上学。这即是说用符号的游戏去超越或消解那关于真理、本源和人的存在等形而上学。或者可以更实际更具体地说,文本的解释不可能是寻求和辨识结构、中心和各种形而上学意义,而仅仅是符号的游戏。

所以,德里达的游戏概念可以从前述结构、中心和形而上学的否定意义来看,德里达承认结构主义者所主张的有中心的结构中也可以有游戏活动:"当然,结构的中心依靠指导并组织系统的连贯一致,能使整个形式内部的成分运展起来。"[③] 这是指通常说的结构的结构性,即结构内部的结构成分的替换(与下文所说的语言领域中能指和所指的替换不同)。"但是中心也关闭它所打开并使之可能的运展。"[④] 而中心所打开并使之可能的运展才是解构主义意义上真正的游戏,这种游戏却因

---

① [英]戴维·洛奇编:《二十世纪文学评论》下册,上海译文出版社1993年版,第538—539页。
② 同上书,第559页。
③ 同上书,第535页。
④ 同上。

147

结构的中心而被关闭，所以游戏只能是中心的缺席，只能产生在无中心的结构中，而无中心的结构即是解构的活动。

德里达指出语言是一个有限的领域，"这个领域事实上是一个游戏的领域，就是说在一个有限整体范围内进行着无限的替换"。这种无限的替换游戏之所以能进行，是"因为它缺少某种东西：缺少一个中心，终止替换游戏并为之奠基的中心"。① 这即是说，语言系统内中心（稳定的意义）的缺乏就造成游戏。此外，上文已引述过德里达关于在语言系统中"先验所指的缺席使表意的领域及表意游戏无限地扩展了"的话，其中的"先验所指"也就是"中心的所指"，即一种先验的形而上学意义。这里对德里达的"先验所指"的"先验"之意略作说明。依德里达的观点，语言符号的差异运动才是经验的，这种经验的运动或者说活动产生意义（解构主义意义上的不稳定的意义），而在此符号差异运动之外就已确认的在场者的意义（稳定的意义）则是先验的、形而上学的；这种意义即"先验所指"或称"中心的所指"，它正是解构主义要解构的中心和形而上学本质。

游戏是中心的缺席，也就是形而上学的本质或意义的缺席。但德里达从形而上学的角度把游戏提升到超越形而上学，或者说比形而上学本质更为根本的地位。他说："游戏是在场的中断。一个因素的在场总是与记录在一个有差异的系统中和链条运动中的表意和替换有关的。游戏一直是在场与不在场的游戏，但是如果从根本上设想游戏，就必须把它设想为在场和不在场之交替；必须先设想游戏的可能性，然后才有存在的在场与不在场，而不是相反。"② 德里达的意思是说，语言符号的差异运动就是游戏，它产生不确定的意义，所谓存在的在场只是其效应，即给予这在场的存在某种不确定意义。而在此游戏之前并无意义，因而无意义把握的在场，即无所谓在场。这与通常认为在场的东西自有其意义、语言符号只是用以表示这种意义的观点相反。它是德里达对索绪尔关于语言符号差异系统之外并无意义的观点加以引申和发挥所致。

---

① ［英］戴维·洛奇编：《二十世纪文学评论》下册，上海译文出版社1993年版，第554—555页。
② 同上书，第558页。

第四章　文学理论对哲学的依赖和印证

德里达对游戏的肯定，是与他肯定作为其理论策略的"原初书写"论和作为其理论核心的"延异"论相统一的。下文将看到，这三个概念的实质是相同的，只是名称和侧重不同。由此可以知道，下文论说的"原初书写"和"延异"两概念在德里达那里也是先于传统的结构、中心和形而上学的东西，是比后三者更为根本的东西，正因为如此，德里达方能从根本上解构它们。

2

德里达解构的基本策略是颠倒说话与书写的等级。西方文化传统认为说话先于书写文字，书写文字只是说话的记号，这即是德里达所说的"语音中心论"。但德里达颠倒说话与书写的目的，主要还不在于否定语音中心论本身。为什么这么说呢？德里达解构主义的主要目的是否定"逻各斯中心论"。所谓逻各斯中心伦，是指西方哲学及整个文化以意识、理性、主体为中心，也可以说就是哲学形而上学。因为形而上学本质的不同名称如存在、本质、主体、上帝等都是人的意识和理性去把握或构造的，或者说它们本身就是人的意识、理性。德里达对这种逻各斯中心的否定和解构上文已述。德里达说的语音中心与逻各斯中心和形而上学也有关。因为结构、中心和各种名称的形而上学本质无不是通过意识去把握的，意识却离不开语言，而西方哲学和文化传统认为语言中有声的话语直接表现人的思想意识，因而最接近形而上学本质，而书写文字仅是话语的记录，是符号的符号，并且往往是不准确的记录符号。在这种意义上，语音中心论从属于逻各斯中心论；反语音中心论就是反逻各斯中心论和形而上学的一部分。但在下文将看到，德里达否定语音中心，颠倒说话和书写次序，主要还是作为策略在考虑，即借此把书写文字提高到在场者本源的地位，并落实到由书写文字构成的文本上，从而达到解构文本中的逻各斯中心和形而上学本质的目的。德里达的解构哲学与以往的任何哲学不同，它不是通过脱离语言符号的某种新的观念来反对传统哲学，而恰恰是通过语言符号本身，尤其是书写符号，来进行哲学批判的，即通过他所说的语言自身的批判功能来解构以往的哲学。这种批判离不开由文字符号构成的文本。

149

德里达在其《论书写》一书中，指出西方自柏拉图起就开始了语音中心的传统。柏拉图就认为文字是思想和言说的表现，是后两者的影像，其作用在于避免遗忘。亚里士多德认为，说的言辞是精神活动的记号，写的言辞则是说的言辞的记号。后来的笛卡儿、卢梭、罗素等也说过类似的话，认为书写比起说话来只起次要和补充作用。

德里达说索绪尔接过关于书写的传统思想，并从语言学的角度加以发挥。德里达指出索绪尔在其《普通语言学教程》第六章中关于这一问题的主要论点：索绪尔把书写文字逐出语言学。他这样界定语言学对象："语言学的对象不是书写的词和口说的词的结合，而是由后者单独构成的。""语言是独立于书写的。"他认为语言系统中说话的声音（能指）与概念意思（所指）的联系是"自然联系"，断定书写文字与语言的"内部系统无关"；认为文字存在的唯一理由在于表现语言，它只是语言的"图像""外形""代表"。德里达指出，索绪尔也承认"词的书写形象使人突出地感到它是永恒的和稳固的，比语音更适宜于经久地构成语言的统一性。书写的纽带尽管是表面的，……但比起自然的唯一真正的纽带，即声音的纽带来，更易于为人所掌握"。"大多数人的脑子里，视觉印象比音响印象更为明晰和持久，因此他们更重视前者。结果，书写形象就专横起来，贬低了语音的价值。"此外，"文学语言更增强了文字不应该有的重要性。……因此，文字就成了头等重要的。到头来，人们终于想起了一个人学习说话在学习书写之前，而它们之间的关系就被颠倒过来了"。或者说书写文字"结果篡夺了主要的作用；人们终于把声音符号的代表看得和这符号本身一样重要或比它更重要"。[1] 索绪尔在结论中进一步指出"文字的暴虐"还"会欺骗大众，影响语言，使它发生变化比如文字的视觉形象有时会造成很恶劣的发音"。索绪尔认为这些是语言学上的"一种病理学事实"。[2]

德里达明确反对上述语音中心论。他提出书写符号即文字不是语言

---

[1] 参见［法］雅克·德里达《论书写》（英译本），圣·霍普金斯大学出版社，巴尔的摩和伦敦 1976 年版，第 32—36 页。

[2] 同上书，第 41—42 页。

第四章 文学理论对哲学的依赖和印证

的"形象""代表",不是"符号的符号",并进而宣称"存在一种书写的原始性暴力,因为,在一定意义上我将表明,语言首先是书写"。① 这就把书写与说话的等级颠倒了,即"语言首先是书写",书写先于说话,因而所谓书写对说话的"侵权""篡夺"等暴行从根本上说就是不可避免的,是书写的本性的表现。

德里达指出书写对说话功能的"篡夺早已开始",这种"篡夺必然使我们去注意一种深刻的本质可能性"。② 索绪尔却没有注意到这种本质可能性。德里达说对于书写的"陷阱和篡夺如何可能"这一问题,"索绪尔的回答从未超越情感或者想象的心理学",而"未从非直感的本质可能性去考虑"。这大约指索绪尔只是从心理的和生理的经验上去回答这问题,而未由此推论和设想那本质可能性,即他所谓的书写先于说话,书写是语言之源的见解。德里达认为索绪尔以"书写形象使人突出地感到它是永恒的和稳固的",它作为"视觉印象比音响印象更为明晰和持久"等原因来解释书写对说话作用的"篡夺"或者说取得对说话的"权威"那是不够的,它还"要求更周全更仔细的分析。并且这种对'篡夺'的解释不但在形式上是经验的,在内容上也是可疑的,它意味着一种形而上学,一种不断为科学所反驳的生理学"。③ 同时,更重要的是,这与索绪尔自己所断言的"构成语言的东西……与语言符号的声音性质无关"相矛盾。而德里达认为索绪尔的这一断言是其观点的另一面,它斥责"书写的幻象",应被认真研究。

德里达说,逻各斯中心形而上学和确定的存在意义来作为在场,都产生在与书写关联的语言体系中,正是这逻各斯中心论以其恶劣的抽象阻碍了索绪尔及其大多数后继者充分而明确地确定那被称作"语言学的完整而具体的对象"的东西。然而,当索绪尔不是直接处理书写,当他感到他已把逻各斯中心置于括号中时,"他就开辟了一种普

---

① [法]雅克·德里达:《论书写》(英译本),圣·霍普金斯大学出版社,巴尔的摩和伦敦1976年版,第37页。
② 同上书,第40页。
③ 同上书,第42页。

通书写学的领域，这种书写学不但不再被排除在普通语言学之外，而且会支配普通语言学并把它作为自己的一部分。……于是，某种未说出的东西——它不是别的而就是书写本身——作为语言的起源就把自己写在索绪尔的话语中了。这样，我们就瞥见了对被《普通语言学教程》第六章所谴责的'篡夺'和'陷阱'的一种间接的但是深刻的解释的胚芽"。① 这里，德里达以其惯用的解构的眼光和方法，从索绪尔的论著中读出与其主导观念相反的东西，即从索绪尔对作为次要等级的书写对作为优先等级的说话的"篡夺"的责难中，读出书写本来就是语言之源，它优先于说话，以至说索绪尔开辟了这种普通书写学的领域。

德里达也有一些正面论述。他说书写不是说话的代表，前者有超越后者的地方，如标点、空间刻画等。他认为甚至在说话之前就可以注意到许多笔画、标点、空间分布等属于书写的现象。② 他根据索绪尔的语言的价值基于符号任意性的观点，提出符号的这种任意性在书写之前和书写之外是不可能想象的。因此，书写是语言之源，它先于说话，说话实际上只是书写的一种可能性。③

德里达的论证并不充分，结论也不令人信服。但他在这个问题上并未止步，他还要进一步把书写作为包括语言和其他符号系统在内的整个符号世界的起源。

德里达根据美国哲学家C. S. 皮尔士的符号学思想，认为"事物本身就是一种符号"。所谓"'事物本身'指它总是一个表象，从意义存在的那时刻起，就没有别的东西而只有符号"。然后他引用皮尔士的话说"我们只用符号思维"。这样，我们面对的感性世界就是一个意义的世界，也就是一个符号的世界。④

德里达又根据索绪尔在《普通语言学教程》中设想的包括语言学

---

① ［法］雅克·德里达：《论书写》（英译本），圣·霍普金斯大学出版社，巴尔的摩和伦敦1976年版，第43—44页。
② 同上书，第39页。
③ 同上书，第44页。
④ 同上书，第49—50页。

第四章 文学理论对哲学的依赖和印证

在内并作为其典范的广义符号学思想，提出可以"用书写学取代符号学"。符号学虽然事实上比语言学更广泛，但符号学是像语言学那样来规定和建构的，在这种意义上，书写文字既然是语言的起源，它也就是广义符号学的起源。显然，这种书写已不是前面所说的文字图形的书写，而是包括文字的和非文字的书写，是广义的。它就是德里达提出的原初书写。①

原初书写究竟指什么？德里达仍根据索绪尔关于语言学中符号的价值在于符号之间的差异的观点，规定原初书写意指一种差异。不过，它已经不是作为语言的文字符号之间或者声音符号之间的差异，而是作为产生它们（符号）的条件的、在更深层次上的差异。可知原初书写实际上并不是文字符号和其他符号的书写，而是产生这些符号的起源。它可以被称为原初差异。这种差异已经不是在符号层面上可感知的东西。

那么，这种差异究竟是什么呢？德里达对索绪尔关于语言的能指是声音形象而不是声音本身的著名分别加以发挥，把这种分别说成是显现的声音（appearing sound）和声音的显现（appearing of sound）的分别，并从声音符号扩展到所有事物的符号，从而提出显现物或在场者（appearance）与显现本身或在场本身（appearing）的分别，或者叫作生活经验（lived experience）与世界（the world）的分别。② 从德里达的这些分别，显然能见出海德格尔关于存在与存在者之间分别的影响。这种分别就是原初差异，也就是原初书写，德里达又叫它"原初踪迹"（archtrace）和"延异"（differance）。

这种原初书写，或原初踪迹，或延异，先于符号世界而存在，是符号世界产生的条件，实际上也就是感性世界（的意义）的起源。德里达说："在显现本身与显现物之间（在世界与'生活经验'之间）的听不见的差异是所有其他差异和所有其他踪迹的条件，而这种差异本身已经是一种踪迹（按：指原初踪迹）。这原初踪迹的概念因而是确实地也

---

① ［法］雅克·德里达：《论书写》（英译本），圣·霍普金斯大学出版社，巴尔的摩和伦敦1976年版，第51页。
② 同上书，第63—64页。

153

是正当地关于所有关于记忆印痕的性质的生理学疑难问题的,或者先于关于绝对在场——它的踪迹因而向解释开放——的意义的形而上学疑难问题。一般说来,原初踪迹是一般见识的绝对源泉。这等于再一次说一般见识并没有绝对的源泉。原初踪迹就是敞开了外观和意义的延异。"[1]依据德里达,原初书写或原初踪迹先于属于生理学问题的通常意义上的书写的刻印痕迹,也就先于在场形而上学的意义。这样,我们看到,德里达的书写论也达到了对在场形而上学的解构,并为这种解构提供了独特的根基。我们知道,在场者的结构、中心或者说稳定的意义,在德里达看来是先验所指,是在场者所代表的不在场的存在所先验地赋予的形而上学意义。解构主义不承认这种意义,认为意义是符号差异的无穷运动,即踪迹或者说游戏所产生的,是不稳定的、多样化的。所以,用符号去表现的形而上学的先验所指意义,就必然被解构。总之,在符号层面也就是在场的层面上,德里达是以符号自身的差异运动或者说踪迹(踪迹主要表示差异运动中差异的保留一面)去解构在场形而上学的,结果就是以符号的游戏代替了在场者的结构、中心,或更本质也更具体地说,以不稳定的意义去代替在场事物的稳定意义。现在,德里达通过颠倒书写与说话的次序并进而提出原初书写、原初踪迹的概念,就为这种对在场形而上学的解构提供了依据:原来,在场者作为符号,其差异运动之所以能解构自身形而上学的意义(先验所指),是由在场者作为符号与作为事物本身之间的原初的差异及相应的原初踪迹所决定的。就解构主义思想体系自身看,这无疑是一种深化。但我们感到,这个问题德里达并未(实际上也不可能)说清楚和透彻,并且我们还明显地看到,德里达在解构传统的在场形而上学的同时,却难免又建立起自己独特的非在场的形而上学,这一点下文将细论。

末了,我们还应该问:既然原初书写已经不是通常意义上的书写,而是作为后者及其他符号的起源的差异(原初差异),它为什么还要扯上"书写"二字呢?此外,它与原初踪迹和延异有无不同之处?它合

---

[1] [法]雅克·德里达:《论书写》(英译本),圣·霍普金斯大学出版社,巴尔的摩和伦敦1976年版,第65页。

理可信吗？

对于第一个问题，可以用德里达在提出原初书写概念时所说的话作回答。他说："对于原初书写，我愿在这里论述它的必然性和它的新概念；我继续称它书写，只因为它在本质上与通常的书写概念是相通的。……如果我坚持称那差异为书写，是因为在历史压制的作品内，书写由于它自身的情势是注定地表示了最巨大的差异的。"[①] 德里达说之所以用原初书写的名称，是因为它表示差异因而"在本质上与通常的书写相通"，这其实并不是要害，因为根据索绪尔的结构主义语言学和解构主义的共同观点，不单书写的文字符号，说话的声音符号及其他一切符号的价值都是基于符号之间的差异的。后面说因为书写"表示出最大的差异"倒透露了德里达在这个问题上的意图，即解构的策略意图。因为既然书写表示出最大的差异，就应当从由书写的文字符号构成的文本入手，利用文字符号的差异运动来解构其中的逻各斯中心和在场形而上学。其实，我们不妨倒过来说，德里达是通过对索绪尔关于符号的任意性和差异性的引申和发挥来确立其解构主义的理论和实践的，这就只适宜，实际上也只能够落实到，由书写符号构成的哲学文本上，通过文字符号的差异（却不能通过声音符号或其他事物的符号的差异）去解构逻各斯中心和在场形而上学，从而确立自己解构哲学的理论。所以，当他设定这种解构的理论根据即本原性差异时，就最好或者说只好名之曰原初书写，以便紧扣始终围绕着书写文字的解构主义的理论和实践。不过这在逻辑上仍然是不畅通的。

对于第二个问题，我们可以简单说原初书写、原初踪迹和延异是解构主义理论中实质相同的三个根本性概念。其中，原初书写的概念已如上述，是偏重从解构策略上去理解的；原初踪迹的概念则偏于说明解构意义（只是作为一种效应的不稳定的意义）的显隐和变化，因为踪迹是差异的无穷运动中一种有限的保留；至于延异概念，我们即将看到，它的意思更全面更系统，并具有较强的理论色彩，不像原初书写和原初

---

① ［法］雅克·德里达：《论书写》（英译本），圣·霍普金斯大学出版社，巴尔的摩和伦敦1976年版，第56页。

踪迹两个概念那样，是带有借代和比喻的修辞性质的说法。对于原初书写这种思想是否合理可信这一问题，我们暂且不论，最好先沿着德里达上述思路继续考察，并且还要看看这一思想与其理论观点对解构主义文论的影响，然后再回头来评论它们。

3

"延异"的原文为"differance"，是德里达发明的。在法语中，动词différe（拉丁语动词为 differe）有两个不同的意思，即既表示变化、有差异，又表示推迟、延缓。但其名词 difference 却只有差异的意思，而并无延迟的意思。于是德里达用动词différe 的现在分词 differant 中的"a"来代替其名词中的"e"，就构成了 differance。这样，differance 就补上了"延迟"这一意思的缺失，即它既有差异的意思，又有延迟的意思。此外，依德里达，differance 中的字母"a"还引出两方面的特性。一方面是，由于"a"是直接从动词的现在分词形式来的，differance 就强调了动词différe（分别、延迟）本身的动作和过程。所以德里达说："根据古典式严格的概念论，'延异'可以被认为用来表明一种构成的、生产的和本原的因果性，表明可能产生或者构成不同事物和差异的断裂和分化的过程。"① 虽然 differance 中的"a"来自动词的现在分词，但德里达声明延异的活动不表示主动态，而毋宁说是一种"中间态"。这当然与解构主义消除主体的主张有关。另一方面，字母"a"只是"一个无言的标志"，因为 differance 与 difference 的发音是一样的。所以德里达说"它如一座坟墓，保持着沉默、神秘和谨慎"，② 这实际上也暗示了德里达所强调的是无声的书写的文字符号的差异及其延缓。顺便说明，拉丁语动词 differe 的上述两种意思，在英语中分别演变成了两个不同的动词，即表示差异的 differ 和表示延迟的 defer，所以在英文中可以用这两个词说明德里达的 differance 的两层意思。

德里达的延异思想有两个来源，一个是索绪尔的价值差异论，另一

---

① ［法］雅克·德里达：《哲学的边沿》（英译本），芝加哥大学出版社1982年版，第8—9页。
② 同上书，第4页。

个是海德格尔的本体差异论。索绪尔宣称语言中只有符号差异，语言的价值就决定于这种差异，即语言的意义从符号差异中产生，与外在事物无关。而语言符号的差异性又基于符号的任意性，两者是不可分的。德里达完全接受了这一思想。但德里达的延异论对索绪尔的符号差异论加以了发挥，甚至有所改变。德里达延异论中所指的差异并不是索绪尔所说的符号层面的差异，即符号之间的差异，而是指产生符号差异的运动，是比符号差异更为根本的东西，上文德里达的话已表明这点。所以，在德里达看来，索绪尔所说的符号差异决定符号意义，归根到底是由延异的差异运动所造成的，而这种差异运动由于能指和所指符号的不断转换而永无穷尽，其间，只有当差异作为踪迹被保留下来时，才产生某种意义，而踪迹是既显现又被抹去（所以说是差异的游戏或踪迹的游戏），这意义因而只能是延异的一种效应，即只是一种有效意义，而不可能是确定的终极意义。德里达说他从索绪尔的差异论"推出的第一个结论是：所指概念绝不在一个仅仅指自身的充分的在场中靠本身自行地出现。每一概念在本质上被合法地刻写在一个系列或者系统中，其中以差异的系统活动或者说游戏的方式而指涉他者，指涉其他概念"。①这即是说存在物的概念意义并不是自行存在的（即并无先验的所指），也不只关涉自身，而是在符号系统中由差异的运动所造成，与其他的概念意义牵涉，因而不可能是稳定的。由此反观延异，它既然是产生概念（不确定的概念）的活动，它本身就是在符号概念之外的，是"概念化的可能性"，所以德里达反复说"延异既不是概念，也不是词"。

从上述可见，德里达的延异论基于索绪尔的符号差异论，但两者又很不相同乃至根本不同。这种不同可以归纳为三个方面。其一，依索绪尔的观点，差异是指语言符号之间的差异。依德里达的观点，延异是产生差异的运动，是差异的起源，并且，那差异并不限于声音符号的差异，而是广义的符号差异，实际上指一切事物之间的差异。其二，依索绪尔的观点，虽然所指符号的意义是由能指符号的差异决定的，但能指

---

① ［法］雅克·德里达：《哲学的边沿》（英译本），芝加哥大学出版社1982年版，第11页。

与所指的关系是一一对应的（所以所指的意义是确定的），系统中符号之间并不交织、转换。依德里达的观点，符号的差异构成运动，符号之间相互牵涉、转换，组成一个不可穷尽的网络。其三，结果是，对索绪尔来说，符号的所指意义是稳定的，而对德里达来说，所指意则不可能是稳定的，它只是差异运动的踪迹，既显现又抹去，相互牵延，四处散播，没有终极。所以，确如西方某些学者所说，德里达的理论依赖于索绪尔，但又是对后者的突破或者说反叛。单凭上述偏于语言学意义的延异思想，德里达已经能够解构在场形而上学了。依据传统形而上学，在场事物（存在者）是某种终极存在的显现或者说代表，它自身就具有由那终极存在所赋予的意义，语言只是对这种意义的表现。这种意义即德里达所说的先验所指。而根据德里达在索绪尔价值差异论基础上引申和发挥出的延异论，那先于语言而存在的先验所指意义并不存在，因为意义是由语言符号的差异造成的，符号之外并无意义存在，而且，那由符号差异所造成的意义也是不稳定的。这样，在场事物形而上学地具有的结构、中心和稳定的意义就不复存在了，即被延异运动解构了。

但这种延异思想对德里达还是不够的，因为它还没有哲学的深度，或者更准确地说，还没有哲学的性质。于是德里达又把目光投向尼采、弗洛伊德尤其是海德格尔。德里达说延异的名称几乎就出现在他们的文本中，出现在每个关键的地方。例如，尼采认为力是首要的，意识只是力的效应，力本身从不出场，力的本质是力在量上的差异。因此，德里达说可以用延异来称呼不同力的差异和力的差异的不一致（这种不一致是"能动的"、运动着的）。[1] 弗洛伊德则在其理论中把延异所表示的差异和延迟这样两种不同价值结合起来了。无意识实质上并不是隐藏着的、潜在的"自我—出场"，它使自身变化，并延迟自身，这无疑意味着差异的交织。[2]

---

[1] ［法］雅克·德里达：《哲学的边沿》（英译本），芝加哥大学出版社 1982 年版，第 17—18 页。

[2] 同上书，第 18—19 页。

第四章　文学理论对哲学的依赖和印证

以上既可以看成德里达从前人著作中寻找支持，更应看成是他带着延异这种解构思想去解读前人。顺便我们也看到，德里达的延异思想显然已从语言学扩展到广义符号学，扩展到一切事物上了。德里达自己的说法也证明了这一点。他在解读尼采和弗洛伊德时说，"一个东西是延异中的另一个东西，一个东西是另一个东西的延异"。① 例如，知性东西作为产生差异和推延中的感性东西，是感性东西的延异，同理，概念是直觉的延异，文化是自然的延异。

真正能在一定程度上给延异思想以哲学基础的，是海德格尔，是他的存在论中的本体论差异思想。海德格尔提出"存在的遗忘"的命题。他认为传统形而上学把存在等同存在者，遗忘了存在与存在者的差异。海德格尔说"存在的遗忘是存在和存在者之间的差异的遗忘"。② 而存在与存在者之间的差异即是本体的差异。海德格尔认为，甚至在场与在场者之间的关系也未思考，两者之间的差异也被遗忘，而实际上两者"各是某种东西"；存在是通过不经意的在场而成为在场者即存在者的。在这种意义上，存在与存在者之间的本体论差异就体现为在场与在场者之间的差异。海德格尔就说用在场者的在场来揭示本体论差异。

这在场与在场者之间的本体论差异的领域，正是德里达的延异论在哲学上的立足之地。我们在上小节就指出过，德里达在《论书写》中就说过，原初书写就是延异，它是"显现与显现物之间听不见的差异"，这种差异是构成一切其他差异、踪迹的条件。而显现与显现物之间的差异即是在场与在场者之间的差异。这说明那时德里达就已经把延异置于本体论差异的领域了。德里达说："从它自身的某一方面看，延异肯定只是存在的或本体论差异的历史的也是时代的展开。延异中的 a 标志这种展开的运动。"③

在这本体论差异的领域里，依海德格尔的观点，存在通过在场而构成在场者，在场是对在场者的构成。依德里达的观点，则是通过延异运

---

① ［法］雅克·德里达：《哲学的边沿》（英译本），芝加哥大学出版社 1982 年版，第 18 页。
② 同上书，第 23 页。
③ 同上书，第 22 页。

159

动，即产生差异并使之延迟的运动，而构成在场者。德里达说："正是这种在场者的构成，……我们打算称之为原初书写、原初踪迹或者延异。"①（这里可以顺便统一指明延异与差异、原初书写与书写、原初踪迹与踪迹的不同：延异、原初书写和原初踪迹处于海德格尔的在场层面，差异、书写和踪迹则处于在场者的层面。对德里达来说，不是先有差异等而后才有延异等，而是相反，是延异等产生差异等。延异、原初书写和原初踪迹是在场，差异、书写和踪迹则是在场者，或者更确切地说是在场者的意义，而且是不稳定的意义）因此，在一定程度上可以说德里达用延异概念代替了海德格尔的在场（出场）概念。但仅仅是代替而不是等同：延异不等同于出场，因为对于延异来说，不存在出场的问题——延异的后面没有存在。这是德里达与海格德尔的根本不同之处。

延异对在场的取代就是对在场形而上学的解构。在传统形而上学中，在场与在场者不分，在场者即在场，即存在。在场者（存在者）的意义即存在的意义，在德里达看来，这种意义是先验地、形而上学地给定的。这既是德里达所谓的，也是他所反对的在场形而上学。海德格尔的存在论发现了存在与存在者之间的差异，开辟了两者之间的一个在场领域，这是与传统形而上学的不同。但存在经由在场（或说出场），仍然能通达存在者，这又与传统形而上学有共同之处（所以德里达对海德格尔的在场形而上学的反对包括了对传统形而上学的反对）。在场即是对存在的显现（同时也是遮蔽），所显现的意义即是存在的真理，亦即是在场者（存在者）的意义。那意义仍然是稳定的，因为它有存在的根基，正是从那根基上显现出来的。现在，德里达的延异取代了在场，在场者就不再是存在的在场（出场），而是由延异构成的，如仍用在场一词，它就是延异的在场。然而，延异并不像在场那样是存在的显现，它本身只产生差异，并使之延迟，从而产生不稳定的意义。在场者只是差异的保留，但它不是原初差异，而是差异的无穷转换中的某一差

---

① ［法］雅克·德里达：《哲学的边沿》（英译本），芝加哥大学出版社 1982 年版，第 13 页。

第四章 文学理论对哲学的依赖和印证

异；它是踪迹，但不是原初踪迹，而是不断涂抹（使踪迹出现而又消失）过程中的踪迹。结果是，"在场者变成了符号的符号，踪迹的踪迹。它不是最终指涉的东西，而是普遍化指涉结构中的一种功能。它是一个踪迹，而且是踪迹的涂抹的踪迹"。① 这样的在场者显然是不稳定的，它既是自身，又是无数的他者，是不断转换的意义链中的一环。这样，在场形而上学就其结果方面看，即在场者方面看，是被解构了。

对德里达来说，延异的这种解构还未彻底，因为它还未触及在场形而上学的根基——存在。并且，这种解构还是处在"存在—在场—存在者（在场者）"的形而上学框架之内的。正如德里达所说，当延异的规定性用存在与存在者的差异、在场与在场者的差异来表现时，它的名称仍是形而上学的。② 在上述形而上学框架内，我们说过延异大致处于在场的位置，在此位置上，延异只是先于在场者。而要彻底解构形而上学，还须把延异看成是先于在场甚至先于存在的，是比它们更为根本的东西。德里达在这里确实如此，他把延异设想为一种"比本体论差异更'古老'"，③ 甚至"比存在本身更古老"。④ 这如何可能呢？原来，根据海德格尔的在场形而上学，在场的意义即是存在的规定性，即存在的显现。而现在根据德里达的延异论，在场的意义并不是存在的显现，而是延异的差异运动所构成的，延异后面没有存在。所以可以说对在场的先验意义（即先验所指，为存在赋予）的解构，也就是对存在的解构。还可以这样来看这个问题，海德格尔说"存在总是和处处通过语言而言说"，⑤ 而根据索绪尔的差异价值论，语言言说的意义是由语言符号的差异决定的，而并不是预先存在于存在之中的。进而又根据德里达的延异论，言说的意义不但是在符号差异中产生的，而且是在那差异的无限的延迟、转换中产生的，因而必然是不稳定的。所以德里达宣

---

① ［法］雅克·德里达：《哲学的边沿》（英译本），芝加哥大学出版社1982年版，第24页。
② 同上书，第26页。
③ 同上书，第22页。
④ 同上书，第26页。
⑤ 同上书，第27页。

称,"不会有任何唯一的名称,即便它是存在的名称"。① 这即是说,即便是形而上学中表示终极意义的"存在"这个东西,在解构主义看来也既是此又是彼,它既可以表示通常的存在的意义,又可以表示各种不同的存在者的意义,甚至表示不存在的意义。如此一来,作为传统形而上学的,也是海德格尔在场形而上学根基的"存在"岂不就被解构了?

不过,德里达声明,当说延异"比存在更古老"时,"这样一个延异在我们的语言里就没有名称"。② 因为它也如"存在"和其他一切名称那样处在上述"延异"(却又用上了它的名称!)运动中,"在一个产生差异和延迟的置换的链条中不停地自我移位"。③ 言下之意是,延异这个名称也一样被解构。德里达说到这个地步,一方面固然是显示其解构思想的彻底,另一方面大约也预先回答那些会质问是否可用解构思想来解构德里达思想的人。照德里达的上述说法当然是可以的。然而,事实上人们并没有那样去做,德里达本人也没有,虽然照理是应该乃至必须那样去做的。相反,人们对德里达的延异论和整个解构思想的理解是大体一致的。但这不正体现了解构哲学最深刻的矛盾和危机吗?

现在我们已经可以感觉到,德里达在解构在场形而上学时,却也建立了自己独特的、非在场形而上学。德里达一再说"延异不是在场者",甚至说"它没有意义,也不存在",④ 既然如此,延异就必定是超感性、超经验的形而上学的东西,延异论就是一种形而上学。德里达在《论书写》中论纯粹的即原初的踪迹时也说:"(纯粹的)踪迹就是延异。它不依赖任何可感的丰富性,无论是听觉的还是视觉的,声音的还是图形的。相反,它是这种丰富性的条件。"⑤ 这也说明延异是形而上学的。不过,这种形而上学已不是在场形而上学,因它已经没有存在的

---

① [法]雅克·德里达:《哲学的边沿》(英译本),芝加哥大学出版社1982年版,第27页。
② 同上书,第26页。
③ 同上。
④ 同上书,第22页。
⑤ [法]雅克·德里达:《论书写》(英译本),圣·霍普金斯大学出版社,巴尔的摩和伦敦1976年版,第62页。

第四章　文学理论对哲学的依赖和印证

在场（出场）问题——在它那里根本就没有存在。所以它是一种非在场形而上学，我们可以叫它延异（或原初书写、原初踪迹）形而上学。这种非在场形而上学也具有本体论的意味。我们知道，延异产生差异和踪迹，差异的运动或者说踪迹的游戏构成在场者，所以延异是在场者的来源（实际上指在场者的不确定意义的来源）。而延异本身却没有来源，它的后面没有"存在"。德里达说："踪迹的游戏，或者说延异，是没有任何意义的，是不。它不属于什么。它没有任何支撑，没有任何深度；它是无底的棋盘，存在就在其上被推入游戏。"① 延异把作为本体的存在如此解构了，它自身照理也就是本体，至少在传统形而上学看来是这样的。其实，德里达在《论书写》中已流露出这种本体论意味。上文曾指出，德里达说过踪迹（指原初踪迹）就是延异，它是可感的丰富性赖以产生的条件。他还说踪迹事实上是一般感性的绝对来源。……踪迹是显现外观和意义（按：指不稳定意义）的延异。② 又说："踪迹应当被认为在实体之前。但踪迹的运动必然是隐秘的。……实体领域在被决定为在场领域之前，是根据踪迹的不同的可能性——发生的和结构的可能性——来构成的。"③ 从这些话可以见出，德里达所论说的踪迹、延异具有形而上学性、本体性，是一种"隐秘的"本体。

延异作为本体是很独特的：它没有意义（依德里达，这与说"踪迹是显现的、有意义的延异"并不矛盾），它是"不"，它不存在。这是什么意思呢？从前述已知，延异运动产生意义（不稳定的意义，即作为踪迹而显出的意义），延异之外和延异本身就不可能有意义——德里达不是说我们的语言中根本不可能有适合它的名称吗？根据延异的本性，我们所说的"延异"这个名称（一个确定的意义）也应当被解构。所以延异没有意义（然而，德里达的延异却给了我们一种意义）。延异不可能是什么，因为凡是"是什么"必定是延异作为某个踪迹而留下

---

① ［法］雅克·德里达：《哲学的边沿》（英译本），芝加哥大学出版社1982年版，第22页。
② ［法］雅克·德里达：《论书写》（英译本），圣·霍普金斯大学出版社，巴尔的摩和伦敦1976年版，第65页。
③ 同上书，第47页。

的东西（因而是不稳定的，游戏性的）。而延异之外若有"是什么"，则必定是德里达所说的形而上学的"先验所指"，必定要被延异解构。所以延异是"不"。既然延异不可能是什么，它岂不是子虚乌有？看来答案只能如此。至多我们用学术性的语言把它表述为只是抽象的或者说纯粹的（差异）运动。德里达也承认得爽快"延异不存在"。这里我们就可以理解德里达的"无底的棋盘"之说了：棋子可以在棋盘上无穷尽地游戏着。延异类似棋子的游戏，但它不是什么的游戏，所以它无须有棋盘。那么延异的游戏运动存在哪里呢？实际上它没有客观存在，而只是存在于德里达的思维和想象中；它也能存在于我们的思维和想象中，如果我们也认为有这种差异运动的话。它是我们的哲学智慧的一种表现。

延异论这种形而上学更具有认识论的性质。从上述可知，延异作为本体是大有问题的：它本想说明自己是比"是什么"更为根本的东西，即构成"是什么"的差异运动，却又面临它本身"是什么"差异的运动的难题——它跳不出这个怪圈。如果它不承认有这个怪圈，它就只能是一个纯粹观念乃至于想象的东西。但如若把延异论看作认识论，则是可以理解的。因为所谓延异构成在场者，实际上是指构成在场者的意义，这就是一种认识活动。不过，它显然不是具体的和现实的认识活动，而只是一种认识原则或者说认识条件。德里达说得好，延异"是不可以命名的"，因为"这一不可命名是造成可能的名称效应的游戏，是可以命名的原子结构"，"是名称的置换链"。[1] 所谓命名就是赋予事物意义，所以延异是构成事物意义的条件。这种条件是先验的、形而上学的。所以它与康德的认识论有一定的类似性，因为后者也主要是一种先验的认识原理或者说条件，这一点已有西方学者指出。[2] 但它与康德的先验认识论有两个根本不同点：第一，根据康德的先验认识原理所构成的意义（知识）是稳定的，而根据延异所构成的意义则是不稳定的，

---

[1] ［法］雅克·德里达：《论书写》（英译本），芝加哥大学出版社，巴尔的摩和伦敦1976年版，第26、27页。

[2] 参见［英］克里斯特菲尔·罗里斯《德里达》，芳塔拉出版社1987年版，第94—95、167页。

这种不稳定的意义表现为对以往人文知识的解构。第二，康德的先验认识原理是主体所具有的，它表现为主体对知识的建构。延异论的先验原理则似乎是语言和一切其他符号自身具有的，它对不稳定意义的建构即是对以往知识的解构，包括对"自我—在场"的主体意识的解构。

仔细考察起来，延异论这种形而上学认识论的核心或者说关键不在于认识对象、认识主体和认识结果，而在于认识方法。对这种认识来说，无论什么认识对象都被单一化、同一化了：它既是此者，又是无数的他者。它不可能有任何定性。认识主体的情况也类似。主体不过是语言或其他符号在延异运动中的一个功能，德里达说过，"主体之能为主体，只因为它符合了延异的规律"。因此，主体之间尽管各不相同，他们对产生不同认识并不发生特殊作用，之所以产生不同的认识，是由延异运动的特性决定的。对此，福柯的一句话最传神："谁在说话有什么关系？"[①] 相应地，认识结果也被单一化、同一化了：它什么都是，又什么也不是，这似乎最丰富多样，实际上因千篇一律而单调乏味。但德里达的目的不是要用这种认识结果来震惊世人，而是用产生这种认识结果的延异运动的过程和方法来解构传统，达到哲学创新的目的。

上述说明延异论作为认识论主要是一种方法论。这也体现了西方现代哲学的方法论特点。这种方法论显出的似乎是悲剧性，因为运用它可以摧毁一切已有的文化知识。但它实际上是喜剧性的，因为人们不可能真正地用那样的方式去认识事物。这种方法论的价值，乃至整个解构主义哲学本身（不考虑它的影响）的价值，主要在于在方法论上体现了那种纯粹的哲学思想——哲学即爱智慧。

二

解构主义文论虽然是对结构主义文论的反叛，但前者并不是直接从后者产生出来的，而是在德里达解构主义哲学的直接影响下产生的。解构主义哲学诞生于1966年，此时正是以罗兰·巴尔特为代表的结构主

[①] ［法］米歇尔·福柯：《什么是作者？》，见海沙尔德·亚当斯、里诺依·塞尔利编《1965年以来的批评理论》，佛罗里达大学出版社1992年版，第148页。

义文论的高潮时期。但正是这个巴尔特，于 60 年代末即转而成为法国解构主义文论的代表。在德里达的影响和支持下，美国也产生了以德曼等为代表的解构主义耶鲁学派。

解构主义文论在文学批评和实践上都印证着解构主义哲学。西方学者认为，德里达的解构主义哲学在文学界的影响大于在哲学界的影响。在这种意义上，可以说解构主义文论在一定程度上支撑着解构主义哲学。

1

巴尔特于 1968 年发表的著名论文《作者之死》是他转向解构主义文论的标志。巴尔特在文章中指出，过去对文学作品的解释总是从创造它的作者那里寻找根源。其实，作品的文本作为书写形式总是中性的、由多样成分综合成的"倾斜空间"，在那里，"主体滑落"而产生了对同一性的否定。他认为，当一个事实被陈述时，"这种分解就开始出现，声音失去其本原，作者进入自己的死亡，书写也就开始了"。[①] 巴尔特进一步指出，语言学最近对毁灭作者提供了有用的分析工具。从语言学的观点看，作者不过是书写的一个例子。而书写是在一个元本源的领域里的描摹或者说留下踪迹（"或许，语言自身就是本源"）。这即是说，作者一旦被移走，文本就会出现多种书写形式，文本的意义就是滑动的、不确定。巴尔特说："我们现在知道，一个文本并不是表示单一的'神学'意义（'作者上帝'的信息）的一条由词语组成的线，而是一个多向度的空间，其间有多种书写形式——其中无一种是本源的——相互混合而又相互冲突。"[②] 巴尔特最后强调了读者在阅读文本从而构成多种书写这一过程中的作用。他说："一个文本由多种书写构成，它来自许多文化，进入话语、仿作和争论的相互关系中。这种多样性集中到某一点上，而这一点就是读者，而不是如迄今所说的那样是作者。……这个读者没有历史，没有身世，没有心理；他纯粹是在一个单一领域里把

---

① ［法］罗兰·巴尔特：《作者之死》（英译本），见戴维·洛奇编《现代批评与理论》，纽约朗曼出版公司 1991 年版，第 168 页。
② 同上书，第 170 页。

第四章　文学理论对哲学的依赖和印证

构成书写文本的所有踪迹结合在一起的某人。"① 文章以如下惊世骇俗的方式宣称结尾："读者的诞生必须以作者的死亡为代价。"②

巴尔特认为文本由一系列不同的书写构成，作者所创造的只是一种书写。当否定了作者的终极意义之后，便有读者的无止境的书写的构成，于是文本的意义是不确定的。这种思想是对结构主义文论的反叛，因为依据后者，作品具有稳定的普遍结构，因而也具有稳定的意义。这种解构主义思想显然受到德里达关于否定结构和中心的思想影响，受到他的书写学和延异论等思想的影响。

被看作解构主义先驱的尼采曾宣称"上帝死亡"用以反对基督教神学。解构主义继承了结构主义否定主体性的传统。上文曾指出福柯提出"谁在说话有什么关系？"的命题，他还有更极端的断言，那就是"人死亡"这惊人的话语可与尼采的"上帝死亡"相对应。巴尔特提出的"作者死亡"可以看成解构主义反主体性在文学批评领域的具体化。巴尔特没有那么绝对，他在宣称作者死亡的同时给读者留下一定地位，并在一定程度上强调了读者的作用，虽然他所说的主体只是抽象的、无历史性和无个性的读者，与人文主义的现象学尤其解释学和接受美学所说的读者不一样。随后在耶鲁学派的解构主义那里情况有所不同，他们比巴尔特更强调读者主体的作用，有的甚至还强调作者主体的作用。

巴尔特的《S/Z》（1970）一书是其解构主义文学批评的代表作。其中也有相关的批评理论，如提出"可阅读"文本和"可写作"文本的分别。所谓可阅读文本，指文本的能指与所指有清晰的对应关系，其意义是确定的，具有以反映现实的真实这样一种假定为先决条件。对于这种文本，读者只是被动的消费者，用巴尔特的话说，读者只能"要么接受它，要么拒绝它"。古典的现实主义作品就是这样的文本。所谓可写作的文本，则要求关注语言本身的性质，让能指自由发挥作用。对于这样的文本，读者不再是被动的消费者，而是主动的生产者，即通过

---

① ［法］罗兰·巴尔特：《作者之死》（英译本），见戴维·洛奇编《现代批评与理论》，纽约朗曼出版公司1991年版，第171页。
② 同上书，第172页。

能指的自由活动而透视文本中来自其他作品的东西（互文性），聆听不同信码的声音，从而参与写作，领略这种写作的乐趣。它强调的是这种写作（再创造）过程，而不是作为写作结果的某种意义。可写作的文本是现代的先锋文学作品，如法国的"新小说"。联系前述巴尔特的《作者之死》一文的解构主义思想，可写作的文本当是其作者已经死亡的作品。在这种作品中，语言符号自身的功能代替了作者。这里，活着的是自由运用文本的语言符号功能的读者，亦即在写作的或者说在书写的读者。这正体现了巴尔特的"读者的诞生必须以作者的死亡为代价"的观点。

　　对于可写作的现代文学作品（常常晦涩难解），对它的阅读可以说就是所谓写作，即产生出对该作品来说并不是确定的意义，这实际上就是解构性质的阅读。对于可阅读的文本，传统批评总假定它有确定的意义，这就需要解构批评家运用一定的解构主义理论和方法去对它进行解构性的阅读和批评。这就是巴尔特在《S/Z》一书中的主要工作。

　　巴尔特在《S/Z》中对巴尔扎克的小说《萨拉金》进行了解构批评。《萨拉金》写于1830年，是一个关于雕刻家萨拉金（Sarrasine）和歌舞演员藏比涅拉（Zambinella）的故事（《S/Z》一书即由这两人的名字的第一个字母组成）：萨拉金爱上了歌舞演员藏比涅拉，当他得知后者是一个被阉割了的男子后，他被藏比涅拉的保护人朗蒂杀害。此后藏比涅拉继续走红，挣钱使朗蒂一家过着富裕的生活。

　　巴尔特对这篇小说的解构批评很独特。他把小说分解成561个阅读单位，每个单位为一个词，或者词组，或者句子，或者句组。例如标题"萨拉金"即为第1个阅读单位；开篇第一句"我坠入一个深沉的梦幻里，……"前一半为第2个阅读单位，后一半为第3个阅读单位。然后他设定5种代码去把这些阅读单位加以分拆，即把这561个阅读单位分别归属于这5个阅读代码（有的阅读单位可以存在于两种乃至两种以上的代码之中），以此来进行他的解构批评。

　　巴尔特设定的5种代码分别是行动代码、阐释代码、能指代码、象征代码和文化代码。行动代码确定故事中行动的结果。根据巴尔特早先

第四章 文学理论对哲学的依赖和印证

的结构主义叙事学，行动（功能）构成序列（例如第 2 个阅读单位）"我坠入深沉的梦里"即为行动代码，巴尔特说它暗示某种事件将会把这种行为状态结束，果然，文本的第 14 个阅读单位便是说人们的谈话把"我"从梦幻中唤醒，这就构成一个行动序列。若干序列就构成一个故事。由于这种代码保证着故事的叙述性，它也可以被称为叙述代码。阐释代码是提出和回答问题以及解说事件的代码，具有制造和解开悬念的功能。如作为标题的第 1 个阅读单位"萨拉金"就是阐释代码，它会引起读者提出"萨拉金是谁？""是男人还是女人？"等问题，对这些问题下文都会有交代。阐释代码有促成故事的功能。能指代码指能指符号的内含及暗示作用。如第 1 个阅读单位"萨拉金"又是能指代码，它的原文"Sarrasine"后面的"e"在法语中通常表示阴性，即女性，这与小说中关于阉割和性变异这一关键事实有关。又如小说中描写的时髦的郊区住宅和豪华宴会也是能指代码，因为它们暗示了朗蒂一家的富裕。象征代码是文本与读者的基本立场得以确立的领域，在巴尔特对小说的分析中表现为一种对照模式，即内与外（如客厅与花园）、冷与热、爱与恨、生与死以及更深层次的男与女等对照模式，它是文本中有规律地反复出现的东西。文化代码是文本指称一般知识的方式，所指称的知识包括艺术、文学、医药、政治以及俗语等。巴尔特说："如果你把所有这些知识、所有这种粗俗话都收集起来，它们就组成一个巨大的怪物，这个怪物就是意识形态。"① 总的来看，前两种代码是使文本的叙述得以展开的代码，后三种代码则是提供基本信息从而使文本得以理解的代码。

巴尔特的解构性批评，就是用以上 5 种代码去重新组织文本，构成 5 个代码系列，使各个代码系列产生不同的意义和效果。这种解构批评的意义，主要不在于使文本产生不同的意义，而在于显示那些不同意义是怎样产生的，即不同意义产生的过程；在于显示阅读和批评的自由创造性。《萨拉金》是巴尔扎克的现实主义小说，依照传统的读解，它具

---

① [法]罗兰·巴尔特：《S/Z》（英译本），乔纳森海角出版社 1974 年版，第 97—98 页。

有反映现实的统一性和稳定的思想意义,即对当时反人道的、欺骗性聚敛财富方式的揭露。但经过巴尔特如此解构之后,小说的面目全非,显出多义性和不确定性。巴尔特如此解构的目的,就是要凸显文本的能指性,语言的多义性;凸显即便像《萨拉金》这样属于"可阅读"的文本,经过解构主义的阅读和批评之后也会变成"可写作"的文本,不再具有能指与所指的对应性和对现实的再现性了。正如巴尔特所说,"一句话,它不再能够再现事物,不再能够使事物是再现性的、个体化的、分离的和确定的:《萨拉金》正体现了再现的困难,体现了符号、性和命运的不受约束的(传染性的)循环"①。

巴尔特的解构主义文学批评实践体现了前述他的理论主张:作者已经死亡,阅读和批评就是自由创造。就巴尔特对《萨拉金》的解构批评看,阅读和批评的效果如何,如产生怎样的意义,完全有赖于批评者设定什么代码和对代码功能做怎样的确定。

巴尔特与德里达的解构方法很不相同。德里达在阐述其解构主义理论时,曾对柏拉图、卢梭等的哲学著作和索绪尔的语言学著作作过许多解构主义的阅读和批评。他的方法,往往是从文本的次要段落入手,或者从文本的边缘性的、不经意的东西——隐喻、暗示、注释、括号中的说明、论述的突然转折等——入手,经过解构分析而引出与文本的主旨相对立的东西,与文本的逻辑不一致的东西。这样解构的结果常常是在一定程度上把哲学文本变成了一种文学文本,使两者的界限不清。可知德里达的方法是从文本的次要的、边缘性的东西入手去解构文本的主旨和中心。巴尔特采用的则是设立代码去解构的方法。但两者的实质和效果大致相同。巴尔特的特点在于结合了他此前的结构主义叙事学中的某些思想,如功能和序列的思想。此外,还明显受他早先的符号学思想的影响。巴尔特又是符号学的代表,著有《符号学原理》(1964)一书,认为人类世界是一个符号世界,所有事物都是符号代码,符号代码的意义就是事物的意义。这种思想在巴尔特的解构主义批评中显然

---

① [法]罗兰·巴尔特:《S/Z》(英译本),乔纳森海角出版社1974年版,第216页。

还有所保留。

2

解构主义传到美国后之所以能生根并发展，与美国文论自身发展的历史也有关。此前的新批评文论从正反两方面为此做了准备。从正面看，新批评注重文本研究和细读方法，无疑使人们比较容易接受同样重视文本和语言研究的解构主义文论，尤其像德曼等人那样的修辞性解构文论。从反面看，人们对新批评不但割断了文本与作者、社会之间的联系，而且也割断了文本之间的联系这种孤立性批评不满，也促使批评家乐于用解构主义的"互文性"等思想来打破文本之间的孤立性研究。

保罗·德曼（1919—1983）在70年代先后出版的《盲点与洞见》和《阅读的比喻》两部论文集中，强调语言在本质上是修辞性的、隐喻性的。语言的修辞是一套符号代替另一套符号，它具有隐喻的性质。保罗·德曼认为，修辞使语言在表意的同时又否认这个意思，所以语言具有自我解构的功能。从修辞与语法、逻辑的关系看，修辞与后两者并不统一，而是在不断破坏后两者的抽象体系。德曼说："修辞从根本上悬置逻辑，展示有关变化的令人目眩的可能性。"[①] 我们知道，德里达曾指出语言有自我批判的功能，实际上也就是说语言有自我解构的功能。这里德曼得出了相似的结论，只是两人考察问题的角度不同：德里达是从语言符号差异性的角度考察的，而德曼则是从语言修辞性的角度考察的。前者显然对后者有重要的启示作用。

德曼认为所有语言，包括文学的、哲学的、政治的和法律的语言等，都是修辞性的，都具有表达意图同时又解构意图的功能。只是文学语言的这种自我解构的功能最明显。德曼就是用语言的这种解构的修辞性来界定文学的。他在《符号学与修辞学》一文中说他"把语言修辞的、形象的潜在性等同文学自身"。[②] 在后来的《对理论的抵制》一文中又说"文学性，即那种把修辞功能突出于语法和逻辑功能之上的语

[①] ［美］保罗·德曼：《符号学与修辞学》，见海沙尔德·亚当斯、里谱依·塞尔利编《1965年以来的批评理论》，佛罗里达大学出版社1992年版，第226页。

[②] 同上。

言运用，是一种决定性的而又动摇不定的因素。它以各种方式，从诸多方面破坏这种模式的内部平衡，从而破坏其向外的朝非语言世界的延伸"。①

德曼的语言修辞性解构思想的一个来源是尼采。传统语言观认为，语言指称现实事物，表达真理，尼采却认为语言是修辞性的，其意义是转换的，它并不是表达真理的可靠工具。其实，认为语言在根本上是隐喻性的见解在历史上还有更早的先例。德国浪漫主义者就已萌生了这种观念，后经英国的柯勒律治传给现代文学批评家瑞恰慈，后者又影响了美国的新批评派成员。瑞恰慈就宣称"思维是隐喻性的，语言的隐喻就来自那里"。② 德曼在把文本的修辞性、形象性等同于文学本身时，就说他能指出许多把文学等同修辞手段的先例，而最近的例子就是新批评派成员。这是德曼修辞性解构思想的另一路来源。新批评派的"张力"论就是说文本的字面意义与暗示意义之间存在张力。德曼认为暗示意义就是修辞意义。他也认为文本的字面意义与修辞意义之间存在张力。但新批评派认为字面意义与暗示意义之间的张力是一种对立统一，它就是文本的内在意义结构，文本因而具有稳定的意义。而德曼则认为两者的张力关系是后者对前者的否定，从而导致文本意义的多元和不稳定，即导致文本的解构。

文本因其修辞本性而在表达意思的同时又否认这一意思，这是德曼的文学解构主义的核心观点。他的某些解构批评实践就是为着证明这一观点的，或者用他在《符号学与修辞学》一文中的话说，必须"用几个文本的例证来阐明语法与修辞之间的张力"。③ 这里从该文选出两个批评例证。第一个例证如下：当阿琪·班克的妻子问他愿意把保龄球鞋带系在上面还是下面时，他用一句问话回答道："那有什么不同？"他

---

① [美] 保罗·德曼：《对理论的抵制》，见王逢振等编《最新西方文论选》，漓江出版社1991年版，第221页。

② 参见 [美] 克里斯托菲尔·罗里斯《解构：理论与实践》第四章"尼采：哲学与解构"，麦修恩有限出版公司1982年版。

③ [美] 保罗·德·曼：《符号学与修辞学》，见《1965年以来的批评理论》，佛罗里达大学出版社1992年版，第225页。

的妻子就耐心地解释两者的不同，却不知道他的意思只是说"我毫不在乎有什么不同"，因而惹得班克恼怒。德曼接着做出结论说，"同一语法模式产生了两种相互排斥的意思：字面意思要求概念（两者的不同），而它的存在却被修辞意思所否定。"① 第二个例证是普鲁斯特的小说《追忆似水年华》中的一大段描写。德曼说"那一段话是关于隐喻对转喻的优越性的"。② 但是，"在对普鲁斯特这段文字进行了修辞性解读之后，我们就不能再相信这段文字所做出的关于隐喻对转喻的内在的、形而上的优越性的论断了"。③ 这个例子也旨在证明，由于语言的修辞本性，文学文本在表达一个意思的同时又否认了这个意思，显示了文学文本自身具有修辞性解构的功能。此外，德曼还对卢梭、华兹华斯和雪莱等人的作品做过更细致的解构主义批评。

J. 希利斯·米勒（1928—）早年受日内瓦现象学批评家尤其是乔治·布莱的影响，在文学批评中采取现象学立场。后来接受德里达和德曼的影响，转向解构主义。米勒对语言和文本的观点接近德曼，认为语言是修辞性的，是喻象，人们通常以为语言能指称事物，有它的本意，那是"忘了语言在根本上是修辞性的比喻而产生的一种幻想"。米勒对解构主义文论的贡献主要在于文学批评，包括批评的原则和方法等。他的《作为寄主的批评家》一文集中反映了这方面的理论和实践。

米勒说："实际上，鉴于'解构批评'是用修辞的、词源的或喻象的分析来解除文学和哲学语言的神秘性，这种批评就不是外部的，而是内部的。它与它的分析对象具有同样的性质。它非但不把文本再还原为支离破碎的片段，反而不可避免地将以另一种方式建构它所解构的东西。它在破坏的同时又在建造。"④ 对文本的解构同时也是建构，这是米勒解构主义批评观的核心思想。他用寄生物与寄主之间的对立统一关

---

① ［美］保罗·德·曼：《符号学与修辞学》，见《1965 年以来的批评理论》，佛罗里达大学出版社 1992 年版，第 225 页。
② 同上书，第 228 页。
③ 同上书，第 229 页。
④ ［美］J. 希利斯·米勒：《作为寄主的批评家》，见王逢振等编《最新西方文论选》，漓江出版社 1991 年版，第 184 页。

系来比喻和阐发这一思想。寄生物既是对寄主的解构，同时又是对自身的建构，然而，寄生物与寄主的关系是摇摆不定的、相互转换的。米勒以诗歌文本为例说："诗歌内部一部分同另一部分的关系，或是该诗同先前的和以后的文本的关系，就是对于寄生物与寄主关系的一种表述。它以实例说明了这种关系的不可确定的摇摆。要确定哪种成分是寄生物，哪种成分是寄主，哪种成分支配或包含另一种成分，是不可能的。"① 米勒着重论述了文学文本自身所体现的寄生物与寄主的关系，即既解构同时又建构的关系。这又是从两个方面去考察的。一个方面是从一个文学文本与其他文学文本之间的历史发展关系去考察。米勒认为，一个文学文本对于早先于它的有关文本来说，它是寄生物，后者是寄主，前者在对后者进行破坏、解构的同时，又把后者融入自身中加以建构。一个文学文本对于后于它的有关文学文本则是相反的关系，进行着相反的解构和建构。米勒说这是一个"连锁"，这实际上就是通常说的文本之间的"互文性"。另一方面是从一个文学文本自身内去考察。米勒认为，任何西方的文学文本中都存在代表逻各斯中心的"形而上学"和解构它的"虚无主义"，两者之间也存在类似上述寄生物与寄主的对立统一关系，即既解构同时又建构的关系。米勒说："理性分析不能逾越的那堵空的隔墙，起源于西方文学的所有文本中都同时存在着某种逻各斯中心主义的形而上学，以及它的具有颠覆性的对应物，它们是寄主和寄生物，盘根错节，纠缠不清。"② 那"具有颠覆性的对应物"指虚无主义或称怀疑论。而"虚无主义是西方形而上学之内的一种不可割离的异己存在"。③ 此外，米勒认为文学文本与批评文本之间也存在上述关系，即寄主和寄生物的关系，相互之间也进行着解构和建构。

根据上述解构批评原理，米勒进一步指出解构批评"非但不是一

---

① [美] J. 希利斯·米勒：《作为寄主的批评家》，见王逢振等编《最新西方文论选》，漓江出版社1991年版，第169页。
② 同上书，第181页。
③ 同上书，第164页。

种层层深入文本，步步接近一种终极阐释的连锁，而是一种总会遇到某种钟摆式摆动的批评，如果它走得足够远的话。在这种摇摆中，概而言之是对文学，具体来说是对某一篇特定的文本，总有两种见解相互阻遏，相互推翻，相互取消。这种阻遏使任何一种见解都不可能成为分析的可靠归宿和终点"。① 对文本的解构批评中总出现两种相互阻遏、相互推翻的见解，这很类似德曼所说的解构批评中总出现对一个意思的既肯定又否定。所不同的是，德曼主要从修辞变异（对语法意义和字面意义的变异）入手去发现文本意思的既肯定又否定；而米勒则从文本作为寄生物和寄主之间的冲突所留下的痕迹和缺口，从文本自身内虚无主义与形而上学之间的冲突所留下的痕迹和缺口，入手分析出文本的两种相互阻遏和相互取消的意思。米勒的这种"异质共生"性解构批评在一定程度上包括了修辞性解构批评，因为两种异质的相互冲突所留下的痕迹和缺口，常常也以修辞变异形式出现；米勒就认为虚无主义"诉诸语言的喻象本质来对形而上学实行解构"。② 不过，"异质共生"性解构批评究竟还包含着更宽泛的文学性质，它使人们多少真正感觉到解构批评的"行之有效"性。

米勒最后指出了这种解构批评的"行之有效"的实用主义性："它揭示了重要的文学文本中迄今未能识别的含义以及含义存在的方式。认为文学文本可能是异质共生的，这种假定比起断言一部文学作品必定是'有机的统一'，对于评论某部特定作品来说更灵活，更开放。"③ "有机的统一"是新批评派对文学本质的假定，这是一种对文本有稳定结构和意义的假定。"异质共生"的假定则给解构文本、使之具有"不可确定性"提供了可能。

米勒的上述解构批评原理，是通过对雪莱的《生命的凯旋》等作品的解构批评实践来论证的。他认为"修辞分析、喻象分析，甚至词

---

① [美] J. 希利斯·米勒：《作为寄主的批评家》，见王逢振等编《最新西方文论选》，漓江出版社1991年版，第184页。
② 同上书，第182页。
③ 同上书，第185页。

源的探讨,对于非常理想主义地解读雪莱提出质疑是必需的"。① 他指出,《生命的凯旋》这首诗,就它与其他文本的关系看,它自身是寄生物,先前的作品——从《旧约全书》起,经《新约全书》等,又经但丁等的作品,直到华兹华斯和柯勒律治的作品——则是它的寄主,它在解构后者的同时便建构自身。这条长长的链锁又从它通向现代的哈代等人的作品,甚至通达当代批评家的文本。在这后一段链锁中,它又变成了寄主,它后面诸作品则是寄生物,后者又是通过对它的解构来建构自身的。米勒指出,该书对一长串早先的文本有呼应和指涉,"在这些先前的文本中,这首诗所使用的象征性战车或其他喻象都曾经出现过:如《以西结书》、《启示录》、维吉尔、但丁、斯宾塞、弥尔顿、卢梭、华兹华斯。反之,雪莱的诗又被哈代、叶芝以及其他许多人所模仿"。②米勒认为,从《生命的凯旋》这首诗的内部看,则是虚无主义或者怀疑论对作为形而上学的理想主义的解构,喻象对指涉的解构。米勒说,"就雪莱的作品而言,这种情况就是:一方面,'理想主义'始终存在,成为对他的诗作甚至对《生命的凯旋》进行解读的一种可行的方法,另一方面,由于承认心象投射在人类生活上的作用,因而又对此产生疑问,这一点可归结为雪莱的'怀疑论'。这就是解构理想主义的那种'影子法则'。这在《生命的凯旋》中极为清晰地得到了系统的表述:

> 崭新的喻象
> 出现在(现象和历史世界的)泡沫之上,
> 尽情地由你去描绘吧;
> 我们所做的和我们之前的人一样,
> 只是在泡沫消逝的时候向它投上我们的阴影。
> (第 2 章,第 248 行—251 行)"③

---

① [美] J. 希利斯·米勒:《作为寄主的批评家》,见王逢振等编《最新西方文论选》,漓江出版社 1991 年版,第 182 页。
② 同上书,第 169 页。
③ 同上书,第 181—182 页。

第四章 文学理论对哲学的依赖和印证

米勒还进一步指出，这样的解构不会完结，因为对形而上学进行分析性解构之后，那"分析反过来又会变成另一种形式的形而上学。换言之，形而上学和怀疑论之间的区分会改变自身，成为怀疑论之内一种新的双重性"。[①] 这种新的怀疑论与形而上学的双重性冲突所留下的东西，又会成为新的解构批评的起点。解构批评是没有终点的。

杰弗里·哈特曼（1929— ）也是耶鲁学派的主将之一。他的文学批评的范围很广泛。他曾与布鲁姆等批评家一起，重新评价被艾略特和新批评派所否定的浪漫主义诗歌，恢复后者的名誉。哈特曼的主要贡献还在于关于批评文本与原始文本区分上的见解，他的《超越形式主义》、《阅读的命运》和《荒野中的批评》三部论文集中反映了这一见解。这种见解具有解构主义性质，它主要受德里达关于文本的不确定性和开放性解构思想的影响。哈特曼认为，文本的不确定性原则使文本具有开放性。批评性文本也如此，它是一个开放性的解释网络；它并不像传统批评论所认为的那样，对于原始文本来说只是处于次要地位的东西，而且是自身具有创造的性质，也是一种文学类别。哈特曼声称，本源本属虚幻；批评并不是第二位的，批评家的出路是抛弃自卑情结，全身心投入有意义的舞蹈之中。不过，哈特曼在强调文本的不确定性和开放性时没有忽视读者和批评家的主体性，这是与德里达不同的。这一点，以及他关于批评富于创造性的解构观点，与巴尔特倒是相近的。

哈罗德·布鲁姆（1930—2019）一直对英美浪漫主义诗歌有着浓厚的兴趣和精深的研究。在此基础上，他在 70 年代出版的《影响的焦虑》、《论误读》和《诗歌与压抑》等论著中所表现的大胆而新颖的文学观念中就包含着解构主义思想。布鲁姆认为，19 至 20 世纪诗人对前辈重要诗人的影响产生了越来越大的焦虑，感到后者给他们造成了巨大的压力。重要诗人（布鲁姆称为"强"诗人）能够通过创造性的误读、误解而战胜和否定这种影响，显示出自己的独创性和独立地位；而次要诗人（布鲁姆称为"弱"诗人）则只是追随前辈诗人，不能战胜他们

[①] [美] J. 希利斯·米勒：《作为寄主的批评家》，见王逢振等编《最新西方文论选》，漓江出版社 1991 年版，第 182 页。

的影响而把他们吸收进自己的创造之中。依据布鲁姆的观点，误读和误解是不可避免的。所有诗歌都是对早先诗歌的重新解释，是对后者的误读和误解的结果。诗歌文本因而具有"互文性"。批评亦如此。"强"批评家（如布鲁姆自己）能对诗进行创造性的误读和误解，从而使原创性文本与批评文本的界限模糊不清乃至消失。这些观点，显示了布鲁姆同其他解构批评家的共同立场。

布鲁姆的解构主义批评思想显然有两个特点。一个是具有心理分析性质，它主要来自弗洛伊德的影响。另一个相应的特点是强调作者的主体性。我们知道，德里达和福柯等解构主义者是完全否定主体性的，巴尔特的解构主义文论也完全否定作者的主体性而在一定程度上保留了读者的主体性。布鲁姆则不但充分肯定了作为读者的批评家的主体性，也充分肯定了作者的主体性。这后一点显然与他对浪漫主义诗歌的重新审视和肯定有关。

三

德里达的解构主义究竟能否成立？从根本上说，这个问题的关键不在解构主义本身，而在它的语言学基础。德里达解构主义的基本思想是：意义产生于语言符号的差异，而符号差异的无穷运动便使意义游移不定并相互消解。其中，"意义产生于符号之间的差异"是基础，它来自索绪尔语言学；它也是结构主义和符号学的语言学基础。"符号差异的无穷运动"才是德里达思想的真正核心，它不但与结构主义和符号学不同，与其他解构主义也有所不同。"意义游移不定并相互消解"则是这一核心观念推演的必然结果。意义不稳定并相互消解大约是所有解构主义者的共识。可见德里达解构主义的独特点，它的秘密，就是符号差异的无穷运动。他的核心概念"游戏""原初书写""踪迹"，尤其"延异"，就是对此的哲学表述。

意义产生于符号之间的差异，这是索绪尔语言学的一个重要思想。根据这一思想，索绪尔又必然得出意义并不先于语言符号而产生，以及意义的产生与现实事物无关的结论。结构主义和符号学（指追随索绪

第四章 文学理论对哲学的依赖和印证

尔的能指、所指二分的二元符号学）把上述思想用于看待世界，就认为不是现实世界赋予语言意义，而是相反，是语言符号赋予现实世界意义，世界是语言符号的产物，所谓"是字词的世界产生了物的世界"（参见本书第三章第一部分）。这是西方语言哲学中最激进的一路语言本体观。解构主义也基于意义产生于符号差异的思想，因而也必然基于上述语言本体观——这是解构主义与结构主义、符号学的共同之处。但解构主义却又向前推进了一步，提出符号之间的差异是不断转换的，因而并无稳定的、终极的意义。这样，语言对世界的把握就变成了对世界（意义）的解构。这却与结构主义和符号学对世界的把握相反了，后两者对世界的把握是对其稳定的意义和结构的把握，也就是对世界的建构。

结构主义和符号学的上述语言本体观，可以说是对索绪尔关于意义产生于符号之间的差异这一语言观的合逻辑的运用；德里达的解构主义则是在这一语言观基础上——也是在结构主义和符号学的语言观基础上——合逻辑的推进。说这一推进是"合逻辑"的，是因为在索绪尔的能指/所指的二元符号系统中，符号之间的差异确实是无限的，是可以不断转换的。由此可知，如果索绪尔的意义产生于符号的差异的观点能成立，结构主义和符号学关于语言赋予世界意义而不是相反的观点便能成立，进而（通过推论）解构主义消解一切结构和稳定意义的观点也能成立。反之，如果索绪尔的那个观点不能成立，后两种观点就不能成立。

前文曾指出，解构主义的另一基础是海德格尔的本体差异论（存在与存在者的或者说在场与在场者的差异论）。德里达引进这一哲学基础的目的，是为了把上述语言学的符号差异论提升到普遍的、哲学的高度，从而达到解构传统形而上学的目的，最终达到在哲学上反传统和创新的目的。可见解构主义能否成立的关键终究在意义产生于符号差异这一语言观上，因为如果语言符号差异论并不能成立，它也就不可能提升到存在差异论的哲学高度上。因此，下文将从意义产生于符号差异这一观点入手，首先考察它本身是否成立，然后再推断建基其上的解构主义

179

是否成立。

索绪尔的意义产生于符号差异的观点又是基于其"语言符号任意论"的。后者指在由能指和所指组成的符号系统中,能指与所指的对应关系不是特定的,而是任意的。例如汉语中的"太阳"一词,它的所指概念与声音能指("太阳"一词的发音)的关系是任意的、约定俗成的。这是一个事实,是索绪尔的重要发现。这一发现很有助于结构主义语言学的研究。既然语言系统中只存在能指符号和所指符号(概念),语言的所指意义就是由这些符号之间的差异决定的,而与外在事物无关。这就是"意义产生于符号差异"的观点。这个观点能否成立?这要看从什么角度去考察。如若仅仅就包含能指和所指的纯符号系统看,由于割断了与外物的联系,语言的所指意义确实只能由符号的差异决定。但语言的实际运用一般是与外在事物相关联的。而一旦与外在事物关联,语言的意义在根本上就不是由符号的差异所决定,而由外物与符号的关联所决定。因为那特定的外物把相应的、只具有任意关系的能指和所指联系并固定起来,而不必考虑这一能指符号与其他能指符号的差异,这一所指符号与其他所指符号的差异。实际上,所指意义是由那外物决定的,能指符号(声音)只起感性辨识作用,而意义要在被产生(决定)的前提下才能被辨识(感性地辨识一东西,只需有限的差异,而不是无穷尽的差异。例如叫某人的姓名,那人和其他人马上就能辨识出来。所以,从差异辨识意义的功能——而不是产生意义的功能——不能推演出德里达的解构主义性质的"差异的无穷运动"论)。顺便指出,与索绪尔大致同时的美国哲学家 C. S. 皮尔斯所创立的符号学就包括符号(能指)、释意(所指)和对象三要素,符号就指称对象(事物等),表示意义。它是三元关系,与索绪尔符号学中二元关系有所不同。它是一种为更多符号学家所信奉的符号系统。

索绪尔是语言学家,他从排除了外在对象而只具有能指和所指的纯语言系统来研究语言,是可以理解的,从一定意义上说也是必要的。他通过这样的研究而提出符号任意说以及关于能指与所指、语言与言语、共时性研究与历时性研究、句段关系与联想关系等的区分,

第四章 文学理论对哲学的依赖和印证

对后来的结构主义语言学和整个结构主义都具有重大的方法论意义。但他从语言符号任意说推断出的意义产生于符号差异的观点则是片面的，在普遍意义——突破单纯的语言符号系统的意义上，则是不能成立的，是一种偏差，尽管索绪尔本人并未强调这一命题的普遍性，更没有把它上升到语言哲学高度的意图。

既然索绪尔的意义产生于符号差异的观点不能成立，基于其上的结构主义和符号学的语言本体观——语言尤其是其能指符号先于世界和产生世界等观点，也就不能成立，从那基础上推演出的"差异的无穷运动"这一解构主义的核心观点也不能成立。需要指出的是，结构主义和符号学的语言本体观虽然不能成立，但不能说两者本身不能成立。因为两者作为哲学并不基于"意义产生于符号差异"的观点——两者基于此观点的语言本体观并不就是两者的哲学本体观，例如结构主义的哲学本体指人类社会共同的深层结构。此外，两者在哲学高度上已经超越语言的符号和结构：符号学的符号泛指现实事物，结构主义的结构多指外在事物的结构和人类社会的、心理的结构。因此，两者的价值尤其认识论和方法论的价值是十分重大的。德里达的解构主义却有所不同。它直接基于"意义产生于符号差异"的观点；它虽然也力图把符号差异普遍化并提升到哲学高度，但它实际上离不开由语言符号构成的文本，尤其脱离不了这种文本来进行解构批评。所以，对解构主义来说，"意义产生于符号差异"这一基础的坍塌照理应引起整个解构主义的坍塌。

德里达的解构主义既然是由一个理论偏差所推演和引申出的哲学思想，它就不可能有实际的意义。照理它会毁灭一切传统文化知识，然而它至今并未真正毁灭什么东西。解构主义是在一个错误前提下的合逻辑的而又相当深玄的哲学思考，这必然使它带上哲学诡辩论的性质。诡辩在一定程度上也是智慧的表现，也能体现"爱智"这一本原的西方哲学精神。解构主义却产生了相当广泛的影响，成了西方后现代主义思潮的哲学基础。不过，影响的价值并不等同它本身的价值。后现代主义思潮的核心是"无中心"论，这并不是解构主义哲学的核心理论。后者的核心理论是"游戏""原初书写""原初踪迹"，尤其是"延异"，

181

"无中心"只是这种核心理所必然产生的一个反传统结论。更何况，就无中心论本身看，它并不一定就比有中心论更有价值。

解构主义及其他语言哲学发展迅速，更迭也快，却不是偶然的，而是有其必然性的。这必然性主要是哲学自身的历史发展的必然性。那就是：西方哲学对主要关于本体论的客体性和主要关于认识论的主体性，都已有较充分的研究，对主要关于方法论的主客体之间的中介性研究，却有待开掘。主客体之间最重要的中介是语言，反传统（反客体性尤其主体性传统和相关的形而上学传统）和创新的目的、动机，使许多哲学家自觉或不自觉地对语言高度敏感和产生强烈兴趣，由此形成西方现代哲学中多种多样的语言哲学，造成所谓"语言转向"。它们的共同点在于张扬语言这一主客体之间的中介。它们在实质上主要是方法论哲学，有的明确承认这一点，如分析哲学，有的则不大承认，或者根本否认。它们反传统的激进性和合理性各不相同。就解构主义看，由于它基于一个错误前提，虽然最为激进，却最少合理性。

解构主义是科学主义还是人文主义？解构主义发源于结构主义语言学，它自身的理论又认定语言符号有自我批判的功能，不以主体的意志为转移（主体亦被解构），所以它应当是科学主义的。但由于它归根到底解构人的理性，否认文本之外的现实存在（所谓"文本之外无东西"），所以又具有非理性的人文主义性质。德里达把解构主义限于人文科学。是否是解构主义不能解构自然科学？是否科学著作中的语言符号不具有自我解构的功能？从解构主义理论本身看似乎得不出否定的答案。一条科学定律，一个生活常识（如"火会烧伤人"），能不能被解构？照解构主义的理论是完全能够的，但解构主义者没有那样去做，这是它的漏洞。

在诸多解构主义的人文科学中，为什么文学解构主义的声势和影响最大？这并不是因为文学解构主义真正洞见了文学的本质，而是因为文学尤其诗歌本来就特别明显地具有审美意义的多元性和不确定性，因而最易于印证和支持解构主义哲学思想。文学尤其诗歌的这一审美特点在中外诗学中早已是共识。"诗无达诂"是中国人对此特点的最简明的概括。在中国诗学中的"韵味""兴趣""神韵""意境"诸概念中，都包含有"意在言外""言有尽而意无穷"的内涵，这种内涵中就包含了审美意义多元性和不确定性的意思。西方现代文论中有作为新批评派先驱的瑞恰慈及其弟子燕卜荪的诗歌语言"复义"论，有解释学从读者主体的能动性方面发掘文本的多意性。近代康德从其主体性与形式性相结合的美学出发，对审美的这一普遍特性做了深刻的说明：审美本质在于"主观的（或形式的）合目的性"，即想象（直观）力与知性的自由活动。知性的自由活动指它不以自身形态即概念形态的活动，而是作为一种"心意状态"或称"自由的情调"而融会在审美情感中，审美情感中便包含着不确的、"无限丰饶的"概念意义（参见"导论"第二部分第 11 节）。

由此可知，解构主义文论实际上只是对这一本来就存在的文学特性的一种说明（将来还会有其他文学理论来说明）。这种说明总的特点，是从文本的语言符号的差异运动的层面来展开的。在此总特点的基础上，还表现出以下两个特点。第一个特点是它的理论比实践更激进，或者反过来说，它的实践比理论温和。其实德里达的解构主义哲学就如此。它的理论最激进，照此理论，一个文本乃至一个句子、一个词，其意思都应是游移不定的，可以相互矛盾、相互抵消的；它们在根本上就是"无"（所谓"延异"就是"无"）。但德里达的解构实践却不可能那样极端。解构主义文学批评的理论没有德里达的哲学理论那么激进。不过，在解构主义文学批评中，仍是理论比实践激进。巴尔特声称"作者死了"，批评家对文本的批评是自由创造。但从他对小说《萨拉金》的解构看，我们感到作者巴尔扎克并没有完全死去（在耶鲁解构学派成员布鲁姆那里还强调作者的作用哩）。巴尔特也只设定了 5 种代码来解构出多种意思，若要设立更多的代码来解构出更多的意思似乎就很困难了。巴尔特的实践没有赶上他的理论。德曼、米勒等耶鲁学派的解构理论与实践的情况也大致如此，但无论在理论上还是实践上都比巴尔特显得更温和，更富于文学性。

解构主义文论的第二个特点是其表层性及相应的审美性的缺失。其他文学批评大多不同程度地涉及作品的审美性，所以文本所显出的意义的不确定性多指作品深层的审美意义的不确定性。解构主义文学批评却与作品的历史文化和社会背景绝缘，与作者和读者的主观心理无关，而局限于语言符号层面上的能指的"自由嬉戏"，由此造成的意义的不确定性照理应当与审美意义的不确定是不相同的。但真正像这样的解构批评似乎很难找到。即便在最富于符号层面解构性的巴尔特那里，他所设立的符号代码所指示的意义仍与现实和社会关联着，其中的象征性代码也指向作品的深层意蕴。美国耶鲁学派的解构批评更结合了文学作品特有的修辞性，并明显积淀着早先新批评派的意义的"对立调和"论"和细读"的批评原则（有的还结合着其他批评原则，如心理分析原则，已不是单纯的解构主义批评了），所以在显出解构批评的开拓性和新颖性的同时，仍然在一定程度上保持着批评的文学性和审美性。这正是解构主义文学批评真正有价值之处。

西方文论的形式主义肇始于 20 世纪，进入 21 世纪后有迅猛发展，并在西方现代哲学的"语言转向"的策动和影响下很快集中到语言形式层面，乃至仅仅是语言的符号形式层面。解构主义文论就是这种最极端的发展形式。它不是没有价值，但它的价值不会比以往的形式主义文论更大。

第五章　文学的意向性建构和现象学还原

——现象学文论与现象学哲学

从本章起论述西方现代人文主义文论与相应哲学的关系。

在人文主义这一路文论中，现象学文论开创了着重研究读者的文论系统，随后的解释学文论和接受美学等均属于这一系统，它们是以批评论为主的人文主义文论。其中，接受美学的哲学基础与现象学文论和解释学文论的大致相同，即都是现象学哲学和解释学哲学，本书不拟专论。现象学文论、解释学文论和接受美学这一系列构成人文主义文论的主流，此外，重要的人文主义文论还有精神分析文论、女性主义文论等。

现象学文论基于胡塞尔的现象学哲学而产生。现象学哲学的目标是要把哲学建设成为一门严格的科学，以便成为其他一切科学的最终根据。但就现象学哲学研究人的主观意识这一最基本的特征而言，它主要是人文主义性质的。从它产生的实际影响看，其"还原"方法和"回到事物本身"的态度，虽然也适用于某些自然科学以及科学主义的哲学和文论，但最强烈的反响还是在人文主义哲学和社会科学方面。

现象学哲学在人文精神和强调主体的直觉、体验等方面，与作为现代人文哲学开端的叔本华、尼采和柏格森等的非理性主义哲学有相通之处，所以同属于西方现代人文主义哲学传统。但现象学哲学在整体上已不是非理性主义的，而是对被非理性主义哲学中断了的以笛卡儿、康德等为代表的大陆理性主义哲学和德国古典哲学的承接和延续，只是它在理性主义方面已不是强调理智的尤其是思辨的理性，而是强调理性（广义）范围内感性的本质性直观和体验。

现象学哲学的基本观点不但对现象学文论产生了重要作用，而且也对解释学文论和接受美学产生了重要影响，是这些文论之所以构成一个系统的内在根据。

一

现象学哲学所指的现象，不是通常所说的与本质相对的事物的外在表象。它有独特而丰富的含义。埃德蒙德·胡塞尔（1859—1938）对它有一个说明："通过反思，我们不是去把握事情的价值、目的、有用性，而是去把握它们在其中被我们'意识到'，对我们在最广泛意义上'显现出来'的那些相应的主观体验。因而这些体验都叫作'现象'。它们的最一般的本质特征在于，它们是'关于某物的意识'，'关于某物的现象'——关于各种事物、思想（判断行为、原因、结果），关于计划、决定、希望等的意识或现象。"① 可知现象学的现象指人的主观体验的意识。体验中自然有事物的表象，但那表象是在意识中显现的，已经具有意识的性质。所以，现象学就是意识学。现象学又主张在意识现象中直观本质，所以它又是一种本质的科学，现象学的现象往往指本质，这种本质现象又叫纯粹现象。就现象学是意识科学而言，现象学文论乃至解释学文论和接受美学也有这种意识学的基本特点，即都着重研究通过人（作者尤其是读者）的意识活动而构成文学文本的意义。

现象学哲学的两个核心概念是"意向性建构"和"现象学还原"，两者相互联系，相互对应。两者对现象学文论都有重要作用。以下分别论述。

1

意向性是"现象学首要主题"。② 意向性概念来自胡塞尔的老师布伦坦诺。后者认为意识对事物有指向性，这即是意向性。胡塞尔对这个

---

① [德] 埃德蒙德·胡塞尔：《现象学的方法》，倪梁康译，上海译文出版社1994年版，第168页。

② [德] 埃德蒙德·胡塞尔：《纯粹现象学通论》（即《纯粹现象学和现象学哲学的观念》第一卷），李幼蒸译，商务印书馆1996年版，第209页。

第五章 文学的意向性建构和现象学还原

概念加以丰富和发展,其意义已不是单纯的指向性。胡塞尔说:"我们把意向性理解作一个体验的特征,即'作为对某物的意识'。"① 所谓"对某物的意识"是指给予某物意义,从而把某物建构成意向对象,这即是意向性建构。从胡塞尔的《逻辑研究》到《纯粹现象学和现象学哲学的观念》(第一卷),这种意向性建构的思想逐渐突出。

《逻辑研究》中的意向性概念主要指"给予意义"已含有建构的思想。该书认为,主体对客体的意向性关联即是主体的意向性体验或者说意向性行为,而意向性行为就是给予对象意义,也就是建构一个指称对象,或者说把对象建构成一个意指。

《逻辑研究》第二卷中的"第五研究"着重研究意向行为。认为基本的意向行为是客体化行为。所谓客体化行为,指让客体对象在意识中显现出来,也就是指称客体对象。客体化行为是愿望、情感、意志、评价等非客体化行为的基础。

胡塞尔说:"每一个具体、完整的客体化行为都有三个组成部分:质性、质料和体现性内容。"② 质性指意向行为的内在规定性,即特定的意向行为方式如表象、希望、请求等行为自身的内在规定性,它无疑是意向行为中的"抽象环节"。质料指意向作用与客体对象的关联,它也就是意识对象(非实体对象),或者说对象的含义,它表现为意向内容。体现性内容又叫感性材料或者感觉材料,是主体在客体对象上具体直观到的东西或者说某些特定感觉。它是质性和质料的载体。因为如果无感觉材料,作为对象含义的质料就没有依托,质性因而也只能是空洞的抽象,无法存在(质性是通过质料才作用于对象,或者说使意识与对象联系起来的)。但是,感觉材料本身是杂多的,必须通过质性的规定,质料的意义给予,才能成为统一的对象而在意识中凸显。举一例说明这三者的区别和联系:我看见(或者想象、评价)一匹由远而近跑

---

① [德]埃德蒙德·胡塞尔:《纯粹现象学通论》(即《纯粹现象学和现象学哲学的观念》第一卷),李幼蒸译,商务印书馆1996年版,第210页。
② 转引自倪梁康《现象学及其效应——胡塞尔与当代德国哲学》,生活·读书·新知三联书店1996年版,第46页。

来的马。"看见"（或"想象""评价"）是意向行为中的质性；"一匹由远而近跑来的马"是质料（意指对象或对象的含义）；而我们所看见的马的具体的形状、颜色、跑动姿态及其他变化（如越来越清晰等）是感觉材料。

在上述三者中，质性显然是偏于主体方面的特性，质料虽然与对象直接关联，但仍然是偏于主体方面的东西，是主体对客体的主观把握。由于这两者在意向行为中的主观能动作用，胡塞尔称它们为"意向本质"。感觉材料则是偏于客体方面的东西，由于它的消极性和被动性，它被认为在意向行为中是非本质的，但它显然是意向行为的客观基础。

从上述可知，质料虽然表示意义，但给予对象意义或者说对象意义的产生，却需要质性、质料和感觉材料三者的结合。这即是说，客体对象的含义既不是主体先天具有的，也不在对象上现存着，而是主体对客体对象的意向性建构的结果。建构意义也就是建构一个意指对象，实际上也就是指称一个对象。因为"每个表述不仅陈述某些内容，而且必定是关于某个东西的内容。它不仅具有意义，而且指称着特定的对象"。[①] 由此也就知道，《逻辑研究》中所谓建构一个意指对象，是指建构其含义，而不是建构其实体。胡塞尔说："当一个表述如此发挥功能，我们不是依靠表述建构一个物理客体的行为，我们依靠的是赋予意义的行为……"[②]

就哲学性质而论，《逻辑研究》中给予对象意义的意向性建构思想属于哲学认识论。建构一个意指对象，就是认识那个对象，因为建构那个对象的含义，就是认识它是什么，也就是认识它的本质。《逻辑研究》第二卷就题为《现象学与认识论研究》，其中胡塞尔就认为，质料（含义）与直观的感觉材料相符合的过程（他叫"充实"的过程）就是认识过程。这种认识的方式是感性直观，而不用理智的推理。然而，虽然是感性直观，却能直观对象的本质，这即是所谓本质直观（下文将专论）。所以这种认识是直觉主义的，具有直接性、明证性的特点。

[①] 转引自戴文麟主编《现代西方本体论哲学研究》，浙江人民出版社1993年版，第229页。
[②] 同上。

第五章　文学的意向性建构和现象学还原

《逻辑研究》中这种认识论的基础有两极：一极是意向行为的经验主体，另一极是客体对象。所以这种认识的本体论根基还是二元论的，不同于后来《纯粹现象学和现象学哲学的观念》（以下简称《观念》）时期的先验唯心主义一元论。

《逻辑研究》属于描述现象学或者说心理学现象学，还是经验性的，其意向性建构还属于意识主体与意识对象之间的二元对立的经验性建构。在《观念》（1）中，胡塞尔进一步为上述"意义给予"的经验性建构设定了一先验自我意识的根基。他说："一切实在的统一体都是'意义统一体'。意义统一体须先设定……一个给予意义的意识，此意识是绝对自存的，而且不再是通过其他意义给予程序得到的。"[①] 这种给予意义的、绝对自存的意识，就是先验的自我意识或称纯粹意识。这一先验的自我意识把上述经验主体和对象都归于自己的建构范围，于是，现象学的主客二元性的经验的意向性建构，就变成了基于主体一元性的先验的意向性建构。现象学由此才变成先验现象学，胡塞尔认为它才是真正的哲学现象学。

在此先验意识的根基上，胡塞尔把意向性的结构明确化为"意向作用—意向对象"，认为把握意向作用和意向对象的区别"对于现象学是最重要的事""对于建立现象学的合法基础确实具有决定意义"。[②] 胡塞尔作出的区别大致如下：意向作用是主体意识体验的"固有成分"，是意识的显现功能（又称"质素"）。而意向对象则是体验的"相关物"，它一般指对象的意义，但不仅仅指意义，还包括作为现实标志的对象和非现实的对象如回忆、想象、愿望的对象，总之，它是作为意向作用的显现功能相对立的"显现物"。以知觉的意向性结构为例看，知觉活动本身，即知觉的显现功能，是意向作用，它是一种主观体验。而"知觉有其意向对象，在最基层处即知觉的意义，也就是被知觉物本身"。[③] 被知觉物本身是"某种空间物"，而知觉活动本身则是主观体

---

① ［德］埃德蒙德·胡塞尔：《纯粹现象学通论》，李幼蒸译，商务印书馆1996年版，第148页。
② 同上书，第243页。
③ 同上书，第224页。

验。同理，主体的记忆活动、判断行为和喜爱行为等是意向作用，相应的"被记忆物本身"、"被判断物本身"和"被喜爱物本身"则是意向对象。用更哲学的术语说，意向作用是"我思行为"或"我思思维"，意向对象是"我思对象"。意向作用因为是我思行为，所以是主体"固有的""绝对真实的"意识因素，而意向对象因为是我思对象，所以是"相关的""物的因素"，是可以怀疑的（例如可以说"虚幻"的）。这种论断显然是笛卡尔式的。胡塞尔指出，意向作用和意向对象两者是紧密关联，不可分的。意向作用总有相应的意向对象，反之亦然。

我们知道，《逻辑研究》中的意向性结构包括质性、质料和感觉材料（前两者为意向本质）三因素，上述《观念》中的"意向作用—意向对象"二分性意向性结构是从前者发展而来的。大体而言，意向作用（质素、显现功能）相当于前者中的质性，但含义更广，也部分地包含质料的意思（当质料作为意向活动的"意义给予"中的"意义"时）和感觉材料的意思（当感觉材料作为主体体验的表象时）。意向对象是被感觉（被判断，被回忆）的对象，所以也多少有感觉材料的意思（当感觉材料指颜色、声音等本身，而不是对它们的体验时）；意向对象还包括对象的意义，所以也有质料的意思（当质料作为意向活动的结果的"意义"时）。

意向性结构的二分化有利于建立先验现象学。意向作用和意向对象两者相互关联，也相互对应，两者都以胡塞尔发现的先验自我为根基。意向性建构因而也变成先验的、双重的建构，即对意向对象（我思对象）的先验建构和对意向作用（我思行为）的先验建构。

对意向对象的建构仍保持了先前的意思，其基本功能仍然是"意义给予"。但此时的意义给予却有了先验自我的根基。由于有了这一根基，原先在经验的、心理学层面上的意向行为对意向对象的建构，就变成了在根本上是先验自我对意向对象的建构。这样，先验现象学的建构实际上就有了三重结构：先验自我—意向作用—意向对象。

意向作用不能脱离意向对象，反之亦然。然而，作为其根基的先验自我却是独立于对象而存在的，而对象却依赖它而存在。胡塞尔说：

第五章 文学的意向性建构和现象学还原

"内在的存在无疑在如下意义上是绝对的存在（按：指先验的自我意识），即它在本质上不需要任何'物'的存在"；"另一方面，超验物（按：意向对象对意向作用而言是超验物）的世界是完全依存于意识的"。① 正因为如此，先验自我才能建构对象，而不是相反，即先验自我为对象所建构；或者如先前所论的意向行为与意象对象的关系那样，当意向行为建构意向对象时，也相应地建构了自身——先验自我不是这样，它作为根基，是绝对独立自存的。

那么，先验自我是怎样独立自存地在建构对象中发挥根本作用的呢？是通过属于我思的"目光朝向"知觉对象而发生作用的。胡塞尔说："我们毫不怀疑地指出，意向的体验具有这样的特性，即在一适当的目光朝向中，可以从中引出'意义'来。"② 然而，我思的目光朝向对象往往是有变化的，如先这一部分，然后那一部分，或者先正面，然后侧面和反面，等等；被知觉物本身也没有统一性，胡塞尔就说"物体知觉和物体也没有任何本质的统一性"。③ 那么，为什么由这种意向性的目光朝向所建构的意向对象却是一个统一体呢？这是因为意向体验流是有统一性的，而"体验流的统一性是由纯体验本身固有本质决定的统一性"；④ 这"体验本身固有的本质"就是作为意向活动的我思中的先验自我。这即是说，是我思中的先验自我给了意向对象以统一性。上文谈《逻辑研究》时期的意向性建构时曾说意向行为对对象有综合、规整的建构作用，依现在《观念》一书的思想，那综合、规整的作用就来自先验自我。

在"意向作用—意向对象"结构的意向性建构过程中，先验现象学不是侧重意向对象的建构，而是侧重属于我思行为的意向作用的建构。我思行为的建构即是对经验的亦即心理的自我意识（而不是先验的自我意识）的建构。作为这双重建构的共同根基的先验自我，不但

---

① [德] 埃德蒙德·胡塞尔：《纯粹现象学通论》，李幼蒸译，商务印书馆1996年版，第134页。
② 同上书，第227—228页。
③ 同上书，第111页。
④ 同上。

是独立于意向对象的，也是独立于经验自我的，正因为如此，它才能建构经验自我，而不是相反，即为经验自我所建构。这与先验自我与意向对象的关系类似。胡塞尔把先验自我对经验自我的这种独立自存性称作内在性中的"超越性"或"超验性"。① 这种超验性，指先验自我虽然是经验自我体验的基础，它本身却不是经验；从"先验还原"的观点看，指把一切经验的东西排除后的"剩余"，即"纯粹自我"。

经验自我是作为先验自我的意识客体来建构的。这如何可能？它也是一个"目光朝向"的问题。当先验自我的目光通过我思行为朝向被体验物（如被知觉物）时，意向对象成为客体，并被建构。当目光朝向我思行为本身（如知觉体验）时，我思行为即经验自我便成为意识客体。胡塞尔说当生存于我思中时，我们不把我思思维本身意识作意向客体。但它随时可成为一个意识客体，它的本质涉及以"反思的"目光转向的基本可能性，并自然地具有一种新的我思思维形式，这个我思思维以纯把握方式指向它。换言之，任何我思思维都可以成为所谓的"内部知觉"的对象，并接着成为一种反思评价的、赞成或不赞成等等的客体。② 目光转向我思思维本身，即体验本身亦即经验自我，是先验反思（把目光朝向意识中的事物表象则是经验反思或称心理学反思），即引文中说的纯把握方式的"新的我思思维""内部知觉"。这种先验反思，这种新的我思思维，便是先验自我本身的建构活动。

先验自我是如何建构的呢？我们知道，经验自我的体验是片段似的、多样的，如知觉体验即如此，其他的体验也是这样。但由于"纯粹自我似乎是某种本质上必然的东西，而且是作为在体验的每一实际的或可能的变化中某种绝对同一的东西"，③ 这些来而复去的、多样的体验却构成了一个"统一体"，构成了"自然的自我"即"经验自我"或称"经验主体"。这就是先验自我对作为意向作用的经验自我的建构，

---

① 参见［德］埃德蒙德·胡塞尔《纯粹现象学通论》，李幼蒸译，商务印书馆1996年版，第151—152页。

② 同上书，第109页。

③ 同上书，第151页。

第五章　文学的意向性建构和现象学还原

这一建构与前述对意向对象的建构是相对应的。

胡塞尔认为,"先验自我与自然的自我有着明显区别",① 但两者又有同一性:从先验自我这一根基看,自然的自我即经验自我的经验领域,其实也是"先验自我的领域",先验自我由此才能在建构经验的意向对象中发挥"统觉"作用。②

上述先验建构主要具有认识论性质。这种建构虽然基于先验自我,但就建构本身而言,无论是对意向对象的建构还是对经验主体的建构,都是认识性质的:或者是对认识对象的建构,或者是对认识主体的建构。对于作为这种建构的先验自我,胡塞尔是把它作为认识基础来着重研究的,它正是胡塞尔为哲学和一切科学所寻找的最终根据。从胡塞尔自己的论述看,他似乎已实现了这个目标,即,先验自我建构了客观自然界("自然本身最终成为意识的一个相关物:自然只是作为有规则的意识联结体中被构成的东西而存在着"③),从而为物理学科和其他自然学科奠定基础;它建构经验主体,从而为心理学科奠定基础;胡塞尔在晚年的《笛卡儿沉思录》中就详细论证了以先验主体为根据而建构其他人的主体,提出"交互主体性"概念,从而为社会学和其他人文学科奠定基础。胡塞尔的现象学建构论主要为认识论并不足怪。它是近代笛卡儿尤其是康德的认识论哲学的继续,是在主体意识与客体的相关性上更深入的研究。它的不同在于抛弃了康德的自在之物一端,从而把相关性源泉完全归结于主观意识,同时它不像康德认识论那样强调主体的先验意识形式,而是着重于先验意识的实质内容研究。

不过,先验自我既然是认识的基础,它本身必然超越认识论而置身于本体论领域。尽管胡塞尔对世界本源之类的形而上学本体论不感兴趣,在我们看来,他所论的先验自我却实际上成了现实世界和人的意识的来源,至少是主观方面的来源。这显然是先验唯心主义本体观。这种

---

① [德]埃德蒙德·胡塞尔:《现象学的方法》,倪梁康译,上海译文出版社1994年版,第181页。
② 同上书,第181—182页。
③ [德]埃德蒙德·胡塞尔:《纯粹现象学通论》,李幼蒸译,商务印书馆1996年版,第138页。

本体观显得很主观，实际上却是不能彻底的。对意向对象的外在来源，胡塞尔在《逻辑研究》时期采取置而不论的态度，在《观念》之后则认为它是一个可以取消的设定，这就和现代许多反形而上学者类似了。

现象学哲学的意向性建构思想为现象学文论奠定了基础。不过，这基础不是作为其根基的先验自我，而是对意向对象的建构本身，即"意义给与"这种建构功能。从根本上看，现象学文论以及受它影响的解释学文论和接受美学，都是研究读者对文本的"意义给与"，这在它们那里或者也叫"建构"，或者叫"解释""接受"。

意向性建构属哲学认识论，后者与文学创作论相对应，按理与意向性建构论对应的应当是文学创作论。现象学文论中的日内瓦学派主要研究作家赋予作品的"经验模式"（即意识模式），可以说主要属于创作论。不过，从作家的角度研究创作论在近代已基本完成，它基于康德的主体性哲学和美学。胡塞尔的主体建构对象的思想似乎已不能为这种严格意义上的创作论提供新的动力，然而却为读者阅读、批评作品时的再创造活动提供了哲学基础，即读者阅读、批评作品从根本上说是建构作品的意义。不过，就创造和再创造两者都是主体（作者主体和读者主体）的创造而言，两者是相通的。两者的哲学基础也有相通之处：胡塞尔的现象学哲学是近代笛卡儿尤其是康德的主体性哲学的继承和发展。照理，从康德的主体性哲学也可以引发出关于读者再创造的理论，但由于康德美学已经把注意力集中在艺术家、作家的主观创造上，文论所受的影响自然也在这一方面，却不免忽略了向读者方向的发展。而胡塞尔关于主客体相关性的细致、深入的建构理论以及"回到事物本身"的现象学还原态度，却在现代切合时宜地为读者的文学再创造论提供了哲学基础。而文学再创造，从文学理论的角度看，却不是文学创作论，而是文学批评论，即读者对文学作品的阅读、理解和评价的理论。

读者批评论是文学批评论的新方向，它形成了西方现代批评的一大潮流，胡塞尔的意向性建构理论就是这种批评论的哲学支柱，并且使这种批评论能够独立自存，即不像古代和近代批评论那样依附于相应的文学本质论和创作论。因为从读者角度显然不能发展出较全面的、本原性

第五章 文学的意向性建构和现象学还原

的文学本质论和创作论，然而这个角度却正是批评主体自身的领域。

另一个现代文学批评论潮流是科学主义的或称形式主义的批评潮流。其哲学理论的支柱来自康德美学的形式主义。康德的形式主义本来是主体性的，但通过20世纪唯美主义和象征主义的作用而逐渐客观化，随后经过实证主义的影响尤其是20世纪来自索绪尔语言学的结构主义、符号学等的改造，已流变成脱离了主体性的、似乎为文本自身固有的形式主义，这种非主体的、以文本为中心的形式主义便是这一批评论潮流的支柱。从这种形式主义变化出的文学本质现是片面的，也是肤浅的（如说文学是纯形式，是语言符号的自指，是文字的游戏等）。它更不可能产生独立性的创作论。然而，它的领域正是批评对象自身的领域，也就是说这种批评论是独立自存的，不依附相应的本质论和创作论，相反，相应的本质论和创作论——如果有的话——往往倒是由它发展出来的。正是由于西方现代文学批评论的两大潮流都是独立自存的，它才能成为主导的文论，使西方现代文论的时代成为批评论时代。

顺便可以见出，就两大文学批评潮流的哲学基础各自源自康德哲学的主体性和形式性而言，康德的巨大影子仍然笼罩着西方现代文学批评。

2

现象学还原在一定程度上是与意向性建构相对应的：通过本质还原，对意向对象进行经验建构中的对象的本质即经验意识，被还原出来；通过先验还原，对经验主体（意向作用）的先验建构中的先验自我意识被还原出来。

现象学还原的全过程可以由外而内地分成三步：悬置—本质还原—先验还原。后两者性质不同，可以看成两类不同的还原；悬置则是其共同方式。

胡塞尔的"悬置"概念显然曾受笛卡儿怀疑论方法论的启示。除"悬置"这一概念外，胡塞尔还用"加括号"、"排除"、"中止判断"和"使失去作用"等意思相近的术语。悬置首先指把关于自然界的存在的设定置而不论，中止对它的判断，这也就是所谓"改变自然态

195

度",从而还"排除了一切与此自然界相关的科学""断然不依靠它们的有效性"。① 此外,也悬置一切其他的设定。"对于任何设定我们都可以完全自由地实行这一特殊的悬置,即一种判断的中止""便设定失去作用,置入括号"。②

本质还原是在上述悬置的基础上,通过本质直观的方式去排除事实而获取一般本质的活动。所以本质还原的特点在于本质直观。本质直观"与在通常狭义上的直观,即个别直观相对立",③ 后者即通常所说的感性直观。个别直观是本质直观的基础。"个别直观不管属于什么种类,不论它是充分的还是不充分的,都可转化为本质直观。"④ 但"这两种直观是本质上不同的":⑤ 前者直观个别事实,后者则从个别事实中直观本质。胡塞尔认为,把直观的"看"的说法扩展一下,是可以在个别事实上直观到本质的,这种看即"本质的看"。"任意多的、个别地被看到的事例所具有的共同之物、一般之物可以直接地作为其本身而为我们所拥有,就像一个个别之物在感性之觉中为我们所拥有一样。"⑥ 他举例说,关于红,"我有一个或几个个别直观,我抓住纯粹的内在,我关注现象学的还原。我除去红以外还含有的、作为能够超越地统摄的东西,如我桌子上的一张吸墨纸的红等等,并且我纯粹直观地完成一般的红和特殊的红的思想的意义,即从这个红或那个红中直现出的同一的一般之物:现在个别性本身不再被意指,被意指的不再是这个红或那个红,而是一般的红"。⑦

从现象学还原的观点看,直观对象的本质即是还原出对象的本质意义,亦即还原出经验主体的纯粹意识。因为如前所述,对象的意义是由主体所建构的。这种本质直观的还原显然是以上述悬置方法为前提的。

---

① [德]埃德蒙德·胡塞尔:《纯粹现象学通论》,李幼蒸译,商务印书馆1996年版,第98页。
② 同上书,第96页。
③ 同上书,第52—53页。
④ 同上书,第51页。
⑤ 同上书,第53页。
⑥ [德]埃德蒙德·胡塞尔:《现象学的方法》,倪梁康译,上海译文出版社1994年版,第225页。
⑦ 同上书,第49—50页。

第五章 文学的意向性建构和现象学还原

当我们直观对象时，我们直观对象本身，而对有关它的各种知识、评价等一概加以悬置（排除），而所谓直观对象本身，又是指直观对象的本质，对对象的客观存在则不感兴趣，这即是说对对象的客观存在也加以悬置，尽管这只是暂时的、相对的悬置（不同于先验还原的绝对的悬置）——这是最基本的悬置，即对对象的自然存在的悬置。

胡塞尔后来把这种仅从个别事实上直观本质的方法，发展成结合自由想象来直观本质的方法，这即是"自由变更法"。在这种方法中，对个别事实的直观造成具有引导性的"前图像相应的想象造成若干"后图像，它们是不同的"变项"，而贯穿其中的不变的东西则是"常项"即该事实的一般本质。胡塞尔说得很具体："换言之，我们让自己受事实的引导，这个事实在此作为前图像，这前图像是对这个事实在纯粹想象中的重构而言。与此同时，应当不断地获得新的类似图像，即作为后图像，想象图像的图像，它们都与那个原初图像具有具体的相似性。这样，我们自由地、任意地创造变项，这些变项中的每一个以及整个变化过程本身都是以'随意'的主观体验的方式出现。然后会表明，在这种后构造的多样性中贯穿着一个统一，即在对一个原初图像，例如，一个事物的这种自由变更中，必然有一个常项作为必然的一般形式保留下来，没有这个形式，一个图像，如这个事物，作为它这一个类的例子是不可想象的。这种形式在随意的变更活动中呈现出自身是一个绝对同一的内涵，一个不变的，使所有变项得以一致的某物，一个一般本质，而同时，变项的差异对我们却无关紧要。"[①]

当本质直观法发展到自由变更法时，这种本质直观与通常的感性直观就又增加了一点重要的不同，即前者包括想象活动，而后者则不包括。

本质直观法或者说本质还原法是胡塞尔创立的独特的认识方法。它不同于传统的经验归纳和演绎推理，也不同于德国古典哲学中的所谓"理智直观"，后者既不依赖感知也不通过推理而直达绝对真理。这种没有感性基础的、感悟性的认识方法，缺乏上述本质直观法的直接性、

---

① ［德］埃德蒙德·胡塞尔：《现象学的方法》，倪梁康译，上海译文出版社1994年版，第217页。

明晰性和它所追求的科学精神。

先验还原是在本质还原基础上的深化和纯化。胡塞尔说"我们在这里将引入'先验的还原',它是比心理学还原高一层次的还原,心理学的还原是随时都可以进行的,并且同样借助于悬置来进行纯化,先验还原是在此纯化之后的进一步纯化"。① 本质还原以外在的经验客体为对象,通过本质直观而获得其本质。因为那本质是主体所赋予的或说建构的,它就是主体的经验意识,也就代表了经验自我或者说经验主体。所以本质还原的结果是还原出经验自我。先验还原则进一步以经验自我为对象,通过彻底的悬置而还原出纯粹的即先验的自我。胡塞尔说,在实行现象学的先验还原时,"如在自然设定中的整个世界一样,'我,这个人'也经受排除;留下的是具有其自己本质的纯行为体验",也就是"纯粹的自我,没有任何还原可对其施加影响"。② 可知先验还原是进一步向主体的内在退缩。如用"反思"这一哲学术语来表示,本质还原是从经验对象反思经验自我,这是主体经验的、心理学的反思;先验还原则是从经验自我向先验自我的反思,是先验的、真正哲学的反思。后一反思的结果是追溯到主体内在的最深处,即作为建构经验对象(意向对象)同时也是建构经验自我(意向作用)的共同根基的先验自我。不过胡塞尔又指出,"先验自我与自然的自我有着明显的区别,但绝不是第二个自我,不是一个与自然自我在自然词义上相分离的自我,……它就是(完全具体地理解)先验的自身经验的领域,这种自身经验随时都能够通过观点的改变而转变为心理学的自身经验"。③ 并指出"在这种转变过程中必然会产生自我的同一性",从而对自然自我(经验自我)的活动"负担着统觉的责任"。④

从现象学悬置的观点看,先验还原是一种普遍而彻底的悬置。胡塞

---

① [德]埃德蒙德·胡塞尔:《现象学的方法》,倪梁康译,上海译文出版社1994年版,第180页。
② [德]埃德蒙德·胡塞尔:《纯粹现象学通论》,李幼蒸译,商务印书馆1996年版,第202页。
③ 同上书,第181—182页。
④ 同上书,第182页。

第五章 文学的意向性建构和现象学还原

尔说"先验还原完全是普遍悬搁的一个结果",先验现象学家"通过他的绝对普遍的悬搁把心理学纯粹的主体性还原成为先验纯粹的主体性"。① 所谓"绝对普遍的悬搁",指不但像本质还原那样把外在自然界及相应的预设和先见加以排除,而且把作为这种排除结果的经验自我意识也对象化、客观化为外在世界的经验之物而加以排除。总之,先验还原是悬置、排除一切经验的东西,结果剩下的便是纯粹的先验自我,"在对世界和属于世界的经验主体实行了现象学还原之后留下了作为排除作用之剩余的纯粹自我"。②《观念》(Ⅱ)(即《纯粹现象学和现象学哲学的观念》)一书中著名的第49节即以"作为世界清除之剩余的绝对意识"为标题加以论说。

这样看来,作为绝对意识的先验自我本身是不能被再还原了,即不能被悬置和排除了,它不是包含经验自我在内的整个世界的一部分,却是这世界得以显现或者说建构的最终基础。胡塞尔说:"意识本身具有固有的存在,在其绝对的固有本质上,未受到现象学排除的影响。"③ 又说:"因此实在的存在,在显现中对意识呈现和显示的存在,对于意识本身(在最广泛的体验流意义上)的存在不是必不可少的。"④ 这就必然关涉本体论了"因此,内在的存在无疑在如下的意义上是绝对的存在,即它在本质上不需要任何'物'的存在。(nullàre')另一方面,超验'物'(res)的世界是完全依存于意识的";⑤ "整个时空世界,包括作为人和作为附属的单一现实的人自我,按其意义仅只是一种意向性的存在",⑥ 所谓"意向性存在",指先验自我意识所建构的包括经验自我在内的整个世界的存在。在这种意义上,先验自我成了世界的本体。

胡塞尔的先验现象学主要论述先验主体的纯粹意识,在这种意义

---

① [德]埃德蒙德·胡塞尔:《纯粹现象学通论》,李幼蒸译,商务印书馆1996年版,第180—181页。
② 同上书,第151页。
③ 同上书,第100页。
④ 同上书,第133页。
⑤ 同上书,第134页。
⑥ 同上书,第135页。

上，先验现象学可以说是胡塞尔哲学中的本体论（《逻辑研究》所代表的描述现象学或心理现象学则是其认识论）。而先验还原则显出是相应的方法论，即通过这种独特的还原方法而获得先验自我这一本体。胡塞尔从本质现象学走向先验现象学，他更看重的是后者，因为它是其哲学的最终目标。所以，他相应地也更看重现象学方法中的先验还原方法。然而，胡塞尔的大多数追随者，无论是哲学界还是其他诸多领域里的学者，看重和运用的却是现象学方法中的本质还原方法，而不是先验还原方法。他们感兴趣的是被还原的外在经验对象以及所还原出的本质即主体的经验意识，尤其是这种还原方法中"面向事物本身"的态度和悬置方法；而对先验还原中把经验主体作为还原对象而还原出主体的先验意识，则不感兴趣，尽管先验还原中也包含相应的"面向事物本身"的态度和悬置方法。

胡塞尔在《逻辑研究》和《观念》中都谈到"面向事物本身"这种态度。依据胡塞尔的现象学哲学，"事物本身"的含义是广义的。它有指外在实在的事物一面，这一点与经验主义有共同性，所以胡塞尔指出经验主义注重经验事实是有合理性的。[①] 但根据胡塞尔的本质直观中的"自由变更法"，"事物本身"也包括在想象中所直观的来自外在事实的事例，这一点却与经验主义不同，所以胡塞尔又批评经验主义在这一点上的局限。[②] 另一方面，胡塞尔的现象学是关于本质意识的学说，他所说的"事物本身"主要指从经验事物中直观到和还原出的事物的本质和主体的经验意识。前面说过，胡塞尔的现象学中的"现象"一词指的就是本质、意识，所以"事物本身"的意思与"现象"的意思应是相近的。所以"回到事物本身"应主要指面向事物本质和诸意识现象。胡塞尔的追随者们出于自己的需要，或者出于误解，却往往把"回到事物本身"理解为回到外在经验事实，这种偏指在广泛的现象学运动中也自有其合理性。

---

① 参见［德］埃德蒙德·胡塞尔《纯粹现象学通论》，李幼蒸译，商务印书馆1996年版，第84页。

② 同上书，第75—76页。

第五章 文学的意向性建构和现象学还原

现象学"悬置法"让人在研究中排除预设和先见，采取中立立场，这与"回到事物本身"的现象学态度在精神上是一致的，都是胡塞尔的方法论思想，它在随后的现象学运动中产生了最广泛的影响和效应，它也可以说是现象学哲学最主要的影响和效应。

现象学方法对文论所产生的作用也大致如上所述。具体来说，悬置的排除法和"面向事物本身"的态度给现象学文论、解释学文论、接受美学等一路文论以基本的批评态度和方法，一个直接的效果是在此一路文论中造成了"文本中心"现象。"回到事物本身"即回到作品，也就是回到文本。这就使人文主义的文学批评的中心从传统的社会、历史中心和作者中心转到作品本身（对于人文主义批评来说同时也就是转到读者）。这就造成了相对的"文本中心"论。这种文本中心之所以说是相对的，是因为它在根本上依从于读者的意向性建构。从读者对文本的意向性建构看，读者才是真正的中心。不过这两者是统一的，因为读者的意向性建构不能发生在文本之前，而是在其后，即要通过文本或者说回到文本上才能发生建构（所谓对作品的再创造）。在这种意义上，也可以反过来说：以读者的建构为中心也必然相应地要以文本为中心。所以我们看到，在解释学和接受美学中，虽然强调"成见""期待视野"等读者的主观能动作用，但同时也显现出仍然重视文本，仍然具有"文本中心"的倾向。这与以社会、历史和作者为中心的文论不同，社会、历史的背景和作者的创造都先于作品存在和发生，所以相应的文论可以在很大程度上脱离作品文本而以自身为中心，如文学的"模仿论""表现论"等。这种文本中心论与形式主义的文本中心论也不同，后者认为文本不但独立于社会、历史和作者，而且独立于读者。形式主义的文本中心论的哲学基础也不同：或者是把来自康德的主体性的形式主义加以剥离而成为非主体性的、客观的形式主义，这是俄国形式主义和新批评的文本中心论的基础；或者是此种形式主义思想又与索绪尔的语言学有关思想结合而形成语言学形式主义，这是结构主义和解构主义诸文论的文本中心论的基础。

现象学悬置法在文学批评上的作用表现为促使批评家们排除成见，

采取中立化立场去研究文学文本，如现象学文论中的日内瓦学派。但更多的是从读者的意向性建构这一基本观点着眼，在对文本的研究中只排除传统文学批评中所重视的社会、历史和作家，却容许读者能动地参与对文本意义的建构。这在英伽顿等人的现象学文论中就已如此，在以后的解释学文论和接受美学中更突出。

总括来看，现象学哲学的意向性建构理论为读者系统的文论提供了阅读和解释文本的理论根据；其"回到事物本身"的态度和还原方法又为此系统的文学批评提供了出发点和原则方法，由此可见胡塞尔的现象学哲学对此路文论的全面奠基作用。

二

现象学文论的代表是英伽顿和日内瓦学派。前者以胡塞尔的现象学哲学为根据，着重探讨文学作品本身的存在形式、读者对它的重构（再创造）以及它的价值。后者也以胡塞尔的现象学哲学为根据，但着重探讨的是作家在作品中的意识模式。

1

诺曼·英伽顿（1893—1970）的现象学文论都集中于文学作品本身，包括作品的本体论、认识论和价值论。本体论研究作品的存在形式，所以这"本体论"既不是哲学本体论的意思，也不是一般文学本质论的意思，而仅仅指文学作品本身是什么，即它的结构形式。认识论研究读者对文学作品的具体化即重构，富于现象学的意向性建构原理。价值论研究文学作品本身的艺术价值和它作为重构后的审美对象所具有的审美价值的不同。由此可知英伽顿的现象学文论是一个有机的系统。

英伽顿现象学文论的中心可以说是读者对作品的重构。文学作品本身的存在形式是这一重构的基础，作品的审美价值是这一重构的效果。所以，从总体上说，英伽顿的现象学文论是从读者阅读作品的角度去论说的现象学文论，而不是关于作者创造的现象学文论，虽然它必然关涉作者的创造，因为作者的创造是作品本身存在的前提条件。所以英伽顿的文论又叫阅读现象学。对作品的阅读、理解是文学批评最首先也是最

第五章 文学的意向性建构和现象学还原

基本的工作,在这个意义上,英伽顿的文论主要是文学批评论,虽然它也涉及文学本质论(关于作品存在形式的"本体论"可以看成文学本质论的一部分)和创作论。这样我们就看到,英伽顿所说的文学本体论,实际上就是其批评论中的"本体论",即关于批评对象本身是什么的理论;他所说的文学认识论,就是关于文学批评本质的理论(文学批评的本质是读者的重构即再创造);他所说的文学价值论则主要是关于文学批评的审美效果的理论。

英伽顿的文学本体论主要体现在《文学的艺术作品》(英译本)一书中。该书首先提出要探讨的问题是文学作品本身是什么,即它的存在方式或者说结构形式。英伽顿批判了关于作品存在方式的几种错误观点,指出作品不是物质的实在客体,因为其中的句子是由意义和观念构成的,也不是作者或读者的心理感受,因为那是人们无法确定的。英伽顿在该书第一部分中曾用专节(第7节)来说明"什么不属于文学作品",体现了现象学的还原方法,即所谓"悬置"法或者说排除法。"首先,作者及其整个变化、经验和心理状态是完全在文学作品之外的。而尤为重要的是,作者在创作时的经验并不构成作品的任何部分。"[①]"同样,读者的属性、经验和心理状态也不属于作品的结构。"[②]"最后,客体和事态的整个领域——它们根据具体情况而构成客体和事态的模式而'显现'在作品中——必须从文学的艺术作品的结构中排除去。"[③] 英伽顿并不否认这些东西与文学作品的联系,他只是说它们并不是作品本身的东西。因为在英伽顿看来,作品本身既不是外在现实的客体和事态,也不是作者和读者的心理经验,而是这些东西的意向性关联物,后者对前者保持着独立性,具有自身的客观性。

英伽顿对文学作品本身的存在形式是以四个层次来展开论说的。第一层是语音层。在论说语音的构成时,英伽顿区分了语音材料(音色、音量

[①] [波兰]诺曼·英伽顿:《文学的艺术作品》(英译本),埃文斯顿,西北大学出版社1973年版,第22页。
[②] 同上书,第23页。
[③] 同上书,第25页。

和音调等）与字音：前者在具体的发音中有变化，不表示意义；后者则是确定的语音形式，是意义的载体，"意义在根本上附着在字音上"。[①] 字音组成词、句子和句子的复合体，从而在语音上产生出快慢、节奏和韵等韵律现象。

语音层构成作品的"外壳"，即外在形态。语音层的韵律现象可以引发相应的情绪，具有独立的审美价值。不过，语音层的主要功能还在于它负载意义，是整个作品的物质基础，使作品的其余层次有可能存在。英伽顿说"音字的最重要的作用在于：字音与意义的联系一旦建立，字音就'决定'伴随的意义。这意味着，当一个确定的字音被一个心理主体理解时，这理解就直接导致一个意向性行为，其中一个确定意义的内容被意指着。这里，这意义不是作为一个（思想的）客体被给予，而是被置于一种功能中。就此而言，这种功能的确立就产生了这样一个事实，即属于字义或者句子意义的对应的客体性被意指着，这样，文学作品中随后的层次就显示出来了"。[②] 我们看到，英伽顿认为字音引起主体的意向性活动，从而意向性地指称对象，即赋予对象意义。顺便指出，字音（能指符号）指称意义的观点与现象学哲学关于主体赋予对象意义的意向性建构观点是相统一的。"用胡塞尔的贴切的措词来说，意义是'授予'给词语的。"[③] 这种现象学的语言意义观与结构主义和解构主义关于意义产生于符号差异、符号之先和之外无意义的理论是很不相同的。

第二层是语义层。英伽顿着重论述此层次，因为它在作品中具有决定性作用。语义层由词句的意义组成。若干词的意义组成句子，若干句子的意义组成句群的意义，进而组成作品的意义。词的意义意向性投射（指称）客体，句子的意义意向性地投射客体的事态，而句群的意义和整个语义层次就投射再现的客体世界，这即构成下一层次。

---

① ［波兰］诺曼·英伽顿：《文学的艺术作品》（英译本），埃文斯顿，西北大学出版社1973年版，第59页。
② 同上。
③ 同上书，第23页。

第五章 文学的意向性建构和现象学还原

词句的意义赋予要通过主体的主观意识活动,但词句的意义本身却不等同这种主观意识活动及其心理内容。词句意义受制于主观意识活动却又超越这种活动,它本身具有客观性特征。它并不是某种具体的意义或独立的观念,而只是功能性意义。只有当读者对图式化的客体进行具体化时,它才成为具体的有独立性的意义和观念。

英伽顿指出,词句意义指向的客体是纯意向性客体,与现实中的真实客体不同,它们只是真实客体的"幻象",只存在于作品之中。纯意向性客体又分为原初的和派生的两种。原初的纯意向性客体是作者创造作品时的纯意向性客体,派生的纯意向性客体则是读者的纯意向性客体,在阅读作品时语言意义的意向性(它表现为从作者"借用"来的意向性)活动造成的。当原初的纯意向性客体一旦脱离作者的意识活动而成为作品中的纯意向性客体时,它就失去了其原来具有的具体性和丰富性而成为图式化的东西。这一点英伽顿说得明确:"然而,纯意向性客体一旦失去与经验的直接关联(即是说它成了一种派生的意向性客体),并在一个词意(或一个句子的意义内容)的借用来的意向性中找到直接的本体支撑,它也就失去了想象的直观性和多样的情感和价值特色,因为词语的完全的意义也只能包含与一个简单的意向性活动内容相契合的东西。对原初的纯意向性客体来说,可以说就只剩下一个骨架,一个图式。"[1] 文学作品本身中只有这种由词语意义所投射的图式化客体是不变的。读者在此基础上重建的纯意向性客体又可以重新获得想象的直观性和丰富性,但那是变化的,因人而异的。

总之,整个语义层意向性地投射出客体世界,但那客体世界只能是图式化的。就英伽顿认为语义层是整个作品的中心而言,我们可以知道文学作品本身只能是一个潜在的、图式化的东西。

第三层是再现客体层。再现客体层由语义层的意向性投射而成,具有现实的外在形态。英伽顿说:"它们似乎是所有层次中最显著的层次,事实上,它们通常是文学的艺术作品中作为主题来理解的唯一因

---

[1] [波兰]诺曼·英伽顿:《文学的艺术作品》(英译本),埃文斯顿,西北大学出版社1973年版,第127页。

素。在对作品的简单阅读中，只要读者追随文本的意思，它们总是首先引起他注意的东西。"①

"在文学作品中，再现客体是被意义单元所投射的派生的纯意向性客体。"② 上文说过，作品中纯意向客体是由作者的原韧的纯意向性客体进入作品而产生的，它已失去原初的直观性和丰富性而变成了受语义层制约的图式化的东西。英伽顿强调指出，再现客体是广义的，它不但指文学作品中的事物和人物，也指由人物等造成的任何可能的事件、状态和行为。③

再现客体当然与现实中的真实客体不同，它们不是真实存在，而只能是后者的"幻象"。英伽顿着重论述了两者在空间和时间上的不同。认为再现客体的空间既不是现实客体所存在的真实空间，也不是主观想象的和个人心理的空间，而只是出现于作品中的空间。但它也具有真实空间的某些特征，如连续性等特征。再现客体的时间同样既不是现实的真实时间，也不是主观的心理时间，而是主观时间的一种类推。它靠再现客体联结现在、过去和将来，它能将过去的时间挽回至现在。由于再现客体的空间和时间都可以具有连续性特征，文学作品中再现客体在时空上就存在许多"空白"和"不定点"需要读者加以"填充"。其实，不单再现客体的空间和时间如此，再现客体本身由于是图式化的，也具有某些不定点，也需要在对它具体化时加以填充。

第四层是图式化观相层。英伽顿认为，现实的真实客体与主体对它的观相不同，前者是独立于主体的，后者则是主体对它的感性直观。例如一个红球，它有自身的存在，是独立于主体之外的。观者可以从不同角度对它产生诸多观相，但如若主体停止观看，这些观相就不复存在。这即是说，观相不是客体本来就具有的，也不是仅仅存在于主体心理上

---

① ［波兰］诺曼·英伽顿：《文学的艺术作品》（英译本），埃文斯顿，西北大学出版社1973年版，第217页。
② 同上书，第218页。
③ 同上书，第219—220页。

第五章　文学的意向性建构和现象学还原

的，而是主客体之间关系的产物，即主体对客体的一种直观，或者说客体对主体的一种呈现。

直观真实客体所产生的观相是具体观相。英伽顿说，人们能经验到的只是事物的具体观相。具体观相是变化的。在诸多变化的观相中能够保持自身同一的、不变的东西，就是"图式化"观相。① 作品中再现客体的观相本身就是图式化的、骨架似的。英伽顿说："图式化观相既不是具体的，也完全不是心理的，它作为一个单独的层次属于文学作品的结构。"②

图式化观相是文学作品的最后一个层次，可知作品本身只是一个图式化的、潜在的存在形式。图式化观相要通过读者的"具体化"活动才变成具体观相，从而显出审美价值。但那种具体观相已不是文学作品本身，已不属于英伽顿的文学作品本体论范围，而属于读者对文学作品的重建，属于文学作品的认识论范围。

就文学作品本身是图式化观相而言，英伽顿认为它具有一种对"具体化"的"期待"。相反，"无期待"的图式化观相，即不能严格制约读者的图式化观相，其具体化会是任意的、偶然的，因而可能失去审美性。英伽顿指出，具有图式化观相结构的再现客体上也有许多"不定点"，需要读者在对它进行具体化时加以填充和确定。顺便指出，英伽顿关于作品的图式化观相具有期待实现的性质，可以看成后来接受美学中伊瑟尔提出的文本的"召唤结构"的先声。

英伽顿在论述了以上四个层次后指出，这四个层次以产生再现客体为宗旨。在对这种图式化的再现客体加以具体化的过程中，再现客体的一个重要功能是显示和指向如"崇高""悲剧""震惊""玄奥""神圣""怪诞""痛楚"等形而上学性质，它也就是作品的思想观念。

总之，英伽顿所论述的文学的艺术作品本身具有层次结构，它主要由作为词句意义的意向性关联物的再现客体所构成，这种再现客体本身

---

① ［波兰］诺曼·英伽顿：《文学的艺术作品》（英译本），埃文斯顿，西北大学出版社 1973 年版，第 263 页。

② 同上书，第 264 页。

只是图式化的，需要读者加以具体化，从而才变成审美对象，实现其审美价值。英伽顿在该书的结语中就指出"文学作品是一种图式化建构，其中各种要素都保持着自身潜在的特性"。[①] "因此，只有当文学的艺术作品在一个具体化中表现出来时，它才成为审美对象。"[②] 英伽顿在该书中着重论述的是前者，即文学作品本身的存在形式，所以叫文学的本体论。对文学作品的具体化属文学认识论，该书第三部分已有所涉及，但细致、深入的论说还在后来的《对文学的艺术作品的认识》一书中。

2

英伽顿在《对文学的艺术作品的认识》（1937）一书的"后记"中说此书是《文学的艺术作品》一书的姊妹篇。前者在后者基础上着重论述对作品的具体化即重构。这种重构论可以分为三个问题来看：重构的客观基础、重构中的具体化活动、重构的三种态度。

读者对作品的重构有无客观基础或者说客观性？英伽顿的回答是肯定的。那客观基础是什么？它就是上文论说的文学作品本身。具体说来，首先是文字和语音层这种客观物质基础。其次，在此基础上的语义层的语词意义，从一方面看"是某种客观的东西，不论怎样使用，它都保持着同一核心，并从而超越了所有的心理经验"。[③] 这即是说，语词的意义对作者和读者来说有着对应性和一定程度的一致性，因而由语义层所投射的再现客体层和图式化观相层都有客观性，即它们作为作者和读者的意向性关联物都具有客观性。在英伽顿看来，正是作品的这种客观性保证了不同读者在对作品的具体化重构中能够保持同一性，并且能够使他们有可能尽量忠实地、精确地重构作品。

英伽顿所说的重构活动中的"具体化"，指读者不可避免地带着某些主观因素，并在一定的环境条件下，把图式化结构的文学作品重构成多少类似作者创作时所"描绘的世界"。这一过程中包含着对再现客体

---

① ［波兰］诺曼·英伽顿：《文学的艺术作品》（英译本），埃文斯顿，西北大学出版社1973年版，第372页。
② 同上。
③ ［波兰］诺曼·英伽顿：《对文学的艺术作品的认识》，陈燕谷、晓未译，中国文艺联合出版公司1988年版，第23页。

第五章　文学的意向性建构和现象学还原

本身的"不定点"以及空间和时间上的不定点的填充。

具体化在文学作品的四个层次上展开。在语音层上，读者对字音符号的阅读和理解就是具体化活动。读者"不仅把语词声音理解为纯声音模式，而且还应认为它传达或能够传达某种情感性质"。① 英伽顿在《文学的艺术作品》第三部分中，就已指明完美的朗诵使具体化的作品具有审美价值。英伽顿指出，"和理解语词声音同时发生并且不可分离的是理解语词意义"，② 读者在对语音层具体化的同时几乎直接就过渡到对语义层的具体化了。

英伽顿指出，语词是某种客观的东西，对不同使用者保持着同一核心。这是因为"语词的意义无疑总是由若干意识主体的理智共同构成的，它们和相应对象处于直接的认识联系中。所以，以这种方式产生的具有意义的语词从一开始就是一个主体间际的实体，其意义是主体间际可接近的，而不是具有'个人'意义的东西"。③ 英伽顿实际上是把语词意义当作读者心理行为的客观的意向关联物，它超越读者个体的意识行为。读者对语词意义的理解，就是使这种意向关联物现实化。他说："成功而直接地发现意义意向，本质上是这个意向的现实化。这就是说，当我理解一个本文，我就思考本文的意义。我把意义从本文中抽出来，并且把它变成我在理解时的心理行为的现实意向，变成一个等同于本文的语词或句子意向的意向。这样我就真正'理解'了本文。"④ 读者的这种理解就是作品语义层的具体化。通过这种具体化，读者把语词本身潜在地具有的对不同读者具有同一性的意义意向，转变成了现实的、该读者个人的意义意向。

读者将语义层上的句子意义投射为客体对象，并对它们的不定点进行填充，就是对作品的再现客体层的具体化。英伽顿在谈到读者对作品的阅读时说："但是，在许多情况下，读者的全部努力都在于思

---

① ［波兰］诺曼·英伽顿：《对文学的艺术作品的认识》，陈燕谷、晓未译，中国文艺联合出版公司1988年版，第19页。
② 同上。
③ 同上书，第27页。
④ 同上书，第31页。

考句子的意义，而没有使意义成为对象并且仍然停留在意义领域中。没有作出理智的努力，从所读的句子进入同它们相应的和由它们投射的对象。"① 这说明作品的语义层次的确不同于再现客体层次，相应地，读者对语义层的具体化也就的确不同于对再现客体层的具体化。

英伽顿认为，对再现客体的具体化首先表现为从意向事态到再现客体的一种综合的客观化的过渡。"客观化以事态为基础。"② 事态是句子意义的意向性关联物；读者对句子所描绘的诸多事态加以综合和客观化即展示再现客体，它或者是一个事物（也可以是人物、过程），或者是由若干事物参与构成的完整的客观情景。这就是对事态的客观化。这种客观化的结果，是使再现客体层在一定程度上获得对语义层的独立性。英伽顿指明了这种客观化的本质是重构："为了使描绘世界获得它的独立性，读者必须完成一种综合的客观化，把各个句子投射的各种细节聚集起来并结合成一个整体。"③ 只有通过综合的客观化，再现客体才对读者呈现出它们自己的拟实性。……它们在某种程度上是他通过理解句子和进行客观化活动重构的。④

文学作品"是一个图式化构成"，"至少它的某些层次，尤其是客体层次，包含一系列'不定点'"。⑤ 对再现客体层的具体化就表现为对这些不定点的填充。什么是不定点？英伽顿说："我把再现客体没有被本文特别确定的方面或成分叫作'不定点'。文学作品描绘的每一个对象、人物、事件等等，都包含着许多不定点，特别是对人和事物的遭遇的描绘。"⑥ 英伽顿举例说，在《布登勃洛克一家》中没有提到布登勃洛克参议的眼睛的颜色，那就是一个不定点。莎士比亚的《哈姆雷特》的本文没有指出这个丹麦王子的身高，或者他的声音听起来如何，等

---

① ［波兰］诺曼·英伽顿：《对文学的艺术作品的认识》，陈燕谷、晓未译，中国文艺联合出版公司1988年版，第36页。
② 同上书，第43页。
③ 同上书，第47页。
④ 同上。
⑤ 同上书，第49页。
⑥ 同上书，第50页。

等，这些便是不定点，需要读者和演员去填充，去具体化，使那形象丰满地、完美地塑造出来。英伽顿指出，读者对不定点的填充通常是不自觉的，其原因部分地是本文的暗示作用，部分地是读者习惯于把具体的人和事看成是完全确定的这种自然倾向的作用。对不定点的填充是创造性的，是"一种特殊的创造活动"。读者从自身和作品两方面的许多因素中选择出某些因素，主动地借助于想象去填充许多不定点，从而使客体确定和完整起来。英伽顿说把这种补充确定叫作再现客体的具体化。① 他最后提醒读者，在进行具体化填充时要有节制和恰如其分，可以用诸多方式进行，但都要与语义层保持协调一致。

"因为作品中由事态再现的客体实际上是感知不到的"，② 所以再现客体的外观或者说观相就只是潜在的、图式化的。"在作品本身中图式化观相只是处于潜在的待机状态；它们在作品中仅仅'包含在待机状态'中。"③ 再现客体如果要被实际地感知和体验到，使作品显出审美价值，就"要求主体方面有一个具体的知觉或至少是一个生动的再现活动"，"从而使再现客体直观地呈现出来，具有再现的外观"。④ 这就是对图式化观相层的具体化，即把图式化观相转变为具体观相，其实质是读者在自己的想象中赋予客体以感性直观形象。这种具体化"在很大程度上取决于读者是用他自己的感受力、知觉习惯、兴趣偏爱等以及相应的经验细节去补充和具体化图式化观相的。当读者在作品中遇到从未看见过的再现客体时不知道它'看起来'是什么样子，他就试图以自己的方式来想象它"，有时甚至"根据自己的幻想不自觉地捏造"客体的具体观相。⑤ 正因如此，英伽顿认为对作品的图式化观相层的具体化"同作品内容的偏差比较说来是最大的"。⑥ 因此，英伽顿要求读者不

---

① ［波兰］诺曼·英伽顿：《对文学的艺术作品的认识》，陈燕谷、晓未译，中国文艺联合出版公司1988年版，第52页。
② 同上书，第56页。
③ 同上。
④ 同上。
⑤ 同上书，第58页。
⑥ 同上。

能随意进行对图式化观相的具体化,而应当符合作品本身的暗示和指示。

再现客体的图式化观相被具体化和现实化后,"作品所描绘的事物具有了更大的造型性和鲜明性,它们变得更生动更具体,读者似乎进入了同它们的直接交流"。① 此时作品还常常显示出一种形而上学性质,而"一种特殊的形而上学性质的出现构成了作品的顶点并且在阅读中对作品的审美具体化发挥着重要作用"。②

英伽顿还对具体化重构如何忠实于原作的问题进行了探讨。他认为读者只要认真注意语音层和语义层的准确性,就可以避免重构中的严重错误。由于作品客观存在着,读者可以在以后的阅读中根据作品来核对、检验自己的重构,还可以把自己的重构与他人的重构比较,这样就能不断地改进自己的重构,直到精确地类似于原作者的创作为止。

英伽顿把对文学作品的认识态度分为两种,一种是审美态度,另一种是纯认识态度或称研究态度。审美态度指以上述具体化为目的,在审美体验过程中发现作品的审美价值,作品也因而转变成审美对象。这也就是读者的态度。纯认识态度是学者的态度。它又分为两种,即前审美态度和后审美态度,两者都以获得关于作品的知识为目的。但两种态度的对象不同:前审美态度以作品本身即作品的图式化结构为对象,后审美态度则以在对作品本身进行具体化中所形成的审美对象为反思对象。"审美对象一旦完全构成,就消逝了。它的构成和存在是一个独一无二的历史事实。"③ 它的时间性和个别性都是"绝对独一无二的"。所以,英伽顿说这种把作品作为审美对象的认识是通过记忆来进行的反思认识,并指出"在审美经验完成以后,根据记忆对已经构成的审美对象进行认识,原则上和其他认识行为没有什么区别"。④ 由此可知,对文学作品的研究性认识尤其后审美态度的研究性认识,是包含重构(具体化)但又超越了重构的认识活动。

---

① [波兰]诺曼·英伽顿:《对文学的艺术作品的认识》,陈燕谷、晓未译,中国文艺联合出版公司 1988 年版,第 63 页。
② 同上书,第 62—63 页。
③ 同上书,第 411 页。
④ 同上书,第 410 页。

3

英伽顿的文学价值论建基于上述文学本体论和文学认识论。更准确地说，建基于文学作品本身与通过对它的具体化重构而产生的审美对象两者之间的区别。依据英伽顿，作品本身具有艺术价值，审美对象则具有审美价值。在《对文学的艺术作品的认识》（主要是第4章）中就有关于作品价值的论说。艺术价值是作品本身潜在的特质，它存在于作品的各层次中。它是审美价值的基础。审美价值是作品被具体化为审美对象而具有的价值，这种价值包括来自作品各层次的相关性质，这些不同的审美相关性质的关系构成"质的和谐"。

英伽顿后来写的《艺术和审美的价值》一文，再次强调了艺术价值是文学作品本身的确定特性，是一种客观的、中性的质素，如以确定秩序安排的句子，这些句子具有精确的语法和既定的意义，句子中的词语具有固定的声音，等等。而审美价值则仅仅存在于审美对象之中，是读者具体化地重构作品时才显现的。

英伽顿的现象学文论是对胡塞尔现象学哲学的原理和方法的运用。英伽顿现象学文论所体现的思想与胡塞尔现象学思想最不相同的地方，即他突破胡塞尔现象学的地方，是他承认并重视对象的客观独立性。依据胡塞尔的观点，客体总是人的意向性对象，不可能独立于人的意识之外而客观存在。英伽顿不满于此，认为客体虽然是人的意识的对象，但它本身是客观存在的。基于此，他在文论上提出文学作品本身与读者对它的意向性建构（具体化重构）的分别。这是有一定道理的，有助于对文学的深入研究，虽然要论说清楚文学作品的客观独立性比论说清楚现实事物的客观独立性更为困难。

英伽顿之后，著名的现象学文论家和美学家有萨特和杜夫海纳。让-保罗·萨特（1905—1980）是存在主义学者。存在主义在一定意义上来自胡塞尔的现象学哲学，在存在主义代表人物海德格尔那里，存在主义就叫"反思现象学"。萨特的存在主义文论中包含现象学成分。他在《什么是文学》（1947）一书中，认为作家写作是向读者的自由提出呼求，读者通过能动的再创造而使作品具体地显现出来。创作和阅读是同一事物的两个方面。创作是对世界的想象性的描绘,是人类自由的体现。萨特的现象学文论的特点,是无论在作者的创造还是读者的再创造这种意向性建构中,都高扬想象的作用。这是与贯穿其哲学和文论中的存在主义的主观性和个体自由精神相统一的。这一点与英伽顿尤其是强调审美知觉经验的杜夫海纳显现出了差别。

米盖尔·杜夫海纳(1910—1995)是现象学美学家,主要著作有《审美经验现象学》(1953)和《美学与哲学》(1967—1981)等。其论说直接根据胡塞尔现象学哲学的原理和方法,也受英伽顿的很大影响,也持文学作品与审美对象有分别的理论,认为前者是后者的基础和本体。他的特点是着重研究读者的审美知觉经验,明确指出"审美知觉是审美对象的基础"。[①] 他对审美对象是同时从艺术品和审美知觉出发来定义的:"审美对象乃是作为艺术作品被感知的艺术作品,这个艺术作品获得了它所要求的和应得的、在欣赏者顺从的意识中完成的知觉。简言之,审美对象是作为被知觉的艺术作品。"[②] 这与英伽顿对审美对象的论说有所不同。英伽顿在论说对图式化结构的再现客体加以具体化而产生审美对象的观点时,比较注重的是想象的作用。

三

1

日内瓦现象学派也是从读者尤其是作为典型读者的批评家的角度去研究文学作品,所以也属于阅读现象学。它与英伽顿一路的阅读现象学的不同主要在于:后者着重研究读者对作品的能动的意向性建构本身,而它则强调通过读者对作品的意向性建构而呈现作者的意识模式。日内瓦学派的主要代表是乔治·布莱(1902—1990),他的《批评意识(1971)》一书被有的批评家誉为日内瓦学派的"全景及宣言"式的杰作,其中的思想也最富于现象学哲学意味。

[①] [法]米盖尔·杜夫海纳:《审美经验现象学》,韩树站译,文化艺术出版社1992年版,第8页。
[②] 同上。

第五章　文学的意向性建构和现象学还原

日内瓦学派成员主要从事批评实践，较少系统的理论阐述，布莱的《批评意识》一书却对文学批评的本质进行了深入的现象学思考。该书开篇即指出："阅读行为（这是一切真正的批评思维的归宿）意味着两个意识的重合，即读者意识和作者意识的重合。"① 通过从对单个批评家到一般批评理论的论说后，该书在结尾处又断言道："一切批评都首先是，从根本上也是一种对意识的批评。"② 可知布莱对批评本质的论说始终集中在批评意识上。

日内瓦学派认为文学作品是作者的意向性客体，它必然体现作者的意识。但作品的意识并不等同作者的意识。布莱指出："存在于作品中的、阅读显露给我的那个主体不是作者，从他的内部和外部经验的模糊总体上说不是，甚至从他的全部作品的更具一致性的总和来说也不是。掌握着作品的主体只能存在于作品之中。"③ 他要求"避免将这种作品固有的意识混同于作者的意识或读者的意识"。④ 为什么作品的意识并不就是作者的意识？这是因为作品改变和超越了作者的意识，同时也会改变和超越读者的意识。这一点，日内瓦派成员让·斯塔罗宾斯基说得明确："作家在作品中否定自我，超越自我并改变自我，……一个人成为这部作品的作者时，就变成了与过去不同的另外一个人，而这本书在进入世界时，就迫使读者改变你们对自己和对世界的意识。"⑤ 不过，由于作品究竟是作者意向性建构的产物，作品的意识虽然不等同于作者生活中的意识，却究竟是作者所赋予的，是作者创作时曾经经历过的意识。作品问世之后，这种意识就可以看成作品固有的意识。作者创作时的"我思"——创作时体现作者自我（主体）意识的独特的感知和思维方式——在作品中就成为统摄作品的意识模式，它就可以被看成"掌握着作品

---

① ［比利时］乔治·布莱：《批评意识》，郭宏安译，百花洲文艺出版社1993年版，第3页。
② 同上书，第287页。
③ 同上书，第261页。
④ 同上书，第273页。
⑤ ［瑞士］让·斯塔罗宾斯基：《批评的关系》，见中国社会科学院外国文学研究所《世界文论》编辑委员会编《波佩的面纱——日内瓦学派文论选》，社会科学文献出版社1995年版，第108页。

的主体",布莱称它为"准主体"。作品中的这种意识和主体性只是潜在的,潜存于物质性的文字符号之中,等待着读者去激活,去重建。正如斯塔罗宾斯基所说:"当然,作品有其独立的物质稳定性;它靠自己延续下去;它没有我而存在。但是,乔治·布莱说得好,它为了自我完成需要一个意识,它为了自我呈现而需要我,它注定要走向一个它在其中实现的接受意识。"① 上述布莱和斯塔罗宾斯基的这种对作者意识和作品意识的区分,大约受过英伽顿的作品层次论的影响。这一区分对于认识文学作品和文学批评是有意义的,对于日内瓦学派的现象学性质的内在批评方法更是必要的。不过,这种区分在论述和理解上都易于引起混淆。

读者意识也不等同于作品意识。这是因为读者阅读时会改变自己的意识,从而把作品意识当作自己的意识。布莱反复强调这一点。他说:"读者意识,这样一个人的意识,即他必须把发生在另一个人的意识中的某种东西当作自己的来加以体会。"② 布莱认为这是很值得惊奇的事。他说:"我思考着他人的思想。……可我是将其作为我的思想来思考的。这就是一种最为奇特的现象了。"③ 布莱在这里说的"另一个人""他人"不是直接指作者,而是指"作品形成的他人",④ 即"掌握作品的主体"。他接着说:"我成了必须思考我所陌生的一种思想的另一个我了。我成了非我的思想的主体了。"⑤ 这就是说,由于读者思考对他来说是"陌生的一种思想",作品的意识也就成了读者的意识,读者也就成了作品的主体。为什么能够如此?布莱说出了其中的现象学原理:"我清楚地感到,一旦我想到一个东西,我想到的这个东西就在某种意义上难以确定地成了我的。我所想的一切成了我的精神世界的一部分。"⑥ 换成现象学的话来说就是,意识总是意向性地指向某种东西

---

① 中国社会科学院外国文学研究所《世界文论》编辑委员会编:《波佩的面纱——日内瓦学派文论选》,社会科学文献出版社1995年版,第104页。
② [比利时]乔治·布莱:《批评意识》,郭宏安译,百花洲文艺出版社1993年版,第263页。
③ 同上书,第257页。
④ 同上书,第262页。
⑤ 同上书,第257—258页。
⑥ 同上书,第258页。

第五章　文学的意向性建构和现象学还原

（这里的某种东西即作品意识），而"我"的意识指向某种东西就是对它的建构，即"我"赋予它意义（这里是通过我而重建作者所赋予的意义），因而"我"（主体）与它（客体）也就是相互介入或者说相互包容的。正是在这种意义上，布莱指出读者对作品的阅读是一种"生命的注入"，是"使之获得生命或重获生命"。[①]

从以上论说已见出，文学批评的本质是两种意识的认同。布莱指出："读者意识，尤其是典型的读者即批评家意识的特征是与自己的思想不同的另一种思想认同。"[②] 读者所认同的"和与自己的思想不同的另一思想"是谁的思想？布莱说："这时，对我重要的是从内部体验我与作品并且只与作品所具有的某种认同关系。不可能是另外一种情况。作品之外的任何东西都不可能享有此时作品在我身上所享有的那些不寻常的特权。它在这儿，在我身上，不是要把我打发到它之外，打发到它的作者那儿，相反，它要保持我对它的持久不衰的注意。是它在我身上划出疆界，这个自我将要进驻其中。"[③] 布莱说不是作者意识而是作品意识与读者意识认同，是作品意识在读者身上划出疆界，让这样一个读者自我成为作品的主体。当然，这种阅读主体只是暂时的，只存在于阅读的当下。正如布莱所说："批评思维正是通过这种运动潜入被批评的思想的内部，并暂时地在认识主体这一角色中安身立命。"[④] 不过，我们曾经说过，作品意识终究来自作者的意向性建构，它曾经是作者的某种意识。因此，归根到底布莱还是承认"在作者的思想和批评者的思想之间出现了某种认同"。[⑤]《批评意识》开首说的一句话就是阅读是读者意识与作者意识的重合，这种重合即相互认同。

布莱还进一步指出，这种认同的实质，不是两种意识的完全重合和相互取消，它只是两个主体意识之间的一种"相毗连的意识"。布莱说："我的意识被他人（作品形成的他人）占据并不意味着我的意识的

---

① ［比利时］乔治·布莱：《批评意识》，郭宏安译，百花洲文艺出版社1993年版，第262页。
② 同上书，第89页。
③ 同上书，第261页。
④ 同上书，第285页。
⑤ 同上书，第284页。

某种全部丧失。相反，一切都仿佛是、从我被阅读'控制'的那个时刻起，我就和我努力加以界定的那个人共用我的意识，那个人是隐藏在作品深处的有意识的主体。它和我，我们开始有一个相毗连的意识。"①这说明读者阅读时与作品意识相互认同的意识并不是读者的全部意识，读者还具有其他意识，更重要的是读者还具有支配这诸多意识的自我意识。阅读中我在被作品意识"控制"的同时，还被自我意识控制着。布莱指出，认同也"不一定意味着被批评的思想（按：即作品意识）的完全消失"。批评的认同是"差异中的认同"。② 显然，批评的认同也不是对作者的全部意识的认同，而只是对作者体现在作品中的意识的认同。从"我思"的观点看，这种认同的实质就是读者在作品中发现作者的"我思"，并把它当作读者自己的"我思"，这时，"同一个我应该既在作者那里起作用，又在批评者那里起作用"。③ 这"同一个我"就是作为自我意识的读者自我，他主导着作为阅读者和批评者的读者去认同作者赋予作品的意识，从而也认同统摄这种意识赋予活动的作者"我思"。

　　文学批评的这种认同本质在日内瓦学派其他成员那里有不同的说法。例如在马塞尔·雷蒙那里，批评是"参与"。布莱曾对这种"参与"批评作过概括："同情不满足于钦佩地观照其客体，而是在其深处并通过一种独特的行动来再造精神的等价物，只有在这种情况下才会有活的批评。这就是马塞尔·雷蒙的参与的批评。"④ 雷蒙自己对这种参与活动也做过说明："精神自然地感到需要存在于一切客体之中，需要设法接近一切客体，并且在自己身上加以复制，根据自己的本质使之再生。"⑤ 对斯塔罗宾斯基来说，批评是一种"凝视"。他说："凝视是人物和世界、我和他人之间的活的联系。"⑥ 斯塔罗宾斯基指出，凝视很

---

① ［比利时］乔治·布莱：《批评意识》，郭宏安译，百花洲文艺出版社1993年版，第262页。
② 同上书，第263页。
③ 同上书，第284页。
④ 同上书，第92页。
⑤ 同上。
⑥ ［瑞士］让·斯塔罗宾斯基：《波佩的面纱》，见《波佩的面纱——日内瓦学派文论选》，社会科学文献出版社1995年版，第71页。

第五章　文学的意向性建构和现象学还原

难局限于对表象的确认，它在本性上要求深入事物的本质。因此，"批评家是这样一个人，他在同意接受文本强加于他的迷惑的同时，还要求保留凝视的权利。他希望深入得更远：在展示在他面前的明显的意义之外，他预感到一种潜在的含义"。[①] 他还指出，在文学批评中，甚至在一切认识活动中，凝视是双向的，即对象也可以凝视批评主体、认识主体。他说"在许多场合中，更应忘记自身，让作品突然抓住自己。作为回报，我将感到作品中有一种朝我而来的凝视产生：这种凝视并非我的一种询问的反映。这是一种陌生的意识，从根本上说是另一种意识，它寻找我、固定我，让我作出回答。……也许不仅仅对批评，而是对一切认识的行动，都应该肯定地说：'凝视，为了你被凝视'"。[②] 这种读者与作品的相互"凝视"，已很类似伽达默尔解释学中关于读者与文本的"对话"。

2

　　根据上述文学批评的意识本质，日内瓦学派成员都把寻绎潜存于作品中的意识模式或称经验模式作为批评的根本任务。经验模式是作品的统一性，是作品网络的中心，作品的意识借它展示出来。布莱在其《批评意识》一书中指出，雷蒙的批评"竭力要几乎同时达到一种内在的经验和一种形式的完成"。[③] 这种"内在经验和形式"便是作品的经验模式，"这是唯一的通道，批评家可以经此深入到陌生思想的内部"。[④] 布莱又指出，雷蒙的弟子让·鲁塞"也认为自己的任务是以同等的注意力感知作品的结构和蕴含其中的人类经验的深刻性。……在他看来，没有一种与作品共同运行，甚至就包含在作品之中的系统化原则，就没有作品的系统。简言之，没有蜘蛛这个中心，就没有蜘蛛网。另一方面，对鲁塞来说，不能把作品撇在一边去理解人，而要在作品中从领会已清楚明了地安排妥的客观因素开始，一直追溯到作品固有的某

[①] ［瑞士］让·斯塔罗宾斯基：《波佩的面纱——日内瓦学派文论选》，社会科学文献出版社1995年版，第76页。
[②] 同上书，第78页。
[③] ［比利时］乔治·布莱：《批评意识》，郭宏安译，百花洲文艺出版社1993年版，第269页。
[④] 同上书，第270页。

219

种统一意志,仿佛作品具有一种决定着它自身布局的有意图的意识"。①这说明鲁塞的批评所追求的也是作品的经验模式。又如在让-皮埃尔·理查德的《马拉美的想象世界》一书中,作者的"目的在于描写马拉美心灵图景的'基本态度'",那"基本态度"也就是马拉美作品的经验模式。② J. 赫里斯·米勒在其《查尔斯·狄更斯:他的小说世界》一书中也谈到经验模式,他说他的目的在于"评价狄更斯的想象在其著作中的总体性质,以鉴别出那些既独特又相同的贯穿其大量小说始终的世界观是什么,借此出发去追溯其整个生涯中这些主体经验中的想象物从一部小说到另一部小说的发展历程"。③ 米勒所说的贯穿狄更斯大量小说始终的世界观便是这些小说的经验模式。他在该书另一处还从作者的角度指明这种经验模式就是作者的"创造心灵的原初统一体"。

布莱把这种经验模式叫"我思",把它与主体的自我意识联系起来进行了颇为深透的论说。他说:"重新发现作者的我思,这是批评家的首要任务。"④ 又说发现一位作家的我思,批评家的任务就完成了大半。这任务永远只能从这里开始取得进展。⑤ "我思"究竟是什么?布莱解释说"我思,这首先是说:我显露出我是我之所思的主体。思想在我身上经过,像一道急流流过峭壁而并不与之混为一体一样,……软弱或强硬,清醒或模糊,我的觉醒了的思想从来也不能完全与它所想的东西混为一体。它处于未到达状态。它单独活动;它定调子"。⑥ 布莱又说:"'我思',还表明它不仅仅是一种初始的经验,而且还以内卷的形式成为分布在时间性上的多种发展的原则。批评家只需跟随这条线。它为他规定旅程。一切都从最初的'我思故我在'开始,既可理解,又有结果。"⑦ 把这两段话结合起来看,布莱所说的"我思"指的是作者或批

---

① [比利时] 乔治·布莱:《批评意识》,郭宏安译,百花洲文艺出版社1993年版,第271页。
② 参见 [美] R. 玛格欧纳《文艺现象学》,王岳川、兰菲译,文化艺术出版社1992年版,第35页。
③ 同上。
④ [比利时] 乔治·布莱:《批评意识》,郭宏安译,百花洲文艺出版社1993年版,第284页。
⑤ 同上。
⑥ 同上书,第279页。
⑦ 同上书,第280页。

评家的自我意识在感知和思考对象时的一种独特的模式。它是初始的意识模式，又是在整过思考过程中不断反复出现以便起统摄作用的意识模式。"一切都有赖于原初的我思；然后我思重新获得，并重新开始无数次，然而，在所有这些重获中，它总是忠于它最初的样子。"①

布莱说"我思"是他在批评方面的"第一个发现"，也是"极为重要"的发现。② 它为什么极为重要？布莱说，这是因为"作家以形成他自己的我思为开端，批评家则在另一个人的我思中找到他的出发点"。③ 对于这后一点，布莱做了进一步的阐发："批评是一种思想行为的模仿性重复。它不依赖于一种心血来潮的冲动。在自我的内心深处重新开始一位作家或一位哲学家的我思，就是重新发现他的感觉和思维的方式，看一看这种方式如何产生、如何形成、碰到何种障碍；就是从新发现一个从自我意识开始而组织起来的生命所具有的意义。"④ 因此，批评家只要找到了作者的"我思"，他就找到了批评的"参照点"。这样，"文学文本的一致性变成了在转移中重新抓住它的批评文本的一致性"。⑤

"到处寻找我思"，是否会"将文学归结为一个讨厌地一致的公分母"，"产生某种单调"呢？布莱做了否定的回答。因为他认为并非只有一种"我思"，实际上"还有许多其他的我思，表明自我意识可以如何因人而异"；而"自我感觉是世界上最具个性的东西"。⑥ 他接着指出："根据巴什拉尔的说法，相对于无限大的我思，有一个无限小的我思；后者接近于梦，接近于精神深陷其中的下意识状态。在我思的这两种极端类型中间，还有许多其他类型。把它们区别开来，分离出来，承认它们的特殊性，辨认每一个人说'我思考着自己'时的特殊口吻，我觉得这就是根本任务，批评的探究总是能够在里面取得成绩。"⑦

---

① ［比利时］乔治·布莱：《批评意识》，郭宏安译，百花洲文艺出版社1993年版，第283—284页。
② 同上书，第279—280页。
③ 同上书，第280页。
④ 同上。
⑤ 同上书，第281页。
⑥ 同上书，第281—282页。
⑦ 同上书，第282页。

布莱最后论说了如何发现作者的"我思"的问题。他指出只能从作品中发现。他说:"我思乃是一种只能从内部感知的行为。除非精神能够认同于那种可以自我感知的感知力,否则就抓不住我思。既然批评家的任务是在所研究的作品中抓住这种自我认知力的作用,那么他要做到就必须把显露给他的那种行为当作自己的行为来完成。换句话说,批评行为要求批评者进行意识行为要求被批评的作者进行的那种活动。"①又说:"因此,发现作家们的我思,就等同于在同样的条件下,几乎使用同样的词语再造每一位作家经验过的我思。"②

日内瓦学派的经验模式尤其是布莱的"我思"的哲学渊源,显然是笛卡儿的"我思故我在";它又受到莱布尼茨先验理性尤其是"单子论"的启发(布莱自认莱布尼茨是他"最崇敬的一位哲学家");又有康德的作为主体本源的先验统觉的影子;末了,胡塞尔现象学哲学的先验自我显然对它发生了作用。从上述这些主体性思辨哲学的来源可知,布莱追寻"我思"的现象学文学批评在根本上是主观的。

3

日内瓦学派普遍运用了内在批评方法、细读和直观的方法。日内瓦学派所确定的寻找作品经验模式的批评任务,决定了他们必然运用内在批评的方法。因为经验模式是作品本身的内在统一性,也可以说是作品的内在本质结构,所以只能从研究作品中获得。经验模式虽然也就是作者创作时的"我思",但这种我思是潜存在作品所展示的意识中的,一般并不与作品之外的东西直接关联,即便有直接的关联,批评家往往也不大容易确定。因此,日内瓦学派不赞同作家传记批评、文献考证和社会历史等外在批评。日内瓦学派成员阿尔培·贝甘说:"用人生经历来解释作品是解释不清楚的。"③ 相反,通过作品倒可以解释作者,因为作者正是通过创造作品才成为作者的。所以让·鲁塞说:"作品对艺术

---

① [比利时]乔治·布莱:《批评意识》,郭宏安译,百花洲文艺出版社1993年版,第284页。
② 同上。
③ [瑞士]阿尔培·贝甘:《文学批评的作用》,见《波佩的面纱——日内瓦学派文论选》,社会科学文献出版社1995年版,第38页。

家而言是发现的最佳工具。诗人被他所创作的作品指引、支配、塑造，通过作品暴露出自己是诗人。"① 布莱在《批评意识》一书中也谈到传记和其他外在因素对文学批评的不可缺少性，但他的意识批评的本质和任务必然使他产生这样的认识："这时，对我重要的是从内部体验我与作品并且只与作品所具有的某种认同关系。不可能是另外一种情况。作品之外的任何东西都不可能享有此时作品在我身上所享有的那些不寻常的特权。"② 后期的日内瓦学派（20世纪50年代）批评的态度和方法有所改变，较多地考虑作品外部的社会的和历史文化因素的作用。但真正能克服现象学文论忽略社会历史作用的局限的，是顺着英伽顿现象学文论发展下去的解释学文论和接受美学。

日内瓦学派的内部研究方法与英伽顿对文学作品研究的方法类似，显然都受到现象学哲学的还原方法的影响，体现了"面向事物本身"的现象学精神。现象学还原法就是把对象"悬置"起来，阻隔它与历史和环境的联系而只面对人的意识。

若把日内瓦学派的内部研究的方法与俄国形式主义和新批评的内部研究方法比较，三者在集中于文本研究这一点上是共同的，但前者与后两者有两个重要的不同点。其一，俄国形式主义和新批评的内部研究更严格，它不但排斥外在的社会、历史因素，也拒绝作者乃至读者的介入；它追求的是客观性和科学实证性。日内瓦学派的内部研究则不排斥读者的介入；它实际上也不完全排斥作者，因为它的宗旨正是通过批评的再创造活动而追寻作者的经验模式（"我思"）。这样，这种批评显然就不是客观的和科学实证的，而是主观的和具有一定程度的思辨性。其二，俄国形式主义研究作品外在的语言形式和情节结构，新批评研究作品内在的意义结构。后者似乎与日内瓦学派着力研究作品内在的经验模式类似，其实两者根本不同。依新批评，意义结构是作品意义上的一种对立的统一性，是为作品本身具有的、客观的。而日内瓦学派研究的经

---

① ［瑞士］让·鲁塞：《为了形式的解读》，见《波佩的面纱——日内瓦学派文论选》，社会科学文献出版社1995年版，第85页。
② ［比利时］乔治·布莱：《批评意识》，郭宏安译，百花洲文艺出版社1993年版，第261页。

验模式则是统摄作品意义的东西。它是一种"我思",由批评家发现而归根到底归属于作者,是作者创作时感知和思维的原初方式,却也是贯通作品的方式,它在本性上是主观的。

日内瓦学派认为,潜存于作品中的经验模式,即那"我思",只能通过对作品的"细致阅读"而被"直观"出来。具体来说,就是排除不同的个别现象而关注普遍的共同本质。正如理查德所说,去注意"那产生于对本质的深刻研究中的相同投射"。又如米勒所说:"通过从各个分离的点排列段落,他展示了一定组织形式的普遍存在,这种组织形式体现了作者'创造精神'的'原初统一性'即经验模式。"① 这种直观又往往是对作品中反复出现的东西的注视。正如理查德所说,"重复",如同其他任何地方一样,它在这里标明思想的纠缠困扰;这种重复构成了"横向联系的多重性,并创造了意义的本质"。②

日内瓦学派认为,批评家要直观作品的本质,他就必须坚持"中立"的态度,即要消除偏爱,不存先见地阅读作品。正如斯塔罗宾斯基所说,要"使全部阅读始终是一种元成见的阅读,是一种简单的相遇,这种阅读上不曾有一丝系统预谋和理论前提的阴影"。③ 在阅读基础上对作品意识的静观和沉思也须是中立性的,诚如布莱评价鲁塞的那样:"在鲁塞身上,一切都从静观开始,这就是说,像雷蒙一样,一切都始于全部个人特征的暂时泯灭和目光面对对象的排它性的观照。"④

日内瓦学派的细读法和直观法及相应的中立态度,与胡塞尔现象学的本质直观法及"回到事物本身"的态度很类似。本质直观法是现象学还原中的一种方法,即主体持中立态度,用排除法将对象悬置,通过仔细的观看而发现其中不变的普遍本质,也就是反复出现的东西。所以,可

---

① 参见 [美] R. 玛格欧纳《文艺现象学》,王岳川、兰菲译,文化艺术出版社1992年版,第56页。
② 同上书,第59页。
③ [瑞士] 让·斯塔罗宾斯基:《批评的关系》,见《波佩的面纱——日内瓦学派文论选》,社会科学文献出版社1995年版,第101页。
④ [比利时] 乔治·布莱:《批评意识》,郭宏安译,百花洲文艺出版社1993年版,第144—145页。

以说日内瓦学派的直观法和中立态度是对胡塞尔现象学本质直观法的直接运用。日内瓦学派批评家在直观到作品的经验模式之后，一般多作客观的描述，而较少主观评价，这也是胡塞尔现象学的本质直观法所要求的。

此外，日内瓦学派还运用"解释的循环"方法。日内瓦学派往往从探寻作者的个别作品的经验模式发展到探寻作者的一系列作品的总体性经验模式，然后又回头来研究个别作品，这就是"解释的循环"。理查德被认为是运用此种方法的典范。他在《马拉美的想象世界》一书中，描述了马拉美的某些诗中的阴暗的意识经验，逐步建构起总体性经验模式，然后再转而对某一首诗作进一步的评价。① 斯塔罗宾斯基也承认他运用解释的循环方法。他说："我最喜欢的概念是批评的轨迹，……当然，我的批评的轨迹这一概念包括了'解释的循环'这个概念，我甚至将其视为批评的轨迹的一个特别的情况，特别成功的情况。②" 日内瓦学派的"解释的循环"方法，是对以施莱尔马赫和狄尔泰为代表的德国传统解释学方法的学习和借鉴。作为日内瓦学派的同道，埃米利·斯泰格在其《解释艺术》一书中说："我们已长时间地向解释学学习，——我们通过部分了解整体，又通过整体了解部分，因此解释学的循环，在今天我们再也不能够称为'恶性循环'。"③

4

日内瓦学派的文论可以说也是关于读者的阅读批评的，是对胡塞尔现象学原理和方法的运用，但它的成就和影响却没有英伽顿的现象学文论大，这是为什么？原因大约有两个。第一，日内瓦学派的批评虽然也从读者（批评家）的阅读入手，但它的落脚点却是作者的经验模式或者说"我思"。我们知道，着重研究作者的文学批评是浪漫主义的传记批评。日内瓦学派虽然反对外在的传记批评而主张内在批评，但在落实

---

① 参见［美］R. 玛格欧纳《文艺现象学》，王岳川、兰菲译，文化艺术出版社1992年版，第57页。

② ［瑞士］让·斯塔罗宾斯基：《批评的关系》，见《波佩的面纱——日内瓦学派文论选》，社会科学文献出版社1995年版，第101—102页。

③ 转引自［美］R. 玛格欧纳《文艺现象学》，王岳川、兰菲译，文化艺术出版社1992年版，第58页。

于作者这一点上却是与浪漫主义传记批评一致的。因此，在一定程度上可以说，日内瓦学派的批评是对浪漫主义批评的补充。由于批评的目标和重点在于重建作者的经验模式，日内瓦学派成员尤其是布莱的批评理论多少过分强调了读者的"让位""取代"和对作者意识的认同，过分强调了消除读者的成见而保持中立性。布莱甚至说："阅读或批评，乃是牺牲其全部习惯、欲望和信仰。"① 这就忽视了读者在阅读和批评中能动的创造作用，使读者显出只是对作品的被动接受。英伽顿的现象学文论则强调读者的意向性再创造本身。在英伽顿的现象学文论影响下发展起来的解释学文论和接受美学，更着重读者在阅读和批评中的"先结构"和"成见"等能动作用，强调由此造成的作品意义的不稳定性。强调读者能动作用的文学批评在西方现代人文主义文论中有更大的创新意义，所以这一路文论比日内瓦学派有更大的成就和影响。

　　第二，日内瓦学派尤其是布莱把来自近代笛卡儿等人和现代胡塞尔现象学哲学中的根本性的自我主体性——"我思"引进文学批评中，从而把寻找作者的"我思"或称经验模式作为文学批评的根本任务。文学批评中这种哲学性的"我思"模式却可能给文学批评造成某种单一性乃至虚妄性。哲学上的"我思"是一种先验的主体设定。日内瓦学派所追寻的"我思"或经验模式在很大程度上也是对作品的内在本质结构的一种先验设定（这一点与结构主义文论有一定的类似性，后者也承认从日内瓦学派这种本质结构论以及英伽顿关于作品的四个层次结构的理论受到启发和影响）。如若并无这种"我思"，文学批评就陷于一种虚妄的危险之中。如若有这种"我思"，则可能有两种情况。一种情况是批评家本质地直观到这种"我思"，他的批评便具有某种总体的和根本的（也是主观的）深刻性，但也会因此而多少失去其客观具体性和丰富性。尽管布莱对此作过辩解，说"我思"也是各不相同的，有个性的，但它究竟是一种单一的抽象概括。另一种情况是批评家并没有本质地直观到"我思"，他的批评就会既失去主观的深刻性，又可能失去客观的丰富性。

---

　　① ［比利时］乔治·布莱：《批评意识》，郭宏安译，百花洲文艺出版社1993年版，第89页。

第六章 从传统到现代:哲学引起的变革

——解释学文论与解释学哲学、存在主义哲学和现象学哲学

一

1

解释学起源于对希腊典籍和《圣经》等神学经典的解释。它最初只是对文学文本和神学文本的一种研究方法,重在通过文字考证和语义、文法的分析而再现文本的原意。至近代,德国哲学家施莱尔马赫(1768—1834)把这种解释方法加以扩展,用以解释一切文本,并从文字诠释和语法分析层面深入心理分析和历史分析,使之成为一种普遍的方法论,从而为传统解释学奠定了基础。施莱尔马赫解释学的核心是重建作品诞生时的历史情境,找出作者的本意——这成了传统解释学的一个理想。施莱尔马赫认为,为了做到这一点,解释者应当超越自我,排除解释者的主观性。他提出解释是一种循环,即理解文本的整体意义,有赖于理解它的细节的意义,而对细节意义的理解,又有赖于整体意义的引导。

2

德国哲学家威廉·狄尔泰(1833—1911)对施莱尔马赫的解释学有深入研究,深受后者的影响。他把解释学置于自己的生命哲学的基础上,使之成为一种哲学认识论和方法论。"生命哲学"一词由狄尔泰提出,早先叔本华的"生存意志"论和尼采的"强力意志"论,可视为这种哲学的先驱,其后柏格森关于生命冲动的"绵延"论和"直觉"

论则可视为对这种哲学的重要发展。生命哲学认为生命是世界的本源。狄尔泰生命哲学的特点，在于他所说的生命仅仅指人的生命，即人类生活，并首先强调人类生活中的精神因素。狄尔泰说："在人文科学中，我仅仅将'生命'一词用于人的世界。"[①] 这一点与叔本华、尼采和柏格森等的生命哲学不同，在他们的哲学中，"生命"一词的意义更广。正因为狄尔泰的生命哲学只探讨人尤其是人的精神生活，所以它是一种人文科学的哲学。作为这种哲学的方法论的解释学因而也是关于人文科学的方法论。狄尔泰说："我的真正目的是一种人文科学的方法论。"[②] 这种方法论就是解释学。狄尔泰就力求把人文科学当做不同于自然科学的独立学科群，这种学科群所需要的独特的方法论也就是解释学。顺便说到，狄尔泰的生命哲学对胡塞尔的现象学尤其海德格尔的存在主义和伽达默尔的解释学哲学都发生过重要影响，它在西方现代人文哲学的发展历程中具有重要的过渡和转折作用，即从叔本华和尼采的并非仅指人的生存意志和权力意志的生命哲学，转变为专注于研究人的精神和意识现象、人的生存性和历史性的生命哲学。

人的生命尤其人的精神（包括理智、意志、情感三方面的内容）在于表达，这即是狄尔泰所说的生命表现。而表达便需要人的理解，或者说表达是理解的基础，这就从生命哲学的本体论进入认识论。理解就是这种认识论的核心。就个体生命而言，固然可以通过体验和反省而理解自身，获得关于自我的知识，但单纯的自我反省是不够的，它还需要客观的感性表现才能把自己的生命体验和精神生活准确地描述出来。对他人的理解，则更需要各种外在的表达才能获得。实际上，人类活动乃至人类历史本身，可以说都是人的生命表现，都是人的精神的客观化。狄尔泰指出，这种生命的表现或者说表达的特征是："它们出现于感性世界，却是某种精神性东西的表达。"[③] 这说明表达的行为和事物是有

---

① 转引自［英］H. P. 里克曼《狄尔泰》，殷晓蓉、吴晓明译，中国社会科学出版社 1989 年版，第 83 页。
② 同上书，第 269 页。
③ 转引自李超杰《理解生命——狄尔泰哲学引论》，中央编译出版社 1994 年版，第 93 页。

意义的,它与非表达的事物不同。有意义的行为和事物就需要理解,反过来说,它们也使理解成为可能。狄尔泰还划分出表达的三种类型:第一类表达是概念、判断和更大的思想构成,它组成了人类历史及其作品的相当大一部分的内容;第二类表达是有意图和动机的自觉行为;第三类表达是体验表达,指一些无意识的言行,如姿势、表情等,是一种深层次的表达。表达的多样性决定了理解的复杂性。①

理解基于上述生命表现。理解的过程就是在他人生命表现的引导下,在"我"的意识中重新体验他人的体验。它是一种自我移入,一种模仿,一种重新体验。狄尔泰说:"因此,我们认识、理解明智的、思维的有机体之状态的全部材料只不过是我们在我们自己身上所把握的东西的变形。"② 这样的认识、理解何以可能?狄尔泰指出,人的生命表现是精神的客观化,这种客观精神(它包括人的生活方式和经济方式,以及相应的政治、法律、道德、宗教、艺术和科学,等等)具有一种人类的共同性。狄尔泰说:"在人类精神客观化于其中的任何事物中,都包含着某种于我于你为共同性的东西。"③ 又说:"在客观精神领域里,每一种生命表现都表达了一种共同的东西。每个字、每个句子、每个表情或客套话、每一种艺术品以及每一历史行为之所以可以被理解,是因为有一种共同性将表现出这些东西的人和理解这些东西的人联系起来。每个人都是在一个共同性的领域中体验、思想、行动,也只有在此一领域中,才能进行理解。"④ 基于这种人类共同本性论,狄尔泰进一步指出,精神产品和历史是人自己的创造,是人的本质的客观化,它们与人的内在生命必定有着某种同构性,这种同构性使人可以进入自己的创造世界而理解其意义。

生命和精神以许多不同的表现形式展现自身,其中有些表现较为复杂,较难理解,这就需要对它们加以解释。尤其是对用语言符号记载的

---

① 参见李超杰《理解生命——狄尔泰哲学引论》,中央编译出版社1994年版,第93—96页。
② 同上书,第99页。
③ 同上书,第100页。
④ 同上书,第100—101页。

大量文本，更需要解释才能理解。狄尔泰就是从这一点上来定义解释和解释学的。他说："我们把对以书面的形式固定下来的生命表现的技术性理解称为阐释、解释。……我们将关于以书面形式固定下来的生命表现的理解的艺术理论称为解释学。"[①]"技术性理解"就是解释，那"技术性"大约指某些"普遍有效的规则"或者说原理。因此，就这种普遍有效的规则而言，解释就是理解的一种普遍方法，解释学就是关于这些普遍有效的规则和原理的理论，即一种普遍的方法论。狄尔泰提出了若干解释学原理。重要的有个别人和事件的重要性原理。个别人之所以重要，是因为他的存在及其思想、感觉、奋斗等构成了人文科学的真正主题，这一点是与自然科学很不相同的。另一个重要原理更为著名，那就是在施莱尔马赫的解释学中已经谈到的解释学循环。狄尔泰说："我们只能根据整体的各部分理解整体，也只能根据整体理解各个部分。"[②]这就是解释学循环。狄尔泰认为，理解和解释一部作品时，须先粗略通读作品，抓住其大意和结构，然后以此为引导而重新细读作品，以便了解作品的细节，并取得对作品前后一致的理解。这种循环不但出现在一部作品的部分与整体的关系上，也出现在作品与作者、作者与时代的关系上。因此，这种循环具有历史性和相对性，它随时代而变化，它没有绝对的起点。狄尔泰说"一切理解始终都是相对的，永远不可能被完成"。[③] 这种解释学循环思想对后来的海德格尔和伽达默尔产生了重要影响。

　　和施莱尔马赫一样，狄尔泰也认为，文本客观地具有本来的确定意思，解释学的任务就是发现那意思；为了领悟作者的思想及其时代精神，解释者应当排除个人的主观随意性。狄尔泰说"解释一直在为理解的确定性辩护，反对历史怀疑论和主观主义的独断"。[④] 但与施莱尔马赫有所不同的是，狄尔泰认为解释和理解不可能排除个人的经验，因

---

　　① 李超杰：《理解生命——狄尔泰哲学引论》，中央编译出版社1994年版，第103页。
　　② 同上书，第104页。
　　③ 同上书，第105—106页。
　　④ 同上书，第103页。

第六章 从传统到现代：哲学引起的变革

为如上所述，理解的实质是通过自我的体验而达到对他人和历史的理解，自我的经验正是客观理解的保证。因此，解释和理解不可能完全超越自我。正如德国当代哲学家卡尔-奥托·阿佩尔在谈到狄尔泰的解释学时所说："这种解释学哲学的意图是，使读者通过对时代作'历史的理解'而进入作者所处的时代。"[①] 本世纪中叶的日内瓦学派的现象学批评提倡排除批评家个人的主观随意性，通过自我体验而重建作者的"我思"，发现作品的原意，这种批评主张显然受到过上述狄尔泰解释学思想的影响。

在狄尔泰的生命哲学的理解论中，他尤其重视和强调诗和诗人的作用。他说，"诗是理解生命的喉舌"，诗人是了解生命意义的先知。[②] 又说，"如果说在艺术作品中世界观得到表达，那就是在诗中"。[③] 狄尔泰对德国诗人荷尔德林的解释正体现了他的上述思想以及相应的解释学思想。狄尔泰曾指出，"对以书面形式固定下来的生命表现的技术性理解"就是解释。他正是通过对荷尔德林诗歌《人类理解的颂歌》和小说《徐培里昂》等作品的解释，发现它们表达着对青春、爱情、友谊、勇敢的赞颂和自由主义理想，体现了英雄主义精神以及更为深层的体现着美感与和谐原则的泛神论思想。这可以说就是荷尔德林的生命表现。这里也见出狄尔泰也坚认文本自身有稳定的意义、解释的任务就是发现这一意义的传统解释学思想。在狄尔泰的解释过程中，也不同程度地体现着他所提出的重视个别人和个别事件、作者与时代关系的解释学循环等解释学方法论原理，以及他所固有的历史观念。狄尔泰论述了自然环境对少年荷尔德林的影响，同时代诗人尤其是席勒等以及同时代哲学家谢林尤其是黑格尔对荷尔德林思想意识的影响；还论述了作为当时时代精神的三种精神力量——复活的希腊精神、当时的哲学思潮和文学思潮、法国大革命精神——对荷尔德林文学创作的巨大作用。反过来，荷

[①] ［德］卡尔-奥托·阿佩尔：《哲学的改造》，孙周兴、陆兴华译，上海译文出版社1994年版，第2页。
[②] 转引自李超杰《理解生命——狄尔泰哲学引论》，中央编译出版社1994年版，第125页。
[③] 同上。

尔德林的作品又正是这些精神的反映。① 就解释者与作品的关系看，狄尔泰是通过对荷尔德林作品的自我体验而领悟诗人的思想和当时的时代精神的，是通过对作品产生的时代作"历史的理解"而进入作者所处的时代的。这正是狄尔泰解释学思想的体现。

3

美国文学批评家 J. E. D. 赫施（1928—）的解释学观点是对传统解释学观点的继承，即认为文学作品具有客观的本义，它就是作者的意图。但他在其解释学中融进了某些现代哲学和现代文学批评的观点，以便为传统解释做更有力的辩护。赫施的解释学可以看成传统解释学的现代形式。赫施在其《阐释的有效性》（1967）一书中表明了他的解释学宗旨："我的宗旨在于使文学研究中的一些被人们遗忘了的深刻见解重新得到人们的重视，并把语言学和哲学中的一些独到的见解运用于阐释理论中。"②

赫施宣称作者的意图就是作品的本义，它是永恒不变的。他说："作品的永恒意义是，而且只能是作者的原义，而不是其他任何东西。"③ 基于此，他指出解释的任务是："我们曾把作品的原义界定为作者的意图的内容（为了方便起见，下面简称为作者的'表露意图'），阐释者的任务是很明确的，他必须把属于作者的'表露意图'与那些不属于作者的表露意图的意义区分开。"④ 就西方现代文学批评看，赫施强调作者意图的观点与 50 年代日内瓦现象学派的观点有些类似，后者强调批评的任务在于找出作者的"我思"即意识模式。但赫施在六七十年代强调这一点就显得更突出，更有针对性，因为早先有美国新批评派力排作者意图，提出所谓"意图的谬误"说，后来有伽达默尔等现代解释学者强调读者主观条件对建构作品意义的作用，有德里达、巴

---

① 参见［德］威廉·狄尔泰《体验与诗》，见胡经之、张首映编《西方二十世纪文论选》第三卷，中国社会科学出版社1989年版。
② ［美］J. E. D. 赫施：《客观阐释》，见《西方二十世纪文论选》第三卷，中国社会科学出版社1989年版，第413页。
③ 同上书，第418页。
④ 同上书，第421页。

第六章 从传统到现代:哲学引起的变革

尔特等解构主义者对作者作用的完全否定。赫施的《阐释的有效性》一书首章以"保卫作者"为标题,与巴尔特的著名论文《作者之死》形成鲜明的对照。

作品的本义既然是作者的意图,而后者又是永远不变的,那么作品的本义也是稳定不变的、客观的。赫施说:"我想尽力表明的就是,尽管作品的意义是由作者的精神活动所决定的,并在读者身上得以实现,但作品意义本身却根本不能与作者或读者的精神活动同日而语。"① 这即是说,尽管作者的创作活动和读者的阅读活动是主观的、心理的,不同读者的这种主观心理活动是各不相同的,但作品的意义本身却是客观的、稳定不变的。赫施认为,"胡塞尔的观点为我们讨论阐释这个中心问题提供了极好的参照"。② 胡塞尔的意向性建构分为"有意客体"和"有意活动"(即通常说的"意向对象"和"意向行为")两方面,虽然有意活动对有意客体的作用可以是局部的、因人而异的,但有意客体却能保持自身的统一性和同一性。赫施以知觉一个盒子为例,说他在不同时间和不同侧面所看到的盒子的情况并不相同,"然而我所'发觉'的还是同一个盒子"。③ 于是赫施宣称:"作品的本义就是一种特殊的有意客体和其他客体一样,它可以在不同的'意欲'面前保持自身的统一性。作品本义的一个值得重视的特征就是超个人性。"④ 赫施在1976年发表的《诸种错误看法》一文中,在批评伽达默尔等人认为作品意义依据解释者的观点不同而不同时,也用类似的例子(两个人从不同角度看一幢建筑物)来说明这一问题。⑤

赫施的论说是否成功?就他的论说本身看,他没有对不同的意向对象(即有意客体)做出区别。首先,由语言所构成的文学作品这种意

---

① [美] J. E. D. 赫施:《客观阐释》,见《西方二十世纪文论选》第三卷,中国社会科学出版社1989年版,第418页。
② 同上书,第421页。
③ 同上书,第419页。
④ 同上书,第420页。
⑤ 参见 [美] J. E. D. 赫施《诸种错误看法》,见戴维·洛奇编《现代批评与理论》,纽约朗曼出版公司1991年版,第261—262页。

向对象是很不同于盒子和建筑物之类的意向对象的。后者是感性的、实在的，的确具有自身同一性。而文学作品的感性形象却需要读者在阅读中根据自己所理解的语义并结合自身的经验和趣味在想象中虚构出来，它不可能具有客观的、确定的自身同一性。例如，现实中的一个人显然客观地具有他确定的自身同一性，而小说中的一个人物形象则不可能具有那样的自身同一性。其次，赫施在他的论说中还混同了文学作品这种意向对象与其他文字著作意向对象的区别。后者的字面意义就是它的整个的意义，这种意义是确定的、客观的。而文学作品的字面意义显然并不等同文学作品的意义。在一般情况下，读者需要通过理解字面意义而再造艺术形象，那艺术形象所体现和蕴含的意义才是作品的意义。与此相关却更为重要的是，文学作品的审美特性决定了其形象的意义总要超越作品的文字意义，在这种超越性意义中常常包含着与字面意义不同的乃至相反的意义，这在诗歌这种经常运用隐喻和象征等手法的文学中最突出。其实，文学、艺术的特质在于美，而美这种东西在本性上就是其蕴含的意义不是确定的、客观的。艺术美如此，自然美也如此，其中又以诗、文学的这种审美意义的不确定性、非客观性最为突出。这是因为人类对美的创造是不同于其他创造的一种独特创造。

赫施的论说基于胡塞尔现象学的意向性原理。其实，从那原理本身也可以阐发出相反的结论，即文学作品的意义并不就是作者的意图，它不是确定的、客观的。意向性原理的关键在于主体对对象的意义的建构，对象的意义因而既不是对象客观自生的，即本来就具有的，也不是主体主观地具有的。在建构的意义上，胡塞尔说过意向性就是主体对客体对象的"意义给予"（参见本书第五章第一节第1小节）。对象的同一性实际上是由主体保证的（在胡塞尔后期的先验现象学中则是由主体中的先验自我最终保证的）。就文学活动看，无论是作者的创作还是读者的阅读（再创作）都是意向性建构，都是对作品的"意义给予"。作者所建构的意义，即作者意图，确实是唯一的，对他人来说也是客观的，因为他人不能参与其中。如果仅从作者的这种意向性建构看，甚至就把作者所创作的作品当成已经完成的文学作品，作者的意图确实就是那作品的意义，它确实是确定的、客观的。胡塞尔本人、其后的日内瓦学派以及现在的赫施,他们都不同程度地偏重从作者的角度去看对文学作品的意向性建构,所以认为作者的意图(在日内瓦学派那里是作者的"经验模式")就是作品的意义,是客观的,不变的。然而,文学作品的真正完成是在读者的阅读中——不存在不被阅读的作品,或者说,不被阅读的作品不能算是真正的作品。因而作品的意义只能是每个读者读出的意义,这种意义总会多少有所不同,这是因为读者的阅读也是一种意向性建构。我们知道,作者对作品的意向性建构是独特的。同样,读者的意向性建构也各不相同,也是独特的,即便他们建构的对象是同一作品,是同样的文字符号。伽达默尔等现代解释学者就着眼于读者的意向性建构,所以得出作品的意义是不确定的、依不同读者和不同时代而变化的结论。

那么,是什么东西保证着在对一部文学作品的阅读中所显现出的共同性呢?从作品的层面看,是文字意义。作品的文字意义大致说是确定的、客观的。但文字意义还不是作品意义,它仅是产生作品意义的基础。以英伽顿的现象学文论看,它还处于作品的语义层次。但就是在这一层次上,读者已开始了自己的意向性建构,因而对文字意义的理解也多少会有所不同。而在此基础上的形象构造和审美体验更是读者意向性建构的主要内容,由此体现出的意义才是作品的意义——作为真正的即具有审美特性文学作品的意义。这种意义必定是不确定的、因人而异的。我们从审美经验的个别性和不可重复性也可以推知这一点。

从作品的深层次看,保证一部作品的同一性的东西,则是包含在文字意义中可供读者进行意向性审美建构并体现作品意义的东西。它就是赫施所说的作品的本义,其中也就包含着作者的意图(这种潜在的作品本义其实并不局限于作者的意图)。但它本身还不是作品的意义,而是构成作品意义的潜在要素:读者在阅读、理解和想象的过程中把它能动地建构成作品的意义,其间必然融入读者自己的东西。可知这种构成作品意义的潜在要素,这种被赫施称为作品本义和作者意图的东西,在作为读者对象的文学作品中是不能独立存在的。所以,所谓在阅读中再现作者意图和作品本义只能是一个永远无法达到的理想——这是一个早就存在于施莱尔马赫和狄尔泰等人的传统解释学中的理想。其原因就在于阅读并不是一种客观的再现,而是读者主体的一种意向性建构,并且是个人性和主观性很强的审美性意向性建构。

所以,解释文学作品的现实的和客观的基础只能是作品表层的文字意义。解释的所谓"正确性""合理性"等最终有赖于它,而不是所设想的作者意图和作品本义。作者意图只存在于作者心中和作者当时所写成的作品中,作品一旦成为读者的阅读对象,就无法以原样再现它了,尽管读者常常自认为做到了这一点。

赫施在他的解释学中还做出了"意义"和"意味"的划分,试图在坚持作者意图即作品本义的基础上,解决现代解释学中作品意义的不确定性问题。赫施说"意义"指作者意图,即作品本义,而"意味"则指在意义基础上衍生出的东西。依他的观点,作品的意义是不变的,意味则因人而易,发生变化。赫施在《阐释的有效性》一书中已作出这种划分,前引他的关于作品本义即作者意图、解释的任务是把它与不属于此意义的东西分别开来的话,即可见出。赫施在后来的《诸种错误看法》一文中也说到这种分别:"意义是一种客体,它仅仅由于是一种单独的、优先的和前批评的观点而存在。无论批评家在批评观上有多大的分歧,如果他们打算完全理解一个文本,他们必须通过对这同一个前批评观点来理解它。"[①] 那"前批评观点"就是作品的意义,批评家在批评观上的分歧则是在作品意味上的分歧。根据作品的"意义"与"意味"的区分,赫施还做出了相应的"内层次"与"外层次"、"解释领域"与"批评领域"的区分。大致说,作品的内层次产生意义,外层次则与意味相关;内层次是解释的领域,外层次是批评的领域。[②] 赫施的上述区分是对文学解释和批评研究的深化,是可以为现代解释学所接受的。不同的是,现代解释学并不认定作品意义就是作者意图,是

---

① [美] J. E. D. 赫施:《诸种错误看法》,见戴维·洛奇编《现代批评与理论》,纽约朗曼出版公司1991年版,第260页。

② 参见 [美] J. E. D. 赫施《客观阐释》,见《西方二十世纪文论选》第三卷,中国社会科学出版社1989年版,第426页。

确定的、客观存在的。这一点正是包括赫施在内的传统解释学需要变革之处，也正是现代解释学的生长点。

赫施还提出了确定作品意义的若干原则、标准和方法。确定意义的一个重要原则是字面意义的"强调结构"原则，即通过字面意义的相对强调来判定多种可能的解释中哪一种是正确的。赫施说"可以把这一点称为一条普遍原则"。① 确定意义的一个重要标准是连贯性标准，即"面对不同的理解，阐释者就应该选择最符合连贯性的理解"。② 赫施说："甚至当作品没有争议时，连贯性也还是决定性的标准，因为其意义是'显而易见'的，只有它才合乎逻辑。"③ 确定作品意义的重要方法是核实的方法，即用外来材料尤其是关于"作者典型的世界观、典型的联想和期望"以及他的文化背景去核实所理解的意义。赫施说："所以在核实的过程中的一个最基本的任务就是对作者的主观态度作细致的考察。"④ 并指出："阅读时，我们并不把这些外来材料糅进作品中。相反，我们把它们用来核实我们从中理解到的东西，外来材料主要起这样的核实作用。"⑤ 赫施的观点对怎样具体地理解和解释文学作品是有一定意义的，对现代解释学来说也是可取的。

二

1

现代解释学的奠基者是马丁·海德格尔（1889—1976）。海德格尔是存在主义的代表。存在主义的一个来源是胡塞尔的现象学。现代解释学可以说是随着存在主义的建立而建立的，它的来源，通过存在主义也指向现象学。从存在主义的观点看，现象学是关于一般存在者在人的意识中的显现的学问，它着重于对意识活动的对象方面的描述，所以叫描

---

① 参见［美］J. E. D. 赫施《客观阐释》，见《西方二十世纪文论选》第三卷，中国社会科学出版社1989年版，第432页。
② 同上书，第439页。
③ 同上。
④ 《西方二十世纪文论选》第三卷，中国社会科学出版社1989年版，第441页。
⑤ 同上书，第443页。

述现象学，这即是胡塞尔早期的现象学（他的晚期现象学叫先验现象学）。海德格尔的存在主义同样坚持意识显现这一现象学原理，他就把自己的存在论纳入了现象学范围"凡是如存在者就其本身所显现的那样展示存在者，都可在形式上合理地称为现象学"；①"存在论只有作为现象学才是可能的。现象学的现象概念意指这样的显现者：存在者的存在和这种存在的意义，变式和衍化物"。② 海德格尔曾高度评价胡塞尔的现象学哲学对存在论的奠基工作，他说"现象学是以胡塞尔的《逻辑研究》开山的"，而他对存在的"探索只有在胡塞尔的基地上才是可能的"。③ 但由于受狄尔泰的"生命哲学"和克尔凯郭尔的"孤独个体"等哲学思想的影响，海德格尔把意识显现的重点从对象转向人，所以他的存在论叫"反思现象学"，人这种特殊的存在叫"此在"，是此时此地生存着的、具有"烦""畏""死"等情态的东西，所以这种存在论又叫"此在"现象学或者"生存现象学"。

依据海德格尔的观点，他的存在论中的"存在"是不同于哲学史上其他的本体存在的。后者都指"什么"，是名词性的东西，实际上是存在者。而他所说的存在是更为根本的东西，是存在者之所以存在的存在；是"是什么"的"是"，是动词性的东西。存在者是在意识中显现为存在者的，追问存在者的存在就是追问它们的显现、在场。所以，存在就是显现，是在场，是敞开，是领悟。在这种意义上，存在就是解释，或者说存在需要解释。海德格尔说："把存在从存在者中崭露出来，解说存在本身，这是存在论的任务。"④ 存在是本体性的，解释因而也是本体性的；存在论的诞生因而也是相应的解释学的诞生。当然，从存在论本身看，解释是其手段、方法。海德格尔就指出过，"现象学描述的方法上的意义就是解释"⑤（这里说的现象学是作为存在论的反

---

① ［德］马丁·海德格尔：《存在与时间》，陈嘉映、王庆节译，生活·读书·新知三联书店1987年版，第44页。
② 同上书，第45页。
③ 同上书，第48页。
④ 同上书，第34页。
⑤ 同上书，第46—47页。

第六章　从传统到现代：哲学引起的变革

思的亦即此在的现象学）。但就解释学本身看，解释就是本体，尤其是在海德格尔早期的"此在解释学"中更是如此，即对此在的人的解释、理解就是本体；伽达默尔也正是主要继承了海德格尔的这种思想而将解释学加以发展的。海德格尔就说过，"此在的解释学作为对存在的分析"具有本体意义，伽达默尔对此评论说"'此在的解释学'这个术语的出现表明了理解和解释学在他早期思想中所起的中心的、本体论的作用。解释不再指解释的科学，而是与作为此在的本质特性的解释的过程有关"。① 这里，伽达默尔明确指出海德格尔关于此在的解释学已不再像传统解释学那样是一般的方法论或者是哲学认识论的方法论，而是自身具有了本体论的性质。这被认为是现代解释学与传统解释根本不同的地方。

根据海德格尔的早期存在论思想，万物（一般存在者）是在人这种"此在"的意识中显现的。"此在"优先于其他存在者，只有他才有领悟存在的能力。海德格尔把这种以人为基础的存在论叫作"基础存在论"或"基础本体论"，它着重对此在的生存状态进行分析。对人这种此在的解释就是此在解释学。海德格尔说："基础存在论把存在论暨存在者状态上与众不同的存在者即此在作为课题，这样它就把自己带到了关键的问题即一般存在的意义这个问题面前来了。从这种探索本身出发，结果就是：现象学描述的方法上的意义就是解释。……通过诠释，存在的本真意义与此在本已存在的基本结构就向居于此在本身的存在之领悟宣告出来。此在的现象学就是诠释学［Hermeneutik］。"② 又说："规定着此之在、规定着在世的展开状态的基本存在论性质乃是现身与领会。领会包含有解释的可能性于自身。解释是对被领会的东西的占有。只要现身同领会是同样源始的，现身就活动在某种领悟之中。同样有某种可解释性来自现身。"③ 这即是说，基础存在论（又译为基本存

---

① ［德］伽达默尔：《哲学解释学》，夏镇平、宋建平译，上海译文出版社1994年版，第39页。
② ［德］马丁·海德格尔：《存在与时间》，陈嘉映、王庆节译，生活·读书·新知三联书店1987年版，第46—47页。
③ 同上书，第196页。

在论）所说的人这种此在的存在就是显现（现身）和领会，其中就源始地包含着解释的可能性。

这里，我们便看到现象学、存在主义和解释学三者的关系：就着重对人这种此在而言，此在的存在论（基础存在论）在一定意义上就是此在现象学，也就是此在解释学。此在现象学与重在对一般存在者加以描述的现象学即描述现象学有什么区别呢？一个重要的区别是作为人的此在是有时间性的，是历史性的，因而此在现象学和此在解释学都是历史性的。而胡塞尔的描述现象学却缺乏历史性。海德格尔就说："此在比一切其他存在者在存在论上都更为优先，因为它只是在生存的可能性中的存在者；与此相应，诠释学作为此在的存在之解释就具有特殊的第三重意义：它是生存的生存状态的分析工作——从哲学上来领会这重意义是首要意义。这种意义下的诠释学作为历史学在存在者状态上之所以可能的条件，在存在论上把此在的历史性建构起来。"① 上文已指出，在这种此在解释学中，解释作为本体是最为突出的。

海德格尔在其存在论中还谈到了作为解释的前提条件的解释结构，即被解释者的"作为"结构、解释者的"先"结构和解释活动的循环结构。

海德格尔认为被解释者是被"作为"什么来解释的，因而被解释者是再先地具有了"作为"结构。海德格尔说："这种在寻视中向其'为了作'而被加以剖析的东西，即明确被领悟的东西，其本身具有'某某东西作为某某东西'这样一个寻视上的问题，寻视着加以解答的问题：它是为了作某某东西之用的。……这个'作为'（Als）造就着被领会的东西的明确性结构。'作为'组建着解释。"② 这种"作为"结构对解释来说是再先的、先天性的。"以有所事的方式对切近之物的素朴的看源始地具有解释结构。……我们不可因为'作为'在存在者状态上不曾被道出就误入迷途，就看不到'作为'结构正是领会的先天存在论机制。"③ 从下文将

---

① ［德］马丁·海德格尔：《存在与时间》，陈嘉映、王庆节译，生活·读书·新知三联书店1987年版，第47页。
② 同上书，第182页。
③ 同上书，第183页。

第六章　从传统到现代：哲学引起的变革

看到，被解释者的这种先天的"作为"结构却是为解释者的"先"结构所决定的。

解释者的"先"结构包括"先行具有"、"先行见到"和"先行掌握"。"先行具有"指解释者对被解释者已先行地有所领会，即"对被领会了的但还隐绰未彰的东西的占有总是在这样一种眼光的领导下进行揭示的：这种眼光把解释被领会的东西时所应着眼的那样东西确定下来"。① 解释者对此往往并不是充分自觉的。"先行见到"指"瞄着某种可解释状态，拿在先有中摄取到的东西'开刀'"。② 这也就是指解释者首先解释所选择和把握的东西。"先行掌握"指在以上二者基础上，运用属于或者不属于被解释者的某种已有的概念，"解释一向已经断然地或有所保留地决定好了对某种概念方式表示赞同"。③

海德格尔指出："把某某东西作为某某东西加以解释，这在本质上是通过先行具有、先行见到和先行掌握来起作用的。解释从来不是对先行给定的东西所作的无前提的把握。……任何解释工作之初都必然有这种先入之见，它作为随着解释就已经'设定了的'东西是先行给定的，这就是说，是在先行具有、先行见到和先行掌握中先行给定了的。"④ 可知是解释者的"先"结构决定被解释者的"作为"结构。海德格尔就说："先行具有、先行见到及先行掌握构成了筹划的何所向。意义就是这个筹划的何所向，从筹划的何所向方面出发，某某东西作为某某东西得到领会。"⑤ 这也就是说，意义是主客体通过相互作用而共生的，是此在作为主体在自身的存在状态的可能性和筹划中建构的。而正是解释者的"先"结构决定了被解释者的"作为"结构，才使主客体的相互作用和意义共生成为可能。

海德格尔声称，"一切解释都活动在前已指出的'先'结构中。对

---

① ［德］马丁·海德格尔：《存在与时间》，陈嘉映、王庆节译，生活·读书·新知三联书店1987年版，第183—184页。
② 同上书，第184页。
③ 同上书，第185页。
④ 同上。
⑤ 同上。

领会有所助益的任何解释无不已经对有待解释的东西有所领会"。① 这样一种解释学的先结构观与胡塞尔现象学及日内瓦现象学派所主张的排除成见以便保持中立的态度和思想方法,是很不相同的,甚至是对立的。这一点却正是现代解释和其后接受美学对现象学的发展。

解释者的"先"结构和被解释者的"作为"结构使解释的循环不可避免,它们组成了解释活动的循环结构。海德格尔指出,把循环当成恶性的东西,设法避免它,是"彻头彻尾的误解"。"决定性的事情不是从循环中脱身,而是依照正确的方式进入这个循环。领会的循环不是一个由任意的认识方式活动于其间的圆圈,这个词表达的乃是此在本身的生存论上的'先'结构。把这个循环降低为一种恶性循环是不行的,即使降低为一种可以容忍的恶性循环也不行。在这一循环中包藏着最原始的认识的一种积极的可能性。"② 海德格尔也指出,当然,解释的循环也不能是任意的,关键是解释者的"先"结构只能依据被解释者本身产生出来,而不能"以偶发奇想和流俗之见的方式出现",这样才能保证解释的科学性。③ 海德格尔最后得出结论说,解释的循环最终是植根于他的此在存在论的:"领会中的'循环'属于意义结构。意义现象植根于此在的生存论状态,植根于解释的领会。为自己的存在而在世的存在者,具有存在论上的循环结构。"④

从以上海德格尔关于解释结构的论述可以推知,对一个文本的释义不可能是同一的,而是随着解释者的"先"结构的不同而有所不同的。这一点,既与日内瓦现象学派不同,也与包括赫施在内的传统解释学不同。它正是现代解释学的文本意义观。

2

海德格尔是存在主义思想家。存在主义哲学主要是本体论哲学,那本体就是"存在"。现代解释学依托存在主义而产生,那是因存在及其

---

① [德] 马丁·海德格尔:《存在与时间》,陈嘉映、王庆节译,生活·读书·新知三联书店 1987 年版,第 186 页。
② 同上书,第 187 页。
③ 同上书,第 187—188 页。
④ 同上书,第 188 页。

第六章　从传统到现代:哲学引起的变革

显现形式需要解释。海德格尔的文艺观也主要是存在主义文艺观,它主要是文艺本质论。这种文艺观中也包含解释学文艺观的成分,那也是因为存在主义的文艺本质论,尤其是文学作品中的存在本身(它是存在主义文艺本质论的核心)是需要解释的。所以,海德格尔的存在主义文艺观和解释学文艺观是混在一起的,无论在文艺本质论上还是文艺批评论上,两者的关系大致是:用存在去解释和对存在的解释。

海德格尔的文艺本质观主要体现在《艺术作品的本源》这篇长文中,它就是用哲学存在论去解释文艺本质。海德格尔在该文后的一个附录中说:"《艺术作品的本源》全篇论文,审慎地但缄默地移动在存在本性的道路上。唯有关联于存在问题思考何为艺术才会完全地和决定地被决断。"[①]《艺术作品的本源》一文写于1935年,正值海德格尔的存在论由关于此在的基础本体论转向真理论时期,他就是用存在的真理给艺术下定义的:"艺术乃是真理将自身设入作品。"[②] 可知艺术本质的关键在"真理"二字上。什么是真理?海德格尔的真理观现在早、中、晚三期有所不同。早期的真理指此在的展开、揭示,它是真实的本性的观点,是"真在"。海德格尔说:"真在这种揭示着的存在是此在的一种存在方式。使这种揭示活动本身成为可能的东西,必然应当在一种更源始的意义上被称为'真的'。揭示活动本身的生存论存在论基础首先指出了最源始的真理现象。"[③] 这是从此在的基础本体论去定义的。这种真理观很不同于通常作为认识结果的真理观,后者指作为认识结果的知识符合事实。这种真理观所说的真理不是认识结果,而是认识的基础。这个基础的关键就是作为此在的人。所以海德格尔说:"惟当此在存在,才'有'真理。""惟当此在存在,存在者才是被揭示被展开的。惟当此在存在,牛顿定律、矛盾律才存在,无论什么真理才存在。"[④]

---

　　① [德]马丁·海德格尔:《艺术作品的本源》"附录",见《诗·语言·思》,彭富春译,文化艺术出版社1991年版,第80页。
　　② 同上书,第40页。
　　③ [德]马丁·海德格尔:《存在与时间》,陈嘉映、王庆节译,生活·读书·新知三联书店1987年版,第265页。
　　④ 同上书,第272页。

总之，真理是此在的揭示、敞开，也就是此在所显示的存在。中期海德格尔的存在论已经不以此在为重心，而是大谈真理。这时，真理的基本意思仍是"真实的本性"，仍是"揭示"和"敞开"，但已主要不再是此在的揭示和展开，而是揭示和敞开本身，或者说是存在本身的揭示和敞开。这种观点集中体现在海德格尔于1930年以"真理的本质"为题的讲演中。① 在《艺术作品的本源》一文中也有体现。海德格尔在该文中说："真理意味着真实的本性。我们通过追忆古希腊的词语 aletheia（即存在物的显露）来思考这种本性。"② "艺术乃是真理将自身设入作品"这一定义中的真理便是指"存在物的显露"，或者说"显露的存在"。不过，海德格尔说，存在的本性决定了它在敞开、显露的同时又遮蔽自身。存在的这一根本特性在艺术中当然也存在，这即是说艺术在显露存在的同时又遮蔽它。

　　艺术真的有这样的本质吗？或者说海德格尔真的发现了艺术的本质吗？这个问题须从海德格尔的存在论的转化说起。早期的海德格尔以此在为中心论存在，其存在有很强的现实性，也有很强的主观性。中期的海德格尔开始深入阐发存在本身。晚期更把存在客观化，把它变成多少有些类似柏拉图的"理念"和中国老子的"道"之类的东西。这样的存在就不免有点神秘了。我们知道，柏拉图的理念就具有神秘性，作为终极的善的理念就是神；老子的道也玄妙神秘，具有"有无"二重性，而"无"更为根本，所谓"万物生于有，有生于无"。海德格尔中、晚期所论说的存在也有神秘性。例如他在《荷尔德林与诗的本质》和《追忆诗人》等文章中就把存在描述为"神明"、"神圣者"和"奥秘"等东西，说"对源泉（按：即存在）的接近是一种神秘"；"只有靠小心地将神秘作为神秘加以看护，我们才会知悉它"。③ 海德格尔的整个存在尤其是中、晚期的存在也具有"显隐"或者说"有无"二重性，

---

① 《真理的本质》一书出版于1943年。
② [德] 马丁·海德格尔：《艺术作品的本源》，见《诗·语言·思》，彭富春译，文化艺术出版社1991年版，第50页。
③ [德] 马丁·海德格尔：《追忆诗人》，见《海德格尔诗学文集》，成穷等译，华中师范大学出版社1992年版，第238页。

第六章 从传统到现代:哲学引起的变革

也倾向于"隐"和"无"是更为根本的。这种神秘的存在,这种具有隐显二重性的东西,靠作为现实人的此在去显现就有困难了,用草木、鸟兽或房屋、机械等其他存在者去显现也有困难。但若用艺术去显现则较容易,也较适合,因为艺术品内含的意蕴往往就具有隐显二重性以及不能用语言完全表达的特性。尤其是诗歌往往体现某种终极意义或者泛神论思想(这又与西方哲学的本体观念如柏拉图的理念、斯宾诺莎的泛神论以及基督教的上帝观念等有关),更适宜用来论说那种存在。这样看来,就不一定是艺术本来就具有显露存在的真理这样的本质,而是艺术的某种或某些特性(远非全部特性)适应了体现那种存在的需要。由此可以推知中、晚期海德格尔何以那么热衷于论说艺术尤其是诗歌及相应的诗性语言,把它们抬到至高无上的地位。当然,这也与他对现代技术不满并试图用艺术和诗来引导人们归根返本的思想有关。海德格尔把艺术尤其是诗抬到至高的地位,这固然易于和乐于为许多人所接受。但当我们明白了上述那些道理,并结合他的论说必然对艺术技巧和审美特性等的忽略,对作品的趋同性的存在论解释,就会对他的论说有所保留而另有看法。这种情况还使我们联想到弗洛伊德的无意识论、德里达的解构主义等,它们唯独能在艺术尤其是文学领域大行其道,其实也并非主要由于文艺的本质即如它们所论,而是由于艺术的某种或某些特性恰好适合于用以说明它们。

还须简说一下"艺术乃真理将自身设入作品"这定义中的"自身设入"的意思。先说设入的意思。"设入"又可说成"置入""建立"。建立什么?建立一个世界。海德格尔认为,艺术就是通过世界与大地的冲突和抗争而建立的。"世界"在这里指作品中的世界,大地指自然。"世界的本性是敞开",而"大地的本性是归闭"。世界与大地不可分离,后者是前者赖以建立的基础。海德格尔说:"作品使大地进入世界的敞开之中,并使它保存于此。"[1] 这即是说大地的存在性要靠作品来显现,这与早期海德格尔以此在的人来显现万物的存在不相同了。

---

[1] [德]马丁·海德格尔:《艺术作品的本源》,见《诗·语言·思》,彭富春译,文化艺术出版社1991年版,第46页。

海德格尔描述说，世界与大地的抗争出现撕裂的缝隙，缝隙的光亮即是存在的显现。这种缝隙，这种抗争，便是形象的形态、形式，也就是美。

次说"自身设入"中"自身"的意思。"自身"又说成"自我""自行"。上述作品世界的建立就是"自我建立"。海德格尔说："随着说到敞开中这种敞开性的自我建立，思想会触到此处无法解释的地方。"他还说到存在的开放性是"自身的本性""天性"。海德格尔似乎是说存在何以自身敞开是无法言说的，也是不必言说的。这似乎是一个形而上学问题。维特根斯坦说过，对于形而上学的不可言说的东西，最好保持沉默。海德格尔也是反对形而上学的，他在这个问题上似乎也保持沉默了。但若从哲学就是爱智慧的观点看，对不可证实、不可言说的东西保持沉默，并不就比形而上学的推论和玄思更令人满意、更为可取。

从这种"真理将自身设入"说，海德格尔还推论出艺术家与艺术相比，前者是"无足轻重"的，"他就像一条通道，在创造过程中，为作品的自我显现而自我消亡"。[①] 海德格尔说，创造只是"一种引出，所以是一获得，如同源于井泉之水"。[②] 他批评"现代主义直接误解了创造，它把创造看作是自我独立的天才的主体活动"。[③] 此外，他还提出艺术不但是艺术品的本源，而且是艺术家和守护者（读者）的本源。这一观点从他的中、晚期的存在论也能得到理解：存在既然是最终的本源，艺术由于显露存在也就有本源性，创造和守护艺术品的人当然也以艺术为本源。

如果说海德格尔对文艺本质的论说是用存在去解释，他对荷尔德林等人的诗的批评就是去解释存在。前者主要是存在主义的文艺本质论，后者主要是存在主义的文艺批评，但两者尤其是后者中还有较多的解释

---

① ［德］马丁·海德格尔：《艺术作品的本源》，见《诗·语言·思》，彭富春译，文化艺术出版社1991年版，第40—41页。
② 同上书，第70页。
③ 同上书，第70—71页。

学文论的成分。解释学文论主要是文学批评论，其中又主要是批评方法论。海德格尔的解释学文学批评方法，主要是由解释者的"先"结构与相应的被解释者的"作为"结构所决定的循环方法。他在《艺术作品的本源》中论艺术本质时，就一方面把梵高的绘画作为体现存在真理的东西，另一方面又用存在的真理论去解释那绘画，这就是一种解释的循环。海德格尔自己就说得明白："艺术所是，应从作品推论。艺术品所是，我们只能在艺术本性中获得。任何人都轻易地看到我们游弋于循环之中。"① 他接着进一步指出，"不仅从作品到艺术和从艺术到作品的主要步骤是一种循环，甚至我们任何试图分别的步骤，也是在这种循环之中循环"。②

海德格尔对荷尔德林等人的诗的批评也是运用这种循环方法，即首先把作品当作存在的显现，然后去发现和解释作品中那存在。海德格尔在《荷尔德林与诗的本质》一文中说："荷尔德林之所以被选中，……仅仅在于：他受诗人使命的驱遣，直写诗的本质。"③ 诗的本质就是存在的敞开。预设了这样的批评前提，接下来的主要工作就是具体分析、解释荷尔德林的诗如何体现澄明和极乐，指向神明，即显露那存在。海德格尔在这样的循环性解释中显得得心应手，游刃有余。道理很简单：预设的批评前提即是批评的目的，那目的总是能够达到的。

这样的批评显然有选择批评对象上的主观性、片面性。海德格尔说他之所以选择荷尔德林的诗是因为它显现存在，但在我们看来却是荷尔德林诗中的泛神论性质方便了海德格尔。泛神论认为神是世界之本源，人和万物都存在其中。如荷尔德林诗《归家》中的诗句："赐福之神栖身于光明之上／乐洋洋地沉浸在神圣的光芒之中／他幽居独处、容光焕发／是他决定着生命的赐予／是他与我们一道创造欢乐。"显然，诗中的"神"在批评中很容易被海德格尔转化成其存在论的存在或者存在论中

---

① ［德］马丁·海德格尔：《艺术作品的本源》，见《诗·语言·思》，彭富春译，文化艺术出版社1991年版，第22页。
② 同上。
③ ［德］马丁·海德格尔：《荷尔德林与诗的本质》，见《海德格尔诗学文集》，第210页。

的神。然而，荷尔德林诗中的泛神观却源自西方哲学中传统的泛神论思想和基督教的上帝观念。海德格尔的前辈狄尔泰在分析荷尔德林的诗时，就说过："荷尔德林的这种世界观是泛神论。"① 并指出荷尔德林的这种世界观还受到同时代哲学家黑格尔的"绝对精神"的重大影响。由此可以推知，对富于泛神论思想的其他诗，如雪莱、歌德乃至被誉为"东方诗哲"泰戈尔的某些诗，若作海德格尔式的存在论批评也不会困难。但若对那些现实性、日常性很强的诗，如中国古代杜甫的诗和李清照的词等，作海德格尔式的存在论批评恐怕就会犯难了。海德格尔在《诗人何为？》一文中还对里尔克的诗进行了细致、深入的存在论批评和解释，结果也归于充满了神性的存在的显现。里尔克深受存在主义先驱克尔凯郭尔的影响，其诗的存在主义哲理本来就很强，海德格尔选来批评自然很顺手，却也正显出了这种选择的主观性和片面性。

其次是具体分析、解释的主观性和任意性。例如，荷尔德林的《归家》一诗是通过实写诗人归家而赞美家乡和颂扬神，海德格尔的分析和解释却指出诗人写归家旨在体现归真返本，即归返存在本身，"诗人的使命就是归家"。② 这已显勉强。海德格尔进而又指出，不但诗人要"归家"，读者大众乃至居住在家乡的人也要"归家"，"结果便是：在领会过程中每个人都以适合自己的方式得以归家"。③ 这就更牵强，从诗本身似乎看不出来，只能认为是海德格尔从他自身的存在论看出的，或者说是由那存在论必然规定着的。荷尔德林的诗对中、晚期的海德格尔肯定产生过启示和影响，但海德格尔对它的解释却不免是将自己的见解强加在它头上。

3

海德格尔的存在论和基于它的解释学以及相应的文艺观，都直接与

---

① ［德］威廉·狄尔泰：《体验与诗》，见《西方二十世纪文论选》第三卷，中国社会科学出版社1989年版，第230页。
② ［德］马丁·海德格尔：《追忆诗人》，见《海德格尔诗学文集》，第242页。
③ 同上书，第244页。

第六章 从传统到现代:哲学引起的变革

他的语言观紧密关联着。

就此在存在论而言,海德格尔指出语言不是"世内上手的东西",而是"此在的存在方式"。他说:"语言这一现象在此在的展开状态这一存在论状态中有其根源。语言的生存论存在论基础是言谈。"① 什么是言谈呢?"现身在世的可理解状态道出自身为言谈。"② 此在的现身在世即为此在的存在,所以言谈具有此在存在论上的本体性质。海德格尔接着就指明了这一点:"作为此在的展开状态这一生存论机制,言谈对此在的生存具有构成作用。"③"把言谈道说出来即成为语言。……言谈就是存在论上的语言。"④ 所以语言具有本体性。前文已指出,解释是展示此在存在的手段,它具有本体性。而解释离不开语言。在海德格尔看来,言谈实际上是比解释更为根本的东西。他说:"言谈同现身、领会在存在论上是同样源始的。甚至在占有着可领会状态的解释之前,可领会状态总也已经是分解了的。言谈是对可领会状态的勾连。从而,言谈已经是解释和陈述的根据。"⑤ 可知语言比解释更原始,是后者的根据。这样看来,就不是解释需要语言作工具,而是语言这一此在存在的方式需要解释。

随着中、晚期海德格尔存在论的转变,他的语言观也发生了相应的转变,即由语言是对此在的展示转变为语言是对存在本身的直接展示。这种转变了的语言观在海德格尔中、晚期的一系列论著中都有体现。海德格尔在《艺术作品的本源》一文中说:"语言,凭借给存在物的首次命名,第一次将存在物带入词语和显像。这一命名,才指明存在物源于其存在并达到其存在。"⑥ 而"投射的言说是诗:……诗意是所是敞开的言说";⑦ "语

---

① [德] 马丁·海德格尔:《存在与时间》,陈嘉映、王庆节译,生活·读书·新知三联书店 1987 年版,第 196 页。
② 同上书,第 197 页。
③ 同上。
④ 同上。
⑤ 同上书,第 196 页。
⑥ [德] 马丁·海德格尔:《艺术作品的本源》,见《诗·语言·思》,彭富春译,文化艺术出版社 1991 年版,第 69 页。
⑦ 同上。

言本身在根本意义上是诗"。① 这里说的诗是广义的，指艺术。所以，语言展示存在与诗、艺术显现存在是统一的。总之，早期海德格尔以此在的人来显现自身和万物的存在，中、晚期则转而用艺术、诗、语言和哲学的思来显现存在。依海德格尔的观点，后一显现的存在更为根本，更为深刻，因为它是前一显现的根据或者最终统一体。

海德格尔在他写于1946年的《诗人何为？》和《关于人道主义的信》两文中提出"语言是存在的家"的著名命题，将语言与存在直接关联起来，是对语言的存在论本体性的比喻性概括。在写于1950年的《语言》一文中进一步提出语言言说而人倾听此言说这种似乎更玄奥的观点。海德格尔说："语言言说作为沉默的召唤。"② 又说："语言言说。人言说在于他回答言说。这种回答是一种倾听。他倾听，因为他沉默的安排属于倾听。"③ 什么是沉默的安排？从海德格尔如下一段话可以得到回答："短暂者在他们倾听的范围内言说。他们注意区别的沉默的召唤，虽然他们尚不认识那种召唤。他的倾听源于区别的安排，这样将它带入发声的言词中。这种倾听和接受的言说就是回应。"④ 这大约指人的言说之前，语言的"沉默的召唤和安排"已预先做出辨认词义和声音的区别，人倾听而后说出。海德格尔在另一篇文章中的一段话有助于对以上观点进行历史性理解。海德格尔说："考虑到这种在历史上生成的语言（即母语），我们可以说，是语言，而不是人，在真正地言说。只有在他在每一种情况下都与语言相互应答的意义上，他才言说。"⑤ 历史地形成的语言对于现实的人来说，确实大致如此。不过仔细推敲起来，这种看法也存在两个问题。其一，从语言的历史生成看，最先觉醒的人类祖先不可能倾听语言的言说，因为此前还没有"历史上生成的

---

① [德] 马丁·海德格尔：《艺术作品的本源》，见《诗·语言·思》，彭富春译，文化艺术出版社1991年版，第69页。
② [德] 马丁·海德格尔：《语言》，见《诗·语言·思》，彭富春译，文化艺术出版社1991年版，第181页。
③ 同上书，第183页。
④ 同上书，第182页。
⑤ [德] 马丁·海德格尔：《赫贝尔——家之友》，见《海德格尔诗学文集》，第261页。

语言"。他们听见的只能是大自然的声响，但他们的语言——如此众多而各不相同的语言——却并不是大自然的声响，可见语言究竟是人的创造，并不是人只倾听言说而后才言说。其二，语言的语义尤其是语音在历史上的演变有时是相当剧烈的，仅凭倾听先前的语言言说是不可能发生如此剧烈的变化的，这说明人们在倾听的同时也在创造、革新，也能因需要而说出不曾出现过的语词。所以，我们不能片面地说是语言说人而不是人说语言，正如我们不能片面地说工具使用人而不是人使用工具一样。我们还觉得，海德格尔从语言学和历史学角度对语言的论说，与他从存在论角度的论说并不是贯通一体的。他试图借助语言的历史生成性来说明其存在论的语言观，却正暴露了这种语言观的危机。

将海德格尔的语言观尤其是其中、晚期的语言观与结构主义和解构主义的语言观比较，两者的共同之处是都认为语言并不是工具，并赋予语言以本体性，使语言高于人。在所谓是语言说（把握）人而不是相反这一论点上，可以说两者是一致的。但两者又有根本的不同。第一，就语言与意义的关系看，海德格尔仍然认为语言指称意义（给事物命名），只是这意义首先是存在的意义，而非日常意义。依海德格尔的观点，在显现存在的诸形式中，语言似乎还不是最亲近存在的。最亲近存在的是思和诗。海德格尔说："存在在思中形成语言。语言是存在的家。"① 没有哲学的思和诗，语言不可能显现存在。所以他紧接着说："思者与诗人是这一家宅的看家人。他们通过自己的言说使存在的开敞形乎语言并保持在语言中。"② 日常语言并不是存在的家，那就是因为"日常语言是一种被遗忘的因而耗尽的诗，在那儿几乎不再有召唤的回响"。③ 而结构主义和解构主义却相反，并不认为语言是用来指称事物、表达事物本来就有的意义的，而认为意义产生于语言符号的差异，语言符号系统之外和之先并无意义。第二，与上一点相应，在海德格尔的存

---

① 转引自陈嘉映《海德格尔哲学概论》，生活·读书·新知三联书店1995年版，第301页。
② 同上。
③ ［德］马丁·海德格尔：《语言》，见《诗·语言·思》，彭富春译，文化艺术出版社1991年版，第181页。

在论中，语言实际上只具有存在意义上的本体性，它显现（同时又遮蔽）存在，而并不等同存在。存在却是语言和万物得以显现和存在的根据。而在结构主义和解构主义看来，既然语言符号系统之外并无意义，也就无意义所把握的任何东西，用德里达的话说也就是"文本之外无他物"。因此，语言，更确切地说语言的符号就是最终的本体性的东西，在它之外和之先无任何存在。德里达认为语言就是符号的游戏，并且是无底棋盘上的游戏。海德格尔也曾谈到语言的游戏（"诗是语言的游戏"[①]），那游戏却显然是有底盘的，那底盘就是存在。所以，尽管海德格尔反对他以前的一切形而上学，德里达还是要反对他的"在场"的形而上学，即存在的显现这种形而上学。在强调语言的独立自主和本体性上，结构主义尤其是解构主义比海德格尔的存在主义更为激进。

三

伽达默尔（1900—2002）的哲学解释学思想和文艺解释学思想集中体现在其《真理与方法》（1960）一书中。在该书中，伽达默尔的论述是从作为解释典范的文艺扩展到其他人文科学，从而建立起哲学解释学的。我们的论述则倒过来，从普遍性的哲学解释学推向较具体的文艺解释学。

1

从继承与革新的关系看，伽达默尔的哲学解释学是在胡塞尔现象学尤其是海德格尔的存在主义的影响下，在批判狄尔泰等人的传统解释学基础上，建立和发展起来的。伽达默尔对接受这三者的影响直言不讳："胡塞尔曾使之成为我们义务的现象学描述的意识，狄尔泰曾用以放置一切哲学研究的历史视界广度，以及特别是由于海德格尔在几十年前的推动而引起的这两股力量的结合，指明了作者（按：指伽达默尔）想用以衡量的标准，这种标准尽管在阐述上还有着一切不完善性，作者仍希望看到它没有保留地被加以应用。"[②]

[①] ［德］马丁·海德格尔：《荷尔德林与诗的本质》，见《海德格尔诗学文集》，第211页。
[②] ［德］汉斯·格奥尔格·伽达默尔：《真理与方法》"导言"，洪汉鼎译，上海译文出版社1992年版，第21—22页。

第六章 从传统到现代：哲学引起的变革

前文已指出，施莱尔马赫和狄尔泰把解释学从一般性的方法和技巧提高到哲学认识论和方法论高度，海德格尔则在其存在论基础上，把理解作为此在（人）的存在方式，赋予理解和解释以本体性，从而建立起"此在解释学"。伽达默尔正是在后者的基础上，深入探讨理解的本体性而建立起哲学解释学。他说："我认为海德格尔对人类此在（Dasein）的时间性分析已经令人信服地表明：理解不属于主体的行为方式，而是此在本身的存在方式。本书的'诠释学'概念正是在这个意义上使用的。它标志着此在的根本运动性，这种运动性构成此在的有限性和历史性，因而也包括此在的全部世界经验。既不随心所欲，也不片面夸大，而是事情的本性使得理解运动成为无所不包和无所不至。"[①]又说，"理解是属于被理解东西的存在（Sein）"；[②]"理解……是此在的原始完成形式，是在世界中的存在。在理解按照各种不同的实践的兴趣或理论的兴趣被区分之前，理解就是此在的存在方式，因为理解就是能存在（Seink.nnen）和'可能性'"。[③]可见伽达默尔的观点是与海德格尔一脉相承的，即认为理解是此在的存在方式，亦即此在的全部世界经验。伽达默尔的理解本体论是直接基于海德格尔的此在本体论的。

在理解的本体性上伽达默尔与海德格尔也存在两点差别。其一，海德格尔是从存在论来看理解的，偏重于存在本身，理解只是此在的存在方式。当中、后期的海德格尔进一步追问存在本身，把它变成此在和其他在者得以存在的根据时，对此在的理解就不再有本体性，而只有艺术、诗和诗性的语言能接近那存在本身。伽达默尔则从解释学观点看待对此在的理解，偏重在理解本身，并深入探寻使理解得以产生的条件；在他那里，理解始终是对作为此在的人的理解。其二，海德格尔在对此在的时间性分析中虽然已包含对此在理解的历史性，但他着重的是此在

---

① ［德］汉斯·格奥尔格·伽达默尔：《真理与方法》第二版"序言"，洪汉鼎译，上海译文出版社1992年版，第6页。
② 同上书，第8页。
③ 同上书，第333—334页。

的在场性和未来性。伽达默尔则更强调对此在理解的历史性，认为"在精神科学里所进行的理解本质上是一种历史性的理解"。① 他自己已指出了与海德格尔的这种差别："海德格尔首先把理解这一概念刻画为此在的普遍规定性，他的意思正是指理解的筹划性质（Entwunscharkter），亦即此在的未来性。然而我并不想否认，我曾经在理解诸因素的普遍关联中强调了接收过去流传下来的东西这一方面。"② 这一差别的实际结果是，海德格尔重在理解此在的人，伽达默尔则重在理解历史流传物即文本。以上关于理解问题的不同，正是伽达默尔哲学解释学对海德格尔此在解释学的发展。

　　无论是海德格尔的存在论和此在解释学，还是伽达默尔的哲学解释学，都建基于胡塞尔现象学的方法论，即都把对象在主体意识中的直接呈现这种还原方法作为基本方法。与胡塞尔不同的是，海德格尔对这种现象学还原性描述做了两方面的转变：一是由胡塞尔的在意识中对外在对象的描述，转变为对主体自身的存在的描述，此即他所谓的"反思现象学"亦即他的此在存在论（这种存在论中就包含此在解释学）；二是将胡塞尔作为现象描述的内在根基的先验自我意识，转变为内在的经验自我意识即此在的存在。总之，从两个方向上把重点转移到此在的生存状态上。海德格尔的这种现象学方法转向，为伽达默尔的哲学解释学方法提供了基础：伽达默尔也是在意识中对此在进行反思性现象学描述。所不同的只是，海德格尔着重描述此在的存在，伽达默尔则着重描述对这种存在的理解，并探讨这种理解何以可能的条件，他正是由此建立起哲学解释学的。其间，伽达默尔一方面反对自然科学的理性和实证方法论，另一方面又反对历史主义的客观主义方法论，认为这两种方法论都缺乏人文科学特有的内心体验和自我理解。

　　阿佩尔认为，"伽达默尔'哲学解释学'的力量乃在于对历史主义的客观主义方法论理想的批判；……伽达默尔正确指出了，解释者的历

---

① ［德］汉斯·格奥尔格·伽达默尔：《真理与方法》第二版"序言"，洪汉鼎译，上海译文出版社1992年版，第397页。

② 同上书，第15页。

第六章 从传统到现代：哲学引起的变革

史性乃是人文科学之理解的可能性前提之一"。① 历史主义的客观主义的代表是施莱尔马赫和狄尔泰，他们认为解释的任务是重建文本当时的历史情境，以便获得客观的历史真实。而要做到这一点，解释者必须克服时间距离造成的主观偏见和曲解，即超越"现在"的障碍。伽达默尔则认为历史性是人类的存在方式，是理解的创造性基础，认知主体和认知对象都内在地嵌于历史性之中，所以真正的理解不是去克服这种由时间距离所造成的历史性，而是去正确适应它。可知伽达默尔与施莱尔马赫和狄尔泰虽然都关注历史性，但伽达默尔关于历史性的见解与后两者很不相同。他批评后两者的历史主义"忘记了他们自己的历史性"。② 他说："现在，时间不再主要是一种由于其分开和远离而必须被沟通的鸿沟，时间其实乃是现在植根于其中的事件的根本基础。因此，时间距离并不是某种必须被克服的东西。这种看法其实是历史主义的幼稚假定，即我们必须置身于时代的精神中，我们应当以它的概念和观念而不是以我们自己的概念和观念来进行思考，并从而能够确保历史的客观性。事实上，重要的问题在于把时间距离看成是理解的一种积极的创造性的可能性。"③ 这种主观能动的历史性正是伽达默尔哲学解释学的基本特征，下文将论说的"前见"、"视域融合"和"效果史"等解释学诸原则都是由它决定的。

伽达默尔根据理解的历史性而提出"前见"、"视域融合"、"效果史"和"对话"等解释学原则，用他的话说，这是将"理解的历史性上升为诠释学原则"。④ 若就理解这一解释学核心概念看，这些原则便是关于理解的条件、本质、结果和方式。

伽达默尔指出，"一切理解都必然包含某种前见"。⑤ 前见（又译成

---

① ［德］卡尔-奥托·阿佩尔：《哲学的改造》，孙周兴译，上海译文出版社1994年版，第76页。
② ［德］汉斯·格奥尔格·伽达默尔：《真理与方法》，洪汉鼎译，上海译文出版社1992年版，第384页。
③ 同上书，第381页。
④ 同上书，第341页。
⑤ 同上书，第347页。

"偏见""成见")是解释者对世界的开放性,是理解的前提和条件。因此,"解释者无须丢弃他内心已有的前见解而直接地接触本文,而是只要明确地考察他内心所有的前见解的正当性"。① 依据伽达默尔,"'前见'(Vorurteil)其实并不意味着一种错误的判断。它的概念包含它可以具有肯定和否定的价值"。② 伽达默尔说启蒙运动笼统地贬斥前见,而我们则应恢复其合法地位;坚持合理的前见,克服不合理的前见。他说:"如果我们想正确地对待人类的有限的历史的存在方式,那么我们就必须为前见概念根本恢复名誉,并承认有合理的前见存在。"③ 伽达默尔的前见观点显然来自海德格尔的"先结构"观点。在海德格尔那里,解释者的先结构就是理解和解释的条件。

"前见构成了某个现在的视域。"④ "视域对于活动的人来说总是变化的。"⑤ 由前见所造成的视域的变化就是"视域融合",它指解释者现在的视域与对象所包含的过去的或者说传统的视域融合一起,从而为解释者产生一个新的视域,即解释者将获得一个包含自己的前见在内的新的观念。上文所说的解释者的前见的开放性,其实就是指视域融合:"这种开放性总是包含着我们要把他人的见解放入与我们自己的整个见解的关系中,或者把我们自己的见解放入他人的整个见解的关系中。"⑥ 理解的本质就是视域融合。伽达默尔指出:"理解其实总是这样一些被误认为是独自存在的视域的融合过程。……在传统的支配下,这样一种融合过程是经常出现的,因为旧的东西和新的东西在这里总是不断地结合成某种更富有生气的有效的东西,而一般来说这两者彼此之间无须有明确的区别关系。"⑦ 可知视域融合是一个生产性的创造活动,它是理解的本质,也是理解的历史性的本质。

---

① [德]汉斯·格奥尔格·伽达默尔:《真理与方法》,洪汉鼎译,上海译文出版社1992年版,第343—344页。
② 同上书,第347页。
③ 同上书,第355页。
④ 同上书,第392页。
⑤ 同上书,第390页。
⑥ 同上书,第345页。
⑦ 同上书,第393页。

第六章　从传统到现代：哲学引起的变革

　　如果说前见是理解的条件，视域融合是理解的本质，那么，以这样的理解去对待历史，那历史就是伽达默尔所谓的"效果史"。伽达默尔说："一种真正的历史思维必须同时想到它自己的历史性。只有这样，它才不会追求某个历史对象（历史对象乃是我们不断研究的对象）的幽灵，而将学会在对象中认识它自己的他者，并因而认识自己和他者。真正的历史对象根本就不是对象，而是自己和他者的统一体，或一种关系，在这种关系中同时存在着历史的实在以及历史理解的实在。一种名副其实的诠释学必须在理解本身中显示历史的实在性。因此我就把所需要的这样一种东西称为'效果历史'（Wirkungsgeschichte）。理解按其本性乃是一种效果历史事件。"[①] 历史并不是客观事件的连续，它是解释者对历史事件的理解的产物。依据伽达默尔的哲学解释学，解释的对象不可能是真正客观的、独立的，解释者的视域（前见）总要与它的视域相融合，从而产生新的统一的视域。所以伽达默尔说"真正的历史对象根本就不是对象，而是自己和他者的统一体"。历史是解释者理解的产物，也就是他的历史性的产物。这里的关键在于解释者对历史的建构——历史是历史事件（对象）与解释者共建的（伽达默尔就说过"理解就不只是一种复制的行为，而始终是一种创造性的行为"[②]）。这样的历史，就既有历史事件的真实，又有理解历史事件的真实：两者的结合就是历史的真实，就是真实的历史。这也就是所谓"效果历史"。

　　历史总与传统纠缠着。依据伽达默尔的上述效果历史观，传统就不可能是客观地独立于主体之外的、固定不变的，而是被主体建构着的、不断变化的。从保存的观点看，传统就是基本的前见。伽达默尔说："所以，与传统相联系的意义，亦即在我们的历史的诠释学的行为中的传统因素，是通过共有基本的主要的前见（Voru-rteile）而得以实现的。"[③] 从变化的观点看，传统就是已有前见作为视域与新的视域的不

---

　　① ［德］汉斯·格奥尔格·伽达默尔：《真理与方法》，洪汉鼎译，上海译文出版社1992年版，第384—385页。
　　② 同上书，第380页。
　　③ 同上书，第378页。

断融合，甚至可以说它就是效果史。在这种意义上，传统就是主体对传统的不断创造，是他理解的产物。他处于传统之中，传统也存在于他之中。正如伽达默尔所说，"我们其实是经常地处于传统之中，而且这种处于绝不是什么对象化的（Vergegenstandlichend）行为，以致传统所告诉的东西被认为是某种另外的异己的东西——它一直是我们自己的东西，一种范例和借鉴，一种对自身的重新认识"。① 正因为传统具有这种理解的历史性本质，它对精神科学就具有本质性作用。伽达默尔明确指出，在精神科学里，"传统的要素总是在起作用，而且这一要素构成精神科学的真正本质及其鲜明的特征"。② 赋予传统以精神科学的本质作用，这一点构成了伽达默尔哲学解释学的一个重要特色。

依据伽达默尔的观点，理解的方式是问与答的谈话形式。这种形式是内在于理解的。伽达默尔说，"诠释学现象本身也包含了谈话的原始性质和问答的结构。某个流传下来的本文成为解释的对象，这已经意味着该文本向解释者提出了一个问题。所以，解释经常包含着与提给我们的问题的本质关联。理解一个本文，就是理解这个问题"。③ 另一方面，解释者同时也向本文提出问题，要求本文回答。伽达默尔指出："我们讲述什么的流传物——本文、作品、形迹——本身提出了一个问题，并因而使我们的意见处于开放状态。为了回答这个向我们提出的问题，我们这些被问的人就必须着手去提出问题。我们试图重构流传物好像是其回答的问题。但是，如果我们在提问上没有超出流传物所呈现给我们的历史视域，我们就根本不能这样做。重构本文应是其回答的问题，这一做法本身是在某种提问过程中进行的，通过这种提问我们寻求流传物向我们提出的问题的回答。"④ 这样看来，理解中谈话的实质是解释者的视域与流传物的视域的相互融合。这样，解释者所获得的新的视域就超出了流传物所呈现的历史视域。

---

① ［德］汉斯·格奥尔格·伽达默尔：《真理与方法》，洪汉鼎译，上海译文出版社 1992 年版，第 361—362 页。
② 同上书，第 363 页。
③ 同上书，第 474—475 页。
④ 同上书，第 480 页。

第六章 从传统到现代：哲学引起的变革

伽达默尔把理解比喻为谈话方式应当是旨在强调解释者在理解中的参与和建构作用：谈话总是双方的，是共同建构的。不过，除了这种强调作用外，谈话形式这一比喻对理解似乎并没有多大意义。相反，对"谈话"的这种泛化会使人感到并不大确切，因为实际情况是：谈话是一种理解形式，理解形式却不止于谈话；谈话有时并不能达到理解的目的，理解有时则超越谈话，如严密的逻辑推理这种共同性理解，天启示的感悟这种自我理解等就如此。

伽达默尔把理解提升到哲学本体的高度。理解究竟有无本体性？伽达默尔的哲学解释学是否是本体论哲学？伽达默尔哲学解释学的主要价值在于上述理解诸原则，尤其是体现历史主动性的前见、视域融合和效果史等原则。这些原则并不能说明理解的本体性，它们说明的是理解的认识性和方法性。它们不是本体论原则，而是认识论和方法论原则。

给理解以本体性始于海德格尔的早期存在论，他认为人的存在需要理解、解释，理解、解释因而具有存在的本体性。伽达默尔继承了这种思想，强调理解是此在的存在形式，因而具有本体性。其实，早期海德格尔的这种作为人的此在的存在并没有严格意义上的本体性（他后期的存在已超越了此在的人，具有形而上的本体性）。这种存在表示的是在经验界或者说社会中的人的本质，而不是作为人的本原性本质的本体，更不是作为世界本原的本体。这是因为那种存在所体现的人的体验、行为、筹划等都是经验性的东西。在我们看来，凡经验性的东西都是人的建构，因而都有建构它的两方面的先验条件，那就是作为经验对象方面的先验实体，以及作为经验主体方面的可能的先验意识。这两者是更为根本的东西，它们，尤其是前者，才可能是本体性的东西。

既然人的存在并非本体，作为人的存在形式的理解就不可能是本体，而只是人的一种经验性本质。并且，理解只是人的整体存在的一部分，因而感官作为人的本质也是不完全的。人的感官感觉，如对冷热、软硬、颜色、声音等的感觉，就不是理解，却是理解的基础；人的意志、愿望、理想、幻想等也超越了理解。所以，理解并非如伽达默尔所说的那样是"无所不包和无所不至"的。曾经有哲学家把人的感觉、意志等这种属于人的本质的东西作为哲学本体，我们说那是主观的、错误的，同样，说人的理解是本体也是主观的、错误的。

　　伽达默尔从理解离不开语言，具有语言性，推出"能被理解的存在是语言"的命题，提出人"以语言的方式拥有世界"语言因而具有本体性。这种语言本体观也直接来自海德格尔的语言是此在的存在方式的观点。但如前所述，人的理解乃至存在并不是本体，语言也就没有这种本体性。伽达默尔还断言"语言先于一切经验而存在"。① 这一断言实在难于理解。如果是说历史地存在的语言先于个体的人的一切经验，那么，先于个人经验而存在的并不限于语言，还有他人的经验，还有客观世界。如果是说语言先于一切人类经验而存在，那显然是荒谬的。其实，语言与感觉、理解、意志等人的存在状态（它们是构成人的经验的主观要素）比较起来，它缺乏后三者那样的内在自我性。我们看到，凡有意义的语言必然含带意识内容，但意识内容（包括肉现于个体发育早期的那种朦胧的意识内容）似乎并不必然表达于语言。同样的语言常常反复使用，其相关的意识内容却不相同。如一首诗，一个本文，它们的语言始终如一，而它们所激发的意识内容却总是有所不同的，有时是很不相同的。这正如一件工具反复被使用，而用它所做的事情却可以是不相同的。语言也大致具有这样的工具性，只是它是人类最不能割舍的工具。世界上众多的不同种类的语言可以表现同一种意识和行为，这也能够说明语言的工具性。人们做事离不开工具，包括人的手这样无法割舍的工具，但事情是事情，工具是工具。同样的道理，虽然我们建构世界离不开语言，但世界是世界，语言是语言。说人"以语言的方式拥有世界"并不就比说人"以感觉的方式拥有世界""以意识的方式拥有世界"更为根本。而感觉、意识尚不能够作为本体，语言又如何能够呢？

　　理解没有本体性，而具有认识性、方法性。传统解释学固然是一种认识论和方法论，伽达默尔的现代解释学其实也是一种认识论和方法论，后者对前者的变革实际上是从一种旧的认识论和方法论变成一种新

---

① ［德］汉斯·格奥尔格·伽达默尔：《真理与方法》，洪汉鼎译，上海译文出版社1992年版，第449页。

的认识论和方法论。两者的目标都集中在对作为流传物的本文的解释上。归根到底，两者的不同在于：传统解释学旨在客观地重建作者的意图，即特定历史情境中的本文的意义，而现代解释学则历史发展地由解释者能动地参与建构本文在此时此境的意义。这种不同哪里是本体论上的不同？它主要是认识论尤其是方法论上的不同：传统解释学用历史主义的客观主义方法解释本文，现代解释学则用历史发展的、主观能动的方法解释本文。现代解释学作为认识论与其他认识论比较，更显出是一种认识方法，即主体认识本文时随历史发展而参与建构本文意义的方法。

2

用上述伽达默尔哲学解释学的理解观看待文艺作品，就会得出这样的结论："只有我们理解了某个本文——也就是说，至少把握了它所涉及的语言——该本文对我们来说才能是一部语言艺术作品。"[①] 这即是说，文艺作品的意义既不单纯地存在于本文上，也不单纯地存在于主体上，而存在于主体对它的理解之中。因此，可以说文艺作品的本质在于对它的理解。伽达默尔的这种观点，当然直接来自海德格尔的理解是存在的方式这种观点，但也显出更远的与现象学的联系：从根本上说，是理解者的意向性建构赋予对象以意义。这也就是理解的现象学根据。就文艺作品而言，说它的意义并不单独地存在于本文上或者主体上，而存在于主体对它的理解之中，这与英伽顿的现象学文论的观点很相近（参见本书第五章第二节）。

伽达默尔解释学中的理解不仅指对文艺作品的理解，它指对所有流传物的理解，甚至可以推及对任何对象的理解。那么，对文艺作品的理解有什么特点呢？伽达默尔通过对教化、共通感、判断和兴趣四个概念的分析，指出对文艺作品的理解的基本特点不是概念和推理的，而是感性具体的、体验性的。关键还是体验，因为对文艺作品的体验必然包括对感性形象的体验。

体验总是主体的体验，所以主体性对文艺作品的体验具有决定意

[①] ［德］汉斯·格奥尔格·伽达默尔：《真理与方法》，洪汉鼎译，上海译文出版社1992年版，第117页。

义。伽达默尔指出康德美学及其后继者们在美学上很好地把握了主体性。但康德美学的主体性具有先验性特征，这是不能为伽达默尔所接受的，因为他的解释学中的理解是经验性的。伽达默尔通过对康德之后的狄尔泰、胡塞尔和柏格森等的"体验"概念的清理和分析，指出它们已经是经验性的"体验"（胡塞尔现象学中的体验概念既有经验性一面，这在他早期的描述现象学中，也有先验性一面，这也在他后期的先验现象学中。海德格尔和伽达默尔不满意他的后一方面），并指出这种体验概念与生命概念关联着（狄尔泰和柏格森的哲学都是生命哲学），因为"每一个体验都是由生活的延续性中产生，并且同时与其自身生命的整体相联"。① 伽达默尔说："正如作为这种体验的艺术作品是一个自为的世界一样，作为体验的审美经历物也抛开了一切与现实的联系。艺术作品的规定性似乎就在于成为审美的体验，但这也就是说，艺术作品的力量使得体验者一下子摆脱了他的生命联系，同时使他返回到他的存在整体。在艺术的体验中存在着一种意义丰满（Bedeutungsfülle），这种意义丰满不只是属于特殊的内容或对象，而是更多地代表了生命的意义整体。"② 这即是说，就艺术作品的审美体验而言，一方面，由于它使体验者摆脱了具体的"生命联系"，即超脱了与一切现实的联系，如社会知识和现实功利等，审美就是形式性的，艺术作品因而就表现为只是一种形式，即所谓"纯粹的艺术作品"。伽达默尔随后就指明了这一点："所以，我们称之为艺术作品和审美地加以体验的东西，依据于某种抽象的活动。由于撇开了一部作品作为其原始生命关系而生根于其中的一切东西，撇开了一部作品存在于其中并在其中获得其意义的一切宗教的或世俗的影响，这部作品将作为'纯粹的艺术作品'而显然可见。"③ 但是，另一方面，由于审美体验使体验者"返回到他的存在整体"，它就会产生一种"代表了生命的意义整体"的丰富的意蕴，这是

---

① ［德］汉斯·格奥尔格·伽达默尔：《真理与方法》，洪汉鼎译，上海译文出版社1992年版，第89页。
② 同上书，第90页。
③ 同上书，第109页。

第六章 从传统到现代:哲学引起的变革

一种不能完全用概念指名的、无限的意义。伽达默尔在紧接前述那一段话之后就指明了这一点:"一种审美体验总是包含着某个无限整体的经验。正是因为审美体验并没有与其他体验一起组成某个公开的经验过程的统一体,而是直接地表现了整体,这种体验的意义才成了无限的意义。"① 这里便显出了康德美学的形式性特点,即"美只应涉及形式",但那形式并不是纯形式,而是于其中蕴含不能用概念指名的丰富的意义内容(它不同于由概念知识和功利目的所构成的通常所谓的内容)。正是在这种意义上,伽达默尔指出:"因此,只是在审美对象与其内容相对立的形式中寻找审美对象的统一,乃是一种荒谬的形式主义,这种形式主义无论如何不能与康德相联系。"② 这一点,是伽达默尔从其对艺术作品的独特的体验性理解观点而得出的对康德形式美学的深刻见解。

伽达默尔进一步指出,这种对艺术作品的审美体验性理解,实质上即是前述主体与对象的视域融合,只是这种视域融合是在感知领域里进行的,无须概念和推理。"逗留性的观看和觉察并不简单地就是对纯粹所看事物的观看,而始终是一种把某物视为某某东西的理解本身。'审美上'被观看的事物的存在方式不是现存状态。凡涉及有意味性表现的地方,如在造型艺术的作品里,只要这种表现不是无对象的抽象,意味性对于所看事物的了解来说就显然是主导性的。"③ "感知总是把握意义。"④ 审美体验这种感知亦如此,它既是感性形式的,又是有意味的。

伽达默尔提出"游戏"概念来进一步论说文艺作品的理解本质。伽达默尔说"游戏"是一个本体概念,它指"艺术作品本身的存在方式"。⑤ 他指出,"游戏的主体不是游戏者",游戏"独立于那些从事游戏活动的人的意识"。⑥ "游戏的真正主体(这最明显地表现在那些只有

---

① [德] 汉斯·格奥尔格·伽达默尔:《真理与方法》,洪汉鼎译,上海译文出版社 1992 年版,第 90 页。
② 同上书,第 118 页。
③ 同上书,第 117 页。
④ 同上书,第 118 页。
⑤ 同上书,第 130 页。
⑥ 同上书,第 132 页。

单个游戏者的经验中)并不是游戏者,而是游戏本身。"① 这原因,从游戏本身看,在于"往返重复运动对于游戏的本质规定来说是如此明显和根本,以至谁或什么东西进行这种运动倒是无关紧要的";② 在于游戏"好像是从自身出发而进行的";③ 在于"游戏的魅力,游戏所表现的迷惑力,正在于游戏超越游戏者而成为主宰"。④ 伽达默尔如此论说游戏的目的,在于说明艺术作品的相关特点,即"保持和坚持什么东西的艺术经验的'主体',不是经验艺术者的主体性,而是艺术作品本身"。⑤ 这颇类似日内瓦现象学派代表布莱的观点:他就认为作品的主体既不是作家,也不是读者,而是作品本身(参见本书第五章第三节)。但伽达默尔对于游戏特征的论说并不止于此,说游戏的主体不是游戏者而是游戏本身,这只是游戏的一个特征。在此特征的基础上,游戏还表现出另外的特征,而那特征所说明的游戏的亦即艺术作品的特性就不同于布莱的观点了。

伽达默尔指出,游戏者的游戏是自我表现,"游戏的存在方式就是自我表现"。⑥"游戏的自我表现就这样导致游戏者仿佛是通过他游戏某物即表现某物而达到他自己特有的自我表现。"⑦ 这即是说,游戏是通过"为……表现着"而实现自我表现的,伽达默尔说这对艺术的存在具有决定性意义:"这里游戏不再是对某一安排就绪的活动的单纯自我表现,也不再是有游戏儿童于其中出现的单纯的表现,而是'为……表现着'。这里一切表现活动所特有的这种指向活动好像被实现了,并且对于艺术的存在就成为决定性的东西。"⑧ 这也就是说,如同游戏一样,艺术作品的存在就是"为……表现着"的自我表现。但这一结论

---

① [德]汉斯·格奥尔格·伽达默尔:《真理与方法》,洪汉鼎译,上海译文出版社1992年版,第137页。
② 同上书,第133页。
③ 同上书,第134页。
④ 同上书,第137页。
⑤ 同上书,第132页。
⑥ 同上书,第139页。
⑦ 同上。
⑧ 同上书,第140页。

第六章 从传统到现代：哲学引起的变革

还不是最后的，它还会引出对伽达默尔来说是更重要的结论。伽达默尔认为游戏的观赏者也总在游戏，是带戏的一部分。"游戏本身却是由游戏者和观赏者所组成的整体。事实上，最真正感受游戏的，并且游戏对之正确表现自己所'意味'的，乃是那种并不参与游戏而只是观赏游戏的人。"① "观赏者就是我们称为审美游戏的那一类游戏的本质要素。"② 而当游戏成为观赏者的对象，游戏就发生一种转变。"这种转变使观赏者处于游戏者的地位。只是为观赏者——而不是为游戏者，只是在观赏者中——而不是在游戏者中，游戏才起游戏的作用。"③ 这时"由于游戏是为观赏者而存在的，所以下面这一点是一目了然的，即游戏自身蕴含某种意义内容，这意义内容应当被理解"。④ 这实际上是说，观赏者对游戏的理解使游戏产生意义，这种理解也是一种再创造性质的自我表现。同理，解释者对文艺作品的理解使作品产生意义，这种理解也是再创造性质的自我表现，因而具有文艺本体的性质。伽达默尔在后面就指明了这一点："从游戏的普遍意义出发，我们曾经在这一事实中认识到表现的本体论意义，即'再创造'乃是创造性艺术本身的原始存在方式。"⑤

伽达默尔论说的要点已经明确，那就是游戏需要观赏者参与，这种参与是指观赏者在游戏者游戏的过程中去理解和把握游戏的整体意义。我们看到，伽达默尔的目的是用游戏概念去解释对文艺作品的理解本质：解释者对文艺作品的理解如同观赏者对游戏的理解一样，实质上是一种参与和自我表现。这种参与和自我表现也就是对作品意义的共同建构。这里的所谓共同建构，就是解释者主体与作品主体的共同建构。所谓作品主体，应当指作品中客观存在的潜在的意义要素（作品本身只具有这种构成意义的潜在要素，而并不具有已经构成的意义）。

---

① ［德］汉斯·格奥尔格·伽达默尔：《真理与方法》，洪汉鼎译，上海译文出版社 1992 年版，第 141 页。
② 同上书，第 166 页。
③ 同上书，第 142 页。
④ 同上。
⑤ 同上书，第 209 页。

现在回头看伽达默尔和布莱的相似处就很有限了，他们只是在认为作品主体就是作品本身并具有自身的客观性这一点上是相似的，此后就分道扬镳了：布莱认为解释者的任务是客观地寻找或者说重建作品主体本身的意识模式，它也就是作者主体的"我思"。而伽达默尔则以游戏来说明作品本身并无客观存在的意义，作品的意义只能是解释者理解的产物，实际上是在解释者参与的前提下与作品主体共同建构的，它是一种当下的、处于历史发展中的意义。

伽达默尔从游戏概念推出创造物概念。当把艺术作品比作游戏时，是"从正表现着的人或正观赏着的人出发，而不是作为该作品的创造者而被称为该作品真正作者的人即艺术家出发，游戏才获得其意义规定性"。① 在这种意义上，游戏就转化成为游戏者或观赏者的创造物。可知这一转化是通过观赏者理解游戏的意义而实现的。就艺术作品而言，它作为创造物则是通过解释者的理解而完成的。这种创造物（更准确地应称为"再创造物"）不可能由艺术家完成，艺术家创造出来的东西要通过观赏者和解释者的转化才成为创造物。

所以，伽达默尔说："游戏就是创造物——这一命题是说：尽管游戏依赖于被游戏过程（Gespjeltwerden），但它是一种意义整体，游戏作为这种意义整体就能够反复地被表现，并能反复地在其意义中被理解。"② 这里的"反复地被表现""反复地被理解"是关键：游戏、艺术品就是通过观赏者、解释者的反复的表现和理解而转化为历史性的创造物的。可见伽达默尔引入创造物的概念，仍是旨在说明解释者对艺术作品的理解是一种参与和对其意义的建构。

伽达默尔从游戏概念和创造物概念又论及艺术作品的审美时间性概念。他首先肯定"正是理解本身的存在方式在这里被揭示为时间性"。③接着指出讨论时间性问题的出发点是"艺术作品就是游戏，也就是说，

---

① ［德］汉斯·格奥尔格·伽达默尔：《真理与方法》，洪汉鼎译，上海译文出版社1992年版，第143页。
② 同上书，第151页。
③ 同上书，第158页。

第六章　从传统到现代：哲学引起的变革

艺术作品的真正存在不能与它的表现相脱离，并且正是在表现中才出现创造物的统一性和同一性"。① 艺术作品的审美时间性问题因而就始终是一个由它当下的表现性或者说观赏者和解释者的理解性所决定的"现在性"和"同时性"问题。伽达默尔说，"'同时性'，（Gleichzeitigkeit）是属于艺术作品的存在。同时性构成'同在'（Dabeisein）的本质"；② 而"同在就是参与（Teil-habe）"，"观赏是一种真正的参与方式"。③ 因此，观赏者和解释者对游戏和艺术作品的观赏和理解在时间上就是一个同时性问题。"这里'同时性'是指，某个向我们呈现的单一事物，即使它的起源是如此遥远，但在其表现中却赢得了完全的现在性。"④ 可以看出，伽达默尔在这里论说的时间性（同时性）概念，仍旨在借以说明艺术作品的理解本质，即理解者在历史发展过程中当下的参与性和建构性。

用上述理解本质观看艺术作品的意义，那意义就是解释者理解的产物，因而是历史地发展变化的，依解释者的不同而不同的，即它是不确定的，不可能穷尽的。与这种意义观相关联，伽达默尔提出了"偶缘性"（又译"随机性"）概念。他认为艺术作品是对原型的再现，但艺术作品的存在方式却是表现，而"表现是在某种本质的意义上总是与原型相关联，而这种原型正是在表现中达到了表现。但是，表现是比摹本还要多的东西"。⑤ "原型通过表现好像经历了一种存在的扩充（Zuwachs an Sein）。"⑥ "艺术一般说来并在某种普遍的意义上给存在带来某种形象性的扩充。"⑦ 伽达默尔认为这种对存在的扩充中就包含偶缘性因素。什么是偶缘性？"偶缘性指的是，意义是由其得以被意指的境遇（Gelegenheit）从内容上继续规定的，所以它比没有这种境遇要包含更

---

① [德] 汉斯·格奥尔格·伽达默尔：《真理与方法》，洪汉鼎译，上海译文出版社 1992 年版，第 158 页。
② 同上书，第 165 页。
③ 同上书，第 161 页。
④ 同上书，第 165 页。
⑤ 同上书，第 182 页。
⑥ 同上。
⑦ 同上书，第 186 页。

多的东西。"① 这即是说，偶缘性指本文意义随历史境遇的变化而变化，并愈益丰富。但伽达默尔紧接着强调："在这里最为关键的一点是，我们所指出的这种偶缘性乃是作品本身要求的一部分，并且不是由作品的解释者硬加给作品的。"② 言下之意是说，作品意义的偶缘性也是有客观基础的，那应当是作品本身所具有的潜在的意义要素，正是它保证着作品的不断变化的意义中有着某种客观性和一致性。

伽达默尔的解释学是哲学解释学，所以，上述所谓本文意义的偶缘性、不确定性和无限性，就不仅仅指艺术作品的本文，而是指作为一切历史流传物的所有本文。"历史流传物只有在我们考虑到它由于事物的继续发展而得到进一步基本规定时才能被理解，同样，研讨文学本文和哲学本文的语文学家也知道这些本文的意义是不可穷尽的。在这两种情况里，都是通过事件的继续发展，流传物才获得新的意义方面。……这正是我们所说的诠释学经验里的效果历史要素。"③ 这是与传统解释学很不相同的。伽达默尔在这里对传统解释学进行了对比和批评："下面这一点对于我们的诠释学经验来说同样是确凿无疑的，即对于同一部作品，其意义的充满正是在理解的变迁中得以表现，正如对于同一个历史事件，其意义是在发展过程中继续得以规定一样。以原作者意见为目标的诠释学还原正如把历史事件还原为当事人的意图一样不适当。"④

伽达默尔的理解理论及相应的意义理论对后来的"接受美学"和"读者反应批评"有直接影响。

伽达默尔的文艺解释学是文艺本质论，还是文艺创作论或者文艺批评论？伽达默尔主要从读者的历史性理解去考察文艺的本质（他称为本体）。文艺本质确实可以从这一新角度来考察，因为文艺作品的最终完成有赖于读者（或观赏者）的理解或者说再创造。对文艺本质的完整的把握是离不开读者的，所以伽达默尔说"文学概念决不能脱离接

---

① ［德］汉斯·格奥尔格·伽达默尔：《真理与方法》，洪汉鼎译，上海译文出版社1992年版，第188页。
② 同上。
③ 同上书，第479页。
④ 同上书，第479—480页。

第六章 从传统到现代:哲学引起的变革

受者而存在"① 是正确的。回顾西方文学理论,对于文学本质的概括,先后有基于自然和社会现实的模仿论(后发展为再现论、反映论),有基于作家主观创造的表现论,有基于作品本身的形式论(唯美论),加上这里的基于读者再创造的理解论,人们对于文学本质的认识是更全面了。由此可知,伽达默尔从读者的理解去考察文艺本质是一种开拓,对于丰富文学本质论是有贡献的。但由此也知道,单纯从读者的角度去界定文学本质又是片面的,正如单纯从社会现实的角度或者作家的角度或者作品本文的角度去界定文学本质也是片面的一样。

伽达默尔的文艺解释学也可以说是一种文艺创作论,因为读者对文艺作品的理解就是再创造。依据伽达默尔的观点,这种再创造与作者的原初创造是有所不同的,它自身在历史发展中也是有所不同的。

伽达默尔的文艺解释学更是文学批评论,因为读者对文艺作品的阅读和理解、分析和批评,都属于广义的文学批评的范围。读者的角度就是批评的角度,这正如作家的角度就是创作的角度一样。我们曾经指出,西方近代文论中关于文学本质的表现论是从文学创作论的角度推导出来的(参见本书"导论"第二部分第 8 节)。这里,我们也可以说伽达默尔关于文艺本质的理解论实际上是从文艺批评论角度推导出来的,即从读者(或观赏者)对艺术作品的阅读(或观看)和理解中推导出来的。我们还可以进一步指出,与历史上其他的文学批评尤其是传统解释学文学批评比较,它显出更是一种批评方法,即在历史发展中依据读者的不同理解去解释文艺作品的方法。这就是基于文艺本质理解论的现代解释学方法。它因为与以往基于模仿论的社会批评方法、基于表现论的作家传记批评方法以及基于形式论的本文批评方法(或称形式批评方法)不同而形成对照,并显出自己独特的价值。

其实,早先英伽顿的现象学文论,后来的接受美学,都着重从读者角度去解释文艺作品,那么,伽达默尔的解释学批评的特点在哪里呢?它的基本特点在于其历史性。这三种文艺批评都认为作品的意义是读者

---

① [德]汉斯·格奥尔格·伽达默尔:《真理与方法》,洪汉鼎译,上海译文出版社 1992 年版,第 211 页。

参与建构的,因而是不确定的,而伽达默尔解释学批评的独特之处在于给这一点以存在论的(此在的存在根基是时间性、历史性)和历史学的解说。这是它的优点。但正是在这里又凸显它的缺陷,那就是它在强调理解的历史性及其与现实性的结合时,没有给理想性以应有的重视。这对于历史解释学、法学解释学等倒是合理的,但对于文艺解释学来说就是缺陷。因为美的本质不止于理解,它更在于理解基础之上的想象和理想。我们感到某对象美,主要不在于它符合了我们的某种历史意识或者现实意识,而在于它潜在地符合了我们的某种理想,虽然这种理想中总已融会着某种历史意识和现实意识(反过来,这种历史的和现实的意识总多少指向着某种理想)。所以,尽管伽达默尔认为"美学必须被并入诠释学中",[①] 但在我们看来,他的这种解释学主要适宜对积淀着历史意识的文艺作品的解释,而对于像自然美那样的对象,它就不能做出合理而透彻的解释。就是对于文艺作品,它也主要适宜历史发展地理解其意义内容,若要对作品形象的审美感和审美理想等加以解说,似乎就显得无能为力了。

---

① [德] 汉斯·格奥尔格·伽达默尔:《真理与方法》,洪汉鼎译,上海译文出版社1992年版,第215页。

第七章 共生与裂变

——精神分析文论与弗洛伊德主义

弗洛伊德主义的形成并非西格蒙特·弗洛伊德（1859—1939）的初衷。他所创立的精神分析学说，是在治疗精神病的实践过程中，逐渐形成的一种研究无意识心理过程的心理学理论。尽管弗洛伊德把心理学当作科学，而且在实证主义思潮的浓厚氛围中，科学在他看来就是哲学，但是，早期的弗洛伊德却拒绝在自己的心理学理论基础上进行更为广泛的哲学概括。直到1915年前后，弗洛伊德的追随者们大多从哲学与人文科学的角度研究精神分析问题，扩大了精神分析学说的影响范围，使得弗洛伊德成为知识界影响巨大的"思想领袖"，而且，此时的"知识界却已力图从弗洛伊德过去的著作中探求那些恰恰属于哲学和思想方面的问题。他们期待着，并且要求精神分析在世界观方面'开诚布公'。正因为如此，弗洛伊德渐渐地屈从于这一要求和期待"。[①] 这就是说，当精神分析学说从对个人心理结构模式的探讨，发展到对人类社会生活各方面的本质进行解释的时候，它也就超越了其作为精神病治疗方法与特殊的深蕴心理学的阶段，开始成为一种具有普遍性与系统性的哲学思潮，即所谓的弗洛伊德主义。

在探讨弗洛伊德主义与精神分析批评的关系之前，稍微回顾一下弗洛伊德本人与文学的关系是颇有必要的。美国学者、西方公认的弗洛伊德研究权威莱昂内尔·特里林（1905—1975）曾撰有《弗洛伊德与文

[①] [苏] M. M. 巴赫金、β. H. 沃洛希诺夫：《弗洛伊德主义批判》，张杰、樊锦鑫译，中国文艺联合出版公司1987年版，第33—34页。

学》（1940）一文，在文章中，他既充分肯定了精神分析学说对文学的重大影响，又指出这种影响"是相互的，弗洛伊德影响文学，文学也以同样的力量影响弗洛伊德"。① 的确，弗洛伊德自小就对文学有着浓厚的兴趣，深受索福克勒斯、莎士比亚、歌德、陀思妥耶夫斯基等众多文学大师的影响，而且与他同时代的文学家、艺术家们保持着广泛的联系。他那数量巨大的学术著作也由于文体风格的清新优美而显出迷人的魅力，他本人还于1930年荣获著名的"歌德文学奖"。他关于人的心理结构与无意识的理论，也能从浪漫主义文学的反理性传统中找到确切的亲缘关系，对这种关系的追溯甚至已经具体化到从狄德罗的小说《拉摩的侄儿》中发现了弗洛伊德所谓的伊特（id）、自我（ego）等范畴的人物原型。②

或许正是基于这种得天独厚的文学素养，使得弗洛伊德在创立其精神分析学说的初期，就选择了与"语言"有密切联系的"谈疗法"去救治他的精神病人。在他看来，精神病人被封闭、压抑了的内心障碍，可以经由语言交谈而得以宣泄或净化。"净化"或称"卡塔西斯"，正是从亚里士多德的悲剧理论中借用来的一个术语，③ 由此，可以看出，精神分析学说在其初期阶段，就与文学理论结下了不解之缘。

从重视、考察病人的语言反应到对正常人在日常生活中发生的语误、笔误、读误的心理分析，再向前跨一步，就与作家的文学创作现象联系到一起了。这种联系实际上在标志精神分析学说诞生的《梦的解析》（1900）一书中已显出端倪。在对"亲友之死"的梦进行分析的过程中，弗洛伊德对古希腊索福克勒斯的《俄狄浦斯王》和莎士比亚的《哈姆莱特》两大悲剧中所隐藏着的对母亲的性欲冲动及其对观众的影响作了简略的考察。正是基于这种考察，弗洛伊德提出了著名的"俄狄浦斯情结"，为精神分析批评锻造了一件运用最为广泛的批评工具。

---

① 王宁：《精神分析》，四川文艺出版社1989年版，第241页。
② 参见特里林《弗洛伊德与文学》，译文载王宁编《精神分析》。
③ ［苏］M. M. 巴赫金、β. H. 沃洛希诺夫：《弗洛伊德主义批判》，张杰、樊锦鑫译，中国文艺联合出版公司1987年版，第37页。

在写于1906年的《詹森〈格拉迪瓦〉中的幻觉与梦》一文中，弗洛伊德用精神分析方法研究了小说《格拉迪瓦》的主人公、德国考古学家罗伯特·哈诺德的一系列幻觉与梦。尽管他选取这一作品予以分析的动机是为了给自己的心理学理论寻找外部支持，但是，这种尝试已正式标志着精神分析进入了文学批评的领域。正是通过这种虽偏离原作但却充满魅力的分析，"他挽救了一篇甚至在德语国家也几乎被人们忘却了的平庸小说"。[①] 发表于1908年的《作家与白日梦》，对富于想象力的作家与白日梦者、文学作品与白日梦进行了颇有价值的比较，从而进一步加强了精神分析与文学批评之间的联系。而1909年秋天，弗洛伊德从他救治的一个性格与达·芬奇相似的病人那里获得启示，开始用精神分析方法分析历史人物，并于1910年写出了《列奥纳多·达·芬奇和他童年的一个记忆》，结合达·芬奇关于自己童年时期一个记忆的描述，对达·芬奇的精神特征进行了分析，并以达·芬奇的作品来检验、印证分析的结果，从而对达·芬奇的绘画风格与创作动力作了精神分析式的解释。尽管在弗洛伊德的解释中，出现了一个语言学上的错误，这一错误足以毁掉他所得出的结论，但是，这篇文章所标示的独特方法无疑对精神分析批评产生了重大而深远的影响。也是在1910年，弗洛伊德忠实的支持者，英国精神分析学家欧内斯特·琼斯（1879—1958）写出了《用于解释哈姆莱特之奥秘的俄狄浦斯情结》一文，运用俄狄浦斯情结对哈姆莱特的性格特征作出了创造性的解释，不仅结束了弗洛伊德在这一领域内孤军奋战的历史，而且给弗洛伊德的追随者们以巨大的启示。

从上述粗略的描述中可以看出，精神分析批评几乎是与弗洛伊德的精神分析学说一同成长起来的，而且，正是由于将精神分析方法扩展到文学与艺术领域所取得的成功，才促使弗洛伊德进一步将它扩展到道德、宗教、战争、政治等社会科学的其他领域，从而形成了一种试图对人类生活各个方面做出解释的包罗万象的文化哲学。

[①] ［美］杰克·斯佩克特：《艺术与精神分析》，高建平等译，文化艺术出版社1990年版，第69页。

我们一旦明白了精神分析批评与精神分析学说之间的这种共生关系，就会发现，并非先有弗洛伊德主义，再出现受其影响的精神分析批评。因此，要考察精神分析批评所受到的哲学思想的影响，除了要辨析弗洛伊德主义与精神分析批评之间的关系之外，还必须考察前弗洛伊德主义时期弗洛伊德心理学中一系列重要范畴的思想渊源。

一

精神分析首先是神经错乱症的一种治疗方法。在治疗神经病患者的过程中，弗洛伊德建立起了他的精神分析学说，而这一学说的核心部分就是"无意识"理论，"在后来修正古典的精神分析的人当中，不管修正的程度如何，都没有抛弃这一基本概念，否则就不是精神分析学家了"。[①]

"无意识"概念并非弗洛伊德首创，若要考察其渊源，可以上溯至柏拉图，不过，给予弗洛伊德直接而深刻影响的首先要数莱布尼茨与赫尔巴特。在著名的《单子论》中，莱布尼茨论述到"单纯的实体仅仅是有知觉的。而我们只是把那些具有比较清晰的知觉而且有记忆伴随着的单纯实体称为灵魂"。[②] 在他看来，尽管每个单子都有"知觉"，但其知觉的清晰度是不相同的，低级的单子只有模糊的无意识的知觉，他称之为"微觉"，高级的单子如动物的灵魂的知觉较为清晰，人的灵魂则是更高一级的单子，它有更高清晰度的知觉，他称之为"统觉"，是有意识的"理性灵魂"或"精神"。而法国思想家卡巴尼斯根据神经系统的高低层次划分出了无意识、半意识、意识的等级结构。[③] 很显然，这里揭示的由无意识到意识、由微觉到统觉的等级关系，以及关于无意识、半意识、意识等级的明确划分，与弗洛伊德所假设的人的心理由无意识经前意识到意识的结构模式是非常相似的。赫尔巴特受前述莱布尼

[①] 高觉敷：《西方近代心理学史》，人民教育出版社1982年版，第378页。
[②] 北京大学哲学系外国哲学史教研室编译：《西方哲学原著选读》上卷，商务印书馆1981年版，第479—480页。
[③] 参见车文博《意识与无意识》，辽宁人民出版社1987年版，第5—6页。

第七章　共生与裂变

茨单子论的影响，提出"意识阈"这一概念，认为有一种被抑制的观念存在于意识阈限之下，这些观念是无意识的，但这些观念仍继续活动，遇到意识中心的观念与它和谐时，又会重新进入意识领域。① 由此也可以看出，弗洛伊德所谓的无意识的被压抑与反抗机制正与"意识阈"的观念一脉相承。而德国哲学家爱德华·哈特曼于1869年出版有巨著《无意识哲学》，全面阐述了无意识问题，不仅承认无意识在每个人的生命活动中的重要性，反对仅把心理归结为有意识的活动，而且还提出了认识无意识的可能性问题。② 有细心的研究者还发现弗洛伊德《梦的解析》一书中引用过《无意识哲学》一书的内容。③ 此外，在叔本华、尼采等的哲学思想中，无意识范畴也占有相当重要的地位，而且也给予了弗洛伊德直接而巨大的启示，这点我们以后还将论及。但是，正如美国著名心理学家杜·舒尔茨指出的那样，这些"早期的思想家，虽然提到过无意识的心理，某些人认为它很重要，但在弗洛伊德之前，没有一个人充分认识到无意识动机的意义或者发现一种研究它的方法"。④

弗洛伊德之所以在《精神分析引论》一书中，将"无意识"理论称为"精神分析的第一个令人不快的命题"，⑤ 不仅在于他将人的心理机制分为意识、前意识、无意识三个系统，并且认为心理过程主要是无意识的，以此成为"对人类和科学别开生面的新观点的一个决定性的步骤"，⑥ 更在于他将无意识看成是由个人的原始冲动、各种本能与被压抑的欲望所组成，而其中最核心的部分就是性冲动、性本能、性欲望。这种具有明显的泛性论或者说性欲决定论色彩的无意识理论，使得弗洛伊德的心理学说成为"对传统心理学重理轻欲，重视意识而轻视

---

① 参见车文博《意识与无意识》，辽宁人民出版社1987年版，第5—6页。
② 参见［苏］B. M. 雷宾《精神分析和新弗洛伊德主义》，李今山、吴健飞译，社会科学文献出版社1988年版，第7—9、34页注①。
③ 同上。
④ ［美］杜·舒尔茨：《现代心理学史》，杨立能、陈大柔等译，人民教育出版社1981年版，第324页。
⑤ ［奥］弗洛伊德：《精神分析引论》，高觉敷译，商务印书馆1986年版，第8页。
⑥ 同上书，第9页。

无意识的反抗"。① 正因为对无意识的重视，对人的欲望、本能、冲动的强调，使得精神分析学说又与叔本华、尼采等人的非理性思潮一脉相承。

弗洛伊德在《精神分析引论新编》中是这样界定无意识心理历程的，"无论何种心理过程，我们若由其所产生的影响而不得不假定其存在，但同时又无从直接感知，我们称此种心理历程为'无意识的'"。② 由此看来，弗洛伊德很清楚，所谓"无意识的"，也就是非理性、非语言的，要认识、研究无意识，必须首先将它转化成语言的、意识的东西。为了达到认识无意识心理历程的目的，弗洛伊德必须为自己的研究设定一系列的理论前提，其中最主要的一个就是相信通过自由联想、自我分析这些有意识的方法能够发现、认识无意识的内容。这样看来，弗洛伊德的精神分析学说采取的研究方法与其说是科学的，还不如说是哲学的。

自由联想、自我分析这些具有强烈主观性的方法，与当时盛行的实验心理学所采用的"自我观察"方法是一致的，精神分析学说与实验心理学一样，都属于主观心理学。按照巴赫金的说法，主观心理学的结果要么是倒向二元论，要么是倒向唯心主义的一元论。③ 弗洛伊德将无意识心理的作用放在意识的作用之上，认为"意识效果只是潜意识（即无意识——引者）的一个遥远的（按：即次要的）精神产物"，"潜意识乃是真正的精神实质"，④ 它决定着个人的全部精神生活或心理活动。这实际上就是主观唯心主义的一元论观点。而在个人的无意识心理结构中，最核心的内容，就是所谓的"俄狄浦斯情结"，这种具有恋母仇父情绪且互相关联的一组欲望或意念，在禁令与良心的遣责下，被压抑到无意识中，但却对人的一生产生着巨大的、决定性的作用。由这种个体心理学说发展起来的哲学思潮，自然就具有生命哲学或者说文化哲

---

① 高觉敷：《西方近代心理学史》，人民教育出版社1982年版，第378页。
② [奥] 弗洛伊德：《精神分析引论新编》，高觉敷译，商务印书馆1987年版，第55页。
③ [苏] M. M. 巴赫金、β. H. 沃洛希诺夫：《弗洛伊德主义批判》，张杰、樊锦鑫译，中国文艺联合出版公司1987年版，第26页。
④ [奥] 弗洛伊德：《梦的解析》，赖其万、符传孝译，作家出版社1986年版。第493页。

第七章 共生与裂变

学的意味。在这种文化哲学的范围之内，应该说，弗洛伊德主义也有自己的本体论思想，即无意识本体论。① 在《精神分析引论》中，他曾指出"个体在幼年时，将人类整个发展的过程作了一个简约的重演"。② 这一论断巧妙地将人类社会的历史进程心理学化了，从个体幼年时经历的"俄狄底浦斯情结"推论出人类童年时期"俄狄浦斯情结"的存在，并认为"宗教、道德、社会和艺术之起源都系于俄狄浦斯症结上"。③ 而人类的战争则源于人的无意识中的死亡本能，政治则是俄狄浦斯情结的继续。

与这种文化哲学的无意识本体论相联系，弗洛伊德在文学的本质观上也有自己独特的认识。他在《精神分析引论》中谈到的第二个命题就是：认为"性的冲动，对人类心灵最高文化的、艺术的和社会的成就作出了最大的贡献"。④ 并且进一步阐释到："人类在生存竞争的压力之下，曾经竭力放弃原始冲动的满足，将文化创造出来……因此，性的精力被升华了，就是说，它舍却性的目标，而转向他种较高尚的目标。"⑤ 联系他的《作家与白日梦》《论升华》等文章，我们可以将他关于文学、艺术起源的观点概括为：文学艺术是无意识欲望与本能的升华。由于性本能、性欲望在无意识中的核心地位，这一观点又可以进一步具体化为：文学艺术是性本能、性欲望升华的结果。所谓"升华"，实际上是性欲望的替代或变相满足，它可以使本能冲动改变方向，以被社会现实与道德规范所认可、接受的方式得到暂时满意的发泄，为文化的发展提供无穷的能源。也就是说，文学、艺术作品就是作家、艺术家

---

① 马尔库塞在《爱欲与文明》"哲学的插曲"一章中，将弗洛伊德的理论放在西方哲学传统中加以考察。得出这样的看法："他的元心理学企图对存在的本质做出决定，认为这种本质就是爱欲，这与传统的把存在的本质定义为逻各斯的观点正好相反。并且进一步指出，尽管弗洛伊德的爱欲观只与有机生命有关，然而由于无机物作为'死亡本能'的目标，与有机物具有内在的联系，因此，似乎可以赋予他的思想以一种普通的本体论意义"（参见中译本，黄勇、薛民译，上海译文出版社1987年版，第89—90页）。
② [奥] 弗洛伊德：《精神分析引论》，高觉敷译，商务印书馆1986年版，第153页。
③ [奥] 弗洛伊德：《图腾与禁忌》，杨庸一译，志文出版社1984年版，第193页。
④ [奥] 弗洛伊德：《精神分析引论》，高觉敷译，商务印书馆1986年版，第9页。
⑤ 同上。

借以升华无意识本能与欲望的方式,是作家、艺术家无意识本能的变相表现。这样看来,弗洛伊德在文学的本质论上所持的是一种表现论的观点。

弗洛伊德用对待病人的精神分析法来分析正常人的心理,解释艺术家创作的动机,说明文学艺术的起源,以此确立起一个前弗洛伊德时期的分析标本,其有关结论自然是与弗洛伊德主义的无意识本体论相一致的。但是,透过这一层,我们还应注意到弗洛伊德的表现论观点与叔本华创立、尼采为主要代表的意志哲学及其变种生命哲学之间的内在联系。

叔本华是意志主义的创造者,他认为无意识的意志是世界的本体。在《作为意志和表象的世界》一书中,他明确指出:"本体也就是构成一切事物的本质,是存在于一切事物中的那生命意志。"① 人的身体以及整个自然界都是这种生命意志的客观化,人的理性或认识,只是"作为意志现象的工具而隶属于意志现象的"。② 显然,弗洛伊德的无意识本体论思想与叔本华这种非理性的唯意志论是非常接近的,弗洛伊德自己也清楚这一点,他曾明确地指出,并不是心理分析学说第一个承认无意识的思维活动过程对科学和生活的重大意义,"在它之前,很多著名的哲学家就这样做了,我们可以举出这些人的名字来。首先,伟大的思想家叔本华(1788—1860)提出了无意识的'意志'(will),相当于心理分析学所说的头脑里的本能"。③ 此外,弗洛伊德还认为叔本华"不仅宣称情绪的支配作用和性欲的极端重要性,甚至也意识到了压抑的机制"这与他的精神分析存在"很大程度上的偶合"。④ 应该说,这种偶合还有下述两个方面的表现。第一,叔本华认为生存意志永远是自私自利的,其本质是盲目的欲望与不倦的冲动,而且永远不知满足,因此,生命也就永远充满痛苦,"人生在整个根本性上便已不可能有真正的幸福,人生在本质上就是一个形态繁多的痛苦,是一个一贯不幸的状

---

① [德]叔本华:《作为意志和表象的世界》,石冲白译,商务印书馆1991年版,第511页。
② 同上书,第401页。
③ 《弗洛伊德论创造力与无意识》,孙恺祥译,中国展望出版社1986年版,第9页。
④ 《弗洛伊德自传》,顾闻译,上海人民出版社1987年版,第82页。

况"。① 弗洛伊德也对人生、社会持悲观主义态度，就个人而言，他认为按照快乐原则行事的人的无意识本能与欲望总是希望从外部世界的实际对象中获得满足，而"一旦他的这个对象被剥夺了，又没有别的替代物，他就会得神经症。快乐与健康一致，不愉快则和神经症联系在一起"。② 就人类社会而言，原始宗教的"图腾""禁忌"心理的形成，虽然促进了文明的发展，却是以牺牲人类的性爱欲望或以产生仇视心理发生作用的。也就是说，人类文明是经由对人类童年时期的俄狄浦斯情结予以压抑而后升华这一途径才得以产生和发展的，文明的程度越高，人类自身的爱欲本能也就越枯竭，人类精神的痛苦总是牢牢地与人类文明的进程相伴随，因为"想使性本能与文化要求妥协，根本是痴人说梦"。③ 第二，叔本华提出摆脱人生痛苦的两个途径，一条为永恒的解脱，即完全舍去"生命意志"，达到人生的大彻大悟的境界；另一条为暂时的解脱，将生命意志或轻柔或强制地转移开去。艺术创作就属于暂时解脱这一途径。同样，在弗洛伊德那里，文学艺术也"首先是一个'逃避痛苦'的方法，是一种独特的'慰藉的'、'令人心醉的'麻醉剂"，而且，也"仅仅是一种幸福的幻觉"，④ 绝不是无意识本能欲望的真正实现。

尼采是意志主义哲学的代表人物，他深受叔本华的影响，但为了与叔本华的悲观哲学划清界限，他把古希腊酒神狄奥尼索斯所蕴藏的强大生命力注入叔氏的"生命意志"哲学之中，将它改建成具有乐观与悲壮色彩的"强力意志"哲学。因此，酒神精神在尼采的哲学与美学思想中占有核心地位。酒神精神与日神精神是尼采在《悲剧的诞生》中用来说明艺术的起源、本质与功用的两个象征性概念。当然，学术界已经指出，尼采对艺术起源的研究所得结论是不科学的，但是，作为一部

---

① ［德］叔本华：《作为意志和表象的世界》，石冲白译，商务印书馆1991年版，第443页。
② ［英］约翰·里克曼编：《弗洛伊德著作选》，贺明明译，四川人民出版社1986年版，第85—86页。
③ ［奥］弗洛伊德：《爱情心理学》，林克明译，作家出版社1986年版，第143页。
④ 参见［苏］Л. T. 列夫丘克《精神分析学说和艺术创作》，吴泽林译，北京师范大学出版社1986年版，第93—94页。

天才的著作，《悲剧的诞生》仍然充满迷人的哲学与美学魅力。弗洛伊德曾声称尼采的"一些猜测和直觉，常常惊人地与精神分析的艰苦研究成果相一致"。① 这些一致之处，在《悲剧的诞生》中至少有这样几个主要方面。第一，艺术能解脱人的痛苦。尼采认为古希腊人异常敏感，欲望也强烈，因此特别容易痛苦，而艺术则能拯救他们，能使他们的激情获得宣泄。第二，艺术的解脱，只是暂时的。尼采认为，艺术作为"一种形而上的慰藉使我们暂时逃脱世态变迁的纷扰。我们在短促的瞬间真的成为原始生灵本身，感觉到它的不可遏止的生存欲望和生存快乐"。② 第三，将诗人类比为做梦的人。尼采明确地将荷马类比为"一个做梦的人，他沉湎于梦境的幻觉，为了使这幻觉不受搅扰，便向自己喊道：'这是一个梦，我要把它梦下去'"。③

正因为弗洛伊德主义的无意识本体论与叔本华、尼采的非理性主义思潮存在明显的传承关系，所以，其对文学艺术本质的认识也与叔本华、尼采等人的美学、艺术思想非常接近，只不过，弗洛伊德将叔本华的生命意志及尼采的强力意志转化成更为具体的性欲本能罢了。也正因为有这样的思想渊源，弗洛伊德的艺术表现论观点才与浪漫主义文学思潮的表现论思想存在巨大的差异：不仅内容不一致，前者强调本能的表现、欲望的表现，后者强调情感的表现、理想的表现；而且在本质上也迥然有别，前者是非理性的，后者则是理性的；虽然二者都注重想象的作用，但弗洛伊德认为作家的想象大多是个人性欲望的变形体现，大多带有神秘的性象征色彩，而浪漫主义所强调的想象不仅与社会生活有着广泛的联系，而且还具有较为突出的探索未知世界的认识功能。弗洛伊德的表现论对20世纪西方现代派文学中的表现主义所追求的主观自我表现和无意识的发泄起到了重要影响。对18、19世纪欧洲浪漫主义文艺创作进行总结并有所发展的表现主义美学，在克罗齐的直觉表现说阶段，

---

① 《弗洛伊德自传》，顾闻译，上海人民出版社1987年版，第82页。
② 《悲剧的诞生：尼采美学文选》，周国平译，生活·读书·新知三联书店1987年版，第71页。
③ 同上书，第13页。

则显出与弗洛伊德表现论的诸多近似之处，而发展到柯林伍德的情感表现说阶段，则又显出将浪漫主义文学思潮的表现观与弗洛伊德的表现论结合起来的新趋势。由于这不是本章探讨的重点，在此不拟展开讨论。

二

与无意识本体论相联系，我们也可以概括出弗洛伊德主义的认识论思想。

为了救治神经病患者，弗洛伊德在扬弃了催眠法、谈疗法以后，创造了"自由联想"法，再加上他认为"梦"也是证实无意识的一种方式，所以又运用"自我分析"方法较长时间地分析了自己的梦和大量别人的梦，其结果就是标志精神分析学说诞生的《梦的解析》（1900）一书的出版。应该说，自由联想与自我分析就是弗洛伊德认识无意识的两种主要方法。所谓"自由联想"就是鼓励病人自由随意地谈说，不管多么荒唐、微不足道和令人难为情的事件、情感、观念、思想，都无须隐避，全部讲出来，医生在不妨碍病人自由联想的同时，应顺其自然地予以提问和提示，并对病人言谈中所提供的材料进行分析和解释，直到医生与病人都认为找到了最隐蔽的致病原因为止。所谓"自我分析"，就是早晨记录下自己夜间所做的梦，然后进行联想和分析，解释梦的隐义。这一方法的运用，是基于在救治病人的过程中，弗洛伊德发现病人在自由联想中提供的情景大多与他们睡眠中的梦境相关，并由此认为不仅能从病人，也能从正常人的梦中发现无意识本能与欲望的蛛丝马迹。尽管弗洛伊德强调在分析病人所提供的一切材料的整个过程中，"一定要严格区别我们的认识和他的认识"。[①] 但是，这一分析过程的目的是找出患者在童年时期因挫折被压抑、阻碍了的无意识本能与情结，要在它们与患者的疾病之间确定一种因果联系，实际上也就是要从语言的、意识的材料中去发现非语言的、无意识的东西，这本身就显出一种方法论上的矛盾现象，医生必然要冒巨大的危险，难免会将自己的认识

---

① [奥] 弗洛伊德：《精神分析纲要》，刘福堂等译，安徽文艺出版社1987年版，第44页。

强加于病人身上，再引导病人为这种意识提供进一步的证据。只不过，由于无意识不可能直接呈现出来，总是以各种变形的方式显露自己，具有不可证实性，从而决定了精神分析医生所作判断的不可证伪性。因此，尽管弗洛伊德所凭借的材料可能客观性程度比较高，但他所用的方法以及在方法运用上的主观随意性，却决定了他所得结论的非客观性。由此看来，弗洛伊德所采用的自由联想、自我分析等方法，在本质上仍是一种直觉主义的方法。这是因为无意识这一心理结构，从根本上说，只能凭直觉与体验去把握它、认识它。对于这一点，先于弗洛伊德的德国哲学家、心理学家威廉·狄尔泰（1833—1911）似乎认识得更清楚。他认为研究人的心理与生命的精神科学应该具有与自然科学所使用的研究方法完全相反的认识方法，那就是对人的心理现象与精神生活的直观理解与体验。

然而，正是基于这种直觉主义的认识论思想，弗洛伊德才为我们描绘了一幅内容无比丰富的无意识本能与欲望的图景，不仅扩大了心理学的研究范围，而且对人类文化作了独特而有趣的解释，并凭借这些解释更进一步地丰富、发展了人类自身的文化传统。

从自然科学的角度而言，弗洛伊德主义的确缺乏充分的科学依据，所得结论难以令人信服，但就社会、人文科学而言，由于它关心的是人自己，在人类永无止境的"认识自我"的道路上跨出了一大步，而有关人类自身的一切见解都会引起人们浓厚的兴趣。就弗洛伊德开创的自由联想、自我分析等认识无意识的方法而言，尽管其科学性让人怀疑，但由此而延展开来的有关文学创作论的一系列观点却对本世纪西方的文学创作产生了巨大而深刻的影响。

弗洛伊德将精神分析方法推衍至文学创作上来的一个重要前提就是，将作家与神经病患者联系在一起，而这一联系的桥梁就是"梦"。他认为，作家的写作也是在做梦，只不过是在非睡眠状态下做梦，因而他的作品也是他内心无意识本能的变形显现、欲望的替代满足。既然"梦"经由凝聚、变形之后，从表面上看是混乱的、荒谬的，文学作品的内容也完全可以是混乱、荒谬、无逻辑性的。这首先就为类似乔伊斯

《芬尼根的守灵夜》这类以"梦"为主要内容的意识流小说的创作给予了直接的启示。虽然,在弗洛伊德之前,美国哲学家、心理学家威廉·詹姆斯(1842—1910)在《论内省心理学所忽略的几个问题》(1884)一文中,就提出了"意识流"的理论,强调人在清醒状态下,意识不间断地自然流动的特征,从而对20世纪初文学创作的内容与方法都产生了重要影响。但是弗洛伊德对无意识领域的研究,则为作家们进一步挖掘人物的内心活动提供了理论依据。至于弗洛伊德所采用的"自由联想""自我分析"方法,完全可以直接转到文学创作上,成为指导文学创作的重要法则。超现实主义、意识流等文学流派,都曾大量运用这些方法,其结果无疑是带来了更为灵便的写作技巧和更加广阔的表现空间。

与文学本质论及创作论二者密切相关,弗洛伊德还认为作家、艺术家的创作动因来自"力比多"(Libido)。力比多是人的最基本的心理能量,或者说是爱恋本能(Eros)所能达到的总能量。这一能量储存在本我之中,要求按快乐原则在爱恋对象中获得释放。作家、艺术家同常人一样,力比多能量增强到一定程度,也要寻求突破口,作家、艺术家的自我、超我也要竭力将这种能量冲动压抑在无意识中,但与常人不同的是,作家、艺术家们能够给予这种本能冲动以更具创造性的满足方式,那就是文学、艺术创作。促成作家、艺术家进行文艺创作的这种力比多本能,通常被认为是指人的性本能。弗洛伊德把它当作人的全部行动的根本动力,并用它去解释人格中能量的转换与交换问题,因此,精神分析学说也被称为"动力心理学"。

将作家创作的动因归结为力比多本能,也有多方面的思想根源。正如美国心理学家杜·舒尔茨所说:"弗洛伊德的大部分天才就是有能力从不同的思想来源吸取资料,借以发展他的体系。"[1] 从自然科学方面看,他的动力心理学深受他大学时代极为崇拜的老师欧恩斯特·布吕克创立的动力生理学的影响,而动力生理学的理论依据则是19世纪中叶

---

[1] [美]杜·舒尔茨:《现代心理学史》,杨立能、陈大柔等译,人民教育出版社1981年版,第327—328页。

物理学中的能量守恒定律以及动力学方面的一系列重大发现。① 从哲学、美学方面看，我们又一次发现尼采《悲剧的诞生》中关于悲剧起源于狄奥尼索斯精神这一观点对弗洛伊德关于作家创作动因的解释所产生的巨大启示。尼采发现狄奥尼索斯精神中蕴藏着巨大的生命冲动，而正是这种迷狂似的非理性冲动导致了悲剧的诞生，相反，悲剧的死亡则是由于科学理性精神扼杀了狄奥尼索斯精神的缘故。既然尼采认为非理性的生命冲动作为艺术的原动力导致了悲剧的起源，尊奉尼采为思想先驱的弗洛伊德相信作家创作的动因在于力比多冲动，也就显得顺理成章了。同样，经由尼采，我们又可以发现叔本华对弗洛伊德的影响，比如，叔本华也曾含蓄地提到过艺术起源于性爱的观点。此外，从文学领域来看，弗洛伊德以前的著名作家如雪莱、施莱格尔、乔治·桑、易卜生等关于性的革命的大声疾呼，无疑也影响了他关于作家创作动因的探讨，对此，莱昂耐尔·特里林在《弗洛伊德与文学》一文中已经作过简要的分析②。

三

弗洛伊德主义在其文化哲学的范围以内有其无意识本体论与直觉主义的认识论，这二者分别与精神分析文论关于文学本质与创作的认识有着密切的联系。但影响更大，也更值得我们重视的还不在于这两方面，而在于其方法论思想与精神分析批评之间更加具体与直接的关系。应该说，弗洛伊德主义不仅与其他哲学思潮一道，共同造就了现代西方文学、艺术创作的新面貌，而且还单独形成了别开生面的文学批评现象：精神分析批评。而在精神分析批评的成形过程中，发挥直接作用的与其说是弗洛伊德的无意识理论，还不如说是弗洛伊德自己为数不多的文艺批评论著。正是这些论著为精神分析批评的后继者们提供了最典型的方法范例。但是，正如我们前面已经指出的那样，弗洛伊德有关文学的一

---

① 参见［美］卡尔文·斯·霍尔《弗洛伊德心理学与西方文学》，包富华等译，湖南文艺出版社 1986 年版，第 10—18 页。
② 参见王宁《精神分析》，四川文艺出版社 1989 年版，第 245—246 页。

第七章　共生与裂变

系列认识是与弗洛伊德主义一道生长起来的，因此，他的文艺批评文章与他的精神分析学说有着无法分割的联系。而且，弗洛伊德主义作为一个整体，其本体论、认识论、方法论之间也是三位一体、不可分割的，只是为了论述的方便，我们才勉为其难地分而言之。下面，让我们先来概括一下弗洛伊德主义有关方法论的一些思想。

在探索梦的运作方式时，弗洛伊德提出了"梦内容"（dream-content）和"梦思"（dream-thought），或称作"梦的显意"与"梦的隐意"（又译作"显梦"与"隐梦"）两个概念，并指出，二者"有如以两种不同的语言表达同一种的内容，或者说得更清楚些，'梦的显意'就是以另一种表达的形式将'梦的隐意'传译给我们，而所采用的符号以及法则，我们唯有透过译作与原著的比较，才能了解，一旦我们做到了这点，那'梦的隐义'就再不是一个如此难以了解的秘密"。① 这里他用译作与原著来形象地描述梦的显意与梦的隐意之关系，而"隐梦变作显梦的过程叫作梦的工作（dream-work）；反过来说，由显梦回溯到隐梦的历程就是我们的释梦工作……"②。释梦工作的关键就在于了解译作"传译"原著时"所采用的符号以及法则"。在进一步的阐释中，弗洛伊德提出了梦的四种主要工作法则，即"凝缩"、"转移"、"表现力"与"再度校正"。正是这些法则的运用，使梦变得难以理解，或者说"梦的不易理解乃由于梦的化妆所致，而梦的化妆则又为对于不道德的潜意识欲望冲动施行检查的结果"③。与"梦的检查作用"并存的，还有"梦的象征作用"。

在具体的释梦工作中，弗洛伊德尤其注重梦的象征作用，并认为"象征作用或许便是我们梦的理论中最引人注目的部分"④。在对这一作用予以进一步分析之后，弗洛伊德则"坚决主张真正的象征和性有着特殊密切的关系"⑤。这正显出与他的无意识性本能学说的完全一致。

---

① ［奥］弗洛伊德：《梦的解析》，赖其万、符传孝译，作家出版社1986年版，第189页。
② ［奥］弗洛伊德：《精神分析引论》，高觉敷译，商务印书馆1986年版，第126页。
③ 同上书，第111页。
④ 同上书，第113页。
⑤ 同上书，第126页。

因此，他在释梦工作中采用的主要方法就是寻找并解释这些与性有着密切联系的象征，力图从这些象征中发现梦的隐意中包含着的俄狄浦斯情结。如果把被压抑的俄狄浦斯情结视为精神病人致病的根本原因的话，那么病人的言谈、睡梦以及日常生活中显露的一切错误、疏忽、荒诞的事件、情感、观念与思想都可以被视为病人病症的"症候"，因而分析梦的显意以寻求梦的隐意的方法，也就可以被称作"症候分析法"。弗洛伊德自己也意识到这一点，在《精神分析引论新编》中，他认为精神分析方法的途径就是"由症候导致无意识，进抵本能生活及性生活"。[①]

既然弗洛伊德将作家与白日梦者等同起来，将文学作品与梦同样对待，那么，他在解释梦的工作中所采用的症候分析法与象征寻找法就可以直接转借到对文学作品的解释、批评上来。事实上，弗洛伊德自己已经这样做了。

综观弗洛伊德关于文学、艺术的批评文章与著作，我们发现，他的批评主要是围绕三个中心展开的。这三个中心分别是：作品中的人物、作者、读者。批评的目的则是为了探索、发掘他们的无意识心理。而且在批评实践中，弗洛伊德往往是将这三者相互联系起来：作品中人物的无意识心理不仅与童年时的情感经历密切相连，而且也是作者童年时期独特经历的变相表现，而读者、观众在欣赏作品时，也通过以作品中的人物自居而实现了自己潜藏于无意识深处的本能与欲望。《梦的解析》中那篇幅并不长，但涉及《俄狄浦斯王》与《哈姆莱特》两部古典文学作品而且被普遍认为是弗洛伊德文学与美学思想最早体现的部分，就已经确切地显示了这一特征。为了解释《俄狄浦斯王》之所以能够感动从古希腊直到现代的观众，弗洛伊德认为只有他"所提出的有关儿童心理的假设具有普遍的有效性，这个传统——它的深刻而普遍的力量令人感动——才能被理解"。这个有关儿童心理的假设，即是儿童"爱双亲中的一个而恨另一个"的情感，正是由于"我们所有的人都命中

[①] [奥]弗洛伊德：《精神分析引论新编》，高觉敷译，商务印书馆1987年版，第44页。

注定要把我们的第一个性冲动指向母亲,而把我们第一个仇恨和屠杀的愿望指向父亲",所以"俄狄浦斯王杀了自己的父亲拉伊俄斯,娶了自己的母亲伊俄卡斯忒,他只不过向我们显示出我们自己童年时代的愿望实现了",而"他的命运打动了我们,只是由于它有可能成为我们的命运"。在对哈姆莱特迟迟不肯为父报仇的原因的探讨中,弗洛伊德首先告诉我们,由于哈姆莱特的叔父代他实现了童年时代被压抑了的弑杀父娶母愿望,他因此受到良心和自我的谴责,深深地感到自己并不比他要惩罚的罪犯好多少,因此顾虑重重,迟迟不能对弑父娶母的仇人下手。然后,他笔锋一转,明确指出"哈姆莱特向我们展示的只能是诗人自己的心理"。由此将作品中的人物与作者的经历联系了起来:莎士比亚写作《哈姆莱特》的时间是其父亲死后不久,"当时,他童年时代对父亲的感情复苏了"。而且他还给自己早夭的儿子取名为"哈姆奈特"(Hamnet),与"哈姆莱特"(Hamlet)读音非常接近。①

如果说弗洛伊德在《梦的分析》中对《俄狄浦斯王》与《哈姆莱特》的分析已经显示出将作品中的人物、读者、作者三方面联系起来这一批评特征的话,那么,发表于1910年的《列奥纳多·达·芬奇和他童年的一个记忆》则比较充分地运用了"症候分析"方法来展开他的艺术批评。

《列奥纳多·达·芬奇和他童年的一个记忆》是用临床的精神分析方法对历史人物的生活进行分析的长篇评传,"对弗洛伊德来说,这部关于列奥纳多的专题著作不仅是第一次,而且也是最后一次在传记领域里的长途跋涉"。② 在这部著作的第一部分中,弗洛伊德描述了达·芬奇性格中的许多矛盾现象,诸如科学家的研究气质与画家的艺术气质,早年的热情、追求享乐与晚年本性的古怪,艰辛的创作与对作品命运的漠不关心,尤其是作为一位艺术家和一位女性美的画家却表现了对性欲的冷淡与拒绝,从而显出在爱情生活上的不幸。这最后一种矛盾是弗洛

---

① 此段中引文与观点,参见《弗洛伊德论美文选》,张唤民、陈伟奇译,知识出版社1987年版,第13—18页。
② 同上书,第40页。

伊德最感兴趣并力图予以解释的。联系精神分析学说的基本理论，弗洛伊德很容易得出这样的结论："他超越了爱与恨。他用研究代替了爱。这可能就是为什么列奥纳多的生活在爱情方面比其他伟人、其他艺术家更不幸的原因吧。"① 也就是说"他成功地把里比多的绝大部分升华为对科学研究的迫切需要"②。不过，弗洛伊德认为，要证实这一观点并不容易，它需要了解达·芬奇童年早期心理发展的一些情况。但是，除了一些无关紧要的官方文件外，几乎没有关于达·芬奇童年心理发展的资料。不过，这也难不住弗洛伊德，他独具慧眼地从达·芬奇的科学笔记本上发现了唯一的一处有关他童年的记载。正是这段奇特的有关秃鹫的记忆文字，成了弗洛伊德探求达·芬奇童年心理发展状况最主要的依据。如果说达·芬奇的矛盾性格尤其是他不幸的爱情生活是弗洛伊德要予以解释的一种疾病的话，那么，这段有关童年秃鹫记忆的文字无疑是这一疾病所呈现出的最主要的症候。

在对这一症候的分析中，弗洛伊德首先判定，这里所谓的记忆，实际上就是一种幻想，而这种幻想的来源又与达·芬奇熟悉的古埃及秃鹫寓言有关，在那里，秃鹫被认为是母亲的象征，而且所有的秃鹫都被想象成是雌性的，是一种单性繁殖的动物。通过具体的考察与分析，弗洛伊德指出："在列奥纳多的情况中，我们相信我们得悉了幻想的真正内容：秃鹫对母亲的代替表明了孩子知道他缺少父亲，只有他和他的母亲相依为命。列奥纳多作为一个私生子的事实与他的秃鹫幻想是一致的；只是由于这个原因，他才能把自己比作一个秃鹫的孩子。"③ 但弗洛伊德的分析并未就此停止，他还进一步从秃鹫幻想中，从达·芬奇由于对母亲爱恋进而将自己与母亲同化的情感经历中分析出了他的同性恋倾向，以说明他对异性性欲的冷淡与拒绝。并且以达·芬奇的几幅著名作品为例来证实他是如何在几个迷人的女性形象中"呈现了他孩提时的愿望——对母亲的迷恋——好像在这个男性本质和女性本质的充满幸福的结合中实现了，

---

① 《弗洛伊德论美文选》，张唤民、陈伟奇译，知识出版社1987年版，第52页。
② 同上书，第56页。
③ 同上书，第64页。

就这样来否认他的性生活的不幸,或在艺术中战胜了这个不幸"。① 在著作的最后两部分以及1919年增补的几条注释中,弗洛伊德又分析了其他几个次要的症候:达·芬奇对父亲死亡的记录在形式上的小错误,为性行为所作草图的一些明显失误等,以求比较全面、深刻地理解达·芬奇性格中令人费解的矛盾现象。

症候分析方法对于理解作家的性格、作品的深层思想都是非常有帮助的,运用这一方法所得出的结论也是独特而有趣的。应该说,这一方法为众多充满智慧的批评家提供了广阔的用武之地。而弗洛伊德的这部著作在症候分析法的运用上毫无疑问地为精神分析批评树立了一个光辉的榜样。

"寻找象征"方法的运用,当然是与梦的象征作用或者说梦的象征机制密切联系着的,两者之间甚至存在一种相反相成的关系,因为,释梦的方法是与梦的运作方式相对立的,后者是对无意识本能的变相表现,前者则是为了还原这种本能,因而没有梦的象征机制,也就无须释梦时的寻找象征方法,同样,没有这种方法的运用,也无从发现梦的象征作用。弗洛伊德在《梦的解析》中用了较大的篇幅分析了众多梦例中的象征问题,并且一方面认为,"不理会梦的象征,我们就无法解释梦",② 一方面又指出,在梦的解析中"对象征的了解(翻译)就像我提过的一样,只是一种辅助的部分"。③ 到了《精神分析引论》中,他更明确地指出,基于梦的象征作用的释梦方法只是联想法的补充。在对梦的象征更详细的研究中,弗洛伊德认为关于其他事物的象征比较贫乏,而"关于性生活的事物如生殖器、性交等象征的丰富便不免令人吃惊了"。④ 于是,他分类列举了梦中出现的各种物体、行动,将它们与男性生殖器、女性生殖器、性交等对应起来,指陈它们之间存在的象征关系。如果孤立地看这种比较机械的象征关系,确实会认为弗洛伊德

---

① 《弗洛伊德论美文选》,张唤民、陈伟奇译,知识出版社1987年版,第86页。
② [奥]弗洛伊德:《梦的解析》,赖其万、符传孝译,作家出版社1986年版,第257页。
③ 同上。
④ [奥]弗洛伊德:《精神分析引论》,高觉敷译,商务印书馆1986年版,第115页。

的认识荒唐可笑，但是将这种认识与他的无意识学说中的性本能与自我保护本能理论联系起来看，就会发现它产生的必然性。

至于这种梦的性象征的来源，或者说，如何确定梦的性象征的意义问题，在《梦的解析》与《精神分析引论》两部著作中，都被弗洛伊德明确地归结到神仙故事、民间故事、神话、民谣、成语、格言、风俗等诸多方面提供的知识上，并且认为"假使将这些来源一一分开考察，便可见它与梦的象征作用有许多相同之点，使我们不得不相信我们解释的正确"。① 不仅如此，弗洛伊德还利用并未受到精神分析学说影响的语言学家乌普萨拉的斯珀伯关于"性的需要在语言的起源和发展上占极重要的地位"的观点，来解释"梦内为什么有这么多的性的象征，而武器和工具为什么代替男性、材料和事物为什么代表女性"等问题。② 由此看来，精神分析批评中寻找象征的方法，不仅是从释梦的方法转借过来，它还有更深也更亲近的文学与语言学方面的来源。

从弗洛伊德关于"梦的象征"与"性事"之关系的推论过程中，我们再一次发现，在弗洛伊德的思想体系里，精神分析的确是与语言、与文学有着天然的不可割裂的联系。因此，将释梦中的寻找象征的方法转用到文学批评上来，也就完全显得顺理成章，非常自然。

弗洛伊德在文艺批评实践中，自然也运用过这一方法，但比起他的某些后继者来，要谨慎严肃得多，他往往是依据一定的语言、文化背景知识才确定这种有关性的象征关系的存在。就拿前面分析过的《列奥纳多·达·芬奇和他童年的一个记忆》一文来说，弗洛伊德分析出达·芬奇笔记中秃鹫的尾巴象征男性生殖器，因而秃鹫用尾巴一次次撞击摇篮中的达·芬奇的嘴唇象征性行为。这一判断，是以"一个尾巴——'Coda'——在意大利语中和其他语言中一样，都是男性生殖器的最为人所熟悉的象征和起到代用作用的表达……"③ 这种语言文化知识为前提的，从而使这种象征的寻找与象征关系的判断显得既严肃

---

① [奥] 弗洛伊德：《精神分析引论》，高觉敷译，商务印书馆1986年版，第119页。
② 同上书，第126—127页。
③ 《弗洛伊德论美文选》，张唤民、陈伟奇译，知识出版社1987年版，第60页。

第七章 共生与裂变

又有价值。事实上，弗洛伊德自己拥有比较丰富的语言学知识，他的一篇小文章《原始词汇的对偶意义》就能充分证实这一点，就在这篇短文的结尾处，弗洛伊德明确指出："我们对语言发展有了更多的了解，就能更好地懂得梦的语言，更容易地解释其含义。"①

以上我们主要考察了弗洛伊德本人的文艺批评著作所围绕的三个中心以及所运用的两种主要方法。尽管弗洛伊德的文艺批评实践很有限，但就是这有限的批评实践不仅为他的后继者开拓了批评的领域，而且锻造了批评的方法，由此大致塑造了精神分析批评的主要特征，而这些特征几乎全部为他的后继者所承接与发扬。

1910 年已经发表著名论文《用于解释哈姆莱特之奥秘的俄狄浦斯情结》的欧内斯特·琼斯，进一步推进他的研究，于 1949 年出版了专著《哈姆莱特与俄狄浦斯》，将弗洛伊德的思想以及他自己早期的观点更加系统化、具体化，对哈姆莱特拖延自己的复仇行动作了深层次的解释，从而使这部以分析作品人物的无意识欲望为主的著作，成为精神分析批评的经典作品。在以作者的无意识心理为研究主题的著作中，最著名的要数玛丽·波拿巴（Marie Bonap-rte）出版于 1933 年的《埃德加·爱伦·坡的生平和作品：精神分析学的探索》，在这部书中，"她把爱伦·坡笔下的女人以及她们'在死亡中的生活'与爱伦·坡三岁时就死去的母亲联系起来。把爱伦·坡故事中被谋杀的老人与其继父约翰·爱伦·坡联系起来。她企图将故事的主题因素与童年的幻想联系起来，她推测爱伦·坡幼时曾沉迷在这些幻想之中"。②除此之外，埃德蒙·威尔逊（1895—1972）出版于 1941 年的《创伤与弓》，也运用精神分析学说分析了狄更斯、吉卡林、乔伊斯等作家早年的精神创伤在他们作品中的表现，取得轰动一时的效果，但由于威尔逊主要并不是一位精神分析批评家，他所运用的方法也不是纯粹的精神分析法，而是"心理

---

① 《弗洛伊德论创造力与无意识》，孙恺祥译，中国展望出版社 1986 年版，第 59 页。
② [美] 罗伯特·N. 莫尔格林：《精神分析文学批评的回顾》，王鲁湘等编译《西方学者眼中的西方现代美学》，北京大学出版社 1987 年版，第 323—324 页。

学和社会学的结合"。① 将弗洛伊德在《梦的解析》《作家与白日梦》等作品中虽已涉及但未曾深究的读者审美心理与接受心理进一步予以精神分析式的考察，并写出专门著作的是诺曼·N.霍兰德（Nonnan·N. Holland）。他在出版于1968年的《文学反应的动力》一书中，比较全面地考察了读者与作品之间的关系。他认为，文学作品是为读者而做的梦，读者则"将自己投入到文学作品之中，投入到他的所有幻想（无意识内容）。他的所有防御和他的对那些幻想的支配（形式的方面）之中，并且使这一切成为他自己的"。② 正是在对读者审美心理的精神分析式批评的启发下，诺曼·N.霍兰德开创了读者反应批评这一新的文论流派。

值得一提的是，在弗洛伊德的后继者中，不少人继弗洛伊德对《哈姆莱特》《威尼斯商人》《李尔王》等的分析之后，继续将批评的眼光投向莎士比亚，分析了他的主要剧作与十四行诗，为莎士比亚研究注入了新鲜血液，增添了新的堂庑，而欧内斯特·琼斯、诺曼·N.霍兰德正是这些批评家中较为突出的代表人物。

上述这几方面的研究，之所以能不断创新，取得成就，既在于精神分析批评家不以获取作品的表层意义为满足，而是竭力追寻隐藏于作品深处的象征意义，也在于他们往往有意识地注重传统批评所忽视了的细小方面，如作品中的省略、空白、悖逆、失常之处，从中寻找通向无意识心理的突破口。这即是说，弗洛伊德的后继者们仍然坚持运用了象征寻找法与症候分析法去进行他们的批评，离开了这两种根本的批评方法，很难想象，精神分析批评能够深入人心、持续兴盛几十年，对西方现代文学批评的众多流派产生巨大而深刻的影响。

四

一般认为，弗洛伊德主义包括正统或古典弗洛伊德主义与新弗洛伊德主义，正统弗洛伊德主义由弗洛伊德创立，新弗洛伊德主义则是从正统弗洛伊德主义内部分化、发展而来。

---

① 盛宁：《二十世纪美国文论》，北京大学出版社1994年版，第53页。
② 王鲁湘等编译：《西方学者眼中的西方现代美学》，北京大学出版社1987年版，第330页。

新弗洛伊德主义的主要代表人物有阿·阿德勒（1870—1937）、卡尔·荣格（1875—1961），维·赖希（1897—1957）、卡伦·霍妮（1885—1952）、亨·斯·沙利文（1892—1949）、艾瑞克·弗洛姆（1900—1980）、爱利克·H. 埃里克森（1902—2018）等。其中阿德勒、荣格是弗洛伊德两个最得意的学生，但就在弗洛伊德的理论体系日趋成熟之际，他们二人却先后于1911年、1915年叛逆师门，与弗洛伊德断绝关系，并各自创立精神分析的新学派，即阿德勒的个体心理学、荣格的分析心理学。其余几人在弗洛伊德逝世之后，分别对弗氏精神分析学说的一些概念与观点作了更改与修正，进一步将正统弗洛伊德主义从病理学、心理学领域转向哲学、社会学领域，由此形成形形色色的新精神分析学派：赖希的性—经济心理学和社会学、霍妮的文化—哲学精神病学、沙利文的人际关系理论、弗洛姆的人道主义精神分析学、埃里克森的人格的心理社会阶段论等。新弗洛伊德主义者们的这一切努力，以及他们相互之间的争论与批评，不仅显示出精神分析内部日益增强的危机趋势，也显示出精神分析学说强大的生命力。而这种生命力的根源就在于，各种精神分析学说有"一个共同的愿望，那就是不惜一切代价来维护精神分析对个性、文化和社会的研究方法"。①

就在正统弗洛伊德主义遭到"来自内部"批判的同时，它也遭到了"来自外部"的批判。如果说，来自内部的批判并没有给正统弗洛伊德主义的思想与方法论以实质性冲击的话，那么，来自外部的批判则试图对正统弗洛伊德主义予以重新解释和根本改造。这种解释与改造的一个主要途径就是将弗洛伊德主义与其他社会思潮相结合，结果是形成了一些在实质上已经突破了弗洛伊德主义的新学说、新思潮，其中最为典型的有以萨特为代表的存在的精神分析，以赫伯特·马尔库塞（1898—1979）为代表的弗洛伊德马克思主义，以雅克·拉康（1901—1981）为代表的结构主义精神分析学等。

在新弗洛伊德主义的众多学派之中，对文学批评产生巨大影响的要

---

① ［苏］B. M. 雷宾：《精神分析和新弗洛伊德主义》，李今山、吴健飞译，社会科学文献出版社1988年版，第179页。

数卡尔·荣格的分析心理学。至于萨特、马尔库塞的思想,虽然也对西方文学理论产生过重要影响,但由于它们已超出弗洛伊德主义的范围,我们在此不必讨论。不过,拉康的结构主义精神分析似乎要另当别论,因为他用结构主义语言学去重新解释与改造精神分析,其结果是同结构主义一样,影响所及主要在文学批评领域,不仅使精神分析批评与文学之间的联系更为紧密,也使得批评所得结论更趋科学化了,更何况,拉康不仅是一位结构主义者,同时也是一位精神分析学家,尽管他曾被开除出法国精神分析学学会。

卡尔·荣格曾撰文分析过自己与弗洛伊德之间的异同,他认为主要的差异在于他们的"基本假说"。[①] 而在一系列的基本假说中,差异最大的应该是关于性欲本质的假设,荣格指出:"弗洛伊德最初只知性欲为唯一的心灵推动力等,到后来我和他决裂了,他才承认,其他的心灵活动亦有其地位。"而荣格自己则始终明确主张:"性欲只不过是所有生活本能之一——许多心理与生理功能之一而已——虽说此功能有其深广的影响力存在。"[②] 他这样做的目的是把精神分析从"婴儿性欲的垃圾桶里"解放出来。既然极大程度地降低了性欲在无意识心理中的地位,荣格也相应地认为弗洛伊德的无意识性本能不是真正对人的行动、人格的形成起决定作用的最深层力量,在这一层次之下,应该还存在具有更强大的力量、对人的精神发展具有最大作用的深层无意识。基于这样的理解,荣格将无意识分成两个层面,即个体无意识与集体无意识,这二者与意识一起,形成荣格的三层人格结构理论。在这一结构中,最为主要的是"集体无意识","这一概念之所以重要,道理很简单:自我作为意识的中心,个人无意识作为被压抑的心理内容的仓库,这些都不是新的思想",而"集体无意识的发现是心理学史上的一座里程碑"。[③] 荣格曾简略地将"集体无意识"定义为:"某种经由遗传而塑造

---

① [瑞士] C. 荣格:《我与弗洛伊德之异同》,《现代灵魂的自我拯救》,黄奇铭译,中国工人出版社1987年版,第191页。
② 同上书,第186页。
③ [美] C.S. 霍尔、V.J. 诺德贝:《荣格心理学入门》,冯川译,生活·读书·新知三联书店1987年版,第39、40页。

成形的心灵气质。"① 而这种与遗传密切相关的心灵气质，又是由各种具体的原始意象（primordial image）或原型（archtype）所构成。其中对每个人的人格与行动有重要意义的是人格面具（persona）、安尼玛（anima）、安尼姆斯（animus）、阴影（shad-ow）四种原型。

正因为荣格对集体无意识的重视以及对它所作的独特解释，使他的理论与詹·乔·弗雷泽（J. G. Frazer）的人类学理论一起成为20世纪50年代中期以诺斯洛普·弗莱（1912—1990）为代表的原型批评的两大思想渊源。这也应该被视为新弗洛伊德主义对现代西方文论做出卓越贡献、产生巨大影响的突出表现。就精神分析批评而言，荣格不仅自己提出了一些有关文学艺术的观点，可以被视为对精神分析批评的丰富与发展，而且他的分析心理学说还促进了法国精神分析批评的发展与成熟。

在荣格有关文学、艺术的若干论述中，《分析心理学与诗的艺术》《心理学与文学》无疑是最为重要也最为提纲挈领的两篇论文。荣格通过这两篇文章首先具体地探讨了心理学与文学艺术之间的关系，他认为"艺术实际上是一种心理活动，像其他所有的人类活动一样，它出自心理上的动机，从这个角度讲，它是心理学研究的合适对象。不过需要指出，只有艺术形成的处理过程这一方面，则不属心理学研究范围之内的事……它只能是审美艺术探讨的对象"。② 这段话实际上已包含对弗洛伊德试图用心理学去解释艺术本质这一做法的明显批判。进而他还具体地驳斥了弗洛伊德将艺术作品与神经病归于一同的主观与片面。与弗洛伊德将艺术作品与个人的无意识心理连在一起不同，荣格明确宣称"真正的艺术作品的基本要义就在于：它成功地摆脱了个人的局限，走出了个人的死胡同，自由畅快地呼吸，没有个人那种短促气息的样子"。③ 为了说明作家艺术创作的心理机制，荣格区分了艺术作品体裁的两种类

---

① ［瑞士］C. 荣格：《现代灵魂的自我拯救》，黄奇铭译，中国工人出版社1987年版，第250页。
② ［瑞士］C. 荣格：《分析心理学与诗的艺术》，《人，艺术和文学中的精神》，卢晓晨译，中国工人出版社1988年版，第72页。
③ ［瑞士］C. 荣格：《人，艺术和文学中的精神》，卢晓晨译，中国工人出版社1988年版，第79—80页。

型,即"心理学式的"(psychological)与"幻觉式的"(visionarv)。"心理学式的以处理取材自人类意识界——诸如生活教训、感情激动、苦痛与一般的人类命运——为主,这些都是人类意识生活以及感觉生活的组合素材。"①"幻觉式的艺术创作素材不再是人人耳熟能详的。其本源是人类的心灵深处,它说明吾人与洪荒时代在时间上的差距,同时亦给人一种只有明暗对比之超人世界的感觉。"② 荣格认为,需要心理学家去分析的是幻觉式的体裁,因为这种体裁的创作力源泉是作家的原始经验,其中包含有五彩缤纷的原始意象,因此,"要了解艺术创作与艺术效果之秘密,唯一的办法是,回复到所谓的'神秘参与'状况——回复到并非只有个人,而是那种人人共同感受的经验,那是种个人之苦乐失去了重要性,只有全人类的生活经验"。③ 而所谓全人类的生活经验,用荣格心理学术语来说,就是集体无意识。就这样,荣格由破到立地一步步走出了弗洛伊德式的精神分析批评,打开了原型批评的大门。

20世纪40—60年代,法国文学评论界形成了一股延续二十多年的精神分析批评潮流,这股文学评论潮流,主要是依据C.荣格这位瑞士精神病学家的大量著述……发展起来的,这种评论利用从精神分析学引入的一些概念,但更多的是致力于保护在它看来构成文学现象神秘特征的那种东西④。

这一批评潮流的发起者与代表人物是加斯东·巴什拉(1884—1962),他早年是一位自然哲学家,受荣格影响,后来转变为精神分析哲学家、文学批评家。从1938年至1948年的十年间,他先后出版了《火的精神分析》《水与梦》《空气与梦幻》《土与睡梦》《土与意志梦幻》等著作,在这些著作中"他使用精神分析学的词汇和论断,去发现把诗的意象与一种深藏的'梦的真实'结合在一起并通过'梦的真

---

① [瑞士] C. 荣格:《现代灵魂的自我拯救》,黄奇铭译,中国工人出版社1987年版,第236页。
② 同上书,第238页。
③ 同上书,第261页。
④ [法] 罗杰·法约尔:《法国文学评论史》,怀宇译,四川文艺出版社1992年版,第326页。

实'与四种基本成分——水、火、空气和土——结合在一起的那种联系"。① 这一系列的努力，很明显是与荣格的原型思想相呼应的，不过，与原型批评不同的是，巴什拉的最终目的不在于考察水、火、空气和土这四种元素的原型意义，而在于将它们与想象、梦想联系起来，通过对"有物质基础的想象"的探索，去恢复想象的生机蓬勃的特征，以达到将读者融会于诗人的创造性梦幻之中，从而"革新评论"的目的。在接下来的《空间的诗学》（1957）、《梦想的诗学》（1960）等著作中，巴什拉又将现象学方法与诗的想象、诗的梦想研究结合起来，创造出了想象及诗学的现象学。但他仍然借助了荣格心理学的"大部分论点"。② 就《梦想的诗学》而言，巴什拉就将自己的观点建基于荣格提出的"安尼姆斯"与"安尼玛"这两个原型概念之上，因为在巴什拉看来，"C. G. 荣格为避免与表面心理学的现实有所混淆，产生了这样巧妙的思想：将深层的阳性及阴性以两个拉丁名词'安尼姆斯'及'安尼玛'作为双重标志"。③ 在对梦想与梦的阴、阳性特征予以现象学分析之后，巴什拉获得他的核心思想："梦想的诗学正是'安尼玛'的诗学。"④

结构主义思潮深深得益于语言学，结构主义者自然特别注重语言，列维－斯特劳斯（1908—2009）就曾讲过这样的话"谁要讨论人，谁就要讨论语言"。⑤ 因此，当雅克·拉康立志通过重新阅读、解释弗洛伊德的著作去拯救被指责为没有提出独立理论的精神分析学说时，他首先选择的途径，就是用结构主义语言学去改造精神分析，这样做的结果，是使精神分析学说朝向科学化、现代化的目标迈出了一大步。当然，用语言学去改造精神分析学说并不是拉康的突发奇想。因为，尽管弗洛伊德早就意识到无意识的非语言特征，但他进行疾病治疗的一个重

---

① ［法］罗杰·法约尔：《法国文学评论史》，怀宇译，四川文艺出版社1992年版，第327页。
② ［法］加斯东·巴什拉：《梦想的诗学》，刘自强译，生活·读书·新知三联书店1996年版，第27页。
③ 同上书，第78页。
④ 同上书，第79页。
⑤ ［法］列维－斯特劳斯：《苦闷的热带》，转引自［英］埃德蒙·利奇《列维－斯特劳斯》，王庆仁译，生活·读书·新知三联书店1985年版，第41页。

要前提却是，患者的无意识以及作为无意识的变相表现的梦都能够通过患者的语言表达出来。或许正是这一点启发，拉康得出"无意识具有语言的结构"这一重要观点，只不过，弗洛伊德坚持相信无意识是第一性的，是先于语言存在的，拉康却不这样认为，在他看来，语言即使不先于无意识，也是与无意识同时发生的。

拉康所谓的"无意识具有语言的结构"是将无意识比拟于语言，其组成规则与语言法则是相似的。弗洛伊德曾用"凝缩""转移"来描述梦的两种主要运作方式，拉康将它们从语言学的角度重新加以描述，认为"凝缩""转移"原则与语言的"隐喻""换喻"法则是一致的。在作这种描述时，拉康借用了雅可布逊的语言学与诗学理论，从而将他的哲学、心理学与文学理论很自然地联系了起来。为了进一步阐明他的观点，他又借助了对文学文本的分析，其中最著名的是对爱伦·坡的小说《被窃的信》的分析。正是这一分析，打破了以前弗洛伊德及其追随者们只注重分析人物、作者、读者的无意识心理这样三个方面的批评模式，树立了将作品的结构分析放在第一位的批评榜样。此外，拉康还重新解释了塞万提斯的《堂吉诃德》和乔伊斯的部分作品。对于他在精神分析批评方面的卓越贡献，英国学者、批评家伊丽莎白·赖特在其专著《精神分析学批评：实践中的理论》（1984）中已经作出了比较恰当的概括："传统的弗洛伊德精神分析学对所考察的文学作品的探讨一直是以分析人的心灵为中心的，而不管它是作者的、人物的、读者的心灵，还是这些人的心灵的结合体。新精神分析学的结构主义式探讨则以分析作为心灵的文本为中心，这种分析是以这一理论为基础的：无意识也像语言一样是有结构的。"①

精神分析学说已经有一百年的历史，正如弗洛伊德自己曾经分析的那样，它是继哥白尼的日心说、达尔文的进化论之后，又一次对人类自我中心意识的沉重打击，从而相当深刻地影响了人们对人类自我、历史与文明的态度与看法，这也正是它能够在经受了无数激烈的批评之后仍

---

① 转引自王宁《多元共生的时代》，北京大学出版社1993年版，第162—163页。

然具有旺盛生命力的一个主要原因。在对文学创作的影响方面，弗洛伊德主义可以说是高居西方现代各种思潮的首位；就其与精神分析批评的关系来看，在弗洛伊德的时期，两者是一同发生、发展、成熟起来的，在后弗洛伊德时期，精神分析批评更多地处在新弗洛伊德主义的影响之下。尽管弗洛伊德主义与精神分析批评的黄金时期已随着20世纪80年代初在世界范围内对它们的重新评价而告结束，但正如历史上曾经出现过的各种伟大思想一样，它们已经成为人类文化传统、文学批评传统的一个重要组成部分。

弗洛伊德主义这一由病理学、心理学发展起来的哲学、文化思潮，其根基的科学性并不牢靠，但它与文学、文学批评之间巨大而深刻的联系却是不可否认的事实。究其原因，或许正如荣格所说："既然心理学是一门研究精神历程的科学，其影响文学的可能性当然是不成问题的，因为人类的心灵本是一切科学与艺术之母。"[①]

在弗洛伊德之前，思想家们对人类心灵的本质已有较为深刻的理解，他们已经认识到，人的心灵既有理性、理智的一面，也有本能、盲目的一面。我们甚至可以说，人类对心灵的探索历程，既是理性主义、也是非理性主义的发展历程。只不过在叔本华之前，思想家们普遍相信，理性才是人的存在的本质性特征，而叔本华、尼采等用"意志"来与理性相抗衡，才开启了现代西方的非理性主义思潮，弗洛伊德的无意识理论，正是这一思潮中的一支生力军。理性主义者将睿智的目光更多地投向意识，并相信，意识已足以控制、锚定人的心灵，因而忽视无意识的重要性。弗洛伊德则相反，将意识与无意识的关系颠倒过来，试图为人的意识、理性确定一个更深刻、更为本质的根源，进而将这一思想扩展开来，对人类社会、文化予以重新解释。

很显然，精神分析学说在心理学领域内的合理性相对其在文化、社会领域要大得多，因为人的心理除了意识部分之外，应该还有无意识部分，我们甚至可以相信，意识有其无意识的根源，但应该予以强调的

[①] [瑞士] C. 荣格：《现代灵魂的自我拯救》，黄奇铭译，中国工人出版社1987年版，第231页。

是，无意识既不是意识的唯一更不是本质根源。而把人类文化、社会各方面的起源或本质完全归因于无意识的本能与冲动，就显出其十足的荒谬性，这正是弗洛伊德从病理学、生理学的角度去研究人，将人与动物等同起来所必然产生的结果。人之所以有别于其他动物，就在于人有理性，能够反思、控制自己的行为与思想，人类社会的进步、文化的发展，毫无疑问是理性的产物。就是弗洛伊德也不得不承认，无意识的本能对文化、社会各方面的决定性作用也是经由理性的、意识的方式才得以显现出来，或许正是这一点，才使得弗洛伊德那本来不合理的学说披上了一件颇为合理的外衣，从而为人类文化、社会各方面的起源与本质提供了一种新鲜而有趣的解释。

弗洛伊德的文学观，作为其文化思想的有机组成部分，自然也分享了精神分析学说的合理性与荒谬性。文学关涉人的心灵，它是人类认识自我的一面镜子，人类对自我的认识有多深刻，文学对人的塑造也就相应地有多深刻。弗洛伊德对人的心灵的探索达到了前所未有的深度，受其影响，文学对人的描写也就随之深化，从这一意义上说，弗洛伊德主义对现代西方文学创作的繁荣起到了不可取代的促进作用。但是，文学尽管关涉人的心灵，却绝不仅仅是一种心理现象，它还关涉社会现实与历史、文化等方方面面，因而文学理论绝不应该将文学视为纯粹心理现象。不幸的是，精神分析批评的最大缺陷或者说最主要的特色正在于此，其创始人弗洛伊德几乎把文学现象完全心理学化了，将它放在以性本能为核心的无意识理论框架之中去加以分析与批评，其视野自然狭窄，其结论难免模式化。新弗洛伊德主义者正是看到精神分析批评这一严重的缺陷，才努力突破其心理学的框架，将文学带到一个相对敞亮的环境中予以剖析，在一定程度上，使精神分析批评走出了困境。

今天，我们如果撇开精神分析批评的具体结论，仔细审视其获得结论的方法与途径，就会发现，精神分析批评与弗洛伊德主义一样正是在对人类心灵深渊的探索中，攀登上了文学理论与哲学、文化思潮的新高峰，人类也将在对这座高峰的超越中达到自我认识的新高度。

第八章　透过历史与哲学的多棱镜

——新历史主义文论与哲学

到了1989年，美国学者H. 阿兰穆·戚瑟在编辑《新历史主义》（*The New Historicism*）论文集时，仍然感慨"新历史主义"只是"一个没有确切指涉的措词"。① 布鲁克·托马斯甚至认为，新历史主义"这一标签当中的形容词'新'只是迎合了我们对新奇事物的商品化的崇拜"。②"'新'与'历史'的结合是多此一举。"③ 而大多数新历史主义者在理论表述与批评实践这两者之间，往往更看重后一方面，就连"新历史主义"这一术语的首创者斯蒂芬·葛林伯雷（1943—）也坚持认为，它是一种实践，根本不是教义。④ 由此看来，新历史主义与历史主义相比，究竟"新"在何处，或者说，新历史主义有何具体内涵，在新历史主义者之间尚无一定之论。不过，从新历史主义者穿行于历史文本与文学文本之间的批评实践以及他们的一些理论表述中，我们仍可以概括出新历史主义批评最主要的特征：一方面将文学文本看成是历史性的，即"文本的历史性"（The historicity of texts），另一方面又将历史看成是文本性的，即"历史的文本性"（The textuality of history）；既承认文本总是一种历史现象，总属于一定的历史，又认为历史只能是重写的文本，只能以文本的形式存在。表面看来，这似乎只是文学研究

---

① 参见张京媛主编《新历史主义与文学批评·前言》，北京大学出版社1993年版。
② 张京媛主编：《新历史主义与文学批评》，北京大学出版社1993年版，第73页。
③ 同上书，第75页。
④ 参见张京媛主编《新历史主义与文学批评·前言》，北京大学出版社1993年版。

中的形式主义与历史研究中的历史主义两种方法的结合，实际上"恰恰相反，新历史主义表现出毋宁说是另一种结合的尝试，它试图把在历史研究中被'某些'历史学家看作是'形式主义谬误'（'文化主义'和'文本主义'等）的东西，与在文学研究中被'某些'形式主义文学理论家视为'历史主义谬误'（'本原主义'geneticism 和'指涉性'refentiality）的东西结合起来"。① 新历史主义的这种具有文史互通性特征的理论与实践应该是其与重反思、实证以及具体历史真实的传统历史主义批评最突出的区别之所在。

要考察新历史主义文学批评所接受的哲学影响，是一件相当困难的事情。这不仅因为，新历史主义批评是 20 世纪 80 年代初作为对 20 世纪西方文学理论中形式主义这一主流倾向的反驳而出现的，与其时正盛行的后现代哲学思潮以及仍具有旺盛生命力的西方马克思主义都有着复杂的关联，而且因为不少新历史主义者又是由历史学家转而从事于文学批评的，或者说，他们的批评原则往往要求他们在实践中必须兼具文学批评家与历史学家的双重素养，因此，我们有理由相信，新历史主义同现代历史哲学之间也存在必然的内在联系。基于前面对新历史主义批评特征的概括，我们只能大致认为，在理论上，新历史主义批评一方面从现代历史哲学中获得启示，并吸收后结构主义的某些文学观念，形成"历史的文本性"这一重要思想；另一方面从西方马克思主义那里接受并发展了"文学的历史性"意识，而对这种意识的接受又是以西方马克思主义美学、文艺理论以及福柯（1926—1984）的历史研究这两方面为中介而完成的，对这种意识的发展，也相当程度地受到西方马克思主义思想的启发；在实践上，新历史主义批评则更多地受惠于福柯哲学研究中的权力理论与系谱学方法。本章将从这三个方面对新历史主义批评所受的哲学影响予以具体论述。

一

对于新历史主义批评与西方现代历史哲学之间的关系问题，新历史

---

① 张京媛主编：《新历史主义与文学批评》，北京大学出版社 1993 年版，第 97 页。

第八章 透过历史与哲学的多棱镜

主义者和研究新历史主义批评的理论家都较少论及。这大概是由于新历史主义者中的不少人本身就是现代意义上的历史学家，现代历史哲学的基本观点已经成为他们进行文学批评时的前理解，是其文学批评观的有机组成部分，无须专门提起，而研究者又往往只强调如下这两个方面给新历史主义文史互通性批评模式所造成的直接而巨大的影响，那就是福柯的知识考古学对传统历史观的彻底颠覆和德里达的"文本之外一无所有"的观念对文学文本与非文学文本这一传统区分方式的巨大冲击。当然，我们应该正视新历史主义者对接受福柯、德里达的理论影响的自我表白，但我们不能据此就将新历史主义批评仅仅看成是福柯的一种遗产或者是靠德里达"文外元意"观念起家的。或许，我们更应该提出这样的问题：何以福柯、德里达的上述观念会给予新历史主义批评以巨大的影响？如果这种影响是双方视界融合的结果，那么，新历史主义者本来的视界又是怎样的呢？对这类问题的探究必然导向对新历史主义批评与现代历史哲学关系的考察。

在西方古代，历史被认为是一门艺术，希腊神话说，司历史的女神名叫克莱奥（Clio），在九位缪斯中排名第一。随后是漫长的神学、哲学对历史的统治时期，直到19世纪，史学才获得独立的地位。在这场史学的独立运动中，德国史学界担当了领导角色，加之自然科学在19世纪的惊人发展，以及实证主义哲学思潮的巨大声势，终于形成了以研究原始资料为手段，以如实地重构历史为目的的"兰克学派"。这一实证主义史学流派一方面将历史反叛哲学的趋势推向极端，但另一方面又将历史送入了自然科学的怀抱。这种历史观引起了以狄尔泰特别是克罗齐与柯林伍德为代表的批判历史哲学家的不满，他们普遍认为，历史学有自己的独特方法与目的，不必羡慕和仿效自然科学。于是，从20世纪末、21世纪初开始，西方现代史学界又掀起了将历史从自然科学中解救出来的新一轮史学革新运动。

早在实证主义哲学思潮仍然盛行的1883年，威廉·狄尔泰就在《人文科学入门》一书中，根据对原因的解释与理解的不同，区分了自然科学的方法和历史的方法。他认为，科学家根据作为原因的前提来说明一件事，历史学家则通过符号或象征去理解一件事的意义，"这样一来，理解的过程必然带有个人的甚至主观的色彩"。① 随后，威廉·文德尔班又在《历史与自然科学》一书中，驳斥了历史科学必须仿效自然科学的方法这一论点。到了1915年，深受维柯、狄尔泰等哲学家影响的克罗齐，在《历史学的理论和实际》一书中，从其精神哲学的立场提出了"历史即哲学"的著名论点，所谓"精神就是世界，它是一种发展着的精神，因而它既是单一的，又是分歧的，是一个永恒的解决，又是一个永恒的问题；精神的自我意识就是哲学，哲学就是它的历史，历史就是它的哲学，二者在本质上是同一的……"。② 不过，克罗齐又认为，历史与哲学的同一是有条件的，只有"当历史被提升为关心永恒的现在的知识时"，历史才"表现为与哲学是一体的，哲学原不过是关于永恒的现在的思想而已"。③ 基于这种认识，克罗齐又推导出"一切历史都是当代史"的著名论断。

柯林伍德则更进一步从研究的对象、方法与效用等方面将历史与自然科学进行比较，并得出这样的结论："自然的过程可以确切地被描述为单纯事件的序列，而历史的过程则不能。历史的过程不是单纯事件的过程而是行动的过程，它是一个由思想的过程所构成的内在方面；而历史学家所要寻求的正是这些思想过程。一切历史都是思想史。"④ 而"思想史，乃至一切历史，都是在历史学家自己的心灵中重演过去的思想"。⑤ 这种重演，在柯林伍德看来，应该是历史学家将历史纳入自己的知识结构中来进行，也就是对历史予以批判，做出自己的价值判断，并纠正历史学家所能辨认出的错误。

由此看来，克罗齐、柯林伍德等对实证主义史学观的批判与反拨，

---

① ［美］雷·韦勒克：《当代欧洲文学研究中对实证主义的反叛》，张小鲁译，载《马克思主义文艺理论研究》第十一卷，文化艺术出版社1989年版。
② ［意］贝奈戴托·克罗齐：《历史学的理论和实际》，傅任敢译，商务印书馆1982年版，第249页。
③ 同上书，第43页。
④ ［英］柯林伍德：《历史的观念》，何兆武等译，中国社会科学出版社1986年版，第243页。
⑤ 同上书，第244页。

第八章 透过历史与哲学的多棱镜

势必导致突出历史研究中的主观选择性,其结果,正如自称大大受惠于柯林伍德的 W. H. 沃尔什在 1951 年出版的《历史哲学》一书中所指出的那样,"历史学不是对'客观的'事件,而是对写它的人投射了光明,它不是照亮了过去,而是照亮了现在。于是就不必怀疑,为什么每一个世代都发现有必要重新去写它的历史了"。① 既然历史学更多地关心写历史的人,而不是那不可重复的历史事件本身,更强调以现在的眼光去认识、描述过去,而不是客观地重构过去的真实,其结果必然会形成一个时代有一个时代的历史,一个人也有他自己的历史,而历史的本质就存在于作为文本的历史中,或者说历史只能以文本的形式显示自己,因此,每个时代都应该有也必然有自己的历史文本。既然历史有必要重写,那么如何重写,或者说"人怎样写历史"的问题,就成了批判历史哲学所关注的一个核心问题,这也是它与着重思考并回答"人怎样创造历史"的思辨历史哲学最显著的一个区别。

随着对"人怎样写历史"这一问题的深入探讨,历史哲学家们转而重申"历史是一门艺术"这一古老的历史观。尽管这种重申的目的主要仍在于强调历史的认识、实践与教育功能,而不是历史的审美价值,但是"历史哲学的发展渐渐已经不再倾向于把历史研究作为'科学的',甚或社会科学的分支来加以分析,而是更多地倾向于历史写作的结构,即强调恢复传统的,但常常被忽视的历史与文学之间的联系"。② 这种对历史写作结构的进一步探究,或者说,对历史与文学之间的联系予以重新关注的现象,被认为是历史研究中"叙述的复兴"。在这方面,从事实际历史研究的美国历史学家 G. 埃尔顿(Geoffrey Elton)、J. H. 赫克斯特(J. H. Hexter)等做出了巨大贡献;而美国著名历史哲学家海登·怀特(1928—2018)则以出版于 1973 年的《元史学:十九世纪欧洲的历史想象》(*Metahistory: The Historical Imagination in Nineteenth-Century Europe*)

---

① [英] W. H. 沃尔什:《历史哲学——导论》,何兆武、张文杰译,社会科学文献出版社 1991 年版,第 111 页。
② [美] L. 明克:《当代西方历史哲学述评》,肖郎译,载《国外社会科学》1984 年第 12 期。

一书促进了美国对于历史叙述理论的重新关注。①

在该书中,怀特从结构主义语言学的角度,借鉴维柯诗性智慧的观点,并参考弗莱的神话研究成果,将19世纪以来历史学家在历史著作中已经制定的历史事件的情节编制划分为四种类型,即传奇、喜剧、悲剧、讽刺,而且,"按照怀特的观点,它们不是一味模仿文学流派,而是直接来源于各种隐喻、转喻、提喻和反语的语言转义,从而产生了可选择的历史想象力的结果"。② 由此看来,怀特已经清楚地认识到历史叙述离不开想象与虚构,因为历史叙述与文学创作所凭借的是同一种结构的语言,③ 这种语言可以提供比喻表达法的四种主要模式,即上述的隐喻、转喻、提喻、反语等。在接下来的《话语转喻论》(*Tropics of Discourse*)这部著作中,怀特则"用了最明确的语言,彻底拆除了历史话语与文学话语之间的隔墙。……断然把历史和文学等量齐观了"。④ 正是凭借这两部力作,海登·怀特同时被视为著名的新历史主义批评家,虽然他明显地受到结构主义语言学与结构主义文学批评的影响,但他将历史和文学等量齐观,也是历史哲学的现代发展趋势使然。

何以历史哲学与文学批评两者的发展趋势会实现交叉,从而形成新历史主义批评呢?这首先是因为21世纪的批判历史哲学是对20世纪实证主义史学观的反叛,而21世纪文学批评中的主流倾向——形式主义——也是对实证批评方式的反拨,两者尽管表现形态不同,但在本质上都是对实证主义思维模式的扬弃与超越,并且共同促成了21世纪人文科学发展的新趋势,也就是说,两者具有异构同质性特征。其次,两种趋势发生与发展的演进历程大致是同步的,两者都肇端于世纪交替之际,成形于20世纪中叶,裂变于六七十年代,在这一几乎是同步的发展过程中,两者自然要互相影响、互相促进,也就是说,两者之间也具有共振性与共感性特征。再次,两种发展趋势都走向了某种极端,前者

---

① 参见[美]伊格尔斯《欧洲史学新方向》,赵世玲、赵世瑜译,华夏出版社1989年版,第201—202页。
② 同上书,第30页。
③ 海登·怀特在《"描绘逝去时代的性质":文学理论与历史写作》一文中对此有详细讨论。
④ 盛宁:《二十世纪美国文论》,北京大学出版社1994年版,第259页。

第八章 透过历史与哲学的多棱镜

走向了史学相对主义,将历史的存在方式完全文本化,历史也就成了人心中的历史或者人笔下的历史,其结果,就会如海登·怀特所指出的那样,"历史作为一种虚构形式,与小说作为历史真实的再现,可以说是半斤八两,大同小异"。① 后者走向了形式主义的极端,排除任何与文学作品有关的历史、文化因素,将文学看作是具有解构自身意义与价值的语言符号,用德里达的话说,就是"文本之外一无所有"了。

当两种趋势都发展到极端与片面的境地时,就需要达成某种新的转折。历史研究需要对具体历史文本予以细读,特别是对这些文本的叙述方式予以细致的分析,从而发掘出寄寓于历史文本中的或者说隐藏于文本后面的历史真实。文学批评要想找回被解构主义等所埋葬了的文学作品的意义,又必须将文本重新置于具体的历史环境之中,用海登·怀特的话说就是,"现代文学理论一定不可避免地也是一种关于历史、历史意识、历史话语和历史写作的理论"。② 就这样,西方现代历史哲学与文学批评在大力提倡"文化研究"的后现代氛围中暂时汇聚到一起,形成号称"文化诗学"的新历史主义思潮。而"历史的文本性"作为这一汇聚现象中最主要的交结点,也就成为新历史主义批评的一个核心观念。

既然历史以文本的形式存在,也需要虚构或者说"情节化操作"(the operation of emplotment),那么,历史文本与文学文本就具有了"互文性"特征。而具体的文化背景,自然就是由历史文本与文学文本共同构成的。将文学文本置于具体的历史背景或者文化氛围中去考察,也就是置于一系列的文本中去考察。这正是新历史主义批评穿行于历史文本与文学文本之间的具体实践所凭借的理论依据。

二

自从索绪尔在《普通语言学教程》一书中强调的"共时性"研究

---

① 盛宁:《二十世纪美国文论》,北京大学出版社1994年版,第260页。
② [美]海登·怀特:《"描绘逝去时代的性质":文学理论与历史写作》,伍厚恺译,载拉尔夫·科思主编《文学理论的未来》,程锡麟等译,中国社会科学出版社1993年版,第78页。

方法产生巨大影响以后，西方思想家们普遍对马克思考察人类社会发展时所强调的历时性角度产生不满，于是将注重共时性研究的思潮与马克思主义相结合，创造出种种新的哲学与社会学理论。比如，有学者认为莱维-施特劳斯的结构主义就"可以被看成杜尔克姆和马克思的综合，或者说至少是两者的混合"。① 而杜尔克姆正是"专门论述构成社会信码，即集体意识的同时性的整体……他忽视了连续性或历史性的方面，忽视历史的方面"。②

的确，历史意识或者说历时性研究方法，是马克思、恩格斯在社会、历史、哲学研究中都非常注重的。在文艺美学的研究中，马克思、恩格斯、列宁等传统马克思主义者也是在历史唯物主义这一科学的哲学世界观指导下，将文艺放在特定的社会、历史环境中去考察，以对社会、历史真实与艺术的反映作为评判的标准，去衡量文艺作品的价值，从而形成历史观点与美学观点相结合的文艺美学方法论。马克思、恩格斯以后的西方马克思主义者在进行哲学、美学等的研究时，尽管大多断然否定历史决定论，但基本上都没有抛弃历史意识与历时性研究方法。卢卡奇（1885—1971）的划时代著作就题名为《历史与阶级意识》，当代英国学者戴维·麦克莱兰曾明确指出："这本书的主要论题，就是书名中的历史和阶级意识这两个词，事实上两者完全是一码事。"③ 应该说这一论断是符合实际的，而且从卢卡奇所谓阶级意识本身只能是随着工业革命的出现而产生的观点，以及他对四百多年来阶级意识的发展与局限性所做的精辟分析来看，该书的历史意识也是非常突出的。葛兰西（1891—1937）关于"知识分子""领导权"等问题的论述，也深深植根于历史意识之中。他对"传统的"与"有组织的"知识分子所作的区分，正是着眼于两者赖以生存的历史条件的不同，具体来说，前者与垂死的阶级相联系，其赖以存在的生产方式已经消亡，但为了掩盖自己

---

① ［美］C.R.巴德考克：《莱维-斯特劳斯：结构主义和社会学理论》，尹大贻、赵修义译，复旦大学出版社1988年版，第115页。
② 同上书，第112页。
③ ［英］戴维·麦克莱伦：《马克思以后的马克思主义》（上），余其铨译，中国社会科学出版社1986年版，第199页。

第八章 透过历史与哲学的多棱镜

的过时性，却宣称自己在意识形态上的独立性、超阶级性；后者与处于上升阶段的阶级相联系，能体现该阶级的集体意识，具有首创精神。此外，法兰克福学派作为西方马克思主义的重镇，其核心思想被表述为"批判的社会理论"，在阐述这一理论与传统理论的区别时，霍克海默（1895—1973）曾特别强调批判理论"在知识和研究领域内的社会历史因素"，并且坚持科学研究中观察对象的历史给定性以及观察主体的历史、社会决定性，"以此来推翻传统理论的非历史的概念"。[①]

西方马克思主义在哲学、社会学研究中对历史意识的强调与历史方法的普遍运用，必然会在美学、艺术理论上留下同样深刻的印迹。仍拿法兰克福学派来说，霍克海默在批判逻辑实证主义的过程中，对"诗意"形而上学策略的强调，使得美学、艺术理论成为该派社会批判理论的重要组成部分，而其间的"大众文化批判理论"则特别引人注目。这一理论又是法兰克福学派在其基地"社会研究所"1934 年迁往纽约之后，对美国社会文化中压倒一切的"大众文化"予以研究的基础之上形成的。这本身就体现了霍克海默所强调的知识和研究领域内的社会历史因素，而且也充分体现了西方马克思主义美学以文化作为研究焦点的突出特征，这使得同样注重文化研究的新历史主义能够与西方马克思主义的美学、艺术理论产生相当程度的共鸣。

更为重要的是，法兰克福学派中激进思想的主要代表人物赫伯特·马尔库塞（1898—1979），将大众文化界定为"肯定的文化"，"它的决定性特点是维护一个普遍义务制的、永远好些和更有价值的、必须无条件加以肯定的世界；这个世界根本不同于每天要为生存而斗争的现实世界，它可以不改变现状而通过每个人自身'从内部'来实现"。[②] 这就是说，大众文化在已经异化了的现实世界之上建立起一个想象世界或者说制造出一种美的幻觉，以此来瓦解人们对异化现实的不满情绪与反抗

[①] 参见江天骥主编《法兰克福学派——批判的社会理论》，上海人民出版社 1981 年版，第 3—4 页。

[②] ［美］马尔库塞：《文化的肯定性质》，转引自戴维·麦克莱伦《马克思以后的马克思主义》，余其铨译，中国社会科学出版社 1986 年版，第 279 页。

行动，实现对现存社会的无条件的肯定。这种肯定性特征，正是主张艺术应该对现存社会中的压抑因素予以强烈否定的法兰克福学派所激烈批判的方面。从这样一种批判理论的立场出发，法兰克福学派同样认为，20世纪西方美学、文论中占主流地位的作品形式中心论，斩断艺术作品与具体的社会现实、历史等多方联系的做法，也是企图以对"美"的抽象探讨来回避社会现实矛盾，其结果也只能导致"肯定性文化"的出现。比如，提出"有意味的形式"观点的克莱夫·贝尔和罗杰·弗莱就曾提出人能够过双重生活——现实的生活与想象的生活——的观点，这在法兰克福学派看来正是企图用幻想的幸福来安慰现实的痛苦，因此，阿多尔诺（1903—1969）谴责这种双重生活的主张是"职业生命与个人生命的资产阶级式险恶分割"。[①] 又如，瓦尔特·本雅明（1892—1940）在《机械复制时代的艺术作品》一文中，也将那种否认艺术有任何社会功能的"为艺术而艺术"的原则贬斥为"艺术的神学"。[②]

由此看来，法兰克福学派在美国期间形成的大众文化批判理论，对形式主义文论的反感与批判，同新历史主义批评对形式主义的极端表现——解构主义——的反拨与超越，尽管在外在目标与表现方式上并不一致，但在本质上却颇为相通。新历史主义者接受西方马克思主义哲学、美学思想中关于文学、艺术的历史性、社会性等观点的影响，也就不足为奇了。

实际上，新历史主义批评的奠基人之一葛林伯雷在20世纪70年代，也就是西方马克思主义正流行于英美的时期，"一直在伯克莱校园中讲授诸如'马克思主义美学'一类的课程"，而且"的确喜欢上了那些与马克思主义有纠缠不清的关系的马克思主义者们——瓦尔特·本雅明，早期而非晚期的卢卡契，等等"。虽然，他因自己摇摆于布尔什维克与孟什维克二者之间的模糊态度遭到学生在课堂上的当面嘲讽而改为讲授"文化诗学"课程，为此深感不安，因为，在他看来，这是一种

---

① 参见杨小滨《艺术—否定—社会：法兰克福学派的美学理论》，载《外国美学》第九辑，商务印书馆1992年版。
② 参见陆梅林选编《西方马克思主义美学文选》，漓江出版社1988年版，第246—248页。

"与马克思主义思想毫不相干的文学视角",但是,他又明确指出,这并非不得已而求其次的选择,因为他意识到自己的文学批评实践仍然是置身于马克思主义和后结构主义之间,而这两者又存在相互作用的复杂关系。为了说明这种关系,他剖析了马克思主义者詹姆森与后结构主义者利奥塔关于艺术与社会这两种话语实践关系的不同观点,即詹姆森试图确立审美与真实之间的功能性区别,利奥塔试图取消这种区别。这两种观点,在葛林伯雷看来,都是单一的,不可能得到的,因为"从16世纪股份公司组织对艺术开始产生影响直到现在,资本主义已经在确立不同话语领域与消解这些话语领域之间成功而有效地振摆"。而在"利奥塔与詹姆森所阐述的两种资本主义之间的摆动,已经成了一种关于美国日常行为的诗学"。说得更明白一些就是,在当代文化现象中审美话语已经完全和资本主义的经济活动捆绑在一起,而"社会话语"也"已经荷载着审美的能量"。因此,传统批评理论关于作品与历史事件之间存在隐喻、象征、寓言、再现、模仿等关系的观点已不恰当,在他看来,艺术作品是作者与社会机制及实践双方"谈判"(negotiation)以后的产物。[①]

透过葛林伯雷的观点,我们可以认为,整个新历史主义也是成功地振摆于马克思主义与后结构主义之间,葛林伯雷既是这种振摆的体现者,也是较早对此做出描述的理论自觉者。这种振摆之所以可能,不仅取决于马克思主义与后结构主义之间存在因差异性而形成的张力,也取决于两者之间因相似性而形成的引力。在我看来,这种相似性也包括对文学的历史性特点不同程度的认识这一方面。因为注重共时性研究的结构主义思潮,在其弊病被后结构主义者发现并推演至极端达到解构阶段之时,也正是共时性结构模式被突破之时。就拿德里达的基本概念"延异"(différance)来说,其所包容的无限延展性内涵,也可以说是历史性的同义语。从这一层面看来,解构主义思潮的泛滥,既可以说是共时性思维模式的极端表现,也可以说是这种模式的自我突破,以标志

[①] 此段中引述的斯蒂芬·葛林伯雷的观点,详见其《通向一种文化诗学》,盛宁译,载张京媛主编《新历史主义与文学批评》,北京大学出版社1993年版,第1—16页。

着社会、哲学研究中对复归历史性、历时性特征的强烈要求。据此，我们也可以说，新历史主义批评对解构主义的反拨应该是有所保留而并非彻底无遗。

西方马克思主义哲学对历史意识的重视，对历时性研究方法的强调，给新历史主义批评"文本的历史性"这一重要思想以启示的途径并非单一的，除了经由美学、艺术理论特别是法兰克福学派的大众文化批判理论作为中介以外，应该说还有第二条主要途径，那就是经由福柯的历史研究作为中介。但这一途径往往容易被忽视，这或许是因为福柯较少提及马克思，与他的老师阿尔都塞（1918—1990）也存在巨大的分歧，加之他有关权力的思想对新历史主义批评直接而巨大的影响几乎掩盖了他在历史研究方面给予新历史主义批评的启示，就是在历史研究中，他也被普遍地认为是具有非历史观点的历史学家。实际上，福柯与其他法国思想家一样，在二战以后，曾一度沉浸在马克思主义之中，后来还暗中采用了马克思的思想，并且在自己的文章中不指明出处地引用马克思的话。① 就是作为一个具有非历史观点的历史学家，福柯的视野仍是历史的，他仍然采用了历史研究的方法，在对一系列离轨行为的研究中，他仍然以对具体、生动的个案历史的"深描"（Thick Description）为基础，而且还引进了"时间的历史区段性"概念，有了它，福柯才得以研究"为一种特殊知识所统治的时期"。②

经由上述简略分析，我们或许可以说，传统马克思主义以及西方马克思主义哲学、社会学研究中对历史、社会因素的一贯强调，及其影响所及，在美学、文学理论中对历史—文化维度的长期重视，本身就是作为对结构主义等注重共时性、忽视历史与社会现实因素的哲学思潮以及只注重文本语言特征的形式主义文论的坚决抵抗而存在、发展着的。只不过，这种反抗的呼声，在结构主义、现象学、精神分析等哲学思潮以及俄国形式主义、新批评、结构主义、解构主义等美学、文论思潮大行

---

① 参见徐崇温《结构主义与后结构主义》，辽宁人民出版社 1986 年版，第 297 页。
② ［美］伊·库兹韦尔：《结构主义时代——从莱维-斯特劳斯到福科》，尹大贻译，上海译文出版社 1988 年版，第 193 页。

其道之时，没有受到足够的重视，直到这些思潮所坚持的共时性思维模式充分显露其弊端之后，对历史性、社会性的要求才集中地在新历史主义批评中凸显出来。

不过，新历史主义所谓的"文本的历史性"，已经与传统马克思主义以及西方马克思主义所主张的文学的历史性具有颇为不同的内涵了。但是，这种不同也可以被视为对文学的历史性观点的发展。这种发展的突出表现就是，历史不再仅仅被当作文学的"背景"，而是"成为评论的内容本身和前景透析的一个部分"。[①] 文学对历史发生作用的方式，也不再被认为是通过对现实生活或历史事件的真实、生动的反映，去影响革命者的思想意识，进而变革现实社会，影响历史的进程，而是注重文学作品自身所具有的直接的颠覆与反抗功能。这种颠覆与反抗，虽然也是针对现实社会的，但却主要是指话语权力的反抗，因而具有更多的文化批判意味，相对缺乏政治、社会批判的直接性与尖锐性。新历史主义批评注重文本颠覆与反抗功能的思想，所受到的最直接的影响是福柯的话语权力理论，但也与正统马克思主义、西方马克思主义关于革命斗争、领导权、意识形态等的学说密切相关。

我们知道，整个马克思主义思想体系就是一个对现实社会予以坚决批判的思想体系，不妥协的革命性与批判性正是马克思主义的活的灵魂！马克思、恩格斯探索社会经济基础与上层建筑的本质及其相互关系的目的就是要在"批判旧世界中发现一个新世界"。[②] 当然，马克思、恩格斯除了十分注重锻造"批判的武器"，即通过对资本主义社会的基本经济规律"剩余价值"规律的分析，揭示出无产阶级推翻资产阶级的革命必然性，并为这一革命的主体——工人阶级——指明革命方向、设计革命策略之外，还强调了"武器的批判"的重要性，并且亲自参加了武装斗争的革命实践活动。

随着时代的发展，西方马克思主义作为对正统马克思主义的"发

[①] ［英］乔纳森·多利莫尔：《莎士比亚，文化物质主义和新历史主义》，张玲译，载《文艺学和新历史主义》，社会科学文献出版社1993年版，第140页。

[②] 《马克思恩格斯选集》第一卷，人民出版社1995年版，第409页。

展与重建",一开始就针对第二国际中占据主导地位的右派与中派理论家们掩盖马克思主义批判本质的理论企图,强调指出,"批判"是马克思主义的实质与主线。虽然,西方马克思主义社会批判理论的侧重点已经由正统马克思主义的政治、经济批判转移为文化批判,他们认定的革命主体也由工人阶级转移为"技术和科学知识分子骨干",[①] 设计的革命策略也由暴力夺取政权转移为文化心理革命,但是,西方马克思主义思潮仍然承袭了正统马克思主义的批判意识,对资本主义社会压抑人性的本质给予了坚决的揭露与抨击。这种批判意识在西方马克思主义哲学与美学思想中都是显而易见的。

卢卡奇的"物化"理论,葛兰西的知识分子领导权学说,法兰克福学派批判的社会理论,是哲学思潮中的突出表现。在艺术、美学理论中,西方马克思主义者也强调艺术对被异化了的资本主义社会和日常意识的批判性与颠覆性力量。本雅明通过对艺术所引起的知觉方式的变革以及"视觉无意识"(即视觉对现实的批判功能)的阐述,提出了"艺术政治学"的主张,试图以艺术上的技术革命、知觉革命去实现批判、改造社会的功能。阿多尔诺作为法兰克福学派早期的代表人物,与霍克海默一道提出过"文化工业"的理论,在晚年创作、死后出版的《美学理论》一书中,又曾明确地表述过艺术的反抗性特征:"艺术能够生存,只要它有能力反抗社会。……艺术贡献给社会的,不是那些可以直接传播的内容,而是那些更间接的东西,那就是反抗。"[②] 马尔库塞作为法兰克福学派中更为激进的思想家,更是高度重视艺术中蕴藏的反抗与颠覆的政治潜能,这从他对"肯定文化"的批判性分析中可以看出。他认为,在资本主义秩序完全建立起来以后,"肯定文化"也从其曾经具有的对现实世界的潜在批判性,转变为对现实世界的盲目肯定,从批判的武器转变为压制批判的工具。[③]

上述这些哲学、美学理论无疑会对新历史主义批评强调文本的反抗

---

① [美]马尔库塞:《自由和绝对律令》,中译文载《哲学译丛》1982年第1期。
② 转引自赵宪章主编《马克思主义文艺美学基础》,南京大学出版社1992年版,第447页。
③ 同上书,第451—452页。

第八章 透过历史与哲学的多棱镜

与颠覆功能以直接的启示,这在英国的文化唯物主义,这一被认为属于宽泛范畴的新历史主义理论的某些观点中,得到了非常鲜明的体现,文化唯物主义的代表人物之一,雷蒙·威廉斯(1921—1988),甚至普遍地被认为就是英国当代最为突出的马克思主义者。在文化唯物主义的实际批评中,更是往往"把文学本文同例如下述方面联系起来:圈地运动与对农村贫民的压迫,国家权力与对权力的抵抗;重新估价一定时期实际居于统治地位的种种意识形态和针对这些意识形态的激进反倾向;……国家内部各阶级集团之间的冲突以及相应说来五花八门的权力概念的重要性"。[①]

美国新历史主义、女权主义等较为激进的文化思潮,也自然会从马克思主义思想中获取反抗、颠覆的精神营养。事实上,20世纪60年代初期,由于美国日益深入地卷进越南战争,加之白种工人的普遍贫困、黑人所遭受的种族歧视,以及战争的需要促使妇女大规模、长时期地就业等国内因素的影响,激进的新左派思潮在美国兴盛起来,并持续几乎整个60年代,在70年代初、中期,由于美国的经济危机,还曾有限规模地复苏过。尽管这一思潮将马克思主义与无政府主义以及甘地精神等熔为一炉,显得不伦不类,但从它对日益工业化社会的强烈不满情绪之中,从它所鼓动的吸毒、性解放等荒诞的生活方式之中,我们仍可以看出,被压迫者对现实社会制度所具有的颠覆意识,所采取的反抗态度。这种新左派思潮的盛行,也可以被视为新历史主义批评产生的直接思想基础之一。葛林伯雷就曾指出,他自己的"批评实践的确是被60年代和70年代早期的美国,尤其是被反对越战的情绪塑造成型的"。[②] 新历史主义批评之所以相当集中地从文艺复兴时期中去选取批评的对象,就是为了能通过分析文艺复兴时期英国戏剧作品对当时统治权威的破坏性,以及这种破坏性如何被统治阶级预设与化解的情况,来为现今社

[①] [英]乔纳森·多利莫尔:《莎士比亚,文化物质主义和新历史主义》,张玲译,载《文艺学和新历史主义》,社会科学文献出版社1993年版,第141—142页。

[②] [美]斯蒂芬·葛林伯雷:《回声与惊叹》,见佩特·库勒等编《今日文学理论》,政治出版社,英国剑桥1992年版,第76页。

会对类似情况的反思与批判提供一条具有启发性的途径。这同样具有雄厚的文化批判的色彩,与西方马克思主义的文化批判理论有异曲同工之妙。

三

不少新历史主义者都曾直言不讳地谈到福柯对他们的影响。比如,斯蒂芬·葛林伯雷在《通向一种文化诗学》一文中就曾明确指出,"米歇尔·福柯生前最后五六年始终待在伯克莱的校园里……对我自己的文学批评实践的形成发生过作用"。① 而弗兰克·林特利查甚至撰有题为《福柯的遗产:一种新历史主义》的文章,并且做出这样的评价:"新历史主义奇怪的理论本体是由其导演在马克思和福柯之间,并以福柯为支配一方的不大适合的结合所构成的。"② 综观诸如此类的论述,我们发现,新历史主义者们,较为注重福柯的话语权力理论对他们的批评主张与批评实践所起到的几乎是决定性的作用。实际上,在福柯的哲学思想中,话语权力理论与知识考古学方法(后来发展成更具批判性的系谱学方法)是密切联系、不可截然分开的整体,两者共同给予了新历史主义批评直接而深刻的启示。如果因为讨论的缘故必须分而言之的话,我们似乎可以说,新历史主义在确定批评目的与形成批评结论方面较多地借鉴了话语权力理论,而在批评的方法上则更多地受惠于考古学与系谱学。

福柯有关"权力"的分析,集中体现在《监禁与惩罚》以及《性欲史》的第一卷《认知意愿》两部著作之中,他"分析'监狱'与'性征'(sexualité)这两个主要的文化实践,旨在描绘一种真正特殊的权力形式以及权力借以起作用和得以实施的方法"。③ 尽管福柯无意于建立某种权力理论,更反对直接回答类似"权力是什么?"这种有关权力本质的问题,但他对"权力"进行非本质主义分析的结果仍然让理

---

① 张京媛主编:《新历史主义与文学批评》,北京大学出版社1993年版,第2页。
② 同上书,第149页。
③ 莫伟民:《主体的命运:福柯哲学思想研究》,上海三联书店1996年版,第199—200页。

第八章　透过历史与哲学的多棱镜

论家们一厢情愿地总结出了如下一些结论性的见解：第一，权力是一种关系；第二，权力只存在于其实施；第三，权力不是禁止的、消极的、否定的，而且更为主要的还是生产的、积极的、肯定的；第四，权力与知识密不可分，相互依赖。① 福柯所真正看重的是他对权力的思考本身，他将这种思考视为对传统权力理论的有计划的颠覆，从中世纪以来开始形成的传统权力理论，把权力归结为"禁止"以及将权力纳入阶级统治与生产方式等框架中进行分析。就在这一颠覆计划的实施过程之中，福柯也在无意之间完成了他自己的创造性工程，其中最具特色的一项就是从语言研究与非语言研究相结合的角度，把"权力"引入"话语"（discourse）分析之中，因为他深信人文科学的话语起源以及存在方式同社会控制、管理机构的形成及其控制、管理方式一样，都与社会欲望和权力操作存在本质联系。通过对这种联系的分析，福柯发现，话语作为对特定认知领域与认知活动的语言表述，其本身正是权力争斗的场所，其间也充满压迫与控制。由此来看，人文科学知识的发展，无法与权力的实施分割开来，这就产生了福柯所谓的"权力/知识"这一共生体，它意味着"知识总是植根于权力关系中的，总是在权力关系之内和在权力关系的基础上构造起来的，在权力与知识之间，没有不相容性，没有不可逾越的界限"。②

尽管福柯曾经说过，他的研究主题并不是权力而是主体（subject），但对新历史主义者而言，上述这些有关权力的思考就足以使他们获得巨大的启示。我们知道，新历史主义批评的一个重要观点，是把文学文本与历史文本都看成是历史现实与意识形态的交会与结合部，是传统力量与反传统力量相互交锋争斗的场所。新历史主义者在这种观点的指导下，对文学与历史文本进行具体分析，势必会凸显"权力"争斗以及与此有关的巩固、颠覆、遏制等政治性因素。对于这种情况，英国文化唯物主义的代表人物乔纳森·多利莫尔在《政治的莎士比亚：文化物质主义论文集》一书的导言中做过这样的概括："新历史主义把近代英

---

① 参见莫伟民《主体的命运》，上海三联书店1996年版，第263—274页。
② 徐崇温：《结构主义与后结构主义》，辽宁人民出版社1986年版，第318页。

格兰早期的权力分析为本身具有深刻的戏剧意味——因而又把戏剧分析为权力的主要表现和法统所在——这就必然走向对文艺复兴时代的戏剧以及个别剧目——其中包括莎士比亚——进行一些值得注意的研究。"①葛林伯雷对自己批评实践之目的的揭示也能印证这一特点,在《回声与惊叹》一文中,他指出:"至少在莎士比亚的历史剧和几种类似话语的分析中,我希望显示出,16世纪晚期一系列表征的和政治的实践活动,怎样产生甚至壮大那些显然已成为它们自己的颠覆性的因素。"②从以上这些分析与点滴引述中,我们已不难看出,新历史主义批评与福柯权力思想之间的嫡亲关系。

但是,我们也必须认识到,新历史主义批评并不是简单地套用福柯的权力理论。福柯通过对社会管理、控制机构,以及话语、知识等方面与权力之间的复杂关系的考古学分析,发掘历史的"差异"与"断裂"特征及其具有的重要意义,其目的主要在于冲击甚至颠覆将历史看成整体一块、具有内在连续性特征的传统史学思维模式。新历史主义者通过对文学文本与以文本形式存在的历史现实(这种现实的重要表现就是意识形态冲突与权力争夺等)之间关系的分析,其主要目的则在于打破文本与历史之间的传统界限,以便对文学文本进行语言的、历史的乃至于文化的综合治理。当然,福柯对压抑、控制、权力与抵抗等诸多因素的分析,所显露出的对现存社会制度的强烈批判色彩,仍然被新历史主义批评所承接。在具体批评实践中,新历史主义者得出的结论,也往往落实到钩沉文本中隐含的意识形态冲突,暴露种种压抑性政治因素。不过,在后现代文化批判的大氛围中,福柯与新历史主义者都注定不可能担负起社会改良更不用说政治革命的历史重任。

和大多数后现代思想家一样,福柯也无意于创建自己的理论体系,他把自己称为"工具商",他的思想也就构成一个巨大的工具箱,可以

---

① [英]乔纳森·多利莫尔:《莎士比亚,文化物质主义和新历史主义》,张玲译,载《文艺学和新历史主义》,社会科学文献出版社1993年版,第143页。
② [美]斯蒂芬·葛林伯雷:《回声与惊叹》,见佩特·库勒等编《今日文学理论》,政治出版社,英国剑桥1992年版,第76页。

第八章 透过历史与哲学的多棱镜

任由别人作不同用途的取舍。新历史主义者在进行自己的批评实践时，正是从这个工具箱内选取了最重要的两件批判性工具，除了前述权力思想这把颠覆之撬以外，再就是系谱学这一方法之锤。

一般认为，福柯哲学研究在方法论上有前后两个时期，1968年5月风暴以前，他主要运用的是考古学方法，经过一段时期的方法论沉思，到了1975年以后，在《监禁与惩罚》和《性欲史》第一卷中，"福柯直截了当地颠倒了系谱学和考古学的优先地位。系谱学现在优先于考古学"。① 从此，考古学作为一种技术服务于系谱学。有趣的是，传统意义上的考古学是服务于历史学的，而福柯的考古学却是优先于历史学的，它将历史学形成的文献也当作遗迹、文物，当作是一种以话语形式存在的已然说出来的"档案"（archive），这就是说，福柯的考古学是比历史学更为基础性的方法。对于这两者的关系，福柯在《知识考古学》一书的导言中作了具体的剖析，他说："曾几何时，考古学作为研究无声的历史文物、历史惰性的印痕，毫无历史背景的器物以及由过去时代遗留下来的东西的科学，曾趋向于向历史学靠拢，并以为只有建立一整套历史学话语系统，考古学的工作才具某种意义与价值，我们或许可以玩弄一下文字游戏，说今天的历史学正趋向于向考古学靠拢——趋向于对历史文物进行内在的、本质意义上的描述。"② 紧接着，福柯对这种以"对历史文物进行内在的、本质意义上的描述"为目的的考古学可能产生的一系列不同后果进行了分析，从而比较全面地论证了他一贯坚持的有关非连续性、断裂、印痕、历史的差异性原则等新史学观念的认识论基础。这部出版于1969年的著作及其导言可以被视作福柯关于他的考古学方法所作的一次总结，但就在该导言中，福柯又指责人们"竟至于以超验哲学的术语来阐释尼采，并将其系谱学研究的意义降低到追根溯源的水平上，……竟至于对新史学于今日提出

---

① ［法］L. 德赖弗斯、P. 拉比诺：《超越结构主义与解释学》，张建超、张静译，光明日报出版社1992年版，第140页。

② ［法］米歇尔·福柯：《〈知识考古学〉导言》，韦邀宇译，载《重新解读伟大的传统：文学史论研究》，中国社会科学院外国文学研究所《世界文论》编辑委员会编，社会科学文献出版社1993年版，第103页。

的方法论问题置若罔闻，仿佛这些问题从未出现过"。[①] 从这里可以看出，福柯已经将自己所坚持的新史学方法论与尼采的系谱学方法联系了起来，这种联系的本质契机就是"知识考古学"与尼采的"系谱学"都并不以追根溯源为自己的本质特征。因为在福柯看来，没有任何对象可以被视为绝对的、纯粹的开端。这一点正是福柯后来对尼采的系谱学方法加以发展的认识论前提。

的确，尼采在《论道德的谱系》与《善恶之彼岸》等著作中，已经有意识地运用了系谱学方法，对好与坏，善与恶，责任与良心，负罪、义务、惩罚等与道德有关的概念进行了分析，对当时被视为最伟大的善的化身的基督教道德进行了批判，使得"隐藏在道德说教下面的全部自欺欺人行为被有力地扯去了面罩，暴露在世人面前"。[②] 但尼采独特的文体风格限制了他在运用系谱学方法上的严密性与系统性。正是尼采的这种有缺陷的奠基性工作，为福柯进一步发展与完善这一方法提供了必要与可能。

果然，福柯在1971年撰写了对于他后期著作的进展意义非常重大的《尼采·系谱学·历史》一文，既指出了系谱学将自己与传统的历史方法对立起来的特征，又阐明了它的目的在于"记录任何一成不变的本质之外的异常事件"。[③] 法国学者 L. 德弗赖斯与 P. 拉比诺在《超越结构主义与解释学》一书中通过分析，指出福柯的系谱学"在别的学科发现连续性发展的地方找出了不连续性，在别的学科发现进步与严肃性的地方，系谱学发现了循环与游戏。它记录人类的过去，是为了撕开颂扬进步的庄严颂歌的面具"。[④] 从而又一次明确地揭示了这一方法的颠覆性与批判性特征。

---

① [法] 米歇尔·福柯：《〈知识考古学〉导言》，韦邀宇译，载《重新解读伟大的传统：文学史论研究》，中国社会科学院外国文学研究所《世界文论》编辑委员会编，社会科学文献出版社1993年版，第111页。

② [丹麦] 乔治·勃兰兑斯：《尼采》，安延明译，中国工人出版社1985年版，第78页。

③ 转引自 [法] L. 德赖弗斯、P. 拉比诺《超越结构主义与解释学》，张建超、张静译，光明日报出版社1992年版，第141页。

④ 同上。

第八章 透过历史与哲学的多棱镜

不过要确立对历史进行系谱学分析这一方法，还必须回答这样一个问题，那就是，历史是否具有系谱学特征？很显然，福柯对此只能做出肯定性的回答。那么，这一特征究竟是怎么样的呢？对此，法国学者 E.G. 努扬在《作为谱系学的历史：富科的历史方法》① 一文中进行了比较详细的分析："说到历史具有系谱特征，即是说历史的经历显现为众多交错的、间断的线性次序关系。或用罗素的概念说，它显现为众多交错的，非连续性元素的系列。"并且举例说："如果 A、B、E 形成了一个系列，C、D、E 形成了另一系列，那么 E 就从 B 和 D 那里都承袭了组成因素。B 和 D 是 E 的前项，ABE 和 CDE 二系列可描述为交错于 E。说一个元素发生或出现，就是在这一新元素的前项中分离出某些成分合并而成的。"在这样的前提下，系谱学家"在历史的系谱学分析中就有了两个目标：追溯对象的出身、标出对象的发生"。说得更具体一些就是，"试图追溯新元素的出身，亦即要'发现所有的……缠结在对象内的子个体（个体的组成部分——译注）标志'。所以，若要建立对象的发生，就要打碎统一的想法，而无数组成成分所发生的分离、组合、复合，的确构成了一个'难于阐释的网络'"。

经过上面详细的引述，或许我们对福柯的系谱学方法仍然只有一些抽象与零碎的认识，但是，如果联系福柯的新历史学原则以及他对一系列社会机构的"出身"与"发生"的分析，我们不难把他的系谱学方法通俗地理解成通过对来自社会各个领域的一系列材料的分析，揭示某种语言现象或非语言现象所包含或者说所掩盖的真实本质，这种被揭示出来的本质，往往与运用传统史学方法所得出的，与阶级决定论、经济决定论、理性决定论等相关联的本质大相径庭，而且更为复杂，更能揭示历史演变过程中权力、控制、压迫与反抗的无处不在，从而说明"历史不是普遍理性的进步，它是人类从一种统治到另一种统治前进中的权力仪式的戏剧"。②

---

① ［法］E.G. 努扬：《作为谱系学的历史：富科的历史方法》，高国希译，《国外社会科学》1989 年第 9 期。
② ［法］L. 德赖弗斯、P. 拉比诺：《超越结构主义与解释学》，张建超、张静译，光明日报出版社 1992 年版，第 146 页。

有了这样的认识，再来考察新历史主义穿行于历史文本与文学文本之间，致力于描摹出作品诞生之时的社会文化背景这样一种批评模式，就不难得出这样的看法：新历史主义的批评方法打上了福柯系谱学方法的厚重痕迹。而且同福柯在历史学领域中达到的认识相仿，许多新历史主义者在文学研究领域中也认识到"所有文学史的构成皆是政治性的"，而且认为"赋予那些先前遭到排斥的因素以再现，从而修正过去的政治偏私，是他们的责任"。①

为了更进一步说明新历史主义批评的方法与系谱学方法之间的相似性特征，我以为，有必要例举新历史主义批评的实际操作予以印证。鉴于有关葛林伯雷、路易·孟酬士等名家的大部头批评著作的转述容易见到，这里试介绍美国学者苏珊·布露斯的一篇新历史主义批评文章。该文的标题为《飞岛与女性解剖：〈格列佛游记〉中的妇科学与权力》(The Flying Island and Female Anatomy: Gynaeco-logy and Power in Gulliver's Travels)，发表于 1988 年 7 月的《性别》(Genders)杂志上。该文提供的是关于《格列佛游记》第三卷《勒皮他岛之航》(A Voyage to Laputa)的解读。解读围绕回答如下这一问题展开，为什么斯威夫特给飞岛取名为意思是"妓女"的西班牙语 Laputa？按照系谱学的说法，就是探讨这一命名现象的"发生"问题。布露斯在文章中考察了发生在 1727 年（斯威夫特的小说出版后不久）的一系列以文本形式存在的事件，这些事件涉及 18 世纪的性问题、助产婆与医生之间的关系问题、一桩关于怪胎生育的著名丑闻、一部评价《格列佛游记》的四卷本著作所记录的一段插曲，以及记录这段插曲时该著作文风发生变化的问题等等。通过分析，她揭示出这些事件后面隐含的意识形态意蕴，即对妇女的敌意。进而，她将斯威夫特小说中有关勒皮他岛以及妇女身体的一系列描绘联系起来考察，发现勒皮他岛的结构就是妇女生殖系统的象征，并且认为格列佛和勒皮他岛人凭借任意进入岛上的洞穴这一行动，不仅控制着飞岛的运行，而且也控制着整个社会的运行。在对厌恶妇女的社会风

---

① 张京媛主编：《新历史主义与文学批评》，北京大学出版社 1993 年版，第 71 页。

第八章　透过历史与哲学的多棱镜

气,以及飞岛结构同妇女身体具有相似性特征等方面进行综合分析的基础上,布露斯指出"在厌女症的范例中,男性完成控制女性身体的行为本身,使得女性身体成为妓女：laputa。这就是飞岛得名的原由"。不过,布露斯的解读并没有就此停止,她还分析了斯威夫特描写勒皮他岛人发明改善思辨知识的机器,以及改进本国语言这两种试验的失败及其对这种失败的评价,发现斯威夫特对科学持失望与批评的态度。据此,布露斯得出这样的看法：在《勒皮他岛之航》中,控制妇女身体的企图与这一企图的实现,又必须包括对妇女身体所产生的话语的控制之间存在冲突,斯威夫特已经暗示出妇女的身体不能被驾驭,因为还没有人发现一种控制妇女话语或者性欲的方法。最后,布露斯水到渠成地将她的解读牵引到作品产生时存在于社会意识形态中的"权力"因素上来,她认为,《勒皮他岛之航》作为18世纪最神圣的讽刺作品《格列佛游记》中最多模糊、最少被理解的一个部分,"是与发生在那个时代有关妇女权力争论的一个关键性问题直接相连的,也就是说涉及妇女控制她自己身体的权力,以及她的与话语有关或者说控制话语的权力"。[①]

正如我们已经指出过的那样,新历史主义批评受到多种哲学思潮或深或浅的影响与启示。除了前文已经论述过的三个主要方面以外,英美经验主义实用哲学传统与美国学者克利福德·吉尔茨在功能人类学研究中提倡的"深描"(Thick Description)方法等,也对新历史主义批评的成形起到过一定的作用。只不过,它们起作用的方式相对隐蔽一些,前者面对西方马克思主义与后结构主义思潮作出过积极反应,自然会给具有相似经历的新历史主义批评以启示;后者由于对福柯历史研究方法产生过影响,进而也影响了新历史主义批评。因此,我们可以说,新历史主义批评是诸多因素合力作用的结果。要辨认出这种合力作用中每一种力量具体而又准确的影响几乎不可能,我们所能做的只是比较粗略地分析出几种主要的力量。但是,有一点似乎是可以肯定的,那就是新历史

[①] 此段介绍,参考了《文学批评方法手册》第三版,牛津大学出版社1992年版,第319—331页。

主义批评之所以主动接受前述几种主要思潮在历史的文本性、文本的历史性以及权力观念、系谱学研究方法等方面的影响，其目的除了要对西方现代文学批评的主流模式——形式主义及其极端表现解构主义批评——偏好文本语言层面的研究，悬置、消弭乃至埋葬文本意义的态度予以反拨、超越，重新强调文学文本与历史、文化、意识形态之间的复杂联系以外，还企图借用几件批判性较强的武器，集中它们的火力，去攻击现实生活中的种种压抑与控制性的思想意识，并且向历史、文化虚无主义的价值观直接宣战。但是，由于新历史主义批评兴起之时，整个20世纪哲学与文学批评"语言转向"的大潮涨势虽颓，但声威仍存，所以，它对现实的批判也就相当程度地局限于"语言"范围之内，其性质仍属于文化批判，虽给统治阶级的意识形态以一定的冲击，但远未构成足够的震撼。尽管如此，新历史主义批评仍然使那些被形式主义批评压抑已久的理论家，尤其是激进的有马克思主义倾向的思想家看到了一线生机。我们也希望新历史主义批评克服理论观点上的模糊性与摇摆性，避免批评实践中某些结论的预设与游戏性质，在后结构主义与后现代主义充满破坏情绪与行动的文化思潮中，做出更加积极的建构之举。

第九章 哲学与经验的融合

——西方女性主义文论与哲学

20世纪是一个批评的时代，女性主义文论则是这个时代的思想地形图上的一方重镇，它开拓了批评的疆域，勘测着知识的谬误，也描绘了理论的前景。女性主义思想有两百多年的历史，而女性主义文学理论形态的产生则始于20世纪60年代的西方妇女解放运动的"第二次浪潮"，[①]尤其是在后现代主义的催动下，它显现出更为强劲的批判锋芒，在西方文论史上乃至整个人类的知识系统中拓展出一个新的理论空间。女性主义文论以女性主义思想为理论武器，以历史和现实及其文学文本中的性别关系为对象，以性别（sex）和社会性别（gender）的区分为基本出发点，从阅读、写作、语言、批评等多个方面对整个西方的经典文学传统和逻各斯中心主义话语体系进行彻底的质疑和深刻的批判，具有强烈的个性色彩，可以说女性主义文论是一场文学的革命，正如乔纳森·卡勒（Jonathan Culler）在《论解构：结构主义之后的理论与批评》一书中认为："女性主义批评比其他任何批评理论对文学标准的影响都大，它也许是现代批评理论中最具革新精神的势力。"[②]同时，女性主义文论也是妇女解放运动的一部分，它与女性主义通过对哲学、政治、经济、历史、伦理、教育、心理、宗教等多个领域的具体研究而逐渐建

[①] 一般认为，妇女运动从1789年法国大革命到20世纪二三十年代为第一次浪潮，从20世纪60年代开始，与美国的民权运动、反战运动和欧洲的学生运动、新左派思潮等相伴而生的妇女运动为第二次浪潮。

[②] 林树明：《女性主义文学批评在中国》，贵州人民出版社1995年版，第110页。

立起来的整个女性主义思想武库紧密地联系在一起，共同对父权制的全部历史文化传统和男性中心主义观念结构进行清醒的剖析和毫不留情的解构，具有很强的政治批判性，因此，可以说女性主义文论也是一场意识形态的思想革命，是一场以社会批判为目的的文化运动。在20世纪以来的西方文论中，它是思想资源最复杂、批评方法最不统一、内部意见最不一致的一种批评思潮，之所以被视为一个相对明确的整体，只是因为共同拥护"Feminism"即女权/女性主义这面旗帜，从而使得女性主义文学批评的声音和身份在当代西方文论潮来潮往的多元格局中仍较为清晰而且有力地呈现出来。

一　西方女性主义及其文论的基本认识：哲学之维

西方女性主义及其文论的复杂性是由它所秉有的使命的复杂性和艰巨性带来的，以女性主义的立场和眼光对以往全部历史的重新读解和审视就是对父权制传统和不平等体制的清理与批判。阅读女性主义文本我们可以看到，社会性别理论是女性主义的基石。研究和梳理这一理论至少应关注其文本中所蕴含的以下三种意识。

第一，问题意识，女性主义首先面对的是个人经验中的现实性（即生存性）问题，而不是宏大体系中的文本性（即符号性）理论。因为在此以前，"性别"只是经验的对象，尚未成为知识的对象，更不用说成为学术分析的中心范畴。妇女运动是产生于学术界之外的社会运动，它不是用早已规划好的蓝图去按图索骥，所以面对问题要比面对文本对女性主义来说更为重要，这是女性主义保持其革命性和实践性的关键。另一方面，"性别"问题一经提出，也就必然要从经验领域走向理论整理和文本表达，这也是女性主义实践的需要。因此，"概念""术语""话语"等结构知识的力量对女性主义来说是指它们所包含的问题的张力，而不是纯思辨性的逻辑的力量，更不是一种语言嬉戏。女性主义内部的各种流派（如自由主义女性主义、马克思主义女性主义、激进主义女性主义、黑人女性主义、第三世界女性主义、同性恋女性主义等）无一不是从她们各自所面对的性别、阶级、种族、国籍、肤色、职业、性倾向等各种不同的问题中产生出来的，是对性别问题、性别经验的反思与表达。

第二，辩证意识，女性主义各流派所面对的各种问题中既有整体普遍性的问题，也有具体差异性的问题，即无论是在西方，还是在东方；无论是在历史上，还是在现实中；无论是在日常生活中，还是在知识结构中，性别间的不平等都是一个普遍存在的问题，但是这一问题在不同的民族背景、社会体制和社会身份中又有不同的表现，问题的重心也不一样，因此女性主义理论和实践都必然要考虑如何面对"普遍相似性和具体差异性"这个大问题。由此也开出了女性主义"理念论"与"经验论"两种认识的路向。若不关注普通相似性，女性主义就有从相对主义走向虚无主义的可能，使妇女解放提法失去了基础和意义；若不关注具体差异性，那么个体主体性的确立也就失去了根基，而且还可能导致把自身经验的反思推演为一种宏大叙事，从而使女性主义内部的分歧失去了多元理论的观照而为另一种话语"专制"提供了可能，如以白人中产阶级女性的问题和目标来指称所有女性的问题和目标，以理论的构想来抹去差异的鸿沟。因此，这就要我们意识到：从更高的层面上看，女性主义内部的许多差异对立都只是辩证的对立，不能以一种情况下得出的结论来裁判其他观点，以一种问题掩盖了其他问题，不应通过决定哪一方的对错的办法来解决分歧，而要看到各种分歧在瓦解父权制、消除不平等的进程中的互补性。

第三，历史意识，要明确地认识到：性别间的不平等的问题不是自然性的，而是历史性的；不是永恒性的，而是时间性的。对女性主义来说坚持历史主义，就是要反对本质主义（essentialism），即反对从先天的、生理上的差异来为性别间的不平等提供一套生物学范式的阐释概念和认识框架。因为，以生理差异这种单一变量为基础的理论来对待复杂的历史与现实时实际上就从内在的方面赋予了生理基础上的性别差异以永恒的意义，即宣布了性别与外在的文化、政治等无关，这会使得女性主义在社会层面上的种种艰苦努力变得没有价值。因此，应把女性主义的问题纳入历史范畴来认识和处理，以历史主义的眼光和方法来探讨人的自我意识与性别认定的关系，性别认定与知识结构以及文化范式的关系，深深打上了性别烙印的知识和文化与人们的审美观念、历史观念、社会发展观念之间的关系等等。

上述三种意识可以说也是女性主义认识论的有关内容，它们实际上也包含着女性主义方法论的三个方面。

第一，问题史的方法，女性主义不是从理论出发，而是从问题出发。因为，千百年来，女性不拥有知识，更被排斥在以男性中心主义的方式来解构，所以，女性主义最初的方法就是从切身的经验和立场出发，来确认和反对那些知识、理论的非法性，然后才是文本表达。女性主义方法论的一个重要特点就是围绕性别和社会性别提出问题，而且这些方法又总是理性和经验相交织。这样，所谓"问题史的方法"就是指在女性主义思想历程中反复出现的、被众多女性主义者关注的、不同时期以不同的方式加以讨论的那些问题的发展、演变的轨迹，并通过对这些问题的研究去探讨女性主义历史进步性的内在基础和内在逻辑，从而把握女性主义当代形态的问题实质，以推动其进一步发展。这样就方法论而言，下列问题就至关重要：女性主义及其文论提出了什么问题？她们选择什么样的思路去思考这些问题？采取什么样的方法来解决这些问题？得出了哪些结论？这些思路、方法、结论的思想基础是什么？今天人们又是如何评价这一切的？等等。

第二，辩证法的方法，女性主义面对的问题是全方位的，因此她们所采用的方法也就应当是多元化的，这也是由女性主义所处的悖论性处境所决定的。由于以前的一切思想都是男性中心的，父权统治无处不在，那么也就没有一个纯粹的女性主义理论空间来为其批判性的努力提供一套纯洁的、未被男性意识污染过的思想武器，这就决定了女性主义必然要以反叛性的姿态穿行于男性思想的文本中。因此就方法论而言，重要的不是看这套理论武器是不是由男性或女性制造的，而是看其使用过程和实际效果是否符合女性主义的政治目的。这样，种种悖论性、矛盾性就与女性主义方法论如影随形，有些方法如同双刃剑，如精神分析方法，它既为女性经验的整理与表达提供方法，但又易使女性主义误入本质主义的陷阱。又如解构主义方法，即为颠覆逻各斯中心话语体系提供武器，同时又给女性主义对作为主体的人的捍卫带来挑战。如何面对这种种方法？辩证的观念就显得很重要。辩证法的思想不是要求以多元化的方法为女性主义的种种问题提供一个个合理性的解释，而是要求提供一个个批判性的支点和路径，就是要求以辩证的方法来保持其批判武器的锋利性和有效性。女性主义没有一个统一的标准的方法，看起来它好像在各种方法中"游击"，但正是由于它的批判性而不是解释性使其在貌似"无立场"中始终保有立场。因为女性主义的目的不是要为人类的知识系统中再增加一门类似于植物学、动物学这样的客观性的、文本性的价值中立的知识学，而是要为其注入一种新的自我批判、自我更新的革命性力量。此外，更重要的是辩证法的视界还从更大的背景上和发展的眼光中要求我们清醒地意识到：性别问题作为人的问题的一部分，社会性别的研究方法是一个基本的方法，但却不是唯一的方法，女性主义应当与其他理论力量保持联系，避免把性别问题看成是一个孤立的问题而导致女性主义走向狭隘。这一点在九十年代中后期的西方女性主义文本中已经可以看出某种方法论上的灵活性。

第三，历史主义的方法，即要求将关注的问题、研究的对象置于其所处的那个具体的历史环境中，以历史主义的而非本质主义的眼光去对待。这一方法有两个方面的要求：一是时间性。时间性有过去、现在和未来三维，但是其要害在当代性，一切历史都是当代史，对历史的时间性的描述往往是以当代的时间概念为逻辑起点的，但其批判性的价值指向却是未来。女性主义当代性的一个重要内容就是关注女性主义问题产生的历史语境及其在当代背景下为保持其批判性的力量和发展的可能性而进行的自我批评、自我修正的过程。二是空间性，这里主要是指地域性，既指政治地形学、族裔地形学的范围，也指文化地形学的范围，即社会性别与社会身份交织在一起时在文化空间和权力关系中流动变化的社会位置及其具体情景。

因此，就哲学层面而言，女性主义开拓出了一片认识论的新疆域，打开了全面认识人的世界的另一扇奇异之门，而这扇门又主要是由女性主义的方法论来开启的，这是女性主义主要的贡献。在本体论上，女性主义并未从正面提出系统性的全新的东西，但它为人们反思哲学所提出的本体观念在当代语境下的合法性时开辟了一个批判性的视界，凸显出了在男性中心的观念构架中所不曾具有的新意，这表明在哲学思考所谓根本性问题时无视女性的存在和表达，或者自以为天然地包含了所有性别关系在内的、未经女性主义检视的大全理论，其全称性的概念、判断及其叙述方式都应被视为是可疑的。相应的女性主义文论也主要是批评论，虽然也提出了"女性写作""女性想象力与创造力"等有关创作论的思想，但也是基于批评论的。尽管反本质主义并不取消"本质"这一概念本身，但女性主义文论并不注重从正面去对"文学本质"之类的问题做出结论，甚至放弃、反对这种正面探问的方式，而以"否定"去表达另一种意义上的"肯定"，即以说"不"的方式来表达女性主义的基本文学态度，也就是说以"解构"的方式来表示"在一个中心边缘化的多元共生世界里，思想文化的建构在形式上具有多种选择的可能性"。[①] 本章拟就上述认识来具体探讨西方女性主义文论及其思想基础等方面的问题。

二　西方女性主义文论的历时性研究：时间之维

这一部分主要从历时方面来描述当代西方女性主义文论发展变化的路向和理论批评的重点，并就一些值得关注的问题及其最新动态加以讨论。

（一）时间性的出场及其三种形态

一部人类历史实际上是一部男性中心主义的单一性别史。在生活场景中女性无处不在，但在历史叙述中，女性却成为男权历史中永恒的沉默的"他者"，而被逐出父子世序的中心位置而居于社会历史的边缘地带。在男权的经典文本中，女性被视为一种空间的客体形象而非时间的主体存在，"女性总是被当作空间来对待，而且常常意味沉沉黑夜，反

---

① 屈雅君：《关于中国女性主义文学批评学科建设的若干问题》，《学术月刊》1999 年第 5 期。

过来男性却总是被当作时间来考虑"。① 而"时间对主体来说是内在的，空间则是外在的"。② 这样，女性作为历史的陈述主体似乎"先验"地缺席了。因此，时间性的出场对女性主义来说至关重要。

时间性的追问意味着思考人与宇宙、世界、历史的关系，因此时间性的问题实是本体论中的一个核心问题，也是一个根本性的困境，它同时也关涉主体性的确立，关涉对历史性的认识和阐释。在西方思想中，对时间性的思考大致有三种路向，并由此而有三种时间形态，即自然时间、形上时间、生存时间，后两种也可被称为"人文时间"。自然时间是空洞的、匀速的、不间断的物理时间，它为世间万物提供一种永无变化的均匀流逝的天然尺度，它外在于人，即不以人的意志、思考为起点、为依据，这样的时间属于科学的范畴，而不是哲学的范畴。而人文时间则相反，它内在于人，也就是说它以人的时间意识为基础，没有这种作为意识的时间意识，那么人文时间则不可能出场。

所谓形上时间是指一种连续性的、无时限的、有目的的、不断向永恒演进的线性时间，在这一时间中，过去、现在和未来以同一性为基础而保有了发展的连续性和必然性。康德时间使主体性获得了保证（时间乃是主体的先验形式，并以此来整理感性材料而与对象世界建立起了"主—客"之间的同一性）。黑格尔时间使精神的客观性拥有了根据（历史在自身否定之否定的时间的无限性中始终保持着精神的自我同一，即时间永远是精神的自我目击的历史形式）。这一形上时间实是先验的、抽象的、思辨的产物，它是意义、目的、本质、价值、理想、信仰等观念的存在形式以及主体与客体、精神与物质、理性与感性，男性与女性等许多二元对立的逻各斯中心主义观念的合法性的内在基础。

与此相对的生存时间则是指一种间隔的、有时限的、无目的的、循环性的空间化时间，它是个体性的、经验性的，它以连续性时间的断裂为必要条件，因为对于真正的个体生存而言，时间总是有限的，破碎而

---

① ［法］露西·伊利格瑞：《性别差异》，朱安译，见张京媛主编《当代女性主义文学批评》，北京大学出版社1992年版，第372页。
② 同上。

杂乱的，只有形上时间的中断，才能使个体生存的各种真相在经验直观的空间中获得敞开的可能性。海德格尔直接把时间表述为人的此在的"生存性"，并以生死为时限，正是这一时限才是此在时间的真正本性，时间也由此才是内在于存在而成为存在的境域。因此只有打断时间的连续性才能直接面对事物本身，从而领悟到曾被形上时间遮蔽的存在启示的原初意义。而这种时间性的断裂即意味着空间性的展现，从而使时间空间化，这是生存时间的特点。若说在海氏前期思想中时间性比空间性更重要，那么在后期空间性则比时间性更为根本。① 但他把"时间性"的分析作为通过此在去追问"存在"的意义的一条道路，这样他的时间仍具有一些形上时间的特性，以至德里达认为海氏也尚处在超越形而上学的途中。真正使生存时间完全以与形上时间相异的形态而出现的是后现代主义时间观。德里达对索绪尔传统的反动虽从海氏思想中受益，但他的"异延""播撒""踪迹"使得时间的延续不再拥有确定、清晰、连贯的意义而标识着形上时间的断裂，以同一性为基础的形而上的整体论被解构为无中心的、无时间深度的、零乱的、有间隔的"空间游戏"。利奥塔对知识合法性的质疑使得关于历史性的"宏大叙事"产生了动摇。福柯从"知识考古学"到"权力/知识"的"谱系学"着力揭示历史中权力与知识是如何相互依赖、相互渗透并作用于每一个人的，彻底颠覆了我们的按线性时间发展的历史观的一般定见。拉康的"镜像阶段"和"象征秩序"从两个时序揭示了主体即自我是如何被建构或虚构的。这样，主体性、历史性、整体性受到全面的质疑，形上时间的断裂使个体生存的真实性及其限度浮出历史地表。

形上时间和生存时间的区分实是人文时间中的一种悖论，正是因为在有限的生存时间中个体经验直观着的只有残缺，不完满，所以才向连续的形上时间中去追寻完满，但这一追寻又易使个体失去空间的丰富性，消失在时间的平均值中，这会使每个个体生存在宏大的形上时间之流中显得无足轻重，从而最终导致对完满追寻的落空。"在把人变成平

---

① 默哲兰（按：张志扬）：《说 Dasein 佯谬》，见《文化与艺术论坛》，东方出版社1992年版，第111页。

均值这一点上,以连续性为标志的形而上学的时间,同作为自然刻度的物理时间,二者是一样的。"① 而更为关键的是:若直面断裂性,可对意义的探寻和超越的要求似乎又是生命永恒的冲动;若追求连续性,而个体生存的沉重肉身永远无法抵达那超验的境界。那么当如何面对呢?其实,在面对每一个具体的问题时,这二者往往是相互交织的,其间的张力就构成了一个个批判性的界面。

女性主义对时间性的思考,同样遭遇到这一悖论,这一悖论又延伸出许多问题:男权统治何时起源?其起源性的基础是什么?是客观性的、永恒性的,还是被建构的、历史性的?若是前者,女性主义就没有希望;若是后者,其构成性的因素是什么,是政治的、经济的、文化的、生理的?逻各斯中心主义与父权制度的关系是什么?是什么使父权体制在奴隶社会、封建社会、资本主义社会等截然不同的生产方式和社会制度下保持着长久的统治地位?父权制的历史再生产的机制是什么?在批判和瓦解再生产父权制的社会结构时,是应着眼于历史的连续性,还是着眼于历史的断裂性?女性主义对平等的追求或者对差异的强调或者对个体的捍卫的内在基础是什么?在普遍性和相对性之间、在一元论(二元对立的支点实是有主从关系的一元论)和多元论之间如何面对和选择?等等。对这些问题的不同回答产生出女性主义内部的不同流派,在不同的阶段对这些问题也有不同的看法。

女性主义对时间性的反思带有强烈而深刻的批判性。法国著名的女性主义者朱莉亚·克里斯蒂娃(Julia Kristeva,1941—)在《妇女的时间》(1981)中认为那种有计划、有目的并呈线性预期展开的时间即形上时间是男性价值观的体现,"这种时间内在于任何给定文明的逻辑的及本体的价值中,清晰地显示出其他时间企图隐匿的破裂、期待或者痛苦"。② 而女性时间正是属于这种"其他时间",因为过去千百年来女性没有职业,因而也没有事业,被困于家庭空间,家务的琐碎、孩子的哭

---

① 萌萌:《断裂的声音》,上海人民出版社1992年版,第180页。
② [法]朱莉亚·克里斯蒂娃:《妇女的时间》,程巍译,见张京媛主编《当代女性主义文学批评》,北京大学出版社1992年版,第351页。

叫、宾客的来访等都会使她的时间随时被挤压、打断，而显出非连续性，在由文明给定的男性时间的连续性的对照下更显零乱，从而被放逐在"唯一"的时间即形上时间之外，因而女性没有时间，只有空间。这样"就某一时间概念来说，女性主体就成了问题"。克里斯蒂娃把这种时间称为"强迫性时间"，或者如同电脑一般的"程序性时间"：谁拥有了编程的权力，谁就拥有了控制和使用的权力。她认为"在对时间的掌握中可看出奴隶的真实结构"。[①] 她以"妇女的时间"敏锐地读出了时间与主体、时间与权利、时间与秩序之间的微妙关系，并明确指出父权秩序是一种献祭秩序，其社会契约是一种献祭契约，女性成为它们的祭品而玉碎在父权社会运转的齿轮间，女性的经历就是经历献祭。

那么女性真的不能拥有时间而外在于时间吗？显然不是，因为那种外在于时间的说法只是"文明"的强制或"文化"的虚设，并非具有客观性，"形上时间"本身乃是主体意志的产物。那么女性时间如何出场？克里斯蒂娃在这篇文章中也作了颇有启示的探讨。我们可以从她对女性主义发展历程的三个阶段的分析中找到答案或者启示。

第一阶段，指妇女运动的第一次浪潮，其目标是争取享有与男性一样平等的参与社会的权利，渴望在作为计划的和历史的线性时间中为自己挣得一席之地，争取平等（政治的、经济的、职业的等）和解放身心（包括流产、避孕的权利等）是这一阶段的重要标志。

第二阶段，指妇女运动的第二次浪潮，这一时期的新一代女性主义者在初期的三项平等要求取得实绩的基础上提出第四项性别平等的要求时，遭遇到了更深层次的阻碍即社会/文化认同的问题，进而发现平等的要求往往让女性付出更大的代价，故一反初期关注平等，转而强调性别的差异和独特性，拒绝线性时间，强调循环时间，并以差异性为名对整个社会/文化即男性象征秩序加以否定，同时对被男性文化忽视、埋没的女性经验加以挖掘和整理。这样形成了与上一代不同的主体概念和时间概念。

[①] ［法］朱莉亚·克里斯蒂娃：《妇女的时间》，程巍译，见张京媛主编《当代女性主义文学批评》，北京大学出版社1992年版，第351页。

第九章 哲学与经验的融合

第三阶段，指正在形成的第三代女性主义者大力提倡的反形而上学的后现代女性主义阶段，认为男性/女性之间的对立实际上仍属于差强人意的形而上学的范畴。第二阶段的"性别差异"理论虽然使女性以不同于男性的主体形象登上历史舞台，但是女性内部的个体差异在关于女性的整体叙述中却被忽略了，这就要求重估性别差异，要看到不仅两性之间，就是同性之间也充满差异，这一差异不仅是社会性别的差异，还是作为生存个体的社会身份的差异以及个体内部生存意识的差异，这一差异只有在线性时间的断裂中才能清晰呈现，个体生存的真相也才能由此浮出，真正的女性时间才可能出场，个体身份的变化性和丰富性也才能由此获得空间的敞开，所以"另一代即另一空间"。[①]

从克里斯蒂娃的分析中可以看到第一和第二阶段女性主义所持时间概念都不是真正的女性时间，而是某种男性时间的体现或演绎。在妇女运动的开始时期，几乎每一个女性主义者都是平等论者，并将自己的活动深深地植根于国家的社会/政治生活中，认可并相信线性历史的形上时间将有助于她们一步一个台阶地走向政治目标的实现，而这一目标是以男性时间概念来作为自己的时间概念，所以这种时间仍是非女性的。

当意识到以男性为标准来诠释平等仍是男性中心观念的体现时，就毅然拒绝这种平等，转而强调性别差异，挖掘和梳理被男性的形上时间遮蔽和排斥的女性传统，并认为由于被逐于父权社会的边缘地带的共同遭遇而使得女性"天然"地成为一种反抗的力量集团，这使得以女性为主体而形成一个"女性社会"，而把这个反对献祭的、压抑的社会"想象为和谐、自由、完美、无拘无束"[②]的社会，似乎女性之间只有"姐妹情谊"（sisterhood）而并无差异。但是"女性主体"这一观念并未使所有女性受益。"经验证明，甚至那些已被权力体系吸收（并非即刻屈从这些权力体系）的妇女的抗议或革新提议，也随即给这些体系

[①] ［法］朱莉亚·克里斯蒂娃：《妇女的时间》，程巍译，见张京媛主编《当代女性主义文学批评》，北京大学出版社1992年版，第367页。

[②] 同上书，第360页。

增益；人们期盼已久的因为妇女进入权力体系而带来的制度的民主化，结果仅在她们之中产生出几位'领袖'。"[1] 女性并不一定"天然"地就是女性主义者，女性也可能成为父权制的同谋。看来主体概念本身就已经暗含了客体对象的存在，它仍是"主—客"二元对立的形而上学的产物，即便是"主体间性"也如同"女性社会"一样，"在我们这个没有来世观念的现代社会，或者，在我们这个超验已退为此岸世界或者已趋于崩溃（天主教及其新近挑战）的现代社会"，[2] 它们只是一个乌托邦，至少是为保存完美而设的唯一避难所，是现代哲学的一个虚设。"主体间"要么就是自我持存的主体——没有"主体间"；要么就是没有主体的主体——只有"主体间"。[3] 若不跳出形而上学二元对立模式的桎梏，主体意识本身就可能是暴力或专政的逻辑依据。以"女性社会"来颠覆男性中心秩序与以父权体制来压迫女性群体一样都是以某种同一性的形上逻辑为基础的，所以克里斯蒂娃才深刻地追问道："当这种逻辑贯穿女性主义始终时，女性主义是否成了一种变相的性别主义？"[4]

　　女性主义对"平等论""差异论"及其所包含的"主体性"的反思实际上已经带出了"个体性"的问题。女性主义对"个体性"问题揭示得最为独特也最为深刻的方面是"身体性"。一方面，身体性是最为本真的个体性，而不是某种观念的个体性。它是个体生存的生死时限的最为直接的承担者，也是一种更为彻底的差异性的表现者，任何同一性的思想也无法改变个体身体的差异，任何理论的抽象也无法去掉身体的沉重。它是人与世界之间的真实关系的最为直观的表达方式，人的精神可以升华到超验的境界，但人的身体无法跟随。因此，对"身体性"的关注本身就构成了对形而上学的挑战，而且它也是女性经验的源泉，女性主义对许多经验问题的提出与表达也总是与身体有关。另一方面，

---

[1] ［法］朱莉亚·克里斯蒂娃：《妇女的时间》，程巍译，见张京媛主编《当代女性主义文学批评》，北京大学出版社1992年版，第360页。

[2] 同上书，第360—361页。

[3] 萌萌：《断裂的声音》，上海人民出版社1992年版，第187页。

[4] ［法］朱莉亚·克里斯蒂娃：《妇女的时间》，程巍译，见张京媛主编《当代女性主义文学批评》，北京大学出版社1992年版，第361页。

身体性对于生存个体而言又不是一种空洞的躯壳，它又总是承载着观念、思想和情感的。那些植根于身体性的观念、思想、情感在逻各斯中心主义文本中要么缺席，成为父权文化的一个盲点或者一个不值得关注的方面；要么以一种扭曲的不真实的结构方式出现。"自公元五世纪以来，男人已稳妥地建立了一个世界，这是以心灵、精神、理性与智性建立的世界，这个世界轻视肉体、感官、欲望和情感——一切经常与女性关联在一起的东西。"[①] 女性主义当然不会接受这种把精神与男性联结而把物质与女性联结的二分法，认为这仍是她们要着力反对的形而上学的父权制的东西。这样从"身体性"出发使女性主义哲学获得了一个批判性的观点，即逻各斯中心主义的男性文化实际上是一种"身心分裂"的文化，身体总是受到贬低。而女性主义则要着力开出"身心合一"的文化，身体得到高扬。因此，"身体性"以及建立在其上的"身位性"（个体在家庭、社会与文化中的生存位置）对于女性主义来说，既是对经验的最真实的直观，也是对思想的最切身的表达，它既属于生存空间的范畴，也属于生存时间的范畴，是空间的时间化，也是时间的空间化，是生存个体最恰当的时空交会点。因此，"身体性"不是对生理本质的强调，而是对真实个体的重视，对它的把握用静态的二元论的方式是不行的，必须采用流动的多元论的方式去进行。这样，不可替代、不可减损的"女性的时间"由此方能出场。

从"时间之维"我们可以看到女性主义对主体性、历史性、个体性及身体性等根本性问题的深刻而独特的批判性反思，女性主义正是在这种哲学与经验的交织中不断地寻找着自己的话语方式，这一寻找也直接关涉女性主义文论的发展与变化。

（二）对女性主义文论的阶段性的认识

从上面对"时间性"的反思中可以看出：对所谓"阶段性"的认识重要的不是对年代、时序的梳理，而是对问题的关注；重要的不是某年某月才出现了某一问题，而是某一问题的出现也许"正好"在某年

[①] 文洁华：《西方女性主义美学：发展与批评》，《北京大学学报》（哲学社会科学版）1997年第6期。

某月，它此前的酝酿和此后的影响都有一个相当长的过程。因此文本中年代的标识与其说是一种时序，不如说是一个问题空间、理论空间。上面所述的克里斯蒂娃的"三个阶段"并不是相互取消的时间的自然之流，而是相互交织共存的时间的问题之域。其内部的思想张力并不意味着彼此问题的相互消除或解决，而是意味着女性主义的批评界面的辩证展开。"平等论""差异论""个体论"并不是一个线性的此消彼长的进程，它们对各自问题所持的思想立场至今也仍然为自由主义女性主义、马克思主义女性主义、激进派女性主义、黑人女性主义、后现代女性主义等各流派提供理论资源，而且随着女性主义研究从单一学科向跨学科的文化研究方向发展，它们之间在各个层面上的综合性也日益显著。

对女性主义文论的阶段性的把握，上述认识也是一个基点，虽然我们常用年代标识的方法，但是更应关注的是其中的问题及其面对这些问题所采用的批评方法的变化过程。如果要排列出女性主义文论所关注的问题。可以列出许多：女性主义文论何时起源？其起源性的因素是什么？文学中有女性文学传统吗？女性主义对文学史如何评价以及重写文学史的重要性何在？女性与男性在阅读方面是一致的吗？女性创作与男性创作有什么异同？女性文学有着什么样的文学类型、题材、主题、语言、风格？性别歧视在文学中又是如何表现的？男性如何诠释女性的作品？女性主义批评的支点、目标是什么？其思想资源何在？还有对于今天的女性主义批评来说，又如何与多元文化主义、后殖民主义、后结构主义、同性恋研究、文化人类学研究、社会学研究、政治学理论等学科的发展保持充满活力的联系？如何在跨学科的多元综合的研究架构中保持自己的批判视线而不致埋没自己的声音？等等。若以反思性、批判性的立场来看待这众多的问题，我们可以把它们大致分为两类问题：女性主义文论基本问题域和女性主义文论发展问题域。它们又大致以两种理论视点来作为提出和分析问题的理论支撑，前者主要是社会性别理论，后者主要是社会身位理论，尤其以朱迪斯·巴特勒（Judith butler）的"身体主体论"和苏珊·斯坦福·弗里德曼（Susan Standford Friedman）

的"社会身份疆界说"为代表,由此形成西方女性主义文论两个大的阶段。

社会性别理论毫无疑问是整个女性主义思想得以出场的"朴次茅斯岩石",[①] 女性从此走出沉默的历史,找到了重新审视人类文化传统、改写人类历史的理论支点,找到了颠覆父权体制、为人类两性的平等而斗争的批判武器。社会性别理论的思想基础是人权思想,强调女权即人权,其核心是人的主体性思想,它把主体意识引入性别范畴,确定了女性的主体地位,并从各个专门的学科研究出发从不同的角度来阐释和丰富了女性主体性的内涵,揭示出人类历史上男女不平等和女性受压迫、受歧视的根源是父权制的结果,而且从政治、经济、文化、身心等各个方面为推翻父权体制提供理论指导和思想武器。这一理论有一个基本的出发点即"性别"和"社会性别"的区分,认为"性别"是指男女之间的生理区别,这是属于先天的自然属性,一旦生就则难以改变;而"社会性别"则是指在社会文化中形成的男女两性之间的文化区别,这是属于后天的社会属性,是社会文化对男女两性的群体特征和行为方式以及社会角色进行要求和规范的产物,作为一个社会的内在结构,它是被建构的,因而也是可以被解构的。社会性别理论一个最引人注目的特点就是基于这一区分来为男女两性的差异寻找并建立一个普遍有效的批判原则和阐释框架。

社会性别理论使女性首次真正拥有了属于自己的话语权力,一个性别整体最大的不幸莫过于听不到自己的声音而任人阐释。这一理论使我们注意到这样一个问题:如何才能消弭和避免在男女两性之间制造出一些人为的不平等的不可逾越的鸿沟?这一鸿沟是在父权制下的社会建构和文化传承中引发出来的,并在父权历史的演进中不断得到强化的。美国学者怀特海认为:"无论是对研究人类社会生活的学者,还是对自然科学家来说,都面临着一项对双方来讲都极为重要的共同事业,那就是他们必须建构一个融贯的、逻辑的和必然的一般观念系统,以使我们经

[①] 相传是美国首批移民在美洲大陆的登陆之地。

验中的每一个要素都能据此得到解释。"① 几千年来，我们的确建立起了这样的"一般观念系统"。但女性主义的出现却宣告了这一系统的合法性的瓦解，或许，在女性主义的透视下，"我们正亲眼目睹了一种不再适合我们这个时代的理性类型的结束"。② 因为一个简单明了但却刺目的经验在这一系统中得不到合法性的解释：在事实上，人类历史是由男性与女性共同开创的，任何单一性别都不可能开创历史，但是在文本上，历史却表现出了令人吃惊的残缺，女性话语在数千年的历史文本中竟然被剥夺了言说的权利，长期被放逐在男性主流文化之外，成为一个性别群体性的话语流亡者，以至于男性文本把女性定义为"零们"（cyphers）。

"一部人类思想文化史就是一部男性中心的话语史。"③ 女人无史，是因为女性以失语状态处于父权话语世界的边缘地带，男性创造的文化传统是她们精神上的父亲，她们大都以男性文化给定的语言来表达或塑造自己，没有别的价值标准、没有别的一套独立于男性中心话语之外的女性主体话语来思索人生，对于父性传统她们不得不接受，并表示依恋与忠诚，但同时又不能不感到这一传统的异己性。他者话语的入侵和自身话语的失落造成了女性主体人格的分裂：一方面接受与肯定，一方面篡改与反叛。但是传统文本所建构的"一般观念系统"却维系和支撑着这一入侵和失落的合法性，因此颠覆这一合法性、瓦解父权体制、重塑女性主体正是女性主义文学和批评理论所秉有的使命。这就要求以女性主体的眼光和话语来揭露男性文学中对妇女形象的扭曲和对女性价值的漠视，梳理出属于女性自己的文学传统，建构属于她们自己的批评理论。

埃伦·莫尔斯（Ellen Moer）的《文学妇女》（1976）从生平、传记、个人交往、写作情况等方面仔细地分析、研究了18世纪到20世纪英、美、法等国在文学史上"伟大"的女作家简·奥斯汀、哈里特·比

---

① [美]华勒斯坦等：《开放社会科学》，刘锋译，生活·读书·新知三联书店1997年版，第85页。
② 同上。
③ 王岳川：《后现代主义文化研究》，北京大学出版社1992年版，第383页。

彻·斯托、乔治·艾略特、夏洛蒂·勃朗特、薇拉·凯瑟、格特鲁德·斯泰恩等人的创作,并把她们视为一股迅猛而强大的与主流(即男性文学)不沾边的暗流。男性社会和文化对女性的拒斥而使她们被困于家庭这个有限的私人空间中,而且"大门紧闭连狭小的窗子也经常关着",① 阅读和写作只是女性的文学隐居生活。因此,在大学和咖啡馆门外的女作家们就相互通信,相互阅读彼此的东西,潜心研究同性作家的作品,"那种通过简单地从男性文学成就中汲取营养的做法已被阅读相互的作品取代,已被一种密切的交混回响的阅读所取代",② 这样就形成了一个潜滋暗长但又充满生机的女性文学传统,"女作家从自己的传统中吸取的不是忠诚而是信心,这种信心直到最近还不能从任何其他地方吸取"。③ 尽管莫尔认识到"简·奥斯汀在小说上取得了辉煌的成就,是由于有一大批优秀的和不足道的女作家写的小说供她借鉴"。④ 但是她认为:"就以奥斯汀为首的女性作家而言,女性文学是她们的主要传统⋯⋯对于大多数女作家,女性传统只不过是她们从不同时期、不同国家、不同阶级的男性文学团体中许权的小额优惠。"⑤ 所以她只论述那些"伟大"的女作家,而把其余众多的女作家的论述领地"留给"了肖瓦尔特。

肖瓦尔特(EIaine Showalter)在她的成名之作《她们自己的文学:从勃朗特到莱辛的英国妇女小说家》(1977)中指出,"在英国小说的地图册里,妇女的领土通常被描绘为一片荒漠,四面的世界是山:奥斯汀高峰、勃朗特峭壁、艾略特山脉和伍尔芙丘陵。这本书的目的就是要填充这些文学界标之间的版图,画出一幅更可靠的地图,从中探讨英国妇女小说家的成就"。⑥ 认为那些被莫尔忽略了的把上述四位"名人"连

---

① [英]玛丽·伊格尔顿编:《女权主义文学理论》,胡敏、陈彩霞、林树明译,湖南文艺出版社 1989 年版,第 15 页。
② 同上。
③ 同上书,第 14 页。
④ 同上。
⑤ 同上。
⑥ 王逢振、盛宁、李自修编:《最新西方文论选》,漓江出版社 1991 年版,第 254 页。

接起来的其他女作家的重要性在于：能够更好地从整体上以女性的经历、价值、行为以及常规为准则，看到女作家作品中某些形式、主题、问题和形象一代接一代地反复出现，从而找出一个具有连续性的女性统一体，即在一个更大的社会范畴内所形成的一个"亚文化群"，从中可以看出"女性自我意识的发展进程及任何少数团体在一个统治社会中寻找表达自己的方式所走过的道路"。[1] 根据"亚文化群"的观念，她认为女性文学的历史发展大致经历了三个阶段，"首先是这个主导传统的盛行模式——被延长的模仿阶段，和它的艺术标准与它对社会角色的观点的内在化过程。其次是对这些标准和价值观念的反抗阶段，拥护少数人的权力和价值包括对自主权的要求。最后是一个自我发现阶段，一个摆脱了对对立面的依赖而把目光投向内心的过程，一个寻找同一性的过程，对女作家所用的恰当术语便是称这三个阶段为：女人气的（Feminine）、女权主义的（Feminist）、女性的（Female）"。[2] 肖瓦尔特这种梳理的贡献在于：把关注点放到了那些在世时红得发紫，可是以后就从后代的历史记录册上消失得无影无踪的一般女作家身上，使得女性文学传统有了自己的历史时间和空间。如果没有这种梳理，那么"每一代女作家都会在某种意义上发现自己没有历史，从而不得不重新发现过去，一次又一次地唤醒她们女性的意识"。[3]

肖瓦尔特以"亚文化群"的概念梳理出女性文学传统以后，又开始建构女性主义文学批评理论，这一努力主要表现在《走向女权主义诗学》（1979）和《荒野中的女权主义批评》（1981）两篇文章中。肖瓦尔特把女权主义文学批评分为两大类：女权主义批评和女作家批评。前者的批评对象主要是男性文本，女性是作为读者而出现的，其目的是以历史为根据，探究文学现象中种种意识形态的假设，揭露男性作

---

[1] ［英］玛丽·伊格尔顿编：《女权主义文学理论》，胡敏、陈彩霞、林树明译，湖南文艺出版社1989年版，第19页。

[2] ［挪威］陶丽·莫依：《性与文本的政治——女权主义文学理论》，林建法、赵拓、李黎译，时代文艺出版社1992年版，第71—72页。

[3] ［英］玛丽·伊格尔顿编：《女权主义文学理论》，胡敏、陈彩霞、林树明译，湖南文艺出版社1989年版，第19页。

家作品中男性中心主义的性别歧视的实质，从而培养具有女权意识的、能识别并抵制男性话语霸权的女性读者；其策略是对主流权威叙事张扬的事物（男性意识）和主流权威叙事回避贬斥的事物（女性意识）重新加以整理，以女权意识使其种种隐秘的观念明朗化而暴露其非法性，从而使女性成为打破西方文化主流权威叙事中男性中心结构的颠覆者。但是肖瓦尔特指出这一批评的问题之一是男性指向，女性在相当长的时期中仍在旧框框下当学徒，女性仍未处在中心位置。而后者则不同，它是以作为作家的女性为中心，其宗旨"是为女性文学建立一个女性的框架，发展基于女性体验研究的新模式，而不是改写男性的模式和理论。女性批评开始使自己摆脱男性历史的线性绝对，停止试图使妇女适应男性传统的方法，聚集了女性文化的新的、蓬勃发展的世界"。① 其研究对象是女性文学创作的历史、主题、风格和结构；女性创造力的心理动力学问题；女性个人或集体的创作轨迹以及女性文学传统的演变和规律。其中心议题是：女性创作与男性创作的差异是什么以及这一差异是如何形成的？其价值何在？等等。对这两种批评，肖瓦尔特在两篇文章中反复论述，并强调现在女性主义文学批评的重心已逐渐从对男性文本的修正式的阅读阐释转移到对女性文学的研究上。

这样，《荒野》一文的新内容就是对女性文学创作给予理论上的总结、概括和反思。"直到最近，女性主义批评始终没有理论根基，在理论的风暴中它一向是个经验主义的孤儿。"② 女性主义批评大多是在一种多元调和论中寻找自己的理论表达方式，她要改变这种没有属于自己的理论的状况。于是，她以生物学的、语言学的、精神分析学的和文化的这四种不同的模式结构了一个女性主义文学批评的理论空间，并认为它们各自代表了女性主义文学批评中的一个个派别，但又相互交错、前后连贯，每一模式都是对前一模式的扬弃，有吸收继承，有批评创新。

---

① [英]玛丽·伊格尔顿编：《女权主义文学理论》，胡敏、陈彩霞、林树明译，湖南文艺出版社1989年版，第335页。
② 王逢振、盛宁、李自修编：《最新西方文论选》，漓江出版社1991年版，第256页。

这样肖瓦尔特就建立起了一个以"女性文化"为中心的统一的女性主义批评理论,以此来批评女性主义文论中的多元论。但是她又反对认为有一个父权制之外的纯粹的女性文化的"荒野"地带,主张主导文化之外没有女性写作或批评,她们既不在男性传统之内,也不在其之外,而是同时在两种传统之中写作,是主流中的潜流,因此是以"双重声音"的话语方式来讲话的。

肖瓦尔特在对女性主义批评理论做了富有创见的建构以后,又依据这一理论对女性主义批评理论的发展历程作了宏观的把握和具体的阐释。她在《我们自己的批评:美国黑人和女性主义文学理论中的自主和同化现象》(1989)一文中就对女性主义文学理论历程作了阶段性的描述和分析。

60年代以前的是"双性同体诗学"阶段,否认女性文学的独特性,强调女作家必须达到单一的或普遍的衡量标准,这实际上是一种同化主义诗学,其潜在的标准仍是男性中心的。六十年代末到七十年代中期是"女权主义批评"和"女性美学"阶段,着重揭露男性文本中的"厌女现象",即把女性描写为天使与妖女这种两极性的模式化形象,认为这是对女性的文学虐待和文本骚扰。颂扬女性意识和女性文化的独特价值,强调反对父权制歧视女性不是要抹杀性别差异,而是要解构性别等级制。不是性别差异本身,而是性别差异在父权制意识形态中所包含的妇女卑贱观念必须受到抨击。七十年代中期到七十年代末是"女性批评"阶段,集中分析女性文学传统,努力从中发现女性创作理论,以理想化的母亲隐喻来梳理文学的母性谱系,以此来反对批评话语中的男性方式。七十年代末到八十年代末是"女性本原批评"或曰"后结构主义女性批评"阶段,着重从哲学、语言学、心理分析学等方面对女性表述的文本效果,强调对男性话语的瓦解就是对父权体制的瓦解。八十年代末以来开始了"性别理论"阶段,着重探讨意识形态与性别关系的文学效果,强调不只是女性写作而是所有的写作都有性别,这就把性别分析引入文学话语的整个文本领域,使得性别如同"种族""阶级"一样对占主导地位的权威话语构成了挑战,从而使女性主义从边缘走向了中心。①

肖瓦尔特上述的努力是想为女性文学及其批评话语提供一种属己的而非异己的女性主义理论框架和评价标准，而不是要取消任何标准。"但一种新的标准不会在本质上比旧标准减少压迫感。女性主义批评家的职能依然是静坐着聆听她们的女主人的声音——这个表达可靠的女性经验的声音……女性文本同旧的男性文本一样专制地统治着。"② 陶丽·莫依的这番话充分地表达出了女性主义对任何权威的深刻的警惕，把权威视为男性观念的不平等的表征。这样"甚至连由女人写的文本也将遭到女权主义批评家毫不客气的细究"。③ 实际上肖瓦尔特作为女性主义文学批评的一员主将，始终置身于也参与了女性主义文论内部的许多争论，比如她为建构一种统一连贯的批评理论的努力与安妮特·科洛德妮（Annette Kolodny）坚持的多元论的立场之间；她作为女性主义美国派"镜子理论"的代表对政治性的捍卫与法国派"妖女策略"大规模地挪用男性理论而导致非政治化的可能性之间等等都形成了某种批评界面的交锋。但是只要加以分析，我们就可发现这些交锋仍是社会性别理论部分的"细究"，肖瓦尔特对女性主义文学及其批评理论历程的阶段性认识也仍是基于这一理论，而没有对这一理论本身提出质疑。因此，把这些争执与阶段放在女性主义文论发展的历史背景上，并以当代反思性和批判性的问题与立场来看，它们仍属于一个大的理论阶段，即社会性理论阶段。而真正对这一理论本身进行重估，发现它的局限并进而提出超越性的要求的是九十年代以来产生的以朱迪斯·巴特勒的"身体主体论"和苏珊·S.弗里德曼的"社会身份疆界说"为代表的社会身位理论。

那么女性主义文论的当代性问题是什么呢？这就是：在21世纪到

---

① ［美］肖瓦尔特：《我们自己的批评：美国黑人和女性主义文学理论中的自主和同化现象》，张京媛译，见张京媛主编《当代女性主义文学批评》，北京大学出版社1992年版，第254—267页。

② ［挪威］陶丽·莫依：《性与文本的政治——女权主义文学理论》，林建法、赵拓、李黎译，时代文艺出版社1992年版，第101页。

③ 同上。

来之际，女性主义文论如何发展？在一个日益多元化的现实世界和理论世界中，女性主义文论如何保持同步发展而不致脱节、落伍？在多元文化主义、后殖民主义、后结构主义、同性恋研究、文化研究以及人类学、政治学、历史学、社会学、地理学等其他许多学科或知识领域不断取得新成果的理论研究的参照下，社会性别理论是否有一个有效性的范域？无论男性还是女性作为独立的个体，社会性别显然不是他/她唯一的主体特征和整体面貌的全部内涵，那么是否有其他同样重要的因素值得关注？这些因素又如何与女性主义文论相结合？这一结合对女性主义文论的未来有何意义？等等，对这些问题，美国加州大学伯克利分校教授朱迪斯·巴特勒在《性别麻烦：女性主义与身份的颠覆》（1990）、《身体之重：论"性别"的话语界限》（1993）、《消解性别》（2004）等著作中打开了一个具有哲学批判精神的理论空间，美国威斯康星麦迪逊大学教授苏珊·斯坦福·弗里德曼在《超越女作家批评和女性文学批评：论社会身份疆界说以及女权/女性主义批评之未来》（1996）、《图绘：女性主义与文化交往地理学》（1998）等著作中作出了富有地缘政治学创见的文学思考和回答，这些文献也在女性主义文论发展史上获得了一种里程碑的位置。

弗里德曼认为，女性主义文学批评的传统形式即基于社会性别理论的女作家批评和女性文学批评存在这样一些问题：第一，传统形式把一种差异——自然性别和社会性别之间或者社会性别本身之间的差异凌驾于其他差异之上，以至社会性别成为社会身份中唯一的决定因素，这样就把男/女之间的社会性别差异在批评实践中被看成是固定的、根本的理论前提，仿佛是"先验"的唯一结构模式，只要一进行女性主义批评就只此一路而无他法，这就把社会性别孤立起来加以认识，没有与社会身份的其他因素相联系，从而与多元文化研究、后殖民研究、同性恋研究、人类学、政治学等许多其他领域中关于社会身份和主体性理论的研究进展严重脱节。第二，传统批评形式把两性差异仍然作为分类的基础，无论哪种流派的批评都把男性文本拿来作为她们的一元的陪衬，来充当其对立面，以使女性的各种各样的声音获得解读，把男作家或男性特征与男性气质看成是固定不变的范畴上的"他者"（如同男性把女性看作"他者"），使女性的多样化和差异性据此而获得认定，这实际上反而有加强男/女二元对立的性别结构的危险。另一方面，这种做法也忽视了社会身份和社会性别的各种交叉渗透，把复杂的问题简单化了，而更主要的是这一做法加强了传统批评形式的悖论，即反对二元对立系统，又依赖这一系统，而这一系统又正是以传统的形上观念为理论支撑的。第三，传统批评关于主体特性的各种论点存在一些不考虑时间变化和历史发展的问题，尤其是以精神分析和解构主义理论为基础的女性文学批评方式，以一种单一的始源性的理论假设代替了历史性的丰富内涵。总之，传统形式的批评缺乏灵活和全面，是面对复杂历史和现实所做的一种单一的、挂一漏万的主观抽象。

为此，弗里德曼提出了更具辩证性和阐释力的"社会身份疆界说"，强调"把社会身份看作载入历史的场合，一种位置、立场、地点、领域、交叉点（甚至两性之间交叉点）以及多种学科间的十字路口等等"，① 把批评的重心放在"划定领域与界限的内和外之间，中心与边线之间以及能动接触的各种空间（接触区、中间地带、边缘地带和边疆）之间的辩证领域"。② 以流动变化的视线来看待移民社群和人口迁移造成的"全球民族景观"以及飞速变化的信息社会所带来的具有全球化性质的文化迁徙与交融。她认为"社会身份疆界说就在差异的边界和模糊的边境地带之间游动"，③ 以此来"反映出当今世界各种围绕社会身份问题的对立运动之间的辩证关系"，④ 而不像"社会性别理论"那样给男性与女性划定一个清楚的、稳定的、对立性的界线。为此，她对社会身份疆界说所包含的六种各有历史发展，但又同时存在，且相互交叉、边界模糊的社会身份话语进行了一番归纳与说明，即多重压迫论（multiple oppression）、多重主体位置论（multiple subject

---

① ［美］苏珊·S. 弗里德曼：《超越女作家批评和女性文学批评》，谭大立译，见王政、杜芳琴主编《社会性别研究选译》，生活·读书·新知三联书店1998年版，第427页。
② 同上。
③ 同上书，第428页。
④ 同上。

positions)、矛盾主体论（contradictory subject positions)、主体社会关系论（relationality)、主体情景论（situationality)、异体合并杂交主体论（hybridity)。弗里德曼以这六种话语来强调这样一些认识：在压迫系统中，阶级、种族、宗教、性别、地位、移民、身体、心智、性方式等因素都可能构成压迫性的条件和方式，不只性别一种因素。主体身位也是由上述因素的不同组合而形成的不同文化结构的产物，它是复合的，而非单一的；是可变的，而非固定的，其中一种因素的变化可能会引起其他因素微妙互动，而且，由上述因素形成的主体结构内部的矛盾性也会带来人们对外在社会结构在感受上的差异，比如女性可能因社会性别而受到压迫，但又可能从其他因素上得到优惠（比如白人女性面对白人男性感到弱势，但面对黑人女性或有色族裔又自觉优势；而有身份的黑人女性面对普通黑人女性的可能的自感优越等等）；相反男性也许从社会性别中受益，却又可能在其他方面受到压迫，因此，受到压迫与否并不固定在权力坐标图中性别这一个点上。主体的社会身份在不同的大的社会历史条件下和不同的具体的日常生活场景中也是可变的，比如移民或旅行等就会使社会身份中的某些因素被凸显，而另一些因素则可能退隐。特别是在全球化的背景下，地理迁徙而造成的文化移植杂交，也会使主体身份在两种或多种文化之间辩证地游移于其边缘地带或者游移于既冲突又融合的各种场所。弗里德曼的这六种话语显然试图综合各种不同的跨学科的研究成果，以流动的视线把主体/个体身位的变化轨迹在社会身份地形图上描绘出来。

从这里可以看出，弗里德曼的理论旨趣在于从作家、人物和文化叙事三个方面把上述六种社会身份话语结合进女性主义文学批评中。她认为传统批评形式过分强调作家的性别，而忽略了作家社会身份的其他因素。"社会身份疆界说则强调女作家不只处在一个固定不变的男/女二元系统中，而是处在一种社会关系的多元的不固定的基体中。于是把妇女作为焦点的理由就失去了说服力。与此相反，男/女双方的社会身份都包含着各种仰仗相互关系、相互作用和主客观情景的组成部分，必须把上述因素放在一起解读。……因此，要解读文本里的主体性就必须对

第九章 哲学与经验的融合

具体历史的特定的处于多重地位上的,在生产者与产品、作家与文本、撰写者与叙事声音之间的中介环节进行追踪。"① 而不是一味地梳理和强调男性与女性作家在创作上有何不同,还必须看到作家在阶级、地位、性倾向、种族等多重关系赋予作品的更为复杂的情况。同样,作品中的人物也是在叙事空间和时间中流动着的,对他/她们也必须纳入各种因素交织的可变系统中来进行交叉分析,任何一种因素都不一定比其他因素优越。同时,弗里德曼把蕴藏在文本中的文化叙事看作是具有流动性和包容性的社会身份疆界说发生作用的肥沃土壤。因为批评的目的就是要破译和阐释在更大的政治、社会和历史背景下各种文本中身份话语的文化密码(如黑人的、爱尔兰人的、犹太人的等等)。由此,弗里德曼呼吁建立一种与社会身份疆界说相适应的,运用其多重的、流动的六种话语理论的"位置上的女性主义批评",② 也即社会身位理论的批评。

美国著名的女性主义理论家朱迪斯·巴特勒也认为不应囿于生理性别和社会性别的简单区分,语言—主体—性别之间是一种更为复杂多样和多变的社会建构。她在《性别麻烦》中更是开宗明义、直截了当地提醒到:"女性主义应该小心不要理想化某些性别表达,这将反过来产生新的等级和排除形式。特别是,我反对那些真理体制(regimes of truth),反对它们规定某些形式的性别表达是错误的或后天衍生的,而另一些则是正确的以及原初自然的。"③ 她认为主体是被语言构建的,而且这种构建是与身体不可分割的,也与种族、阶级等社会身位密切相关;女性主义的主体构建实际上是在性别规范—情境操演—身体主体这三种相辅相成的、不断流动变化的实践维度中展开的自我创造过程。

从上述关于时间性和阶段性的历时叙述中可以看出:

第一,女性主义及其文学批评都有一种从同一性的形上观念中走出

---

① [美]苏珊·S.弗里德曼:《超越女作家批评和女性文学批评》,谭大立译,见王政、杜芳琴主编《社会性别研究选译》,生活·读书·新知三联书店1998年版,第440—441页。
② 同上书,第454页。
③ [美]朱迪斯·巴特勒:《性别麻烦:女性主义与身份的颠覆》,宋素凤译,上海三联书店2009年版,第1—2页。

而不断寻找自身话语立场的过程，有一种从基于认定女性都有对性别压迫的共同体验而要建立一个连贯统一、涵盖一切的元话语、元叙述的理论立场到认识到主体/个体具有多重的、变化的社会身份及其位置而要求建立多种话语的理论立场这样一种变化过程，这一变化也与20世纪末期以来日益多极化的世界格局和日益多元化的理论研究的要求相一致。因此，就女性主义哲学和文论的"时间之维"的问题性来看，其基本问题域和发展问题域仍是两种有效的阶段性分析视线，社会性别理论仍然是女性主义有力的批判武器；在此基础上进一步发展起来的各种社会身位理论话语（包括各种"后女性主义"话语）之间彼此交织，甚至冲突，但并不构成关于女性主义研究的代际划分的充分条件（无论是在哲学上还是在实践上），仍是女性主义发展问题域的内部交锋。无论是对发达国家还是对更广大的第三世界国家而言，女性主义面对问题所秉持的批判性和实践性都甚为艰巨，都应警惕以那些所谓的"第三次女性主义浪潮""第四次女性主义浪潮"等"概念旅行"的方式遮掩了女性主义的理论基础和问题实质。

第二，对女性主义及其文学批评来说可以改变的是其理论方法，而不能改变的是其政治立场。女性主义的首要目标是反抗和颠覆父权制的性别等级制度，进而直面和批判整个社会的不平等的、压迫性的各种意识、观念和体制，因此，压迫不只在性别上，而是多重的。"社会性别理论"看到了"性别"问题，这是一种洞察，它使"性别"如同"阶级""种族"一样成了一个深刻的学术分析和理论批判的范畴。但若只专注于此，也就有了盲视。压迫体制的产生与运作有性别的源头和因素，因此有性别压迫，但是压迫体制对压迫对象又常常是不分性别的。从学术分析的角度来看，"社会身位理论"可以对许多问题提供出许多合理的、有力的分析和阐释，它的贡献在于把女性主义对不平等的批判视界从性别一维引向了更为宽广的、复杂的社会文化领域。正是由于父权结构至今仍是一个客观存在，社会性别理论存在和发展的历史条件就仍很充分。如果女性主义不维护社会性别范畴的重要性，那还能靠谁来维护？如果不希望性别等级制度继续重复它的历史逻辑，对性别的批判性关注就仍很必要。这样，现在的问题就是如何使女性主义文学批评不断变化的、自我修正的理论方法始终与它的政治目标保持高度的一致。因此，社会性别理论和社会身位理论之间不应相互取代，而必须行到它们之间的互补性。也许，"从政治上讲，现在要求女权/女性主义同各种各样的社会进步主义（progressivism）结合得天衣无缝还为时尚早"。[①] 但是这一结合——也即是社会性别理论和社会身位理论的结合——正是女性主义文学批评所面临的一个当代性问题。

第三，从"时间之维"的分析和论述中，可以看出，"个体性"及其"身体性"对女性主义哲学及其文论的发展至关重要。巴特勒、弗里德曼的社会身份的"主体性"概念在具体的论述中差不多也就是对"个体性"或者"个体主体性"的阐释。"个体性"对"主体性"不是抛弃，而是扬弃，是在主体性的基础上更进一步地对真实个体的切身性关注和表达，它所关注的问题就是：女性作为性别整体的社会解放和女性作为个体的个人解放之间的断裂如何面对和解决。[②] 人类文明发展到了全球化和信息化时代，女性作为整体在政治上、法律上已享有了广泛的平等，但是女性作为个体在精神上、在意识上、在人格上，在具体的家庭、工作、生活中所遭遇到的若明若暗、或大或小的不平等的生存困境与前述整体上的平等形成落差，甚至是反差，从内在自主地产生和维护个体主体的平等意识及权益要远比外在的法律条令、规章制度的制定更为复杂，更为不易。正是这一断裂与反差构成了近来女性主义的问题意识的当代背景，形成了被解放的女性求解放的态势。这既是政治、法律等需要继续解决的问题，更是女性主义哲学和文论发挥大作用的地方。

[①] [美] 朱迪斯·巴特勒：《性别麻烦：女性主义与身份的颠覆》，宋素凤译，上海三联书店2009年版，第452页。
[②] 这一点对中国女性主义研究也有启发，中华人民共和国的建立使中国女性获得了空前的历史性解放，但女性问题并未就此获得全部的解决，个体的许多真实性问题在整体的社会层面的变革中被忽略了，当然也不可能一下子获得一步到位的解决。实际上"个体性"问题在中国文化中一直是个"盲点"。

三 西方女性主义文论的共时性研究：批评之维

这一部分主要从共时的层面就阅读理论批评、写作理论批评、批评理论批评这三个方面的问题来描述西方女性主义文论的批评空间，并就这三种批评模式中的一些重要的论题加以讨论。

女性主义的批评空间主要是基于社会性别理论以及社会身位理论而获得展开的，同时又与解构主义批评、精神分析批评、马克思主义批评、符号学批评、接受理论批评、后殖民批评、文化研究等有千丝万缕的深刻的内在联系，正如肖瓦尔特所指出的："虽然女性主义批评是妇女运动的'女儿'之一，但是它的另一位'家长'却是文学批评理论的传统的父权机构。女性主义批评还应该认清其起源中的混合成分。"① 这点我们可以从 S. J. 卡普兰（Sydney Janet Kaplan）以学术自传的方式叙述她批评转向的过程中得到清楚的了解。她说道：六十年代占统治地位的文学研究方法是"新批评"。作为从学院出来的学生所受的训练基本上是远离社会，细读文本。这种方法与她的生活感受反差日增，于是开始不安、不满，觉得好像生活在一个错误的时代秩序和思想构架中，进而质疑学院对伟大文学的既定准则，因为这一准则使她偏爱的作家被遗忘或者被排斥到注脚中，而且她们都是女作家。这样"要理解她们的历程，就必须寻求新批评使我们忽视的东西：日记、信件、自传的零星材料；社会和文化的分析、传记、历史；在人类学、社会学、哲学领域的研究；总之，是女性研究正在迅速积累的知识、方法学和理论。像许多其他的女性主义批评家，我的个人动机和自己的历史开始与强大的妇女运动的主旨及历史结合在一起"。②

从卡普兰的叙述中可以清醒地认识到：首先，政治性应该而且必须成为女性主义批评模式中首要的、基本的批评意识。无论是面对历史、

---

① [美] 肖瓦尔特：《女性主义文学批评的革命》，刘涓译，见王政、杜芳琴主编《社会性别研究选译》，生活·读书·新知三联书店1998年版，第137页。
② [英] S. J. 卡普兰：《女性主义批评面面观》，转引自林树明《女性主义批评在中国》，贵州人民出版社1995年版，第21页。

现实还是未来，无论是对发达国家还是对第三世界国家来讲，若丧失政治性，不仅会削弱女性主义批评的力度，而且会有失去女性主义批评立场而沦为男性话语的女性翻版的危险。"以新批评的方式阅读就意味着不对任何事情作出承诺：诗所教给你的一切就是'无为'，……它是政治惰性的秘诀，因而也是屈服于政治现状的秘诀。"[①] 而这种屈服对女性主义批评而言是断然不能接受的，这会使刚浮出历史的女性主义批评又消失在历史的盲点之中。

其次，理论性也应是女性主义批评三种模式着力建构的重要的女性话语结构方式。西方女性主义批评一开始时是愤怒地宣布与"理性""理论""逻辑""定义"等这些男性意识形态的概念划清界限，且势不两立，以至这种拒绝与反叛成了女性主义仿佛是与生俱来的标准姿态。但后来的发展表明，这种认为由于理论与男性结缘故女性应与之绝缘的反理论的激进姿态对女性主义批评来说并非全然无害。无论是对女性经验的整理与表达，还是对男性中心主义的剖析与批判，都应当以理论意识来锻造女性的批评之剑。所以，陶丽·莫依（Toril Moi）在《性与文本的政治——女权主义文学理论》中坦率地挑明了自己的理论追求："要在这本著作中建立一个不再把逻辑、概念和理性划入男性范畴的社会，也不是去建立一个将上述优良品质作为'非女性'的东西而全部排斥的社会。"[②] 而是认为"理性"要摆脱"性"的强奸，而恢复其"理"的本质。并强调："除非我们继续建设理论，否则我们可能会不知不觉地接近我们所反对的父权制价值的男性批评集团。"[③]

再次，正是由于政治性和理论性的结合使得女性主义批评与西方种种形式主义批评之间拉开距离。从某种意义上说，也正是由于新批评的式微、结构主义向后结构主义转化、拉康理论对弗洛伊德学说的继承与改造、西方马克思主义批判理论的推涌、后殖民研究的兴起、文化研究

---

① ［英］特里·伊格尔顿：《二十世纪西方文学理论》，伍晓明译，陕西师范大学出版社1986年版，第63页。
② ［挪威］陶丽·莫依：《性与文本的政治——女权主义文学理论》，林建法、赵拓、李黎译，时代文艺出版社1992年版，第206页。
③ 同上书，第3页。

的拓展等使得女性主义批评的出场与发展在六七十年代获得了一个理论良机，从而抛弃掉形式主义的东西，开始建构自己的批评，并在八九十年代以来蔚然成势。由于并无一个纯粹的女性理论空间，所以这一建构的策略就是：以政治性为目标，以女性经验为基础，进入男性理论空间去撬动、瓦解，去挖掘、挪用或者借鉴，然后带出来按照女性利益去整理、重构和使用。

政治性、理论性、策略性等原因，男性与女性之间以及女性本身之间在理论话语上的差异与张力在女性主义批评空间中始终存在，各种话语的交锋又使其批评空间不断拓展，这可以从下面对女性主义三种批评模式的讨论中看到。

（一）阅读理论批评：阅读与政治

阅读是文学活动的第一个行为，是文学文本的意义走出沉默的通道。人们总是通过阅读而进入文学世界的，并进而进入社会、历史和文化的；通过阅读来确认、恢复自己或者塑造、改变自己。而阅读行为不是先天的，而是后天习得的，它依赖于文化、环境所提供的认知范型和理论框架。读者有选择阅读的权利，但这种选择并不存在于历史和文化范畴之外，选择总是被选择过的。因此，提供什么样的阅读和选择什么样的阅读，是话语权力交锋的结果，是意识形态的产物。阅读是政治性的行为。

那么父权制文本在女性眼里又提供了一个什么样的阅读空间呢？英国著名的女性主义作家弗吉尼亚·伍尔夫（Virginia Woolf，1882—1941）在她的《一间自己的屋子》中对此进行了尖锐的审视。"在想象里她占着最重要的地位，实际上她完全不为人注意。她把诗集从头到尾充满；她只是不出现在历史中。在小说里她统治帝王以及征服者的一生，实际上她是任何男孩子的奴隶，只要她的父亲强迫她带上一个戒指。文学里有多少最富灵感的语言，多少最深刻的思想由她嘴里说出来，实际生活中她几乎目不识丁，不会写字，而且只是她丈夫的财产。"[①] 伍尔夫的

---

① ［英］弗吉尼亚·伍尔夫：《一间自己的屋子》，王还译，生活·读书·新知三联书店1992年版，第53页。

第九章 哲学与经验的融合

结论是:"一个人要是先看历史再看诗集,那么女人在他眼里一定成了一个奇特的怪物。"① 这样女性就产生了一种阅读的分裂体验:她们被要求阅读男性文本,因为这是作为人类知识文本的范例而呈现在她们面前的,但是这范例中真实的女性并未出场,出场只是男性观念中的女性幻像,即男性体制希望出现的、规范后被允许出现的女性形象。因此,这种阅读对于男性方面来讲,"就像观赏一个女孩,实际上只是一种简单的精神消费"。② 这只是一种自我意识的对象化的过程,从阅读中得到的东西只不过是自我预先投入的合理产出的结果,这实际上是以同一性为基础和支撑的男权阅读模式。许多男性文本都宣称并坚持它拥有普遍性,但同时又以男性话语来界定和诠释这种普遍性。这样,男性阅读法则追求的就是家长式的权威性、意义的统一性和始源的确定性,强调以清晰、明确、稳定、无歧义的认知原则来维护父权阅读的合法性并竭力防止非法的阐释。但是另一方面,这种阅读对女性来说,则是一种压抑的经历,一种希望通过文本阅读而达到自我认同但却不断受阻的、被打断的经历。因为在男性阅读被视为普适阅读的价值范畴中,女性只是这一价值的陪衬或反衬。这样,女性的阅读就产生了两种效应:认同或反抗,而压抑则是这两种效应的综合。

显然,认同的阅读不触动男权阅读的准则,只有反抗的阅读才对这一准则提出挑战,所以作为女性的阅读与作为女性主义的阅读不是一回事,女性完全可能以顺从男性的身份或意识按同一性的法则去阅读,而且已经读了。但是女性主义的出场则打断了这同一性法则对女性阅读进行规范的连续性和有效性。乔纳森·卡勒对女性主义阅读的定义就是"要避免作为男性的阅读,要识别男性阅读中特殊的防护以及歪曲并提供修正"。③ 这样"女性主义批评的第一个行为就是:从一个赞同型读者变成一个反抗型读者,通过这种反抗性的行为,开始把根植于女性心

---

① [英]弗吉尼亚·伍尔夫:《一间自己的屋子》,王还译,生活·读书·新知三联书店1992年版,第53—54页。
② [英]乔纳森·卡勒:《作为妇女的阅读》,黄学军译,见张京媛编《当代女性主义文学批评》,北京大学出版社1992年版,第44页。
③ 同上书,第55页。

中的男性权威意识祛除掉"。① 因此，无论是认同性阅读，还是反抗性阅读都是政治性的，不过前者是男性政治的延伸与扩张，后者才是女性的政治产生的源地。所以朱蒂斯·菲特莉（Jndith Fetterley）指出："女性（主义）认为批评是一种政治行为，其目标不仅仅是解释这个世界，而且也是通过改变读者的意识和读者与他们所读的东西之间的关系去改变这个世界。"②

从更深一层看，这种阅读的政治其根源乃是性别的政治。克里斯蒂娃在八十年代把父权政治深刻地表述为献祭政治。认同的阅读不仅认同献祭也经历献祭，从而使女性主体在异己的规范中失去了出场的可能性。而最早把性别与政治相联系，并从文化理论的高度和文学分析的角度去探讨和揭示二者之间的内在联系的是美国著名的女性主义者凯特·米莉特（Kate Millett，1934—）所写的《性的政治》（1970）一书的重要贡献，在本书中她从性别的角度把父权政治表述为"内部殖民"政治。她认为：政治就是"人类某一集团用来支配另一集团的那些具有权力结构的关系和组合"，③而"性是人的一种具有政治内涵的状况"。④ 因为，在人类历史的进程中，两性之间的关系是一种支配与从属的关系，男人通过他们所建立的社会体制所赋予的权力对女人实施支配。这样，"通过这一体制，实现了一种十分精巧的'内部殖民'。就其倾向而言，它比任何形式的种族隔离更坚固，比阶级的壁垒更严酷、更普遍、更持久。不管目前人类在这方面保持何等一致的沉默，两性之间的这种支配和被支配，已成为我们文化中最普及的意识形态，并毫不含糊地体现出了它根本的权力概念"。⑤ 接着，她从意识形态、生物学、社会学、阶级、经济和教育、强权、人类学（宗教与神话）以及心理学共八个方面对父权社会进行了全面审视，证明男/女两性间的主从关系

---

① ［英］乔纳森·卡勒：《作为妇女的阅读》，黄学军译，见张京媛编《当代女性主义文学批评》，北京大学出版社1992年版，第53—54页。
② 同上书，第53页。
③ ［美］凯特·米莉特：《性的政治》，钟明译，社会科学文献出版社1999年版，第36页。
④ 同上书，第37页。
⑤ 同上书，第38页。

第九章 哲学与经验的融合

不是天然形成的,而是父权政治的"阴谋",性别差异主要的不是生理问题,而是政治问题。她选择了 T. H. 劳伦斯、亨利·米勒、诺曼·梅勒和让·热内四位作家的作品,以"性政治"的理论从社会、历史、文化、心理等方面分析其中的人物,指出作品中的大男子主义和性暴力是建立在女性受压迫、受损害的基础上的"阳物崇拜主义",这是性别霸权政治最典型的体现。而他们作品的流行又使得那种不平等的政治观念广为扩散,在阅读中潜移默化而代代相传。因此,女性主义阅读必须清醒地认识到并批判这一性别政治的策略。女性主义者认为米莉特的观点使"我们第一次被要求作为女人去阅读文学作品,而从前,我们、男人们、女人们和博士们,都总是作为男性去阅读文学作品的"。[①] 米莉特的《性的政治》一书所开创的女性主义阅读和批评方法对后来的女性主义文论影响巨大,陶丽·莫依等人也沿着这一思路使这一方法成为一支举足轻重的批评力量,此书也被誉为女性主义文论的现代经典。

由于性别关系是一种政治关系,这就要求女性主义的阅读是一种批判模式的阅读,是一种以女性经验与女性价值即女性政治目标的结合为基础的阅读,这是一种是对所谓男性阅读和男性批评是性别中立的客观的普适通则这一认识的颠覆性的阅读。这就涉及作为一个女性主义的读者如何看待男性作家所提供的阅读文本。女性主义阅读理论认为男性文本是性别政治的产物,它所传递的是一种男性中心的价值观念。因此绝大多数的所谓经典之作实际上是大可质疑的。这就要求既要发现男性经典中所谓永恒价值的可疑性,也要发现历史上女性的"伟大"之作中潜在的反抗父权政治的同一性,即一些相似的溢出男性价值之外的主题、意象和隐喻。这种对经典的重新诠释也就意味着对经典传统的评价标准的消解与颠覆,即对作品的客观性、价值的永恒性发起挑战。这一挑战在阅读领域主要表现在对男性文本所塑造的"女性形象"的批评中。

女性主义阅读发现传统男性文本中的"女性形象"大多有两个极

---

① [美] 乔纳森·卡勒:《作为妇女的阅读》,黄学军译,见张京媛编《当代女性主义文学批评》,北京大学出版社 1992 年版,第 50 页。

端：天使和恶魔。前者被塑造为美丽温柔、天真无知、宽仁无私的安琪儿；后者被塑造为貌丑刻毒、阴险刁钻、贪婪自私的悍妇。认为这种对立性的两极女性形象实际上是男性对女性实施性别政治的文本策略，反映了男性对女性的歧视、偏见和压迫，也透露出了男性对女性的恐惧和不信任。这两种形象都不是对女性的真实表现，而是男性的臆造，其目的是维护男权政治对性别诠释的权威性和垄断性，把女性放逐在两极边缘来保证男性中心的合法。同时，把男性价值的褒奖赋予在"天使形象"上，而把敌视倾注在"恶魔形象"中，这样通过性别政治的权力使女性在阅读那些经典文本的过程中认可这一价值区分，并内化为她们自己的价值观：为了成为天使，必须敌视恶魔；为了不沦为恶魔，又必须拼命地把自己打扮为天使。从而使女性掉进了父权制意识形态的陷阱。因此，女性主义批评强调要通过阅读提高女性意识，增强识别文本谎言的能力，从而确立女性主体地位。这样，女性主义阅读对男性文本中的女性形象就有两种功能性的批评效用：一是对天使所在的"天堂价值"的虚拟性予以揭露；一是对恶魔所受的"地狱惩罚"的文本虐待予以批判。肖瓦尔特把男性文学中对女性的这种两极描写现象称为"文学厌女症"，认为这对女性是一种文学骚扰和伤害。多罗西·狄娜斯坦（Dorothy Dinnerstein）指出："女人把我们带到了这个人类环境中，并似乎一开始就对这个环境的任何倒退和堕落为我们负起了责任；她永远为我们所有的人承受着一种前理性的过失。"[①] "红颜祸水"之说世界各地皆有，古今未绝，所以她警告说："女性在阅读中的危险是女人接受了男人们反女人的情感——通常是以一种安抚的形式出现但同时又是一种埋藏得很深的情感。"[②]

狄娜斯坦的警告也提出了一个问题，即女性经验对女性阅读而言既是可靠的、权威的，又是可培养的、被建构的。要看到女性经验也是与一系列文化和权力关系交织在一起的，女性经验并不必然地导致女性主

---

① [美]乔纳森·卡勒：《作为妇女的阅读》，黄学军译，见张京媛编《当代女性主义文学批评》，北京大学出版社1992年版，第54页。
② 同上。

义读者的产生。共同的体验使女性的阅读具有连续性，但以阅读的政治看，二者之间也有非连续性的一面。这正是女性主义阅读理论所面对的问题所在，也是其价值所在。这可以从"罗曼司"阅读批评中看到。

"罗曼司"文本即浪漫言情小说拥有广泛的女性读者，其主题有两个：爱情和冒险（或曰传奇），二者又常常结合在一起。其定式是：相识—误解—伤害—化解误会—终成眷属。其策略是悬置历史、宗教、阶级纷争、少数民族问题等，只有爱情。其结论是：如果不是一系列愚蠢的误解和错觉，两性之间原是十分美满的。女性主义阅读理论对此讨论的中心议题是阅读罗曼司的可能的政治效果，并形成了否定和肯定两种看法。否定者认为：罗曼司文本歪曲了两性的真实关系，要求读者认同一个被动的女性的爱情经历，即只有在顺从男性时才能找到幸福。同时，这种阅读鼓励女性转向内心，沉溺于主观幻想，逃避现实，放弃斗争，因而以一种抒情的方式传达一种压迫的、不平等的性别观念，仍把女性置于一种私人的、非历史的、政治的和情欲的位置上。总之，一句话，罗曼司文本乃是父权制的陷阱。肯定者认为：女性阅读罗曼司的主要目的是消遣娱乐，这也是文学的一个作用。由于激情、娱乐等正是压迫体制内被压抑的东西，所以罗曼司为我们提供了一种"反抗精神生活本质的同一性的胜利"，[①] 而且"阅读罗曼司也意味着参与了一种亚文化群"。[②] 这样，它也为我们谈论政治而又不放弃消遣娱乐提供了另一种讨论方式。总之，一句话，"革命之后仍会有罗曼司"。[③]

这样关于罗曼司文本的讨论至少使我们认识到女性主义阅读的多样性。对于任何复杂的文学文本来说，都没有唯一正确的阅读。不过对女性主义阅读而言，只要性别政治仍然存在，就不能放弃它阅读的政治性。

（二）写作理论批评：语言与身体

女性主义阅读理论发现历史是由男性一手写成的，女性以沉默之躯

[①] ［英］玛丽·伊格尔顿：《女权主义文学理论》，胡敏、陈彩霞、林树明译，湖南文艺出版社1989年版，第253页。

[②] 同上书，第255页。

[③] 同上书，第256页。

承受着父权制的种种罪恶和全部重压。女性主义要颠覆父权体制,改写以男性为中心的历史,女性就必须对历史发言,即女性必须写作。女性必须从被书写的客体性位置上挣脱出来而进入女性书写的主体性位置上来。而写作一直被视为男性的特权,是菲勒斯(Phallus)的专属领域,因此女性写作困难重重。伍尔夫认为,其难度不仅仅在女性的教育和阅历的局限性或者写作的技巧性等方面,更主要的是女性要写作还必须与一个幽灵搏斗一场,这个幽灵就是"屋里的安琪儿",即认同并顺从男权意识形态的女性及其意识。这样女性要写作,"杀死屋里的安琪儿就成了一名妇女作家职业的一部分"。[1] 而且"她不能用形象说话,而是想到了肉体,想到了作为一个女人并不合适的激情。她的理智告诉她男人们将为之休克,男人们对那种倾诉真情的女人会訾议些什么她是能意识到的"。[2] 所以,伍尔夫认为她的写作生涯要冒两种危险:一是杀死屋里的安琪儿,她认为她做到了;二是真实地倾述她作为一个血肉之躯的自己的体验,她认为她尚未做到。

伍尔夫的两种冒险实际上带出了女性主义写作的两个根本性问题:语言与身体。这二者在写作中又始终交织在一起,也就是说要寻找最切身的语言来表达女性最真实的感受和最迫切的要求。女性主义者认为:"语言是个开端,觉醒之后必须掌握语言。"[3] 但在父权制下,语言又无不打上占统治地位的男性意识形态的烙印,那么"女性语言"又如何产生呢?在父权制下身体备遭贬抑,男性也正是以身体的差异为名"蓄意"贬低女性的价值,男性主体也正是建立在"身心二分"的意识形态之上的。女性主义正相反,要建立"身心合一"的主体,所以强调"女性的写作由肉体开始,性差异也就是我们的源泉"。[4] 那么女性主义写作又如何使身体与语言相结合而且还具有颠覆父权制的威力呢?

---

[1] [英]玛丽·伊格尔顿:《女权主义文学理论》,胡敏、陈彩霞、林树明译,湖南文艺出版社1989年版,第90页。

[2] 同上书,第91页。

[3] [美]伊莱恩·肖瓦尔特:《荒原中的女性主义》,韩敏忠译,见王逢振等编《最新西方文论选》,漓江出版社1991年版,第267页。

[4] 同上书,第264页。

德里达和拉康的思想对女性主义写作尤其是法国派的写作理论颇有启发，她们也纷纷从中去吸取有益的成分。

女性主义写作的目的就是要反对父权制对女性的控制，就是要改变女性历来默不作声，因而被放逐在历史进程之外的命运，坚信女性写作将会使以男性为中心的同一性的父权历史的连续性被中断。屋里的安琪儿实乃父权制的替身，而父权制是建立在菲勒斯逻各斯中心主义（Phalluogocentricism）的思想基础之上的，是逻各斯中心论和阳具中心论勾结的产物，其特征是：以阳性与阴性、白昼与黑夜、太阳与月亮、文化与自然、理智与情感、精神与物质、灵魂与肉体、主体与客体、中心与边缘等一系列二元对立的方式来看待和结构宇宙和世间的一切，且这每一项对立又都形成一种主动和被动、支配和被支配的等级关系，而这个对立系列最终又同男性与女性这种被认为是人类最基本的对立形式相联系，在父权制下，男性总是居于主宰的位置，女性则被主宰。这一系列二元对立构成了人类生存中那些基本的"天经地义"的规范和文明中一些特定的禁忌以及社会体制中等级秩序的内在基础，它们强有力地影响和支配这着人们那"善于思考"的头脑。西方的哲学和文学思想实际上一直深陷在这无休止的等级制的二元对立思维模式的制约中。这种二元对立的认识范型被表述为"理性"，即客观世界的真实性的呈现模式，是 Logos 的存身所在，一切确定性的意义皆据此获得参照和认定。德里达对逻各斯中心主义的批判正是以瓦解形而上学的根基即二元等级对立结构来进行的，他以"异延"等解构的策略否定了父权制二元思维能够继续获得稳固而确定的意义的可能。这使女性主义写作理论看到了语言的力量，意识到颠覆父权制语言就是颠覆父权制本身。

拉康理论又使女性主义看到父权制是通过"镜像阶段"建立在"象征秩序"上的，而与"象征秩序"相异的即前俄狄浦斯阶段则是一个无性别之分、无主客之别的，无压抑的、身心合一的、母亲与子女统一的想象界。但是当孩子第一次在镜像中认同了其中的"他者"（即客体对象）就是另一个"自我"（即主体身份）时，也就在镜像中虚构了"自我"与"他者"的同一性。"象征秩序"实际上就是以这种镜像虚构为蓝本和原则而获得建构的，并最终把这一误识的同一性放大和确定下来而成为语言构成和认知范式的普适准则。但是这一放大和确定在父权制下又是以菲勒斯为中心的，语言为"父亲"所有，亦即为由菲勒斯支撑的父权秩序所有，女性由于缺失菲勒斯而被逐于语言之外，女性成为男性所支配的沉默的镜像他者，男性可以在象征秩序中按自己的意志来"随意"地塑造或复制女性。但另一方面，正是由于父亲的出现间离了母子，也就有了欲望，有了压抑，也就生产了无意识，这恰恰表明要从象征秩序中彻底清除想象界的成分是不可能的，这也正是象征秩序松动和裂隙之处，而且拉康的"无意识是作为语言而被构成的"[①] 这一洞见，使女性主义看到了掌握并利用这种语言在象征秩序内部从其松动和裂隙处去撬动和颠覆父权体制的可能，而且这种语言由于源自前俄狄浦斯阶段，因而具有切身性，是身体的语言化，也是语言的身体化。因此，无论是朱莉亚·克里斯蒂娃的"符号学"，露丝·伊利格瑞（Luce Irigarag）的"女人腔"，还是埃莱娜·西苏（Hélène Cixous）的"女性写作"等理论都纷纷回到想象界中去寻找反抗父权制的象征秩序的力量之源，这也成为法国女性主义写作理论常用的策略。

那么如何摆脱父权制语言的控制，建立女性自己的语言模式呢？克里斯蒂娃的"符号学"理论作了这方面的努力。她认为现代语言学的思想基础是专制和独裁的化身，它不面对主体、社会和历史的变化，只构筑起了教条主义、形式主义的堡垒，因此为了女性主义的利益，就必须超越语言抽象系统的索绪尔传统，即重新把说话主体建立为语言学的一个目标，把关注的焦点从单一的同质结构的语言转向作为异质过程的语言。这样，"在她眼里，语言是复杂的能指过程，而不是一种独白体系"。[②] 这一努力早在她的博士论文《诗学语言的革命》（1974）中就已开始了。她以符号和象征的区别替代了拉康的想象与象征的区别而开始

[①] 陈越：《雅克·拉康》，见《当代文艺学新探索》，陕西师范大学出版社1997年版，第393页。

[②] ［挪威］陶丽·莫依：《性与文本的政治——女权主义文学理论》，林建法、赵拓、李黎译，时代文艺出版社1992年版，第197页。

第九章 哲学与经验的融合

建立她的符号学,认为符号是从前恋母情结中漂浮而来的欲动之流,与女性及其身体紧密相连,无性别之区分,无固定之形态,进入象征秩序后备受压抑,但又溢出压抑,从而造成了象征语言系统内部语调与节奏的混乱,语意的矛盾、流动和多义,它模糊了明确的男女象征边界,冲击一切二元对立规则,这对确定、稳固的男性中心的语言帝国是一种分裂和破坏。因此,符号被她视为颠覆象征秩序的有效手段,这种以符号为基础的文学写作也就成为语言领域中的一种政治斗争。正如符号在象征秩序中的边际性一样,符号主体即女性也被边缘化从而使其处在男性社会的否定位置上,成为社会内的一种反社会力量。因此她的符号学不是过去那种稳定、封闭的传统语言学,而是一个交织着话语权力斗争的革命性场所。

女性如何用自己的语言即女性的说话方式是什么?女性话语有无自身特点?伊利格瑞在《非单一之性》(1977)中提出了"女人腔"的主张。她以女性的立场挪用弗洛伊德的理论认为:男性快感集中在阳物上,是单一的、线性的,因此男性话语追求理性;而女性快感是多元的、扩散的、包容性的,因此女性话语是多重的、流动的、无中心的、与身体和周围事物相粘连的。"'她'既是她自己,又是另外一个……'她'说起话来没有中心,'他'也难以从中分辨出任何联贯的意义……在她的陈述中,至少在她敢于开口时,女人不断修正自己的话,她说出的话是喋喋不休的感叹、半句话和隐秘……必须变换角度听她说话,只有这样才能听出'另外的意思',它始终在枝蔓绵延,词与词不断交织,而为了避免固定的板滞,同时又不停地扩散。一旦'她'说出话来,所说的就不再与她要说的相同了……等说到离题太远时,她便停住,又从'零'——她的身体——性器官——开始。"① 在理性化的男权社会,女性从思想意识到言语方式都被视为非理性的、无逻辑性的,而且是女性比男性低劣的标志。伊利格瑞反其道而行之,认为这种多元的、非中心的"女人腔"正是对抗单一性的男性话语的有力武器,女

---

① [法]露丝·伊利格瑞:《非单一之性》,转引自陶丽·莫依《性与文本的政治——女权主义文学理论》,林建法、赵拓、李黎译,时代文艺出版社1992年版,第145—146页。

性的非理性的神秘主义话语本身就是对要求清晰、明确的父权象征秩序的扰乱和颠覆，因此，女性要充分使用这一武器。

与伊利格瑞从身体出发建构女性话语的做法相似，埃莱娜·西苏在《美杜莎的笑声》（1975）中提出了著名的"女性写作"的主张，明确要求"描写身体"。她充满激情地号召"妇女必须参与写作，必须写自己，必须写妇女"。① 正如女性是那些杰出思想家的盲点以致女性成了他们理论的颠覆性场所一样，身体也正是男性意识形态的误区，男性总是努力在精神的高空神游，拼命地想忘记和摆脱身体的沉重，身体也因此成为女性写作的反抗性的出发地，"就如同被驱离她们自己的身体那样，妇女一直被驱逐出写作的领域"。② "我们一直被摈拒于自己的身体之外，一直羞辱地被告诫要抹杀它，用愚蠢地性恭谦去打击它，我们成了那些老傻瓜诡计的牺牲品。"③ 因此，女性必须通过写作来赢回自己的身体，必须通过写身体来返回真实的自己。男性受诱惑去追求世俗功名或神圣境界，而女性"幸亏她们没有升华；她们安然无恙，保存了精力"。④ 在一个被男性意识反复符码化、抽象化、理论化的世界，女性只拥有被男性的精神世界拒绝和贬斥的身体，而这恰恰被西苏视为女性写作的源泉，是一种颠覆性、破坏性、爆炸性的力量，"妇女必须通过她们的身体来写作，她们必须创造无法攻破的语言，这语言将摧毁隔阂、等级、花言巧语和清规戒律"。⑤ 这种身体的语言来自没有被菲勒斯话语控制的前俄狄浦斯的想象界，来自进入象征秩序又从其裂隙中溢出的潜意识世界，因此这是一种以飞翔为姿态的女性语言，它搅扰空间秩序，打乱事物关系和价值标准并砸碎它们，架空结构，颠倒性质，横扫句法学，在那些被视为不可能的境地长驱直入。女性写作就是以这种语言来书写身体，并把这种书写本身带入世界，嵌进历史，以美杜莎的

---

① ［法］埃莱娜·西苏：《美杜莎的笑声》，黄晓红译，见张京媛编《当代女性主义文学批评》，北京大学出版社1992年版，第188页。
② 同上。
③ 同上书，第201页。
④ 同上。
⑤ 同上。

笑声来震撼男性象征秩序，结束女性被束缚的缄默的历史。

如果说这篇文章是一篇讨伐性的檄文，一篇女性写作的宣言书的话，那么十几年后西苏的《从潜意识场景到历史场景》（1989）则是一篇新颖独特的书写理论的范例，意味着她从对身体的倾述走向了对生命的关注。在这篇文章中，她以自传的方式表达了她对身体、个体、生命、生存、语言、历史、希望、真理等问题的深沉而执着的叩问。她认为写作是对"真理"的探讨与追问，"写作在真理栖居的黑暗国度摸索前行。人并没有真知，人不过只是前行"。① "因此，写作乃是一个生命与拯救的问题。写作像影子一样追随着生命，延伸着生命，倾听着生命，铭记着生命。写作是一个人终生一刻也不能放弃对生命的观照的问题。"② 在一个男性话语以霸权的形式概述一切的文本世界中，西苏的女性写作却在自问："怎样去写那些不写作的人？怎样才不至于以我的声音压过他们的声音？"③ 她认为人必须进入潜意识场景以找到真我，但又必须走出自我而走向他人，人必须在自己之外发展自己。不关注身体，不行，但只关注身体，则不够。"理想的境界是：愈来愈无我，而日渐有你。……一旦人终有一天能毫无保留地为他人敞开自己，他人的舞台便会以异常的广阔呈现出来，更确切地说，这一他人的场景就是历史的场景。"④ 在她看来，要超越菲勒斯中心写作，就必须转换场景，关注他人，而不是排斥"他者"，以包容性、切身性的母爱进入他人，才能进入希望。在这里我们可以看到对个体的身体、生命和生存的关注，这表明她的写作理论的延续、转折和深化。

当法国派从想象界吸取力量、寻找方向，并在语言学模式的层面上建构自己的批评时，英美派对这一做法不以为然，黑人女性主义批评、第三世界女性主义批评、马克思主义女性主义批评对此则更是颇有微词，认为法国派专注于语言，而忽视了现实，而且主要从前恋母情结中

---

① ［法］西苏：《从潜意识场景到历史场景》，孟悦译，见张京媛编《当代女性主义文学批评》，北京大学出版社1992年版，第212页。
② 同上书，第219页。
③ 同上书，第224页。
④ 同上书，第225页。

去寻找出路，不但非常危险地接近了性别歧视的本质论，而且使本来各具历史渊源的范围广阔的完全不同的女性主义斗争变得相同了。这就使得西方女性主义文论内部的批评空间进一步的展开，讨论的问题进一步深入。

(三) 批评理论批评：话语与权力

前面两种批评即阅读理论批评和写作理论批评基本上是建立在文学作品和作家创作的基础之上的，这是比较典型的文学批评的传统模式，它在女性主义批评中分量也不小。但是在西方女性主义文论中很重要的一个方面是批评理论的批评，它主要不是以作品和作家为中心，而是以各种相关的批评理论为基础，以那些理论文本中所承载与传达的各种文学观念、文化观念为中心而形成的批评论域，是各种相关的女性主义思想理论的话语交锋，是哲学观念在文学批评领域中的直接落实与展开，以至形成了一种独立的跨学科的新的文学文体形式——"理论体裁"，[①]使得批评理论本身成了一种独特的文学创造性活动。

西方女性主义文论曾有过一段反理论的经历，但主要不是否定"理论"这一文本形式本身，而是反对那种大一统的以男性为中心而排斥女性进场的父权话语理论体系。这种反理论的姿态是西方女性主义文论初期，尤其是在解构主义影响下形成的，而这一姿态本身也仍是以理论的面貌出现的。J. 希利斯·米勒（J. Hillis Miller）认为这正是理论胜利的一个标志："理论的胜利的另一个例证是女性文学研究的发展。……妇女运动毫无疑问在方法论方面是多种多样的，甚至是异质性的，但是从一开始就不仅是有政治动机的而是彻头彻尾的高度理论化的。"[②] 理论性这一点不仅可以从女性主义批评文本中看到，而且可以从更为广泛的国际性的女性主义学科化的建设与发展的实践中看得更清楚，[③] 这种学科化或学院化的前提就是理论化。有人认为这是女性

---

① ［美］乔纳森·卡勒:《文学理论》（第一章，理论是什么），李平译，辽宁教育出版社，牛津大学出版社1998年版，第1—18页。
② ［美］米勒:《重申解构主义》，郭英剑译，中国社会科学出版社1998年版，第239页。
③ 近些年来，仅美国各高校开设的有关女性学或妇女学的课程总数就达上万门之多。

主义的倒退，与运动实践相脱离，并指出当初的一些女性主义精英人士一旦进入学院体制并占有一席之地后就不再激进了，似乎只有英美女性的"格林汉姆和平营""妇女五角大楼行动"①等这类活动才是真正的女性主义实践。其实，理论建设也是一种实践，而且，从女性主义要达致的目标的艰巨性来看，女性解放当是最漫长的革命，理论建设对此当是一种更为重要的实践活动，而且在加速发展的知识生产和知识革命的信息时代，谁掌握了知识，谁就能在权力的结构和运作中起到越来越重要的作用。正如苏珊·斯坦福·弗里德曼在《图绘：女性主义与文化交往地理学》中所指出的："在未来，知识会是怎样被越来越多地生产出来、组织起来和传播开来，面对着这些范式转型，我们无地图可循。然而，我们可以确定的是，各种知识工作者，包括高校中的人士，将会变得越来越关键。"② 女性主义的目标毕竟不能以对抗的方式来实现，而主要应以平等对话的方式来建设，女性主义批评理论的批评正是以这种平等对话方式的展开。

　　宏观地看，女性主义各批评理论之间的批评不是因为目标的不同，而是方法和角度的不同产生的。在反对父权制、反对性别歧视、重塑女性主体形象、追求两性平等和自由发展等目标上各派大体上是一致的，其差异在于如何通过文学批评的方式来表现并促进这一目标的实现，其出发点、路径以及关注的问题各有侧重或各不一样，从而形成了女性主义文论内部批评界面的展开。更仔细地看，其批评界面的展开又不仅仅是文学批评方法的不同，因为女性主义批评不仅仅是关于主题、题材、风格、技巧等纯文学的批评，它的目标与任务决定了它必然超出纯文学本身的疆界，而进入哲学、政治、历史、社会等领域（比如卡普兰的批评转向）。这样，批评的不同其实质是各批评背后的思想资源以及所采取的理论方法的不同。但另一方面，也应看到各批评理论之间也有其

---

　　① 英国的格林汉姆是美国空军的一个导弹基地，五角大楼是美国防部所在地。80年代英、美女性以照顾孩子、照料地球、缝纫活动甚至为导弹象征性地编织毛衣——和平网罩等方式示威游行，以女性的非暴力行为来反衬穷兵黩武的暴行。

　　② ［美］苏珊·斯坦福·弗里德曼：《图绘：女性主义与文化交往地理学》，陈丽译，译林出版社2014年版，第7页。

共同的或相似的思想背景和理论策略。

具体而言，首先就女性主义各种批评理论的共性来看，其共同的思想背景，主要是指西方人文主义传统。但这一传统对女性主义来说是一个悖论性的背景，女性主义既基于它，又批判它。基于它的是自文艺复兴以来，尤其是经启蒙运动开启的人权思想、人的主体性思想。历史地看，女性主义也只能产生于人人平等的观念得到确立巩固、人文思想和民主政治日渐深入人心、社会形态从农业社会向现代工业社会转型的历史进程中。在女性主义的发展历程中，人文主义传统一直作为一个潜在的思想背景为它提供论证的基础和理论的架构，整个女性主义批评对话语主体的合法性的自信实际上是深深地植根于近代认识论以来高扬主体性的传统上。另一方面，女性主义批评对这一传统中的男性中心话语体系和父权制性别等级观念也一直持有强烈的批判性。从亚里士多德到卢梭、康德，再到弗洛伊德等人都以"女性缺乏理性"而贬低、排斥女性，在父权体制中，女性问题甚至连提问都难以找到切身性的途径，语汇的使用有如思想的历险。父权制为性别设下的种种桎梏已远远超过了生物物种延续所需的程度。但是知识的增进、文明的发展并未自然地带来女性的解放。直到1993年在维也纳国际人权大会上才正式承认了"妇女人权"这一概念，[①] 这对我们一直深信不疑的伟大的文明史实在是一个极大的讽刺，正如前牛津大学副校长、圣凯瑟琳学院院长阿伦·布洛克尖锐地指出的那样，"如果两性之间的关系不能平等的话，人文主义传统就是一场笑话"。[②] 总之，由于女性主义话语并不存在于父权历史秩序以外的任何地方，它不是站在外面而是置身其中来发言，它所处的这种悖论性的思想背景使得女性主义批评不仅使男性与女性，就是女性之间在话语权力方面也始终充满张力。

就共同的理论策略而言，主要是指女性主义的经验主义。无论哪一

[①] "女权即人权"这一概念提出较早，但它或者是思想性的，或者是国别性的，而不是法律性的、世界性的，1945年的《联合国宪章》虽把女权纳入人权范畴，但也只流于形式，女权仍处在人权的边缘位置上。

[②] ［英］阿伦·布洛克：《西方人文主义传统》，董乐山译，生活·读书·新知三联书店1997年版，第285页。

种女性主义批评流派都宣称需要建构一种能被女性自身的脉搏证实了的属己的而非异己的理论,强调以女性经验作为阅读、写作、批评的原则和检验的权威以及女性团结的基础。认为对女性的生存感受和生命经验的真实书写这一方式本身就能成为颠覆男权既定秩序的最有效的武器。由于经验是个体独有的生命感受,所以认为只有以女性经验的真实表达方能拓展女性主义文化空间,确立女性批评的主体性地位,这使得过去男性代女性言说的批评模式的合法性受到颠覆,而且认为对女性经验的强调能更有效地防止男权意识对女性理论采取先介入挪用再霸占改造的手法,以保持女性主义批评的独立性和真实性。但另一方面,若过分强调经验又容易与本质主义划不清界限,而且个人经验又易于在虚幻中构造其自身的完整性(比如罗曼司阅读经验),因此应以政治性来整理经验的表达,使其具有明确的女性主义批评性质。可见,即便在经验论域也充满张力:既重视女性经验,又警惕本质主义。但在具体的批评实践中,二者的边界又常常相互交错,以至产生了佳娅特里·C. 斯皮瓦克(Gayatri Chakravorty Spivak,1942—)称之为以"策略上的本质论来反对父权制"[①]的这种状况。

其次,就各种女性主义批评理论之间的差异或者侧重来讲,在这充满悖论和张力的思想背景和理论策略的基础上再来细看女性主义各批评理论就会发现:她们观点的产生既有性别的因素,也深受教育环境和思想传统等因素的影响。不同国籍、阶级、种族、性倾向的人其观点之间的差异很大,批评理路也各不一样,她们的长处往往也内在地成为她们的局限,而相互之间的批评又使得这种长处和局限更清楚地显现出来。尽管近年来各批评流派之间的交互影响在加深加大,跨学科研究的趋势在增强,而且她们并不以单一的理论作为自己的思想资源,但彼此间仍有各自的侧重。

美国女性主义批评被称为"镜子批评",它基本上是建立在自由主义学术传统之上的,主要是由那些耕耘在文学领域的、在高校任教的、在妇女学中心从事研究的女性创建的。它直接受惠于西方人文主义思想,

---

① [美]佳娅特里·C. 斯皮瓦克:《女性主义与批评理论》,孟悦译,张京媛编《当代女性主义文学批评》,北京大学出版社1992年版,第226页。

基本上是理性主义的，它并不从根本上推翻自由、平等、人性、解放等价值观念，即并不向真实性、客观性、普遍性这些概念本身发起挑战，而是强调要清楚地认识到这些观念并不能像表面上看起来的那样能够轻易地运用到女性身上，必须坚决反对这种范畴中男性中心的哲学观念和文学传统，并在这种批判性的实践中把个人、知识与政治等问题联系在一起，以女性主义批评的镜子来恢复并映照出女性在历史和现实中的真实性面貌和主体性形象，以纠正理性的偏差，增补人文传统的缺失。为此，它着力以女性为中心梳理并建构"一个兼融女性与男性文学经历的总的新文学史和文学批评"。① 因此，它并不排斥男性加入女性主义批评，但要求必须以学生、学者、理论家和批评家的身份进入，而不能以男性中心的话语霸权的身份进入。这一批评的主要问题是重视了对社会观念系统的分析而忽视了对身体、欲望的探讨与分析；反对男性中心的形上学传统，却又营建女性主体的形上学架构，七八十年代着重以女性价值的同一性来建构的统一连贯的女性主义文化空间遮蔽了女性个体的差异；九十年代后注意到了这个问题而强调构建多元文化主义的女性主义文论。

　　法国女性主义批评被称为"妖女批评"，它主要是基于后现代主义的，受德里达的解构主义、拉康的精神分析理论、罗兰·巴尔特的符号学以及福柯、利奥塔等人思想的影响，否定理性，质疑解放，颠覆父权制的二元论模式，认为理性中所隐含的极权主义乃是专制与暴政的基础，普遍的理性对个体"他者"的生存是漠不关心的，而所有的解放论又都依赖一个直线式的有目的的形上时间模式，是一个宏大的自我合法化的神话。克里斯蒂娃认为将世界转化为自身镜像的任何理性论企图，只不过又是一个去拥抱"空洞"的理论诠释。因此转而强调个体性、身体性，并从想象界中去寻找解构父权象征秩序的非理性的语言力量。这一批评的主要问题是专注了语言批评，而忽视了社会批评，因而也就忽视了经常使女性遭受压迫与歧视的其他实质性问题。这种专业性的语言分析不仅排斥了大多数女性的参与，而且对父权制只进行这种语言手术的最大

---

　　① [美]伊莱恩·肖瓦尔特：《女性主义文学批评的革命》，刘涓译，见王政、杜芳琴主编《社会性别研究选译》，生活·读书·新知三联书店1998年版，第141页。

弊端是：手术很成功，但病人死了，即问题仍未解决，以为摈弃了传统文本中的非矛盾律就抽去了思想专制的理论基础，而实际上问题并不这么直接简单，要复杂得多。因此，从政治上看，解构主义批评也许是保守主义的最新变种，正如特里·伊格尔顿指出的："由于无法砸碎国家机器的结构，后结构主义倒发现可以将语言的结构颠覆。"①

英国女性主义批评注重从马克思主义理论中获取思想资源。认为从马克思的"妇女解放是衡量普遍解放的天然标准"②到马尔库塞的"妇女执掌着解放的命运"③这一认识传统中看到，女性主义与马克思主义在解放论上有着深刻的内在联系。而恩格斯的"最初的阶级压迫是同男性对女性的压迫同时发生的"④这一论断又使得女性主义批评把性别压迫与阶级压迫相联系，并从马克思主义中引进种种揭露统治阶级的压迫实质的分析手段，为女性解放寻找一种革命性的批判力量，以结束父权制下家庭结构中丈夫是资产阶级而妻子是无产阶级这一局面。马克思主义女性主义批评有两个特点：一是把马克思主义关于艺术创造与经济基础—上层建筑、生产—再生产以及意识形态的种种关系的理论结合到女性主义对文学作品的分析中去。二是在进行文本批评时强调把马克思主义与精神分析结合起来，认为这样才能揭露资本主义制度与父权制相勾结而对女性进行控制、支配和压迫的全部内涵。这一批评存在的问题也就由此引出，即把马克思主义与弗洛伊德精神分析学说或拉康理论都视为一种可以利用的并行的文本而形成一种"互文性"（Intertextuality），在具体批评中又往往以此弱化了马克思的辩证法和历史观，这实际上削弱了女性主义批评的革命性和实践性。

黑人女性主义批评与第三世界女性主义批评直接植根于反种族歧视、

---

① ［英］特里·伊格尔顿：《文学原理引论》，刘锋译，文化艺术出版社1987年版，第169页。
② ［德］恩格斯：《反杜林论》，见《马克思恩格斯选集》第3卷，中共中央马克思恩格斯列宁斯大林著作编译局编译，人民出版社1995年版，第610页。
③ ［德］赫伯特·马尔库塞：《审美之维》，李小兵译，生活·读书·新知三联书店1989年版，第149页。
④ ［德］恩格斯：《家庭、私有制和国家的起源》，见《马克思恩格斯选集》第4卷，中共中央马克思恩格斯列宁斯大林著作编译局编译，人民出版社1995年版，第63页。

反殖民压迫的黑人民权理论和后殖民主义理论中，认为黑人女性与第三世界女性不仅遭受到男性的种族主义与西方中心论的政治、经济、文化等多种压迫，而且在白人中产阶级女性把持的女性主义主流话语场中她们仍处在无权的边缘位置，一如女性在父权制中的位置，所以她们处在边缘的边缘，她们的问题并不为那些高唱"甜蜜的姐妹情谊"（Sweet Sisterhood）的白人女性所关注和重视。因此，她们必须以自己的语言梳理出并建构一个有自身特点的文学创作与批评的传统，并捍卫这一话语权利。对黑人女性主义批评来说，由于"种族中心论的西方语言使黑色性成为缺席与否定的象征"，[①] 因此"黑色性"就成为它独特的具有本体论性质的政治批评与文学批评的范畴。但它也同样要面对"黑色自我"如何在"超验的黑人主体"与"经验的黑人差异"之间探寻恰切的话语表达方式这一问题。对于第三世界女性主义批评来说，男女平等并不是从西方进口的价值观念，在自己的传统中已有种子，但却没有开花结果，因此，她们既要看到并反对自己文化中的父权制传统，也必须警惕和反对西方中心的文化帝国主义。若直面第三世界仍危险地处在第一世界文化殖民的"他者"位置这一历史语境，也就必须要思考如何在"民族话语"与"西方话语"的交锋中建立自己的批评理论这一大问题。

结束语

从上面的历时性和共时性的分析中可以看到，无论是就西方女性主义文论本身来看，还是把它放到20世纪整个西方文论的大背景中来看，其最显著的特点就在于：围绕社会性别问题，在哲学与经验的交互否定和自我否定中不断地建构和拓展自己的批评理论，以文学批评的方式关注公共话语（思想的普遍性）与个人话语（生存的经验性）之间复杂而紧张的关系，借以探问建设一个身心合一的女性主义文化空间的可能，而这一空间乃是与个体生存切身相关的家园。

德国浪漫主义诗人诺瓦利斯（Novalis，1772—1801）认为：哲学本

[①] [美]伊莱恩·肖瓦尔特：《自主与同化现象》，张京媛译，见张京媛编《当代女性主义文学批评》，北京大学出版社1992年版，第251页。

第九章 哲学与经验的融合

就是人们怀着乡愁的冲动到处去寻找家园。从柏拉图的"理想国"到海德格尔的"诗意地栖居",无一不是这还乡之旅中的一个个路标。古希腊人说:人住在"自然"里;近代哲人说:人住在"理性"中;现代哲人说:人住在"语言"中。① 但是"自然"之家中没有人的主体性,"理性"之家中又找不到个体的位置,而"语言"又实难担当起家的承诺。语言是非自然的,是人为创造的,是人类以自己的力量来认识、梳理和厘定纯然的自然世界的创造性的劳作方式,正是通过语言,人类获得了对世间万物命名的权利和对内心感受表达的方式,语言文字的"神秘性"力量就在于对外在世界和内在世界的双重谋划、重构与确认,世界也因此由无名变为有名、由无序变为有序,从而展开了以人文秩序来整理自然秩序的所谓的文明的历程。这样,人类自身的主观意志和真实的客观世界之间就通过语言文字建立起了一种想象的或者误识的同一性关系,以为语言表达的都是,也应该是真实世界或理想世界的模样。但是,语言文字产生之时,也正是人类历史的父权制确立之际,语言文字也就必然深深地打上父权制的烙印。在人类文字创造中已充分体现出男性视角、男性意识的主体性地位以及两性之间巨大的等级差异。因此,女性对语言文字的使用有一种双重冒险:一是语言文字和真实世界之间并不是一一对应的,文字记录的历史并不是真实的历史。女性为历史所囚禁。二是语言文字本身并不能完整表达女性对世界的真实的切身的感受和看法,女性游离在对语言文字的掌控之外。女性为语言所过滤。② 因

---

① 参见叶秀山《我想有个家》,见《愉快的思》,辽宁教育出版社1996年版,第82页。
② 在英语中,"历史"一词被写作history,即"他的故事"(his story);"领导者"是chairman,而不是chairwoman;he与man是代指普遍性的词,可以涵盖男女两性,指"人"或"人类",而she与woman只是特殊性别的表达,专指女性。在汉语中,"他""他们"以人字部书写,除了指代男性,还是一种普遍性的指代,显示了一种涵盖或忽略一切异性异物的权利;"她""她们"则以女字部书写,不仅表达了一种造字时的秩序,而且"她"是源于"他"而再生成出来的,这种专指女性的特殊性表达,暗示了"她""她们"被排斥于"他""他们"的普遍性之外,是一种另类的存在。汉语中有很多字形都表明文化中的性别等级秩序,如汉字中"奸""嫉""妒""妖""娌""姘""婪"等贬义词,在造字时都以"女"字部命之,把丑陋的品质与女性强制性地联系在一起,而"奴""婢"等字的原本含义就是"受压迫、剥削、役使的没有自由的人"。今天世界各国的许多糟糕的骂人的口语大都与女性或女性的身体相关,徐坤的小说《狗日的足球》对此——语言如何成为女性的炼狱——有深刻的揭示。

373

此，虽然西方现代哲学把语言提高到本体的地位，但这种语言本体构筑起来的家园形态（历史的、现实的和精神的）仍经不起女性主义思想的审视与追问。

女性主义文论提请我们关注并思考这样一个既是经验的又是哲学的问题：人住在男性与女性共同筑居的家园中。人类的社会历史从来就不是单性的，如果说"文化上的每一个进步都是迈向自由的一步"① 的话，那么女性主义也就必然应运而生。更深入地看，女性主义哲学和文论只能诞生在19世纪以来的文化语境中有其历史的必然性，但这种历史必然性不能被看作是"女性主义的达尔文化"：女性主义会作为社会历史进程中的一种自然事件而到来。因为女性主义不仅需要观念的更新和思想的革命，更需要物质的条件和社会的变革，正如马克思在《〈政治经济学批判〉序言》中所指出的："人类始终只提出自己能够解决的任务，因为只要仔细考察就可以发现，任务本身，只有在解决它的物质条件已经存在或者至少是在生成过程中的时候，才会产生。"② 一种哲学和文学思潮的产生必须把它放置于社会思想史的背景中来加以历史性的读解，这种历史性的读解对女性主义在和文论来讲又绝不能是实证式的在历史和文本中去寻求合适的、不偏不倚的细节材料，而必须是批判性地对以往全部思想历史和父权制社会传统的清理、审视以至颠覆。因此，从思想史和社会史的背景上来看，不能把女性主义哲学和文论的重心和目标局限在对家庭劳作的时间失衡、家务劳动的价值流失、家庭暴力的女性受害、失业比例的男女落差、女性收入的普遍不公、情爱世界的男性不忠、社会地位的女性弱势等具体事件的解剖上，尽管这些具体材料、具体事件构成了女性主义历史性视界的基础要素，极为重要。女性主义需要材料，但不能被材料所湮没。女性主义的真正要害和使命不是对这些具体事务的分析和质

---

① ［德］恩格斯：《反杜林论》，见《马克思恩格斯选集》第3卷，人民出版社1995年版，第456页。
② ［德］马克思：《〈政治经济学批判〉序言》，见中共中央马克思恩格斯列宁斯大林著作编译局编译，第2卷，人民出版社1995年版，第33页。

疑，而是对人类思想史和人类社会史演进和建构的规则的批判和重构。一种规则的确立要远比一百种事务的解决更重要，因为规则具有复制的性质和强制的威力。女性主义发现了人类思想史上的巨大遗漏——性别问题，即"性别"只是经验的对象，从未成为学术、思想的对象，在日常经验中一个人人皆有的问题，却成为思想传统中一个巨大的无，而且这种遗漏不是自然而然地产生的，而是人为有意地建构的。女性主义哲学和文论的思想价值不单单是看出了现实的和历史的"家园时空"（个体形态的家庭和整体形态的社会）中男女的不平等而喊出了"男女平等"的口号，并捍卫这一口号；它更为深刻的理论底蕴是：差异是绝对真实的存在，但平等是现代信念的基石。虽然个体的差异（包括男女两性之间、同性之间）无法抹去，但价值的平等永远不能被勾销，不仅男女的平等，而且所有人的平等都应当成为人类思想天幕上的太阳，社会现实的大地上不平等的沟壑与坎坷才能得以清晰呈现。不平等正是通过平等的检测才显露出它的非法性。如果丧失了平等的理性信念，那么每一种个体差异（不仅仅是男女的性别差异）都会构成思想史上和社会现实中暴力和专制的逻辑基础。但是，这里值得注意的是："平等"如同"自由""民主"等概念一样，不能作为一个空洞而抽象的尺度，它有着复杂而丰富的社会内涵，必须以历史性的方式来读解，在不同的物质条件和社会阶段的变化中，在不同的社会身份的位移中，它的内涵又有着相当的差异。只有这样，对女性主义哲学和文论的变化与发展的历史形态和当代形态的把握和梳理才能避免以一种抽象观念丈量天下的主观平面化，才能最大可能地测度出女性主义思潮在思想史、社会史、文化史的大海中潮来潮往、起伏跌宕的真实性。西方女性主义哲学和文论从社会性别理论到社会身位理论的变化以及其中各种批评流派的交锋都应当在对基本信念的捍卫和个体经验的表达的这种交织呈现的话语运作中获得批判性的读解。

性别问题一经提出，便再也无法回避，但它又不是一个孤立的问题，总是与其他哲学问题、文学问题、社会问题、历史问题、民族问题、宗教问题等纠缠在一起，因此它不可能单独地获得彻底的解决。女性主义哲学和文论也就必然基于社会性别，又超越社会性别，把性别不平等作为整个思想文化和社会历史的等级制度的一部分而置于自己批判性的视界中。

第十章　批判理论上的文学批判

——西方马克思主义文论与哲学

在西方思想史上,大概没有哪位思想家的思想能像马克思主义这样对整个 20 世纪以来人类社会的历史进程和整体格局、知识领域和精神世界产生过如此广泛而深刻的,甚至是革命性的影响,从而使其成为 20 世纪以来人类思想地形图上一座最为重要的思想高峰,它不仅在一系列先后产生的社会主义国家中成为国家性的指导思想,而且就是在资本主义社会也成为历史审视、社会分析和社会批判的重要的思想资源。自从马克思主义诞生后,任何对资本主义社会的批判都不能不置身于马克思所规定和勾勒的思想视野中,任何对未来的思考也都不可能无视马克思主义理论中的批判前提。因此,萨特(Jean-Paul Sarter,1905—1980)在 60 年代初就语出惊人地断言:"马克思主义是我们这个时代不可超越的哲学。"① 福柯(Michel Foucault,1926—1984)虽是一个非马克思主义者,但他在 70 年代中期仍明确表示:"如今在写历史的时候,不可能不运用到直接地或间接地与马克思思想相关的一系列概念,也不可能不置身于马克思曾描述、定义过的境域。说到底,做个历史学家和做个马克思主义者是否有所不同,是值得怀疑的。"② 到 90 年代中期,即便是在苏联解体以及东欧剧变之后,德里达(Jacques Derrida,

---

① [法]萨特:《辩证理性批判》(1960)(上),林骧华、徐和瑾、陈伟丰译,安徽文艺出版社 1998 年版,第 28 页。
② [法]福柯:《关于监狱的对话》(1975),引自《福柯集》,杜小真编选,上海远东出版社 1998 年版,第 281 页。

1930—2004）在《马克思的幽灵》(1995）中仍反复强调一种认识：没有马克思就没有未来。尽管他们有着各不相同的哲学理路，但是仍可见出马克思主义作为思想背景或资源对他们的巨大影响。可以说在20世纪以来的西方哲学与文论的许多思潮如存在主义、结构主义、解构主义、女性主义、新历史主义、后殖民主义、文化研究等中，都可以看到马克思主义的思想身躯在其中赫然耸立，而在这众多的思潮中，把马克思主义作为主要的（不是唯一的）哲学基础和思想资源的无疑当数西方马克思主义。

西方马克思主义从20世纪20年代发端以来，就以经典马克思主义的当代"继承者"和"发展者"的身份自居，并以其对苏联模式的正统马克思主义的理论挑战和对西方现代资本主义的全面批判的双重姿态出现在西方20世纪的思想舞台上，成为一种具有"左倾"激进主义色彩的哲学的与文化的社会批判思潮，其着眼点在于探讨发达资本主义社会中马克思主义的理论使命及其当代性问题。法国现象学家梅洛-庞蒂（Maurice Merleau-Ponty，1908—1961）在他的《辩证法的历险》(1955）中首次提出了"西方马克思主义"这一概念，并把它与"列宁主义"相对立，同时把它的源头追溯到1923年乔治·卢卡奇（G. LuKács，1885—1971）的《历史与阶级意识》一书。从此，这股思潮就崛起于二三十年代，兴盛于六七十年代，在冷战时期西方"新左派"运动中备受关注，特别是在1968年法国的"五月风暴"中，"西马"人士马尔库塞（H. Marcuse，1898—1979）作为"3M"（马克思、毛泽东、马尔库塞）之一被尊为精神导师，"西马"理论被奉为思想武器，这样这一思潮就从"地下"转为"地上"，第一次被推到了历史的前台，因而声名大振。"五月风暴"的失败、"新左派"激进运动的幻灭并未使它淡出历史舞台，相反，"西马"的思想却更为广泛地渗透到了政治、经济、哲学、历史、美学、文学、艺术等各个方面。到了八九十年代也依然保持着强劲的批判姿态和发展势头。虽然国际社会主义运动遭受到严重的挫折，在西方社会中马克思主义遇到前所未有的挑战，但是马克思主义思想的批判力量并未失去它的土壤和目标即资本主义。只要资本主义存

第十章　批判理论上的文学批判

在，马克思主义就必然存在。所以，弗雷德里克·杰姆逊（Fredric Jameson，1934—）认为："在我看来，最令人发笑的没有条理的表达就是同时声称资本主义取得胜利和马克思主义已经终结。马克思主义最早对资本主义及其特性和矛盾进行了研究，如果说资本主义现在已经遍布世界，那么毫无疑问，马克思主义比以往的意义更大。"[①]

那么，如何看待西方马克思主义以及建基于其上的"西马"文论在这近百年西方社会的历史演进中的理论命运和批判价值呢？就马克思主义而言，历史唯物论和社会革命实践论是其思想基础，理论与实践的结合是马克思主义的现实品格与理想品格，马克思主义不是以学问或学术的态度来对待现实世界，而是以批判的、革命的态度来对待；它不是对永恒性观念进行黑格尔式的理论探讨，而是对人类社会发展变化的历史动因的深刻揭示，由于阶级社会本身就内在地包含无数的差异甚至敌意，普遍的永恒性始终未能找到它现实表达的恰当内容而仍然只是一种观念的虚设和形而上的推论；"西马"的文学思想也不是有关的范畴演变的逻辑体系，而是对社会与文学的诸多根本问题的批判性揭示。对西方马克思主义来讲，虽然它在一定程度上保持了马克思主义的批判性，但它也强调要充分利用已有的资本主义思想成就来解决不同历史时期的当代性问题，以此来补充、完善或改造马克思主义的当代理论，从而使它与被批判的思想对象又保持了交互性甚至妥协性。这样从"西马"的著述中我们可以看到一个革命性与悲剧性相交融的思想世界。因此，审视20世纪西方马克思主义及其文论的思想轨迹，"历史性"和"问题性"就成为两个极为重要的理论视点，即看它是在什么样历史阶段中、针对什么样的当代性问题、综合了什么样的思想资源、以什么样的方式来展开批评的？这种文学批评又产生了什么样的理论的和现实的意义，又有着什么样的影响，西方马克思主义是一种批判性的思潮，是一个历史性的概念，而作为一个历史性的概念，它又是从马克思主义的当代问题性中生发出来的，而不是从马克思19世纪的文本中产生的。因

---

① ［美］阿·德里克：《马克思主义向何处去？》，李发、王列译，转引自俞可平主编《全球化时代的"马克思主义"》，中央编译出版社1998年版，第214页。

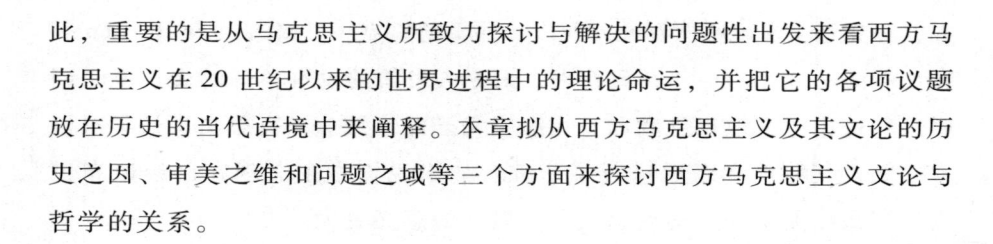

此，重要的是从马克思主义所致力探讨与解决的问题性出发来看西方马克思主义在20世纪以来的世界进程中的理论命运，并把它的各项议题放在历史的当代语境中来阐释。本章拟从西方马克思主义及其文论的历史之因、审美之维和问题之域等三个方面来探讨西方马克思主义文论与哲学的关系。

一　西方马克思主义及其文论的历史之因：从革命的失败走向学术的成功

西方马克思主义的双重批判的整体面貌和理论特色的产生是20世纪初西方社会政治经济发展的必然产物，是对欧洲资本主义国家无产阶级革命一再失败的理论反思的产物，它的产生有其历史必然性，它后来的思想走向直接植根于它当初的沉重反思和理论定位。

在20世纪二三十年代，俄国"十月革命"虽然取得成功，但是这一时期德国、匈牙利、奥地利等一系列的欧洲革命却接连遭到惨重的失败，革命形势从高潮转入低潮，而与此同时，西方资本主义体系却相对稳定下来。这时，处于资本主义包围中的苏俄也相应地修改其内外政策，"第三国际"也据此在所属的各国共产党内推行"布尔什维克化"的政策，并把失败归咎于各国没有一个成熟的党的领导。但是西方一些国家的共产党并不这样认为，他们开始反思这样的一些问题：为什么西方资本主义国家的内在矛盾如此尖锐，而无产阶级革命并没按马克思的预言实现？为什么与马克思的预言相反，革命在西欧先进的资本主义国家连遭失败，而在落后的俄国却获得了成功？由此开始从理论和实践两个方面对"第二国际"的"庸俗经济决定论"、"第三国际"的"机械唯物论"和苏共的政策以及经典马克思主义的正统产物即列宁主义展开了反思与批判，认为无产阶级通过暴力手段夺取政权的"十月革命"的道路在西方行不通，他们既反对"第二国际"的"经济主义"，也反对"第三国际"向西方各国输出"俄国模式"。西方马克思主义正是从这种"共产国际"内部激进的反思思潮中孕育而生，它不仅与正统的马克思主义经典遗产的理论方向相异，而且更与在"第二国际""第三

第十章 批判理论上的文学批判

"国际"中占主导地位的思想路线相对立,这导致它在欧洲各国共产党内部遭到了严厉的批判。从此以后,这股思潮就被迫转向非党领域,许多人陆续退党或者被开除出党,如列斐伏尔(Henri Lefebvre,1901—1991)、雷蒙德·威廉斯(Raymond Henry Williams,1921—1988)等,但他们仍以学术理论的方式一直顽强地保持着批判的姿态;当然也有不少人坚持留在党内进行思想探险和理论斗争,如卢卡奇、阿尔都塞(Louis Althusser,1918—1990)等,当然,更多的是自我宣称或自我认定的马克思主义身份坚持着他们的批判立场。

如何面对马克思主义的经典遗产,在现代资本主义的不同发展阶段对无产阶级革命的策略和社会主义实现的道路作出回答,并对前景做出预测和展望,这是西方马克思主义的重要课题。但介入这一课题的不独"西马"一家,对马克思主义思想遗产进行现代读解、研究、运用或利用的还有:以欧洲一些国家的工人阶级政党和其他倾向于共产主义的革命力量为代表的主张多党轮流执政、走议会道路的"欧洲共产主义";还有以托洛茨基及其"第四国际"为代表的、推行"不断革命""世界革命"的极左路线的"现代托洛茨基主义",还有以西方资本主义国家的某些官方机构和研究者为代表的标榜"客观""公正"地以学问的态度来研究马克思、恩格斯的生平、理论、思想的"西方马克思学";还有既包括"西马",又包括苏共二十大后出现在东欧的"异端"理论、南斯拉夫的"实践派"理论等社会主义国家中非正统马克思主义,整个资本主义世界中的"非唯物主义马克思主义"这个阵容庞大、思想混杂的"新马克思主义";还有"冷战"后期由于随着白领的增加,新中产阶级地位的上升,无产阶级越来越少数化、边缘化,右派乘势渐起,而左派斗争的意义和目标模糊,看不到工人阶级的前景,于是弱化阶级意识,调整马克思主义的斗争策略,与经典马克思主义拉开距离,但又怀着"残余的乡愁"[①] 守护着信念的"后马克思主义"等等。而"西方马克思主义"则是以西方现代国家中产生的一种在资本主义内部

[①] 周凡、李惠斌主编:《后马克思主义》,中央编译出版社2007年版,第1页。

反对资本主义、反对极权主义的马克思主义思潮，主要以远离工人运动和劳资斗争一线的一些高等院校、民间研究机构、学术团体及其研究者为代表，在总体上既没有严密的组织，也没有形成统一的学派（尽管旗下有著名的"法兰克福学派"），但他们往往以马克思主义的"当代传人"自居，认为在现代资本主义条件下，要利用已有的思想成就并结合资本主义的当代问题来不断地"重新发现""重新创造"马克思主义，反对教条地、庸俗地、机械地对待马克思主义的经典遗产，并根据各自不同的思想立场去恢复他们心目中的马克思主义本来面目，同时依照各自的激进救世的乌托邦情怀来书写马克思主义的当代篇章。在上述这些聚集在马克思主义旗号下的种种思潮中，影响最大、切入社会最深、思想最丰富深刻、最富有独创性的当是"西方马克思主义"。

从上述情况可知，西方马克思主义不是一个地域性的概念，而是一个意识形态的概念，是一个社会批判思潮的概念，重要的不是"西方"这一地理方位，而是"马克思主义"这一思想旗帜使其在多元化的思想格局中获得了一个明确的称谓，它是西方工业国家相继进入资本主义高度发展时期的产物，因此也被称为"发达资本主义时代的马克思主义"。"西马"认为他们所处的时代与马克思所处的资本主义原始积累的"古典时代"已有很大不同。从客观方面来讲，科学技术即生产力的高度发展，机械化、自动化水平的提高，使社会产生了深刻的结构变化，体力劳动者与非体力劳动者的比例迅速下降，传统意义上的无产阶级正在被有技术的、受过科学训练的新工人阶级所取代，阶级结构内涵的变化使得生产关系中两个阶级的敌对性逐渐减弱，从而导致资本主义社会的两大阶级的基本矛盾大大缓解。从主观方面来讲，无产阶段作为社会革命的主体，随着高技术时代的到来，特别是战后"福利国家"的出现，正日益被融合进发达资本主义社会，其原有的阶级意识越来越被资产阶级价值体系和意识形态所瓦解和同化。这样使得无产阶级的革命和社会主义的实现在主观与客观、内在与外在两个方面已产生了重大的变化，使马克思时代的社会矛盾和阶级结构的简单明确的对立性变得更为复杂。因此"第二国际"所奉行的资本主义社会的基本矛盾的对抗性必然促使它向社会主义过渡的观念，在"西马"眼里被贬为"马克思主义的达尔文化"：革命将在社会进化过程中作为一个自然事件而到来。而"第三国际"所崇尚与推行的"无产阶级砸碎的只是锁链而拥有的将是整个世界"的暴力革命的"俄国模式"在"西马"看来也只不过是机械论的神话。那么，革命的出路在哪里？"西马"批判性的支点又何在？

"西马"认为：在发达的资本主义社会中，单纯的经济革命不足以导致无产阶级的真正解放和社会主义的全面实现，必须进行总体革命，包括政治的、经济的、意识的、文化的等方面，强调以主体的意识革命为前提，以"日常生活批判"为中心来展开。鉴于二三十年代欧洲革命的外部条件和时机已经成熟而工人阶级却没有起来这一历史教训，认为革命的主体即工人阶级的阶级意识尚不成熟，所以，革命的突破口首先应选在革命主体的意识领域、精神领域、文化领域。这样，从整体的理论趋向来看，西方马克思主义"似乎令人困惑地倒转了马克思本身的发展轨道。马克思这位历史唯物主义的创始人，不断地从哲学转向政治学和经济学，以此作为他思想的中心部分；而1920年以后涌现出的这个传统的继承者们，却不断地从经济学和政治学转回到哲学——放弃了直接涉及成熟马克思极为关切的问题，几乎同马克思放弃直接追求他青年时期所推论的问题一样彻底"。[①] "西马"的力量向度就逐渐从政治、经济方面位移到远离经济基础的、位于上层建筑顶端的意识形态和文化方面。再加上被迫向非党领域转移所带来的客观上与工人运动的政治实践相脱离，这就使得西方马克思主义与经典马克思主义相比产生了显著的不同："西马"日渐从斗争实践走向学术文本，从集会场所和工会组织走向个人书斋和研究院所，从职业革命家走向专业哲学家。这一走向导致一种深刻的变化，马克思主义日渐被西方资本主义社会所容纳，成为一种被研究的思想，成为一门学科，成为许多大学堂堂正正开设的一门课程。萨特、福柯、杰姆逊、哈贝马斯（Jürgen Habermas,

---

① ［英］佩里·安德森：《西方马克思主义探讨》，高铦、文贯中、魏章玲译，人民出版社1981年版，第68—69页。

1929—）等人都曾谈到：在战后，尤其是六七十年代西方思想界半数以上（在法国则高达百分之八十）的人宣称他们或信仰、或赞同、或认可马克思主义。而且不少欧美名校也以左派教授和"课堂马克思主义"来吸引学生，维护声望，马克思主义成了西方知识界保持自身独立性的一种象征和思想自由的一种隐喻，以至出现了这样一种情况：西方的"马克思主义者"越来越多，而马克思所批判的西方资本主义社会体制却越来越稳固。"西马"虽然保持了一种批判精神，但也保持着对现存体制的依赖，他们对体制的对抗甚至被体制本身接纳了，而经典马克思主义的思想传统中所具有的那种理论与实践高度统一的革命性的批判形式是与当时任何大学体制和学术职位格格不入的。因此，"西马"人士不像其前辈那样致力于"武器的批判"，而是醉心于新的"批判的武器"的锻造。这样，"社会批判"也就越来越成为"文本批判"，以词句对词句、以文本对文本在某种意义上也就成了"西马"批判的标准姿态，"这种理论主义可以看成是第二次世界大战以后的时代中西方马克思主义的总口号"。① 由于缺乏对资本主义经济基础的有力的历史分析并以此来作为对其上层建筑的坚实的批判性支撑，"西马"的批判也就日渐失去了对经典马克思主义的实践目标即社会主义的展望，再加上把苏联模式的社会主义视为极权主义政治的表现而产生的深深的失望，就使得社会主义的前景在"西马"的理论视野中越来越迷离。如果说在卢卡奇、葛兰西（Gramsci Antonio，1891—1937）、科尔施（Karl Korsch，1886—1961）等老一代"西马"人士的思想中对无产阶级革命尚寄予希望，他们心中的马克思主义的社会主义尚不失为对资本主义进行批判的现实的和理想的价值指向和支点的话，那么在新一代的"西马"人士的理论中，这种支点就日益转化成为一种对政治乌托邦的理论激情。这样，他们对资本主义的批判也就成了一种"批判的批判"，这种批判的逻辑最致命的后果不是"理论的贫困"，而是"战略的贫困"。正是在这种从"实践的理论"向"理论的理论"的总体转向中，文学

---

① ［英］佩里·安德森：《西方马克思主义探讨》，高铦、文贯中、魏章玲译，人民出版社1981年版，第94页。

的、哲学的、意识形态的批判力量被"西马"从经典马克思主义传统中以从未有过的形式凸显出来，而"西马"文论也就在这种显现中找到了它显赫的位置。

二 "西马"文论的审美之维：美学批判与政治批判的结合

由于西方马克思主义的重心从"武器的批判"转向"文化的批判"，文学、美学、哲学、文化也就成为"西马"理论建构的重要领域，这样，"西马"文论的总体面貌就典型地表现为美学批判与政治批判的结合。"西马"的主要代表人物大多既是哲学家，又是文学理论家、美学家，在他们的哲学批判、政治批判、文化批判的著作中，有关文学与美学的著作都非常丰富，而且极为精彩。当代著名的马克思主义学者、《新左派评论》的编辑佩里·安德森（Perry Anderson，1938—）认为："在文化本身的领域内，耗费西方马克思主义主要智力和才华的，首先是艺术。在这方面的特点是引人注目的。"[1] "自从启蒙时代以来，美学便是哲学通往具体世界的最便捷的桥梁，它对西方马克思主义理论家始终具有一种经久不衰的特殊的吸引力。这方面的著作，其内容之广博，种类之繁多，同历史唯物主义的经典遗产中的其他著作相比，都要丰富得多，也要深刻得多。也许最终可以证明，这些作品是西方马克思主义最永恒的集体成就。"[2]

这一点只要回顾一下"西马"人士的著述就可看得更清楚。"西马"的开创者和奠基人卢卡奇是20世纪一位极为重要的马克思主义文学理论家、美学家和哲学家，他早年以《现代戏剧发展史》（1908年，并获克丽丝丁娜文学奖）、《心灵与形式》（1911）、《小说理论》（1920）等开始了他的学术活动，晚年则以《审美特性》（1964）、《社会存在本体论》（1970）对他一生的美学思想、哲学思想进行了总结，他丰富的著作

---

[1] ［英］佩里·安德森：《西方马克思主义探讨》，高铦、文贯中、魏章玲译，人民出版社1981年版，第97页。

[2] 同上书，第100页。

在研究方向、主题、方法和范域等各个方面对西方马克思主义文论产生了深远的影响。"西马"又一位重要人物马尔库塞从他 1922 年以《德国艺术家》获得博士学位开始,写下各种著作、文章近百部(篇),而他一生的最后的一部著作则是用以总结他全部美学思想的《审美之维》(1978)。"西马"的另一主将阿多诺(T. W. Adorno,1903—1969)的美学、哲学、文艺学著作更是卷帙浩繁,有全集二十三卷,其中包括《克尔凯郭尔——美学的构造》(1933)、《启蒙辩证法》(与霍克海姆合著,1947)、《否定辩证法》(1966)、《文学笔记》三卷(1966—1969)、音乐论著十二卷,而他数十万言的遗著《美学原理》(1970)则是他毕生学术思想的结晶。本雅明(W. Benjamin,1892—1940)则是"西马"文论领域的杰出代表,从他以《德国浪漫派中的艺术批评概念》(1920)获博士学位起,就陆续写下《歌德的〈亲和力〉》(1924)、《德国悲剧的起源》(1928)、《机械复制时代的艺术作品》(1936)等广有影响的著作。此外法国的萨特、列斐伏尔、马舍雷(Pierre Macherey),英国的威廉斯、伊格尔顿(Terry Eagleton,1943—),美国的弗·杰姆逊等人的文学、美学著作则更是广博而深刻,并开拓出了许多新颖而独特的理论空间。他们所写的这些非常重要的著作不仅成了我们了解"西马"文论的发展历程的一级级台阶和关注它当代走向的一个个路标,而且成为我们把握 20 世纪以来西方社会的思想脉动和透视资本主义的精神世界的一个个窗口。

从这里可以看出,文论与美学著作在"西马"的学术成果中成就卓著,许多"西马"人士将他们的毕生时间和精力用于文学、美学和哲学研究,而且不少人的学术之途是从文学研究开始,又以美学研究结束,并提出了各自著名的理论主张,如卢卡奇的"现实主义理论"、马尔库塞的"新感性解放理论"、阿多诺的"否定性艺术理论"、本雅明的"机械复制论"和"文学蒙太奇"、伊格尔顿的"政治批评理论"和"审美意识形态理论"、杰姆逊的"辩证批评理论"和"文化批评理论"等等。这样,可以毫不怀疑地说:美学批判是"西马"批判之维的重点,而他们的美学批判又是以哲学思想为基础、以文学批评或艺术批评为中心来建构和展开的,美学、文学、艺术三者在"西马"的论域中相互交融。马尔库塞在《审美之维》中特别强调指出:他的艺术概念不仅仅指视觉艺术,还包括文学和音乐艺术,而艺术之道就在于持久的审美批判。他的这种观点在"西马"的认识中具有一种普遍性。但是"在一个只有通过根本性的政治实践才能变革苦难现实的情境下,去关注美学需要有正当理由"。[①] 因此,接下来的问题就是:"西马"为什么会有这种文学的、美学的转向,并且使其成为20世纪以来"西马"批判思想的一个时代特征?这一转向的历史性和结构性的原因何在?它主要关注什么样的问题?它有着怎样的思想渊源和学理背景?承担着什么的时代使命?等等。

对这些问题大致可以从外在和内在两个方面来看。就其外在的原因来讲,如前所述,是对欧洲革命失败的历史反思和对发达资本主义条件下马克思主义的当代性问题的探寻所带来的总体转向的逻辑结果。是社会历史的变革提出了无产阶级革命主体的阶级意识问题、资产阶级意识形态的虚假性问题、苏联极权模式下无产阶级作为一个整体的阶级解放与个人解放之间的断裂问题、在资产阶级意识形态统治下的大众文化所肯定的自由主义与意识形态国家机器对大众施加控制的法西斯主义—极权主义这两者在操纵逻辑的实质上的相似性问题、冷战时期的政治实践与文化反抗问题、后冷战时期的社会批判与文化批判的关系问题、晚期资本主义的批判阵地如何构建的问题等。由于这些问题大多集中在主体范畴,集中在意识形态领域、文化领域,而且涉及文学艺术的一些根本性问题,文论和美学就具有不可推卸的洞察与批判的历史责任。

就内在方面来讲,文学批判能否与哲学批判接通,并且开拓出政治批判、社会批判之路呢?"西马"的回答是肯定的。因为,第一,从思想渊源上来讲,马克思主义创始人就特别注重从文学方面来展开对资本主义的物质生产和精神生产的批判。马克思从青年时代起就对文学有着

---

① [美]赫伯特·马尔库塞:《审美之维》,李小兵译,生活·读书·新知三联书店1989年版,第206—207页。

强烈的兴趣，到后来也从未减退过。在他的许多著作中我们可以看到他对荷马、埃斯库罗斯、但丁、莎士比亚、塞万提斯、歌德、海涅、巴尔扎克、狄更斯等人的深刻分析，文学成了他有力的战斗武器。希·萨·柏拉威尔（S. S. Brawer）在《马克思与世界文学》中认为：随着马克思的世界观逐渐从早期的黑格尔与费尔巴哈的混合物中演变出来，他就开始借助文学来证实和提出他的新观点，而且晚年的马克思也常常从文学作品中寻找精神上的支持和论战的弹药。从马克思的著述中可以看到不少文学笔法、哲学思想和批判精神高度统一的典范，即便在他的政治经济学论著中也能看到深深的文学、美学的痕迹，而且更重要的是他创建了关于文学批评的"经济基础—上层建筑"的历史唯物主义理论框架和"历史的与美学的相结合"的辩证批评方法。虽然马克思没有文论和美学方面的专著来详细谈论文学艺术与意识形态的关系等问题，但他的方法论已给出了文学艺术的最一般的社会本质及其生产过程与历史条件的最大抽象，马克思主义虽然没有提供一套详尽的文学批评的方法论大全，但是提供了一种方法论原则。由于"第二国际"和"第三国际"把马克思主义本身其及经典传统简读或者误读为"经济决定论"或"历史决定论"，"西马"认为它们过分地关注了客体方面，而对主体方面、对意识形态、对经济基础与上层建筑之间的中间地带等方面的论述不够，所以他们强调作为马克思主义的"继承者"有责任根据当代问题以文学和美学批判的方式来修正或补充这方面的不足。

第二，从学理背景方面来讲，"西马"认为可以在文学范畴、美学范畴内找到一条通向现代欧洲思想一些中心问题的道路，而且从这个特定的角度出发，可以更好地弄清更大范围内的社会、政治和文化问题，特别是意识形态与日常生活的关系问题。[1] 欧洲哲学从启蒙运动以来就非常重视美学问题，康德、黑格尔、马克思、叔本华、尼采、弗洛伊德、海德格尔等莫不如此。从 18 世纪的历史进程来看，美学是正在成

---

[1] ［英］特里·伊格尔顿：《审美意识形态》"导言"，王杰、傅德根、麦永雄译，广西师范大学出版社 1997 年版。

第十章 批判理论上的文学批判

长当中的市民社会或新兴的资产阶级对封建专制的反抗行为的精神表达，也是对各具差异的个体主体的政治要求进行普遍性的反思与整合的历史诉求的思想形式。面对封建割据、等级森严的专制势力的日渐式微而又不断反扑的跌宕起伏的历史局面，新兴的资产阶级在经济上要求在保证个人私产的基础上，打破孤立个体，建立广泛联合，以获得最大利益；在政治上，要求个人权利具有不可剥夺的神圣性，平等观念具有普遍保障的法律性，强调社会的民主体制应基于个人的自主意愿，对公共的律令的服从就是对自我的良心遵从。因此，在哲学理念上，就要求个别与一般的结合，特殊与普遍的统一，既是个体主体的，又是普遍合法的；既是具体差异的，又是抽象统一的；既是自然天赋的，又是理性自律的，对这一系列问题的思考和解决是那个时代最为紧迫的思想难题，这也正是美学得以产生的历史契机。因为美学话语的独特之处在于：它一方面植根于日常生活的经验领域，另一方面又始终联系着终极价值的思辨领域，是主体与客体、理性与感性、特殊性与普遍性相互交织的领域，既表达了对个体主体的普遍关注，也表达了对经验感性的具体规范，因此"美学标志着向感性肉体的创造性转移，也标志着以细腻的强制性法则来雕凿肉体"。[①] 一个事物若作为审美的对象，那么它就似乎是完全自律的，但又暗合了某种总体的法则。这一点与资产阶级的政治逻辑相吻合，因为其逻辑是按理性原则来建构和运转的，但又强调需要情感和良心来认可与驱动，这样，它的政治理想就特别注重个人自由与总体利益、主体意志与普遍法则的完美结合。对此早在卢梭的《社会契约论》中就有经典的表达：最重要的法律"既不是铭刻在大理石上，也不是铭刻在铜表上，而是铭刻在公民们的心里，它形成了国家真正的宪法……它可以保持一个民族的创制精神，而且可以不知不觉地以习惯的力量代替权威的力量。我说的就是风尚、习俗"。[②] 成功的统治是让统治对象感到所有的法则都来自内在的自律要求而非外在的强制规

[①] ［英］特里·伊格尔顿：《审美意识形态》"导言"，王杰、傅德根、麦永雄译，广西师范大学出版社1997年版，第10页。

[②] ［法］让-雅克·卢梭：《社会契约论》，何兆武译，商务印书馆1996年版，第73页。

范。因此，与封建专制的硬性强制机制不同的是，资本主义社会维系政治秩序更重视的是软性操纵机制，资产阶级的统治不是总以军队、监狱的面貌出现，对普通大众来说更主要的是以日常生活的面貌出现，即对风俗习惯、行为规范和思维方式、价值观念的影响与控制，以此来造就能与它形成政治同一性关系的个体主体性形式。正如伊格尔顿所指出的："与专制主义的强制性机构相反的是，维系资本主义社会秩序的最基本的力量将会是习惯、虔诚、情感和爱。这就等于说，这种制度里的那种力量已被审美化了。这种力量与肉体的自发冲动之间彼此统一，与情感和爱紧密相联，存在于不假思索的习俗中。如今，权力被镌刻在主观经验的细节里，因而抽象的责任和快乐的倾向之间的鸿沟也就相应地得以弥合。"①

但是"日常生活"恰恰是被过去的哲学体系、政治体系无意或者有意忽略和遮蔽的一个领域，而它却正是文学、美学极为关注的领域，甚至是文学、美学的生存场所。因此，"美学范畴在现代欧洲思想中占有重要地位，因为美学在谈论艺术时也谈到了其他问题——中产阶级争夺政治领导权的斗争中的中心问题。美学著作的现代观念的建构与现代阶级社会的占统治地位的意识形态的各种形式的建构、与适合于那种社会秩序的人类主体性的新形式都是密不可分的"。② 在文学艺术和审美观念中包孕着资本主义社会人类主体性的秘密原型和资产阶级意识形态神秘的造型力量。但是资本主义社会的政治理想所期望的那种完美结合实际上并未实现，它只不过"是对审美艺术品的拙劣模仿，因为审美艺术品总是把普遍与特殊、一般与个性、形式和内容、精神和感觉和谐地相互联系起来"。③ 但审美对感性经验的偏爱又必然要溢出理性的规范，美学对日常生活的关注也必然要对占统治地位的意识形态的各种形式提出强有力的挑战，并为选择新的生活方式提供心理的和现实的评判

---

① ［英］特里·伊格尔顿：《审美意识形态》，王杰、傅德根、麦永雄译，广西师范大学出版社1997年版，第8页。
② 同上书，第3页。
③ 同上书，第10页。

第十章　批判理论上的文学批判

基础，因为只要直面生活现实的真实状态，就会对各种意识形态话语产生一种消解性的力量。这样，文学艺术的审美特性就具有一种悖论性的政治效用：既具有肯定性的文化性质，又具有否定性的文化性质；既是意识形态神秘化的方式，又是意识形态解秘性的手段。但受意识形态操控的文学艺术往往是肯定文化的逻辑延伸。因此，如果不对文学艺术的审美性质中所具有的否定性和批判性加以关注，也就不能有效地对资产阶级意识形态进行非神秘化的斗争，从而被既定的政治秩序很方便地抽空了个体主体性的特殊内涵而危险地接近了成为专制机器上的一个零件这一异化状态的边缘。对"日常生活"的直接的审美批判有助于对政治统治的各种操控机制和表现形式产生更为深刻的理解，有助于洞穿各种意识形态的完美神话，从而为各种政治抗拒行为提供内在的驱动力量和必要的先决条件，以活生生的生活现实为母体的文学艺术正是这种反抗对主体的精神领导权的隐性掠夺的有效方式。这种对文学艺术的审美性质与政治逻辑的意识形态话语的权力性质之在日常生活领域中的确证和反证相互交织的复杂性的深刻洞察，为"西马"批判的文学、美学转向提供了一种学理上的正当性。

因此，在"西马"人士看来，文学批评本身就是政治性的行为，通过审美的方式接通了与哲学批判、社会批判之间丰富而生动的联系。"因为无论是在实践上还是在理论上的文学批判，其典型意义就在于：批判——其无法估量的推动力本能地趋于越出主题的范围而走向与主题之外的实际生活相联系。"[①] 这样，"批判理论"作为西方马克思主义的"族徽"所具有的两个主要的批判取向——文学批判与社会批判——在"理论主义"这个总体面貌下实际上是一致的。所以，大多数"西马"的代表人物往往很典型地率先研究文学、美学，而且在他们最后的学术生涯中，人们往往也可以看到凝聚着他们毕生心血的寄予了批判激情与厚望的美学著作，认为审美解放就是人的全面解放的最终达致，从而把马克思主义美学化了。正是这种与经典马克思主义传统相异的理论路向

---

① [英] 佩里·安德森：《当代西方马克思主义》，余文烈译，东方出版社1989年版，第2页。

才形成了"西马"文论的审美批判与政治批判相结合的理论特色,也正是由于这种过分突出的美学批判才包容了它强烈的乌托邦情怀,同时,这种以文学的、美学的方式从事社会批判的诗意救世也不可避免地孕育出了它浓重的悲剧主义色彩。因此,就整体面貌来看,"西马"批判在某种意义上也可以说就是美学批判。

三 "西马"文论的问题之域:批判性的理论视界和开放性的阐释框架

从前面的历史性、整体性分析可以看出,无论是把"西马"文论放在西方马克思主义本身的理论结构中,还是放在西方哲学思想和政治思想的当代背景中,其显著风貌和独特价值都在批判之维上充分地表现出来。"西马"实际上是一种在马克思主义的名义下进行社会批判的理论探险,不管"西马"的成员如何分散、其思想来源如何混杂、内部差异如何纷纭,对马克思主义的开掘和分享则无疑是他们理论建构的共同的基石和出发点。马克思主义在西方思想史上的阿基米德优势点在于:寻找并建设能够改变现存客观结构的有效策略和主体力量。它的使命不是解释世界,而是改造世界,对于"实践的唯物主义者即共产主义者来说,全部问题都在于使现存世界革命化;实际地反对并改变现存的事物"。[①] 马克思主义从它一诞生开始就对资本主义的政治、经济、文化、哲学、宗教等进行了全面的、彻底的、毫不妥协的批判,"批判"是马克思著作的一个主导思想,他的许多重要著作的标题都明确地使用"批判"一词。"西马"哲学和文论也秉承了这一批判精神,这种批判精神甚至成为20世纪西方现代文化,尤其是后现代文化的一种深刻的思想背景,许多与现存秩序和结构相异的左翼激进主义思潮也纷纷从这里开掘自己所需的思想资源。美国学者罗伯特·戈尔曼(Robert A. Gorman)甚至把德里达、福柯、巴特(Roland Barthes,1915—1980)、克里斯蒂娃(Julia Kristeva,1941—)、德曼

---

① 《马克思恩格斯选集》第1卷,人民出版社1995年版,第75页。

第十章 批判理论上的文学批判

（Hendrik De Man，1885—1953）、吉登斯（Anthony Giddens，1938—）、华勒斯坦（Immanuel Wallerstein，1930—）等各色新锐人物都写在了"新马克思主义"的名下。① 这表明批判之维已渗透到了20世纪西方学术方法论的深处。但是"西马"哲学和文论中的历史唯物主义思想基础和辩证批评模式的理论倾向以及它鲜明的政治主题使得它在与其他西方当代批判思潮的关系上显示出了独特性；另一方面，由于它的理论视界关注的是20世纪以来西方当代社会的问题情境，并强调综合各种思想成就来对待，这又使得它在与经典马克思主义的批判传统的关系上表现出了差异性。

如果全面地梳理西方马克思主义的思想轨迹和发展历程，可以更为清楚地看到：西方马克思主义虽然保持了一种批判姿态，但在哲学上也仍然是西方思想与价值的逻辑体现，是以西方学术的自由主义传统为大背景的。这主要表现在两个方面：一是"西马"注重从马克思以前的思想传统中去汲取理论养料，接通了马克思主义与它以前的各种唯心主义的直接联系，甚至模糊了二者之间的理论边界；二是强调与同时代的其他非马克思主义的哲学流派相结合，想以此来扩展马克思主义理论的批判视界，增强马克思主义对当代问题的说服力。这样，在"西马"丰富的著作中我们可以读到把马克思主义与西方各种思想成果相结合而产生的关于马克思主义的不同版本：黑格尔主义马克思主义、弗洛伊德主义马克思主义、结构主义马克思主义、新实证主义马克思主义、存在主义马克思主义、后现代主义马克思主义、女性主义马克思主义等，它们分别按照各自版本所结合的思想和方法来重新解释或延伸马克思主义。虽然这些解释和延伸也保持着对资本主义的理论批判的方向，并开拓出了一些新的批判空间，但这种版本结合的批判方式的另一个后果就是使得与资产阶级毫不妥协的马克思主义经典传统经过"西马"的修正、改造，在20世纪以来西方资本主义社会的历史进程中逐渐被合法化和学术化。因此，这种在哲学思想

---

① ［美］罗伯特·戈尔曼编：《"新马克思主义"传记辞典》，赵培杰等译，重庆出版社1990年版。

上强调"版本结合"的西方马克思主义在政治效果上就产生了双重性:一方面这有助于从不同的角度把马克思主义的批判视线带入当代资本主义社会的各个方面,为西方马克思主义"总体革命"的目标的达致提供理论上的和策略上的依据,同时,也为马克思主义理论的当代形态的完善探寻种种可能;但是另一方面,这种注重与当代各种思想流派签定"理论契约"的西方马克思主义也就日益被整合进当代资本主义的思想体系和政治体系,越来越远离工人运动的斗争实践。这种理论与实践的脱节,对其他思想形式来说也许无关宏旨,但对马克思主义来说,在政治上却是致命的。虽然它仍不失为资产阶级意识形态的"测谎仪",但也可能成为资本主义链条的"报警器",甚至可能走向反面,成为资本主义继续发展的"磨合剂"。这样我们就可以看到各种不同面孔的"西马"人士:不少人无论在思想上,还是在政治上都始终坚持政党性的批判立场,如卢卡奇、葛兰西、阿尔都塞等,他们虽然彼此差异很大,但都始终坚持留在党内从事理论活动,保持了不妥协的批判姿态;也有先是马克思主义思想立场的坚持者或追随者,但后来就淡化甚至放弃了这一立场,从左翼走向右翼,如霍克海默(Max Hork Heimer,1875—1973)、科莱蒂(Lucio Colletti,1924—2001)等;而更多的人则是以自由知识分子的身份出场,虽然在学术思想上仍保持了鲜明的理论的批判性,但是在政治行动和政治效果上,却不具有实践的革命性,如同康德,既是一个勇敢的启蒙思想家,又是普鲁士王国驯顺的臣民,这大概是"西马"的一种典型姿态。比如赫伯特·马尔库塞,虽然坚持经典马克思主义的政治理想,但又完全脱离任何一种为此理想而奋斗的积极的社会实践力量,而且关于工业化社会的单向度特性的分析又差不多删去了产业工人成为社会变革的主体性力量的可能,所以卢卡奇曾批评马尔库塞是反抗顺从主义的顺从主义。甚至还有像恩斯特·布洛赫(Ernst Bloch,1885—1977)那样以"希望原理"把马克思主义嫁接在新柏拉图主义之上,把唯物的马克思主义唯心化,创立了一种施密特(Alfred Schmidt,1931—)所说的"神秘主义的目的论的宇宙论"的革命理论,以致将唯心主义的马克思主义主

第十章 批判理论上的文学批判

题发展到了大多数马克思主义者认为已达到无可容忍的程度。①

那么，西方马克思主义为什么要签订这一系列的"理论契约"？又如何看待这种"签约"行为呢？在他们的批判视野中，马克思主义与各种非马克思主义思想是在什么样的情境中相结合的呢？为了这种结合，"西马"对马克思主义经典传统又作了怎样的"重新发现"、"重新修正"和"重新梳理"呢？

宏观地看，"西马"之所以产生这一系列理论行为，大致是基于以下两种基本认识：一是认为马克思主义是一个开放性的文本系统和阐释框架，而不是一个自我指涉的内在自足的封闭性的循环体系。马克思主义不是实证性质的类似于功能学派的那种社会学理论，而是具有社会批判的实践性质的革命性思想，正是这种批判的而非实证的理论品格使得马克思主义必然打破和超越那种单纯的、稳定的文本体系，而把批判的锋芒直接指向复杂多变的社会现实，从而使各种相关性的理论与马克思主义的相遇和相融有了一种现实的和理论上的可能性。因此，当西方社会的种种无产阶级革命相继失败之后，现实的革命之路难以打通，"西马"人士就纷纷从各自不同的思想境遇出发，从理论上去寻求新的革命的突破口，于是与各种理论版本相结合的马克思主义也就应运而生。

二是"西马"认为要找到20世纪的革命突破口就必须要关注并解决马克思主义的当代性问题，而这些当代性的问题虽然并没有超越马克思所奠定的社会批判的思想框架，但却没有也不可能得到马克思的具体论述，于是就强调与当代的各种理论版本的结合，正如法兰克福学派的施密特所说，"当我们发现马克思的有些理论有问题时，以及一些马克思的理论不能回答问题时，我们就有两种选择：一是用现代资产阶级的理论学说来'充实'和'完善'马克思主义；二是找出马克思著作中潜在的东西来重新解释马克思主义"。② 对"西马"来说，"巴黎公社"是以无产阶级专政的形式推翻资产阶级统治的"古典形态"，而在发达

---

① ［美］罗伯特·戈尔曼编：《"新马克思主义"传记辞典》，赵培杰等译，重庆出版社1990年版，第139页。

② 冯宪光：《"西方马克思主义"美学研究》，重庆出版社1997年版，第19页。

的资本主义现代社会,革命的"问题不在于街头反抗者或者城市游击队能否战胜这个现代国家的武器和技术,确切地说,问题是在这个超级大国中究竟这条街道在哪里,事实上,在这个由广告和自动生产所构成的新国家中,首要的是这样的'旧式街道'是否仍然存在。这就是今天马克思主义的理论问题"。[1] 这种对"新式的革命街垒"的理论探险正是西方马克思主义社会批判品格的可贵之处,但是其最大的问题也正在这种探险中表现出来,即这些"西马"人士大都从马克思的某一观点、某一结论出发,并逐渐把他们的思想及其成果纳入了一个非马克思主义的理论框架中。如马尔库塞的"新感性理论",把马克思主义和弗洛伊德主义结合起来,从精神分析理论出发来理解人的本质及其解放,人解放的关键是劳动的解放,而劳动的解放的核心是爱欲的解放,要使人真正获得幸福,必须使人所有的活动"爱欲化"。他在《爱欲与文明》的"1966年序言"的结尾明确提出:"在今天,为生命而战,为爱欲而战,也就是为政治而战。"[2] 为此,他认为艺术和革命是一种对立的统一,可以在改造世界和人性解放的活动中携起手来,从深层心理的本能中培育和开掘出社会变革的动力因素,用新的美学形式的否定力量来表现人性,来反抗资产阶级文化的肯定性质,以"新感性"来造就一个解放的世界。而美学就是变革现实、摆脱单向度的社会压抑的唯一之路,"持久的审美颠覆——这就是艺术之道"。[3] 显然,马尔库塞虽然把批判的笔触深入了本能的层面,但是这与马克思从社会关系来理解人的本质、来造就变革现实的社会主体承担者的历史唯物论大异其趣。

总之,从今天的全球化时代的马克思主义的情形来看,坚持马克思主义的开放性的理论品格及其与资本主义的当代性问题批判的结合仍不失为"西马"的一大思想特色。但是,值得注意的是,不能由于这种结合而弱化甚至丧失了马克思主义的历史唯物主义底色,丧失了经典马

---

[1] [美] 弗·杰姆逊:《马克思主义与形式》,李自修译,百花洲文艺出版社1995年版,第9页。
[2] [美] 赫伯特·马尔库塞:《爱欲与文明——对弗洛伊德思想的哲学探讨》,黄勇、薛民译,上海译文出版社1987年版,第11页。
[3] [美] 赫伯特·马尔库塞:《审美之维》,李小兵译,广西师范大学出版社2001年版,第166页。

克思主义那种理论批判和革命实践高度统一的思想品质。我们可以把"西马"的这种结合看作一种独特的理论探险,这种独特性在灿若星辰的"西马"人士中,瓦尔特·本雅明也许是体现得最为充分的一位,我们可以把他作为批判理论上的文学批判的个案来更深入地分析和讨论"西马"在西方社会世事纷纭的百年进程中的救赎之道和救世情怀。

四 个案讨论:作为本雅明全部斗争和全部思想的舞台的《拱廊街》

瓦尔特·本雅明不仅在"西马"人士中是特立独行的一位,而且在20世纪的西方知识分子中大概也是兴趣最为广泛,博览群书,与众多思想和政治传统深有联系,却又拉开距离,最应有出路,但最终又走投无路的一位,以至于苏珊·桑塔格(Susan Sontag, 1933—2004)称他为"欧洲最后一个自由知识分子"。[①] 他写下了20世纪最美妙的随笔《柏林童年》,也留下了一部从未有过、难以归类的却又是体验和洞察西方现代资本主义那种盛世与地火相交织的特殊"巨著"——《拱廊街》。

本雅明的一生可以说是"未完成的"一生:1892年7月15日出生于德国柏林的犹太富商家庭,自小生活优裕,但从未摆脱孤独与疏离;上学时期,博览群书,但很少能坚持听完一节课,也不参加考试;热衷于"青年文化运动"的演讲,但基本不看一眼听众;获得博士学位后,希望得到一个稳定的职业,但始终未能如愿,以致成为一个"职业"的游荡者;作为一个犹太人,满怀弥赛亚情结,却远离犹太复国运动;接受马克思主义,却不为"正统"的马克思主义所接受;甚至他的婚姻也是未完成的;最后,为免遭纳粹的迫害,在1940年9月26日,在法国—西班牙边境小镇波港(Port Bou)留下意味深长的未完成之路……

在20世纪人类思想天幕的"星丛"中,本雅明大概是最为独特的一颗,汉娜·阿伦特(Hannah Arendt, 1906—1975)曾这样介绍其身

---

① 刘北成:《本雅明思想肖像》,上海人民出版社1998年版,第3页。

份的独特性:"他博学多闻,但不是学者;他所涉题目包括文本的诠释,但不是语文学家;他不甚倾心于宗教却热衷于神学以及文本至上的神学诠释方式,但他不是神学家;对《圣经》也无偏好;他天生是作家,但他最大的雄心是写一部完全用引语写成的著作;他是第一个翻译普鲁斯特(与法朗兹·赫塞尔合作)和圣约翰·帕斯(St. John Perse)的德国人,此前还翻译了波德莱尔的《巴黎的景致》,但他绝不是翻译家;他写书评,写论述在世和过世作家的文章,但他绝不是文学批评家;他写了一部论德国巴洛克戏剧的著作,留下一部未完成的 19 世纪法国的浩大研究,但他不是历史学家,不是文学或别的什么史家。我将力求说明他诗意的思考,但他既不是诗人也不是哲学家。"① 之所以引出这段广为流传的评介,只是因为这一切在《拱廊街》中都得到充分的体现。

本雅明所处的发达资本主义时代不同于——至少在表象上——马克思所处的资本主义原始积累时代,工人似乎不再是贫困得只剩下了肉体,如动物一般活着;生产似乎也不再是单纯的无休止的体力消耗;五光十色的繁荣景象似乎模仿并放大了人们体内压抑已久的原始欲望;奥斯曼式的都市改造计划伴随着资本主义的快速发展日益取消了无产者早期那种街垒战的经典反抗形式。因此,在资本主义的统治日益柔性化、日益美学化的发达阶段,在现代大都市不断拓宽的街道上还有进行街垒战的可能吗?如果连身体快感都浸透了商品拜物教的秘密还有进行街垒战的动力吗?如果说大卫·哈维(David Harvey,1935—)的《巴黎城记:现代性之都的诞生》是对 19 世纪身体政治的乌托邦之秘的揭示,那么本雅明的《拱廊街》就是对 20 世纪资本主义都市生活依然贫困的身体经验的美学批判。

作为本雅明全部斗争和全部思想的舞台的《拱廊街》,是一部涉猎广泛、影响很大但终未完成的巨著,以近乎"原生态"的独特面貌留存并传播于世,也因此引起了对它的各种读解、占有和运用,亦如他本人的思想和理论后果,以至成为一部"另类"经典或精神存在形式;

---

① [德]汉娜·阿伦特编:《启迪:本雅明文选》,张旭东、王斑译,生活·读书·新知三联书店 2008 年版,第 23—24 页。

而这种另类的原生态形式恰恰是本雅明有意为之的"不给自己编故事"的唯物主义"写作方式"的直接呈现。我们可以从《拱廊街》的研究设想、文本形式、主要内容及批评理论等几个方面，来对这部难以归类、恢宏奇诡的著作来加以讨论。

（一）《拱廊街》研究设想：盛世繁荣下的贫困与地火

19世纪是欧洲资本主义的"黄金时代"。在本雅明看来，巴黎是19世纪的"首都"，而拱廊街又是巴黎的"首都"：资本主义的一切秘密都"隐藏"在那些数不胜数的玻璃橱窗之中，一切繁荣的景象都"微缩"在五光十色的高大拱廊之下。大都市——拱廊街是资本主义高速发展的产物，或者说是发达资本主义本质特征——商品拜物教——的集中表现。对自己所属的阶级自小就有些格格不入的本雅明对此早有体认，特别是1925年5月他结识了俄国共产党人、女导演阿丝娅·拉西斯（Asja Lacis, 1891—1979），9月又阅读了布洛赫向他推荐的卢卡奇的《历史与阶级意识》以后，他的那种批判性体认就有了马克思主义的性质。

"拱廊街研究"计划的一个直接诱因是本雅明在1927年旅居巴黎时，读到法国超现实主义作家路易·阿拉贡（Louis Aragon, 1897—1982）的小说《巴黎的乡下人》（1926）。1925年"巴黎歌剧院拱廊"被拆毁，曾经辉煌的建筑变成废墟，这件事刺激了阿拉贡，写出了这个小说。作品通过对在曾经奢华而现已破败的巴黎歌剧院、拱廊街以及酒馆、公园等地方游荡的乡下人的仔细描绘，把那种漫无目的、单调贫乏的日常生活与"无限""未知""神秘""神话"等感知、想象结合起来，呈现出衰落的奢华、贫困的华丽的撼人景象，让本雅明产生了一种激动不已的阅读体验，并从中获得启发：以巴黎拱廊街作为现代大都市的象征，来洞穿资本主义文化这个现代神话——已完全由商品主宰的资本主义上层建筑。

经过与阿多诺、霍克海默等人的反复沟通，包括他与犹太朋友肖勒姆（Gershom Scholem, 1897—1982）等人的通信，本雅明把"拱廊街研究"计划基本上确定为：通过对19世纪巴黎的社会生活的历史文化景观的辩证考察与研究，写出一部"唯物主义文化史"，"把十九世纪看作是原初史的最初形式"。揭示"十九世纪的虚华达到其临界点"的各种都市面相，以便"找到一种能把人们从十九世纪唤醒的方式"。[①] 因此，本雅明虽然参照了阿拉贡，但是明显不同，他认为阿拉贡仍停留在梦幻世界里，还有许多含糊不清的高谈阔论的印象主义的神话成分；而他关注的是要找到觉醒的"星丛"，是要把神话消解到历史的空间中去，这只能通过唤醒对已经发生的事情的尚不自觉的意识来实现。[②] 本雅明强调从"当下"来关注"过去"，从"现在"来研究"历史"，即他所处的20世纪的"末世"（大萧条、法西斯主义等）是如何产生于十九世纪的"盛世"的，19世纪的因素是如何遗留到现在的，而且要以"不自欺欺人"的唯物主义原则，从亲身在场的空间体验的美学维度来探索这个历史的变化。

为此，从1927年最初萌动关于"拱廊街"的研究设想以来到1940年这差不多十四年里，本雅明搜集并写下了视野广阔、眼光独到、内容庞杂、数量巨大的观察速记、引文摘录、思想片段和分析研究，涉及哲学、政治、经济、文学、艺术、宗教、时尚、心理、建筑、装饰、工业等许多领域，其研究方案也几经变动，这个变动又源自他的思想立场的变化。在本雅明一生的著述中，还没有其他任何一个研究对象被他给予过如此长时间的关注，这表明他对"拱廊街研究"有着一个极为宏大的设计，值得他为之付出"半生"学术生涯。本雅明在1930年写给肖勒姆的信中明确表示《拱廊街》"是我的全部斗争和全部思想的舞台"。[③] 我们可以从中看到他此后所有著作的中心、主题、出发点和方法论大都像涟漪一样围绕此书而层层展开，阿多诺称这部书"是本雅明勾画现代性史前史脉络的第一部作品"。[④] 值得注意的是，本雅明开

[①] ［德］罗尔夫·魏格豪斯：《法兰克福学派：历史、理论及政治影响》，孟登迎、赵文、刘凯译，上海人民出版社2010年版，第263页。

[②] Walter Benjamin, *The Arcades project*, by the President and Fellows of Harvard College, 1999, p. 458.

[③] 刘北成：《本雅明思想肖像》，上海人民出版社1998年版，第188页。

[④] ［英］戴维·弗里斯比：《现代性的碎片：齐美尔、克拉考尔和本雅明作品中的现代性理论》，卢晖临等译，商务印书馆2003年版，第257页。

始关注和研究"拱廊街"的时候正是他对马克思主义产生兴趣,并在1926年12月到1927年1月的莫斯科之行对这种兴趣大大增强了以后。因此,这部本雅明终身都未完成的著作留下了他思想转型的所有印迹,以至阿多诺曾说:"事实上,作为整体的拱廊街计划几乎不可能被重建。"①《拱廊街》的"未完成性"及其独特写法构成了一个复杂的迷宫般的文本世界。

(二)《拱廊街》的文本形式:不编造故事的唯物原则

任何一个阅读《拱廊街》的人首先看到的是一个极为陌生的文本形式,甚至颠覆了通常对"著作"的认识。说它是著作,但它不仅未完成,而且还仅仅只是排列有序的"原生态"材料;说它是手稿,而其中的篇章(如关于波德莱尔的部分内容)又以完成的专论形式发表出来,并产生了很大影响。我们只能说这是一个独一无二、自成一体的文本。但也许正是这种未完成的、独特的文本形式可能"意外"地实现了本雅明最想写成的一部书的愿望:不编造故事,直接呈现那种独特的以身体之的审美经验。我们大致可以通过以下三个关键词来感受和读解这个奇特的文本。

引文作品:

阿伦特曾提到本雅明最想写一部以引文构成的作品,《拱廊街》差不多就是这样一本书,引文占据了本书的绝大部分篇幅。阿伦特写道:"自歌德论文以后,引文占据了本雅明著作的中心位置,使他的写作与各色学术著作迥然不同。学术著作中引语的功能是为论点提供论证,因而可以稳妥地搁置于'注解'部分。本雅明对此根本不理会。在进行德国悲剧的研究时,他夸耀拥有一个'安排得整齐有序的六百多则语录的集成'。如他后来的笔记,这集成并不旨在便利写作此项研究的文摘的累积,而是构成了著作的主要部分,写作则等而下之。"② 本雅明

---

① [英]戴维·弗里斯比:《现代性的碎片:齐美尔、克拉考尔和本雅明作品中的现代性理论》,卢晖临等译,商务印书馆2003年版,第253页。
② [德]汉娜·阿伦特编:《启迪:本雅明文选》,张旭东、王斑译,生活·读书·新知三联书店2008年版,第65页。

之所以有此想法和做法，一是在他看来以引文的方式打破原文的上下文关系，打破原来故事的编造情节，重新组合，让引文相互阐释，从而产生新的意义，这不仅有助于消除时下泛滥的弄虚作假的研究恶习，还有利于清除主观联想、移情会意的审美习惯。这是本雅明对陈旧的学院学术体制的抵抗。二是建构即拆毁，资本主义的丰碑在竖立起来之前就已崩塌，一地残垣，这是《拱廊街》要表达的一个主要意思，我们可以把这种引文作品看作本雅明的独特的审美体认的文本形式。1999年哈佛英译版的《拱廊街》，是由各种引文、片段、图片等组成的上千页的巨著，它以时间为序、以字母大小写为编号的方式，把那些"原生材料"归类整理为36个卷宗，每个卷宗又以一个或几个关键词为小标题，把相应的引文片段归属其中。本雅明把这种文本形式称为"语言与思想的深层的钻孔探察"，阿伦特则形象地称之为"深海采珠"。

"星丛"观念：

这个基本上以种种各自独立又整体有序的片段组成的书形成了一种特有的文本图景，而这个图景我们可以在相当的程度上理解为：它"意外"地体现了本雅明的"星丛"观念。这一概念始于本雅明的《德国悲剧的起源》序言："一部杰作要么创建文类，要么废除文类；完美无缺的著作则既创建又废除。"[①] 理性传统以同一性来统摄差异对象，确立起了一套严格的上下秩序的等级关系，本雅明就以这种非同一性的"星丛"观念来废除那个等级序列，并创建一种新的文本图景来作为真理的显现方式。在《论语言本身与人的语言》等文中也有这样的认识。所谓"星丛"，乃是本雅明对"思想碎片"的一种隐喻说法，碎片散落，但又共存于书，恰如夜空星丛，彼此独立，又谐调运作，并认为这才是构成真理之要素。此外，本雅明一直想做的就是让理论建构形象显现，让文字张开身体的感觉，直接呈现身体的审美经验，强调马克思主义美学不应当以牺牲"形象直观"为代价，它应当比编年史更丰富生动，更具备审美批判的性质。

[①] 郭军：《本雅明：卡巴拉传统中的阐释学》，见汪民安主编《生产》第1辑，广西师范大学出版社2004年版，第400页。

辩证意象：

在本雅明看来，表达"星丛"观念的最好方法就是"辩证意象"，在《拱廊街》笔记中，本雅明谈到展示19世纪的历史文化时认为，辩证意象"这并不是过去阐明了现在或现在阐明了过去，而是，意象是这样一种东西：在意象中，曾经（das Gewesene）与当下（das Jetzt）在一闪现中聚合成了一个星丛表征。换言之，意象即定格的辩证法，因为虽然现在与过去的关系是一种纯粹时间和延续的关系，但曾经与当下的关系却是辩证的：不是时间性质的而是形象比喻性质的，是突然显现的意象。只有辩证意象才是真正历史的（即不是陈旧的）意象；能够得到这种意象的地方是在语言中"。① 就是说既要展示大量的文化片段的意象，又要把它们直接地拼贴在一起，把上层建筑和物质基础直接相连接，"星丛"式的展示19世纪的审美印象和文化景观。阿多诺、霍克海默批评本雅明的这种辩证法抽去了至关重要的"中介性"因素而远离了历史唯物主义。但本雅明认为恰恰是这种方法才可以从内部打破文化历史的连续、进步的梦幻意识，只有辩证意象才是历史觉醒的工具和美学批判的武器。

总之，《拱廊街》的那些引文、片段、笔记、格言就像一个一个的审美画面，星罗棋布，意象丛生。因此，他强调《拱廊街》"这个项目的方法：文学蒙太奇。我不评述，只是展示"。② 亦如节奏快速的生产流水线上的工人，或行色匆匆的大都市中的人群，看上去好像只是流动而陌生的游荡者的身影，但只要我们再进一步深入这个现代资本主义"首都"的内部，就能看到变换的身影背后的被宰制的逻辑结构，即商品拜物教下的身体—都市的空间结构。

（三）《拱廊街》的主要内容：身体经验的批判理论

阅读是一种经历，阅读未完成的著作，特别阅读是"原生态"面貌的著作就更可能产生一种亲身历险的性质或文本探险的好奇。《拱廊

---

① 郭军：《本雅明：卡巴拉传统中的阐释学》，见汪民安主编《生产》第1辑，广西师范大学出版社2004年版，第315页。

② 同上书，第312页。

街》是本雅明思想的集散地，这构成了本雅明历史哲学的认识论的焦点和身体经验美学的方法论的切入点，也构成了本雅明现代性批评理论施展才华的场所。

主要内容：

从《拱廊街》的研究提纲来看，本雅明准备写六章：分别是"傅立叶或拱廊""达盖尔或全景画""格兰维尔或世界博览会""路易·菲利普或居室""波德莱尔或巴黎街道""奥斯曼或街垒"。其中，较为详细的是他对波德莱尔的讨论，共有两篇：《波德莱尔笔下的第二帝国时期的巴黎》(1938) 和《波德莱尔的几个主题》(1939)。前四章展示巴黎由现代技术营造出来的各种梦幻空间，大至公共性的拱廊街、博览会，小至私人性的家居装饰、卧房设计，无不打上千姿百态的身体经验的色彩和审美乌托邦的印记，其中拱廊街最典型，作为新近工业发明的奢侈品，是商品拜物教的朝圣之地，人们在此享受着从感官到欲望的对自己的异化和对他人的异化，沉浸在资本对快感的全面征服中，以至有关无产阶级的所有问题都不在关心和考虑之列。如果说"在每一个时代都憧憬着下一个时代的梦幻景象中，后者融合进了前者的因素"[①] 的话，那么，越是彰显梦幻帝国的风格，也就越是孕育着无产阶级的因素。所以，提纲的后两章，专门揭示巴黎的精神矛盾和身心分裂，即奢华的拱廊变成街垒的战场。资产阶级的宏伟规划，早在建立之初，就已然开始崩塌，渐成废墟。

从《拱廊街》的36个卷宗来看，根据本雅明的搜集分类和后人的整理编排，我们可以通过如下标题看到一个几乎是对19世纪巴黎生活的全景式扫描的宏大架构：A. 拱廊街，时新服饰商店，店员；B. 时尚；C. 古老的巴黎，地下墓穴，破坏，巴黎的衰落；D. 沉闷，周而复始；E. 奥斯曼化，街垒战；F. 钢铁建筑；G. 各种展示，广告，格兰维尔；H. 收藏家；I. 居室，痕迹；J. 波德莱尔；K. 梦幻城市与梦幻屋舍，未来之梦，人类学的虚无主义，荣格；L. 梦幻住宅，展览馆，室

[①] [德] 瓦尔特·本雅明：《巴黎，19世纪的首都》，刘北成译，上海人民出版社2006年版，第6页。

内喷泉；M. 游手好闲者；N. 知识论，进步论；O. 卖淫，赌博；P. 巴黎的街道；Q. 回转全景；R. 镜子；S. 绘画，青春艺术风格，创新；T. 各种照明；U. 圣西门，铁路；V. 密谋，手工艺行会；W. 傅立叶；X. 马克思；Y. 照相术；Z. 玩偶，机器人。a. 社会运动；b. 杜米埃；c. ……d. 文学史，雨果；e. ……f. ……g. 股票交易所，商业；h. ……i. 复制技术，石印术；k. 公社；l. 塞纳河；m. 闲散游情；n. ……o. ……p. 人类学唯物主义，宗派史；q. 综合功课学校。①

其中，本雅明认为"N"部分是整个《拱廊街》研究计划的哲学认识论和方法论，具有特殊地位，可作为理解《拱廊街》的钥匙。本雅明所处的时代尽显资本主义末世乱象，历史起动荡，城市变废墟，繁华如梦幻，信仰被撕裂，经济危机与文化危机同时发作，资本主义纯粹同一性的神话遭到瓦解。本雅明把批判的目光追溯到启蒙以来的理性传统。他的《未来哲学论纲》（1918）就认为：就哲学传统的总体结构而言，那种原初的、当下的、赤裸裸的身体经验概念从来不曾以某种具有独立价值的时空意义而展现在哲学家们面前，人类生命感受与身体经验被缩减至意义的最低点、最小值。在传统形而上学中，知识和经验分离，自由与感性绝缘。因此，他主张新的未来的形而上学必须设法寻求一种能够建构起一个纯粹的、体系化的经验连续体的方法，使经验的意义真正能够被确认。②"本雅明旨在创造一种涵盖经验整体的哲学，他力求使经验哲学化，使之成为真理的经验。由于这种广阔的抱负，他与当时占支配地位的新康德主义哲学分道扬镳，而使自己的研究与文学结盟。"③ 正是这种结盟，本雅明才认为巴尔扎克第一个说到资产阶级废墟，而最先让我们看到废墟的是超现实主义。

对《拱廊街》之"时尚""梦幻之都""波德莱尔"的批判逻辑的讨论：

---

① 刘北成：《本雅明思想肖像》，上海人民出版社1998年版，第188—190页。"N"部分已译成中文，可参见汪民安主编《生产》第1辑。
② ［德］瓦尔特·本雅明：《未来哲学论纲》，见本雅明《写作与救赎——本雅明文选》，李茂增、苏仲乐译，东方出版中心2009年版，第20—26页。
③ 刘北成：《本雅明思想肖像·前言》，上海人民出版社1998年版，第2页。

阿伦特说本雅明曾决心以左翼文人身份做一个"德国最伟大的批评家"。的确，他做到了。但是，我们可以通过本雅明与霍克海默、阿多诺的通信，来看到他对经典马克思主义的独特理解，来看到他与法兰克福学派之间的关于文学批评的辩证法的不同体认。

时尚：身体的需要与装扮

人们总是把时尚理解为"现在""新颖""新奇"。在时尚面前，人们总是表现得很兴奋、丧失记忆。但本雅明却看到了时尚的古老性，看到了时尚的美学秘密在于化时间为当下，化永恒为瞬间，消除过去和未来，极力鼓吹现在，不断以各种技术的方式给现在翻新，不断以新的刺激来满足当下的身体需要，如时装、自行车、拱廊街、歌剧院等。19世纪的"进步"风暴把人吹向背对着的未来。时尚往往意味着购买新颖的服饰或生活方式，从中来获得自我确认和自我满足。所以"我买，故我在"。但时尚的背后是对从众心理的利用和个体差异的整合，其实质是对个人的同一性建构，即对个体主体性的隐性掠夺与操纵，在人和物的关系当中，以新颖之物用来掩盖人在现实中的真正缺失，所以"我买，故我不在"。因此，本雅明才会说："形式越完美，反讽意识和奴化意图都会更强烈。"〔B2a，8〕"用巴尔扎克的碑文来揭示地狱的瞬时性再恰当不过了：它显示了死亡当时何以被忽视，缘何被时尚所嘲弄。"〔B2，4〕以新的时尚代替旧的时尚，不过是同一性的循环，了无新意，如同地狱里的灾难再怎么样花样翻新，也还是灾难。"我们第一次发现正是在这个最狂热和想象力匮乏的世纪，社会的共同理想已被悄无声息而又坚不可摧的时尚星云湮灭。时尚是超现实主义的前身——不，应是它的永恒代表。"〔B1a，2〕时尚是商品拜物教的审美表现。

梦幻之都：身体经验与集体无意识

觉醒和沉睡是本雅明解读历史时常用的一对相互对立又相互转化的概念，就如同尼采的日神和酒神，不过，本雅明大多是在马克思主义和精神分析（特别是荣格）的意义上来使用的。在本雅明的概念谱系中，沉睡意味着无意识、集体主义、物质基础，而觉醒意味着意识、个人主义、上层建筑。本雅明一方面强调要从集体无意识的角度来理解19世纪巴黎的拱廊街、时尚、广告、建筑和政治，商品拜物教已成为19世纪的集体无意识；另一方面强调要从个人的身体经验或自我意识的层面上来理解集体的社会历史的变革，集体的目的要通过个人的意识来获得体认。这仍是本雅明"辩证意象"的不同表达，意欲从内在层面来认识外在社会的变化，这有其深刻、细致的一面，但问题也同时暴露出来。对这种观点，阿多诺在给本雅明的信中从两个方面提出批评：一是从社会过程看，现代人的物化完全不是远古的集体无意识的原因，而是资本主义的产物。从内在去解释容易把历史问题永恒化。二是从心理学来看，集体意识容易把个人的注意力从真正的客观性上转移开去，在一个沉浸于梦境的集体中，阶级之间的差异被抹杀掉了。

波德莱尔：文学批评的辩证法

在《拱廊街》中，波德莱尔（Charles Pierre Baudelaire，1821—1867）是本雅明谈得最多、最精彩的部分，也是他与各种朋友中探讨最多的。从批评逻辑上看讲，涉及两个基本问题：一是批评结构，本雅明的《波德莱尔笔下的第二帝国的巴黎》（1935）包括三个部分：波希米亚人，闲逛者，现代主义。第一部分：作为讽喻家的波德莱尔，提出问题（正题）；第二部分，提供解答这个问题所需的材料，波德莱尔的不足（反题）；第三部分，分别给予解答，着重肯定波德莱尔的成就（合题）。二是批评主旨，主要在第三部分完整地予以阐释，本雅明认为这个主旨也是《拱廊街》的原初基本主题：新颖与一成不变的辩证关系，主旨在"新颖"（新奇）这个概念里显现出来，而这正是波德莱尔独创性的核心（参见1938年9月28日，本雅明致霍克海默的信）。[①] 这个看似很具辩证法模样的版本遭到霍克海默、阿多诺二人的严厉批评，恰恰是不够辩证。既缺少中介性，又缺少理论的穿透力。1939年本雅明在批评结构上修改以后，以《论波德莱尔的几个主题》一文获得了社会

---

① ［德］本雅明、阿多诺、霍克海默：《关于拱廊街的通信》，郭军译，见汪民安主编《生产》第1辑，广西师范大学出版社2004年版，第361—362页。

研究所的肯定。其基本的主旨仍然是对"现代性"悖论问题的深刻思考。"重要的是波德莱尔的现代不仅表现为一个新纪元的开端，而且表现为这一新纪元借以迅速转变古代性的力量。在所有和现代性有关的关系中，它和古代性的关系是决定性的。因此，波德莱尔证实了有关雨果的一点：'宿命在一定程度上引领雨果将古代颂歌和古代悲剧转变为我们所知道的诗歌和戏剧。'"[J5，1]

通过波德莱尔，本雅明确立起了一个属于他自己独特风格的政治斗争的"文学批评的辩证法"：通过身体的感官与视线，全方位地感受和经验资本主义的神圣破碎：艺术和道德分离，现代和恶魔结合，教堂沉沦为药房，抽空的激情堕落为欲望；一半是永恒一半是瞬间的现代性开启了肉欲与死尸的辩证交易，如同花样翻新的时尚；流浪者、闲逛者、告密者、无产者在宽阔的大街漫无边际地寻找着隐秘的街垒，他们相信这个街垒的存在，但他们没有确定的身份，只有动荡的身体。本雅明如同波德莱尔一样对这个混乱的璀璨世界寻找着毁灭性的语言，他极力创造一种对经验对象、经验整体进行直接的哲学化的写作方式和批判方式，越是赤裸裸的直观呈现，就越能展现不可调和的张力。本雅明专注于这种独特的体验，这无疑也是他的美学批判的独特风格。

结束语

从上述关于本雅明的讨论中，大致可以看到他的思想与写作经历了怎样的艰难抉择，这在很大程度上也体现了"西马"人士乃至欧洲知识分子在现代资本主义社会内外冲突加剧、大战和冷战不期而遇的百年历程中的困境和选择。反对资本主义、反对"苏联模式"的西方马克思主义的双重批判姿态本就是痛定思痛的产物，西方马克思主义哲学和文论就是面对20世纪新出现的革命形势、革命条件或人类生存的文化境遇的转变而促使一些理论家、批评家重新审视马克思主义的理论观点和革命策略。无论"西马"各流派的理论观点有多大差异，无论其思考的结论是否正确，有着一个共同的特点，即都试图依据新的历史条件为无产阶级革命运动或人类解放运动制定新的斗争策略和美学批判方

第十章 批判理论上的文学批判

式。但正是因为他们游离在工人运动实践和现代生产活动之外,才以"版本糅合"的文本方式,来对现实进行批判和对未来进行探索,也因此,这批判和探索仍在途中……

对现代资本主义社会现实和未来社会的规划,"西马"人士和他们乐于结合的许多西方思想家一样,只是更多地显示出一种思想的逻辑或文本的力量。由于占人口多数的、艰辛劳作的、真正创造社会财富的劳动者存在于他们的思想沉思之外,所以,他们的思想大多缺少历史的承担者,即改变历史的社会主体。康德正确地看到了艺术的非功利性的普遍审美价值,而成为一些"西马"人士对资本主义展开美学批判的一种可资借鉴的思想资源,但是康德"谈论审美爱好的那种贵族式的口吻"[①] 和审美的纯粹自由游戏的观念使得劳动大众成为一个消除了自然需要的隐秘群体;尼采虽然一反传统,并且赋予了艺术以拯救人生和世界的巨大力量,但他的超人哲学的"未来只是属于少数几个'伟大人物'罢了"[②];而海德格尔则把艺术看成是真理本身的涌现,是外在于人或主体的感觉和体验的,在他对艺术作品的本源的思考中,艺术家、读者等感性的自然的人作为"此在"已被当作对"存在"的遗忘而被他遗忘或"超越"了,他也没有找到他未来世界的社会主体,即创建未来社会的物质力量,他只有精神力量。这使得他们对未来的规划只是规划,而无明确的社会实践主体。

所以,尽管现代资本主义的异化问题、技术宰制的问题、人的解放问题等是马克思和"西马"人士以及康德、黑格尔、尼采、海德格尔等思想家们共同关注的一个核心问题,他们都深刻地看出了异化的必然性,人类不可避免地要遭遇异化,但是他们对待异化的态度和克服异化的方式却根本不同。马克思不是在理念的框架下来进行改造异化社会的思考,而是从现实出发来思考,认为"共产主义是作为否定的否定的肯定,因此,它是人的解放和复苏的一个现实的、对下一段历史发展来

---

① [英] A. 迈克莱什:《马克思对共产主义的审美辩护》,陈蓓洁译,见《世界哲学》2005年第5期。
② 同上。

409

说是必然环节"。① 在一年以后，在马克思和恩格斯合写的《德意志意识形态》中更是明确指出："共产主义对我们来说不是应当确立的状况，不是现实应当与之相适应的理想。我们所称为共产主义的是那种消灭现存状况的现实的运动。这个运动的条件是由现有的前提产生的。"② 因此，马克思的人不是康德的沉思的人，不是黑格尔的精神的人，不是尼采的超人，也不是海德格尔的与"大地"（自然）对立的人，而是在劳动发展的基础上的扬弃异化和复归人性的实践主体。借助马克思的思想视线，却往往能深入他们思想的隐秘的底线，并切中他们思想的问题的要害，这更显示出了理论和实践、美学和历史相结合的马克思主义美学思想的巨大力量，同时，正是这种劳动的观点，马克思找到了真正的改造世界、规划未来的社会主体力量，并明确指出："社会从私有财产等等的解放出来、从奴役制的解放出来，是通过工人解放这种政治形式来表现的，这并不是因为这里涉及的仅仅是工人的解放，而是因为工人的解放还包含普遍的人的解放，其所以如此，是因为整个的人类奴役制就包含在工人对生产的关系中，而一切奴役关系只不过是这种关系的变形和后果罢了。"③ 马克思赋予了无产阶级作为社会主体力量以人类解放的历史使命。同时，也正是这种劳动的人的立场、批判思想和革命实践高度结合的方法与性质，使得马克思对于人的现实和未来、对于文学艺术的美学本质和发展规律有了不同于康德、黑格尔等人，也不同于"西马"审美救世的、更富有批判精神的认识。

理论一经掌握群众，就会变成现实的力量，从而为历史之谜和美学之谜的真正解决找到了现实的社会实践主体，这无疑对我们研究西方马克思主义哲学和文论具有重要的指导意义和现实价值。

---

① 《马克思恩格斯全集》第 3 卷，人民出版社 2002 年版，第 311 页。
② 《马克思恩格斯选集》第 1 卷，人民出版社 1995 年版，第 87 页。
③ 《马克思恩格斯全集》第 3 卷，人民出版社 2002 年版，第 278 页。

参考文献

一　国外著作

［英］阿伦·布洛克：《西方人文主义传统》，董乐山译，生活·读书·新知三联书店 1997 年版。

［德］埃德蒙德·胡塞尔：《纯粹现象学通论》，李幼蒸译，商务印书馆 1996 年版。

［德］埃德蒙德·胡塞尔：《现象学的方法》，倪梁康译，上海译文出版社 1994 年版。

［德］埃德蒙德·胡塞尔：《现象学的概念》，倪梁康译，上海译文出版社 1986 年版。

［英］艾耶尔：《二十世纪哲学》，李步楼等译，上海译文出版社 1987 年版。

［俄］巴赫金：《文艺学中的形式主义方法》，李辉凡、张捷译，漓江出版社 1989 年版。

［古希腊］柏拉图：《文艺对话集》，朱光潜译，人民文学出版社 1983 年版。

［法］保罗·利科：《哲学主要趋向》，李幼蒸、徐奕春译，商务印书馆 1988 年版。

［法］保罗·利科尔：《解释学与人文科学》，陶远华等译，河北人民出版社 1987 年版。

［苏］B.M.雷宾：《精神分析和新弗洛伊德主义》，李今山、吴健飞译，

社会科学文献出版社 1988 年版。

［苏］波斯彼洛夫：《文学原理》，王忠琪等译，生活·读书·新知三联书店 1985 年版。

［瑞士］C. 荣格：《人，艺术和文学中的精神》，卢晓晨译，中国工人出版社 1988 年版。

［瑞士］C. 荣格：《现代灵魂的自我拯救》，黄奇铭译，中国工人出版社 1987 年版。

［法］茨维坦·托多罗夫编选：《俄苏形式主义文论选》，蔡鸿滨译，中国社会科学出版社 1989 年版。

［美］D. C. 霍埃：《批评的循环》，兰金仁译，辽宁人民出版社 1987 年版。

［英］戴维·弗里斯比：《现代性的碎片：齐美尔、克拉考尔和本雅明作品中的现代性理论》，卢晖临等译，商务印书馆 2003 年版。

［英］戴维·麦克莱兰：《马克思以后的马克思主义》，林春、徐贤珍等译，东方出版社 1986 年版。

［英］戴维·洛奇主编：《二十世纪文学评论》上册，葛林等译，上海译文出版社 1987 年版。

［英］戴维·洛奇主编：《二十世纪文学评论》下册，葛林等译，上海译文出版社 1993 年版。

戴维·洛奇主编：《二十世纪文学评论》，葛林等译，上海译文出版社 1993 年版。

［美］杜·舒尔茨：《现代心理学史》，杨立能、陈大柔等译，人民教育出版社 1981 年版。

［法］E. G. 努扬：《作为谱系学的历史：富科的历史方法》，高国希译，《国外社会科学》1989 年第 9 期。

［瑞士］费尔迪南·德·索绪尔：《普通语言学教程》，高名凯译，商务印书馆 1980 年版。

［荷兰］佛克马、易布思：《二十世纪文学理论》，林书武等译，生活·读书·新知三联书店 1988 年版。

［美］弗·杰姆逊：《马克思主义与形式》，李自修译，百花洲文艺出版

社 1995 年版。

［英］弗吉尼亚·伍尔夫：《一间自己的屋子》，王还译，生活·读书·新知三联书店 1992 年版。

［奥］弗洛伊德：《精神分析纲要》，刘福堂等译，安徽文艺出版社 1987 年版。

［奥］弗洛伊德：《精神分析引论》，高觉敷译，作家出版社 1986 年版。

［奥］弗洛伊德：《精神分析引论新编》，高觉敷译，商务印书馆 1987 年版。

［德］伽达默尔：《哲学解释学》，夏镇平、宋建平译，上海译文出版社 1994 年版。

［德］汉娜·阿伦特编：《启迪：本雅明文选》，张旭东、王斑译，生活·读书·新知三联书店 2008 年版。

［德］汉斯·格奥尔格·伽达默尔：《真理与方法》，洪汉鼎译，上海译文出版社 1992 年版。

［美］赫伯特·马尔库塞：《爱欲与文明——对弗洛伊德思想的哲学探讨》，黄勇、薛民译，上海译文出版社 1987 年版。

［德］赫伯特·马尔库塞：《审美之维》，李小兵译，生活·读书·新知三联书店 1989 年版。

［英］H. P. 里克曼：《狄尔泰》，殷晓蓉，吴晓明译，中国社会科学出版社 1989 年版。

［法］加斯东·巴拉什：《梦想的诗学》，刘自强译，生活·读书·新知三联书店 1996 年版。

［美］杰克·斯佩克特：《艺术与精神分析》，高建平等译，文化艺术出版社 1990 年版。

［德］卡尔-奥托·阿佩尔：《哲学的改造》，孙周兴、陆兴华译，上海译文出版社 1994 年版。

［美］卡尔文·斯·霍尔：《弗洛伊德心理学与西方文学》，包富华等译，湖南文艺出版社 1986 年版。

［英］凯瑟琳·贝尔西：《批评的实践》，胡亚敏译，中国社会科学出版

社 1993 年版。

［美］凯特·米莉特：《性的政治》，钟良明译，社会科学文献出版社 1999 年版。

［德］康德：《纯粹理性批判》，蓝公武译，商务印书馆 1982 年版。

［德］康德：《判断力批判》上卷，宗白华译，商务印书馆 1985 年版。

［英］柯林伍德：《历史的观念》，何兆武等译，中国社会科学出版社 1986 年版。

［英］克莱夫·贝尔：《艺术》，周金元、马钟元译，中国文艺联合出版公司 1984 年版。

［美］拉尔夫·科恩：《文学理论的未来》，程锡麟等译，中国社会科学出版社 1993 年版。

［法］莱维－斯特劳斯：《结构人类学》，谢维扬、俞宣孟译，上海译文出版社 1995 年版。

［法］莱维－斯特劳斯：《野性的思维》，李幼蒸译，商务印书馆 1987 年版。

［美］罗伯特·戈尔曼编：《"新马克思主义"传记辞典》，赵培杰等译，重庆出版社 1990 年版。

［德］罗尔夫·魏格豪斯：《法兰克福学派：历史、理论及政治影响》，孟登迎、赵文、刘凯译，上海人民出版社 2010 年版。

［英］罗素：《西方的智慧》，马家驹译，世界知识出版社 1992 年版。

［英］罗素：《西方哲学史》上、下卷，商务印书馆 1981 年版。

［德］马丁·海德格尔：《存在与时间》，陈嘉映、王庆节译，生活·读书·新知三联书店 1987 年版。

［德］马丁·海德格尔：《海德格尔诗学文集》，成穷等译，华中师范大学出版社 1992 年版。

［德］马丁·海德格尔：《诗·语言·思》，彭富春译，文化艺术出版社 1991 年版。

［英］玛丽·伊格尔顿编：《女权主义文学理论》，胡敏、陈彩霞、林树明译，湖南文艺出版社 1989 年版。

［法］米盖尔·杜夫海纳：《审美经验现象学》，韩树站译，文化艺术出版社 1992 年版。

［苏］M. M. 巴赫金、β. H. 沃洛希诺夫：《弗洛伊德主义批判》，张杰、樊锦鑫译，中国文艺联合出版公司 1987 年版。

［波兰］诺曼·英伽顿：《对文学的艺术作品的认识》，陈燕谷、晓未译，中国文艺联合出版公司 1988 年版。

［美］P. D. 却尔：《解释：文学批评的哲学》，吴启之等译，文化艺术出版社 1991 年版。

［英］佩里·安德森：《当代西方马克思主义》，余文烈译，东方出版社 1989 年版。

［英］佩里·安德森：《西方马克思主义探讨》，高铦、文贯中、魏章玲译，人民出版社 1981 年版。

［比利时］乔治·布莱：《批评意识》，郭宏安译，百花洲文艺出版社 1993 年版。

［美］R. 玛格欧纳：《文艺现象学》，王岳川、兰菲译，文化艺术出版社 1992 年版。

［法］让－雅克·卢梭：《社会契约论》，何兆武译，商务印书馆 1996 年版。

［美］瑞安·立斯勒：《圣杯与剑》，程志民译，社会科学文献出版社 1995 年版。

［法］萨特：《辩证理性批判》（上），林骧华、徐和瑾、陈伟丰译，安徽文艺出版社 1998 年版。

［挪威］陶丽·莫依：《性与文本的政治——女权主义文学理论》，林建法、赵拓、李黎译，时代文艺出版社 1992 年版。

［英］特里·伊格尔顿：《审美意识形态》，王杰、傅德根、麦永雄译，广西师范大学出版社 1997 年版。

［英］特里·伊格尔顿：《文学原理引论》，刘锋译，文化艺术出版社 1987 年版。

［英］特伦斯·霍克斯：《结构主义和符号学》，瞿铁鹏译，上海译文出

版社 1987 年版。

［德］瓦尔特·本雅明：《巴黎，19 世纪的首都》，刘北成译，上海人民出版社 2006 年版。

［美］韦勒克、沃伦：《文学理论》，刘象愚等译，生活·读书·新知三联书店 1984 年版。

［俄］维克托·什克洛夫斯基等：《俄国形式主义文论选》，方珊等译，生活·读书·新知三联书店 1989 年版。

［德］文德尔班：《哲学史教程》上、下卷，罗达仁译，商务印书馆 1987 年版。

［法］西蒙娜·德·波伏娃：《第二性》，陶铁柱译，中国书籍出版社 1998 年版。

［古希腊］亚里士多德、贺拉斯：《诗学·诗艺》，罗念生、杨周翰译，人民文学出版社 1982 年版。

［捷］伊·克拉姆斯基：《音位学概论》，李振麟等译，上海译文出版社 1993 年版。

［美］伊·库兹韦尔：《结构主义时代——从莱维-斯特劳斯到福科》，尹大贻译，上海译文出版社 1988 年版。

［美］伊格尔斯：《欧洲史学新方向》，赵世玲、赵世瑜译，华夏出版社 1989 年版。

约翰·里克曼：《弗洛伊德著作选》，贺明明译，四川文艺出版社 1986 年版。

二　中文著作

鲍晓兰：《西方女性主义研究评介》，生活·读书·新知三联书店 1995 年版。

北京大学哲学系外国哲学史教研室：《西方哲学原著选读》上、下卷，商务印书馆 1981 年版。

陈嘉映：《海德格尔哲学概论》，生活·读书·新知三联书店 1995 年版。

陈启伟：《现代西方哲学论著选读》，北京大学出版社 1992 年版。

戴文麟：《西方现代本体论哲学研究》，浙江人民出版社 1993 年版。

冯宪光：《"西方马克思主义"美学研究》，重庆出版社 1997 年版。

胡经之：《西方文艺理论名著教程》，北京大学出版社（上卷）1986 年版，（下卷）1989 年版。

胡经之、张首映：《西方二十世纪文论史》，中国社会科学出版社 1988 年版。

胡经之、张首映：《西方二十世纪文论选》第一卷，中国社会科学出版社 1989 年版。

胡经之、张首映：《西方二十世纪文论选》第二卷，中国社会科学出版社 1989 年版。

胡经之、张首映：《西方二十世纪文论选》第三卷，中国社会科学出版社 1989 年版。

胡经之、张首映：《西方二十世纪文论选》第四卷，中国社会科学出版社 1989 年版。

江天骥：《法兰克福学派——批判的社会理论》，上海人民出版社 1981 年版。

康正果：《女权主义与文学》，中国社会科学出版社 1994 年版。

李超杰：《理解生命——狄尔泰哲学引论》，中央编译出版社 1994 年版。

李银河：《妇女：最漫长的革命》，生活·读书·新知三联书店 1997 年版。

李幼蒸：《结构与意义》，上海译文出版社 1987 年版。

刘北成：《本雅明思想肖像》，上海人民出版社 1998 年版。

刘放桐等：《现代西方哲学》，上海人民出版社 1981 年版。

刘庆璋：《西方近代文学理论史》，兰州大学出版社 1988 年版。

陆梅林：《西方马克思主义美学文选》，漓江出版社 1988 年版。

缪朗山：《西方文艺理论史纲》，中国人民大学出版社 1985 年版。

莫伟民：《主体的命运——福柯哲学思想研究》，上海三联书店 1996 年版。

倪梁康：《现象学及其效应》，生活·读书·新知三联书店 1996 年版。

全增嘏：《西方哲学史》上、下册，上海人民出版社 1983 年版。

盛宁：《二十世纪美国文论》，北京大学出版社 1994 年版。

盛宁：《人文困惑与反思》，生活·读书·新知三联书店1997年版。

史亮：《新批评》，四川文艺出版社1989年版。

孙恺祥：《弗洛伊德论创造力与无意识》，中国展望出版社1987年版。

王逢振等：《最新西方文论选》，漓江出版社1991年版。

王宁编：《精神分析》，四川文艺出版社1989年版。

王岳川：《后现代主义文化研究》，北京大学出版社1992年版。

王政、杜芳琴：《社会性别研究选译》，生活·读书·新知三联书店1998年版。

伍蠡甫：《西方文论选》上、下卷，上海译文出版社1979年版。

伍蠡甫：《现代西方文论选》，上海译文出版社1983年版。

夏基松：《现代西方哲学教程》，上海人民出版社1985年版。

徐友渔等：《语言与哲学——当代英美与德法传统比较研究》，生活·读书·新知三联书店1996年版。

张唤民、陈伟奇：《弗洛伊德论美文选》，知识出版社1987年版。

张京媛：《当代女性主义文学批评》，北京大学出版社1990年版。

张京媛：《新历史主义与文学批评》，北京大学出版社1993年版。

赵宪章：《马克思主义文艺美学基础》，南京大学出版社1992年版。

赵毅衡：《"新批评"文集》，中国社会科学出版社1988年版。

赵毅衡：《新批评——一种独特的形式主义文论》，中国社会科学出版社1986年版。

中国社会科学院外国文学研究所"世界文论"编辑委员会：《波佩的面纱——日内瓦学派文论选》，社会科学文献出版社1995年版。

中国社会科学院外国文学研究所《世界文论》编辑委员会：《文艺学和新历史主义》，社会科学文献出版社1993年版。

周凡、李惠斌主编：《后马克思主义》，中央编译出版社2007年版。

三 英文文献

A Handbook Critical Approaches to Literature, Third edition, New York, Oxford University Press, 1992.

参考文献

Alvin I. Goldman, *Epistemology and Cognition*, Harvard University Press, 1986.

Ann Jefferson and David Robey, ed., *Modern Literary Theory: A Comparative Introduction*, B. T. Batsford Ltd., London, 1988.

Annette Lavers, *Roland Barlhes: Structuralism and Afler*, London, 1982.

Christopher Butler, *Interpretation, Deconstruction and Ideology*, Oxford, 1984.

Christopher Norris, *Decorutruction: Theory and Practice*, Methuen Co. Ltd., 1982.

Christopher Norris, *Derrid*, Fontana Press, London, 1987.

David Lodge, ed., *Modern Cricism and Theory*, Longman, London and New York, 1988.

David Lodge, *Modern Criticism and Theory*, Longman, London and New York, 1991.

D. W. Hamlyn, *Metaphysics*, Cambridge University press, 1984.

D. W. Hamlyn. Sens, *Sensation and Perception: A History of the Philosophy of Perception*, London, 1961.

Eugene H. Falk, *The Poetics of Roman Ingarden*, Chapel Hill, N. C., 1981.

Gyorgy M. Vajda, "Phenomenology and Literary Criticism", in Lajos Nyiro. ed., *Literature and Its Interpretation*, Mounton Publisher, 1979.

G. C. Field, *The Philosophy of Plato*, Oxford University Press, 1969.

Hans-Georg Gadamer, *Truth and Method*, Sheed and Ward Ltd., London, 1985.

Hazard Adams and Leroy Searle, ed., *Critical Theory Since* 1965, Florida State University Press, Tallahassee, 1992.

Henry E. Allison, *Kant's Transcendental Idealism: An Interpretalion and Defence*, Yale University Press, 1983.

I. A. Richards, *Principles of Literary Criticism*, London, 1967.

Jacques Derrida, *Margins of Philosophy*, University of Chicago Press, 1982.

Jacques Derrida, *Of Grammatology*, the Johns Hopkins University press, Baltimore and London, 1976.

Jonathan Culler, *On Deconstruction: Theory and Criticism after Structuralism*, London, 1983.

Jonathan Culler, *Structuralism Poetics*, London, 1975.

Jozef Szili, "The New Criticism", in Lajos Nyiro ed., *Literature and Its Interpretation*, Mounlon Publisher, 1979.

J. P. Schiller, *I. A. Richard's Theory of Literature*, New Haven, Conn, 1969.

Lajos Nyiro, "The Russian Fonnalist's View on Literary", in Lajos Nyiro ed., *Literature and Its Interpretation*, Mounton Publishers, 1979.

Maud Ellman, *The Poetics of Impersonality: T. S. Eliot and Ezra Pound*, The Harvester Press, 1987.

M. B. Allan, *T. S. Eliot's Impersonality*, Bucknell University Press, 1974.

Peter Steiner, *Russian Formalism: A Meepatoetis*, Ithaca, 1984.

Philip Pettit, *The Concept of Structuralism*, London, 1976.

P. F. Stramson, *The Bounds of Sense: An Essay on Kant's Crilique of Pure Rea-son*, London, 1966.

P. M. S. Hacker, *Appearance and Reality*, Basil Blackwell Ltd., Oxford, 1987.

Rene Wellek, *Concepts of Criticism*, Yale University Press, 1973.

Roland Barthes, *SIZ*, Jonathan Cape edn, London, 1974.

Roman Ingarden, *The Literary Work of Art*, Northwest University Press, Evanston, 1973.

Rosalind Coward and John Ellis, *Language and Materialism: Devetopment in Semiology and the Theory of the Subject*, London, 1977.

Stanley Fish, *Is There a Test in This Class?* Harvard University, 1980.

Stephen Greenblall, "Resonance and Wonder", in *Literary Theory Today*, edited by Petter Coller and Helga Geyer-Ryan, Pditic Press, Cambridge, 1990.

Stephen Benn and John Bowlt, *Russian Formalism*, Edimburgh, 1973.

S. T. Coleridge, *Biographia Litoraria*, Oxford University Press, 1979.

Tony Bennett, *Formalism and Marxism*, London, 1979.

Walter Benjamin, *The Arcades project*, by the President and Fellows of Harvard College, 1999.

后　　记

　　本书是国家社科基金项目"西方现代文论的哲学基础研究"的结题成果，由课题组成员共同完成。具体分工如下：

　　陈本益：导论、第一章至第六章；

　　向天渊：第七章、第八章；

　　唐健君：第九章、第十章。

　　本书由重庆大学出版社 1999 年初版；第十章为本次修订增加。